Isolde Nees

Der Schlangenkreis

Weststadt Verlag

Satz und Umschlaggestaltung: Lindenmayer+Lehning, Darmstadt

Umschlagfoto: Peter Malsbury

Illustration: Claudius Posch, Darmstadt

Druck und Bindung: TZ-Verlag & Print GmbH, Roßdorf

Printed in Germany

ISBN 978-3-940179-11-1

www.weststadt-verlag.de

Die Angaben zu Geographie und Geschichte sind der Romanhandlung angepasst und entsprechen nicht immer den tatsächlichen Begebenheiten.

I. N.

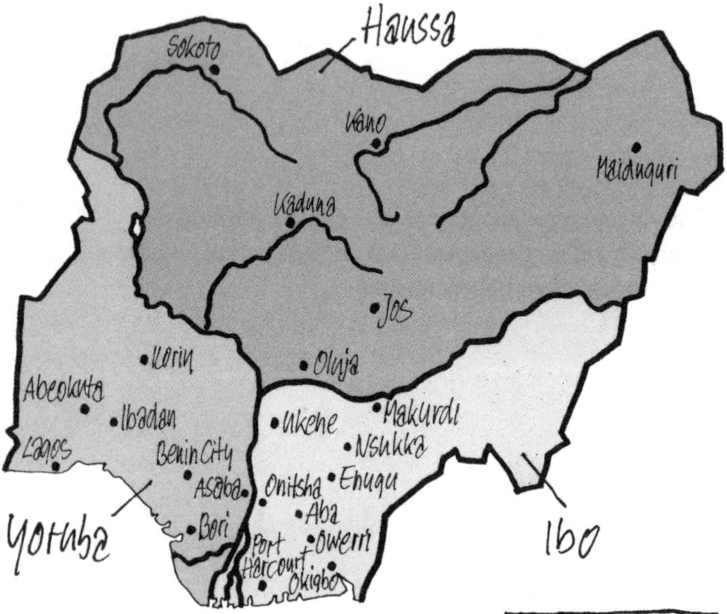

Haussa
Sokoto
Kano
Maiduguri
Kaduna
Jos
Ilorin
Oluja
Abeokuta
Ibadan
Lagos
Benin City
Asaba
Bori
Ukehe
Makurdi
Nsukka
Enugu
Onitsha
Aba
Port Harcourt
Owerri
Okigbo
Yoruba
Ibo

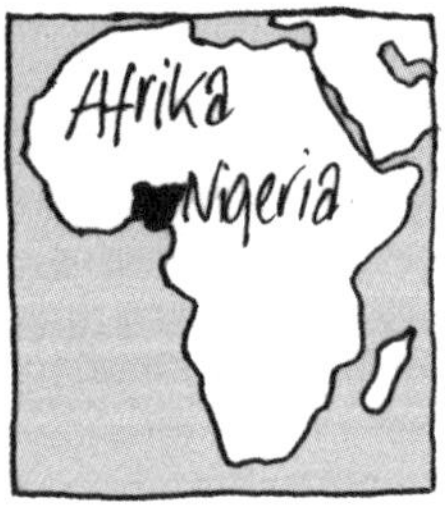

Afrika
Nigeria

I

Der Name Nigeria wurde 1899 aktenkundig, als das britische Unterhaus ein Gesetz über die Königliche Niger-Gesellschaft diskutierte. In den folgenden Jahrzehnten formte sich aus einer Mischung von Kolonie und Protektorat der britischen Krone ein bedeutender, afrikanischer Staat, der 1960 die Unabhängigkeit erhielt. Drei große Regionen – der islamische Norden, der Osten mit Christen und Anhängern der Alten Religion und der Yoruba-Westen – bevölkert von mehr als 200 Stämmen mit fast ebenso vielen verschiedenen Sprachen, wurden zu einer Föderation zusammen geschlossen.

Kapitel 1

Onitsha/Nigeria, Oktober 1963

An diesem Morgen zerstört ein unangenehm, schrilles Klingeln die nächtliche Stille. Das laute Geräusch verursacht der unscheinbare Wecker auf dem kleinen Tisch neben dem Bett. Es ist eben sechs Uhr, eine außergewöhnlich frühe Zeit für Tomo Awolalu, der normalerweise keinen Wecker benötigt, um aufzuwachen.

Doch heute hat Tomo eine weite Strecke vor sich, er muss dementsprechend um einiges früher sein Tagwerk beginnen. Er will bis Oluja fahren, dort den deutschen Arzt mit Medikamenten versorgen, und vorher bei den Sisters in Ukehe Halt machen. Die dringend benötigten Malaria-Pillen sind bereits im Kofferraum seines Autos untergebracht, auch der Karton mit Babymilch-Dosen, verschiedene Mittel gegen Durchfallerkrankungen und eine neue Salbe einer pharmazeutischen Firma aus Holland, die hervorragend bei eitrigen Geschwüren helfen soll. Seinem *nightwatch* befahl er am Vorabend besondere Aufmerksamkeit an, denn neben den Medikamenten räumte er auch etliche Lebensmittel in den Kofferraum seines Wagens. Die werden nicht nur die Nonnen schätzen. Auch die Frau des deutschen Arztes Doktor Kleber wird ihm dankbar sein. Jedes Mal, wenn er im Oluja Busch-Hospital auftaucht, jammert sie ihm vor, wie grässlich sie es findet, dem Doktor immer nur Süßkartoffeln, Hühnerragout, getrockneten Fisch und Tomatensoße vorsetzen zu können. So versucht sie, den Speiseplan mit Hirsebrei und unterschiedlichen Gemüsesorten zu variieren. Es kann sein, dass die Bezahlung eines Patienten nicht nur aus Yam, Eiern, Bananen oder einer Kalebassenschale besteht, gelegentlich bekommt der Doktor schon auch einmal eine Ziege geschenkt, allerdings nur in ganz besonderen Fällen. Zum Beispiel, weil er die Häuptlingsfrau von einem Zwillingspärchen entbunden hat und die beiden Neugeborenen männlich sind. Was aber nicht so häufig vorkommt.

Während Tomo verschlafen ins Bad tappt, denkt er an die Aufzählung von Frau Klebers zubereiteten Speisen, findet sie eigentlich in Ordnung und durchaus ausreichend. Dennoch ist er ein paar Tage zuvor, um ihr eine Freude zu machen, extra nach Port Harcourt gefahren, wo er sich dort in der Lebensmittelabteilung des großen Kaufhauses nach den Dingen umsah, die europäischen Mägen zuzusagen scheinen. Er hat Dosen mit Schwarzbrot ergattert, mit Würstchen und mit Schinken, obwohl er sich nicht vorstellen kann, wie man derartige Kost besser findet als die Dinge, deren die Doktorsfrau offensichtlich überdrüssig ist. Er besorgte außerdem aus Deutschland importierte Kartoffeln und zwei Pakete mit Haferflocken. Auch wenn sich darin kleine Käfer tummeln, wird die Madam ihm dennoch dankbar sein. Die könne man leicht herauslesen, sagte sie beim letzten Mal. Er meinte allerdings, doch das sprach er nicht aus, man könne sie auch ohne weiteres mitkochen. Den Geschmack werden die winzigen Tierchen nicht verändern, besonders wenn man – was er selbst auf jeden Fall tun würde – das Gericht mit Chili würzt. Immerhin, davon ist Tomo überzeugt, werden seine zahlreichen Mitbringsel dafür sorgen, dass er von seiner Dienstreise in den Busch mit einem gut gefüllten Auftragsbuch zurückkehrt.

Er verlässt das Bad und kleidet sich sorgfältig an. Niemals werden seine Kunden ihn in ungepflegter Kleidung sehen. Immer trägt er einen Anzug, ein kurzärmeliges weißes Hemd und natürlich eine Krawatte. Während der Fahrt im Auto behält er die Jacke nicht an, sondern zieht sie erst über, sobald er im Hospital oder an der Arztpraxis ankommt, damit sie nicht verknittert wird.

»Wole«, ruft er seinem Boy zu, der in der Küche mit der Vorbereitung des Frühstücks beschäftigt ist, »wo sind meine Schuhe?«

»Hier, Sir.« Geschäftig kommt der Stewart herbeigeeilt, die glänzend polierten Schuhe hält er in der Hand.

Tomo nimmt sie kritisch in Augenschein. Blitzblanke Schuhe sind seine Passion. Er besitzt zwei Paar schwarze und zwei Paar braune, die von Wole nach jedem Tragen erneut auf Hochglanz gebracht werden müssen. Darauf legt Tomo großen Wert. Er ist ein genügsamer Zeitgenosse, raucht nicht, trinkt nur gelegentlich ein Bier. Aber teure, europäische Schuhe, die er in den Bata-Schuhläden in Port Harcourt und Enugu kauft – der kleine Onitsha-Laden hat ihm zu wenig Auswahl –, sind das einzige, was er sich immer wieder einmal als Besonderheit leistet. Die in seinen Augen abgetragenen Schuhe schenkt er dem Boy, obwohl er diesen noch nie anders als barfuss hat laufen sehen.

Tomo nickt zufrieden, setzt sich und fährt mit den schwarz bestrumpften Füßen in die perfekt polierten und ohne ein Stäubchen bereitstehenden Schuhe.

Tomo mag die Atmosphäre am frühen Morgen. Dieser Augenblick, wenn während der kurzen Dauer der Dämmerung die Umrisse sich allmählich aus dem Dunkel lösen und in der aufsteigenden Sonne scharf umrissene Konturen zeigen. Wenn die Klarheit und Stille der Nacht langsam ausklingt, überall Leben einsetzt, man das Gackern der Hühner hört, das Bellen der Hunde, Automotoren brummen und die Menschen mit ihrer Arbeit beginnen. Dann verlieren die Umrisse ihre Schärfe. Dann liegt über allem, im diesigen Hauch, das gleißende Sonnenlicht.

Den ersten Stopp plant Tomo in Enugu am Gebäude der Divisions-Regierung. Er hat vor, das Büro der Regionalverwaltung aufzusuchen, um einige Einfuhrgenehmigungen zu beantragen, was vermutlich wie immer eine langwierige Prozedur werden wird. Aber er braucht die Papiere unbedingt! Seit einiger Zeit ist am Hafen von Port Harcourt ein Zollinspektor in Dienst, dem es nicht genügt, ein kleines Präsent in die Hand gedrückt zu bekommen, ehe er die angelieferten Kisten frei gibt. Er will zunächst die gestempelten Formulare sehen. Dann müssen die Kisten geöffnet werden, und er entnimmt Proben. Völlig willkürlich. Wobei er zu verstehen gibt, dass diese Muster nach einigen Tagen, eben nach vollzogener Prüfung, wieder abgeholt werden können.

Das war früher erheblich unproblematischer, denkt Tomo. Zu der Zeit, als Nigeria noch englisches Kolonialland war. Da gab es in Enugu, der Hauptstadt der Ostregion, den Commissioner, der ohne weiteres Papiere ausstellte, sobald man eine Firma nachweisen und den Handel mit europäischen Staaten angeben konnte. Aber seit Nigeria unabhängig ist, sitzen in den Verwaltungsbüros Vertreter aller großen Volksgruppen des Landes, und versuchen mit kleinbürokratischen Vorschriften, die geprägt sind von Rivalität und Misstrauen, einen Vorteil vor den Kollegen zu erlangen. Dies bedeutet für jeden Antragsteller endlose Wartezeiten und oftmals eine ruppige Behandlung. Wenn zudem der Yoruba Tomo Awolalu auf einen Ibo-Beamten trifft, dann sind die Probleme vorprogrammiert. Er weiß sich hier im Ibo-Land als nur eben geduldeten Bürger. Lieber würde man ihn bei seinesgleichen, auf der anderen Seite des Niger, sehen. Doch als man Tomo vor einem Jahr diese Tätigkeit bei einer, von einem Deutschen geleiteten, pharmazeutischen Exportfirma anbot, da hat er natürlich sofort zugegriffen. Obwohl er dafür von Abeokuta in das Ibo-Land, nach Onitsha, ziehen musste. Jedenfalls ist das Gehalt gut, auch die Zusammenarbeit mit dem deutschen Geschäftsführer und den Mitarbeitern in den anderen Regionen Nigerias funktioniert. Er hat es allerdings nicht gewagt, seine Familie ebenfalls in den Osten umzusiedeln. Seine Frau Sara und die vier Kinder sind in Abeokuta zurückgeblieben. Sie bewohnen dort ein Haus und Tomos großer Traum ist, eines Tages wieder dorthin zurückzukehren und einen gut bezahlten Job als Apotheker zu bekommen. Im Augenblick müssen sich die Seinen eben damit zufrieden geben, dass sie ihn nur etwa alle vier Wochen zu sehen bekommen.

Zu seiner großen Überraschung führt der Termin in Enugu rasch zu den gewünschten Genehmigungen. Er stößt zum Glück auf einen Beamten, der sich über die Vitamin-Brausetabletten, die er auf den Schreibtisch gestellt bekommt, höchst erfreut zeigt. Als Tomo dann sogar noch einmal seine Tasche öffnet, eine Dose Milchpulver und eine Packung Schmerztabletten hinzufügt, da liegen die benötigten Papiere in Windeseile auf dem Tisch. Mit Stempel und Unterschrift. Man schüttelt sich gegenseitig die Hand, bedankt sich und Tomo versucht, sich den Namen des Mannes einzuprägen. Beim nächsten Mal, wenn er wieder Einfuhrgenehmigungen benötigt, wird er auf jeden Fall versuchen, ausschließlich mit diesem Beamten die Verhandlungen zu führen.

Es ist somit noch vor neun Uhr, als Tomo in die Buschstraße einbiegt und bald darauf das Holy-Mary-Hospital erreicht. Dort herrscht schon rege Betriebsamkeit. Aber Tomo hat auch gar keine morgendliche Ruhe erwartet. Er weiß, dass die Kranken aus den umliegenden Dörfern in aller Frühe herbeiströmen, dass vor dem Behandlungsraum von Sister Doktor Sarah-Jane lange Schlangen an Männern, Frauen und Kindern aufgereiht stehen und hoffen, innerhalb der nächsten Stunden zur Ärztin vorzudringen. Sie zeigen ihr die Hautgeschwüre, klagen über die nicht enden wollenden Schmerzen im Bauch, oder weisen auf die vereiterten Augen. Für alles habe sie das richtige Heilmittel, sagen die Leute aus den Dörfern. Dagegen seien die Tinkturen, die der Medizinmann fabriziere, meist ziemlich nutzlos. Weil man der Sister Doktor wundertätige Hände nachsagt, haben sich die Menschen sogar angewöhnt, am Sonntag zu den Kirchenveranstaltungen des weißen Gottes zu kommen. Etliche von ihnen sind bereits als Christen getauft. Denn es kann in keinem Fall schaden, sich so das Wohlwollen des Christengottes zu sichern.

»Oh, Mister Awolalu, welcome«, wird Tomo von Sister Lucy, der irischen Nonne, die das Magazin betreut, begrüßt. »Ich habe Sie so sehr herbeigewünscht. Schauen Sie nur.« Sie zeigt anklagend auf das Regal hinter sich, wo leere Flächen erkennen lassen, dass dringend nachgefüllt werden muss. »Wir haben kaum noch Malaria-Pillen.«

»Das dachte ich mir.« Tomo strahlt.

Vor einer Woche ist die sehnsüchtig erwartete Kiste mit Medikamenten im Hafen eingetroffen, und zwei Tage später vom Zollinspektor frei gegeben worden – natürlich erst, nachdem der sich großzügig an dem Inhalt bedient hat. Glücklicherweise sind die lebensrettenden Malaria-Tabletten von dem Beamten unbemerkt geblieben. Etliche davon hat Tomo nun eingepackt. Nicht alle, natürlich. Eine gut bemessene Reserve verblieb in seinem Haus. Denn wer weiß, wann die nächste Lieferung eintrifft, und es gibt noch eine ganze Reihe an Krankenhäusern, die er zu betreuen hat.

»Ich bringe die Kartons gleich herein«, bietet Tomo an.

»Soll ich Ihnen jemanden schicken, der tragen hilft?«

»Nein, danke.« Tomo wehrt ab. Er schätzt es nicht, wenn fremde Augen Einblicke in das Warenlager in seinem Kofferraum nehmen. Das weckt Begehrlichkeiten. Er möchte lieber von sich aus entscheiden, welche Anzahl der Packungen er hier lässt und welche Menge er weiter nach Oluja bringt.

Es ist nämlich so, dass seine Kunden sich aus Kostengründen beim Bestellen der Medikamente meist überaus zurückhaltend zeigen. Also bleibt es ihm überlassen, die Mittel aus Europa anzufordern, von denen er annimmt, dass sie gebraucht werden. Wobei er natürlich nicht ahnen kann, ob wieder einmal eine Durchfall-Epidemie das Land heimsuchen, oder ob es eine außergewöhnliche Vermehrung der Fälle an Gehirnhautentzündung geben wird. Er ordert den pharmazeutischen Bedarf über den deutschen Geschäftsführer in Lagos und gibt dabei seine Einschätzung weiter. Bisher hat er nur selten falsch gelegen. Was andernfalls auch fatal wäre. Denn Medikamente, deren Ablaufzeiten überschritten sind, kann er bei den Krankenhäusern mit europäischer Leitung nicht mehr loswerden. Die verhökert er dann bei den einheimischen ›*Pharmacys*‹. Was aber nur noch einen Bruchteil des ursprünglichen Preises einbringt.

»Was halten Sie von einer Tasse Tee«, fragt Sister Lucy fürsorglich, nachdem die Waren in die Regale eingeräumt sind, und er der Nonne einen mit Lebensmitteln gefüllten Karton überreicht, von dem sie sich, wie erwartet, höchst erfreut zeigt.

Doch Tomo lehnt dankend ab. Zum einen schätzte er das eigenartig dunkle, mit Ziegenmilch vermischte Gebräu der Irin nicht besonders, außerdem hat er es eilig, weiter zu kommen. Er will versuchen, am Abend wieder zurück in Onitsha zu sein. Nur im Notfall wird er im *Resthouse* von Nsukka übernachten. Da ist er bisher erst einmal geblieben und fand die Erfahrung nicht unbedingt wiederholenswert. Es gab an diesem Tag kein Wasser und das Abendessen, das man ihm servierte, war europäisch, also fade, ungewürzt und kaum genießbar. Nein danke, da nimmt er doch lieber die Strapaze der langen Reise auf sich. Für alle Fälle hat er neben dem Benzinkanister auch einen Wasserkanister im Kofferraum des Wagens dabei.

Später, nach langer, heißer Fahrt auf staubiger Straße, begrüßt ihn in Oluja die Doktorsfrau mindestens so herzlich wie Sister Lucy am Morgen in Ukehe. Hier lehnt er die Einladung zum Mittagessen nicht ab. Madam Kleber hat ein Hühnerragout vorbereitet und stellt ihm klein gehackte Chilischoten neben den Teller. Sie kennt seinen Geschmack. Der Doktor nimmt sich eine verlängerte Mittagspause und freut sich über die von Tomo mitgebrachten Ausgaben der Nigerian Daily News. An Neuigkeiten aus der Welt kommt man hier fast ebenso schwer wie an das teure Malaria-Medikament.

Sie reden über den Besuch des amerikanischen Präsidenten Kennedy in der deutschen Stadt Berlin und auch darüber, dass in der kongolesischen Provinz Katanga erneut Unruhe schwelt, obwohl das Problem, seitdem Moise Tschombé aus seinem Exil in Rhodesien zurückgekehrt ist, bereinigt schien.

Tomo mag die Klebers, schätzt die Gespräche mit dem Doktor und auch das gute Essen der Madam. Er lässt sich daher länger Zeit als ursprünglich geplant, und so ist der Nachmittag schon fortgeschritten, als er sich endlich auf den Heimweg macht.

Da die Regenzeit nun vorbei ist, kann Tomo mit einer problemlosen Rückfahrt rechnen, zumindest entlang der holprigen Buschstraße. Ein Passieren während der extrem starken Regengüsse wäre hier absolut undenkbar, da würden die Räder seines Ford schon nach kürzester Zeit im Schlamm stecken bleiben. Doch seit wenigen Wochen fallen nur noch vereinzelte Schauer und seit einigen Tagen bleibt es vollkommen trocken. Es ist noch hell, während er den Wald durchquert und schließlich auf einen asphaltierten Weg einbiegt. Die Dämmerung setzt ein, nachdem Tomo Nsukka passiert hat und sich auf der breiten Straße in Richtung Enugu befindet.

Nachdem die Dunkelheit sich über das Land gelegt hat, sind nur noch wenige Fahrzeuge unterwegs. Tomo sitzt entspannt hinter dem Steuer und lässt in Gedanken noch einmal den Tag Revue passieren. Seine gute Planung hat Früchte getragen. Er kann sich umgehend daran machen, wieder eine größere Bestellung in Auftrag zu geben.

Da, eben hat sein Wagen eine weit gezogene Biegung durchfahren, bemerkt Tomo, der noch ganz in Gedanken versunken ist, vor sich auf der nun wieder geraden Strecke, mitten auf der Straße, etwas Großes liegen. Im Licht der Scheinwerfer sieht es fast so aus, als wäre es ein menschlicher Körper!

Tomo lässt den Wagen langsam näher rollen und hält dann an. Ihm ist wohl bewusst, dass dies eine Falle sein könnte. Auf diese Weise werden Autofahrer oft in den Hinterhalt gelockt, das ist ihm bekannt. Was aber wäre, wenn hier ein Mensch, vielleicht von einem Auto angefahren, schwer verletzt liegt? Er würde wahrscheinlich die Nacht hier draußen im Busch nicht überleben.

Tomo möchte nicht einfach weiter fahren, ohne zumindest nachgesehen zu haben. Doch er fühlt sich unwohl, er spürt, wie ihm der Schweiß ausbricht und das Herz hart gegen seinen Brustkorb klopft. Trotz seiner Angstgefühle entschließt er sich auszusteigen.

Er nähert sich dem Verunglückten und beugt sich über den auf der Straße liegenden Körper. Es ist keine Verletzung zu sehen, auch kein Blut, der Mann liegt völlig reglos und hat die Augen geschlossen. Tomo berührt ihn am Arm.

Da plötzlich brechen aus dem Unterholz zwei Gestalten hervor. Sie schreien wild und stürzen mit Messern um sich fuchtelnd auf Tomo zu. Auch der Mann auf der Straße ist aufgesprungen. Doch eine Falle!

Die Männer bilden einen engen Kreis um Tomo. »*Bring de moni out*!«, schreit der eine, und richtet seine Machete drohend auf ihn.

Tomo hat Angst. Er weiß, dass diese Männer nicht lange fackeln. Falls er ihnen nicht gibt, was sie verlangen, werden sie kurzen Prozess mit ihm machen. »Ich habe kaum Geld bei mir«, versucht er zu erklären und schluckt, weil ihm die Kehle trocken geworden ist.

»*Bring de moni out*!«, wird wiederholt, wobei der eine, indem er mit der Spitze seines Messers in Tomos Hemd bohrt, dem Befehl Nachdruck verleiht.

»Okay.« Tomo hebt ergeben seine Hände.

Er macht einen Schritt in Richtung seines Autos und versucht dabei, einen ruhigen Eindruck zu vermitteln. Bloß die Männer nicht nervös machen! Er wird seine Geldtasche vom Rücksitz holen, auch aus dem Kofferraum die wenigen Medikamente nehmen, die ihm verblieben sind und hofft damit, die Verbrecher zufrieden zu stellen.

In diesem Moment kommt weiter hinten ein Wagen um die Kurve gebogen. Tomo bemerkt höchst erleichtert Scheinwerfer, die kurz aufleuchten und für Sekunden die ganze Szene in ein gespenstisches Licht tauchen.

Das ist die Rettung. Ein Autofahrer, der ihrem Opfer möglicherweise zu Hilfe eilen würde, passt nicht in das Konzept der Räuber. Wie elektrisiert flüchten die drei von der Straße, die Böschung hinunter und verschwinden hinter dichten Sträuchern in die Dunkelheit. In Windeseile hat sich der Spuk aufgelöst.

Tomo springt in seinen Wagen, startet und fährt so schnell an, dass die Reifen kurz durchdrehen. Eben wird er von dem anderen Wagen überholt.

Auf dem Heimweg, bis er schließlich Onitsha erreicht, nimmt Tomo sich vor, künftig solche weiten Fahrten nur noch so zu planen, dass sie bis zum Einbruch der Nacht erledigt sind. Oder er muss eben doch im *Resthouse* übernachten. Jedenfalls möchte er einen derartigen, wenig angenehmen Vorfall, auch wenn er glimpflich endete, nicht noch einmal erleben. Er ist dankbar, dass ihm nichts passiert ist.

Unter der Herrschaft der Kolonialregierung sind Überfälle von *Highwayrobbers* kaum vorgekommen. Man achtete streng auf Sicherheit. Nach Räubern wurde intensiv gefahndet und sobald man sie zu fassen bekam, wurde ihnen schneller Prozess gemacht. Doch seit der Unabhängigkeitserklärung vor vier Jahren scheint kaum noch jemand von den Sicherheitskräften sich für solche Übergriffe für zuständig zu halten. Vielmehr sieht es danach aus, als ziehe die nigerianische Polizei es vor, in ihren schicken neuen Uniformen auf den Straßen der Städte entlang zu flanieren, um sich von den Bürgern bei kleinen Verstößen mit einem Obolus das Wegschauen bezahlen zu lassen.

II

Riesige Erdnusspyramiden in der Nordregion Nigerias, die oft lange auf den Abtransport warten mussten, gehörten zu den einprägsamsten Bildern des Landes. Die Kolonialverwaltung hatte den Anbau von Erdnüssen vorangetrieben, die Aufnahmefähigkeit ausländischer Märkte aber überschätzt. Inzwischen arbeiten in Kano mehrere Ölmühlen, die einen großen Teil der Produktion aufnehmen.

Kapitel 2

Onitsha/Kaduna, Juni 1964

›Ein Leben ohne Musik ist kein echtes Leben‹. Diese Aussage eines nigerianischen Komponisten traditioneller Lieder prägt Ineh Tutamosu sich ein. Genau die wird sie wiedergeben, wenn sie heute zur Besprechung geht. Vermutlich beabsichtigt die Rektorin ihr zum Ende des Schuljahres noch eine geharnischte Standpauke zu halten. Aber trotz aller Vorwürfe wird Ineh bei ihrer Auffassung bleiben, dass Kinder bedeutend besser lernen, wenn sie es im Zusammenhang mit Musik tun. Ihr Land habe eine große musikalische Tradition, wird sie ausführen, seit Generationen erledigten die Nigerianer singend ihr Tun. Es macht die Arbeit leichter, weil in der Rhythmik die Glieder harmonisch zusammenspielen und auch, weil die Aufnahme des Gehirns in Verbindung mit Schwingungen besser funktioniert. Das ist erwiesen. Sie kann sich auf das von Ministerpräsident Azikiwe aufgestellte, moderne Erziehungsprogramm berufen. Da wird ganz besonders betont, wie vorteilhaft es sei, der musischen Gestaltung des Unterrichts den Vorrang zu geben.

Sister Mary Ruth, die Leiterin der St. Georges Missionsschule, wirft ihr nun zum wiederholten Mal vor, sie würde mit den Kindern zu wenig lernen. Ständig höre man Gesang aus dem Klassenzimmer, in dem Ineh Tutamosu unterrichte. Singen würde man in der

Kirche, hat sie gesagt. Da sei es in Ordnung. Doch im Unterricht sollten die Kinder Texte aufsagen, deklinieren, Formeln pauken. Aber nicht singen. Ineh streift das Buch, das sie als Pflichtlektüre erhielt, mit einem spöttischen Blick. ›How to teach children‹ heißt der Titel. Als ob sie nicht wüsste, wie man Kinder unterrichtet!

Die Besprechung im Rektorat wird der Abschluss des Schuljahres sein, denn morgen beginnen die Ferien. Ineh hat schon Pläne für die freie Zeit. Die ersten Tage wird sie Onkel Ibrahim, in dessen Häuschen sie ein kleines Zimmer bewohnt, helfen, den neuen Imbissstand an der Straße nach Enugu einzurichten. Ihre Tante beabsichtigt, dort Spezialitäten anzubieten: in Öl ausgebackene Maisfladen, gebratene Bananen, mit Chili gewürzte Rühreier und Fischstücke am Spieß.

Wenn das erledigt ist, wird Ineh sich aufmachen zu einer Reise, weit in den Norden hinauf zu den Haussas, um dort ihren Verlobten zu besuchen. Samuel Bandela arbeitet bei einer französischen Baufirma, die eine neue Straße zwischen Kaduna und Kano anlegt. Es ist ihm deshalb nur selten möglich, einen Besuch im weit entfernten Onitsha zu machen. Ihr letztes Zusammentreffen war beim Neumondfest, und das ist jetzt schon sechs Monate her.

Noch hat Ineh die Dauer ihres Aufenthalts in Kaduna nicht festgelegt. Es kommt ein bisschen auf die Umstände an. Sie wird bei Samuel nicht schlafen können, denn er haust recht bescheiden in einem Bauwagen direkt an der Baustelle, zusammen mit den anderen Arbeitern. Doch er schreibt, eine befreundete Ibo-Familie, die Birabis, die am Rande von Kaduna eine Hütte bewohnen, habe sich bereit erklärt, Ineh während des Zeitraums ihres Besuchs aufzunehmen.

Den Rest der Ferien will sie dann am entgegengesetzten Ende Nigerias, ganz im Süden in Okigbo, beim Tutamosu Familien-Clan verbringen. Das wird, wie sie sicher weiß, die erholsamste Zeit werden. Sie freut sich auf die Wochen im Dorf, am Rand des Cross River, denn dort ist in ihren Augen die Welt noch in Ordnung. Wenn man von den Erdölbohrungen der ausländischen Konzerne absieht. Aber deren Aktionen betreffen weiter entfernt liegende Gebiete, in denen die Ogoni leben. Noch haben die Auswirkungen das Umfeld von Okigbo, der Heimat des kleinen Stammes der Ibibios, nicht erreicht, obwohl erhöhte Wachsamkeit angesagt ist, denn erst einige Monate zuvor sind im benachbarten Keri, dem Dorf aus dem ihr Verlobter stammt, weite Feldflächen beschlagnahmt worden. Inzwischen ist dort auch der Anbau von Gemüse und Getreide verboten, wie Samuel berichtete. Ganz offensichtlich ist man dabei, Probebohrungen vorzubereiten. Der Bevölkerung wurde nur mitgeteilt, dies alles sei von der Regierung genehmigt. Ineh hat das irritiert und als sie mit ihrem Bruder Amos darüber sprach, konnte sie sehen, wie ungeheuer wütend ihn das machte. Denn das Ergebnis – wie man im Ogoni-Land beobachten kann – sind verwüstete Felder, abgeholzte Waldstücke und in die kleinen Flüsse abgeleitete Substanzen, die sich als schmutzig-ölige Brühe auf der Wasseroberfläche zeigen.

»Niemand«, das waren Amos' empörte Worte, »weder die Firmen, noch die Politiker, scheint sich über diese Tatsachen und deren Folgen Gedanken zu machen. Die denken ausschließlich an ihren Profit.«

An ihrem Abreisetag begibt sich Ineh mit einer großen, schwarzen Tasche, in der sie Kleidung und Reiseproviant verstaut hat, zur Bus-Station. Eine etwas hochtrabende Bezeichnung für die beengte Stelle seitlich neben den Markthallen, wo sich allmorgendlich eine Vielzahl von Fahrzeugen drängt, und sich um den Platz streitet.

In dem ungeordneten Getümmel von Autos, Menschen, Waren und Gepäckstücken macht sie schließlich den VW-Bus aus, hinter dessen Windschutzscheibe ein grellgelbes Pappschild mit der Aufschrift ›Kaduna – Jos‹ angebracht ist. Man verstaut soeben das Gepäck auf dem Dach des Wagens. Ineh reicht ihre Tasche nach oben und beobachtet, wie der junge Busbegleiter mit Stricken die aufeinander gestapelten Koffer, Taschen, Kartons und Kisten aneinander bindet. Lieber wäre es ihr gewesen, die Tasche bei sich zu behalten, denn da hinein hat sie für Samuel das Geschenk gepackt, dessen Erwerb viele Nairas verschlang. Es ist eine große, wunderschön chromglänzende Armbanduhr. Sie käme aus der Schweiz, wurde ihr versichert, und würde praktisch nie kaputt gehen. Die Besonderheit ist ein winziger Knopf am Gehäuse, auf dessen Druck das Zifferblatt beleuchtet wird. Damit man auch im Dunkeln die Uhrzeit ablesen könne, sagte der Verkäufer auf dem Markt. Auf der Rückseite ist ihr Name eingraviert. ›Ineh‹ steht da in hübsch verschnörkelten Buchstaben. Diese kostbare Uhr in der oben auf dem Dach lose verschnürten Tasche zu wissen, gibt ihr kein gutes Gefühl.

Aber im Inneren des Kleinbusses ist es auch ohne Gepäck fast unerträglich eng. Eingeklemmt sitzt Ineh zwischen einer korpulenten Frau und einem alten Mann auf der Bank hinter dem Fahrer und vertreibt sich die Zeit damit, herauszufinden, wen die auf dem Armaturenbrett aufgeklebten Bildchen darstellen. Zunächst erkennt sie die Gesichter von Mitgliedern der *Drum-Band*, eine in Nigeria berühmte *Highlife*-Musikgruppe, daneben ist ein Foto von Ministerpräsident Azikiwe geheftet. Die anderen Bilder scheinen Darstellungen christlicher Heiligen zu sein.

Der vollbepackte Wagen rumpelt die Straße entlang und nimmt rasant die Kurven. Dabei werden die Insassen hin und her geworfen und Ineh muss regelmäßig den dicken Arm der Nebenfrau hinter ihrem Rücken hervorzerren, um sich wieder anlehnen zu können. Bei den häufigen abrupten Stopps des Gefährts gerät man nur deswegen nicht ins Fallen, weil die Enge es nicht zulässt.

Gelegentlich wird angehalten, um den mitgenommenen Proviant zu verzehren, an einer Wasserstelle die Flaschen nachzufüllen, körperliche Bedürfnisse zu erledigen, und auch, um an einem Imbissstand etwas zu kaufen.

Viele Stunden später, nachdem der Bus die waldige Strecke über Enugu und Nsukka passiert und auch bereits Makurdi hinter sich gelassen hat, gelangen sie in ein Dorf, in dem vom Fahrer die Übernachtung eingeplant wurde. Den Obolus für den Imbiss aus *Fufu* und Gemüsesuppe und das Schlafen in einer Hütte sammelt er ein. Dann werden die mitgebrachten Matten ausgerollt und Ineh, die froh ist endlich die Beine lang ausstrecken zu können, sinkt sogleich in tiefen Schlaf.

Am Nachmittag des nächsten Tages erreichen sie schließlich nach einer weiteren ermüdenden und ungemütlichen Fahrt auf staubiger Straße durch trockene, karge Ebenen die Stadt Kaduna. Die endlose Strecke bis dahin versucht Ineh – ihren Hals verrenkend, um zwischen ihren Mitfahrern hindurch sehen zu können – so viel wie nur möglich von der Landschaft einzufangen. Manchmal kann sie bizarre Felsformationen erspähen, hin und wieder auch einzelne Baumgruppen. Ohne grünes Blattwerk, aber von orangeroten Blüten übersät. Weiter entfernt sieht sie Dörfer mit Rundhütten liegen, deren Mauern aus rotem Lehm zu sein scheinen und deren Dächer strohgedeckt sind. Aus einer dieser Gegenden, vom Stamm der Fulani, stammt Inehs Mutter. Daher haben sie und ihr Bruder Amos auch ein etwas anderes Aussehen als das der Ibo-Bevölkerung im Osten Nigerias. Ihre Haare sind weniger kraus, die Nasen schmaler und die Gesichter eher länglich.

Unmittelbar nach der Ankunft wendet Ineh sich an einen Taxifahrer. »Ich will zu den Straßenbauleuten«, sagt sie in afrikanischem Englisch.

Mit ihrem Ibibio-Dialekt kann sie sich schon in Onitsha kaum verständlich machen, geschweige denn bei den Bewohnern hier im Norden. Doch daran sind die Nigerianer gewöhnt. Es gibt viele verschiedene Stämme im Land, dabei auch zahlreiche unterschiedliche Sprachen, aber auf Pidgin kann man sich fast überall verständigen.

»Yes, Madam«, sagt der Driver und öffnet ihr die hintere Wagentür.

Ineh steigt ein und wartet ergeben, bis sich nach etwa einer halben Stunde so viele Mitfahrer eingefunden haben, dass der Driver die Taxifahrt für lohnend empfindet. Sie starten und durchfahren die Stadt entlang der hellen, mit Mustern verzierten Mauern. Von den dahinter liegenden Behausungen sind nur die Wellblechdächer zu sehen. Immer wieder hält das Taxi an, um aus- und zusteigen zu lassen, ändert die Fahrtroute jeweils nach Wunsch der Passagiere und gelangt schließlich an den Stadtrand, wo Ineh hoch aufgeschichtete Erdnusshügel sieht, von deren imposanten Ausmaßen sie Samuel hat reden hören. Doch ihre Verblüffung kennt keine Grenzen beim Anblick der Felder, die sich gleich im Anschluss endlos bis zum Horizont, ausdehnen. Auf den dort angepflanzten Sträuchern leuchten hellweiße, dicke Wattebäusche. Das sei reife Baumwolle, wird ihr erklärt, und die Ernte stehe kurz bevor.

An den Bauwagen steigt Ineh aus und in deren Schatten sitzend verbringt sie geduldig die nächsten Stunden mit Warten. Irgendwann hört sie vom Turm einer entfernt liegenden Moschee die durchdringend schrille Stimme des Muezzin, der zum Abendgebet aufruft, herüberschallen.

Kurz vor Einbruch der Dunkelheit trifft der Trupp der Arbeiter endlich ein, auf der Ladefläche eines Lastwagens, dicht beieinander hockend. Samuel freut sich sehr, sie zu sehen, und gemeinsam laufen sie zurück in die Stadt. Ineh trägt ihre Tasche auf dem Kopf. Sie wird ihrem Verlobten das Geschenk erst aushändigen, wenn sie in der Unterkunft angekommen sind.

»Es ist nicht so gut hier«, bekennt Samuel, als sie spät in der Nacht vor der Hütte der Birabis sitzen. »Die Haussas mögen uns nicht. Wir sollen zurück, dahin wo wir herkommen, sagen sie.« Er wendet sein Handgelenk hin und her, um im Schein des Mondes das Metallgehäuse der neuen Uhr aufblitzen zu lassen. Schon jetzt ist sie sein ganzer Stolz.

»Aber deine Arbeit ist in Ordnung. Du verdienst gutes Geld.« Ineh hofft so sehr, dass ihr Verlobter bald die Summe zusammen bekommt, die sie brauchen, um heiraten und eine Familie gründen zu können. Wie gern würde sie ihren Unterschlupf bei den Verwandten in Onitsha aufgeben und irgendwann einmal ein eigenes Häuschen haben. Ein kleines nur, aber eines, das ihr gehört.

»Du solltest es noch ein paar Monate hier aushalten«, bittet sie ihn. »Ich habe gehört, dass in Onitsha gegen Ende des Jahres für den Brückenbau noch weitere Arbeiter gesucht werden. Das jedenfalls erzählte Amos. Man will auf die Engineering Company Druck ausüben, denn die Bauzeit beträgt jetzt schon mehr Monate als ursprünglich für die ganze Dauer bis zur endgültigen Fertigstellung vorgesehen war.«

»Wenn das stimmt und ich die Chance habe, den Job zu bekommen, will ich so schnell wie möglich von hier weg. Hier liegt etwas in der Luft, das mir nicht gefällt.«

»Was willst du damit sagen?« Ineh beugt sich vor und versucht in der Dunkelheit seinen Ausdruck einzuschätzen.

»Kürzlich kam es zu einer Auseinandersetzung.« Samuel lehnt sich mit dem Rücken an die von der Sonne gewärmte Hüttenwand. »Es ging darum, dass einer von unseren Leuten sich mit einer Frau in der Stadt traf. Mit einer Muslimin. Was zwischen den beiden ablief, weiß ich nicht. Aber ihre beiden Brüder hielten es wohl für Grund genug, um hierher zu kommen. Sehr aufgebracht standen sie auf einmal auf unserem Hof und brüllten, sie wollten den Kerl sprechen, der ihre Schwester in den Schmutz gezogen habe.«

»Was hat er denn gemacht?«

»Ich sagte schon, ich weiß es nicht. Jedenfalls haben wir ihn nicht verraten. Wir standen uns also eine Weile gegenüber. Die schrieen ›Gebt ihn raus‹ und wir ›Verschwindet‹. Wir waren zu fünft, die nur zwei. Aber sie waren große, kräftige Männer. Auf einmal schwang der eine seinen Knüppel, machte einen Sprung nach vorn und traf Ezekiel, der genau vor ihm stand, mit voller Wucht an der Schulter. Das konnten wir uns natürlich nicht gefallen lassen und sind auf die beiden los. Und dann haben wir uns geprügelt. »Hier«, er krempelt den Ärmel hoch, »mein Arm, siehst du?« Eine große, blutverkrustete Stelle kommt zum Vorschein.

Doch trotz der Verletzung zeigt Samuel Entschlossenheit. »Ich nehme nicht an, dass die es auf sich beruhen lassen. Die kommen bestimmt noch mal wieder. Für den Fall haben wir vorgesorgt.«

»Wieso habt ihr vorgesorgt? Wie meinst du das?«

»Wir haben einen ganzen Vorrat an Knüppeln und Messern zusammen getragen.«

Ineh starrt ihn mit ängstlich aufgerissenen Augen an. »Das ist gefährlich. Besser ihr meldet die Angelegenheit der Polizei.«

»Ha!« Samuel lacht geringschätzig auf. »Gerade die würde uns auf gar keinen Fall helfen. Weißt du, wie man hier Recht ausübt?«

Ineh schüttelt den Kopf.

»In Kano macht das der Emir. Er kommt auf einem Pferd aus seinem Palast geritten und hält Gericht, draußen, unterm Baum vor den Palastmauern. Alle, also die Angeklagten und auch die, die klagen, müssen sich vor ihm in den Staub werfen, er lässt sich die Angelegenheit vortragen und dann fällt er seinen Urteilsspruch nach dem uralten islamischen Recht, der Sharia. Glaubst du im Ernst, dass jemand wie ich, ein Christ und ein Mann aus dem verhassten Ibo-Land, von diesem Emir jemals Gerechtigkeit bekäme?«

»Da ist es doch vielleicht besser, du kehrst gleich nach Onitsha zurück.« Ineh holt tief Luft, und nickt bekräftigend. Auch wenn es dann noch lange dauern wird, bis sie heiraten können.

Viele Stunden am Tag verbringt Ineh in der Stadt. Sie sieht sich bei den Händlern um, erledigt die Einkäufe für die Familie, bei der sie wohnt und hilft, zurückgekehrt in das Häuschen am Stadtrand, Fina Birabi bei der Erledigung der Hausarbeit. Sie trägt den kleinen Jungen spazieren in einem Tuch, das sie sich um den Leib bindet und probiert mit den drei Mädchen neue Frisuren aus. Abends kommt Samuel vorbei. Er bleibt fast immer über Nacht, schläft bei ihr in der durch einen Vorhang abgetrennten Ecke, und macht sich früh morgens wieder auf den Weg, um rechtzeitig zur Baustelle zu gelangen.

Eines Nachmittags, Ineh befindet sich gerade mit einem Korb voller Einkäufe auf dem Rückweg aus der Stadt, treten auf einmal zwei Männer hinter einer Mauerecke hervor. Große, muskulöse Kerle, die sich bedrohlich vor ihr aufbauen.

»*Ey woman, wer ya go?*«

Ineh versucht, sich an ihnen vorbei zu schieben. Doch der eine packt sie am Arm und hält sie fest. »Die Leute hier wollen keine *huris* aus dem Ibo-Land. Mach dass du wieder abhaust.«

Ineh schüttelt die Hand ab. »Lass mich los«, faucht sie.

»Hast du gehört? Du sollst verschwinden.«

»Ich gehe, wann es mir passt.«

»Das solltest du dir besser überlegen.« Der andere, der bisher nur beobachtete, kommt näher und packt sie am Arm. »Wenn wir dich noch mal hier sehen, könnte es nämlich nicht mehr so glimpflich ablaufen. Vielleicht gefällt dir nicht so gut, was wir dann mit dir tun werden.« Seine Augen blicken böse und sein Mund verzerrt sich verächtlich.

Ineh reißt sich los, stolpert über einen Stein und spürt einen scharfen Schmerz im Fuß. Fast wäre sie gefallen. Sie dreht sich um und eilt davon, so schnell es ihr die Last auf dem Kopf und der schmerzende Fuß erlauben.

Abends, als Samuel erscheint, erzählt sie ihm von dem unangenehmen Vorfall und teilt ihren Entschluss mit. Sie wird bereits am übernächsten Tag den Bus zurück nach Onitsha nehmen.

Samuel versteht, auch wenn ihre Entscheidung ihn traurig macht. »Du weißt, dass ich in nächster Zeit nicht kommen kann. Die lassen mich nicht weg. Oder ich muss meine Arbeit aufgeben. Aber das will ich nicht. Jedenfalls jetzt noch nicht.«

Ineh nickt. Irgendwann wird sich eine Lösung finden, davon ist sie überzeugt. Eines Tages wird sich für Samuel in Onitsha eine gute Arbeit auftun. Vielleicht an der neuen Nigerbrücke? Dann können sie das bereits Angesparte vermehren, bald genug Geld beisammen haben, um sich ein Häuschen zu kaufen – und endlich heiraten!

III

Die Oron, eine kleine Untergruppe der Ibibio, leben im westlichen Mündungsgebiet des Cross River und sind vor allem durch ihre Ahnenfiguren, Ekpu genannt, in der westlichen Welt bekannt geworden. Die Tradition, solche Figuren zu schnitzen, soll vermutlich bereits vor einhundert Jahren geendet haben.

Kapitel 3

Frachtdampfer/Lagos, Nigeria, September 1964

Charlotte Jordan hat sich diese Schiffsreise sehnlichst gewünscht. Sie wollte das Gefühl haben, dem afrikanischen Kontinent Seemeile um Seemeile näher zu gleiten. Einfach nur schnell von Frankfurt nach Lagos zu fliegen, das hätte sie nicht zufrieden gestellt. Auf ihren Wunsch hin erklärte ihr Mann Martin sich dazu bereit, obwohl ihm selbst das Reisen mit dem Flugzeug angenehmer gewesen wäre. Also hatten sie auf einem englischen Frachtdampfer eine Kabine gebucht, den Zug bis Rotterdam genommen und nach Großbritannien übergesetzt. In Liverpool gingen sie an Bord.

Außer ihnen gibt es nur noch zwei Passagiere. Die Lehrerin, die in Tilbury Docks zustieg, ist vom britischen Konsulat engagiert worden, um den Kindern der englischen Gesellschaft in Lagos Unterricht zu erteilen, bis zu dem Zeitpunkt an dem man sie zurück nach England schickt, um ihnen in einem Internat eine standesgemäße Bildung zukommen zu lassen. Seit Liverpool ist auch ein nigerianischer Arzt an Bord, der an einem Londoner Krankenhaus arbeitet und nun einen längeren Urlaub zu Hause bei seiner Familie verbringen möchte. Während der zweiwöchigen Schiffsreise ist man sich zwangsläufig ein wenig näher gekommen. An den langen Abenden an Deck, nach dem Dinner in der Lounge mit dem Kapitän, dem ersten Offizier und dem Schiffsingenieur, ist man bald dazu übergegangen, sich Episoden aus der Vergangenheit zu erzählen. Einmal, es war schon spät, begann die Lehrerin von ihrem Verlobten zu erzählen. Doch bereits nach wenigen Worten verfiel sie in Schweigen und Charlotte vermutet nun ein trauriges Geheimnis.

Dies ist die letzte Nacht an Bord des Schiffes. Während sie auf das Stampfen und Quietschen der Maschinen im Schiffsrumpf lauscht, sinnt Charlotte darüber nach, ob es wohl die Holzfigur gewesen ist, die seit Kindertagen den Wunsch in ihr wach hielt, Afrika und seine Menschen unbedingt kennen lernen zu wollen und nicht nur während einer kurzen, wenige Tage dauernden Stippvisite, darüber war sie sich stets im Klaren gewesen. Sie beabsichtigte, dort längere Zeit zu verweilen, um ganz aus der Nähe den afrikanischen Alltag mitzuerleben, geheimnisumwitterte Bräuche zu beobachten und den Einfluss magischer Riten auf das Leben und Denken der Menschen nachvollziehen zu können.

Die Figur käme aus der Cross River Region im östlichen Teil Nigerias und sei ein magisches Symbol des *Ekpu*-Geheimbundes. Mit dem Finger auf der Landkarte hat Charlottes Vater die Stelle an der Niger-Flussmündung gezeigt, und dann, weil sie ihn inständig bat, zum wiederholten Mal die Geschichte erzählt, wie er bei seiner Afrika-Reise dort zwei Tage geblieben und abends vor dem *Resthouse* auf und ab gegangen war. Misstrauisch beobachtet von den Einheimischen, die nur schwer begreifen konnten, wieso der Europäer es nicht besser fand, sich innen an der Bar, unter rotierenden Ventilatorblättern, ein erfrischendes Bier zu genehmigen. Doch Dietrich Michaelis hatte es vorgezogen, draußen den Kiesweg entlang zu wandern, bis hin zu der den Buschwald abgrenzenden Straße, dort wieder umzukehren und dabei – fast genussvoll – die feuchte und drückende Nachtluft einzuatmen. Er fand das bedeutend interessanter, als sich weiterhin das Geschwätz des Arzneimittelvertreters anzuhören. Der hatte bereits im Verlauf der sich über drei Gänge erstreckenden Abendmahlzeit ohne Unterlass darüber geklagt, wie wenig Geld die Missionshäuser im Busch für gute Medikamente auszugeben bereit wären. Dietrich Michaelis wollte lieber dem Kreischen der Nachtvögel lauschen, wollte das Keckern der Affen aus dem nahegelegenen Gehölz hören und die Fledermäuse beobachten, die unter dem *Resthouse*-Dach in regelmäßigen Abständen und in ordentlicher Formation hervor geflogen kamen. Amüsiert hatte der Vater geschildert, mit welchem jammernden Gezeter jede der Fledermaus-Gruppen vom *Nightwatch* zur Kenntnis genommen worden war. Und wie dieser ängstlich seine Augen hinter einem Ärmel des weiten Gewandes verborgen hielt: Fledermäuse seien Todesboten, so war die landläufige Meinung, sie kündigten Unheil an.

Gerade, als er sich vorgenommen hatte, wieder zurückzukehren und seinen Schlafbungalow aufzusuchen, da sei auf einmal ein Händler aus der Dunkelheit aufgetaucht. Der Mann schien ein *Haussa* aus dem Norden zu sein, ein Moslem, wie Michaelis anhand seines Kaftans zu erkennen glaubte. Der dunkle Mann hat sich vor dem weißen Master nieder gehockt, ohne zu zögern sein buntes Tuch auf der Erde ausgebreitet und Waren aus der großen Stofftasche genommen. Nebeneinander hat er seine Schätze aufgereiht. Geschnitzte Masken brachte er zum Vorschein, Perlenketten, Armreife, *Manela*-Ringe – das Geldmittel aus uralten Zeiten – und sogar einen Elfenbeinzahn. Weil nichts von all dem den weißen Master zum Kauf zu animieren schien, hat der *Haussa* schließlich ein letztes Mal in die Tasche gelangt, nach einem vorsichtigen Rundumblick die Figur herausgeholt und sie ganz andächtig in der Mitte des Tuchs platziert. Dietrich Michaelis fühlte sich von der kleinen Statue sogleich fasziniert. Er hatte sie in die Hand genommen, sie hin und her gewendet und einer intensiven Betrachtung unterzogen. Vermutlich war sie sehr alt, nicht in wenigen Monaten künstlich gealtert mit gebräuchlichen Tricks, wie dem Einlegen in Säure und dem Vergraben in Erde. Diese Figur hatte sicher schon viele Jahrzehnte hindurch bei magischen Handlungen ihren Dienst getan, davon war er überzeugt, denn das Holz fühlte sich rau an, war von eigenartig grauer Farbe und zeigte Risse. Bemerkenswert fand Charlottes Vater auch die Spuren der Opferriten in Form eines rötlichen Farbauftrags. Tief waren die Reste des Pulvers in die Rillen des Holzes eingedrungen. Weil ihm die Figur gut gefiel, sie auch eine gewisse Würde ausstrahlte, hat sich Dietrich Michaelis bei dem *Haussa* nach dem Preis erkundigt, und sie waren handelseinig geworden.

Die tatsächliche Bedeutung der *Ekpu*-Figur erfuhr Michaelis erst zu Hause, beim Nachschlagen in Büchern und nachdem er beim Berliner Völkerkundemuseum Erkundigungen eingezogen hat. Er fand heraus, dass der geflochtene Bart, die flache Kopfbedeckung und die kurze Beinkleidung einen besonderen Stil symbolisierten und solche Figuren bei den Riten des *Ekpu*-Geheimbundes eine tragende Rolle spielten. Von da an nahm Michaelis jede Gelegenheit wahr, seinen Schülern während des Geschichts- oder Erdkundeunterrichts die kleine Statue vorzuführen, die er eingehüllt in Tüchern und sorgfältig in einer Tasche verstaut mitbrachte. Berührt werden durfte das wertvolle Stück aber nicht. Nur das Anschauen aus der Entfernung von mindestens einem Meter genehmigte er.

Jedes Mal wenn der Vater darüber sprach, lauschte Charlotte mit fast angehaltenem Atem, obwohl sie eigentlich jedes Wort bereits auswendig kannte. Ganz deutlich sah sie den *Haussa* dann vor sich. Sein dunkles Gesicht mit den ausdrucksvollen Augen unter der bestickten Kappe, wie er mit verschwörerischem Ausdruck die Holzfigur hervor zog, wie er sich dabei umsah, ob er auch nicht beobachtet wurde. Der Verkauf von *Juju-Objects* sei nämlich unter Todesstrafe verboten, murmelte er. Vater hatte den Verdacht, dass er damit wohl den Preis nach oben treiben wollte. Aber ganz ungefährlich war es sicher nicht, mit einer magischen Figur Handel zu treiben.

Auf Charlotte übte die *Ekpu*-Statue von Anfang an einen starken Reiz aus. Sie ging häufig in Vaters Arbeitszimmer, um den Fetisch lange und intensiv zu betrachten. Irgendwann vermeinte sie, dessen übersinnliche Kräfte zu spüren. Von da an vertraute sie sich immer dann der Figur an, wenn sie etwas Schwieriges zu bewältigen hatte. Zum Beispiel wenn die Mathematik-Arbeit bevorstand, wenn eines der teuren Weingläser zerbrochen war und sie dies zu beichten hatte. Oder später, wenn der heimlich Angebetete ihrem vorsichtigen Werben kein Interesse entgegen brachte. Jedes Mal – davon war Charlotte fest überzeugt – zeigte die Beschwörung positive Wirkung: In der Mathematik-Arbeit bekam sie eine Drei, die Mutter mahnte nur, das nächste Mal vorsichtiger mit den Gläsern umzugehen. Und der junge Mann registrierte sie endlich und schenkte ihr ein anerkennendes Lächeln.

Einmal erwischte Mutter sie, wie sie vor der Holz-Figur hockte, die flachen Hände über dem Kopf erhoben und mit den Fingerspitzen nach oben zeigend, wie sie es in einem Afrika-Buch gesehen hat, und wie sie leise murmelnd ihr Problem schilderte.

»Bist du noch ganz bei Trost?«, rief Mutter. »Was soll der Humbug? Ist das Afrika-Zauber, den du hier veranstaltest?«

»Das hilft mir«, erwiderte Charlotte trotzig.

»Das ist Hokuspokus und ich verbiete dir, so etwas jemals wieder zu tun.«

Von der Mutter fest am Arm gepackt wurde sie aus Vaters Arbeitszimmer gezogen.

Wann immer Charlotte von nun an ihre Bittbesuche vor der *Ekpu*-Figur vorbrachte, passte sie höllisch auf, dass niemand sonst im Haus war, der sie bei ihrem Tun entdecken konnte.

Martin schläft bereits tief und fest. Trotz der Schiffsgeräusche kann sie ein leises Schnarchen hören. Charlotte ist unverständlich, wie es jemand in solch einer aufregenden Situation fertig bringt, so entspannt zu schlafen. In wenigen Stunden wird das Schiff im Hafen von Lagos anlegen. Darauf will sie sich innerlich vorbereiten. Sie möchte diesen Teil Afrikas von Anfang an in allen Nuancen auf sich einwirken lassen und die Dinge hautnah spüren, über die sie bisher nur gelesen hat. Sie will sich mit Nigeria anfreunden. Sie möchte die Bräuche der Einwohner erleben, würde auch zu gern mit Geheimbünden in Berührung kommen, obwohl dies für Weiße, wie Vater sagte, und ganz besonders für Frauen, wohl kaum möglich sein wird.

Einmal hatte Charlotte versucht, Martin ihre Gedanken zu erklären. »Du spinnst wohl«, reagierte er abfällig und tippte sich vor die Stirn. »Bleib mir bloß mit dem afrikanischem Zauberkram vom Leib. Meine Firma erwartet von mir ordentliche Arbeit und gute Verkaufszahlen. Die werde ich kaum durch magische Formeln erreichen können.«

»Vielleicht doch«, warf Charlotte dazwischen und weckte damit erst recht seine Empörung. Sie solle ihn mit dem Quatsch in Ruhe lassen, meinte er.

Daraufhin, um ihren Mann nicht weiter zu verstimmen, lächelte sie verbindlich, mit scheinheilig interessiertem Gesicht den nun folgenden Ausführungen lauschend. Seine Firma lege großen Wert darauf, dass die Niederlassung in Onitsha wieder zum Laufen käme. Der bisherige Leiter habe sich fünf Monate zuvor abgesetzt, vermutlich nach Rhodesien. Jedenfalls ist er seitdem verschollen. Derart führerlos sei der Verkauf der Ford-Autos stark zurückgegangen. Dann war es zu Engpässen bei der Ersatzteil-Lieferung gekommen, was wiederum verärgerte Briefe der Kunden an das deutsche Hauptwerk zur Folge hatte. Der nigerianische Werkstattleiter Mr. Balongwu sei total überfordert. Er, Martin Jordan, müsse nun dafür sorgen, dass alles wieder in Ordnung komme und der Verkauf gesteigert würde. Inwieweit das unter Zuhilfenahme von Dämonen geschehe, sei ihm ziemlich egal, fügte Martin an, und zwinkerte ihr neckend zu.

Charlotte drehte sich verärgert weg, weil sie fand, dass derart geheimnisvolle Dinge nicht Anlass für Spott sein sollten, und fiel in schmollendes Schweigen.

»Komm Schatz«, lenkte Martin ein, als er erkannte, wie sehr sich seine Frau durch die Bemerkung verletzt fühlte. Er legte einen Arm um sie. »Du weißt doch, wie ich darüber denke. Meinetwegen kannst du gern in afrikanischer Magie herumschnüffeln – solange du mich damit nicht behelligst.«

Charlotte schnitt seitdem das brisante Thema nicht wieder an, aber sie selbst nahm sich vor, sehr wohl dem afrikanischen Brauchtum näher zu kommen. Ihr wird das auch gelingen, das glaubt sie fest. Martin kann sich auf den Kopf stellen, denkt sie insgeheim, aber an meinem Vorhaben wird er mich nicht hindern können.

Die Seereise war ein großartiges Erlebnis. Charlotte fand es wundervoll, an den windstillen Tagen auf das glatte, kaum bewegte Meer hinaus zu schauen. Oftmals saß sie einfach nur da, und versuchte mit den Augen die ferne Linie zwischen Wasser und Himmel auszumachen. Manchmal malte sie mit dem Finger einen Strich in die Luft und legte so den von ihr gestalteten Horizont fest. Ihr gefiel es aber auch, wenn es windig war, wenn verschwommen am Horizont Inseln vorbeiglitten, wenn das Meer toste und der Bug des Schiffes sich langsam vor den anrollenden Wellen hob und senkte. In tiefen Zügen sog sie den Geruch des Meeres ein, schmeckte das Salz auf ihren Lippen und bemitleidete Martin, der sich stattdessen unten in der Kabine dem Elend einer Seekrankheit hingab.

Doch so sehr sie diese Erfahrung auf dem immer schwankenden Schiff genoss, ist sie nun doch auch in heftiger Erwartung des nächsten Tages. Sie kribbelt innerlich vor Aufregung und kann es kaum erwarten, anzukommen. Auch wenn der Vater vor der Abreise zu bedenken gab, dass Nigeria politisch nicht mehr so friedlich sei wie ehemals zur Kolonialzeit. In den vergangenen Jahren, seit dem Land die Unabhängigkeit verliehen wurde, betrachtete man in Europa die vielgelobte Föderation Nigerias noch gern als afrikanische Musterdemokratie. Diese sei aber dabei, zu zerfallen. Vor wenigen Monaten erst hätten nigerianische Offiziere rebelliert und drei ranghohe Politiker erschossen.

Doch da konnte der Vater noch so sorgenvoll schauen. Die einmalige Chance, nach Afrika zu gehen, würde Charlotte sich nicht durch – wie sie annimmt – grundlose Schwarzmalerei verderben lassen. Wenn die Firma ihres Mannes sogar plant, die Ford-Niederlassung noch weiter auszubauen, dann wird sie die politische Lage des Landes wohl richtig einzuschätzen wissen.

Charlotte denkt zurück an die Zeit, als sie Martin im Tennisclub kennen lernte. Anfangs war er nur einer der gutaussehenden jungen Männer, die regelmäßig im Club auftauchten. Sie kannte seinen Namen, wusste auch, dass er Maschinenbau und Betriebswirtschaft studiert hatte. Besonders aufgefallen war er ihr dadurch, weil er sein glattes, blondes Haar so lang trug, dass er es bei den Matches am Hinterkopf mit einem Band zusammenfassen musste. Charlotte gefiel das sehr gut, und als Martin Jordan anfing, ihr den Hof zu machen, ihr kleine Artigkeiten zu sagen und ihr auch anbot, mit ihm ein Spiel auszutragen, da fühlte sie sich geehrt. Sonst lehnten die jungen Männer im Club es nämlich ab, mit Mädchen zu spielen. Deren Schläge kämen zu lasch, wären also unter Niveau, war die abfällige Meinung.

Natürlich spielte Martin besser als sie. Er platzierte seine mit Dynamik geschlagenen Bälle immer exakt entlang der Linie. Charlotte hetzte sich schrecklich ab – und verlor trotzdem. Charmant tröstend lud Martin sie auf einen Drink an die Bar ein. Als er am nächsten Tag anrief und fragte, ob er sie in den Tanzclub am Erlenberg einladen dürfe, sagte sie sofort zu. Von da an gingen sie zusammen.

Als sie Martin zum ersten Mal mit zu sich nach Hause nahm, wurde er von ihrem Vater misstrauisch in Augenschein genommen. Dietrich Michaelis konnte lange Haare bei Männern nicht ausstehen und hatte diese Einstellung vor seinen Schülern auch bereits etliche Male ziemlich unverblümt zum Besten gegeben. »Vielleicht sollten Sie es einmal mit einer Hochfrisur versuchen«, war eine seiner Aussagen. Oder: »Sie sind Fräulein …?« Verbieten konnte er es an der Schule nicht, dennoch zeigten seine abfälligen Äußerungen meist den gewünschten Erfolg.

Auch Charlottes Mutter, die es schon beeindruckte, dass Martin Blumen mitbrachte und diese mit tiefer Verbeugung überreichte, ließ später vor der Tochter dennoch verlauten: »Die Haare sind viel zu lang. Charlotte, das musst du ihm unbedingt sagen. Die soll er abschneiden. So läuft man nicht herum.«

Keinen Ton hatte Charlotte von sich gegeben. Warum auch? Ihr gefiel nämlich Martin Jordans Haartracht ausnehmend gut.

Irgendwann hatte Mutter sich daran gewöhnt und sogar, als sie kürzlich gemeinsam die Hochzeitsfotos betrachteten, zu ihrem Schwiegersohn gesagt: »Du siehst mit deinen Blondhaaren aus wie der Schiller.« Die Aussage brachte Martin dazu, »Festgemauert in der Erde« zu beginnen, bis ihm der Text ausging, worauf er versuchte, das Lied von der Glocke zusammen mit Mutter zu rezitieren.

Charlotte schmunzelt jetzt bei der Erinnerung daran. Denn schon während der zweiten Strophe waren die beiden ins Stocken geraten. So ging sie zum Bücherschrank, suchte Schillers Gesammelte Werke hervor und unter Zuhilfenahme des Buches gelang ihnen dann gemeinsam das Aufsagen des Gedichtes in voller Länge.

Eigentlich überraschend, dass mein Martin für solche Dinge Sinn hat, überlegt sie. Bei seinem Beruf, dem täglichen Umgang mit Autos, Motoren und den kulturell wenig interessierten Mitarbeitern, ist sein Interesse an Poesie wohl eher ungewöhnlich.

Ihr kommt der Abend in den Sinn, als sie schon zwei Jahre zusammen waren und zu später Stunde in Martins VW Käfer vor dem Haus der Michaelis parkten. Der Abschied zögerte sich hinaus, weil das Küssen kein Ende nehmen wollte. Schließlich meinte Martin, sie sollten den Abend oben in Charlottes Zimmer abschließen. Ein paar Mal war ihm das schon gelungen, dann wenn ihre Eltern ausgegangen waren und man mit ihrer Rückkehr noch nicht zu rechnen brauchte.

»Kann ich noch mit reinkommen«, murmelte er, schob Charlottes Pulli nach oben und versuchte, auf ihrem Rücken den Verschluss des BHs zu öffnen.

»Ich fürchte, meinen Eltern würde das nicht so gut gefallen«, entgegnete sie, weil sie wusste, dass Vater und Mutter zu Hause waren.

»Die schlafen doch sicher schon. Wir schleichen uns rein. Da hören sie uns nicht. Komm, sei nicht zickig.« Um ihren Widerstand aufzuweichen, machte sich seine andere Hand unter ihrem Rock zu schaffen.

Doch Charlotte war für ein schnelles Liebesintermezzo nicht in Stimmung. Sie zerrte seine Hand hervor. »Ich bin nicht zickig«, sagte sie, »und ich meine auch, wir sollten vorsichtiger sein. Sonst bin ich nämlich eines Tages schwanger.«

»Ich denke, du kennst deine fruchtbaren Tage?«, erwiderte er recht ernüchtert. »Wie wäre das denn heute?«

»Heute wäre gar nix«, kam es ziemlich patzig von ihr. »Weil ich nämlich reingehe und du heimfährst.«

So schnell wollte er aber nicht aufgeben. »Komm, sei lieb«, versuchte er es erneut.

Da wurde Charlotte ärgerlich. »Ach Martin, lass mich doch bitte jetzt in Ruhe.« Sie zog ihren Rock über die Knie und langte nach ihrer Tasche. »Ich kann diese ganze Heimlichtuerei nämlich nicht mehr ausstehen.«

»Gut, dann brauchen wir eben eine eigene Wohnung, um unserer Beziehung den würdigen Rahmen geben zu können.« Martin setzte sich gerade hin und rezitierte: »Im wunderschönen Monat Mai, als alle Knospen sprangen, da ist in meinem Herzen die Liebe aufgegangen.«

Er machte eine kurze Pause und fügte, während sie ihn sprachlos anstarrte, hinzu: »Wir sollten heiraten.«

»Wie bitte?!«, fragte Charlotte nach.

»Na, heiraten«, wiederholte Martin energisch, und mit Charlottes Lachen, das nun folgte, wurde das Abkommen besiegelt.

Als wir heirateten, sinniert Charlotte weiter, da war noch kein Gedanke daran, dass wir einmal aus Rautlingen weggehen würden.

Martin hatte gerade erst bei den Ford-Werken angefangen. Es sei eine richtig gute Stellung, verkündete er stolz, er bekäme ein wirklich gutes Gehalt. Ihr war es wenige Wochen zuvor gelungen, ein Volontariat bei der Franken-Rundschau zu ergattern. Das aufzugeben tat ihr schon ein bisschen leid. Aber egal, Afrika war besser. Außerdem hofft sie, wenn sie eines Tages zurückkommen, dort weitermachen zu können, wo sie begonnen hat. Kleine Aufträge zur redaktionellen Berichterstattung hatte sie bereits erhalten. Sie wurde auch gelobt, weil ihr Schreibstil so flüssig sei und sie das Wichtige offensichtlich gut rüberbrachte. Das sagte zumindest der Ressortleiter. Als Martin mit der Nachricht nach Hause kam, dass die Firma vorhabe, ihn nach Nigeria zu schicken, da zögerte sie dennoch keinen Moment, ihren Mann zu begleiten.

Die Chance nach Afrika zu gehen war einfach zu verlockend.

Außerdem, so denkt Charlotte jetzt, kann ich in Onitsha sicherlich intensiver der Verwirklichung meines zweiten großen Wunsches nachgehen: nämlich ein Kind zu bekommen. In Rautlingen hätte sich das wohl noch um einige Jahre verzögert, weil Martin kurz nach der Hochzeit meinte, sie müsse zunächst mit dazu verdienen. Ihm wäre das eigene Haus wichtig, in seinen Augen die Voraussetzung zur Gründung einer Familie. Sie wollte wissen, warum er es dann mit der Eheschließung so eilig gehabt hätte. Woraufhin Martin erwiderte, dass das mit dem Haus vielleicht doch nicht so lange dauern würde, denn sein Vater hätte finanzielle Unterstützung zugesagt.

Ob mein Schwiegervater sich an seine Zusage wirklich gehalten hätte, kann mir jetzt egal sein, denkt Charlotte, zieht die Decke hoch bis unters Kinn, dreht sich zur Seite und schiebt das Kopfkissen zurecht. Jetzt brauche ich auf den Bau eines Eigenheims keine Rücksicht mehr zu nehmen. Nein, ich werde die Angelegenheit schnellstmöglich in die Wege leiten, denn in Onitsha wird ein Haus für uns bereitstehen. Es gibt Personal, und ich brauche mir dort keinen Job zu suchen. Vermutlich würde ich auch gar keine Stelle finden. Eine afrikanische Zeitung wird sich kaum für eine deutsche Journalistin interessieren. Also wird mir ausreichend Zeit bleiben, um das Kinderkriegen in Angriff zu nehmen.

Den Kalender, in dem sie bisher akribisch ihre fruchtbaren Tage notierte, räumte sie beiseite.

Gegen Mittag legt der Dampfer im Hafen von Lagos an. Die Lehrerin, die jetzt ein Khaki-Kostüm und einen Tropenhelm trägt, der Arzt und die Jordans verlassen über einen schwankenden Steg das Schiff und beobachten vom Kai aus das Löschen der Ladung. Man hört das Quietschen der Ladebäume, die Schreie der Hafenarbeiter und über allem tönt das Kreischen der Möwen. Die Sonne brennt heiß auf den Gesichtern und auf der staubigen Straße. Überall stehen riesige Ölfässer und der Geruch, der von ihnen ausgeht, ist beißend scharf.

Ein gelber Himmel, der eine drückende Hitze ausstrahlt, liegt über der Stadt, dieser riesigen, aufdringlichen Masse aus Stein, deren laute Geräusche herüberdringen. Also ist das auch Afrika, überlegt Charlotte, die verwirrt ist und sich einen Augenblick zurücksehnt auf das Schiff, um sich im Dunkel der fensterlosen Kabine zu verkriechen. Was hat sie sich nur eingebildet? Glaubte sie wirklich, der ganze Kontinent bestünde nur aus Dschungel, und dazwischen idyllische Dörfer mit strohbedeckten Lehmhütten?

Das Gepäck ist ausgeladen und sogleich stehen etwa zwei Dutzend Lastenträger bereit, um den eben angekommenen Passagieren behilflich zu sein. Man begibt sich zum Zollbereich, lässt die Pass- und Gepäckkontrolle über sich ergehen, füllt Formulare aus und gibt Auskunft über den Grund des Aufenthalts. Nicht so der nigerianische Arzt. Ihm bleibt der größte Teil der Prozedur erspart. Er verabschiedet sich mit einem Winken und verschwindet durch die breite Ausgangstür, hinter der man, während des kurzen Augenblicks des Öffnens eine bunt gekleidete Menge erblicken kann. Vermutlich ist der gesamte Familienclan zu seiner Begrüßung angereist.

Martin und Charlotte verlassen mit dem Lastenträger, der das Gepäck auf einem Karren hinter sich her zieht, das Hafengebäude und werden zu einem bereitstehenden Taxi geleitet. Martin hat sich wohlweislich mit englischen Geld versorgt und gibt dem Mann, nachdem der eifrig die Gepäckstücke im Kofferraum des Wagens eingeordnet hat, ein, wie er meint, angemessenes Trinkgeld. Vom überaus strahlenden Gesicht des Trägers irritiert, nimmt er sich vor, sich doch besser nach der hier üblichen Höhe des Betrags für Dienstleistungen zu erkundigen, um nicht etwa die Preise zu verderben.

Das Taxi bringt die Jordans zum Bristol Hotel im Zentrum von

Lagos. In der Eingangshalle dreht ein riesiger, an der Decke hängender Ventilator in langsamer Stetigkeit seine schaufelförmigen Blätter. Charlotte fühlt den leichten Windhauch angenehm über sich streifen, während sie neben Martin an der Rezeption steht.

Ein Boy schleppt das Gepäck ins Zimmer, in dem es kühl und dunkel ist, und in dem eine Klimaanlage laut vor sich hin brummt. Charlotte kann es kaum erwarten, sich ihres Kostüms zu entledigen und leichtere Kleidung aus dem Koffer zu ziehen. Draußen empfand sie die schwül-heiße Luft wie eine Glocke, die sich über sie stülpte und das Atemholen zur mühsamen Angelegenheit werden ließ. Ihre Kostümjacke schien auf einmal aus Pelz zu sein, und die Strumpfhose hatte sich in eine klebrige, sich an den Beinen festsaugende Haut verwandelt.

Mit Hitze hatte sie gerechnet, aber nicht mit einer derartig hohen Luftfeuchtigkeit. »Puh«, stöhnt sie, während sie im Koffer herumwühlt und endlich ein Sommerkleid zu fassen bekommt, »ist das drückend.«

»Hab ich doch gesagt.« Martin wirft seiner Frau einen nachsichtigen Blick zu. »du bist viel zu warm angezogen. In Lagos besteht die Luft zu etwa achtundneunzig Prozent aus Feuchtigkeit.«

Charlotte nimmt den Hinweis mit säuerlicher Miene zur Kenntnis. Warum tut er bloß immer so überschlau, denkt sie. So, als ob er die Weisheit mit Löffeln gefressen habe. Dabei macht er auch ganz schön oft Fehler – nur zugeben tut er die nie.

IV

Ausgebreitet über vier Inseln und einen Teil des Festlandes an der Bucht von Benin entwickelte sich Lagos zur dicht bevölkerten Großstadt und wichtigsten Hafenstadt. Sie war die erste Hauptstadt des unabhängigen Nigerias, das Finanz- und Bankenzentrum des Staates und Sitz zahlreicher Bildungs- und Kultureinrichtungen.

Kapitel 4

Lagos, Onitsha, September 1964

Mit der Decke über den Ohren versuchte Charlotte das Brummen der Klimaanlage zu lindern. Endlich, es dauerte ziemlich lange, war sie eingeschlafen. Doch der Schlaf war nicht erholsam und nur von kurzer Dauer. Als sie dann das Hotel in Lagos verließen, um sich von Mr. Balongwu, dem Werkstattleiter der Ford Niederlassung in Onitsha, in den Osten des Landes, dem eigentlichen Ziel ihrer Reise, bringen zu lassen, da hat sie vor dem breiten Hotel-Eingang stehend, die große Stadt, deren Aktivität sie fast erschreckte, auf sich wirken lassen.

Mr. Balongwu, der sie beobachtete, meinte mit amüsiertem Lächeln: »Der Verkehr in Lagos ist ein wildes Getümmel. Aber machen Sie sich nichts draus. Onitsha ist kleiner und viel weniger lärmend.«

Kaum beruhigt nickte sie nur und versuchte den verwirrenden Anblick und die lauten Geräusche zu verkraften. Während die Männer den Ford Kombi beluden, schaute sie recht skeptisch auf das kunterbunte Gemisch aus Menschen und Fahrzeugen, das Straße und Gehweg bevölkerte. Allerdings konnte sie schon bedeutend gelassener als am Tag zuvor die feucht-heiße Luft aufnehmen, die erfüllt war vom Lärm der Lastwagen, von Autos, von Kinderstimmen und Radios. Stoßstange an Stoßstange drängten sich die Wagen, zwischendurch schoben Händler ihre Karren und waghalsig umkurvten Radfahrer die Fahrzeuge in geschickten Wendungen.

Nun sitzt Charlotte im Fond des Wagens von Mr. Balongwu und lauscht ein wenig schläfrig dem Gespräch der Männer auf den vorderen Sitzen. Inzwischen sind sie bereits seit mehr als zwei Stunden unterwegs. Die in blendende Sonne getauchte, waldreiche und wenig bevölkerte Landschaft außerhalb von Lagos entspricht ihren Erwartungen schon etwas mehr. Die breite Straße zieht sich eintönig und in gerader Linie durch den Buschwald und wie in Trance lässt sie die exotische Kulisse vorüberziehen. Während sie ein Gähnen unterdrückt, kommt sie sich ein bisschen so vor, als säße sie im Kino, und die belaubten Bäume, die Palmen und das dichte Gestrüpp am Wegesrand erschienen vor ihr auf einer Leinwand. Dazwischen erkennen ihre halb geschlossenen Augen auch immer mal wieder versteckt liegende Dörfer mit niedrigen Lehmhäuschen, deren Wellblechdächer in der Sonne glänzen.

Der Anblick von Frauen und Kindern, die auf einmal auf einem etwas erhöhten Wall am Rand der Straße entlang wandern, lässt sie ihre Schläfrigkeit überwinden. Sie bewundert die malerisch bunten Stoffe, in die sich die Frauen gewickelt haben, dann reckt sie sich und versucht herauszufinden, was wohl der Inhalt der auf dem Kopf getragenen Schüsseln und Körbe sein möge. Vermutlich kehrt die Gruppe vom Markt zurück, denn es scheint, als seien allerlei Früchte in den Behältnissen.

Charlotte beugt sich über die Schulter des Fahrers. »Mr. Balongwu, bitte, was ist das?« Sie deutet auf große braune Knollen, die sie aus einigen der Schüsseln herausragen sieht.

»Das ist *Yam*, Madam«, erhält sie zur Antwort. »Eine Süßkartoffel.«

»Wie bereitet man das zu?«

»Die Yams werden gekocht, dann zerstampft und ergeben schließlich einen Brei, den wir *Fufu* nennen.«

»Das möchte ich gern einmal probieren.«

»Ich weiß nicht, ob Sie das mögen werden. *Yam* schmecken nicht wie die Kartoffeln, die Sie gewöhnt sind. Ich kenne kaum Weiße, die das *Fufu* essen.«

Was aber für Charlotte überhaupt kein Grund ist, von ihrem

eben gefassten Vorhaben Abstand zu nehmen. Sie wird ein Gericht aus *Yam* auf jeden Fall versuchen und ist auch überzeugt davon, dass es noch eine ganze Reihe weiterer Nahrungsmittel gibt, die auf dem Speiseplan der Nigerianer stehen und ihr nicht vertraut sind. Sie ist in dieses Land gekommen, um sich mit den Gepflogenheiten der Afrikaner vertraut zu machen. Das Essen gehört unbedingt dazu.

Am späten Nachmittag erreichen sie den Schlusspunkt des langen Reiseweges, den Niger. Um den breiten Strom zu überqueren, müssten sie die Autofähre nutzen, erklärt Mr. Balongwu. Eine Brücke gebe es noch nicht. Sie sei aber im Bau und werde vielleicht in ein oder zwei Jahren fertig sein.

In Asaba, hier endet die breite Straße, lässt er den Ford einen sandigen Weg hinunter und dann über eine Rampe auf die Fähre rollen, die gerade angelegt hat. Während der Überfahrt steht Charlotte neben Martin an der Reling, fühlt die Brise, von der sie angenehm umweht wird, und erwartet mit Spannung die Ankunft auf der anderen Seite. Schon kann sie eine Siedlung in der Ferne ausmachen. Es scheint sich um eine größere, erhöht über dem Fluss errichtete Ansammlung von zumeist kleineren Häusern zu handeln.

Die Anlegestelle der Fähre auf der östlichen Nigerseite, unterhalb der Stadt Onitsha, befindet sich neben einer schilfbewachsenen Landzunge. Während Mr. Balongwu den Wagen rückwärts – und mit erhöhter Vorsicht, um nicht unten aufzusetzen – über die Böschung aufwärts rangiert, schaut Charlotte neugierig nach draußen. Möglichst viel möchte sie sich von der neuen Umgebung einprägen. Sie bemerkt direkt am Flussufer hingeduckte, vereinzelte Fischerhütten, auch zwei kleinere Boote, die kieloben lagern, und über langen Stangen Netze, die zum Trocknen hängen.

Durch das geöffnete Fenster erschnuppert sie einen Geruch von brackigem Wasser, Fisch und staubiger Erde, von Erdnüssen und herbem Rauch. Keinen Blumenduft, wie sie es eigentlich erwartet hat, obwohl es ringsum in malerischen Farben blüht. Der mächtige Baum neben der Anlegestelle trägt fast keine Blätter, aber leuchtend orangefarbene Blüten. Die Hecke darunter ist dicht übersät von kleineren gelben Blütenkelchen, und weiter hinten leuchtet ein Hibiskusstrauch über und über in hellem Rot. Wunderschön sieht das aus – aber duften tut es nicht.

Das Heim des Niederlassungsleiters der Ford Company liegt etwas außerhalb auf einer Anhöhe. Mr. Balongwu parkt den Wagen vor einem zweistöckigen Holzhaus mit hell gestrichenem Wellblechdach. Eine von weißem Holzgeländer umgebene Veranda ist angebaut, und ein hoher Orangenbaum hält seine ausladenden Zweige über Haus und Veranda gebreitet.

»Ist das schön hier.« Charlotte klettert aus dem Ford und bleibt bewundernd stehen. »Das ist ja traumhaft.« Sie breitet die Arme aus und dreht sich im Kreis. »Sieh nur, Martin, wir haben einen herrlichen Blick auf den Niger.«

Um ihr neues Domizil zu erkunden, geht sie um das Haus herum und weiter zu der auf Pfosten gestützten Veranda. Die Latten des Fußbodens sind aus rötlichem und, wie es scheint, sehr hartem Holz. Nirgendwo sind Anzeichen von Verwitterung zu erkennen. Charlotte überlegt, ob es Mahagoni sein könnte, was in den Tropen, wie sie glaubt, recht häufig verwendet wird. In Deutschland wäre eine mit Mahagoni belegte Terrasse vermutlich kaum zu bezahlen. Sie geht bis an den Rand der Veranda, stützt sich auf das Geländer und beugt sich vor.

»Vorsicht!« Martin ist neben sie getreten und zieht sie ein Stück zurück. »Das Geländer kommt mir nicht stabil vor. Sollte es nachgeben, würdest du da runter purzeln.«

»Das wäre doch nicht so schlimm. Da unten sind viele Sträucher. Die würden mich sicher aufhalten.«

»Das schon. Aber sie sind voller Dornen, und vermutlich auch randvoll mit Schlangen und Skorpionen.«

An gefährliches Getier hat Charlotte bisher nicht gedacht, sie tritt vorsichtshalber einen Schritt zurück. Da entdeckt sie beim Umdrehen zwei unterarmlange, bunt gescheckte Eidechsen, die neben der Hauswand in der Sonne liegen und neugierig den menschlichen Besuch beäugen.

»Sind die gefährlich?« Mit ihrer Frage wendet sie sich an Mr. Balongwu, der eben hinzu getreten ist.

»Die sind ganz harmlos, Madame, außerdem nützlich. Sie fressen Blätter und Ungeziefer. Im Haus werden Sie noch andere Echsen bemerken. Kleine, rosafarbene, die recht scheu sind, und nur abends ihre Verstecke verlassen, um die Moskitos von der Wand zu fangen.«

In dem Moment tritt ein Afrikaner aus der Eingangstür und nähert sich den Jordans. »*Welcome Master and Madame. I be Francis, yu cook.*« Er dreht sich um und winkt einem anderen jungen Mann. »*Na be yu boy Elijah.*«

Ganz genau hat Charlotte das Gesagte nicht verstanden. Es ist mehr der Sinn, was bei ihr ankommt. Noch klingt das Pidgin ihren Ohren fremd.

Martin reicht den beiden jungen Männern die Hand und sagt auf Englisch: »Danke, Francis und Elijah. Würdet ihr uns bitte das Haus zeigen.«

Die ersten Wochen in der afrikanischen Stadt sind reich an Erfahrungen. Die Jordans lernen, dass Wasser nur aus Flaschen oder aus dem Filter getrunken werden darf, wenn sie sich nicht eine böse Durchfallerkrankung zulegen wollen, dass man bei längerem Aufenthalt in der Sonne besser eine Kopfbedeckung trägt, dass man Kleidung ausschüttelt, die ein paar Tage unberührt im Schrank gehangen hat und dass man keinen Salat isst, weil der nicht gekocht werden kann. Von den anderen Europäern im Club erfahren sie die Höhe der üblichen Gehälter für Dienstboten und die Möglichkeiten zum Einkaufen. Außer dem Laden in Onitsha, den die Jordans bereits kennen, gäbe es einen Store in Enugu. Eine kleine Auswahl an Nahrungsmitteln aus Europa würde das Kaufhaus in Port Harcourt führen, aber noch reichhaltiger sei das Angebot des großen Warenhauses in Lagos.

»Aber das ist doch sehr weit«, entsetzt sich Charlotte, die sich nicht vorstellen kann, wie man eine derart weite Fahrt nach Lagos nur zum Einkaufen unternehmen kann.

Die Holländerin Janneke Willinghoff, die Charlotte schon mit allerlei Wissenswertem versorgte, lacht. »Na und? An die langen Fahrtwege werden Sie sich schon gewöhnen. Sonst müssten Sie immer hier vor Ort bleiben und das wäre auf die Dauer ganz schön langweilig.«

So sehr oft hält Charlotte sich nicht im Club auf, auch wenn die wenigen Frauen sich über den weiblichen Zuwachs freuen und ihre Gesellschaft suchen. Lieber steht sie einfach nur endlos lange auf der Veranda – ohne Kopfbedeckung, weil sie die nicht für nötig hält – schaut den Hang abwärts hin zum Strom, und auf die weißen Rauchschwaden, die von den Hütten unterhalb aufsteigen. Dabei grübelt sie über eine Möglichkeit nach, um in Kontakt zu den Einheimischen zu kommen. Bisher haben ihre Versuche enttäuschend geendet. Man lächelte sie freundlich an, die Frauen befühlten den Stoff ihres Rockes, und die Kinder riefen »Gimmi penny«. Aber zu einer Unterhaltung kam es nicht. Die wenigsten sprechen Englisch, einige nur das hier übliche Pidgin, mit dem vertraut zu machen Charlotte noch größte Schwierigkeiten hat.

Eines Tages beschließt sie, die unmittelbare Umgebung des Hauses zu ergründen. Auf dessen Rückseite entdeckt sie einen Weg, der ins Grüne führt, und sie entscheidet sich, ihm zu folgen. Verschlungen zieht sich der Pfad durch dichtes Gebüsch. Allerlei Getier scheint das Gesträuch zu bevölkern. Im hohen Gras ist lebhaftes Rascheln und Fiepen zu hören, dann weiter unten im Gehölz lautes Knacken und gleichzeitig ein eigenartiges Zischen, was Charlotte einen Schauder über den Rücken jagt. Als schließlich in der Baumkrone über ihr ein Vogel seinen krächzenden Ruf ausstößt, fährt sie zusammen. Aber tapfer, die Augen fest zur Erde gerichtet, folgt sie dem schmalen Weg abwärts, bis sie auf einmal direkt am Flussufer steht.

Die menschlichen Stimmen konnte sie schon eine Weile vernehmen. Nun erblickt sie am sandigen Ufer etliche mit Hausarbeiten beschäftigte Frauen und Kinder. Einige waschen Wäsche. Das jedenfalls ist zu vermuten, denn die Frauen sind, über flache Ufersteine geneigt, gerade dabei, vor ihnen ausgebreitet liegende, bunt gemusterte Stoffbahnen mit Bürsten kräftig abzuschrubben.

Andere haben vor sich Körbe mit Wurzeln stehen, von denen Charlotte annimmt, dass es sich dabei um *Yam* handelt. Zunächst werden die großen erdigen Knollen im Flusswasser gereinigt, anschließend geschält und in Stücke geschnitten.

Wieder andere gönnen sich eine Pause und nutzen das Flusswasser zum Baden. Gefolgt von einer Schar Kinder tasten sich die Frauen tiefer in den Strom hinein. Hier lösen sie ihre Wickeltücher, setzen sich auf die großen Steine, die vom Nigerwasser in kleinen Wirbeln umspült werden, und während sie miteinander schwatzen, strömt der braune Fluss gleichmäßig und unaufhörlich um sie herum. Dann stehen sie auf, verknoten die Tücher um die Hüften und begeben sich zurück zum Ufer, um die unterbrochene Arbeit wieder anzugehen.

Charlotte hat das Treiben eine Weile beobachtet, jetzt tritt sie näher an die Gruppe heran. Sie würde gern Kontakt aufnehmen, weiß aber nicht, inwieweit man sie verstehen wird. Sie grüßt mit einem »Good morning.«

Die Frauen nicken freundlich, nehmen aber weiter keine Notiz von ihr. Nur einige der Kinder kommen ein Stückchen näher heran und rufen etwas, das sich wie ›*Oyibo*‹ anhört. Später erklärt ihr Francis, dass dies der Name für ›Weißer Mensch‹ sei.

Charlotte hat sich auf einen Baumstumpf gesetzt. Die heißen Sonnenstrahlen empfindet sie im frischen Wind, der vom Strom herüberweht, gar nicht als unangenehm. Da erscheint eines der kleinen Mädchen und tritt dicht vor sie hin. Neugierig und erwartungsvoll schaut es aus dunklen Augen zu ihr auf. Charlotte bückt sich, klaubt einen der runden Kieselsteine aus dem Sand und rollt ihn dem Mädchen zu. Die Kleine nimmt den Stein entgegen und rollt ihn zurück. So geht das Spiel einige Male hin und her.

»*I am Charlotte*«, erklärt sie und tippt sich auf die Brust.

Das Mädchen lacht und läuft davon. Kurze Zeit später hört man die Gruppe der Kinder in einem Singsang »Lotte, Lotte« rufen.

Das jedenfalls ist der Anfang, glaubt Charlotte in diesem Moment zu wissen. Das ist es, was sie erleben will und was sie vertiefen wird. Ganz still sitzt sie da auf diesem im Sand gestrandeten, modrigen Baumstumpf und nimmt in tiefer Zufriedenheit den Anblick der Menschen, der Landschaft und des träge dahinfließenden Stroms in sich auf.

Am späten Vormittag, Charlotte ist zurück gekehrt, stellt Martin vor dem Haus den Wagen ab. Der Mittagstisch ist bereits gedeckt und Francis trägt soeben die dampfenden Schüsseln auf.

»Heute Abend wird im Club das große Fest besprochen. Karlheinz Krause kam vorhin im Betrieb vorbei«, erzählt Martin. »Er meinte, wir Deutschen sollten uns gemeinsam einen witzigen Programmpunkt ausdenken. Vielleicht etwas singen. Die Engländer werden alle irgendwelche historischen Kostüme tragen und die Holländer wollen einen Holzschuhtanz aufführen.«

Er nimmt die Schüssel und legt sich von den Kartoffeln auf den Teller. Francis hat ein Rinderragout geschmort und eine delikate, säuerlich-scharfe Tomatensoße dazu bereitet.

»Was machen die nigerianischen Clubmitglieder?«, will Charlotte wissen, die durch ihr Vormittagserlebnis ganz auf Einheimische eingestellt ist.

»Hab ich nicht gefragt. Aber ich glaube kaum, dass die das Programm mitgestalten werden. Die kommen höchstens zum Zugucken.«

»Finde ich schon komisch. Wir sind Gäste in deren Land und führen uns auf wie die Herren.«

»Das ist eben so. Du wirst daran kaum etwas ändern können.«

»Vielleicht nicht am Verhalten der anderen Europäer. Aber ich selbst kann etwas zur besseren Verständigung tun. Jedenfalls möchte ich Afrikaner, Männer und Frauen, kennen lernen. Mit denen will ich reden, erfahren wie sie leben. Und einiges möchte ich dann auch so machen.«

»Ach du liebes Bisschen.« Martin legt das Besteck an den Tellerrand und, indem er seine Frau schmunzelnd betrachtet, wirft er in gespieltem Entsetzen die Arme in die Luft. »Willst du künftig barfuss laufen, deine Einkäufe auf dem Kopf nach Hause tragen und dich zum Pinkeln an den Wegesrand hocken?« Er prustet los. Die Vorstellung scheint ihn ziemlich zu amüsieren.

»Du bist blöde!« Charlotte ist verstimmt. »So meine ich das natürlich nicht. Ich will herausfinden, was Nigerianer essen, wie sie feiern und welche Gewohnheiten sie haben.«

»Das werden sie dich auch sicher gern wissen lassen«, meint er ziemlich abfällig. »Die warten nämlich nur darauf, dass eine kleine weiße Frau daher kommt und sich für ihre Lebensart interessiert. Sofort werden sie dich in alles einweihen.«

»Vermutlich nicht. Aber jedenfalls bin ich an euren Festvorbereitungen wenig interessiert. Ich sitze lieber unten am Fluss und gucke den Einheimischen bei ihren Beschäftigungen zu. Da fühle ich mich besser unterhalten.«

»Du wirst ja wohl am Abend, im Dunkeln, nicht unten an den Fluss gehen wollen?«, fragt Martin entgeistert.

Als Antwort erhält er von seiner Frau nur ein Schulterzucken. Sie hat das auch nicht wirklich vor. Das wäre ihr dann doch zu unheimlich. Aber Martin zeigen, wie wenig aufregend sie die Clubbelustigungen findet, möchte sie schon.

Den Rest der Mahlzeit verbringen die beiden Jordans schweigend. Sie reichen sich gegenseitig die Flasche mit dem Wasser, den Salzstreuer und auch die kleine Schale mit der Soße, wechseln dabei aber kein Wort. Charlotte ist eingeschnappt.

Martin merkt das kaum, denn seine Gedanken haben sich wieder der Ford-Niederlassung zugewandt. Er überlegt, wie er die Werkstatt auf Vordermann bringen kann. Er hat schon angefangen, im Lager eine Art Inventur zu machen, obwohl es nicht einfach sein wird, weil die Lagerung wenig übersichtlich geführt ist. Immerhin konnte er erkennen, dass von den häufig benötigten Ersatzteilen gar keine oder nur geringe Mengen vorrätig sind. Überhaupt scheint er hier einiges verbessern und verändern zu müssen. In den Wochen seit seiner Ankunft entdeckte er bereits zahlreiche Mängel.

Im Anschluss an das Essen begibt Martin sich für eine kurze Siesta in den Schlafraum. Charlotte bleibt im Wohnzimmer, wo sie sich wieder in den Agatha Christie Roman ›*The Murder on the Links*‹ vertieft. Bewusst hat sie sich damals für die englische Ausgabe entschieden, als sie sich in einem der Rautlinger Buchläden mit Lesestoff für Nigeria versorgte, denn sie hofft, auf diese Weise ihre Englischkenntnisse verbessern zu können.

Am Abend ist Charlotte dann doch bereit, mit Martin in den Club zu gehen.

Das Clubgebäude befindet sich in einer weit ausgedehnten, gepflegten Grünanlage, mit Sportplätzen und einem Swimmingpool. Es gibt mehrere Innenräume, doch an diesem Abend befinden sich alle Gäste auf der von bunten Lichterketten umsäumten, und von einer Holzkonstruktion überdachten Außenterrasse. Man sitzt entspannt in den Korbsesseln, die am Rande des Pools gruppiert sind, und fast alle trinken Bier.

Heute soll die Programmplanung zum großen Clubfest festgelegt werden. Einige nannten bereits ihren Beitrag. Aber die Gruppe der Deutschen, zwölf Männer und drei Frauen sind als Mitglieder eingetragen, konnte sich noch nicht auf eine übereinstimmende Darbietung einigen.

»Wir könnten deutsche Volkslieder singen«, schlägt der Hamburger Karlheinz Krause vor. Er ist der Vertreter einer Exportfirma, und wie der größte Teil der hier lebenden Männer Junggeselle. »Und Labskaus zubereiten.«

»Was ist das denn?« Frau Willinghoff scheint schon vom Namen irritiert. Sie kann sich darunter kein schmackhaftes Gericht vorstellen.

Charlotte, die nur ein einziges Mal in ihrem Leben ein Labskaus probiert hat, das war bei einer Urlaubsreise nach Wilhelmshaven gewesen, ärgert die pikierte Stimme der Holländerin. »Dabei handelt es sich um ein ganz leckeres Gemisch aus Kartoffeln, Hering und Spiegelei.«

»Woher wollen Sie denn hier diese Zutaten nehmen?«

»Heringe bekommt man in Dosen.« Das hat Charlotte im Store entdeckt. »Und ich meine auch, dass man ruhig einmal *Yam* als Grundlage für das Gericht nehmen sollte.«

»Lassen Sie bloß die Finger davon. *Yams* schmecken eklig.« Janneke Willinghoff schüttelt sich.

Dumme Ziege, denkt Charlotte, versucht, sich ihren Unwillen nicht anmerken zu lassen und erwidert aufmüpfig: »Die Afrikaner essen sie jedenfalls. Und zwar täglich.«

»Liebe Frau Jordan«, mischt sich da Krause ein, »die Neger haben einen total anderen Magen als wir Weiße. Die vertragen ganz ungenießbares Zeug. Das meiste davon würde Sie vermutlich umbringen. Außerdem würzen die so scharf, dass es Ihnen den Mund verbrennt. Da bei dieser Hitze hier die Nahrung schnell verdirbt, wird der faulige Geschmack von der starken Würze überdeckt.«

»Komm, red keinen Quatsch« kommt jetzt der Einwurf von Tischler.

Mit am Tisch sitzen die Bauingenieure Jürgen Tischler und Dieter Feldmann. Tischler ist der Unterhaltung bisher schweigend gefolgt. Gelegentlich hat er seine Augen auf Charlotte ruhen lassen. Seine Blicke zeigen deutlich, wie gut ihm die junge Frau gefällt.

Charlotte findet ihn auch attraktiv, und es macht ihr Spaß, den Blickkontakt zu erwidern. Die armen Kerle müssen hier monatelang ohne weibliche Nähe auskommen, denkt sie voller Nachsicht. Da sollten wir Frauen schon ein bisschen mit ihnen flirten, damit sie nicht vergessen, wie es ist, wenn man ein Kribbeln im Bauch spürt. Angetan registriert sie nun, dass Tischler nicht der allgemein abfälligen Ansicht über die afrikanische Ernährung folgt.

»Ich war schon einige Male bei Nigerianern zum Essen eingeladen«, redet der weiter, »mir wurde noch nie etwas Verdorbenes vorgesetzt. Es stimmt, den Speisen fügt man immer Chili bei, was wir Weißen anfangs schon als ganz schön scharf empfinden. Aber man gewöhnt sich daran.«

Aufmunternd lächelt er Charlotte zu. »Ich finde es jedenfalls sehr gut und auch mutig, dass Sie bereit sind, die einheimische Küche zu kosten. Das wollen nämlich die wenigsten hier.« Er wirft einen verächtlichen Blick rundum. »Wenn Sie mögen, dann begleite ich Sie mal zum Markt, zeige Ihnen verschiedene Gewürze und Gemüse und erkläre Ihrem Koch, wie er es zubereiten soll. Ganz sicher werden Sie auf den Geschmack mit Chili gewürzter Speisen kommen. Nehmen sie anfangs nur kleine Prisen und geben sie die an Fleisch und Soße. Allmählich können Sie dann die Menge steigern. Überreden Sie Ihren Mann, sich darauf einzustellen.« Er tut so, als säße Martin gar nicht mit am Tisch. »Die scharfe Würze bringt das Blut in Wallung und treibt den Schweiß aus den Poren, was in dieser Hitze ein gesunder Vorgang ist.«

»Und wie ist das mit *Yam*? Kann man die nun essen?« Vermutlich ist Tischler der einzige hier im Club, der Charlotte ehrlich beraten wird.

»Natürlich können Sie das. Nur wird Ihnen *Fufu*, der zähe, süßliche Kartoffelbrei wohl kaum besonders schmecken. Möglicherweise passen die Knollen tatsächlich gut zur Vorbereitung von Labskaus. Aber was Sie auch prima machen können, sind Kartoffelpuffer. Die *Yam* enthalten bedeutend mehr Stärke als unsere Kartoffeln. Also gerieben und gebraten sind sie wirklich lecker. Da stört die Süße nicht, denn wir essen ja auch Apfelmus dazu. Das bekommen Sie übrigens massenweise in Dosen im Enugu Store. Ich bin gern bereit, dort mit Ihnen hinzufahren und einzukaufen.«

»Nein, danke!« Jetzt hat Martin aber genug. Dieser Tischler tut so, als ob er mit Charlotte ohne weiteres Treffen vereinbaren könnte. Als gäbe es ihn gar nicht. So eine Unverschämtheit, denkt er wütend. »Vielen Dank für Ihr Angebot«, bemerkt er ziemlich unterkühlt. »Wenn meine Frau Begleitung brauchen sollte, dann kann sie auf mich zurückgreifen.«

»Entschuldigung.« Jürgen Tischler lehnt sich zurück und grinst breit. »Ich wollte Ihnen Ihre Frau nicht abspenstig machen. Ich wollte nur höflich sein.«

»Kinder, nun seid mal friedlich«, ruft Pit Willinghoff aufgeräumt. »Habt Ihr schon gehört? Am Freitag ist Bingo-Night.«

»Oh, ja.« Janneke Willinghoff strahlt. Das ist ein Thema, bei dem sie endlich wieder mitreden kann. »Ich habe beim letzten Mal drei Pfund gewonnen.«

»Was ist das, eine Bingo-Night?«

Auch wenn die anderen sie für ignorant halten sollten, wird Charlotte jetzt jedenfalls nicht so tun, als wüsste sie, wovon die Rede ist. So wie Martin, denkt sie. Der weiß ganz bestimmt nicht, was er sich unter einer Bingo-Night vorstellen soll, trotzdem lauscht er mit scheinbar großem Interesse. Sie ist wütend auf ihn, weil er sich so bemüht freundlich gibt, weil er ihr nicht beipflichtete, als es um die Zubereitung von *Yam* ging, und auch, weil er dem netten Herrn Tischler eine so barsche Abfuhr erteilte. Obwohl der wirklich nur behilflich sein wollte.

»Beim Bingo-Spiel erhält jeder Karten mit aufgedruckten Zahlen«, erklärt gerade der andere Deutsche, Dieter Feldmann. »Die Zahlen werden aufgerufen – hier im Club macht das meist der Inder Vishal Kagori. Er ist ein hervorragender Caller, der ganz witzige Sprüche drauf hat. Derjenige, bei dem alle Zahlen auf der Karte zuerst ausgekreuzt sind, hat gewonnen und bekommt den eingezahlten Einsatz.«

Ich kann mir zwar nicht vorstellen, warum so ein Spiel Spaß machen soll, überlegt Charlotte, aber ich werde, um meinen guten Willen zu beweisen, am Freitag hierher kommen und auch das Spiel – zumindest einmal – versuchen.

»Fährst du mit mir heute nach Enugu. Ich würde gern dort im Store einkaufen?«, fragt Charlotte beim Frühstück am nächsten Morgen.

»Also, jetzt gleich auf keinen Fall. Ich muss in den Betrieb.« Martin ist vom Ansinnen seiner Frau wenig begeistert. Aber um guten Willen zu zeigen, fügt er hinzu: »Vielleicht am Nachmittag.«

»Dieser Jürgen Tischler wäre gleich heute morgen mit mir gefahren«, bemerkt sie ruhig, doch der leise Aufruhr in ihrer Stimme ist nicht zu überhören.

»Sag mal, willst du Streit?« Martin legt den Toast, von dem er eben abbeißen wollte, zurück auf den Teller.

»Ich meine ja nur.«

»Du hast doch ganz genau gemerkt, dass der Kerl bloß darauf aus war, was mit dir anzufangen.«

»Aber er hat es gut verpackt.« Charlotte denkt gar nicht daran einzulenken.

Sie befindet sich in einer hervorragenden Position, wie sie erkannt hat. In Nigeria sind weiße Frauen in der Minderzahl. Wenn sie dann auch noch jung und hübsch sind, dann können sie sich vermutlich vor Annäherungsversuchen kaum retten. Charlotte ist nicht darauf aus, ihren Mann zu hintergehen. Aber flirten mag sie schon. Das Gefühl zu haben, von den Männern angehimmelt zu werden, ist einfach zu schön, als dass sie darauf verzichten möchte.

»Ich will jedenfalls nicht, dass dieser Typ mit dir in der Gegend herum kutschiert. Und ich will schon gar nicht, dass er hier ins Haus kommt und Kochanweisungen gibt.«

»Ist ja schon gut.« Charlotte langt nach seiner Hand und drückt sie. »Nun reg dich nicht auf, ich werde mit Tischler nicht zum Einkaufen nach Enugu fahren. Ich möchte ja viel lieber mit dir den Store dort aufsuchen, aber du musst es mir versprechen. Für heute Nachmittag, ja? Ich will Francis etwas deutsche Küche beibringen, und das geht nur, wenn ich die Sachen, die ich brauche, auch besorgen kann.« Treuherzig schaut sie ihn an.

Auf diese Weise wird sie bestimmt sein Entgegenkommen erreichen, denn Francis hat neben Rinderragout und Hühnerschenkeln nur noch Koteletts auf dem Speiseplan. Die drei Gerichte bringt er in gleichbleibender Folge.

Martin ziert sich noch ein wenig. »Mal sehen«, sagt er. Doch dann entspannt er sich. »Na ja, es wird schon gehen«, lenkt er ein. »Im Anschluss an das Mittagessen.«

V

Der erste Emanzipationsversuch der Frauen geschah im 12./13. Jahrhundert, und wurde bekannt als Beginen-Bewegung. Erst wieder nach der Französischen Revolution entschlossen sich die Frauen im Begeisterungstaumel der Revolution ebenfalls für ihre Rechte zu kämpfen. Die dritte Frauenbewegung entstand Mitte der 1940er Jahre. Der Katalog der Frauenrechte wurde im Feminismus thematisiert.

Kapitel 5

Onitsha, November 1964

Es ist noch recht früh, der Tag beginnt soeben hell zu werden. Die aufgehende Sonne strahlt mit rötlichem Schein durch das Fenster und verleiht dem schon ein wenig brüchigen, blauen Vorhang ein rotgolden glänzendes Streifenmuster.

Leise murmelnd dreht Martin sich noch einmal auf die andere Seite, was Charlotte mit Unmut zur Kenntnis nimmt. Sie hat nämlich nicht vor, ihre kostbare Zeit zu verplempern, indem sie einfach nur döst. Sie würde so gern etwas Aufregendes erleben. Aber wie?

An diesem Morgen fühlt sie den Widerspruch besonders deutlich. Dieses Hin und Her der Gefühle. Da ist schon auch Zufriedenheit. Doch die wird immer wieder verdrängt von Wünschen und Erwartungen, die sich einfach nicht erfüllen wollen. Eine eigenartige Leere hat sich in ihr breitgemacht. Eine Empfindung, die sie nicht wirklich begreift. Denn wenn sie ihre augenblickliche Situation nüchtern betrachtet, dann ist eigentlich alles so, wie sie es sich erträumte.

Die heimliche Enttäuschung rührt vermutlich daher, dass es ihr noch immer nicht gelungen ist, mit Einheimischen näher in Kontakt zu treten. So hat sie sich nun doch angewöhnt, öfters den Club aufzusuchen. Mit den anderen hier lebenden weißen Frauen verbringt sie inzwischen viel Zeit am Pool, wo man stundenlang über alltägliche Dinge schwatzt.

Einmal versuchte sie, um sich sinnvoller zu beschäftigen, einen Teil der Arbeit im Haus zu übernehmen. Sie fand im Nebenraum der Küche einen Eimer, füllte ihn mit Wasser und begann die Scheiben der Wohnzimmerfenster abzureiben. Eigentlich erwartete sie Lob. Stattdessen stieß ihre Tätigkeit auf die vereinte Empörung von Francis und Elijah. Nachdem Martin heimgekehrt war, stellten die *boys* dem Master die Frage, ob er mit ihrer Arbeit unzufrieden sei? Woraufhin er zu Charlotte meinte, sie möge bitteschön das Personal nicht verärgern.

Charlotte dreht sich auf den Rücken, starrt zur Zimmerdecke und folgt mit den Augen dem Verlauf der auf Putz liegenden Elektroleitungen. Schließlich wendet sie sich nach rechts, nimmt die Wand unter dem Fenster in Augenschein, bemerkt abgeblätterte Farbe und überlegt, ob wohl allmählich ein neuer Anstrich fällig wäre?

Weil ihr nicht mehr einfällt, wohin sie ihre Gedanken wenden könnte, schlüpft sie aus dem Bett, greift nach dem über einem Stuhl hängenden Rock, der Bluse und der Wäsche, und verlässt leise den Schlafraum. Im Bad wäscht sie sich mit kaltem Wasser Gesicht und Arme, trocknet sich ab, putzt die Zähne und fährt sich mit der Bürste durchs Haar.

Sie geht aus dem Haus, betritt die Veranda, atmet die angenehm frische Morgenluft ein und lässt dabei den Blick schweifen. Sie bemerkt, wie Dunst vom Fluss unterhalb aufsteigt. Der weiße Nebel breitet sich langsam aus, verschluckt die kleinen Inseln in der Mitte des Stroms, zieht weiter zum Buschwald am Ufer, steigt hinauf zu den Baumwipfeln und überlässt schließlich der Sonne das Feld.

Charlotte wendet sich dem ihr inzwischen vertrauten kleinen Pfad zu. Wie magisch angezogen folgt sie ihm abwärts, erreicht den flachen Sandstrand, der zu dieser frühen Stunde noch nicht bevölkert ist, und bleibt am Ufer stehen. Sie breitet die Arme aus, saugt mehrere Male die feuchte Luft in ihre Lungen und versenkt den Blick in die dunklen, welligen, von Wirbeln durchzogenen Fluten. Ein angenehm leichtes, fast schwebendes Gefühl überkommt sie. Am liebsten würde sie sich ins Wasser gleiten lassen.

»*Good morning*«, vernimmt sie da auf einmal eine Stimme und erschrickt, weil sie sich völlig allein glaubte. Sie dreht sich um.

Hinter ihr, auf einem der flachen Felsen sitzend, bemerkt sie eine Afrikanerin in einem bunten Kleid. Die nackten Füße hat sie tief in den Sand gebohrt und ihr vergnügtes Lachen lässt die blendend weißen Zähne im dunklen Gesicht aufleuchten. »So früh am Morgen ist es am Fluss noch wunderschön«, sagt sie in fließendem Englisch.

»Das finde ich auch«, bestätigt Charlotte und geht auf die junge Frau zu. »Wohnen Sie hier in der Nähe?«

»Ich wohne ein Stückchen weiter dort.« Die Frau deutet in Richtung Stadt. »Morgens komme ich oft hierher, weil noch niemand da ist. Manchmal besuchen mich die Affen. Sie wissen, dass ich Futter dabei habe.« Sie zeigt auf den Korb neben sich, in dem Bananen liegen.

»Haben Sie keine Angst vor Schlangen? Francis, mein *cook*, sagte mir, dass früh morgens die Schlangen unterwegs sind und man leicht auf eine treten kann.«

»Schlangen sind kluge Tiere, mit denen man reden muss«, erklärt die Frau mit Ernsthaftigkeit. »Während ich den Weg entlang gehe, sage ich: ›Schlange, ich will dir nichts tun. Dies ist dein Platz, ich weiß das. Ich benutze ihn nur für eine ganz kurze Zeit.‹ Die Schlange hört mich und kriecht fort.«

Die Worte beeindrucken Charlotte und es kommt ihr so vor, als ginge gerade einer ihrer Wünsche in Erfüllung. Sie streckt der jungen Frau die Hand hin. »Ich heiße Charlotte Jordan.«

Später, als sie zurückgekehrt ist und am Frühstückstisch sitzt, erzählt Charlotte von der Begegnung. »Diese Frau ist genau das, was ich gesucht habe«, sagt sie voller Begeisterung.

Ihr Enthusiasmus stößt bei Martin auf wenig Verständnis. »Ich finde es nicht gut, wenn du dich zeitig aus dem Haus schleichst und ganz allein in der Gegend herumläufst«, mahnt er. »Ganz ungefährlich ist das bestimmt nicht. Schon allein der Tiere wegen, die am Morgen noch unterwegs sind.«

»Komm, Schatz, sei nicht sauer.« Charlotte streicht ihm mit einer schnellen Bewegung über die Wange. »Du weißt, mich kann man nicht einsperren. Ein bisschen Freiheit musst du mir schon lassen. Vor den Tieren fürchte ich mich nicht, und die Bekanntschaft mit dieser Frau ist es wirklich wert, so früh zum Fluss gegangen zu sein.«

Sie erzählt, dass ihr Name Ineh Tutamosu laute, sie vierundzwanzig Jahre alt sei und als Lehrerin an der St. Georges Missionsschule arbeite. »Wir treffen uns heute Nachmittag wieder. Um vier Uhr will sie unten am Fluss sein.«

»Hoffentlich wirst du nicht enttäuscht«, gibt Martin zu bedenken. »Ich habe leider in der kurzen Zeit, in der wir hier sind, feststellen müssen, dass die Neger immer nur dann besonders freundlich zu einem sind, wenn sie was wollen, wenn sie einen dringend für etwas brauchen, oder, schlimmer noch, weil sie einen Weg suchen, einen reinzulegen.«

»Das mag bei euch ja der Fall sein« reagiert Charlotte schnippisch. Sie denkt überhaupt nicht daran, sich die neue Bekanntschaft vermiesen zu lassen. »Weil ihr Männer nämlich nur Geschäfte im Sinn habt. Egal, welcher Hautfarbe. Wir Frauen sind anders. Für uns zählt in erster Linie Lebenskultur.« Sie reckt die Nase in die Luft, um Überzeugung anzudeuten.

»Ja, ja, die Kultur der Frauen. Oder vielleicht besser: die Frauenkultur.« Martin lehnt sich zurück und schmunzelt. »Wie sieht das denn deine neue Freundin? Habt ihr euch übers Theater ausgetauscht? Über Bücher? Nein? Dann engagiert sie sich vielleicht in der Politik? Ach entschuldige, Politik hat wohl weniger mit Kultur zu tun. Außerdem ist das ja eher eine Männerangelegenheit!« Sein Schmunzeln ist in ein ziemlich unverschämtes Grinsen übergegangen.

»Du brauchst gar nicht so überheblich zu tun.« Charlotte findet die Unterhaltung jetzt überhaupt nicht mehr witzig. »Ineh liest natürlich. Schließlich ist sie Lehrerin. Sie interessiert sich auch für Politik und hat mir einiges von den drei Volksgruppen Nigerias erzählt. Es ist nämlich so, dass hier in der Gegend die *Ibo* leben, drüben im Westen die *Yoruba* und oben im Norden die *Haussa*. Nigerias großes Problem besteht darin, dass die drei sich untereinander nicht sonderlich grün sind.«

»Oh, meine Frau führt schlaue Reden.« Martin faltet die Hände vor sich auf dem Tisch. »Nur erstaunt mich deine plötzlich aufgetretene Wissbegierde an den ethnischen Problemen des Landes. Denn neulich, als im Club von den Streitereien der Ibos mit den Yorubas die Rede war, da hast du gelangweilt in der Gegend rumgeguckt und so getan, als würde dich das nicht die Bohne interessieren.«

»Da habt ihr Europäer euch über Dinge ausgelassen, über die ihr nur Vermutungen anstellen könnt, weil ihr nämlich keine Ahnung habt«, fährt Charlotte ihn an. »Zum Beispiel als ihr von der Unabhängigkeit redetet. Da habt ihr behauptet, Nigeria wäre besser ein Kolonialland geblieben, weil die Schwarzen mit der neu gewonnen Freiheit nicht umgehen könnten. Ihr habt sie hingestellt, als wären sie dumme kleine Kinder, die nur daran interessiert sind, sich gegenseitig das Spielzeug wegzunehmen.«

»Genau so ist es ja auch!«

»Nein, so ist es nicht!« Ihre Stimme ist jetzt laut und erregt. Am liebsten würde sie ihrer Empörung handgreiflich Ausdruck verleihen und Martin einen kräftigen Schubs geben, so wütend macht er sie. »Da geht es um etwas Anderes. Um vollkommen verschiedene Lebensformen, um unterschiedliche Religionen und um traditionelle Bräuche, die nicht miteinander vereinbar sind.«

»Aha?!«

»Jawohl! Inehs Bruder ist Anwalt. Er weiß sehr viel über die einzelnen Bevölkerungsgruppen, verfasste mehrere Artikel und er engagiert sich in der Politik. Seine Schwester hat ihn bereits etliche Male zu Versammlungen begleitet.«

»Ich bin tief beeindruckt«, kommt es ironisch.

»Du bist wirklich saublöd!«

»Wieso? Ich habe doch soeben meiner Bewunderung Ausdruck verliehen.«

Jetzt hat Charlotte von seiner Ironie die Nase voll. Um sich abzulenken, zählt sie innerlich bis zehn. »Wie findest du diesen Schinken hier?«, fragt sie und müht sich, die Aufregung in ihrer Stimme zu unterdrücken. »Den entdeckte ich gestern im Laden. Er ist aus der Dose.«

Es ist ihr nicht neu, dass es Martin Probleme bereitet, mit Frauen Themen zu diskutieren, die er ausschließlich Männern vorbehalten sieht. Politik gehört dazu, Autos und überhaupt technische Dinge. Selbstbewussten Frauen steht er mehr als skeptisch gegenüber. Als

Charlotte vor kurzem die Emanzipation erwähnte, da tat er das als überzogenes Affentheater ab. Er meinte, jede Frau käme zu ihrem Recht, wenn sie es nur geschickt anfinge.

Charlotte will aber nicht durch Tricks zu ihrem Recht kommen. Sie möchte frei und unbeeinflusst ihre Interessen und Fähigkeiten leben dürfen. Von der Engländerin Rose Middleton bekam sie vor ein paar Tagen Betty Friedans ›The Feminine Mystique‹ in die Hand gedrückt. Sie solle sich dahinein vertiefen, sagte Rose, es sei für eine aufgeschlossene Frau ein eminent wichtiges Buch. Noch bereitet es Charlotte einige Mühe, den englischen Text vollkommen zu verstehen. Öfters begreift sie den Sinn eines Satzes erst nach eifriger Zuhilfenahme des Lexikons. Aber ihre eiserne Verbissenheit trägt bereits Früchte. Von Mal zu Mal kommt sie mit dem Verständnis des Inhalts besser zurecht.

Am Nachmittag ist Charlotte zur vereinbarten Zeit am Fluss. Wie immer um diese Tageszeit beleben nun wieder Frauen und Kinder das Terrain. Von ihr nimmt man kaum Notiz. Nur ein paar Kinder nähern sich, begrüßen sie mit »*Oyibo, Oyibo*« und winken.

Ineh Tutamosu ist noch nicht da, was Charlotte kaum verwundert. In den Wochen, die sie im Land weilt, konnte sie feststellen, wie locker mit der Zeit umgegangen wird. Vereinbarungen werden kurzfristig getroffen, vage in den vorgesehenen Zeitplan eingeschoben und dann nach momentaner Wichtigkeit wahrgenommen. Also weiß sie, dass es noch dauern kann, bis ihre neue Bekannte auftaucht. Auf einem im Sand liegenden, morschen Baumstumpf macht sie es sich gemütlich und beschäftigt sich einfach nur damit, ihre Umgebung in sich aufzunehmen. Überhängende Zweige spenden Schatten.

Da hört sie rasche Schritte im Sand, wendet sich seitwärts und sieht Ineh, die lachend näher kommt. Die Fröhlichkeit liegt nicht nur auf dem Gesicht, sie drückt sich aus im Wiegen des Oberkörpers, beim Schwenken der Arme und im Tänzeln der nackten Füße.

»Hast du die Krokodile gesehen?«, ruft sie schon von weitem und deutet auf eine der Inseln mitten im Strom.

Tatsächlich, jetzt bemerkt auch Charlotte drei nebeneinander flach hingestreckte Echsen, die sich vom grauen Farbton des Sandes kaum abheben, und nur beim genauen Hinsehen auszumachen sind. Sie scheinen eine Siesta abzuhalten, denn sie liegen völlig reglos. Lebendigkeit zeigen nur die auf den Krokodilpanzern herum trippelnden weißen Vögel, die emsig unter den Hornschuppen verborgene Insekten herauspicken.

»Ist es nicht gefährlich, falls die Viecher hier rüber kommen?« Charlotte weist auf die Schar der Frauen und Kinder, die sich im knietiefen Wasser tummeln.

»Warum sollten sie?«, fragt Ineh erstaunt. »Krokodile greifen nur an, wenn sie sich bedroht fühlen. Als Futter mögen sie uns Menschen nicht besonders. Es ist allerdings ratsam, sie so weit wie möglich in Ruhe zu lassen und ihrer Brut nicht zu nahe zu kommen.« Sie geht hinüber zum Baumstumpf und setzt sich. »Die sind ebenfalls harmlos«, erklärt sie und zeigt auf die bunt schimmernden Eidechsen, die auch hier in großer Zahl zu sehen sind. »Aufpassen musst du auf Skorpione und auf manche Schlangen. Besonders auf die kleinen schwarzen. Da darf man nicht drauf treten.«

»Hast du keine Angst? So ganz ohne Schuhe.«

Inehs Antwort wird von einem herzhaften Lachen begleitet. »Glaubst du etwa, diese Dinger da würden dich schützen?« Mit spitzem Zeigefinger deutet sie auf Charlottes rote Riemchen-Sandalen.

»Vermutlich hast du Recht.«

Charlotte überlegt einen Moment, ob sie es Ineh nachtun, sich ihrer Schuhe entledigen und barfuss im Sand herum laufen sollte. Doch dann entscheidet sie sich, die Sandalen an den Füßen zu behalten. Beim genauen Hinschauen hat sie auf der Erde eine Menge an kleinem Getier ausgemacht: schwarze und braune Ameisen, vielfarbige Käfer und unzählige kleine Krebse. Da fühlt sie sich in ihrer, wenn auch leichten, Schuhbekleidung doch besser aufgehoben.

Von da an treffen sich die beiden Frauen in regelmäßigen Abständen, dann, wenn Ineh den Nachmittag schulfrei hat, und auch, wenn sie nicht der Tante am Imbissstand helfen muss. Sie brate da Eier und Bananen, erzählte sie, und schäle die Trink-Orangen. Häufig spricht sie vom Unterricht der Kinder an der St. Georges Missionsschule und – am liebsten – von Okigbo, wo ihre Familie lebt. Sobald sie das entlegene Dorf erwähnt, bekommt ihr hübsches Gesicht ein strahlendes Leuchten.

»Warum bleibst du dann in Onitsha und lebst nicht in Okigbo?«, wollte Charlotte wissen.

»Weil ich Geld verdienen möchte. Dort verbrächte ich meine Tage bei den gemeinschaftlichen Tätigkeiten der Dorffrauen, würde meinen Eltern bei der Feldarbeit helfen und müsste mir meine Kleider selber nähen. Wozu wäre ich dann auf die Lehrerbildungsanstalt gegangen? Meine Familie hat sich meine Ausbildung viele Nairas kosten lassen.«

Auch dass ihr Bruder Amos in England studieren konnte, geschah in gemeinsamer Anstrengung des gesamten Clans. Weshalb Amos Tutamosu nun alle rechtlichen Belange des Dorfes betreut – und er sei bisher immer erfolgreich gewesen, fügte sie voller Stolz an. Irgendwann plane sie schon, in Okigbo eine eigene Schule zu gründen. Aber noch konnte sie ihre Absicht nicht in die Tat umsetzen, weil die Zentralregierung in Lagos bisher die finanzielle Unterstützung verweigerte.

»Denen ist es egal, ob die *Ibo*-Kinder eine gute Ausbildung haben«, sagte Ineh, und ihre Stimme klang fast böse. »Die sorgen sich nur um den Nachwuchs der *Yorubas*. Dafür ist ihnen nichts zu teuer.«

Auch heute spricht sie wieder vom Heimatdorf in den *Cross River*. Das bedeutendste Mitglied der Ortsgemeinschaft sei ihre Großmutter, erklärt Ineh mit achtungsvoller Stimme. Sie sei eine weise Frau, und in ihren Händen lägen die Geschicke der anderen Dorfbewohner. Die Orakelbefragungen und alles was mit *Juju* zusammenhinge, sei ihre Aufgabe. *Dschudschuuh*, sagt sie, und wie sie es ausspricht, klingt es sehr geheimnisvoll. Auf Charlottes Frage antwortet sie, dass *Juju* nicht so einfach zu erklären sei. Aber sollten sie einmal gemeinsam nach Okigbo fahren, dann würde sie versuchen ihr einiges davon näher zu bringen.

Doch zunächst plant Ineh, die neue Freundin zum Tanzen mitzunehmen.

»Wir verabreden uns in der Afrika-Palmwein-Bar«, schlägt sie vor. »Sagen wir am Freitag?«

»Okay.« Charlotte findet das einen großartigen Vorschlag. »Um wie viel Uhr?«

»Abends«, lautet die wenig präzise Auskunft.

»Kann ich meinen Mann mitbringen?« Vermutlich würde Martin sie nicht allein gehen lassen, und dann ist es ihr auch lieber, bei diesem Anlass in männlicher Begleitung zu sein.

»Klar«, lässt Ineh sie wissen. »Da kann jeder kommen.«

Am Freitag machen sich die Jordans also auf, um in der Afrika-Palmwein-Bar das Tanzbein zu schwingen. Sie glauben in etwa eine Örtlichkeit vorzufinden, wie sie das von den drei Rautlinger Tanzbars her kennen.

Den Weg dahin hat Martin sich von Francis beschreiben lassen. Allerdings zeigte der *cook* deutlich sein Erstaunen. Von seinen früheren Mastern ist schon immer mal der eine oder andere dahin gegangen. Die Absicht war jeweils gewesen, ein nettes Mädchen kennen zu lernen, das dann die nächsten Wochen oder Monate als *girl friend* des Masters ins Haus kam. Aber Master Jordan hat es nicht nötig, sich so eine zu suchen. Er hat eine Frau. Was beabsichtigt er dann in dieser wenig feudalen Bar zu tun? Francis kann sich keinen auch nur annähernd akzeptablen Grund vorstellen. Sein Master besitzt genug Geld, um im Onitsha-Club Mitglied zu sein, wo er, wenn er möchte, sich jeden Tag aufhalten kann. Es ist Fancis völlig unbegreiflich, was solche Leute wie die Jordans dazu bringt, ein derart bescheidenes Etablissement wie die Afrika-Palmwein-Bar betreten zu wollen.

Dort sei es sehr einfach. Es stünden nur ein paar Stühle an der Wand, versucht er dem Master die Idee auszutreiben. Seinesgleichen trifft sich dort zum Schwatzen und zum Tanzen. Zu essen gäbe es nur Fleischkekse und gebratene Bananen. Also wenn Francis die Wahl gehabt hätte, dann wäre er viel lieber in den Onitsha-Club gegangen.

»Das hier muss es ein«, sagt Martin und stellt den Ford am Straßenrand ab.

Er zeigt auf einen niedrigen, hüttenähnlichen Steinbau auf der gegenüberliegenden Seite, der sich von den anderen Häusern ähnlicher Gestalt und Größe nur dadurch unterscheidet, dass die Vorderfront mit Werbeschildern vollgepflastert und eine permanent blinkende Lichterkette oberhalb der beiden Fenster gespannt ist.

Beim Näherkommen entdecken sie über der Eingangstür ein Schild, auf dem in Schnörkelschrift der Name der Bar geschrieben steht.

Drinnen, im dunklen Flur, bleiben sie suchend stehen. Eine Gruppe junger Männer lehnt lässig, Zigaretten rauchend und plaudernd an der Wand; den Eintretenden schauen sie wenig interessiert entgegen. Nichts ist zu erkennen, was auf eine gastronomische Einrichtung hinweisen könnte. Da vernimmt Martin weiter hinten leise Geräusche, die sich vage wie Musik anhören.

»Komm«, sagt er und macht eine Kinnbewegung. »Da hinten scheint der Ort des Vergnügens zu sein.«

Sie schieben sich durch den düsteren Flur an den Afrikanern vorbei und stehen kurz darauf im Eingang eines Raumes, in dem glitzernde Papierspiralen von der Decke hängen und einige bunte Lampen schummriges Licht verbreiten. Gleich neben der Tür befindet sich, recht einfach aus Lattenholz zusammengezimmert, eine Bar, dahinter ein mit Flaschen vollgestelltes Regal. Die einzige zusätzliche Möblierung des Raumes ist eine Stuhlreihe entlang der übrigen drei Wände. Einige der Stühle sind mit Frauen besetzt.

»Und hier wolltest du hin?«, murmelt Martin. »Na ja.«

Charlotte antwortet nicht. Sie hat sich der Frau zugewandt, die bei ihrem Eintreten aufgesprungen ist und auf die Jordans zueilt. Es ist ihre neue Bekannte.

»Fein, dass du da bist«, ruft Ineh voller Herzlichkeit. »Ist das dein Mann?«

Nach der Begrüßung begeben sie sich zu den aufgereihten Stühlen und nehmen nebeneinander Platz. Die anderen Frauen sind zur Seite gerückt.

»Mögt ihr Palmwein?«, fragt Ineh, wartet die Antwort jedoch erst gar nicht ab, sondern steht mit den Worten »Ich hole welchen« auf und geht hinüber zur Bar.

Charlotte sieht ihr nach. An diesem Abend trägt die Freundin afrikanische Tracht, nicht das sonst übliche europäische Sommerkleid, das sicherlich im Alltag praktischer ist. Doch hier, in dieser Umgebung, findet Charlotte das in mehreren bunten Stoffbahnen um den Körper gewickelte Gewand passender. Allerdings hat Ineh auf den Turban verzichtet, den die anderen Frauen verknotet als

Kopfputz tragen. Ineh hat ihr kinnlanges Haar säuberlich in zahlreiche Zöpfe geflochten und diese miteinander zu einer Art Krönchen verbunden, was zusammen mit den um Hals und Fußgelenke gewundenen, schweren Perlenketten ganz malerisch und überaus exotisch aussieht.

Ihre Mutter sei eine Fulani, erklärte Ineh. Das Volk lebe weiter oben am Nigerlauf und die Menschen dort haben ein etwas anderes Aussehen als das der hier lebenden Ibos.

Ineh drückt Charlotte und Martin je ein Glas in die Hand. Es ist randvoll mit einer trübe aussehenden Flüssigkeit gefüllt. Die Farbe scheint ins Gelblich-Grüne zu gehen, aber in der düsteren Beleuchtung ist das nicht so genau auszumachen. Charlotte nimmt einen Schluck und findet den Geschmack eher gewöhnungsbedürftig.

»Ist ja eklig«, vernimmt sie da Martins Kommentar.

Fast hätte sie dem zugestimmt, doch dann hält sie die abfällige Bemerkung zurück. Nachdem sie so vehement die Meinung vertritt, es sei wichtig, sich außer in die Sitten und Gebräuche der Nigerianer auch in deren Ernährung einzufühlen, kann sie nicht gleich beim ersten Probieren ablehnend reagieren.

Sie kostet also tapfer weiter und nach dem vierten Schluck hat sie sich einigermaßen an den Palmwein gewöhnt. Vielleicht mildert aber auch der Alkohol, der ihr inzwischen in den Kopf gestiegen ist, den eigenwilligen Geschmack, denn auf einmal erscheint die ganze Umgebung in einem reizvolleren Licht. Die Stühle sind nicht mehr so hart, das Geplapper der umsitzenden Frauen im Ibo-Dialekt amüsiert sie, und selbst der Zigarettenqualm, der in dichten Schwaden über dem Raum liegt, stört sie kaum noch. Allmählich beginnt sie sich fast heimisch zu fühlen.

Bei dem, was bisher an Melodien zu hören gewesen war, schien es sich – wenig passend – um amerikanische Schlager zu handeln. Dann war einen Moment Stille eingetreten, weil der Barkeeper die Platte wechselte. Die Musik, die jetzt aus den Lautsprechern tönt, ist rhythmisch und fremdartig. Ausschließlich Trommeln scheinen den Takt anzugeben.

»Das ist Highlife.« Ineh strahlt. »Komm«, sagt sie, »wir wollen tanzen.«

Ohne sich weiter um die Jordans zu kümmern, steht sie auf. Die anderen Frauen tun es ihr nach und reihen sich am Rand der Tanzfläche auf. Hintereinander, langsamen Schrittes, gehen sie im Kreis, gleichen ihre Bewegungen der Musik an und wiegen sich rhythmisch im Takt. Es ist nicht das übliche Tanzen, wie Charlotte es kennt. Im Grunde ist es nur ein im Kreis Gehen. Doch diese Frauen, so kommt es ihr vor, saugen die Musik mit dem Körper auf. Es sind nicht nur die Beine, die sich bewegen. Es sind auch die Arme, der Leib, der Hals und der Kopf. Jeder Teil des Körpers, jeder Muskel gibt sich den Schwingungen hin.

Die beiden Jordans haben ihre Plätze nicht verlassen. Sie sitzen da und beobachten.

Da merkt Charlotte auf einmal, wie etwas mit ihr passiert: der ganze Raum beginnt sich zu drehen, er verliert seinen Halt und erscheint seltsam unwirklich. Dieser schäbige, mit Glitzerkram aufgepeppte Bereich verändert sich, wird zu einer Traumfabrik, verwandelt sich in Spaß und in eine Leichtigkeit des Seins. Ob es der Palmwein ist, der ihr diese neue Sicht gibt, die exotische Musik oder die tanzenden Frauen, das kann und mag sie nicht ergründen.

Die Musik endet und Ineh kehrt von der Tanzfläche zurück. »Warum habt ihr nicht mitgetanzt?«, fragt sie.

»Ich glaube kaum, dass wir das können«, behauptet Charlotte.

»Da muss man nichts können.« Ineh begreift die Argumentation nicht. »Wir laufen doch einfach nur im Kreis.«

»Das ist es eben. Ihr lauft nicht einfach nur. Ihr nehmt die Musik mit dem Körper auf und gebt sie in der Bewegung wieder«, bestätigt Martin die Aussage seiner Frau. »Das kriegen wir nicht hin. Wir sind zu steif.«

»Versucht es. Das Rumsitzen jedenfalls bringt nichts. Ihr müsst den Tanz schon ausprobieren.«

In diesem Moment setzt die Musik wieder ein. Charlotte steht auf und folgt Ineh zur Mitte des Raumes. Als sie sich umdreht, bemerkt sie, dass auch Martin sich in die Tanzenden einreiht. Inzwischen sind die Männer aus dem Flur dazugekommen, sodass sich der Kreis auf der Fläche geschlossen hat.

»Das war doch gut«, lobt Ineh, als sie wieder beieinander sitzen.

»Na ja«, Martin lacht verlegen. »Ich finde schon, dass Charlotte und ich eine ziemlich ungelenke Figur abgeben. Wir haben einfach nicht die entsprechende Lockerheit. Wir können uns nicht ungehemmt der Rhythmik überlassen. Bei euch entsteht der Tanz durch die Empfindung. Wir dagegen nehmen die Musik mit dem Kopf auf und geben Befehle an die Muskeln weiter. Unsere Bewegungen werden durch Willen und Überlegung erzeugt. Das kann nicht richtig funktionieren.«

Charlotte nickt. Martin hat die Sache auf den Punkt gebracht. Sie könnte noch anmerken, dass die Afrikaner die Musik zu trinken scheinen und davon berauscht werden, aber sie weiß nicht, ob Ineh das falsch verstehen würde.

Daher sagt sie nur: »Sieht es bei mir auch so steif aus?«

»Wie bei wem? Bei mir?« Martin lacht. »Du hast mich wohl beobachtet?«

»Eigentlich kaum.«

»Also, ich fand, du hast dich ganz nett bemüht.«

»Pah!« Charlotte gibt ihrem Mann einen leichten Stoss. »Du gehst jetzt wieder in den Kreis. Ich bleibe hier sitzen und schaue dir zu. Los!«

»Ich denke gar nicht daran. Ich mach mich doch nicht zum Affen.«

»Guckt mal, da kommt Amos«, wird ihre Neckerei von Ineh unterbrochen.

Sie springt auf und eilt zur Tür, wo soeben ein hochgewachsener Mann eintritt, der seine Augen prüfend durch den Raum gleiten lässt. Er ist europäisch gekleidet, in dunkler Hose und hellem Hemd.

Ineh begrüßt den Mann mit einer Umarmung. Dann zieht sie ihn hinter sich her. »Das ist mein Bruder Amos«, stellt sie vor, und der Stolz in ihrer Stimme ist nicht zu überhören.

Es ist unverkennbar, denkt Charlotte, obwohl sie sich gelegentlich noch schwer tut bei der Unterscheidung afrikanischer Gesichter. Doch diese Geschwister unterscheiden sich von den Ibos im Gesichtsschnitt, in der Breite der Nase, und auch die Augen sind anders geformt. Nicht so rund, eher mandelförmig.

»Pleased to meet you«, sagt sie und spürt, wie ihr die Hitze in die Wangen steigt. Sie hofft, dass niemand ihr Erröten bemerkt, was bei der Dunkelheit im Raum auch eher unwahrscheinlich ist.

Man bleibt voreinander stehen und tauscht Höflichkeiten aus. Da bittet der Afrikaner Martin, ihn an die Bar zu begleiten. Er wolle ihn auf ein Bier einladen, denn wie er seine Schwester kenne, habe die vermutlich nur Palmwein serviert.

Martin erfreut das Angebot. Von dem Glas mit der trüben Flüssigkeit hat er bisher nur genippt.

Die Männer begeben sich also zur Bar und Ineh zieht Charlotte zurück auf die Tanzfläche, was diese widerspruchslos mit sich geschehen lässt. Von hier aus bietet sich, während sie versucht ihre Schritte dem Rhythmus anzupassen, eine gute Gelegenheit, Inehs Bruder zu betrachten. Zu beobachten, wie er lässig an der Bar lehnt und in das Gespräch mit Martin vertieft ist.

Was ihn aber nicht daran hindert, immer wieder in Charlottes Richtung zu spähen. Sie kann spüren, wie seine intensiven Blicke über ihren Körper gleiten. Was für ein unverschämter Kerl, denkt sie, was bildet der sich eigentlich ein. Doch ihre nächsten Gedanken sind voll auf ihre Bewegungen gerichtet. Darauf, wie sie wohl aussehen mag. Ob sie es fertig bringen kann, die hölzerne Steifheit zu überwinden und ihren Hüften einen sanften Schwung zu geben? Sie schielt nach Ineh und versucht, es ihr gleichzutun. Zugleich hat sie ein schlechtes Gewissen, weil der Afrikaner die Bereitschaft zu einem Flirt signalisiert und auch sie ihr Interesse kaum verbirgt. Dabei würde es sich gehören, dass sie ihn in die Schranken weist und mit Nichtachtung bestraft.

VI

Onitsha, die Stadt am Niger, ist ein wichtiger Marktplatz. Es werden Palmerzeugnisse, Mais, Nüsse, Gemüse und Obst gehandelt. Wirtschaftliche Bedeutung hat darüber hinaus die Konsumgüterindustrie. Hier befindet sich auch die Residenz des Obi von Onitsha, eines Häuptlings vom Stamm der Ibo.

Kapitel 6

Onitsha, Juni 1965

»*I come with you*«, versprach Ineh, als Charlotte erwähnte, sie wolle am kommenden Tag die Markthallen aufsuchen. Sie habe frei, weil die *Sisters* aus besonderem Anlass feierten. Worum genau es sich dabei handelt, konnte Ineh nicht sagen. Irgendwas mit der Heiligen Jungfrau. Was aber auch egal sei. Wichtig sei nur, dass Lehrer und Schüler mitten in der Woche einen unterrichtsfreien Tag bekämen.

Eigentlich erwarten die *Sisters* das allgemeine Erscheinen in der Kirche zum etwa zweistündigen Gottesdienst, doch Ineh hofft, dass bei den vielen Anwesenden ihr Fernbleiben nicht groß auffallen wird. »Das ist so langweilig«, stöhnt sie. »Ich muss mich immer mühen, nicht einzuschlafen. Auf den Markt zu gehen macht entschieden mehr Spaß.«

Nur wenige Meter vom Central Place entfernt befindet sich der Eingang zum weithin bekannten Handelsplatz. Das zwischen imposanten Säulen befindliche Tor steht zu dieser Tageszeit weit offen. Menschen strömen in dicken Trauben hinein und tauchen sogleich in der Fülle der Dinge unter. Über allem liegt lebhaftes Stimmengewirr, Kindergeschrei und plärrende Radiomusik. Mit einer Vielfalt an Farben stapeln sich die unterschiedlichsten Waren in bizarren Aufbauten bis fast unter die Dachkonstruktion.

Charlottes Augen gleiten über die zahlreichen Angebote, sie hält den Blick nach oben gerichtet und beachtet besser nicht den Weg, den ihre Füße nehmen, denn auf dem Boden tummeln sich in wildem Durcheinander Papierknäuel, leere Dosen, Holzspäne, abgerissene Verpackungsreste und ausgelutschte Orangenschalen.

Ineh ist als Begleiterin auf jeden Fall eine Bereicherung, stellt Charlotte fest, als sie den ersten Hallenbereich, den mit den Haushaltsartikeln, den Körben und den Matten, durchstreifen. Ständig wird ihre afrikanische Freundin angehalten von irgendwelchen Bekannten, die entweder zu den Standbetreibern oder zu den Kunden gehören.

»*Hi, Ineh com heer*!«, ertönt ein Ruf von der Ecke mit den Korbwaren.

»*Let's go over*«, sagt Ineh, »*that's my brother.*«

Charlotte meint im ersten Moment, dass es sich bei dem *brother* nur um Amos handeln kann, obwohl sie es schon überraschend und erstaunlich findet, wieso ein vielbeschäftigter Anwalt es fertig bringt, sich vormittags auf dem Markt herumzutreiben.

Sie dreht sich neugierig in die Richtung, aus der sie den Ruf vernommen hat. Doch enttäuscht stellt sie fest, dass es sich bei dem Rufer nicht um Amos, sondern um einen kleinen, untersetzten Mann handelt, der Ineh mit heftigem Winken auffordert, zu ihm auf die andere Gangseite zu kommen. Charlottes Frage wird dahingehend beantwortet, dass ›*brother*‹ alle diejenigen sind, die aus dem gleichen Dorf stammen. Dort wären fast alle miteinander verwandt. Die Bezeichnung sei also durchaus angebracht.

Der ›*brother*‹ wird als Daniel Solanka vorgestellt, und die beiden beginnen ein ausgiebiges Palaver in ihrer heimatlichen Ibibio-Sprache.

Charlotte nutzt die Gelegenheit, um an den umliegenden Ständen die ausliegenden Waren zu betrachten. Als sie gerade einen runden, mit bunter Einfassung versehenen Henkelkorb ausgesucht hat und bezahlen will, steht Ineh neben ihr. »*How much*?«, fragt sie.

Der Preis, den der Verkäufer angibt, wird von Ineh mit empörtem Schnaufen zur Kenntnis genommen. »Das ist zu teuer«, erklärt sie und nennt im Gegenzug eine bedeutend geringere Summe, was wiederum den Verkäufer dazu bringt, lauthals Protest einzulegen. Das Feilschen, auch wenn es sich fast wie ein Streit anhört, scheint beiden großen Spaß zu machen.

Schließlich hat Charlotte den Korb erstanden, für etwa die Hälfte des anfangs verlangten Preises.

Später, nachdem sie die weiten Hallen mit den bunten Stoffen, der über Stangen gewickelten Wolle und den gewebten Teppichen durchwandert und auch einige Dinge eingekauft haben, sind sie im Außenbereich angekommen, wo eine unendliche Vielfalt an Obst und Gemüse feilgeboten wird. Charlotte sieht Mangos, Ananas und Papayas. Sie nascht von den Kokosstücken, die auf einem Teller bereit liegen, und probiert eine Palmfrucht.

Eine dicke Markt-Mammi, mit der Ineh gut bekannt zu sein scheint, schenkt ihnen Orangen, die Charlotte im neu erstandenen Korb unterbringt, neben dem kleinen Milchtopf, den beiden Kochlöffeln und dem rot gemusterten Stoff, aus dem sie sich einen Rock schneidern möchte.

»Es ist schon fast Mittag«, stellt sie bei einem Blick auf ihre Uhr fest. »Ich müsste mich allmählich auf den Heimweg machen.«

»Du solltest aber noch meine Großmutter kennen lernen.« Ineh strebt, ohne den Einwand der Freundin zu beachten, dem hinteren Ende des Außenbereichs und dem Eingang einer weiteren Halle zu. »Ich hab dir von ihr erzählt. Sie kommt nicht so oft nach Onitsha. Aber heute ist sie da und ich muss sie unbedingt sehen.« Sie denkt gar nicht daran, umzukehren, denn sie hat dem deutschen Gast noch längst nicht alles Sehenswerte gezeigt.

Doch das Interessanteste ist Ogu, die Großmutter aus Okigbo. Ein Mittagessen und ein möglicherweise bereits zu Hause wartender Ehemann sind jedenfalls kein Grund, den Terminplan einzuengen und auf wichtige Begegnungen zu verzichten.

Charlotte folgt widerstrebend. »Also gut, aber bitte nur kurz«, ruft sie Ineh hinterher, die schnellen Schrittes an den Obstständen vorbeieilt und nun in einen Bereich eintritt, den eine geheimnisvolle Aura umgibt.

In die fensterlose Halle fällt das Licht nur durch die offenstehen den Türen. Es ist düster, die Geräusche sind gedämpfter, auch erscheint alles sauberer und ordentlicher. Die Standwände sind mit Bastmatten unterteilt, davor auf dem ebenfalls von Matten bedeckten Boden stehen Schalen und Teller mit Körnern, Pulver und zerriebenen Blättern in Farbmischungen von gelb über rot und braun bis schwarz. Dazwischen sind immer wieder kleine Hügel aus glitzernd weißem Salz angehäuft. Aufgehängt sieht man getrocknete Früchte, Pflanzen und Kräuter und über allem wabert ein exotischer Duft, den Charlotte mit Geschichten aus Tausend und einer Nacht in Verbindung bringt. Wie aus dem fernen Orient herüber geweht mutet es sie an.

Sie bleiben vor einem der Stände stehen, der in seiner Dekoration aus den anderen hervorsticht. Palmwedel und dicht an dicht herabbaumelnde Kräuterbündel bilden das Dach. Ineh ruft dem jungen Mann, der gerade dabei ist, für eine Kundin Gewürze in ein Tütchen aus Zeitungspapier einzufüllen, einen Gruß zu und winkt Charlotte, ihr zu folgen. Sie betreten den rückwärtigen Bereich des Standes, der von hängenden Matten eingegrenzt ist.

Die Düsternis im Inneren wirkt auf Charlotte fast ein wenig unheimlich, und dieser Eindruck wird verstärkt durch die Frau, die in einer Ecke auf dem Boden hockt. Wie eine Statue erscheint sie im ersten Moment, so reglos, stumm und in sich versunken. Doch nun hebt sie den ergrauten Kopf, und Charlotte bemerkt lebhafte Augen.

Beim Anblick ihrer Enkelin überzieht ein Lächeln das runzlige Gesicht. Ineh kauert sich nieder, fasst nach den lederglatten Händen und beginnt in der Ibibio-Sprache zu sprechen. Dann gibt sie der Freundin mit einer Handbewegung zu verstehen, sie möge zu ihr kommen und sich herunterbeugen.

Charlotte kommt der Aufforderung nach, sodass sie sich nun in gleicher Augenhöhe mit der alten Frau befindet. Deren Blick ruht in einer solchen Intensität auf ihr, übt einen faszinierenden Bann aus und Charlotte meint, selbst wenn sie wollte, sich dem nicht entziehen zu können. Sie wagt kaum zu atmen.

Die Großmutter sagt einige leise Worte, die von Ineh übersetzt werden. »Ogu will wissen, seit wann du in Nigeria bist und wie lange du bleiben wirst.«

»Ich bin jetzt über ein halbes Jahr in Onitsha und werde noch …« Charlotte überlegt. »Ich denke, ich werde noch ewig hier bleiben«, behauptet sie zunächst. »Es kommt darauf an, wie lange mein Mann seinen Arbeitsvertrag verlängern kann«, verbessert sie sich.

»Ogu sagt, du sollst sie in Okigbo besuchen kommen.«

»Danke.« Charlotte holt tief Luft und strahlt.

Die Einladung ehrt und erfreut sie zutiefst. Durch den Besuch eines Dorfes werden sich ihr, davon ist sie überzeugt, Einblicke eröffnen in das ursprüngliche Landleben. Sie wird die Menschen bei der Feldarbeit beobachten und sich vielleicht sogar in deren Hütten umschauen können. In ihrer Euphorie hätte sie am liebsten gleich einen Termin vereinbart. Jedenfalls ist ihr Martins mögliche Verärgerung wegen des Zuspätkommens inzwischen vollkommen egal.

Als die beiden Frauen gemeinsam die Markthallen verlassen und den Weg zum Stadtrand einschlagen, sagt Ineh: »Es ist eine große Ehre, dass Ogu dich eingeladen hat, weißt du das?«

»Das ist mir bewusst, ja.«

»Großmutter ist eine weise Frau. Im Dorf hören alle auf sie. Man unternimmt nichts, was von ihr nicht gut geheißen wird.«

»Macht sie Juju?«

»Wieso fragst du so oft danach?« Ineh klingt fast ein wenig ärgerlich. »Ihr Europäer scheint eine bizarre Vorstellung von unseren Bräuchen zu haben. Vermutlich etwa so, als würden wir ständig im Baströckchen um Nachtfeuer tanzen und dabei kreischend die Dämonen zur Unterstützung anrufen.«

Charlotte muss insgeheim zugeben, dass sie sich das so ähnlich vorgestellt hat. »Also, äh, nein, natürlich nicht«, versucht sie den Verdacht zu zerstreuen.

»Amos erzählte, dass die Leute in England ihn recht oft auf afrikanische Magie angesprochen haben. Sie wollten Tanzmasken, Götzenfiguren oder irgendwelche Zaubermittel bei ihm kaufen und boten dafür eine Menge Geld. Doch zu derlei Dingen hat er sich nicht herabgelassen«, sagt Ineh und rümpft geringschätzig die Nase. »Natürlich gibt es Festtänze und Masken«, fährt sie in versöhnlicherem Ton fort. »Wir haben auch bestimmte Riten, die wir nutzen, um Dämonen zu vertreiben. Aber, ist das denn so verschieden von den bei euch durchgeführten Bräuchen bei der Verehrung des Gekreuzigten, der Marienfigur oder der vielen Heiligen, von denen *Sister Mary Ruth* wollte, dass ich alle Namen auswendig lerne?«

»Und? Hast du sie auswendig gelernt?«

»Bin ich krank im Kopf? Wenn ich Orishas zur Hilfe rufe, dann nehme ich doch lieber die, die ich von Kind an kenne. Da weiß ich, worauf ich mich einlasse.«

»Also bist du von euren Bräuchen überzeugt. Heimischer Juju scheint dir mehr zu geben als christlicher Gottesdienst«, beharrt Charlotte.

»Denkst du, ich könnte meinen Glauben, den ich von Kind an mitbekommen habe, ausziehen wie mein Kleid«, braust Ineh auf.

Aber dann lenkt sie ein. »Also gut«, sagt sie und schaut nach beiden Seiten, ob auch von den anderen Leuten auf der Straße niemand so nahe ist, dass er zuhören könnte. »Weil ich an einer Missionsschule arbeite, muss ich vorsichtig sein. Da findet man es nämlich gar nicht gut, wenn eine der Lehrerinnen Juju betreibt«, raunt sie leise. »Natürlich mache ich es gelegentlich, wenn ich etwas wissen will, Angst habe oder Hilfe brauche. Es nützt immer.«

»Was genau tust du dann?« Charlotte starrt die Freundin mit aufgerissenen Augen an. Sie ist stehen geblieben. Inehs Worte haben eine solche Brisanz, dass sie sich voll darauf konzentrieren will. Nichts davon soll ihr entgehen.

»Nicht hier. Vielleicht kann ich dir etwas zeigen, wenn wir in Okigbo sind. Aber wir müssen vorsichtig sein«, versucht Ineh die Begeisterung der Freundin zu bremsen.

Inzwischen sind die Frauen an der Gabelung angekommen. Der Weg teilt sich in die Richtung, die zum Haus des Niederlassungsleiters der Ford Company aufwärts führt und dorthin, leicht abschüssig, wo die kleinen Häuser stehen, in dessen zweitem Ineh wohnt. Darin lebt sie zusammen mit einer Tante, deren Mann und den vier Kindern. Ineh wird so lange da bleiben, erklärte sie, bis sie und ihr Verlobter Samuel Bandela heiraten werden. Derzeit arbeite er sehr weit weg, bei einer Baufirma in Kaduna. Man sei dabei, die Straße nach Kano auszubauen. Vermutlich werde dieses umfangreiche Projekt noch einige Zeit in Anspruch nehmen.

Am nächsten Tag macht Charlotte sich wieder auf den Weg hinunter von der Anhöhe und hin zur Stadt. Sie trägt den neu erstandenen Korb am Arm und hat vor, den Laden aufzusuchen, obwohl sie weiß, dass Martin es nicht ausstehen kann, wenn sie allein zu Fuß in der Gegend herumstreicht. Er würde ihr einen Wagen schicken, hat er mehrmals angeboten. Jedenfalls könne er diese Alleingänge nicht akzeptieren, keine der anderen Europäerinnen käme auf eine derart absurde Idee.

Was für Charlotte nun erst recht ein Grund ist, ihre eigenen Wege zu gehen, ohne auf den angebotenen motorisierten Untersatz zurückzugreifen.

»Was hast du heute vor?«, hatte Martin sie beim Frühstück gefragt.

Woraufhin Charlotte schwindelte, sie habe noch keine festen Absichten.

Die Vorstellung, auf den *driver* warten zu müssen und nur eine begrenzte Zeit zur Verfügung zu haben, weil der Wagen ja zurück erwartet wird, ist ihr unangenehm. Außerdem mag sie es, beim Vorbeigehen Einblicke in das Leben ihrer Nachbarn zu bekommen, Kinder beim Spielen am Wegesrand zu beobachten und kurze Gruß-Dialoge auszutauschen, die in etwa so lauten: »Aya, Madam, welcom«, »Good morning«, »No tekam car tode?«, »No, I like walking.« Worauf man sich mit gegenseitigem Winken verabschiedet.

Sehr mit sich zufrieden und munteren Schrittes marschiert Charlotte die staubige Straße entlang, neugierig begafft von den Bewohnern der Hütten am Straßenrand. Die Weißen sieht man sonst nur in ihren Wagen, mit denen sie, eine Staubwolke hinter sich herziehend, schnell vorbei fahren. Eine weiße Frau, die fröhlich grüßend zu Fuß in Richtung Stadt wandert, ist eine Seltenheit.

Charlotte ist sich ihrer Besonderheit wohl bewusst und genießt die Situation, auch wenn die anderen Europäer im Club, falls jemand sie auf ihrem Weg erblicken sollte, ihre Fußmärsche ganz sicher mit hämischen Bemerkungen abtun würden.

In diesem Moment bremst ein Auto neben ihr. »Hallo! Kann ich Sie irgendwohin mitnehmen?«, hört sie eine Männerstimme.

Charlotte beugt sich vor, schaut in das Innere des Wagens, um den Fahrer besser sehen zu können und erkennt Inehs Bruder Amos. »Ich wollte zum Supermarkt.«

»Wir könnten zunächst beim Club vorbeifahren und einen Drink zur Erfrischung nehmen«, schlägt der Afrikaner vor und drückt die Beifahrertür auf.

»Okay.« Sie steigt ein und lässt sich auf den Sitz fallen. Meinetwegen kann er bis nach Enugu fahren, denkt sie und schenkt ihm ein charmantes Lächeln.

Weil sie kein Bier trinken möchte, bestellt Amos beim Club-Kellner zwei Planter‘s Punsh. Charlotte, die anfangs vermutet, es handle sich dabei um erfrischenden Fruchtsaft, merkt bald, dass hier wohl etwas erheblich Gehaltvolleres zusammengemischt wurde, denn in ihrem Kopf macht sich eine leichte Verwirrung bemerkbar, die durch die Nähe des attraktiven Mannes noch verstärkt wird. Sie bittet um eine Flasche Wasser, mit der sie den Drink verdünnt, was von Amos mit nachsichtigem Schmunzeln registriert wird.

Während sie kleine Schlucke nimmt, lauscht sie seinen Worten. Er sei lange in England gewesen, erzählt er, habe dort studiert, kenne London, Nottingham, sei sogar bis nach Schottland gereist. Er möge Shakespeare und besitze eine Ausgabe von Byrons gesammelten Werken.

Charlotte ist beeindruckt. Sie bewundert seine Bildung, ist angetan von seinem Charme, seiner Art, mit ihr zu flirten, und auch von seinem guten Aussehen. Wenn Amos nicht plötzlich auf die Uhr gesehen und festgestellt hätte, dass ein Mandant, den er zum Essen eingeladen hat, vermutlich seit zehn Minuten in der Kanzlei auf sein Kommen wartet, dann hätte sie wohl bis zum Abend da gesessen und ihm gelauscht.

Jetzt wirft auch sie einem Blick auf ihre Armbanduhr und erkennt, dass es kurz nach zwölf ist. Also keine Zeit mehr, um noch einzukaufen. Möglicherweise wird Martin schon zu Hause sein.

»Soll ich Sie heimfahren?«, fragt Amos, der ihre Unruhe bemerkt.

»Wenn es Ihnen nicht zu viel Umstände macht? Ich bin nämlich wirklich spät dran.«

»Kein Problem. Da muss mein Mandant eben noch ein bisschen warten.«

Als er den Wagen vor dem Haus anhält, schlägt Amos vor: »Ich würde unser kleines Treffen gern wiederholen. Kommen Sie doch in meiner Kanzlei vorbei. Sie finden sie am Central Place, direkt über dem Bata Schuhgeschäft.«

»Schon möglich«, ist ihre zurückhaltende Reaktion. Mit der vagen Zustimmung hofft sie, so zu tun, als wäre ihr ein Wiedersehen nicht wichtig.

»Auf jeden Fall danke. Es hat Spaß gemacht«, fügt sie hinzu, als sie aus dem Auto klettert.

Martin, der den Wagen vorfahren hörte, kommt aus dem Haus und sieht nun Amos, der ihm kurz zuwinkt und nach einem schnellen Start davonbraust. »Was soll ich denn davon bitte halten?«, will er wissen und zieht irritiert die Brauen nach oben.

»Ich habe mit Amos Tutamosu auf der Clubterrasse einen Drink genommen. Was dagegen?« Charlotte tut sehr von oben herab, obwohl ihr ziemlich mulmig ist. Ihr Mann findet es bestimmt nicht gut, wenn sie auf diese Weise ihre Zeit verbringt. Dabei geht es nicht nur um Martin's Erkenntnis, dass der Nigerianer ganz unverhohlen seiner Frau den Hof macht. Er hält ihn auch für einen Querulanten. »Der wiegelt die Ibos auf und schürt den Hass gegen die Yorubas. Es scheint eine Organisation zu geben, die sich mit Trennungsabsichten vom übrigen Land trägt. Dieser Amos Tutamosu, so wurde mir zugetragen, spielt darin eine bedeutende Rolle.«

»Ich weiß«, gab Charlotte als Antwort. »Ineh sprach davon und sagte mir auch, dass die Absichten ihres Bruders absolut lauter sind. Er will nur seinem Volk helfen.«

Jetzt sitzen sich die beiden Jordans also am Esstisch gegenüber und Francis trägt das Essen auf.

»Ich finde es schon komisch«, bemerkt Martin mit kühler Stimme.

»Was?!« Charlotte tut unschuldig.

»Wenn meine Frau am helllichten Tag mit 'nem Neger in den Club zum Saufen fährt.«

»Wäre es dir im Dunklen lieber?«

»Komm, tu nicht so spitzfindig. Du weißt genau, wie ich das meine. Hat dich dort jemand gesehen?«

»Ach, jetzt hat mein Mann Angst davor, dass sein guter Ruf Schaden leiden könnte, weil seine Frau sich mit Nigerianern anfreundet. Mit denen macht man nämlich nur Geschäfte, versucht sie dabei möglichst übers Ohr zu hauen. Jedenfalls sind Freundschaften mit ihnen ausgeschlossen.«

»Hör bloß auf, solchen Unsinn zu quatschen. Ich haue niemanden übers Ohr. Aber ich biedere mich bei den Schwarzen auch nicht an.«

»Ich auch nicht.« Charlotte funkelt ihn empört an. »Ich will nur das Leben der Afrikaner besser verstehen lernen. Das weißt du ganz genau.«

»Ich würde jetzt gern über etwas anderes sprechen«, schlägt Martin vor.

»Gern. Worüber?«

Charlotte rührt mit der Gabel den Reis auf ihrem Teller in die Currysoße.

Insgeheim ist sie erleichtert, weil das Streitgespräch über ihren kleinen Ausflug mit Amos zu einem glimpflichen Ende gekommen ist. Sie hat heftigere Vorwürfe erwartet, was, wie sie ehrlich zugibt, auch gerechtfertigt gewesen wäre. Denn dass beim Zusammensein mit Amos der Flirt das Gespräch regierte, dessen ist sie sich wohl bewusst. Sonst wäre da nicht dieses Prickeln, das sie fühlt, sobald seine Blicke mit dem gewissen, amüsierten Ausdruck auf ihr ruhen. Auch spürt sie jetzt noch seinen intensiven Händedruck. Kleine Stromstösse waren durch ihren Körper pulsiert. Nein, eine völlig harmlose Begegnung mit Amos Tutamosu war das ganz gewiss nicht.

Glücklicherweise scheint Martin aber von ihrer inneren Unruhe nichts mitzubekommen. »Wir könnten mal ein paar Tage *local leave* machen«, schlägt er vor. »Was hältst du von einer Fahrt in den Norden, nach Jos oder Kano?«

»Ist es da nicht schrecklich heiß? Ineh sprach davon, wie weit weg das wäre und wie viele Stunden man bräuchte, um da hin zu kommen. Gibt es dort überhaupt ordentliche, für Europäer akzeptable Rasthäuser?«

»Na, das klingt ja ganz doll nach Begeisterung. Ich wollte dir eine Freude machen, aber es sieht so aus, als wärst du von meinem Vorschlag überhaupt nicht angetan.«

»Doch, doch«, versucht Charlotte ihren Einwand abzuschwächen.

Ich bin eine ungeschickte Gans, schilt sie sich. Anstatt mir Vorwürfe zu machen, kommt von meinem Mann ein liebenswürdiges Angebot.

»Ich meine nur, wir sollten uns erst einmal in der näheren Umgebung von Onitsha umtun«, müht sie sich, ihr Entgegenkommen zu zeigen. »Danach besteht immer noch die Möglichkeit, sich auf eine weitere Reise zu begeben.«

»Was meinst du mit näherer Umgebung? Enugu? Oder die andere Niger-Seite?«

»Ich dachte eher an Port Harcourt und an die Gegend um die Cross River.«

»Ich glaube, bei Port Harcourt handelt es sich um keine besonders spannende Stadt. Und die Gegend um die Niger-Mündungsarme sollen Mangroven-Sümpfe sein. Wieso willst du gerade dort hin? Hat dir jemand davon erzählt?«

»Ja, Ineh«, sagt sie und nickt begeistert. Dann fährt sie fort, das wiederzugeben, was sie über die Ibibio-Verwandtschaft hörte, über das Dorf *Okigbo,* die Landschaft, die Feste und die Tradition, nach der man dort noch lebt.

»Aha. Und da gibt es Rasthäuser?«, erkundigt sich Martin. »Also ›ordentliche, für Europäer akzeptable‹, wie du sie anscheinend erwartest?«

»Ich glaube schon. Ich will mich mal erkundigen. Jedenfalls hat es damals eines gegeben, als Vati dort war. Erinnerst du dich an die *Ekpu-Figur* auf seinem Schreibtisch? Er erzählte, dass er sie während seines Aufenthalts bei den *Ogbonis* erstand. Und deren Dörfer sind genau wie die der *Ibibios* in den Cross Rivers angesiedelt.«

»Na, das ist aber ganz schön lange her. Übrigens würde ich gern heute Abend in den Club gehen.« Martin ist vom Reisevorschlag seiner Frau nur wenig begeistert. Ehe er sich dazu entschließt, will er ihn sich noch einmal gründlich durch den Kopf gehen lassen. »Kommst du mit?«

»Ja«, stimmt Charlotte zu. Sie wäre zwar viel lieber zu Hause geblieben, möchte ihm aber nicht noch etwas abschlagen.

Am nächsten Morgen sitzen die Jordans am Frühstückstisch. Martin ist bester Stimmung. Seine Frau hatte sich am vorhergegangenen Abend im Club ganz ausgelassen gezeigt und die anderen Männer am Tisch mit ihrem Charme bezaubert. Später im Bett fügte sie sich zärtlich und zugleich leidenschaftlich seinen Wünschen, was bewirkte, dass er danach tief und fest schlafen konnte. Leise summend streicht er die salzige Butter auf den heißen Toast und beißt mit Genuss in das knusprige Brot.

Diesen Moment hat Charlotte abgewartet.

»Ich gehe nachher mal am Bata-Schuhladen vorbei und gucke, ob ich was Passendes finde«, sagt sie, langt nach dem Zucker und nimmt einen gehäuften Teelöffel. Voller Hingabe verrührt sie ihn im Tee und vermeidet dabei, ihren Mann anzusehen.

»Aber wir wollten doch nächste Woche nach Enugu fahren. Da gibt es sicher eine größere Auswahl an Schuhgeschäften.«

»Das eine schließt das andere ja nicht aus. Ich will mir nur einen Überblick verschaffen und mich mit dem hiesigen Angebot vertraut machen.« Sie öffnet das Honigglas und träufelt vom dickflüssigen Inhalt auf den Toast.

»Gut. Dann schicke ich dir nachher den *driver.*«

»Nein!« Charlottes hastige Ablehnung handelt ihr einen erstaunten Blick ein, weshalb sie schnell »Es ist doch nur ein kurzes Stück. Das gehe ich gern zu Fuß«, hinzusetzt.

»Du weißt, dass ich das nicht möchte.«

»Jetzt hör mir mal gut zu.« Sie setzt sich gerade hin und hebt ihre Stimme energisch an. »Ich laufe! Es macht mir Freude und ich komme dabei mit den Menschen leichter in Kontakt. Die Kinder kennen mich alle schon, weil ich Pennys in der Tasche habe, die ich ihnen schenke.«

»Genau das solltest du aber nicht. Das verführt sie zum Betteln.«

»Ach komm schon. Die paar Pennys. Mich kennen auch die meisten Erwachsenen. Sie winken mir zu. Jedenfalls will ich keinen Wagen und keinen *driver.*«

»Meinetwegen.« Martin zuckt mit den Schultern.

Es kann ihm eigentlich egal sein, wie Charlotte in die Stadt gelangt. Immer schon hat sie ihren Kopf gehabt und eigensinnig das durchgesetzt, was sie erreichen wollte. Ein Beispiel dafür war die Hochzeitsfeier. Sie bestand darauf, diese auf einem Wald-Grillplatz abzuhalten. Da es vorher geregnet hatte, war der Boden ziemlich matschig gewesen, was die Gäste zunächst wenig erfreute. Doch dann waren sie zu allerlei Spielen aufgefordert worden – und alle haben mitgemacht , teilweise barfüssig. Es wurde gefeiert und getanzt bis weit nach Mitternacht. Martin musste zugeben, dass es dann doch ein ausgelassenes Fest war.

Nachdem ihr Mann sich in den Betrieb verabschiedet hat, geht Charlotte ins Schlafzimmer und zieht ein Sommerkleid aus dem Schrank. Es ist blau mit kleinen weißen Tupfen und hat einen tiefen Halsausschnitt. Sie schlüpft hinein, legt sich ein feines Silberkettchen um und prüft vor dem Badezimmerspiegel ihr Aussehen, wozu sie auf dem Rand der Badewanne balancieren muss. So weit sie erkennen kann, sitzt alles perfekt. Sie verstärkt den Schwung ihrer Augen mit einem Lidstrich, dann bückt sie sich, wirft das Haar nach vorn und bürstet es gegen den Strich. Nachdem sie die brauen Locken in Form gekämmt hat, findet sie ihr Aussehen gar nicht übel. Am besten zum Kleid würden die weißen Schuhe mit dem kleinen Absatz passen, aber damit in die Stadt zu laufen wäre doch zu albern. Also entscheidet sie sich wie gewohnt für Sandalen und macht sich auf den Weg.

Dieses Mal verteilt sie keine Pennys, um nicht bis zur Stadtmitte einen ganzen Rattenschwanz an Kindern hinter sich herzuziehen. Sie schüttelt den Kopf, als der Ruf »Gimmi penny« ertönt, und geht beharrlich ihres Weges, ohne sich aufhalten zu lassen, bis sie schließlich am Central Place angekommen ist.

Jetzt könnte sie natürlich in den Schuhladen gehen und damit ihrem Gang den scheinheiligen Mantel der Anständigkeit umhängen. Aber wen wollte sie damit täuschen? Sich selbst? Den Leuten hier auf dem Platz ist es vermutlich egal, wohin die weiße Frau im blauen Kleid sich wendet. Martin wird das, was sie ihm später beim Mittagessen erzählt, für bare Münze nehmen müssen. Nämlich, dass bei ihrem Eintreffen auf dem Platz ganz zufällig der Wagen von Amos eingebogen sei, er angehalten und sie auf einen Kaffee in sein Büro eingeladen habe. Um ihn nicht zu diskriminieren, habe sie angenommen. Schließlich wolle sie irgendwann das Heimatdorf des Tutamosu-Clans besuchen und weitere Familienmitglieder kennen lernen. Da könne sie ja keinesfalls sagen, sie wolle lieber Schuhe angucken. Das wäre in höchstem Maß unhöflich gewesen.

Charlotte gibt sich einen Ruck und wendet sich der Seite des Platzes zu, wo das imposante Gebäude mit dem roten Anstrich zu sehen ist, das Rathaus. Vor dem Eingang sind zwei Polizisten postiert. Das Haus daneben, das um einiges bescheidener da steht, beherbergt im Erdgeschoss den Schuhladen. Im Stockwerk darüber müsste sich also die Kanzlei von Amos befinden.

Sie schaut suchend um sich, bemerkt den Seiteneingang, wo sie das goldfarbene Schild entdeckt. *Amos Tutamosu* steht da. Darunter: *Attorney-at-law* und *Office for legal aid.*

Vermutlich hat die Bezeichnung einen politischen Hintergrund. Sie erinnert sich daran, wie Amos davon sprach, dass die Ibos mehr Selbständigkeit erlangen wollten und er in dieser Hinsicht beratend tätig sei.

Charlotte steigt die Treppe nach oben und betritt den Vorraum, wo sie einen jungen Mann hinter einem kleinen Tisch sitzen sieht, der eifrig auf eine Schreibmaschine hämmert. Bei ihrem Eintreten hebt er den Kopf, hält inne und starrt die Besucherin an.

»Ich möchte zu Mr. Tutamosu«, sagt sie.

Allzu oft scheinen hier keine weißen Frauen aufzukreuzen, sonst würde der junge Mann nicht eine solche Verwunderung zeigen. Der Mund ist leicht geöffnet und die Augen sind kugelrund vor lauter Neugierde. Etwas linkisch erhebt er sich von seinem Sitz, macht eine kleine Verbeugung in ihre Richtung und geht, sie fest im Blick behaltend, rückwärts zur dahinterliegenden Tür.

Sekunden später ist er wieder da, hält die Tür weit auf und fordert Charlotte mit einem gedehnten »*Pleeease*« auf, einzutreten.

Da steht Amos schon vor ihr. »Charlot, wie schön. Kommen Sie herein.« Er langt nach ihren Händen und zieht sie ins Zimmer. »Nehmen Sie Platz. Was möchten Sie trinken? Kaffee, oder lieber etwas Kaltes?«

»Wasser, bitte.«

Amos gibt dem jungen Mann die Order, das Getränk zu servieren und schließt hinter ihm die Bürotür.

»Ihr Besuch erfreut mich sehr«, sagt er, während er ihr gegenüber Platz nimmt und seinen Sessel näher an Charlotte heran zieht. Seine dunklen Augen scheinen sie gleichsam zu umschmeicheln, um seine Lippen spielt ein verschwörerisches Lächeln.

Was mache ich bloß, denkt Charlotte. Das hier hat ganz und gar nichts mit meinem Interesse an afrikanischer Lebenskultur zu tun.

Es hängt ausschließlich damit zusammen, die Nähe dieses Mannes spüren zu wollen, seine Stimme zu hören, sein Lächeln zu sehen und mir dabei vorzukommen, als sei ich eine höchst begehrenswerte Frau.

Derartige Gefühle hatte Martin noch nie in ihr erzeugt. Doch dieser Afrikaner weckt ein bisher ungeahntes Verlangen. Jetzt erinnert sie sich an den Traum der vergangenen Nacht, als Amos sie küsste und sie dabei aufgewacht war.

Amos beobachtet sie schweigend. Er scheint ihre Gedanken und Empfindungen zu ahnen und er genießt ihre Verwirrung. Seiner Ausstrahlung ist er sich bewusst. Während der Jahre in England konnte er erfahren, welch große Anziehungskraft er auf weiße Frauen ausübt. Er hatte zahlreiche Beziehungen, kurzfristige und auch länger andauernde. Einmal war er kurz davor gewesen, sich durch eine Heirat zu binden, überlegte es sich dann aber doch anders. Europäerinnen beanspruchen ein Recht auf alleinigen Besitz, meinen, der eroberte Mann würde ihnen persönlich gehören, was eine wirklich dumme Ansicht ist. Dumm ist aber auch, dass er seit seiner Rückkehr nach Nigeria keine richtige Beziehung mehr hatte. Damit meint er nicht die Verabredungen zum sexuellen Austausch. Die ergeben sich ohne Probleme.

Doch nun ist diese Deutsche in sein Leben geschneit. Genau diesen Ausdruck verwendet er, weil ihm damals in England der dicke, weiße Schnee, der manchmal – für seinen Geschmack viel zu selten – vom Himmel fiel, so sanft vorkam, so fremdartig und so fragil. Er vergleicht Charlotte mit diesen Flocken, glaubt allerdings, dass das Sanfte an ihr nur ein Umhang ist, hinter dem sie ein loderndes Feuer verbirgt. Im entscheidenden Moment wird die Deutsche, davon ist er überzeugt, wild und leidenschaftlich sein.

»Waren Sie schon einmal in Port Harcourt?«, fragt er im lockeren Umgangston, weil er das, was er wirklich aussprechen möchte, für sich behalten muss.

Europäerinnen reagieren extrem kühl, das lehrte ihn seine Erfahrung, wenn er ihnen verdeutlicht, wie schön es doch wäre, miteinander Liebe zu machen. Vermutlich würde Charlotte helle Empörung zeigen, aufstehen und davon eilen, obwohl er mit Sicherheit davon ausgeht, dass sie genau aus diesem Grund gekommen ist.

Charlotte verneint, und so erzählt er ihr von der Stadt am Nigerdelta. Spricht von der lebhaften Betriebsamkeit im Zentrum, vom großen Kaufhaus und den Ölgesellschaften, die dort ihre Büros hätten. Er redet auch vom nahe gelegenen Meer, den breiten Sandstränden, den dahinter liegenden Sümpfen zwischen den Niger-Armen und den dichten Mangroven-Wäldern.

»Das Dorf, aus dem ich stamme, liegt dort in der Gegend, die man Cross River nennt.«

»Ich weiß, Ineh erzählte mir davon.«

»Von Okigbo? Und was hat sie noch erzählt?«

»Dass es dort sehr schön sei, die Menschen alle miteinander verwandt sind. Sie erklärte mir auch, dass die Großmutter eine weise Frau ist und man nach den alten Bräuchen lebt.«

»Dann hat Ihnen meine Schwester ja bereits alles gesagt. Mir bleibt nun nichts mehr, was ich noch dazu beitragen könnte.« Er schmunzelt, und Charlotte fühlt sich auf den Arm genommen. Aber auf eine schöne Art – sie würde dort gern verweilen.

»Wir sollten da hinfahren«, schlägt Amos vor.

»Ich bin schon eingeladen. Von Ihrer Großmutter.«

»Dann ist das also abgemacht. Wir überlegen uns einen Termin und unternehmen gemeinsam die Fahrt dorthin.«

Als Charlotte sich bald darauf auf den Heimweg macht, grübelt sie darüber nach, wie sie es ermöglichen kann, mit Amos in das Ibibio-Dorf zu reisen, ohne dass ihr Mann mit von der Partie ist. Das scheint ihr allerdings so gut wie ausgeschlossen. Martin wird sie niemals allein mit Amos nach Okigbo fahren lassen. Er wird darauf bestehen, dabei zu sein, wird vorn im Auto neben Amos sitzen, sodass die Männer die Unterhaltung ohne sie bestreiten werden. Vor Ort wird Charlotte wie ein Trottel hinter den beiden hertraben – eben ganz nach afrikanischer Tradition. Auf so eine Art Ausflug kann sie gut verzichten.

»Ich bin übrigens nicht bis in den Schuhladen gekommen«, sagt sie beim Mittagessen.

»Wieso nicht?«, will Martin wissen.

»Gerade als ich hineingehen wollte, traf ich Amos Tutamosu. Er hat sein Büro genau über dem Laden.«

»Aha!?«

»Er hat mich nach oben gebeten und mir ein Wasser angeboten.«

»Aha!?« Martin verrät immer noch keine Regung.

»Er meint, ich solle mal mitfahren in sein Heimatdorf.«

»Also, mich interessiert dieser Neger eigentlich nicht besonders. Lass uns lieber den Tag festmachen, wann wir nach Enugu fahren wollen. Was hältst du vom kommenden Dienstag?«

»Ist mir recht.« Der Tag ist ihr ziemlich egal. Aber das wird sie nicht sagen, um Martin nicht zu verärgern. Sie wird so tun, als gäbe es nichts Schöneres auf der Welt, als mit ihrem Mann eine Einkaufsfahrt nach Enugu zu unternehmen.

»Heute ist im Club Skat-Abend, kommst du mit?«

»Ja, gern«, heuchelt sie, weil sie das Gefühl hat, bei ihm etwas gutmachen zu müssen.

Also wird sie ihn sogar zum langweiligen Clubabend begleiten. Es wäre noch auszuhalten, wenn sie wenigstens mitspielen dürfte. Beim letzten Mal hatte sie einen entsprechenden Vorschlag gemacht, wurde von den Männern jedoch nur entsetzt angestarrt, so, als wäre ihr Ansinnen etwas extrem Unanständiges. Sie schienen keine Frau in ihrer Runde dulden zu wollen, sie wohl auch nicht für kompetent zu halten.

Sie setzte sich also zu den Frauen an den Tisch und schlug vor: »Wir könnten Rommé spielen«, erntete aber auch hier ausschließlich Ablehnung. Es wäre doch nett, einfach nur beieinander zu sitzen, wurde ihr mitgeteilt. Weshalb der Abend dann mit nichtssagendem Geplauder dahingeplätschert war.

VII

Seit 1958 im Gebiet der Ogoni Öl entdeckt wurde, befindet sich die dort lebende Bevölkerung im Zentrum eines tödlichen, ökologischen Krieges. Dabei werden keine Knochen gebrochen, es wird kein Blut vergossen und auch niemand verstümmelt. Dennoch sterben Menschen. Männer, Frauen und Kinder sind in ständiger Gefahr; Pflanzen, Wild- und Fischbestände werden vernichtet, Luft und Wasser verpestet. Die Heimat der Ogoni verkommt zu Ödland.

Kapitel 7

Onitsha, Juli 1965

Die frisch gebackene Bekanntschaft mit Charlotte Jordan bringt Amos Tutamosu dazu, über sein augenblickliches Leben als alleinstehender Mann nachzudenken. Warum hat er es bis zu diesem Zeitpunkt nicht geschafft, zu heiraten und eine Familie zu gründen? Was ist der eigentliche Grund? Kommt es daher, weil er so viele Jahre in Europa verbrachte und möglicherweise für eine Ehe mit einer Nigerianerin verdorben ist?

In England gab es zahlreiche Beziehungen, kurzfristige und länger andauernde. Einmal, davon ist er immer noch überzeugt, empfand er sogar die große Liebe. Er war kurz davor gewesen, sich durch eine Heirat zu binden. Doch dann überlegte er es sich anders. Ganz plötzlich bekam er es mit der Angst zu tun, die eheliche Unterdrükkung stand in ihrer erschreckenden Unabänderlichkeit vor ihm, wie ein Horror-Szenario. Er fühlte sich einfach noch nicht bereit und meinte damals, er müsse eine Zeitlang noch frei und ungebunden sein. Seine Befürchtung war auch, dass Ehefrau und Kinder ihm nicht genügend Raum lassen würden, um seinen politischen Ambitionen nachzugehen. Denn selbst in den Jahren in England ließ er die Interessen seines Volkes nie völlig außer Acht. Immer hielt er die

Verbindung zu den Ogonis und Ibibios aufrecht und erwartete von seinen engsten Vertrauten regelmäßige Berichte. Dabei stellte sich als besonders mitteilsam und vertrauenswürdig sein alter Freund Chinue Sambesi heraus. Wann immer im Osten Nigerias Bewegungen oder Gespräche stattfanden, die von einer gewissen politischen Brisanz und Tragweite waren, erstattete Chinue ihm unverzüglich Bericht.

Amos hat in Bezug auf sein Volk weitreichende Pläne. Doch er weiß sehr wohl, dass er seine politischen Ziele nur verwirklichen kann, wenn er den Kampf für die Rechte auf alle Bevölkerungsgruppen des Ibo-Landes ausdehnt. Allein für die Ogoni, oder gar nur für die winzige Gruppe der Ibibio zu agieren, wäre ein unsinniges Vorhaben. Mit seinen Ambitionen steht er nicht allein, wie er in Erfahrung bringen konnte. Auch bei den Ibos gibt es inzwischen einen geheimen, politischen Kreis. Deren Absichten gehen allerdings erheblich weiter als seine eigenen bisherigen Erwägungen; bei den Ibos redet man von der absoluten Unabhängigkeit, und strebt die Befreiung vom übrigen Nigeria an.

Als Amos zum ersten Mal davon erfuhr, machte ihn das neugierig. Behutsam streckte er die Fühler aus und bekam Kontakt zu einer Gruppe, die von einem Oberleutnant der Armee, einem gewissen Odumegwu Odschukwu angeführt wird. Er hat geschmunzelt, denn der Gedanke, die Zentralregierung züchte sich in den eigenen Reihen einen Aufrührer heran, findet er in hohem Maß pikant.

So geht es eben zu in der Politik Afrikas, überlegt er, während er die Ausgabe der Nigerian Daily News zusammenfaltet und beiseite legt. Er wird noch eine Weile brauchen, um den eben gelesenen Bericht des Finanzministers zu verdauen. Wieder hat Okotie-Eboh neue, hochtrabende Pläne vorgestellt: ein Brückenprojekt in der Nähe von Port Harcourt, einen Staudamm am oberen Nigerlauf, ein neues Regierungszentrum in Abuja und so weiter. Das alles kostet Unsummen, aber Okotie-Eboh scheint solche Projekte für unbedingt notwendig zu halten, um den Status Nigerias auf gleiche Ebene zu anderen Nationen zu bringen. Die Sätze: ›*Wir können zwar keine Erdsatelliten bauen, und wir wollen unsere Söhne nicht zum Mond schicken. Das bedeutet aber nicht, dass wir uns damit begnügen werden, eine untergeordnete Rolle in Afrika zu spielen*‹, mit denen er 1958 seine Etatrede einleitete, wiederholt er in schöner Regelmäßigkeit. Das hatte sich anfangs auch gut angehört, doch munkelt man inzwischen, dieser Yoruba-Häuptling wäre an der Zusammenarbeit mit europäischen Firmen deshalb so interessiert, weil er sich seine Unterstützung gut bezahlen ließe.

In England scheinen die Männer, die das politische Geschehen in Händen halten, dem Gesetz mehr verpflichtet zu sein. Jedenfalls konnte Amos während seines juristischen Studiums beobachten, wie sich die Mitglieder der Regierung gern den Mantel der Rechtschaffenheit umhängten. Aber auch dort kam es hin und wieder zu ungesetzlichen Begebenheiten. Er erinnert sich noch genau an ein Vorkommnis, als er seine Referendarzeit bei Lawyer Jonathan Middleton absolvierte. Da wurden sie mit der Verteidigung eines Nottinghamer Stadtpolitikers betraut, der seiner Lebensgefährtin an der dortigen Universität den Posten der Kanzlerin zugeschanzt und ihr zugleich ein überhöhtes Gehalt zugestanden hat. Das mag ein Einzelfall gewesen sein, allerdings glaubt Amos nicht so recht daran. Die Briten sind sicher geschickter im Bemänteln, wenn es um den eigenen Vorteil geht, denkt er.

Amos plant, sich dem Kreis um diesen Odschukwu anzuschließen. Die Ibibios würden ihn dabei unterstützen, wie er herausfand, als er schon einmal vorfühlte.

Doch wird es womöglich einiges an Überredungskunst brauchen, bis er auch die Ogoni so weit hat, dass sie voll hinter dieser Sache stehen. Denn bei denen gibt es eine Gruppe um einen Mann, einen Journalisten und Schriftsteller, der versucht das Anliegen der Ogoni gesondert vor das internationale Komitee der Menschenrechte zu bringen. Eine derartige Vorgehensweise hält Amos Tutamosu für unsinnig und erfolglos. Nur gemeinsam ist man stark. Erreichen kann man ausschließlich etwas, davon ist er überzeugt, wenn man die Interessen des gesamten östlichen Teils Nigerias zusammenfasst und sich dann eine Gesamtlösung überlegt. Auch wenn es, und das kalkuliert er ein, nicht unbedingt friedlich abgehen sollte. Erfolg erreicht man durch Härte und Schlagbereitschaft. Man muss nur in der Geschichte nachlesen, um sich diese Aussage bestätigen zu lassen.

Um seine Absicht auf ganzer Linie durchzubringen, wird er also noch reichlich Überredungsarbeit leisten müssen. Noch ähneln die

Zusammenkünfte mit den Gleichgesinnten, die er um sich geschart hat, eher harmlosen Plauderstündchen. Noch sind die Vorstellungen der einzelnen zu wenig zielgerichtet. Dann fehlt auch das nötige Geld, um wirklich etwas Sinnvolles auf die Beine stellen zu können. Er wird sich gründlich überlegen müssen, wie er da vorgeht.

In diesem Moment fällt ihm Charlotte Jordan wieder ein, wie Ineh ihm begeistert von der neuen deutschen Bekannten vorgeschwärmt hat. Wie er neugierig wurde, den Hinweis aufgriff und an diesem Abend vor ein paar Wochen in der Palmweinbar erschien. Das Gespräch mit Martin Jordan behagte ihm, denn man redete über den Autohandel, über die Verzögerung am Brückenbau des Nigers, und tauschte sich auch aus über die Politik von Premierminister Balewa. Doch als Amos mehr ins Detail ging, auch ansprach, die Ibos müssten sich zu viel von den Yorubas und den Haussas gefallen lassen, da schien es, als sei der Deutsche an Vertiefungen dieses Themas nicht interessiert. Er hörte seinen Ausführungen zwar weiterhin höflich zu, wandte aber sein Interesse deutlich hin zu den Männern und Frauen auf der Tanzfläche. Einmal, als Charlotte zur Bar, in ihre Richtung blickte, da winkte er ihr zu. Nein, dieser Martin Jordan wird sich ganz gewiss nicht in die Interessen der Ibos einbinden lassen.

Ganz anders sieht es da mit seiner Frau aus. Was für eine hübsche und gescheite Person. Bei den späteren gemeinsamen Treffen schien sie an den Problemen der Ethnien höchst interessiert und lauschte aufmerksam. Geschmeichelt nimmt er an, sie findet nicht nur die Entwicklung im Gebiet des Cross River beachtenswert, sondern gerade seine Art davon zu berichten. Wahrscheinlich legt dieser Martin zu viel Gewicht auf seine Arbeit und darauf, dass der Handel mit den Ford-Wagen floriert. Denn warum sonst sollte seine Ehefrau sich so wissbegierig an den Ausführungen des neuen afrikanischen Bekannten zeigen?

Es wäre ideal, falls sie sich für seine Idee begeistern könnte. Im Augenblick ist er terminlich überbelegt, aber irgendwann, hoffentlich in nicht allzu weiter Ferne, wird sich eine Gelegenheit ergeben, bei der er ihr die Leiden der Menschen am Cross River durch die Ausweitung der Erdölförderung vor Augen führen kann. Wie er bei den gemeinsamen Gesprächen feststellte, sieht es so aus, als liege ihr die afrikanische Lebensart wirklich am Herzen. Er wird ihr eine Fahrt in den Regenwald an der Nigermündung vorschlagen, um ihr die Pflanzenwelt der Mangrovensümpfe, die Dörfer und die Flüsse zu zeigen. Natürlich wäre es ihm am liebsten, er könnte mit Charlotte Jordan allein dorthin, müsste den Ehemann nicht auch noch mitnehmen. Aber das wird sich wohl nicht vermeiden lassen.

Nun gut, denkt Amos, möglicherweise kann ich auch ihn beeindrucken. Denn die Zeichen der Zerstörung und des Elends dort sind so deutlich zu sehen, dass sie auch einen skeptischen Beobachter nicht unberührt lassen werden.

Er lehnt sich auf seinem Bürosessel weit zurück, stellt die Füße auf das Fenstersims und schaut hinauf in den von Sternen übersäten Nachthimmel. Er mag diese späten Stunden. Dann lässt er das Licht gelöscht und hängt in der Stille – nur von fern dringen Geräusche der anderen Bewohner an sein Ohr – seinen Gedanken nach. Dann belästigen ihn keine Moskitos und auch die Nachbarn, die gern zu einem Schwatz hereinschauen, wenn sie sehen, dass er zu Hause ist, bemerken ihn im Dunkeln nicht.

Doch eben vernimmt er leise Schritte unten an der Haustür, und dann hört er tappende Füße die Treppe nach oben kommen. In den Abendstunden lässt er die Wohnungstür meist weit offen stehen. Er dreht sich um und sieht im schwachen Schein des Mondes Ineh hereinkommen.

»Störe ich dich?«, fragt sie.

»Aber, nein, kleine Schwester, du störst nie.«

»Na, na«, lachend droht sie ihm mit dem Finger. »Wie war das neulich, als ich dich im Büro aufsuchte und dringend sprechen wollte. Du hast mir durch Sani ausrichten lassen, ich solle ein anderes Mal wiederkommen.«

»Da hatte ich einen Mandanten da. Die Arbeit geht vor.«

»Ist schon in Ordnung.« Ineh hockt sich neben seinem Stuhl auf den Boden. »Kommst du mit zum Jahresfest?«

»Himmel, das habe ich vergessen!« Er fährt sich mit der Hand über die Stirn. »Im Augenblick überstürzen sich die Termine. Das Fest ist kommende Woche, stimmt's?«

»Richtig. Ich darf Charlotte einladen. Großmutter hat es erlaubt.«

Amos überlegt einen Moment. Es reizt ihn schon, gemeinsam mit der Deutschen nach Okigbo zu fahren. Aber für die kommende Woche hat er ein wichtiges Treffen mit seinen Vertrauten anberaumt. Und dann ist gerade das Jahresfest nicht unbedingt geeignet, um die Bekanntschaft zu Charlotte zu vertiefen. Bei dem Fest steht das Feiern im Hintergrund. Da geht es vorrangig um die weise Kraft der Ogu, um Orakelsprüche, und darum, dass dem Dorf die Ahnengeister wohlgesonnen sind.

Wenn er mit Inehs neuer deutscher Freundin zum Cross River fährt, dann will er ihr jedenfalls nicht Okigbo vorführen. Das Dorf liegt außerhalb des Einzugsbereichs der Ölfirmen und vermittelt kaum den richtigen Eindruck. Er wird weiter fahren nach Bori und Akusa. Nur dort kann er das Leid der Menschen deutlich machen, indem er darlegt, wie die europäischen Firmen mit der Umwelt umgehen, wie man den Bewohnern das Land wegnimmt und mit Abwässern die Flüsse verschmutzt. Und dass dort bald, wenn nicht ein Wunder geschieht, eine ökologische Katastrophe passieren wird. Er möchte mit Charlotte auch zu den Stellen fahren, an denen in der Nacht die gelbroten Flammen des abgefackelten Erdgases geisterhaft leuchten, was von der Ferne ganz malerisch aussieht. Es habe aber nichts mit den segensreichen Beschwörungen von Ogu zu tun, wird er sagen. Das sei ausschließlich das böse Vergiftungswerk von habgierigen Menschen.

VIII

Typisch für die Masken der Ibibio, die das Waldgebiet des Cross River in Nigeria bewohnen, ist eine ausdrucksstarke, oft überzeichnete Wirklichkeitstreue. Meistens sind es Krankheitsmasken, die verzerrte Gesichter zeigen und damit schadenbringende Kräfte böser Geister bannen sollen.

Kapitel 8

Onitsha, Okigbo, August 1965

Fast schien es, als habe der Tutamosu-Clan die vor geraumer Zeit ausgesprochene Einladung vergessen, denn ein Besuch des Dorfes Okigbo wurde in den vergangenen Wochen weder von Ineh noch von Amos erwähnt. Charlotte fragte auch nicht danach, das wäre ihr aufdringlich vorgekommen. Doch ein wenig enttäuscht war sie schon, dass dieser Plan offensichtlich in Vergessenheit geraten war.

Da steht auf einmal Ineh vor dem Haus auf dem Hügel, pocht an die Tür und als Charlotte verwundert nachsehen geht – unerwarteter Besuch erscheint so gut wie nie – entdeckt sie die afrikanische Freundin. In letzter Zeit sind ihre Treffen selten geworden, da Ineh jetzt häufig auch an den Nachmittagen Unterricht zu halten hat.

In Kürze würde das Jahresfest gefeiert, berichtet Ineh und sie fragt, ob Charlotte an den Festlichkeiten in Okigbo teilnehmen möchte. Von Großmutter sei eine ganz persönliche Einladung erteilt worden.

»Was ist das für ein Fest?«, will Charlotte wissen und lädt mit einer Handbewegung Ineh ins Haus ein.

Doch die lehnt ab. »Ich habe noch so viel vorzubereiten und nur ganz wenig Zeit. Also abgemacht? Du bist dabei? Ich muss dann nämlich einen Platz im Wagen für dich frei halten.«

»Im Wagen von Amos?«

»Amos wird leider nicht zum Fest kommen, er hat einen wichtigen Termin. Irgendwas Politisches, glaube ich«, erwidert Ineh. Dann erläutert sie noch, dass man im Dorf das Ahnengedenken feiern werde.

»Großmutter wird während einer feierlichen Zeremonie die Geister rufen und fragen, was wir von der Zukunft zu erwarten haben«, raunt sie mit gedämpfter Stimme, was wohl die Bedeutung des Geschehens untermauern soll. »Nach dieser Erkenntnis richten sich alle Planungen in den darauffolgenden Monaten.«

Was sogleich Charlottes Neugierde weckt. »Komm rein«, sagt sie und versucht die Freundin am Arm in Richtung Haustür zu ziehen. »Darüber musst du mir unbedingt mehr erzählen.«

»Nicht heute. Das geht wirklich nicht.« Ineh schüttelt den Arm ab und wendet sich zum Gehen.

Sie dreht sich noch einmal um, weil Charlotte ihr die Frage nachruft, ob Martin mitkommen könne. Wenn Amos ohnehin nicht dabei ist, fände sie es eigentlich ganz praktisch, sich von ihrem Mann begleiten zu lassen. Das würde ihr ein größeres Gefühl an Sicherheit geben.

»Nein, da ist vermutlich gar kein Platz mehr im Wagen«, behauptet Ineh. »Außerdem glaube ich nicht, dass Großmutter einem völlig Fremden erlauben würde, bei diesem bedeutenden Anlass im Dorf zu sein. Dass sie deine Anwesenheit duldet, ja sogar genehmigt, ist eine Ausnahme.«

Obwohl sich Charlotte nichts sehnlicher wünschte, als etwas in dieser Art miterleben zu dürfen, ist sie beim näheren Nachdenken nun doch reichlich verunsichert. Für die Zusage muss sie ihren ganzen Mut zusammen nehmen, denn ihr ist klar, was das Vorhaben bedeutet: Sie wird sich ganz allein, nur in Begleitung von Afrikanern, in ein abgelegenes Buschdorf begeben. Während der ganzen Reise und dann vor Ort wird sie ausschließlich mit Leuten zusammen sein, die ihre Sprache nicht sprechen, und viele werden wohl nicht einmal Englisch verstehen. Vermutlich wird es im ganzen Dorf kein richtiges Badezimmer geben, vielleicht nicht einmal fließendes Wasser, geschweige denn elektrischen Strom. Den Haarfön braucht sie also erst gar nicht einzupacken.

Fast ist sie versucht abzusagen, aber dann hätte sie die Chance, Ibibio-Riten hautnah erleben und tiefer in das Leben der Afrikaner eindringen zu können, ein für alle Mal verwirkt. Nein, so feige ist sie dann doch nicht.

»Gut, ich komme mit. Wann fahren wir?« Sie versucht ihrer Stimme einen forschen Klang zu verleihen. Ineh soll nicht merken, wie bange sie der Gedanke an den Ausflug macht, nachdem sie doch bisher so übergroßes Interesse gezeigt hat.

»Am Donnerstag. Sehr früh.« Ineh ist am Ende des sandigen Freiplatzes angekommen, da wo die schmale Straße beginnt und dicht daneben ein Weg durch das Gebüsch abwärts zur Stadt führt. »Ich hoffe, es klappt. Nago besitzt ein Taxi und er sucht noch weitere Mitfahrer. Sonst lohnt es sich nicht für ihn.«

Der Platzmangel im Auto ist also nur vorgeschoben. Martins Beteiligung scheint grundsätzlich nicht gewünscht zu sein.

Charlotte holt tief Luft. »Kommen wir am selben Tag wieder zurück?«, ruft sie hoffnungsvoll der Freundin hinterher.

Die bleibt noch einmal stehen. »Das schaffen wir nicht, weil es viel zu weit ist. Außerdem wollen wir ordentlich feiern. Zwei, drei Tage werden wir schon unterwegs sein.«

Jetzt hat Charlotte einen ganz dicken Kloß im Hals. Sie schluckt. Das bedeutet also, sie muss die Nacht, oder mehrere Nächte, in einer einfachen afrikanischen Behausung verbringen. Eine andere Möglichkeit wird es vermutlich nicht geben. Dennoch stellt sie die Frage: »Gibt es da ein Rasthaus, wo ich übernachten kann?«

»Du schläfst mit mir bei Großmutter. Nimm dir eine Luftmatratze mit, falls es dir nicht genügt, nur auf einer Matte zu liegen.«

Auf einer Matte schlafen! In diesem Moment würde Charlotte am liebsten auf den geplanten Ausflug verzichten, denn es sieht so aus, als entwickele sich das Ganze zu einer höchst unbequemen Angelegenheit. Dabei hat sie sich – gemütlich im Sessel vor sich hin sinnierend – das Kennenlernen der afrikanischen Kultur so romantisch vorgestellt. Obwohl? Sie überlegt. Zu-Gast-Sein im Heim von Afrikanern ist jedenfalls romantischer als in einem Rasthaus. Und überhaupt! Sie wird jetzt keinesfalls wegen lächerlicher Unbequemlichkeiten feige den Rückzug antreten.

»Sobald ich weiß, wann wir abfahren, lasse ich dir eine Nachricht zukommen. Wir treffen uns auf dem *Central Place*«, vernimmt sie noch Ineh's Stimme, ehe die im Dickicht untertaucht.

Als Charlotte am Donnerstag Morgen fröstelnd mit ihrer Tasche – neben sich einen mürrisch dreinblickenden Martin – auf dem noch wenig belebten Platz steht, ist es kurz vor sieben Uhr.

»Du kannst gehen«, bedeutet Charlotte. »Die kommen sicher gleich.«

»Deine Fahrgemeinschaft möchte ich mir schon gern ansehen. Schließlich will meine Frau eine Forschungsreise ins afrikanische Niemandsland unternehmen. Da sollte ich mir wenigstens ein Bild von den Personen verschaffen, die dabei sein werden.«

»Pah!« Mehr fällt ihr dazu nicht ein. Sie mimt die Selbstsichere.

Dabei hat sie sehr unruhig geschlafen, empfand zudem beim Aufwachen eine derartige Panik, dass sie kurz davor war, Martin zu bitten, er solle zum *Central Place* fahren und Ineh sagen, sie läge mit Migräne im Bett. Doch dann schämte sie sich ihrer Feigheit, biss die Zähne zusammen und stand auf.

Es vergehen mehr als zehn Minuten bis Ineh auftaucht, und wiederum eine Viertelstunde später schießt endlich ein Taxi um die Ecke und kommt mit quietschenden Bremsen vor den Wartenden zum Stehen. Ihm entsteigen drei Männer: der Fahrer Nago, ein Mann, der auf den Namen Daza hört, und Daniel Solanka, an den Charlotte sich vom Marktbesuch her erinnert.

Als Nago den Kofferraumdeckel hochhebt, sieht es so aus, als wäre hier eigentlich kein Platz mehr für das Gepäck der Frauen. Im Inneren sind etliche Kartons, Taschen und Kanister gestapelt. Doch die drei Männer scheinen ganz offensichtlich darin geübt zu sein, den vorhandenen Raum bis an seine Grenzen zu nutzen. In gemeinsamer Anstrengung und unter heftigem Drücken und Schieben gelingt es tatsächlich, die Taschen hinein zu stopfen.

Charlotte und Ineh quetschen sich neben Daniel auf den Rücksitz. Nago nimmt von Martin den gewünschten Obolus für die Fahrt entgegen, dann setzt er sich hinters Steuer, startet und fährt mit schnellem Spurt, indem die Räder durchdrehen, rasant davon.

Martin steht da und sieht dem schwarzen Morris, in dem seine Frau ins Ungewisse davonbraust, mit gemischten Gefühlen hinterher.

Charlotte hat einen Fensterplatz erhalten, was ihr sehr lieb ist, weil sie so die vorbeiziehende Landschaft besser betrachten kann. Bisher ist sie erst zweimal, gemeinsam mit Martin, in der Umgebung Onitshas unterwegs gewesen. Einmal haben sie auf einem Dorfmarkt Orangen eingekauft, das andere Mal sind sie bis nach Enugu, der östlichen Verwaltungsstadt, gereist und dort die Hauptstraße entlang gebummelt.

Ineh und Daniel beginnen unverzüglich einen ausführlichen Schwatz. Anfangs versucht Ineh noch die Freundin einzubeziehen, indem sie immer mal einzelne Passagen ins Englische übersetzt. Doch bald bedient sie sich ausschließlich der Ibibio-Sprache.

Die Dörfer entlang der breiten Asphaltstraße sind ähnlich denen, wie sie sich auch an der Straße zwischen Lagos und Asaba präsentieren: flache, mit Wellblech gedeckte Bauten, die wenig gemein haben mit Charlottes Vorstellung von afrikanischen Behausungen. Dazwischen viel Wald, aber auch Felder, auf denen Yam, Kassava und Maniok angebaut wird. Kinder sind zu sehen, die mit Krügen und Kanistern auf dem Kopf von einer Wasserstelle kommen. Am Wegesrand tummeln sich unzählige Hunde, die im Unrat wühlen, und immer wieder befinden sich mitten auf der Fahrbahn Kadaver überfahrener Hühner, Hunde und Schlangen.

Irgendwann beschließt Nago eine Pause einzulegen.

Er stoppt ziemlich abrupt an einem der Imbissstände, die am Wegesrand aufgebaut sind. Hier werden Getränke in Flaschen angeboten, außerdem *Chicken- and Cheese-Sandwiches* und geschälte Orangen.

Charlotte nutzt die Gelegenheit, um sich ins nahe Gebüsch zu verziehen. Während ihre Füße sich vorsichtig durch das Gestrüpp am Boden tasten, murmelt sie beschwörende Worte vor sich hin. Mit einem Ast, den sie vom Busch abgebrochen hat, klopft sie den Boden ab. Das, hofft sie, sollte ausreichen, um eventuelle Schlangen, Skorpione und anderes Getier zu vertreiben. Die Hoffnung, irgendwo ein Wasserklosett vorzufinden, hat sie aufgegeben. Vermutlich kann sie etwas Ähnliches erst wieder zu Hause in Onitsha benutzen. Bis dahin wird sie mit primitiveren Einrichtungen vorlieb nehmen müssen – und sie hat sich darauf eingestellt.

Als sie zur Straße zurückkehrt, spürt sie einen beißenden Schmerz und bemerkt, dass große schwarze Ameisen ihre kurze Verweildauer im Gebüsch genutzt haben, um an den Beinen hoch zu krabbeln. Mit einer schnellen Bewegung streift sie sie ab.

Es ist Mittagszeit, als das Taxi schließlich Okigbo erreicht. Und hier sieht es tatsächlich so aus, wie man sich üblicherweise das afrikanische Landleben vorstellt: runde Lehmhütten mit kegelförmigen Strohdächern, dazwischen Sandwege und ein zentraler Dorfplatz, auf dem das einzige größere Gebäude steht, ein quadratischer Lehmbau, zu dessen Eingang man über einen erhöhten, von einem Strohdach überdeckten Vorplatz gelangt. Das Dach ruht auf hölzernen, mit mysteriösen Schnitzereien versehenen Säulen. Dies sei das Haus des Chiefs, erklärt Ineh.

Nago hat den Wagen abgestellt, der sogleich von einem beträchtlichen Teil der Dorfbewohner umringt wird. Mit lautem Rufen werden Ineh und die drei Männer willkommen geheißen. Charlotte wird staunend begafft, was ihr deutlich macht, dass wohl nicht allzu oft Menschen weißer Hautfarbe ins Dorf gelangen. Und ganz bestimmt kaum jemals eine weiße Frau.

Als sie mit ihrer Tasche in der Hand hinter Ineh die schmale Straße entlang dem Ende des Dorfes zustrebt, zieht sie eine größere Gruppe an Kindern und auch ein paar Frauen hinter sich her.

Vor der letzten Hütte bleibt Ineh stehen. »Hier wohnt *Ogu*«, sagt sie.

Nur Wände und Dach gleichen der Aufmachung der anderen Hütten. Ansonsten wurde die Behausung von Inehs Großmutter einer besonderen Gestaltung unterzogen. Zunächst ist da eine, in etwas Abstand errichtete niedrige Lehmmauer, wodurch ein breiter Vorplatz abgegrenzt wird. Rings um die Hütte befinden sich, kreisförmig angeordnet, kleine hölzerne Säulen.

Ineh erklärt deren Bedeutung. »Die männlichen«, sagt sie und zeigt auf einen der niedrigen Pfeiler, »stehen für den Himmel, für Regenopfer und auch für Blitzschlag. Die weiblichen sind symbolisch für die Erde, also für *Tengu*. Hier bringt *Ogu* ihre Spenden dar. Zum Beispiel für Fruchtbarkeit, für die Ernte und für die Jagd.«

Charlotte steht staunend. Jetzt bedauert sie sehr, Martin nicht um seine Kamera gebeten zu haben. Die Schnitzereien wären es unbedingt wert, im Bild festgehalten zu werden. Gesichter sieht sie, Tierköpfe und absonderliche, ihr unverständliche Zeichen.

»Du kannst dich ein wenig umsehen, wenn du möchtest«, erlaubt Ineh und schlüpft hinter die Bastmatte, die den Eingang verdeckt.

Charlotte bleibt zurück. Sie wird die Hütte erst nach einer Aufforderung betreten. Unbewusst hat sie begriffen, dass es unhöflich wäre, Ineh einfach zu folgen. Die anderen Dorfbewohner, die sie hierher begleitet haben, sind außerhalb der kleinen Mauer stehen geblieben. Die Abgrenzung scheint für sie ein unüberwindbares Hindernis darzustellen. Sie verharren in respektvoller Ruhe. Ihre Stimmen, selbst die der Kinder, haben sich zu einem Murmeln gesenkt.

Charlotte sieht sich um und entdeckt über dem Eingang aufgehängte, länglich geformte, schmiedeeiserne Glocken. Einen bizarren Wandschmuck bilden im Bündel zusammengefasste halbierte Kalebassen, und daneben bemerkt sie eine in den Lehm eingelassene Maske. Die schmalen Augen unter hohen Brauenbögen und der halb geöffnete Mund geben dem hölzernen Gesicht einen fast lebendigen Ausdruck.

Auf der Bank mit den kunstvoll geschnitzten Beinen lässt sie sich nieder. Ihr ist nicht so ganz wohl, denn inzwischen ist einige Zeit verstrichen, seit Ineh in der Hütte verschwand. Was, wenn die Großmutter sie nun doch nicht hier haben will? Was würde sie dann tun? Es gibt vermutlich keinen Bus oder ein anderes öffentliches Verkehrsmittel, mit dem sie zurück nach Onitsha gelangen könnte.

In dem Moment sieht sie Ineh die Matte beiseite schieben und ihr zuwinken.

Schnell steht sie auf und betritt mit klopfendem Herzen das Innere der Hütte. Drinnen ist es düster. Sie erkennt die Großmutter, die auf dem Boden hockt und mit einer Handbewegung andeutet, die Besucherin möge neben ihr Platz nehmen. Charlotte lässt sich auf einem Kissen nieder.

Es ist ganz offensichtlich eine Art Zeremoniell, das die Zusammenkunft der drei Frauen einleitet. Zunächst bereitet Ineh mit großer Sorgfalt einen Trank. Die Zutaten, die sie dazu benötigt, scheinen schon in mehreren unterschiedlichen Gefäßen bereit zu stehen. In einem bauchigen Tonkrug wird die Mischung zusammengerührt. Ganz genau misst die junge Frau die verschiedenen Mengen ab, und so dauert es eine geraume Weile, bis sie schließlich mit dem Ergebnis zufrieden ist.

Vom Inhalt füllt sie drei Schalen. Eine reicht sie der Großmutter, eine gibt sie an Charlotte weiter, und eine nimmt sie selbst. Dann hockt sie sich nieder und setzt die Schale an den Mund.

Charlotte kostet. Sie schmeckt den Saft von Zitronen, auch von Orangen, es ist Wasser beigemischt und deutlich erkennt sie Gewürze, die dem Ganzen einen pikanten Geschmack verleihen. Ihr kommt das Getränk erfrischend vor und schon nach wenigen Schlucken scheint es, als würde die Mixtur ihre Gedanken klären.

Da kommen ihr Martins warnende Worte in den Sinn. »Du darfst auf keinen Fall etwas Ungekochtes zu dir nehmen«, hat er angeordnet. »Und niemals einfaches Wasser trinken. Nur Getränke aus Flaschen. Denn diese Dorfneger benutzen unter Garantie keine Wasserfilter.«

Charlotte schaut suchend um sich. Nein, einen Wasserfilter kann sie nicht entdecken. Martin hat von Würmern gesprochen, von Amöbenruhr und ähnlich grässlichen Dingen.

Ineh scheint die Unsicherheit der weißen Freundin zu bemerken. »Du kannst das ruhig trinken«, sagt sie. »Das Wasser holen wir vom Fluss. Der ist ganz sauber.«

Nun gut, denkt Charlotte, wenn Ineh das verträgt, werde ich das wohl auch. Sie spürt jetzt ihren großen Durst und leert die Schale in wenigen Zügen.

Die Stunden bis zum Abend verbringt Charlotte auf ihrem Platz auf dem Kissen und lauscht der Unterhaltung von Großmutter und Enkelin. Gelegentlich erhält sie von Ineh eine Übersetzung, wenn die meint, das eben Gesagte könne für die Freundin interessant sein. Das Gespräch dreht sich um die Menschen im Dorf, um Verstorbene, um Schwangerschaften, auch um Männer, die die Gemeinschaft verlassen haben, um woanders ihr Glück zu suchen. Sie sprechen vom letzten Gewitter der vor kurzem zu Ende gegangenen Regenzeit und welchen Schaden der dabei aufgekommene Tornado angerichtet hatte.

Charlotte sieht sich um. Unter dem Hüttendach sind Tücher gespannt, der Boden ist mit Webteppichen bedeckt. Es gibt eine Holztruhe und den kleinen Tisch, auf dem Ineh das Getränk zubereitete. An der Wand bemerkt sie ein Regal, in dem Figuren stehen, die aus

Ton geformt und in die Zeichen eingeritzt sind. Auf einem der Borde befinden sich Kalebassen-Schalen mit verschiedenfarbigen pulvrigen Mischungen. Aufgefädelte Blätter und getrocknete Kräuter hängen in dicken Büscheln an Haken, die in die Lehmwand eingelassen sind. Und in einer Ecke erkennt sie mehrere Körbe mit Früchten. Orangen sind es, Bananen und Papayas, daneben ein Korb mit Kokosnüssen und einer, der mit Yamknollen gefüllt ist.

Charlotte überlegt, wo sie wohl schlafen wird. In einer Ecke sieht sie säuberlich aufeinander gestapelte Decken und Kissen, vermutlich der Schlafplatz von *Ogu*. Sie bemerkt auch einen mit einem Holzperlenvorhang zugehängten Durchgang. Dahinter könnte sich möglicherweise ein zweiter Raum befinden.

Da erhebt Ineh sich von ihrem Sitz. »Komm, wir gehen zum Platz«, fordert sie Charlotte auf. »Großmutter bereitet sich auf das Fest vor. Da stören wir hier nur.«

Sie verlassen die Hütte und treffen auf dem zentralen Platz ein, auf dem jetzt reges Leben herrscht. Es scheint, als habe sich für die Festvorbereitungen hier inzwischen das ganze Dorf versammelt. Die Luft ist voller Geschrei, Musik und Lachen, Trommeln werden geschlagen und andere Instrumente ausprobiert. Frauen stehen am Feuer und richten mit viel Geschick einen überdimensionalen Bratrost ein. Bauchige, ausgehöhlte, mit Getränken gefüllte Kürbisse werden herbeigeschleppt. Dazwischen tummeln sich Kinder, Hunde, Hühner und ein paar Ziegen.

Ineh stellt der Freundin ihre Mutter vor. Es ist eine der Frauen, die am Bratrost stehen. Der Vater gehöre zu den Stammesältesten, erklärt sie mit Stolz in der Stimme. Er bereite sich gerade, genau wie *Ogu*, auf die später stattfindende Zeremonie vor.

Inzwischen fühlt Charlotte sich von den Dorfbewohnern akzeptiert, was sicher auch darauf zurückzuführen ist, dass die Großmutter sie als Gast willkommen hieß. Sie findet kaum mehr Beachtung, und so setzt sie sich am Rand des Platzes auf eine niedrige Mauer und gibt sich ausschließlich der Beobachtung hin. Die Sonne steht bereits schräg am Himmel, ihre Strahlen brennen kaum noch auf dem Gesicht und den nackten Armen. Einzige Belästigung sind die zahlreichen Ameisen, von denen der Boden nur so wimmelt und die sich sofort daran machen, still stehende Füße zu erklettern.

Charlotte versucht durch ständiges Abstreifen, eine dauerhafte Belagerung ihrer Beine zu verhindern.

Ineh geht umher, begrüßt Verwandte und tauscht Neuigkeiten aus.

Als sich der festliche Zug zu formen beginnt, ist die Dämmerung schon weit fortgeschritten. In der Platzmitte, genau neben der Feuerstelle, versammeln sich jetzt die Teilnehmer. Zunächst stellen sich die Stammesältesten auf. Sie tragen lange gelbe Gewänder und ihre Gesichter sind mit weißen und roten Streifen bemalt. Jeder von ihnen hält eine Holzmaske in Händen.

Auf dem Platz ist feierliche Ruhe eingekehrt. Menschen und Instrumente schweigen. Die Fröhlichkeit ist einer Stimmung gewichen, die fast schwermütig scheint und von der die Menschen in der warmen Abendluft und der beginnenden Dunkelheit mystisch umhüllt werden.

»Was haben die für eine Aufgabe?«, flüstert Charlotte, die sich neben Ineh gestellt hat und auf die Männer in den gelben Gewändern weist.

Sie wären die Begleiter von *Ogu,* erklärt Ineh, die einzigen, denen es erlaubt ist, bei der Orakelbefragung dabei zu sein. Die Masken würden sie nutzen, um böse Geister zu vertreiben.

»Manchmal tauchen Dämonen auf«, fährt Ineh mit gedämpfter Stimme fort. »Sie versuchen, Großmutters Blick zu verschleiern, denn sie wollen sie nicht sehen lassen, woher uns Gefahr droht. Aber die Männer passen auf. Sie verscheuchen das Böse und geben nur den guten Geistern die Möglichkeit, sich auf dem Orakelplatz niederzulassen.«

Die Männer im Dorf erhielten im Alter von vierzig den Status eines Stammesältesten und würden in den Kreis derjenigen aufgenommen, die die Dorfregeln bestimmen. Ältere Männer, also die ab sechzig, würden ›Ehrwürdige‹ genannt, erläutert sie mit leiser Stimme.

Mit der wieder einsetzenden Musik nimmt die Aufstellung des festlichen Zugs ihren Anfang. Zunächst bilden die gelb Gewandeten eine lange Reihe, und dahinter formieren sich die Musikanten, voran die Trommler, dann folgen die Streicher – Charlotte gibt ihnen diesen Namen, weil die Töne durch das Bestreichen von mit Metallbändern bespannten Holzschalen erzeugt werden. Es gibt auch Blasinstrumente aus ganz unterschiedlichen Klangkörpern. Sie erkennt Kalebassen, Bambusrohr und Holz. Die Musik, die jetzt ertönt und vom dumpfen Klang der Trommeln dirigiert wird, klingt für ihre Ohren außergewöhnlich, aber zugleich rhythmisch und mitreißend.

Da erscheint *Ogu, o*bwohl nur zu vermuten ist, dass es sich bei der schwarz verhüllten Gestalt um Inehs Großmutter handelt. Stirn und Wangen sind von einem Muster aus grellen Farben bedeckt. Auf dem Kopf trägt sie einen Aufputz, eine Art hölzernes Gestell, an dem an bunten Bastfäden Federn hängen. Bizarr, fast dämonisch wirkt diese Frauengestalt in der nur durch Fackeln und das Feuer erhellten Dunkelheit. Jetzt, erklärt Ineh, sei die Großmutter eine *Egwugwu*, eine Zauberin.

Die Trommeln haben beim Erscheinen von *Ogu* an Schnelligkeit zugelegt. Eindringlich und in rascher Folge kommen die Schläge. Tam-tam, tam-tum-tam, tam-tam. Unter dem rhythmischen Klatschen der Umstehenden setzt sich die Gruppe in Bewegung, allen voran *Ogu*, in der einen Hand eine mit Körnern und in der anderen eine mit Muscheln gefüllte Schale haltend.

Hinter ihr geht der Chief. Sein weites Gewand ist ebenfalls gelb, scheint aber aus besonders kostbarem Stoff zu sein. Er trägt eine schwarze, bestickte Kappe auf dem Kopf und sieht stattlich aus. Als er die linke Hand hebt, um das Signal zum Abmarsch zu geben, bemerkt Charlotte am Mittelfinger einen auffallend großen Ring. Es besteht kein Zweifel, er ist ein bedeutender Mann.

Hinter den Gelbgewandeten folgen zwei Männer, die einen Holzkäfig tragen. Ein weißer Hahn befindet sich darin. Den Abschluss bilden die Trommler und die Musikanten. Gemessenen Schrittes bewegt sich der Festzug, dem sich in gehörigem Abstand die Dorfbewohner angeschlossen haben, die sandige Straße entlang in Richtung Wald.

Der Buschwald ist erreicht, die Musikanten verharren, und auch die Menschen aus dem Dorf bleiben stehen. Nur *Ogu*, der Chief und die Stammesältesten schreiten weiter voran und sind bald darauf im dunklen, undurchdringlich wirkenden Dickicht verschwunden.

»Gehen wir nicht mit?« Charlotte würde zu gern folgen. Sie will wissen, was da passieren wird im Dunkel des Waldes. Sie möchte die Zeremonie miterleben, möchte die Beschwörungen hören und mit ansehen, wie *Ogu* die Zukunft weissagt. Möglicherweise wird es eine Opferung geben? Denn wozu sonst wäre der Hahn mitgeschleppt worden?

»Nein, das dürfen wir nicht. Das ist geheim«, ist Inehs knappe Antwort. Ohne sich um den Protest der Freundin zu kümmern, dreht sie sich um und tritt den Rückweg an.

Charlotte verharrt und überlegt. Ob sie sich trauen soll, der Beschwörungsgruppe zu folgen? Ob das Zusehen bestraft wird? Ob man es wagen würde, einer Weißen etwas anzutun?

Vermutlich kaum, denkt sie, aber sie würde sich damit das Wohlwollen der Großmutter ein für alle Mal verscherzen. Und das will sie auf keinen Fall. Es wäre auch unhöflich und ein grober Verstoß gegen die Gastfreundschaft. Also wendet sie sich seufzend ab und folgt den anderen zurück zum Dorf.

Erneut ist der zentrale Platz erfüllt von Musik, von Essensgerüchen, von Stimmen und Lachen. Es kommt Charlotte so vor, als würde die wieder erwachte Festlichkeit, die über allem liegt, den Menschen eine ganz sonderbare, bezaubernde Schönheit verleihen. Die von flackernden Fackeln hervorgerufenen Schatten tanzen auf den Gesichtern, und die Fröhlichkeit lässt im Glanz des Feuers die Augen erstrahlen.

Auf dem Rost brät in kleine Stücke zerteiltes Ziegenfleisch. Der aromatische Geruch zieht in ihre Nase, und sie spürt, wie ihr das Wasser im Mund zusammenläuft. Jetzt erst bemerkt sie ihren Heißhunger. Sie kann es kaum erwarten, bis endlich eines der knusprig gebratenen Fleischteile in der Schale liegt, die ihr in die Hand gedrückt worden ist. Neben das Fleischstück löffelt Ineh einen ordentlichen Klacks *Fufu* und darüber dicke Gemüsesuppe. Gierig langt Charlotte zu.

Doch schon der erste Bissen vom scharf gewürzten Fleisch und Gemüse raubt ihr fast den Atem und treibt ihr die Tränen in die Augen. Mit einem ganzen, rasch hinunter gestürzten Becher des Fruchtsaftgetränks versucht sie das Brennen in der Kehle zu lindern. Sie steht auf, geht zum Bratrost und lässt sich eines der kleinen runden, knusprig gerösteten Fladenbrote geben. Nachdem sie feststellt, dass sich auch der *Fufu*-Brei vorzüglich dafür eignet, die Schärfe zu mildern, vermischt sie ihn gründlich mit dem Gemüse. Tatsächlich hat sie sich nach einigen Bissen ganz gut an die pikante Würze gewöhnt.

Von Inehs Mutter wird sie mit Gesten aufgefordert, doch mehr von dem Fleisch zu nehmen. »*Na mekyu strong*«, ruft sie und deutet lachend auf Charlotte. »*Get belly.*«

»Was meint sie damit?«

Ineh erklärt kichernd. »Du sollst einen Bauch kriegen, also schwanger werden.«

»Du hast gut lachen.« Charlotte verzieht das Gesicht. »Ich würde ja gern, aber es klappt nicht.«

»Warum nicht?«

»Woher soll ich das wissen?« Charlotte zuckt resignierend mit den Schultern. Bisher waren ihre und Martins Bemühungen leider nicht von Erfolg gekrönt.

»Soll ich dir helfen?«, fragt Ineh.

»Was meinst du mit ›helfen‹?

»Ich könnte dir beibringen, was du tun musst.«

»Was wir tun müssen, wissen wir schon selber«, wehrt Charlotte ab. »Dafür brauchen wir keine Hilfe.«

»Das meine ich nicht. Ich denke an Beschwörung.«

»Echt? Meinst du etwa, das würde funktionieren?«

Ineh nickt. Sie sieht sehr überzeugt aus.

Charlotte legt den Kopf leicht schief und betrachtet die Freundin nachdenklich. »Okay«, sagt sie dann. »Lass uns gleich anfangen. Wo machen wir das? Hier?«

»Nein. Hier geht das nicht. Wir machen das, wenn wir wieder in Onitsha sind.«

»Versprochen?«

»Versprochen!«, sagt Ineh und prostet ihr mit Fruchtsaft zu.

Stunden später sind die Zauberin und die weisen Männer aus dem Wald zurückgekehrt. Auf einmal befinden sie sich unter ihnen. Charlotte sieht Gelbgewandete am Rost stehen und sich mit Essen versorgen. Dann erblickt sie auch *Ogu* am Rand des Platzes thronend, auf einem erhöhten Sitz, und ihr fällt auf, mit welchem Eifer einige der Frauen dabei sind, sie zu bedienen.

Ganz in ihrer Nähe ist der Holzkäfig abgestellt worden. Aber jetzt ist er leer.

Eben werden Tonkrüge herbeigeschleppt, die mit Palmwein gefüllt zu sein scheinen. Doch Charlotte lehnt ab, als Ineh ihr einen Becher reicht. Zu sehr erinnert sie sich an den faulig vergorenen Geschmack in der Palmwein-Bar. Da zieht sie das erfrischende Fruchtsaftgetränk entschieden vor.

Die Musikanten greifen wieder nach ihren Instrumenten, spielen auf mit einer rhythmisch-fremdartigen Musik, und nachdem sich alle gestärkt haben, wird getanzt. Ähnlich wie in der Highlife-Bar gehen Männer und Frauen hintereinander im Kreis und rund um die Feuerstelle. Von lodernden Flammen malerisch beleuchtet, bewegen sich die gelenkigen Körper zu den Klängen.

Da tritt eine Pause ein. Die Musik schweigt, die Tänzer wenden sich einander zu, recken die aneinandergefassten Hände gen Himmel und rufen: »Mofebo, mofebo, mofebo«. Wie aus einer Kehle schallt der Ruf laut und donnernd in die Nacht, und einen Moment ist die Luft erfüllt von der Kraft der Stimmen.

Es ist schon spät, als Charlotte erkennt, dass immer mehr Dorfbewohner den Platz verlassen haben und in ihren Hütten verschwunden sind. Auch die Großmutter ist nicht mehr zu sehen. Leise und unbemerkt hat sie sich zurückgezogen.

»Komm, wir gehen schlafen«, sagt Ineh, wozu Charlotte sofort bereit ist, denn nun spürt sie den langen Tag mit seinen vielen Eindrükken in großer Müdigkeit auf ihr lasten.

In der Hütte angekommen, tritt Ineh in den Nebenraum hinter dem Holzperlenvorhang und zündet eine Kerze an. Charlotte sieht hier ihre Tasche stehen, zieht die Luftmatratze heraus und beginnt sie aufzublasen, was sich als mühselige Angelegenheit erweist.

Endlich ist sie fertig, hebt den vor Anstrengung roten, schwindligen Kopf und bemerkt, dass Ineh längst aus ihrem Kleid geschlüpft ist, sich auf die Matte gelegt, mit einem Tuch zugedeckt und zur Seite gedreht hat.

Charlotte huscht noch einmal nach draußen, durchquert dabei den anderen Raum, wo sie im Dunkeln meint, die schlafende Großmutter vage ausmachen zu können. Sie weiß hinter der Hütte den Verschlag, den Ineh ihr am Nachmittag zeigte.

Sehr wohl ist ihr nicht in ihrer Haut, als sie im gelblichen Schein des Mondes barfuss über den sandigen Boden geht. Sie tastet sich über kleine Steinchen und erfühlt etwas Feuchtes. Es könnte ein Blatt sein, oder was sonst? Der Verschlag ist erreicht, sie schiebt die Matten beiseite und hockt sich über die Grube.

Dann kehrt sie zurück, ohne auf ihrem Weg von einer Schlange, einem Skorpion oder der Hyäne angegriffen zu werden, deren schauriges Heulen ganz in der Nähe zu vernehmen ist. Sie hört das Keckern von Affen und immer wieder seltsam krächzende Vogellaute.

Doch hier, im Inneren der Hütte, fühlt sie sich erstaunlich gut aufgehoben. Sie inspiziert noch einmal den Boden rund um die Matratze, kann in direkter Umgebung weder Käfer noch Spinnen entdecken, und löscht die Kerze. Dunkelheit und Stille vereinen sich zu einer schützenden Decke. Nicht einmal das helle Sirren der Moskitos ist zu hören. Möglicherweise werden sie tatsächlich von dem eigenartig riechenden Öl abgehalten, welches sie von Ineh gereicht bekam, um sich damit Arme, Beine und Gesicht einzureiben. Vom penetranten Geruch scheinen die bösartigen Insekten wie betäubt und nicht mehr in der Lage, ihre Saugrüssel in die von der Paste klebrige Menschenhaut zu stechen.

Die Luftmatratze erweist sich als einigermaßen bequem – Inehs tiefe Atemzüge zeigen an, dass sie bereits fest schläft –, und auch Charlotte ist in wenigen Minuten in Schlaf gesunken.

Als sie erwacht, ist es heller Morgen. Nebenan rumort die Großmutter. Ineh hat sich auf ihrer Matte aufgesetzt und gähnt ausgiebig. »Komm, wir kochen Tee«, sagt sie und schlüpft in ihr Kleid.

»Kann ich mich irgendwo waschen?«

»Das machen wir später. Am Fluss.«

Ist mir auch recht, denkt Charlotte und zieht sich an.

Der Weg zum Fluss ist ein schmaler Pfad, der sich durch den Buschwald zieht. Ineh geht singend voran, gefolgt von Charlotte, die ihre Augen fest auf den von dichtem Wurzelwerk durchzogenen Boden gerichtet hält, um nicht aus Versehen auf ein Reptil zu treten. Der Weg scheint häufig begangen zu sein, denn er ist gut ausgetreten. Auch das dornige Buschwerk rechts und links ist so weit zurückgewichen, dass es den beiden hintereinander gehenden Frauen nichts anhaben kann.

Schließlich sind sie am Fluss angekommen. Ineh streift ihre Kleidung ab und watet ins Wasser. Charlotte überlegt nur einen kurzen Moment, dann schiebt sie jede ängstliche Überlegung beiseite und tut es ihr nach.

Sie haben den Rückweg angetreten.

An einer Weggabelung angekommen, bleibt Ineh stehen, dreht sich um und wirft Charlotte einen verschwörerischen Blick zu. »Soll ich dir den Orakelplatz zeigen?«, haucht sie.

Charlotte ist begeistert »Oh ja, bitte!«, stimmt sie sofort zu.

Vorsichtig späht Ineh nach allen Seiten, um sich zu vergewissern, dass sie wirklich allein sind, und biegt in einen schmalen Pfad ein, der weniger ausgetreten ist als der zum Fluss. Eng und von Buschwerk umwachsen zieht er sich tiefer in den Wald hinein. Düsternis umgibt die beiden Frauen, denn das dichte Laub der hohen Bäume lässt den Sonnenstrahlen keine Möglichkeit, bis nach unten durch zu dringen. Der Helligkeit nach könnte es auf den Abend zugehen.

Wieder geht Ineh mit ihrem leisen Singsang voran.

Hintereinander wandern sie durch das von allerlei Geräuschen durchtönte Dickicht. Ein emsiges Rascheln ist zu hören, ein Krächzen, und immer wieder auch scharfe Zischlaute. Weiter hinten, wo die Krümmung des Weges sich im Dunkel verliert, lockt ein Vogel mit zarten, langgezogenen Tönen. Es scheint auch, als würden Affen sie begleiten. Sie sind nicht zu sehen, schwingen sich vermutlich weit über ihren Köpfen von Ast zu Ast. Nur das Keckern und das Knakken der Äste ist zu vernehmen.

Ganz wohl fühlt Charlotte sich nicht in ihrer Haut. Einen kurzen Moment denkt sie darüber nach, wie es wohl wäre, wenn sie auf diese Reise verzichtet hätte. Sie würde auf der Veranda sitzen, am Rock nähen und in ihrem Buch weiterlesen. Sie würde für Martin ein Essen kochen und dafür sein besonderes Lob einheimsen. Ganz sicher bräuchte sie keine Furcht zu haben. Aber wovor fürchte ich mich eigentlich, überlegt sie. Vor den Tieren? Vor den Einheimischen, die uns bei dem verbotenen Gang entdecken könnten? Oder fürchte ich mich gar vor Geistern, weil nur Eingeweihte den geheimen Ort aufsuchen dürfen?

Du spinnst, weist sie sich zurecht. Geister gibt es überhaupt nicht. Die Tiere tun uns nichts, und von den Dorfbewohnern weiß niemand, dass wir diesen Gang tun. Also ist alles in bester Ordnung. Wir werden in Kürze den Opferplatz erreicht haben, und gleich nach meiner Rückkehr kann ich Vater einen Brief schreiben und ihm alles schildern.

Als hätte sie es herbeigewünscht, scheint es tatsächlich auf einmal heller zu werden. Der Weg verbreitert sich, und in diesem Moment sind sie aus dem Wald getreten.

Sie stehen auf einer Lichtung. Es ist ein geheimnisvoller Ort, in völliger Abgeschiedenheit. Ein Ort, an dem man alles vergessen könnte – an dem Magie zur Wirklichkeit wird.

Dass es sich um eine Orakelstelle handelt, ist deutlich zu erkennen. Kreisförmig um den äußeren Rand stehen Figuren: auf Sockeln gestellte, überlebensgroße, hölzerne und bunt bemalte Statuen. Einige zeigen menschliche Gesichter, andere wiederum haben ein schauriges Aussehen mit riesigen Augenhöhlen und verzerrten Zügen.

Es gibt auch einen Schrein, in dem Charlotte beim Nähertreten mehrere Utensilien liegen sieht. Eine Schale erkennt sie, ein Stück von einem Bambusstab, ein Messer und einen hufeisenförmigen Metallring. Das alles macht großen Eindruck auf sie und sie meint, den Zauber dieses abgeschiedenen Ortes deutlich spüren zu können. Mit langsamen, vorsichtigen Schritten, den auf der Erde liegenden Zweigen ausweichend, geht sie in die Mitte des Kreises.

»Was bedeutet das alles?«, fragt sie mit gedämpfter Stimme, zeigt auf die Figuren um sich herum und auf den Schrein.

»Diese hier«, Ineh weist auf die Statuen, »nennen wir die *Egun*. Es sind Darstellungen unserer Ahnen. Sie rufen für uns die Geister. Weil es außer den guten, die uns helfen, auch Dämonen gibt, haben manche dieses furchteinflössende Aussehen. Damit jagen sie Angst ein und vertreiben das Böse.«

»Das hier«, jetzt steht Ineh am Schrein, »sind die Dinge, die *Ogu* braucht, um wahrsagen zu können. In den Boden werden Symbole gezeichnet. Warte.« Sie sieht sich suchend um. »Von gestern müsste die Stelle noch zu sehen sein.« Sie geht ein Stück weiter. »Hier ist sie. Komm her.«

Charlotte bemerkt einen in den Boden geritzten großen Kreis. Deutlich ist die Ritzung als eine Schlange zu erkennen, die ihr Schwanzende im Maul hält. Der Schlangenkreis ist in Viertel eingeteilt, die wiederum mit Zeichen versehen sind.

»Mit dem Kreis rufen wir den Schlangengott, der uns bei der Deutung behilflich ist. Das runde hier«, erläutert Ineh, »steht für die Schale, der Strich für den Stab, das langgezogene Dreieck für das Messer und der offene Ring für Manela.«

»Manela?«, fragt Charlotte.

»Früher war Manela unser Zahlungsmittel«, erklärt Ineh. »Das Geld führten erst die Engländer ein.«

»Wozu braucht man das alles?«

»Anhand dieser Zeichen sagt *Ogu* die Zukunft voraus. Ich war erst einmal dabei, durfte nur vom Rand aus zusehen und fand es schrecklich aufregend, wie die Ahnen von *Ogu* im Schein des Feuers auf den Platz gerufen wurden.«

»Wie?! Die sind wirklich erschienen?« Charlotte müht sich so zu tun, als beeindrucke sie dies alles nicht und lächelt nachsichtig.

Aber, obwohl sie die Vorstellung von Geistererscheinungen als absurd und abwegig hinstellen möchte, läuft ihr dennoch ein leiser Schauder über den Rücken. Auf einmal hat sie eine unbestimmte Vorstellung von in weiße Leichentücher gehüllten Totengeistern, die aus dem Dschungel auftauchen. Schnell wirft sie einen Blick zum Buschwerk und stellt erleichtert fest, dass zumindest in diesem Moment keine grausigen Gestalten hervorlugen.

Ineh ahnt die gemischten Gefühle der Freundin, aber sie nimmt die Ironie nicht zur Kenntnis.

»Sehen kann man sie natürlich nicht«, führt sie weiter aus, »doch Großmutter spürt ihre Anwesenheit. Sie stellt die Fragen und wirft Muscheln in den Kreis. Die Antwort der Ahnengeister erfolgt in der Anordnung der Muscheln auf den Symbolen. Daraus liest *Ogu* die Deutung der Zukunft und erfährt zugleich, wie wir damit umgehen sollen.«

»Aha!?« Ob das tatsächlich funktioniert?, überlegt Charlotte. Sie ist jetzt doch mehr als skeptisch.

»Es stimmt immer«, kommt Inehs überzeugte Antwort. Von dem offen gezeigten Zweifel lässt sie sich nicht irritieren. Es ist ihr ziemlich egal, wie die weiße Freundin über das Brauchtum denken mag. Von Bedeutung ist für sie einzig, dass bisher alles, was *Ogu* voraussagte, genau so eintraf.

»Du musst es nicht glauben«, sagt sie mit ruhiger Stimme. »Wir hier im Dorf wissen jedenfalls, dass alle Deutungen der *Egwugwu* mit absoluter Sicherheit eintreffen. Beim Ahnenfest vor einem Jahr kündigte sie uns die Geburt von fünf Kindern und den Tod von drei Dorfbewohnern an. Außerdem übermittelte sie die Aussage, es werde eine gute Maniok-Ernte, aber bei den Yam-Knollen einen Schädling geben. Also haben die Leute im Dorf dem Rat entsprechend angebaut und sind sehr gut damit gefahren. Denn alles ist haargenau so eingetroffen.«

»Ehrlich?« Charlotte ist inzwischen mehr verblüfft als ungläubig. Am liebsten würde sie sich jetzt sofort die Zukunft weissagen lassen.

Sie geht vor dem Schlangenkreis in die Hocke. »Kannst du für mich die Muscheln werfen?«, fragt sie Zustimmung erhoffend, erhält aber einen empörten Blick von Ineh.

»Hier? Nein, das würde ich niemals tun. Die Ahnen kommen auch nur, wenn *Ogu* sie ruft. Ich werde möglicherweise in Onitsha mit dir Juju machen. Da kann ich das tun. Aber dies alles hier«, mit einer weiten Gebärde umfasst sie die Zauberwerkzeuge, »ist sehr, sehr heilig.«

»Das zum Beispiel«, sie zeigt auf einen niedrigen Tisch vor der zentral aufgerichteten Stele, die ein dicht besetztes Muster aus Blättern, Schoten, und Muschelgehäusen aufweist, »ist der Platz, an dem die Opfergaben vorbereitet werden. Damit erbitten wir den Schutz der guten Geister.«

Charlotte geht herum und betrachtet die Anordnung mit großer Aufmerksamkeit. Nun wehrt sie sich nicht mehr gegen die Faszination, die von den magischen Dingen ausgeht. Für den Augenblick befreit sie sich vom schematisierten westlichen Denken und überlässt sich einer anderen, geheimnisumwitterten Weltanschauung.

Als sie den Platz überquert hat, bemerkt sie am Rand eine mit schweren Steinen eingefasste Brandstelle. Der Geruch zeigt an, dass hier noch vor wenigen Stunden ein Feuer in Gang gewesen ist. Sie sieht weiße Federn auf dem Boden und bemerkt getrocknetes Blut.

»Wovor sollen euch die Geister denn schützen?«, will sie wissen.

»Da gibt es eine ganze Menge. Manchmal kommt es vor, dass andere Stämme unser Dorf überfallen, weil sie eine schlechte Ernte hatten oder bei ihrer Jagd nicht erfolgreich waren. Oder es halten sich böse Tiere in der Nähe auf, die wir vertreiben müssen. Wir brauchen auch Hilfe, wenn ein Unwetter naht.«

Die Aussage lässt Charlotte ihr eben noch gefühltes Verständnis fast wieder vergessen.

»Also Ineh!«, ruft sie aus. »Glaubst du ernsthaft daran, dass die da«, sie weist mit abfälliger Geste auf die Statuen, »wirklich helfen können, wenn ein Tornado über euer Dorf hereinbricht?«

»Sie können den Tornado natürlich nicht vertreiben.« Ineh bleibt ungerührt. »Doch die Ahnen geben uns Ratschläge. Durch sie erfahren wir die Stärke des Sturms und welche Sicherheitsvorkehrungen zu treffen sind.«

»Aha?! Und wie sagen sie euch das?«

»Alles das erfährt Großmutter aus dem Schlangenkreis. Manchmal wirft sie Muscheln, aber sie arbeitet auch mit Körnern und Kräutern. Oder sie benutzt Bambusstäbe. Jedes Mal wenn ich sie in Okigbo aufsuche, beschreibt Großmutter mir ein weiteres magisches Zeremoniell. Es gibt so viele unterschiedliche Handlungen und bis ich in alles eingeweiht bin, werden sicher noch etliche Jahre vergehen. Mit diesem Wissen muss ich sorgfältig umgehen. Und eigentlich«, jetzt schaut Ineh schon ein wenig ängstlich auf die Figuren, »ist es mir verboten, allein hierher zu kommen. Schon gar nicht mit dir, denn durch Fremde wird der Platz entweiht. Du darfst niemandem verraten, dass du hier warst.« Eindringlich sieht sie die Freundin an. »Auch Amos nicht.«

»Das verspreche ich dir.« Charlotte legt einen Arm um Ineh. »Du brauchst keine Angst zu haben. Ich kann meinen Mund halten und stelle jetzt auch keine dummen Fragen mehr. Ich bin dir sehr dankbar, dass du mir das alles gezeigt hast, und ich bin wirklich beeindruckt«, gibt sie ehrlich zu und verbeißt sich eine Bemerkung darüber, wie schlecht sich dies hier doch mit dem Christentum verträgt.

Ineh scheint mit einer Verquickung der höchst unterschiedlichen Religionen keine Probleme zu haben, was Charlotte dazu bringt, während des Rückwegs ihre anfangs kritische Einstellung neu zu überdenken. Eigentlich ist es doch unwichtig, ob man direkt zu Gott betet, meint sie jetzt, oder zu einer Art Engel, solange man eben darauf vertraut, dass die Hilfe von einer höheren Macht kommen wird. Welchen Namen man ihr gibt, ob man *Orisha* sagt, oder *Egun*, oder Engel, oder Jesus, oder Gott, sollte eigentlich unwichtig sein.

Als sie zu Ineh eine entsprechende Bemerkung macht, erklärt diese: »Gott ist alles da oben.« Mit weit ausholender Geste weist sie zum Himmel. »Er lässt entstehen, wachsen und sterben. Alle Menschen, Tiere und die Natur existieren nur nach seinem Willen. Indem wir seine Hilfsgötter befragen und mit ihnen unsere kleinen Sorgen besprechen, nehmen wir ihm ein wenig von seiner unendlichen Arbeit ab.«

So einfach ist das also, überlegt Charlotte und ist auf einmal ganz zufrieden. Inehs Art, die Dinge zu sehen, somit vollkommen im Auftrag des Göttlichen zu leben, kann sie bereits ein wenig nachempfinden.

Wieder in Großmutters Hütte, bringt Ineh Charlottes Anliegen einer baldigen Schwangerschaft vor die alte Frau. *Ogu* überlegt eine Weile, lässt dabei nachdenklich ihre Augen auf der Besucherin ruhen. Schließlich nickt sie zustimmend.

»Wir sollen sie allein lassen«, sagt Ineh. »Bis zum Abend wird sie für dich einen Juju vorbereitet haben.«

Den Nachmittag verbringen sie auf dem Dorfplatz gemeinsam mit anderen Frauen und Kindern. Charlotte erhält von Inehs Mutter gebratene Bananen, Gemüsesuppe und *Fufu* und findet das Gericht trotz der eigenartigen Zusammenstellung und der feurigen Würze durchaus essbar.

Als sie später zur Hütte zurückkehren, sehen sie die Großmutter auf der Bank vor der Hütte sitzen und sie erwarten.

»Du sollst dich hinhocken«, sagt Ineh. »Direkt vor sie, damit sie dir in die Augen schauen kann. Und lege deine Hände auf die Knie, mit den Flächen nach oben.«

Charlotte tut wie ihr geheißen.

»Du erhältst einen *Yemoja*-Zauber«, gibt Ineh die Worte der Großmutter wieder und erklärt, dass *Yemoja* der *Orisha* für Mutterschaft sei. »Er wird dir eine Schwangerschaft bescheren. Aber du darfst nicht ungeduldig werden. Jeder Zauber braucht seine Zeit, um zu wirken.«

Die Großmutter reicht ihr, während sie leise Worte vor sich hin murmelt, einen in ein Tuch gewickelten Gegenstand.

Es ist es eine Tontafel, die Charlotte in Händen hält. Mit dem abgerundeten oberen Ende und den unten angebrachten zwei kleinen Stützen könnte es sich durchaus um eine vereinfachte menschliche Darstellung handeln. In die Masse eingeritzt sind drei übereinander aufgereihte Zeichen.

»Das ist das Symbol Frau«, erklärt Ineh und deutet auf den Kreis. »Darunter der Python in der Mondsichel steht für Fruchtbarkeit, und das hier,« sie meint das unterste Zeichen, das wie eine liegende Acht aussieht, »bedeutet die Vereinigung von Mann und Frau. Diese beiden hier sind besonders wichtig«, Ineh weist auf Metallstückchen, die rechts und links in die Figur eingedrückt sind. »Das glänzende bedeutet Weib und das dunkle Mann.«

Ogu beugt sich vor und spricht langsam die eindringlichen Worte: »Nur bei guter Pflege wird die Figur dir die Unterstützung zukommen lassen, die du haben willst. Vergiss das nicht.«

Charlotte nickt, steht auf und folgt Ineh, die ihr zuwinkt, in das Innere der Hütte.

»Für die Pflege brauchst du die richtigen Öle und Pulver. Ich zeige dir jetzt, wie du damit umgehst. Zuerst wäschst du deine Hände.«

Ineh stellt eine Schüssel auf den Tisch, in die sie Wasser eingießt. Aus einer Flasche lässt sie einige bräunliche Tropfen hineinfallen. »Das ist ein Kräutersud aus Löwenzahn, Minze und zerriebenen Yamknollen«, erklärt sie.

Beide legen die Hände ins Wasser und Ineh spricht dazu die Worte: »*Yemoja ase'sun, ase'sun Yemoja, Yemoja ase'sun, ase'sun Yemoja. Yemoja olodo, olodo Yemoja, Yemoja olodo, olodo Yemoja.*«

»Was heißt das?«

»Das heißt soviel wie: *Yemoja* ist das Hervorsprudeln der Quelle. Sie ist auch die Mutter der Kinder, der Fische, der die Flüsse gehören.«

»Das kann ich mir nicht merken«, meint Charlotte resignierend. Sie ist sich schon jetzt nicht mehr sicher, ob sie die Abfolge des Rituals ganz genau behalten wird.

»Ich werde es dir aufschreiben«, wird sie von Ineh beruhigt.

Sie trocknen sich die Hände ab, und Ineh greift nach einem anderen Fläschchen, aus dem sie eine gelbe, ölige Flüssigkeit direkt auf die kleine Tonfigur tropfen lässt. Dies sei Öl aus Palmkernen, erklärt sie und verteilt es über den Fetisch. In einer Schale verrührt sie Kräuter aus verschiedenen Behältnissen miteinander. »Die Mischung – es sind Blätter vom Mahagonibaum, von Wegerich, Maniok und Ringelblume – muss gut eingerieben werden. Das ist wichtig, um den *Juju* erfolgreich zu machen.«

Charlotte beobachtet aufmerksam Inehs schonenden Umgang mit den Dingen, wie sie mit großem Feingefühl die Körnchen auf dem Fetisch aufbringt und immer wieder weitere Partikel einfügt, bis die Oberfläche eine Verdichtung aufweist aus einer Umhüllung von körnig-blättrigem Gewebe. Als Unterlage für ihre magische Handlung hat sie ein Tuch ausgebreitet. Von dem nimmt sie nun die nicht an der öligen Oberfläche haften gebliebenen, heruntergefallenen Reste auf und gibt sie zurück in die Schale.

»Gehe sorgsam mit den Dingen um«, sagt Ineh, während sie den Fetisch mit dem Tuch umwickelt und an Charlotte weiter gibt. »Diese Opferhandlung führst du dreimal durch. Immer zu Beginn deiner fruchtbaren Tage.«

Als Charlotte am nächsten Tag zusammen mit Ineh und den Männern in Richtung Onitsha fährt, überlegt sie, wie viel von dem Erlebten sie wohl Martin erzählen soll. Ob es klug ist, ihm den verbotenen Gang zum Orakelplatz zu schildern? Ihm zu beschreiben, wie dunkel und unheimlich der Weg durch den dichten Busch gewesen ist? Soll sie ihm sagen, welch bedeutende Funktion Inehs Großmutter hat? Dass sie eine weise Frau, eine *Egwugwu*, ist? Den Fetisch dürfte sie Martin eigentlich nicht zeigen, davon ist sie überzeugt. Aber wie kann sie ihn nutzen und zugleich geheim halten? Vielleicht soll sie einfach nur sagen, sie habe die Figur geschenkt bekommen. Keinesfalls darf sie etwas von der spirituellen Behandlung verlauten lassen. Wenn ihr Mann davon auch nur eine kleine Ahnung bekäme, würde er ein schreckliches Trara machen und ihren Fetisch sofort aus dem Haus schaffen. Aber das wird Charlotte nicht zulassen. Sie wird die kleine Tonfigur gut behandeln, sie pflegen, wie ihr gezeigt wurde, und auf diese Weise die Erfüllung ihres sehnlichsten Wunsches in die Wege leiten.

Das Blatt, auf dem Ineh die benötigten Kräuter und die beschwörenden Worte geschrieben hat, hält sie in ihrer Tasche verborgen. Doch überrascht stellt sie fest, dass sie zumindest für die beschwörenden Worte das Papier gar nicht mehr benötigt, denn sie kennt sie bereits auswendig.

Leise murmelt sie vor sich hin: »*Yemoja ase'sun, ase'sun Yemoja, Yemoja ase'sun, ase'sun Yemoja. Yemoja olodo, olodo Yemoja, Yemoja olodo, olodo Yemoja.*«

IX

Im Jahr 1958 entdeckten Bohrtrupps im Nigerdelta, einem fruchtbaren Landstrich, der einst als »Brotkorb« der Region gerühmt wurde, ausgedehnte Ölfelder. Seither wird dort das schwarze Gold gefördert. Das Gebiet der Cross River ist ein endloses Labyrinth von dunklen Flüssen und namenlosen Seitenarmen. Es ist feucht und heiß wie in einem Dampfbad. Moskitogeschwader lauern im Uferdickicht – und hin und wieder wachsen aus den grünen Dschungelwänden Bohrgerüste und Förderanlagen empor.

Kapitel 9

Onitsha/Nigerdelta, Cross River, November 1965

Den Fetisch, der ihr zu einer Schwangerschaft verhelfen soll, hält Charlotte inzwischen im Regal hinter Büchern verborgen. Nachdem sie aus Okigbo zurückgekehrt war, hatte sie Martin ganz stolz die Tonfigur vorgeführt, weil sie annahm, mit der Wahrheit am besten zu fahren. Doch sie erntete nur hämischen Spott. Ob sie den mit ins Bett nehmen wolle, um eine effektive Wirkung zu erzielen, fragte er. Und von da an, jedes Mal wenn er an der Figur vorbeiging, die anfangs noch im Schlafzimmer auf der Kommode stand, behauptete er, sie würde ihn mit elektrischen Strahlungen attackieren. Er bekäme nämlich regelmäßig kleine Stromschläge.

»Aua«, rief er aus und rieb sich den Arm. »Der schlägt mich. Das kann ich mir nicht gefallen lassen.« Und er gab der Figur einen Schubs. Einmal wäre sie dabei fast von der Kommode gekippt. Martin konnte sie gerade noch festhalten. Danach fand Charlotte es sicherer, die kleine tönerne Statue wegzuräumen, auch weil sie mit der Zerstörung des Fetischs jede Hoffnung auf eine Schwangerschaft beendet sähe.

»Wo ist denn der kleine Zauberlehrling?«, wollte Martin ein

paar Tage später wissen, wobei ein breites Grinsen auf seinem Gesicht lag.

»Weg!«, antwortete sie.

»Gehst du deinen Juju-Zeremonien jetzt heimlich nach?«

»Lass mich doch einfach in Ruhe«, fauchte sie und lief aus dem Zimmer.

Aufgrund seiner spöttischen Haltung ist sie nun doch nicht auf Inehs Angebot, die Schwangerschaft durch Beschwörung beschleunigen zu wollen, zurückgekommen.

Inzwischen sind einige Wochen vergangen und Martin scheint den Fetisch tatsächlich vergessen zu haben. Jedenfalls erwähnt er ihn nicht mehr, bis zu dem Tag, an dem Charlotte verkündet, dass Amos und Ineh sie eingeladen hätten, mit ihnen das Gebiet um den Cross River aufzusuchen, dort, wo ganz in der Nähe europäische Firmen nach Erdöl und Erdgas bohrten, worunter die Menschen sehr zu leiden hätten. Die Geschwister Tutamosu beabsichtigten, ihr das zu zeigen.

»Sie wollen mir vorführen, welche dramatischen Entwicklungen stattfinden, und unter welch problematischen Verhältnissen die Menschen dort leben«, sagt Charlotte. »Amos beabsichtigt, ein Hilfsprojekt zu starten, und hofft, dass ich ihn dabei ein wenig unterstütze, vielleicht sogar eine Idee habe, wie es möglich wäre, in Deutschland Geldquellen aufzutun.«

»Also, das ist typisch. Der Kerl giert nach deutschen Geldern und braucht meine Frau, um entsprechend potente Leute zu finden.«

Die Jordans sitzen beim Mittagessen, um das Charlotte sich an diesem Tag selbst kümmerte. Sie hat Koteletts und Bratkartoffeln zubereitet und über die Dosenbohnen kross gebratene Speckwürfel gestreut. Martin war so angetan, dass er mit dem Lob »Weib, du hast dich heute selbst übertroffen« seinem Wohlwollen Ausdruck verlieh.

Doch seine gute Laune ist nur von kurzer Dauer, denn nachdem Charlotte ihre Reiseabsicht kundtut, kommt Ärger in ihm hoch. Sein Appetit erlischt. Er legt die Gabel beiseite und schaut seine Frau wütend an. »Gibst du dich für so was her? Schenken sie dir dafür wieder so ein Hokuspokus-Objekt? Vielleicht diesmal eines, das dich dazu bringen soll, für deren Luxus-Wünsche wie der Esel aus dem Märchen Geld zu kacken?«

»Du bist widerlich«, fährt Charlotte ihn mit vor Empörung blitzenden Augen an. »Die Tutamosus brauchen Geld. Das stimmt, ja! Sie benötigen es aber für hilfsbedürftige Menschen. Damit ich mich von der Lauterkeit ihrer Absichten überzeugen kann, machen wir diese Fahrt. Du kannst ja mitkommen, wenn du willst.«

Davon sagte Amos zwar nichts, aber Charlotte meint nun, dass es gar nicht schlecht wäre, wenn Martin sich ebenfalls ein Bild von der Situation machen würde. Dann wäre er eingebunden und nicht nur meckernder Beobachter.

»Nein, danke!«

»Der Zustand im Cross River Gebiet ist wirklich nicht mehr tragbar«, versucht Charlotte ihn zu überzeugen. »Den Ölfirmen sind die Menschen egal. Sie dehnen die Bohrungen immer weiter aus, verschmutzen die Flüsse und verpesten die Luft. Die Fische gehen ein und das Wasser kann man nicht mehr trinken.«

»Oh, Mr. Tutamosu hat dich ja ganz schön eingewickelt.« Martin nimmt wenig beeindruckt ein Stück Kotelett mit der Gabel auf, steckt es in den Mund, kaut genüsslich und schluckt es herunter. »Wie lange soll die Fahrt dauern?«, fragt er.

»Nur einen Tag. Also morgens hin und abends wieder zurück.«

»Na, dann!« Mehr fällt Martin zu dem Thema nicht mehr ein.

Er wird Charlottes Teilnahme an dieser Busch-Fahrt nicht verhindern können. Schließlich ist sie eine erwachsene Frau, der man einen Ausflug nicht nur deswegen verwehren kann, weil man annimmt, ein Schwarzer werde ihr den Hof machen und sie zugleich für unsaubere Geschäfte benutzen wollen. Denn dass Amos das Geld für ein Hilfsprojekt benötigt, glaubt Martin, sei nur vorgeschoben. Diese Vermutung kann er nicht begründen. Es ist einfach ein Gefühl. Allerdings sind Gefühle kein Hinderungsgrund. Und da Ineh als eine Art Anstandswauwau mit von der Partie sein wird, ist der Fahrt ein moralisches Mäntelchen umgehängt. Vielleicht täuscht er sich auch und die Tutamosus sind ehrlich daran interessiert, der Ibibio-Bevölkerung zu helfen. Wenn dem so ist, soll es ihm recht sein.

Die Erkundungstour zum Cross River starten die drei im Peugeot von Amos Tutamosu. Da Ineh bereitwillig hinten eingestiegen ist, darf Charlotte vorn neben Amos sitzen. Ineh gefällt das deutlich spürbare Interesse, das ihr Bruder und die Deutsche füreinander an den Tag legen. Gelegentlich denkt sie darüber nach, wie es wohl wäre, wenn die Beiden tatsächlich zueinander fänden. Natürlich ist das absurd, denn Charlotte hat bereits einen Ehemann, den sie für Amos sicher nicht aufgibt. Aber wer weiß, welch eigenartige Wege das Schicksal verborgen hält, meint sie und freut sich heimlich, wenn Amos sie nach der deutschen Freundin fragt. Zum Beispiel will er wissen, ob Charlotte nicht einmal wieder vorhabe, ihn in der Kanzlei aufzusuchen, ob man sich in der Afrika-Palmwein-Bar treffen könne, oder um welche Uhrzeit sie am Fluss sei.

Charlotte windet sich ein bisschen mehr. Sie lässt erst einige Minuten der Unterhaltung verstreichen, ehe sie, meist in einem belanglosen Nebensatz, das Gespräch auf Amos bringt. Eine dieser Gelegenheiten war, als Ineh erzählte, wie Schulleiterin Sister Mary Ruth verlangte, sie solle mit den Kindern nicht so viel singen, sondern mehr lesen. Ineh gab nun vor der Freundin die Vorteile des Singens zum Besten. Doch darauf ging Charlotte nicht ein, sondern fragte, ob sie und Amos auch früher auf die St. George's Schule gegangen wären. Das konnte nun wirklich nur ein Vorwand sein, um Amos ins Gespräch zu bringen. Denn Charlotte weiß genau, dass sie beide aus Okigbo stammen. Eine mehr als zweistündige Fahrt jeden Tag zur Schule in Onitsha wäre nicht nur zeitlich ausgeschlossen gewesen. Wovon hätten sie außerdem die Fahrtkosten bezahlen sollen? Aber weil es Ineh bewusst ist, dass die Frage nur vorgeschoben war, um von ihrem Bruder zu hören, hat sie bereitwillig Auskunft gegeben. Sie erzählte vom täglichen, gut einstündigen Marsch, um zum Unterricht zu kommen, und sie fügte hinzu, dass Amos ein guter Schüler gewesen ist. Später habe das ganze Dorf zusammengelegt, um ihn nach Ibadan zur Universität zu schicken. Weil er sich dort nebenbei Geld verdiente, indem er für mehrere Kleinbetriebe die englischsprachigen Briefe schrieb, gelang es ihm, seine Studien in England fortzusetzen. Ein Stipendium und das selbstverdiente Geld ermöglichten es ihm, dort seinen Abschluss zu machen.

Jetzt, während Ineh auf der Rückbank des Peugeot sitzend die erotischen Wellen zwischen dem Mann und der Frau vor ihr fast hin und hergehen zu spüren meint, überlegt sie, wie lange Charlotte sich wohl zieren wird, bis Amos sie endlich rumkriegt. Dass er alles daran setzt, um die Deutsche ins Bett zu bekommen, davon ist sie fest überzeugt. Mit seinen Eroberungen in England hat er oft genug geprahlt. Seine Chancen sind auch bei den Nigerianerinnen gar nicht schlecht, aber auf die Frauen seiner Heimat greift er nur für ein kurzes sexuelles Beisammensein zurück. An Heirat scheint er nicht zu denken. Jedenfalls nicht mit einer Afrikanerin. Ob Amos tatsächlich annimmt, die Weiße würde seinetwegen ihren Mann verlassen? Nein, das kann Ineh sich nicht vorstellen. Bloß gut, dass ich meinen Samuel habe, denkt sie. Seiner Treue bin ich mir ganz sicher.

Mit ihren Überlegungen liegt Ineh gar nicht falsch, denn Charlotte fühlt sich stark zu Amos hingezogen. Aber weil sie ihren Mann liebt, ihn auf keinen Fall betrügen will, redet sie sich ein, dies sei nur ein harmloser Flirt, der niemandem weh täte. Sie genießt die Beachtung des Afrikaners, schätzt es auch, wie er sie einbindet und gleichberechtigt behandelt. Nicht so wie Martin, der mit seiner Frau manchmal umgeht, als sei sie ein Schulmädchen. Der ihre Meinung oft als Albernheit abtut und ihre Interessen nur dann zur Kenntnis nimmt, wenn sie mit den seinen übereinstimmen. Da sich inzwischen auch das Sexuelle zu einer Routineveranstaltung entwickelt hat und ohne große Leidenschaft einmal die Woche abläuft, ist Charlotte mehr als bereit auf Amos einzugehen.

Das alles ist ganz harmlos, beruhigt sie sich und richtet ihre Augen nach vorn auf das graue Band der Straße. Müht sich der Versuchung zu widerstehen, den Blick seitwärts zu lenken auf den dunklen Arm, die schlanke Hand mit den hellen, gepflegten Nägeln, und schon gar nicht auf das Bein in der graugemusterten Hose, bei dem sich unter dem dünnen Stoff die Bewegung der Muskeln abzeichnet. Aber auch wenn sie ihn nicht ansieht, so spürt sie doch seinen Geruch, den sie mit jedem Atemzug aufnimmt. Es ist eine Mischung aus dezentem Rasierwasser, Deodorant und noch etwas anderem, das auf sie erotisierend wirkt und das sie nicht genau einordnen kann. Sie weiß nur, dass dieser Duft sie anzieht. Am liebsten würde sie sich zu ihm hinüberbeugen, würde ihre Nase an seinem Hals vergraben und diesen Hauch tief in sich einsaugen.

Kurz ehe sie die Hafenstadt Port Harcourt erreicht haben, biegt der Peugeot von der Hauptstraße ab und schlägt einen schmalen, sandigen Weg ein. Sie fahren durch dichten Wald, und Amos, der bisher wenig redete, beginnt die Landschaft zu kommentieren. Dies sei ein Teil des afrikanischen Regenwaldes, sagt er, es gebe neben Ölpalmen, Mahagoni- und Obeche-Bäumen eine solche Vielfalt an Pflanzenformen wie kaum anderswo. In Richtung der Flussmündung, zwischen den Nigerarmen, werde der Boden dann sumpfiger. Dort bestünden die Wälder aus Mangroven.

»Hier lebt die Bevölkerung, wie bereits ihre Vorfahren, von Akkerbau, Fischfang und von der Jagd. Außerdem betreiben sie Handwerk. Teppiche werden gewebt, man verarbeitet Kalebassen zu Gefäßen, und es wird alles mögliche geschnitzt.«

Amos macht eine Pause, hält den Wagen an und stellt den Motor ab. »Von jetzt an müssen wir laufen«, sagt er und weist nach vorn. »Da komme ich mit dem Auto nicht rüber.«

Sie sind an einem Bach angekommen, über den eine primitive, aus Holzstämmen zusammengefügte Brücke führt.

»Sollen wir die überqueren?« Erschrocken richtet Charlotte den Blick auf ihre beiden Begleiter. »Und wenn wir da runter fallen?«

»Na und?« Amos zeigt sich wenig beeindruckt. »Vermutlich gibt es hier keine Krokodile, und tief ist es auch nicht. Da kann nicht allzu viel passieren.«

Sicheren Schrittes geht er voran und ist im Nu auf der anderen Seite angelangt.

Mit »Nun kommt schon«, fordert er die Frauen auf, ihm zu folgen.

Vorsichtig stellt Charlotte einen Fuß auf die Brücke und zieht langsam den anderen nach. Schritt für Schritt tastet sie sich auf den Stämmen voran, wobei sie mit abgespreizten Armen mühsam die Balance zu halten versucht, denn ein Geländer ist nicht vorhanden. Sie schafft es, die schwankende Konstruktion zu überqueren und ist heilfroh, als die andere Seite erreicht ist.

Ineh folgt ihr leichtfüßig, und die drei setzen nun zu Fuß ihren Weg fort, auf einem schmalen Pfad, der durch schattigen Wald führt und dessen Stille nur gelegentlich durch einen Vogelruf unterbrochen wird. Die Bäume liefern ein dichtes Blätterdach, kein Lüftchen regt sich in der schwülen, dumpfen Wärme.

Die vom Boden aufsteigende Feuchtigkeit scheint für Pflanzen ein ideales Klima zu sein, denn Charlotte erblickt um sich herum ein Meer aus riesigen, zum Teil tief eingekerbten Blättern in den verschiedensten Grünschattierungen. Sie sieht gezackte Farne, fleischige Kakteenarme und zahlreiche, von den Bäumen herabhängende, eng verbundene Schlingpflanzen. Gelegentlich kann sie auch Blüten erkennen, einige kleine weiße, andere in zartem Violett und zwischendurch kerzenförmige, grüne Dolden mit einem malerischen Ring aus kleinen, roten Blütenblättern.

Doch als sie fragt: »Kann ich die pflücken?«, wird sie von Amos zurechtgewiesen. Erstens sei das Abpflücken ein Frevel, sagt er. Und dann wäre es unklug, den Pfad zu verlassen, um sich für Pflanzenraub auf morschen Untergrund zu begeben, denn dort gebe es zahlreiche Bauten der Waldameise. »Die haben eine beachtliche Größe.« Was er drastisch mit Zeigefinger und Daumen anzeigt.

Charlotte überlegt, dass er dieses Mal bestimmt übertreibt, von einer solchen Größe können eher die Mäuse sein, deren Fiepen sie eben vernimmt.

Die Ameisen würden jeden Tritt mit Sicherheit ungnädig aufnehmen, fährt Amos fort, und unverzüglich in Angriff übergehen. Außerdem halte sich im Dickicht noch anderes, Eindringlingen nicht unbedingt freundlich gesonnenes Getier auf. Da gäbe es Kröten, auch Schlangen und einige Echsenarten, deren Biss giftig sei.

Nachdem Amos diese Angelegenheit geklärt hat, Charlotte sich recht erschrocken zeigt und kein weiteres Entdeckerinteresse abseits des Pfades bekundet, setzt er seine Erläuterungen fort.

»Eine ganz wichtige, traditionelle Handelsware der Bewohner hier sind Kräuter und Pflanzen«, doziert er. »Sie wachsen in den Wäldern an geheim gehaltenen Stellen, werden mit großer Sorgfalt gesammelt und dienen als Gewürze, als Heilmittel, auch für Opferhandlungen. Nur den hier in der Umgebung wohnenden Dorfbewohnern sind die entsprechenden Plätze bekannt.«

Bei seinen Worten erinnert Charlotte sich an den Markt in Onitsha und die exotisch anmutende Gewürzhalle. Fast meint sie den Geruch zu spüren, der sich dort wie eine dichte Wolke über sie gestülpt hatte und ihr ganz orientalisch vorgekommen war.

»Die Menschen hier sind von der sogenannten westlichen Zivilisation nur wenig berührt.« Amos schiebt eine Schlingpflanze beiseite, die sich so weit nach unten über den Weg gedrängt hat, dass sie das Durchkommen behindert. »Ich meine das durchaus positiv. Natürlich kennen sie Autos und manche haben ein Radio. Doch eigentlich leben sie noch so wie vor hundert Jahren. Nein, ich muss mich verbessern: sie würden gern so leben. Da aber die vorwärts dringende Zivilisation – in diesem speziellen Fall meine ich die Ölfirmen – ihnen ihr Land wegnimmt und ihr Umfeld rabiat verändert, wird die ehemals perfekt funktionierende Lebensgrundlage bald ganz zerstört sein. Täglich müssen die Menschen mit ansehen, wie das kaputt geht, was sie so nötig brauchen: die Fische verenden, das Wasser fließt nicht mehr klar und sauber, und die Feldflächen können nicht mehr bebaut werden. Denn dort stehen auf einmal riesige Maschinen, die tief in den Boden hinein bohren.«

Er bleibt stehen, weil Charlotte mit ihrer Bluse an einem dornigen Ast hängen geblieben ist und ihn mit einem kurzen Ausruf bittet, zu warten. Ungeduldig beobachtet er, wie Ineh vorsichtig die Dornen aus dem Stoff zieht.

Endlich können sie weiter gehen und Amos schließt lückenlos am eben Gesagten an. »Wir haben uns beschwert, doch weil der Regierung in Lagos die Bevölkerung egal ist, war die Antwort von dort lediglich die Erhebung weiterer Bestimmungen. Man stellte Forderungen, nach Dokumenten und Bescheinigungen von Landeigentum, wohl wissend, dass es so etwas nicht gibt. Nie gegeben hat. Denn das Land gehört seit Urgedenken den Menschen hier. Über Dokumente hat man sich bisher keine Gedanken zu machen brauchen. In dem Versuch, meinem Volk helfen zu wollen, wandte ich mich an die verwaltenden Ämter. Aber meine zahlreichen Eingaben beantwortete man nicht. Ich bin auch in Lagos vorstellig geworden. Doch die Beamten, zu denen ich vorgelassen wurde, waren von untergeordneter Position und haben mich nur vertröstet. Unverrichteter Dinge musste ich wieder abziehen, und eine Antwort habe ich nie erhalten.«

Amos dreht sich zu Charlotte um. »Diese menschenverachtende Behandlung dürfen wir uns einfach nicht gefallen lassen,« sagt er in wütendem Ton und schlägt mit der Faust heftig gegen einen am Wegesrand stehenden Baum, was das erschreckte Aufflattern einiger Vögel zur Folge hat.

Anfangs hat Charlotte das von Amos Gesagte nur am Rande aufgenommen, weil sie so damit beschäftigt ist, dornige Äste beiseite zu schieben und sich auch der Schwärme von Moskitos zu erwehren, die sich genüsslich auf unbedeckte Hautstellen stürzen. Und zugleich hat sie unendlich viel zu Schauen. Sie beobachtet winzige Vögel, die von Ast zu Ast hüpfen, entdeckt buntfarbige Schmetterlinge, blauschillernde Käfer, und einmal bemerkt sie, direkt am Weg, ein grünes Tier, das regungslos auf dem Ast sitzt und ihr wie eine überdimensionale Heuschrecke vorkommt.

»Was ist das?«, fragt sie und zeigt mit spitzem Finger darauf. Ineh gibt die Erklärung, dass dies eine *Praying Mantis* sei, eine Gottesanbeterin. Den Namen trüge sie, weil sie in Ruhestellung die vorderen Greifarme wie zum Beten erhoben hält.

Doch nun tun Amos' eindringliche Worte und seine heftige Reaktion ihre Wirkung auf Charlotte. Sie erkennt sehr wohl, dass die beeindruckende Schönheit des Waldes bald nicht mehr existieren wird, wenn man die Verwüstung weiter ihren Fortgang nehmen lässt. Bisher hatte sie nur eine schwache Vorstellung vom massiven Eingreifen der nach Bodenschätzen grabenden Firmen, die ungeheuerlichen Ausmaße waren ihr nicht bewusst gewesen. Erst in diesem Augenblick beginnt sich ein deutlicheres Bild von der Situation zu formen. Zugleich entsteht in ihr der Wunsch, dazu beitragen zu wollen, der Zerstörung dieser wundervoll und harmonisch aufeinander abgestimmten Pflanzen- und Tierwelt Einhalt zu gebieten.

Sie sind aus dem Wald herausgetreten und haben das Dorf, das von Amos als Ziel bestimmt ist, erreicht. Bei ihrem Auftauchen laufen die Bewohner zusammen und begrüßen mit spürbarer Freude die beiden Tutamosus. Auch Charlotte erhält ein freundliches Nicken.

Der Chief des Dorfes wird gerufen. Er eilt herbei und bittet Amos in seine Hütte, denn er habe ihm Wichtiges mitzuteilen.

Ineh schlägt vor, einen Rundgang durch das Dorf zu unternehmen.

Charlotte hat die von Martin nur zögernd herausgerückte Kamera umgehängt. Nun macht sie eifrig Gebrauch davon. Sie fotografiert die Frau, die auf dem Boden hockt und mit einem Holzlöffel gekochten *Yam* zu *Fufu*, einem hellem Brei schlägt. *Fufu* sei das Wort für Weiß, hatte Ineh erklärt.

Charlotte macht Aufnahmen von den rotbraunen Lehmhütten mit Dächern aus Palmwedeln, dann vom Papayabaum, an dessen Stamm die grünen Früchte wie zahllose pralle Brüste hängen. Und sie fotografiert auch dickbäuchige Kinder mit dünnen Armen und Beinen.

»Die tägliche Mahlzeit der Leute hier besteht fast nur aus *Fufu*«, gibt Ineh die Erklärung. »Weil das aber nur Kohlehydrate sind, also der Ernährung Eiweiß und Fett fehlen, kommt es zu diesen Hungerbäuchen. Früher gab es ausreichend Felder, auf denen die Dörfler zusätzlich Hirse und Gemüse anbauten. Da werden jetzt Testbohrungen vorgenommen und man hat weite Flächen abgesperrt. Die verbleibenden Felder reichen gerade noch aus, um das Hauptnahrungsmittel *Yam* anzubauen. Für Viehfutter ist kein Platz mehr vorhanden.«

Sie gehen ein Stück weiter und Ineh beginnt erneut. »Früher aßen die Menschen hier täglich Fisch, den gab es reichlich. Doch inzwischen wurden die Restbestände durch das stark verschmutzte Wasser erheblich reduziert. Glücklicherweise haben sich noch einige Krebsarten erhalten und auch Flussschnecken. Siehst du die Hühner dort?« Sie deutet auf eine kleine gackernde Schar, die sich eben daran macht, an der Portion *Fufu* zu picken, die vor ihnen ausgeschüttet wurde. »Es ist ein kläglicher Rest von den Scharen, die früher hier herumliefen. Diese wenigen werden sorgfältig gehütet, und nur gelegentlich wird eines am Festtag geschlachtet, um nicht auch noch auf die Eier verzichten zu müssen.«

»Schau dich nur um«, fährt Ineh fort, als Charlotte sich niedergehockt hat, um ein Foto von einem kleinen Jungen zu machen, in dessen Gesicht sie ein hässliches Ekzem entdeckt hat. »Du wirst viele Kranke sehen. Und kaum junge Männer.«

Charlotte nickt. Das ist ihr bereits aufgefallen.

»Die Dörfer veröden, denn natürlich versuchen die Männer, woanders eine Arbeit zu finden. Die Familien bleiben zurück, ernähren sich mehr schlecht als recht und hoffen darauf, dass der Mann bald wiederkehrt und großen Reichtum erworben hat. Was aber kaum jemals der Fall ist.«

Charlotte nimmt verfallene Hütten auf, auch Menschen, die uralt scheinen und sich nur mühsam aufrecht halten können. Fehlernährung und chronische Leiden seien die Ursachen für ihr erschreckendes Aussehen, erklärt Ineh. Kaum einer hier sei wirklich völlig gesund. Fast alle litten ständig unter Durchfall, an Hautausschlägen, an Augen- und Zahnerkrankungen, und viele seien vom Aussatz befallen.

Dann weiten die beiden Frauen ihren Gang aus. In Begleitung eines der wenigen im Dorf lebenden Männer wandern sie den Feldweg entlang und dann wieder ein Stück in den Buschwald hinein, bis sie schließlich vor einer einsamen Hütte ankommen. Durch den ein wenig beiseite geschobenen Türvorhang sieht Charlotte neugierig verhüllte Gesichter lugen. Hier hausten die Aussätzigen, wird ihr gesagt. Von den Angehörigen erhielten sie regelmäßig ein Essen hingestellt. Doch dem Dorf nähern dürften die sich nicht.

Sie kehren auf dem gleichen Weg um, der, wie Charlotte nun bemerkt, gekennzeichnet ist von ihren Schuhabdrücken, die sich hart aus der von zahllosen nackten Füssen geschmeidig geformten Sandoberfläche abheben. Am liebsten würde sie sich ihrer Sandalen entledigen, weil ihr in diesem Moment ihr Fremdsein sehr deutlich wird.

Sie sind wieder im Dorf angelangt und Ineh weist Charlotte auf eine weitere Besonderheit hin.

»Du wirst hier bedeutend mehr Zeichen für Beschwörungen und Zauber finden als anderswo. Siehst du, dort«, sie zeigt auf den kleinen Tisch neben dem Eingang der nächstgelegenen Hütte. »Die Menschen erhoffen in ihrer traurigen Lage die Hilfe der Geister, denn von den Behörden fühlen sie sich im Stich gelassen.«

Charlotte bemerkt kleine, in Tücher gewickelte Figuren.

Eine Hütte weiter sieht sie eine ähnliche Anordnung. Diesmal sind es Schalen mit Kräutern, Steinen und Muscheln der Kaurischnecke. Da sie nun ihre ganze Aufmerksamkeit darauf lenkt, kann sie erkennen, dass vor jeder Behausung so etwas wie ein kleiner Altar errichtet steht.

In der Dorfmitte wird ihr der zentrale *›Juju-Tree‹* gezeigt, wobei es sich allerdings um keinen Baum, sondern um einen kleinen Erdhügel handelt, in den anstelle von Ästen Flaschen und Stäbe gesteckt sind. Auch Schalen von Kokosnüssen kann sie im festgeklopften Ton ausmachen, dazwischen runde Kieselsteine.

»Hier wird geopfert«, erklärt Ineh. »Auf diese Weise bitten die Menschen die Geister, sie mögen ihnen endlich wieder gewogen sein. Sie suchen die Schuld bei sich, meinen etwas Schlimmes verbrochen zu haben, wofür sie nun gestraft werden.«

Charlotte beobachtet das alles schweigend und mit großer Aufmerksamkeit. Ihre Gefühle sind heftig durcheinandergeschüttelt. Sie empfindet zugleich Entsetzen, Mitleid und auch Scham. Denn es ist ihre Rasse, es sind die Weißen, die an diesem wunderschönen Erdenplatz ganz rücksichtslos materiellen Interessen nachgehen, ohne auch nur einen Gedanken daran zu verschwenden, welche Auswirkungen es auf die Bevölkerung haben könnte.

»Gibt es hier kein Krankenhaus? Keine Ärzte oder Krankenschwestern?«, fragt sie.

»Das nächste Krankenhaus ist in Bori. Dort gibt es auch einen Arzt. Aber das ist weit weg. Wie sollen die Leute da hin kommen? Und wie die Leprakranken? Die können oft kaum noch laufen, weil ihre Füße verstümmelt sind. Es gibt keine richtigen Straßen und schon gar keine öffentlichen Verkehrsmittel. Aber sie hätten ja nicht mal Geld, um sie zu benutzen.«

Als sie am Nachmittag den Heimweg antreten, versucht Charlotte die vielen, intensiven Eindrücke zu verarbeiten. In diesem Moment kommt ihr das eigene Leben vor wie in üppigen Luxus gebettet. Niemals bisher ist sie sich des Überflusses der westlichen Welt so bewusst geworden. Noch nie hat sie wirklichen Hunger empfunden. Und nie hat sie so klar erkannt, wie kostbar es ist, immer sauberes Wasser zur Verfügung zu haben. Selbst wenn in Onitsha der Strom ausfällt und für eine Weile auch die Wasserleitungen trocken bleiben, ist doch vorgesorgt, weil Francis die Badewanne immer gut gefüllt hält. Unter akutem Wassermangel zu leiden, hatte sie noch nie.

Charlotte möchte mehr über die Hintergründe erfahren. Sie kann einfach nicht glauben, dass man ein ganzes Volk seinem Untergang preisgibt. »Ich verstehe nicht, wieso es passieren kann, dass sich eine Regierung so wenig um diese Menschen kümmert. Die Ibibios sind schließlich auch Nigerianer.«

»Um die Ibibios, die Ogoni, die Gokana und andere Bevölkerungsgruppen, die hier leben, haben die in Lagos sich bisher wenig gekümmert. Man hat kaum Straßen angelegt, viel zu wenig Bildungseinrichtungen geschaffen, keine finanziellen Zuschüsse geleistet und die Leute ausschließlich sich selbst überlassen«, erwidert Amos. »Diejenigen von uns, die es schafften, eine Schule zu besuchen und sich weiter zu bilden, die blieben in den großen Städten, denn nur dort können sie Geld verdienen. Als man im Mündungsdelta des Niger das Öl entdeckte, war man nur am daraus resultierenden Reichtum interessiert. Dass die Menschen hier durch die Bohrungen Schaden nehmen könnten, war der Regierung egal. Was also heißt, dass wir uns selbst helfen müssen. Denn sonst sind wir verloren. Dann wird es eines Tages, der gar nicht in allzu weiter Ferne liegt, die Völker am Cross River nicht mehr geben.«

»Kann man denn überhaupt helfen, etwas dagegen zu tun?«

»Wenn man sich ernsthaft daran macht, und den längeren Atem beweist, dann sollte am Ende etwas dabei herauskommen. Das Naheliegendste wäre zunächst, die Menschen mit dem zu versorgen, was sie unbedingt brauchen: mit einer Krankenstation, der eine zusätzliche Einrichtung für Aussätzige angeschlossen ist. Im gleichen Komplex sollte es handwerkliche Betriebe geben, in denen die Leprakranken arbeiten können. Zum Beispiel eine Weberei, eine Schreinerei, vielleicht auch eine Töpferei. Ich habe in der Nähe von Makurdi einmal so etwas besichtigt. Es funktionierte bestens, und der Arzt versicherte mir, dass die Heilungschancen unter diesen Bedingungen enorm seien. Da die Kranken während ihrer Genesung zugleich eine Ausbildung erfahren, die sie trotz ihrer Behinderung durchhalten können, sind sie später in der Lage, sich ihren Lebensunterhalt zu verdienen. Genau so etwas würde ich in dieser Gegend gern ins Leben rufen. Natürlich kostet das enorm viel Geld. Nicht nur der Bau und die Einrichtung, sondern später auch die Unterhaltung, sowie das Gehalt für Ärzte, Krankenschwestern und Personal.«

»Puh, das ist ja ein Riesenberg an Aufgaben. Hast du dir da nicht ein bisschen viel vorgenommen?« Noch sieht Charlotte darin allein ein Projekt von Amos, obwohl ihr schon auch klar ist, dass er diese Fahrt unternommen hat, um ihr die Planungen näher zu bringen, sie möglicherweise sogar um Unterstützung zu bitten.

»Das ist erst der Anfang. Wir brauchen eine Schule. Auch Straßen und eine öffentliche Verkehrseinrichtung. Ich denke da an eine Buslinie, die zweimal am Tag zwischen den Dörfern, dem Krankenhaus und der Schule pendelt.«

»Das alles kostet doch Unsummen.« Das ist verrückt, denkt Charlotte in diesem Augenblick. Ein derartiges Projekt umzusetzen, wird er niemals in der Lage sein.

»Ich meine, dass es in Deutschland viele Menschen gibt, denen das Wohl Afrikas am Herzen liegt.« Jetzt wird Amos deutlich. Er stellt nicht mehr nur vage die Möglichkeit der Realisierung in Aussicht. Er gibt ganz konkrete Absichten zu, für deren Durchsetzung er Charlotte braucht. »Die Deutschen haben Geld. Der Reichtum in deiner Heimat wächst stündlich. Menschen von überallher kommen in dein Land, weil sie dort arbeiten wollen und auch können. In Deutschland wächst das Geld auf den Bäumen, lautet ein Sprichwort hier bei uns. Man bräuchte nur die Summe für den Flug aufzubringen, denn wenn man erst einmal dort ist, sei man versorgt.«

Charlotte runzelt die Stirn. »Na, so ganz stimmt das aber nicht«, wehrt sie ab.

»Ist ja auch egal. Jedenfalls sollten etliche Deutsche bereit sein und auch die nötigen Mittel besitzen, um in ein afrikanisches Projekt mit Krankenhaus und Lepra Station investieren zu können. Man muss es nur entsprechend rüberbringen.«

Er macht eine kurze Pause und fügt dann entschlossen hinzu: »Ich meine damit, dass du genau die richtige Person bist. Du hast Charme, bist gefühlvoll, du kannst dich gut ausdrücken und hast die idealen Verbindungen.« Damit lässt er die Katze aus dem Sack.

Alle seine Vorstellungen sind ausschließlich über die Finanzierung durch reiche Europäer zu verwirklichen. Seit langem bewegt er in seinem Kopf einen derartigen Plan, nur fehlte ihm bislang die richtige Kontaktperson. Endlich hat er sie gefunden.

Nur ist just diese Person von seinem Vorhaben mehr als verunsichert. Von seinem Tatendrang alarmiert, versucht Charlotte ihn zu bremsen. »Ich kenne bei uns zu Hause ein paar Leute, ja. Aber Rautlingen ist weit weg. Da nutzt es mir wenig, mit meinem Charme und meiner Überredungskunst zu spielen.«

Doch Amos wird sie nicht mehr aus seinen Fängen lassen. Zu lange hat er auf jemanden wie sie gewartet. »Dann sollten wir uns mal überlegen, wie wir am besten vorgehen, um Erfolg zu haben«, erklärt er ungerührt.

»Da bin ich aber gespannt.«

Er kann mich zu gar nichts zwingen, denkt Charlotte; außerdem ist da immer noch Martin, der mir helfen wird, mich seiner Beeinflussung zu entziehen.

Aber Amos ist jetzt richtig in Fahrt. Mit glasklaren Worten entwirft er sein zukunftsträchtiges Projekt und bindet Charlotte voll ein. »Zunächst stellst du eine Liste der Leute bei dir zu Hause auf, die einen guten finanziellen Background haben und die dir wohlgesonnen sind. Mit denen nimmst du schriftlichen Kontakt auf und berichtest von der geplanten Hilfsorganisation. Übrigens dachte ich an den Namen Ibo-Help. Wie findest du ihn?«

»Ibo-Help?«

Charlotte reibt sich noch an den soeben gestellten Aufgaben. Das wollte sie eigentlich alles gar nicht. Aber fast sieht es so aus, als könne sie nicht mehr abspringen. Außerdem handelt es sich wirklich um eine gute Sache. Warum sollte sie da einen Rückzieher machen? Die Rautlinger wären möglicherweise tatsächlich bereit, ein afrikanisches Projekt finanziell zu unterstützen.

»Gut. Gefällt mir«, stimmt sie daher zu.

»Nachdem du auf diese Weise vorgearbeitet hast, solltest du nach Deutschland fliegen und Werbung machen.«

»Ich? Nach Deutschland?«

Amos bestätigt mit deutlichem Nicken.

»Auf wessen Kosten?«

»Zunächst auf deine eigenen. Es wird dann ja sicher bald Geld fließen. Danach sind solche Ausgaben kein Thema mehr.«

Charlotte schluckt. »Aha«, kann sie darauf nur antworten. Sie weiß nämlich genau, wie Martin reagieren wird, wenn sie ihm mitteilt, sie brauche Geld für eine Flugkarte, sie wolle in Rautlingen Werbung für die Hilfsorganisation Ibo-Help machen. Er wird sich an die Stirn tippen und sie fragen, ob sie noch alle Tassen im Schrank hat.

Amos fährt inzwischen mit seiner Argumentation fort. »Die ganze Sache hat überhaupt kein Risiko. Da bin ich mir sicher. Hilfsorganisationen sind bei den Deutschen in Mode. Das mag daran liegen, dass die Nachwirkungen des Krieges so gut überstanden sind und sich das Land in einem enormen Wirtschaftsboom befindet. Du wirst auf jeden Fall erfolgreich sein. Du musst nur ganz fest daran glauben. Eines Tages …«, wieder macht er eine Pause und Charlotte sieht, wie sich sein Gesicht verklärt, »eines Tages ist unser Land frei. Dann können wir hier schalten und walten, wie wir wollen. Kein Yoruba darf uns mehr reinreden. Dann verhandeln wir selbst mit den Ölfirmen und können die Einnahmen für uns behalten.«

Charlotte bekommt runde Augen. Was sind denn das für Visionen? Das hört sich ja so an, als wäre er in erster Linie an dem Öl-Geld interessiert und wolle deshalb den Osten vom Westen trennen. Als Martin davon unkte, hat sie das als blanken Unsinn abgetan.

»Wie stellst du dir denn die Befreiung des Ibo-Landes vor?«, fragt sie und ihre Stimme ist ganz klein geworden.

»Ach, das war nur so ein Gerede. Eine Art Zukunftstraum. Aber träumen darf man ja.«

Entspannt lehnt Charlotte sich im Sitz zurück. Dann ist es ja in Ordnung, denkt sie. Amos will seinem Volk helfen, was verständlich ist. Von Trennungsabsichten mag er träumen, aber keinesfalls denkt er an eine ernsthafte, möglicherweise kriegerische Auseinandersetzung.

Wie sollte er auch? Zum Kämpfen braucht man eine Armee und Waffen, und beides hat er nicht.

Ineh verhält sich auf dem Rücksitz schweigend – wie gewohnt. Doch der Unterhaltung ist sie mit angehaltenem Atem gefolgt. Sie weiß, wie wichtig es für Amos ist, dass Charlotte sich überreden lässt, in Deutschland Geld zu sammeln. Sie hofft inständig, dass er dann seine Absichten so umsetzen wird, wie er es der Freundin entworfen hat. Aber sie weiß auch, dass er einen Kreis an Gesinnungsgenossen unterhält, die heimlich gegen die Lagos-Regierung opponieren. Es gibt eine Gruppe von Männern, die in der Nähe von Owerri ein Lager eingerichtet haben, um sich dort im Kämpfen und Schießen zu üben. Samuel erzählte ihr davon, und er sah dabei ziemlich beunruhigt aus.

»Siehst du die Zusammenarbeit mit der Lagos-Regierung wirklich so negativ?«, hört Ineh soeben Charlotte sagen. »Insgesamt geht es den Ibos doch gut, wenn man von einigen Dörfern am Cross River absieht.«

»So? Findest du? Da scheint der äußere Eindruck aber gehörig zu täuschen. Wir, die Bewohner des Ostens, haben nämlich rein gar nichts zu sagen. Wir werden unterdrückt und ausgebeutet. Unsere Anliegen werden erst gar nicht wahr genommen, geschweige denn wird etwas zu unserem Nutzen getan. Immer haben die Yorubas im Westen und auch die Haussas im Norden nur im Auge, womit sie ihren eigenen Reichtum mehren könnten.«

»Die Regierung vertritt aber das ganze Volk. Ich denke, ihr habt hier eine Demokratie«, wendet Charlotte ein.

»Jaja, eine Föderation«, bestätigt Amos. »Doch wie lange diese Form noch halten wird, ist fraglich. Schon mehrmals hat es erbitterte Fehden im Umkreis der Regierung und etliche Umbesetzungen gegeben. Man braucht sich nur die regelmäßig in geradezu krimineller Art und Weise geführten Wahlkämpfe anzusehen. Unser Land hat einfach zu viele Gegensätze zu verkraften. Ich bin sicher, das wird nicht mehr lange halten.«

»Komm, Amos, warum ist das so? Kläre mich auf, damit ich euch besser verstehen kann.

»Wir sind bald in Ihialla«, mischt Ineh sich ein. »Dort gibt es eine Bar, wo wir etwas zu Trinken, vielleicht auch etwas zu Essen kriegen. Da können wir dir einiges über die Hintergründe der Politik in unserem Land erzählen, okay?«

Charlotte nickt. So lange kann sie warten.

»Insgesamt sind es etwa zweihundertfünfzig Volksstämme, die hier leben«, beginnt Ineh den Bericht, als sie auf der Veranda der kleinen Bar sitzen, Sprite aus Flaschen trinken und Sandwiches verspeisen. »Die Engländer haben die damals alle zusammengebündelt und das heutige Nigeria daraus geschnürt.«

»Dass das nicht funktionieren konnte, ist leicht begreiflich«, wird sie von Amos unterbrochen. »Daher gibt es in Nigeria etwa zweihundertundfünfzig verschiedene Sprachen …«, übernimmt er die Weiterführung des Berichts.

»Du meinst Dialekte«, wirft Charlotte ein.

»Nein, es sind tatsächlich Sprachen. Und es sind unterschiedliche Religionen. Im Norden leben die Moslems, überall im Land sonst findest du Christen, im Cross River Gebiet gibt es die sogenannte Alte Religion, und die Yorubas haben auch ihre eigene.«

»Eine eigene Yoruba-Religion?«

»Ja.« Amos gibt sich einsilbig. An einer näheren Erläuterung scheint er nicht interessiert zu sein.

»Wie ist die?« will Charlotte dennoch wissen.

»Weiß ich nicht«, wehrt Amos ab und wirft seiner Schwester einen Blick zu. Die hatte schon den Mund geöffnet, um der Freundin eine Erläuterung zu geben. Doch nun senkt sie gehorsam die Augen und schweigt.

Was ist daran wohl so besonders?, fragt sich Charlotte. Warum wollen die Tutamosus nicht, dass ich über die Yoruba-Religion Näheres erfahre? Was für eine Bewandtnis mag es damit haben? Ob es möglich ist, das herauszufinden? Vielleicht lerne ich ja irgendwann einmal jemanden aus dem Yoruba-Land kennen? Martin sprach neulich davon, dass er vorhabe, die beiden Ford-Niederlassungen im Westen, in Lagos und in Ibadan, zu besuchen. Die dortigen Mitarbeiter gehören bestimmt der Yoruba-Religion an und werden Bescheid wissen. Jedenfalls findet sie es höchst seltsam und auch unverständlich, aus spirituellen Dingen ein Geheimnis machen zu wollen.

»Wir sollten uns überlegen, wie es uns gelingen kann, Ibo-Help ins Leben zu rufen«, nimmt Amos jetzt wieder das Thema auf, um das es ihm eigentlich geht. »Welche Verbindungen kannst du knüpfen? Welche Leute in deiner Heimatstadt sind vermögend? Gibt es eine Zeitung, die über uns berichten würde?«

Die Energie, mit der er die Gründung einer Hilfsorganisation angeht, imponiert Charlotte schon, obwohl sie ihre Rolle mehr in indirekter Unterstützung gesehen hat, wie zum Beispiel in der Bereitschaft, Kontakte zu nennen, die Amos dann anknüpfen würde. Dass er ihr offensichtlich eine ausführende Funktion zugedacht hat, ist ihr mehr als unangenehm. Er scheint Aktivitäten zu erwarten, die ihr überhaupt nicht liegen. Sie soll Geldgeber suchen, Leute anschreiben und betteln. Nein, so weit hat sie das Ganze eigentlich nicht kommen lassen wollen. Möglicherweise wird von ihr sogar ein öffentliches Auftreten erwartet, was ihr einen kleinen Schrekken einjagt, weil sie darin keine Erfahrung hat, auch wenn sie in ihrer Volontariatszeit bei der Rautlinger Zeitung gelegentlich kleine Interviews führen durfte. Jedenfalls übersteigt das, was Amos gerade dabei ist, ihr aufzuhalsen, jede Form von Engagement, die sie zu geben bereit ist.

Amos beobachtet die Deutsche. Er sitzt ihr gegenüber und behält sie fest im Blick. Er ist geübt im Einschätzen von Mimik, und er liest in ihren Zügen wie in einem Buch. Er sieht ihre Angst und spürt, dass sie sich am liebsten vor jeder Verantwortung drücken möchte. Er erkennt es daran, wie sie die Lippen spannt, die Augen kaum merklich zusammenkneift und wie sich über der Nasenwurzel eine kleine Falte bildet.

Amos wartet einfach ab und versucht Charlotte mit charmantem Lächeln sanft zu betören. Als er merkt, wie die Abwehr in ihren Augen nachlässt und ihre Züge sich entkrampfen, weiß er, dass es nun an der Zeit ist, sich wieder einzubringen. »Du kannst das. Das weiß ich«, sagt er einschmeichelnd, langt nach ihrer Hand und drückt sie. Mit seinen Augen liebkost er ihren Mund.

Damit erreicht er tatsächlich, dass Charlottes Widerstreben erlahmt. Sein Händedruck, sein Lächeln und sein liebevoller Blick geben ihr Mut, jetzt eine Entscheidung in seinem Sinn zu treffen.

»Ich werde zunächst meinen Vater anschreiben«, verkündet sie, und ihre Stimme klingt fast wie ein Echo seines Enthusiasmus'. »Ich werde ihn informieren und in die Planungen einbinden. Er ist in Rautlingen ein bekannter Mann mit vielen Verbindungen. Ich werde es ihm überlassen, ob ich unsere Tageszeitung anschreiben soll, oder ob wir irgendwann den Kontakt gemeinsam aufnehmen.«

»Sehr gut«, lautet Amos' zufriedener Kommentar.

Sie holt tief Luft und verkündet dann: »Möglicherweise sollte ich wirklich eine Deutschland-Reise planen, um den Rautlingern einen authentischen Bericht zu erstatten und die Dias vorzuführen.«

»Ausgezeichnet! Und vergiss nicht, eine Bank einzubinden. Gibt es in deiner Heimatstadt größere Firmen?«

»Ja, Druckereien, eine Maschinenbaufirma und eine Weberei. Vater weiß sicher noch weitere.«

»Die Weberei erscheint mir besonders vielversprechend. Von denen bräuchten wir eventuell Webstühle, später, wenn die Werkstätten eingerichtet werden.«

Die nächste Stunde vergeht mit dem weiteren gedanklichen Ablauf der Gründung von Ibo-Help, wobei Charlotte und Amos sich in begeisterten Einfällen gegenseitig zu übertreffen suchen. Ineh trägt nur wenig dazu bei. Ihr ist die ganze Sache etwas suspekt. Sie liebt ihren Bruder, aber wenn es um seine Interessen geht, das weiß sie, kann er unberechenbar sein. Dann wird von ihm alles gnadenlos beiseite geschoben, was hinderlich sein könnte. So hofft sie inständig, dass ihm die Hilfsorganisation wirklich so sehr am Herzen liegt, wie er Charlotte gegenüber beteuert, und dass er reiner und guter Absicht ist.

Gegen Mitternacht trifft Charlotte zu Hause ein. Martin ist an diesem Abend nicht in den Club gegangen. Zu Hause, im Sessel sitzend und lesend, hat er die Heimkehr seiner Frau abgewartet. In den letzten beiden Stunden ist es ihm jedoch von Minute zu Minute schwerer gefallen, sich auf den Inhalt des Buches zu konzentrieren. Mit Erleichterung vernimmt er, wie ein Wagen vor dem Haus anhält, und eilt nach draußen.

»Entschuldige mein spätes Heimkommen.« Charlotte winkt dem davonfahrenden Peugeot kurz zu und tritt ins Haus. »Ich dachte, du wärst schon zu Bett gegangen.«

»Denkst du wirklich, ich könnte schlafen, während meine Frau im Busch herumgeistert?«, fragt er, breitet die Arme aus und umarmt sie.

Zärtlich schmiegt sie sich an ihn und nimmt erleichtert zur Kenntnis, dass er ihr nicht böse ist. Besonders die letzte Stunde war sie vom schlechten Gewissen geplagt worden, denn sie ahnte schon, mit welchen Gedanken sich ihr Mann während ihrer Abwesenheit würde herumschlagen müssen. Nicht nur die Fahrt ins Ungewisse würde ihn beunruhigt haben. Dazu kommt auch das über Stunden intensive Beisammensein mit Amos, der aus seinem Interesse an ihr gar keinen Hehl macht. Martins Freude über ihre heile Rückkehr weiß sie daher sehr zu schätzen.

»Magst du gleich noch einen Bericht hören über die Geschehnisse des heutigen Tages?«, fragt sie. »Oder wollen wir zu Bett gehen, und ich erzähle dir morgen davon?«

»Jetzt will ich mit dir kuscheln.« Martin ist zu dieser späten Stunde an einer Berichterstattung nicht mehr interessiert. »Komm«, sagt er nur und zieht sie in Richtung Schlafzimmer.

Beim Frühstück am nächsten Morgen erzählt Charlotte von den Erlebnissen des vorangegangenen Tages. Sie beschreibt die Dörfer, die krasse Armut, die kranken Menschen und auch die Stellen im Creek, wo das giftig-schaumige Wasser weite Teile der Böschung bedeckt. Sie spricht von den dickbäuchigen Kindern und von der Hütte weit außerhalb, in der die Lepra-Kranken hausen. Sie erzählt auch von Amos. Wie engagiert er sei und dass er kaum einen anderen Gedanken habe, als seinem Volk zu helfen. Wie wenig die Lagos-Regierung sich kümmere, dass die Ibos vernachlässigt würden und dass es unbedingt europäischer Unterstützung bedürfe, um da eine Wende zum Besseren herbeizuführen.

»Meinst du wirklich, die Absichten von Amos sind ausschließlich die eines Retters der Armen und Kranken?«, fragt Martin mit Skepsis in der Stimme.

»Da bin ich mir ganz sicher.«

»Wie wollt ihr dann weiter vorangehen?«

Die Frage gibt Charlotte ein gutes Gefühl. Er scheint die Idee nicht mehr ganz so heftig abzulehnen, auch wenn sie sicher noch eine Menge an Überzeugungskraft wird aufbringen müssen, bis auch er die Notwendigkeit einer Hilfsorganisation einsieht. Doch ein Anfang ist getan. Das scheint ihr mit der drastischen Schilderung der Probleme gelungen zu sein. Jetzt kann sie sogar hoffen, dass ihr Mann nicht allzu viele Einwände vorbringen wird, wenn sie ihn über ihre Absicht, nach Deutschland zu reisen, in Kenntnis setzt. Sie ist voller Tatendrang und glaubt fest daran, dass es ihr in Rautlingen gelingen wird, Unterstützung für das Hilfsprojekt zu finden. Aber das ist erst der zweite Schritt.

»Ich werde zunächst an Vati schreiben«, beschließt sie, »ihm die Dinge schildern, erklären, weshalb wir unbedingt Ibo-Help gründen müssen, und ihn um seinen Rat bitten. Sicherlich kann er sagen, auf welche Weise wir dabei am besten vorgehen sollten.«

Martin nickt zustimmend. »Das ist wohl der beste Weg. Dein Vater ist an Afrika interessiert. Er kennt zumindest ein wenig die Verhältnisse hier. Und, was besonders wichtig ist, er kann in Rautlingen die richtigen Verbindungen knüpfen.«

X

Die afrikanischen Geheimbünde gelten als Mittler zwischen den Lebenden und den Toten. Durch die Ausübung der Orakelbefragungen und der Heilungsrituale bewahren sie die Traditionen und sind allgemein geachtet und gefürchtet. Noch heute bedienen sich einige Politiker ihres großen Einflusses.

Kapitel 10

Onitsha, Mai 1966

»Stell dir vor, mein Vater macht mit«, ruft Charlotte begeistert aus, nachdem sie den Brief überflogen hat, den Martin aus der Firma mitbrachte. »Kannst du mich nach dem Essen mitnehmen und bei Amos absetzen? Die gute Nachricht muss ich ihm unbedingt überbringen.«

Die leisen Bedenken, die noch bis vor kurzem immer wieder aufgetaucht waren, alle Zweifel an der Machbarkeit des Vorhabens sind zerstreut. Jetzt ist es nur die große Aufgabe, die sie reizt und für die sie, das hat sie nun schriftlich, beste Unterstützung erfahren wird. So lässt sie sich, voller Tatendrang, nach der Mittagspause zum *Central Place* chauffieren.

»Soll ich mit hoch kommen«, bietet Martin an.

»Nein danke, das ist lieb von dir, aber heute will ich Amos nur informieren. Ich werde dich auf jeden Fall um Unterstützung bitten, sobald die Gründung des Vereins ansteht und es darum geht, konkrete Maßnahmen zu treffen. Da du dich mit Verträgen auskennst, wäre es wunderbar, wenn du dir dann jeden einzelnen Punkt genau ansehen könntest.«

Charlotte ist es schon wichtig, nicht allein die ganze Last des Unterfangens aufgebürdet zu bekommen. Sie glaubt inzwischen fest daran, dass es gelingen wird, ihren Mann einzubinden, denn er steht dem

Ganzen nicht mehr, wie anfangs, unbedingt ablehnend gegenüber. Er darf sich auf keinen Fall außenstehend vorkommen. Am Ende muss er glauben, die ganze Aktion Ibo-Help wäre eine Maßnahme von Amos, von seiner Frau – und auch von ihm selbst.

Oben im Büro wird Charlotte von Sani, Amos' Sekretär, aufgehalten.

»Madam, Sie können da jetzt nicht rein«, behauptet er. »Mr. Tutamosu hat Besuch.«

»Dann sagen Sie Mr. Tutamosu, dass ich hier bin und auf ihn warte«, befiehlt sie mit energischer Stimme, die sie sich im Hinblick auf die künftig enge Zusammenarbeit mit diesem Büro schon mal angeeignet.

Und die sie jetzt nutzt, weil sie sich nämlich gut vorstellen kann, wie die nächste Stunde abliefe, falls Amos von ihrer Anwesenheit keine Kenntnis erhielte. Er würde ganz gemütlich palavern, dabei vermutlich mehrere Tassen Pulverkaffee trinken und lautstark über die neue Regierung herziehen.

Gründe, darüber zu reden, scheint es allerdings inzwischen mehr als reichlich zu geben. Jedenfalls nutzt Amos jede Gelegenheit, sobald sich ein auch nur annähernd interessierter Gesprächspartner bietet, um das Desaster, wie er es ausdrückt, in allen Einzelheiten zu diskutieren. Wäre Amos ein Yoruba, könnte er es zweifellos mit seinem juristischen Können, seiner Intelligenz und seinem Ehrgeiz zu hohen politischen Ämtern bringen. So aber, bleibt ihm nichts anderes übrig, als auf lokaler Ebene als Anwalt zu versauern und mit seinen Vertrauten die Geschehnisse in allen Einzelheiten zu erörtern.

Vor einigen Monaten hat es einen Putsch gegeben und das Militär übernahm die Macht im Land. Ein General Aguiyi-Ironsi, Oberbefehlshaber der Armee, ist nun gleichzeitig Chef der Bundesmilitärregierung. In den ersten Tagen brachten die Nigerianer, die den Sumpf der politischen Korruption herzlich leid waren, den Rebellen in Uniform eine helle Begeisterung entgegen. Doch bereits wenige Wochen später sah es leider so aus, als habe man den Teufel mit dem Beelzebub ausgetrieben. Jedenfalls macht sich in der Bevölkerung inzwischen eine Stimmung breit, die gemischt ist aus Angst, Hoffnung und Misstrauen. Denn die Militärregierung reagiert überaus zornig auf jede Kritik. Verhaftungen bisher unbescholtener Bürger gehören zur Tagesordnung. Die Gefängnisse sind überfüllt.

Amos jedenfalls ist der festen Überzeugung, dass das Land erst zur Ruhe kommen wird, wenn die Ibos im Osten ihre eigene Lösung gefunden haben. Er und sein politischer Kreis – immer wieder spricht Ineh mit Charlotte darüber, und ihr hübsches Gesicht legt sich dabei in Sorgenfalten – haben die aufrührerischen Aktivitäten eher ausgeweitet denn eingedämmt.

Von Charlottes energischem Ton angetrieben, ist Sani also aufgestanden. Doch mehr als unwillig bewegt er sich in Richtung der Tür, die in Amos' Büro führt. Hier bleibt er stehen und sieht sich unschlüssig um. Stünde da ein Mann, hätte er mit der Störung beim Chef keine Probleme. Aber für eine unbedeutende Frau darf die Besprechung eigentlich nicht unterbrochen werden. Auch wenn es sich in diesem Fall um eine weißhäutige Frau handelt.

»Come on«, fordert sie ihn auf, »tell him, Charlot has arrived.«

Der junge Mann gibt sich einen Ruck, öffnet die Tür einen Spalt und lugt vorsichtig nach drinnen.

»Warum störst du? Gibt's was Wichtiges?«, ertönt die Stimme von Amos.

»Ich bin's!« Charlotte ist hinzu getreten und schiebt die Tür weiter auf.

»Oh, Charlot«, Amos ist sichtlich angetan, diese Störung scheint ihm nicht unrecht zu sein. Er entschuldigt sich bei seinem Besucher und tritt ins Vorzimmer.

»Stell dir vor, Vater hat geantwortet. Er wird uns unterstützen«, sprudelt sie sogleich mit der Neuigkeit heraus.

»Das ist ja großartig.« Amos nickt, doch es sieht so aus, als habe er an der Zustimmung kaum gezweifelt. »Ich schlage vor, du setzt dich und Sani serviert dir etwas zu trinken. Mein Freund Chinue ist gerade hier bei mir. Ich bringe das Gespräch mit ihm schnell hinter mich. Dann fahren wir in den Club, besprechen die weitere Vorgehensweise und legen die Grundlagen für den Verein fest.«

Während sie wartet, denkt sie über Amos' Worte nach. Es scheint sich doch alles rascher zu entwickeln, als sie dachte. Amos hat es mit der Festlegung der Formalitäten offenbar recht eilig. Das, was er im Club mit ihr besprechen möchte, beinhaltet seiner Aussage nach

Grundsätzliches zu Ibo-Help. Eigentlich hätte sie da doch gern ihren Mann dabei gehabt. Aber wenn sie Amos nachher auf dem Weg zum Club bittet, bei der Ford-Company vorbei zu fahren, um Martin mitzunehmen, dann wird er annehmen, sie könne nicht allein entscheiden. Diesen Eindruck will sie auf keinen Fall erwecken.

Amos soll nicht glauben, sie bräuchte männliche Unterstützung. Sie kann sehr wohl erkennen, wie die Dinge laufen sollen. Also wird es genügen, wenn sie Martin später den Entwurf mit der Vereins-Satzung und den Ablauf der Planung vorlegt. Er soll sich das ansehen und wird somit eingebunden sein.

Charlotte richtet sich im Sessel gerade auf. Sie besitzt genügend Durchblick, um die Vorschläge von Amos richtig beurteilen zu können.

Amos und Charlotte sitzen sich auf der Clubterrasse unter einem der ausladenden weißen Sonnenschirme gegenüber. Es weht eine angenehm leichte Brise und der Himmel ist von einem feinen Schleier überzogen, der das Sonnenlicht verwischt.

Amos hat Sekt bestellt, weil die gute Nachricht gefeiert werden müsse, wie er sagte.

Jetzt erläutert er, wie es weitergehen wird und Charlotte lauscht seiner Stimme, die eigenartig erregt ist, was sie in Verbindung bringt mit seinem brennenden Wunsch, den Ibibios endlich Hilfe zu bringen. Zunächst stehe die Vereinsgründung an, sagt er. Die von ihm genannten Gründungsmitglieder wären er selbst, Charlotte, Ineh, Martin und Vater Michaelis.

»Ich hätte gern meine Rautlinger Freundin Heike mit dabei«, schlägt Charlotte vor. »Sie studiert Medizin, und sie könnte uns in Deutschland, aber vielleicht auch irgendwann einmal hier vor Ort ganz nützlich sein.«

»Na gut, das wären dann aber alle.«

»Hier im Club gibt es einen Deutschen, den ich für recht patent halte. Er heißt Jürgen Tischler und ist Bauingenieur. Er könnte uns bei den Arbeiten im Busch beraten.«

»Nein.« Die Ablehnung von Amos kommt spontan. »Die sechs genannten Personen sind genug. Zu viele Münder, die mitreden wollen, behindern den Fortgang. Wir wollen mit großer Effektivität voran gehen und können uns nicht damit aufhalten, bei jeder Maßnahme die Meinungen aller einzuholen. Dann wird nichts Rechtes daraus.«

»Aber der Mann wäre wirklich sinnvoll«, versucht sie ihn umzustimmen. »Er könnte den Bau überwachen, und er weiß sicher auch, wo Materialien günstig zu beziehen sind. Möglicherweise besteht auch die Möglichkeit, über seine Firma die benötigten Maschinen liefern zu lassen. Ich meine nicht, dass er uns aufhalten würde.«

»Hör zu, Charlot, bis wir dazu kommen, den Bau in die Wege zu leiten, wird es noch eine Weile dauern. Wenn es so weit ist, kann dieser Mann immer noch um Unterstützung gebeten werden. Er muss ja nicht gleich Mitglied im Verein werden. Sollte er das unbedingt wollen, besteht auch später noch Möglichkeit, ihn aufzunehmen.«

»Na gut.« So wichtig ist es ihr dann doch wieder nicht, dass sie wegen Jürgen Tischler einen Disput beginnen würde. Allerdings kann sie die Einwände von Amos nicht so ganz nachvollziehen. Denn jeder, der zur Unterstützung sinnvoll beiträgt, wäre doch eher eine Bereicherung als ein Hindernis. Da Amos jedoch in dieser Sache deutlich anderer Ansicht zu sein scheint, wird sie sich fügen. Schließlich ist er der Chef, obwohl er sie im Verein an erster Stelle eintragen wird, wie er soeben verkündet. Was Charlotte schmeichelt. Doch ist sie nicht so dumm, um nicht zu erkennen, dass die deutsche Vorsitzende lediglich als Galionsfigur dient, um mit ihrem Namen dem soeben aus der Taufe gehobenen Afrika-Dampfer, der künftig rasanten Kurs fahren soll, einen soliden europäischen Anstrich zu verleihen.

Einige Tage später ist es so weit. Amos hat zur Unterzeichnung des Vertrages gebeten.

Ineh ist bereits anwesend, als die Jordans im Büro eintreffen. Man setzt sich nieder, erhält von Sani Kaffee und Wasser hingestellt, und dann nehmen die Formalitäten ihren Fortgang. Amos liest die Satzung vor und bittet die Sitzungsteilnehmer um Diskussionsbeiträge.

Ineh und Charlotte bleiben, von den in englischer Sprache vorgetragenen juristischen Formulierungen beeindruckt, stumm. Einwände haben sie keine.

»Wie wird das mit der Verteilung der Gelder vor sich gehen?«, fragt

Martin, für den die im entsprechenden Punkt gemachten Angaben unklar geblieben sind.

»Ich kann das noch einmal lesen«, erklärt Amos sich bereit und trägt den Absatz vor.

Es werde ein Konto eingerichtet auf den Verein Ibo-Help, liest er, und Charlotte Jordan, als erste Vorsitzende sei berechtigt, die Gelder zu verteilen. Er selbst fungiere als ihr Stellvertreter.

Martin wiegt bedächtig den Kopf. »Im Umgang mit den Geldern, die ja wohl ausschließlich von deutschen Spendern stammen werden, sollte sorgfältig umgegangen werden. Ich meine, da müsste eine größere Sicherheit eingebaut sein, und schlage daher vor, dass wir folgendes aufnehmen: Bei Beträgen ab einer bestimmten Summe müssen alle Vereinsmitglieder zustimmen.«

»Das wird schwierig«, wendet Amos ein. »Wenn bei einer Baumaßnahme Gelder fällig werden, sind das meist höhere Summen. Die brauchen wir dann sofort. Wie sollen wir so schnell die Zustimmung der beiden deutschen Mitglieder einholen?«

»Na gut«, lenkt Martin ein. »Aber dann eben die Zustimmung von Ineh und mir.«

Amos blickt schmunzelnd von einem zum anderen. »Vertraut ihr uns nicht?«, will er wissen, und zeigt ganz offen, wie sehr ihn das amüsiert.

Ineh sieht zu Boden. Sie will in derartige Entscheidungen gar nicht eingebunden sein. Am liebsten wäre sie jetzt unsichtbar.

Charlotte findet die geforderte Maßnahme peinlich und schämt sich für ihren Mann. Der tut ja gerade so, als ob Amos die Gelder für seinen Spaß nutzen wolle. Vielleicht für ein schickes Auto? Oder ein Motorboot, mit dem er auf dem Niger entlang düsen kann? So ein Unsinn, denkt sie verärgert.

»Darum geht es nicht«, entgegnet Martin. »Ich finde nur, dass wir anderen im Verein auch eine gewisse Bedeutung haben sollten.«

»Gut«, sagt Amos, »ich füge also einen Absatz bei Punkt sieben ein, mit der Aussage, dass bei Ausgaben ab zweihunderttausend Naira die Zustimmung von Martin Jordan und Ineh Tutamosu einzuholen ist.«

Er ruft Sani, diktiert ihm den Zusatz und dann warten sie, bis schließlich das fertige Dokument zur Unterschrift vorliegt.

Martin hätte die Summe, die sich umgerechnet auf etwa fünfzigtausend Mark beläuft, gern niedriger gehalten. Aber nachdem Amos zuvor schon so eigenartig reagierte, wollte er nichts mehr sagen. Die beiden Frauen zeigten von Anfang an wenig Verständnis und hätten ihn, bei nochmaligen Einwand, nur als Querulanten gesehen. Jedenfalls hat Amos seinen guten Willen gezeigt, denkt er, und damit sollte ich mich zufrieden geben.

Nach der Unterzeichnung verlassen die vier die Kanzlei, gehen quer über den Platz zur Filiale der Afrika Bank und eröffnen ein Konto auf den Verein Ibo-Help. Amos zieht sein Portemonnaie aus der Tasche, legt tausend Naira auf den Tisch und macht die erste Einzahlung. »Als Gründungsgeld«, sagt er.

Charlotte ist begeistert, weil sie das als noble Geste empfindet.

Martin sieht das nicht so. Er meint eher, dass Amos sich damit vor den anderen in ein schönes Licht setzen will. Wohl um seine Nächstenliebe unter Beweis zu stellen? Ihm scheint es mehr ein Akt der Selbstdarstellung zu sein. Warum nur kommt mir das jetzt so vor wie eine Show, überlegt er? Warum bewirkt es in mir ein solches Unbehagen?

Im Anschluss an den Bankbesuch lädt Amos die anderen drei ins Club-Restaurant zum Mittagessen ein. Es soll sein persönliches Dankeschön dafür sein, dass nun die erste Hürde genommen ist. Damit wäre ein Anfang gemacht, betont er zufrieden, um seinen Landsleuten künftig zu einem besseren Leben zu verhelfen.

Das ist vielleicht ein bisschen dick aufgetragen, denkt Martin, doch auch dieses Mal mahnt er sich zu mehr Verständnis, auch Loyalität dem Afrikaner gegenüber, und verbeißt sich eine kritische Bemerkung.

»Wie willst du es denn bewerkstelligen?«, fragt Amos und richtet seine dunklen Augen auf Charlotte, »dass in Deutschland die Gelder anfangen zu fließen? Hast du einen Plan?«

Sie sitzen auf der Clubterrasse, eben trägt der Boy die Speisen auf.

»Vater schrieb, ich solle nach Deutschland kommen und möglichst anhand aussagekräftiger Dias den Rautlingern einen Eindruck geben von der Situation der Menschen am Cross River. Je drastischer die Ansichten seien, umso spendabler würden sich die Geldgeber zeigen, war seine Meinung.«

»Einige Fotos hast du ja bereits neulich bei unserer Fahrt gemacht. Aber ich glaube nicht, dass sie überzeugend genug sind«, meint Amos. »Wir sollten ein weiteres Mal dorthin fahren, zu anderen Dörfern, ähnlich armselig. Ich weiß auch Stellen am Fluss, an denen die Verschmutzung noch deutlicher zu sehen ist. Und du solltest von den Plätzen Aufnahmen machen, an denen nach Öl gebohrt wird. Nur müssen wir äußerst vorsichtig vorgehen, weil Fotografieren dort natürlich nicht erlaubt ist.«

»Ich denke, Amos, das machen wir beide allein«, mischt Martin sich ein. Inzwischen bekommt er Spaß an der Sache. »Ich könnte mich, falls wir gefragt werden, als Vertreter der Ford Company ausweisen und so tun, als wolle ich mir die Bohrstellen aus geschäftlichen Gründen ansehen. Den Frauen würde man einen solchen Besuchszweck nicht abnehmen. Außerdem kann ich ganz gut fotografieren. Ich war ehemals bei meiner Studentenzeitung zuständig für Fotoreportagen.«

Wie nett, denkt Charlotte erbost, eben hat mein Mann mich hinauskomplimentiert. Typisch Martin! Ich bin das dumme kleine Schulmädchen, dem man nicht mal zutrauen kann, dass es ordentliche Fotos macht. Verärgert presst sie die Lippen zusammen.

»Wann würde es dir passen?«, erkundigt sich Amos. »Ginge es übermorgen, also am Mittwoch?«

»Das würde mir passen, ja.«

Charlotte ist jetzt richtig wütend. Die fragen mich nicht mal oder versuchen wenigstens höflicherweise, mich einzubinden. Die tun so, als ob ich ganz unwichtig wäre. Dabei bin *ich* die erste Vorsitzende von Ibo-Help. Was bilden diese dämlichen Männer sich eigentlich ein? Soll ich auf der Mitfahrt bestehen?

Sie überlegt einen kurzen Moment, ob das sinnvoll wäre, entscheidet sich aber dagegen. Denn was hätte sie von einer solchen Fahrt? Sie würde auf den Rücksitz verbannt werden und hätte Glück, wenn sie gelegentlich einen Fetzen der Unterhaltung erhaschen könnte. Da Ineh Unterricht zu halten hat, kann sie sich an der Unternehmung ohnehin nicht beteiligen. Also würde der ganze Ausflug vermutlich überhaupt keinen Spaß machen, und sie kann genauso gut zu Hause bleiben.

Charlotte lehnt sich zurück, schlägt die Beine übereinander, reckt die Nase in die Luft und tut so, als ob die Planung ganz in ihrem Sinne wäre.

Amos und Martin scheint der Aufruhr in ihrem Inneren zu entgehen. Jedenfalls nehmen sie keine Notiz. Von Ineh sind sie gewohnt, dass die sich zurückhält, sobald Männer das Wort ergreifen. Angeregt besprechen sie den Ablauf des Tages, und Amos erklärt in allen Einzelheiten die Route, der sie zu folgen beabsichtigen.

Charlotte hört eine Weile zu, doch da fällt ihr etwas anderes ein, was sie fast schon vergessen hatte, und sie wendet sich der Freundin zu. »Könntest du am Mittwoch nach der Schule zu mir kommen?«, fragt sie. »Ich würde was Deutsches kochen. Wir könnten zusammen zu Mittag essen.«

Ineh lächelt erfreut. »Au fein, das mache ich gern«, sagt sie.

Nachdem Martin früh morgens von Amos abgeholt wurde, um in das Gebiet an den Cross River zu fahren, verbringt Charlotte den Vormittag voller Unruhe. Kaum kann sie das langsame Verstreichen der Stunden ertragen. Denn es handelt sich nicht um das Mittagessen, das sie zuzubereiten versprach, weshalb sie in diesem seltsamen Erregungszustand ist. Sie hat einen bestimmten Plan und hofft, Ineh für dessen Umsetzung bereit zu finden.

Als die Afrikanerin gegen Mittag auftaucht, sind die Rouladen geschmort und liegen in cremiger Soße. Es wurden Kartoffeln gekocht, der Dosenrotkohl aufgewärmt und delikat abgeschmeckt.

Sie setzen sich zu Tisch, wo Charlotte mit sichtlichem Stolz die angerichteten Speisen kommentiert.

Ineh nimmt das ungewohnte Gericht skeptisch in Augenschein. »Was ist das?«, will sie wissen und deutet mit spitzem Finger auf den Rotkohl.

»Gemüse.«

»Was für ein Gemüse?«

»Na Kohl. Halt ein roter, kein weißer.«

Ineh piekt ein rotes Streifchen mit der Gabel auf und kostet vorsichtig. Sie verzieht das Gesicht. »Das schmeckt nach Zucker«, erklärt sie wenig begeistert.

»Soll es auch, denn es wird mit Essig und Zucker gewürzt. Das gehört so.«

Trotz der Erklärung findet Ineh das Gemüse wenig genießbar. Sie entscheidet sich für eine Roulade mit Kartoffeln und bittet um gehackte Chilischoten, die Elijah ihr sogleich neben den Teller stellt. So fade gewürzt könne sie das nicht runterkriegen, meint sie. Der Nachtisch jedoch, bestehend aus in Honigsoße eingelegten Mangostücken, mundet ihr dann bestens.

»Ich habe die kleine Tonfigur, die Ogu mir gab, gut gepflegt«, sagt Charlotte als sie die Mahlzeit beendet haben und Francis zum Abschluss Tee serviert.

Sie holt tief Luft, gibt sich einen Ruck und nimmt entschlossen die Sache in Angriff, deretwegen sie ihre afrikanische Freundin in Wahrheit her gebeten hat. »Aber geholfen hat es bisher noch nicht«, fügt sie mit Nachdruck hinzu.

»Mmmh«, leise summend wiegt Ineh den Oberkörper hin und her. »Dann sollten wir die Orishas befragen und herausfinden, ob und wann du mit einer Schwangerschaft rechnen kannst«, beschließt sie und stellt die Teetasse ab. »Komm mit.« Sie steht auf.

»Jetzt gleich?« Obwohl sie genau das erwartet hat, ist Charlotte von der raschen Inangriffnahme nun doch ein wenig überrumpelt.

»Na klar. Wie lange willst du denn noch warten? Ich denke, du möchtest deinen Bauch endlich dick werden sehen? Also solltest du etwas mehr Energie dafür aufwenden. Nun komm schon, es tut nicht weh.«

Raschen Schrittes und ohne sich noch einmal umzusehen, verlässt Ineh den Wohnraum, überquert die Veranda und steigt die drei Stufen hinab. Ihre nackten Füße überqueren eilig die breite Rasenfläche, die mit struppigen, trockenen Halmen bedeckt ist. Sie geht weiter zum hinteren Ende, wo Büsche und Bananenstauden, dicht beieinander stehend, die natürliche Gartengrenze bilden. Einen Zaun gibt es nicht.

Hier hält Ineh an und schaut prüfend um sich. »Wir müssen einen versteckten Platz finden«, erklärt sie. »Die Stelle darf von niemandem bemerkt werden. Denn sobald andere sie benutzen, möglicherweise mit schlimmen Absichten, würde daraus ein schlechter, ein entweihter Platz werden.«

Charlotte nickt. Das kann sie gut begreifen.

Sie biegen die Zweige beiseite und schieben sich ein ganzes Stück weiter vor, quetschen sich durch das Gebüsch, an der rot blühenden Hibiskushecke vorbei, bis sie vom Dickicht fest umschlossen sind.

Unter einem mächtigen Baum, dessen Äste überhängen und mit ihrem unteren Kranz einen weit ausladenden Schirm bilden, bleibt Ineh stehen. »Das hier müsste gehen«, meint sie, bückt sich und streicht mit der flachen Hand über den Boden.

»Brauchst du noch irgendwas? Können wir gleich beginnen?«

Charlotte ist jetzt richtig aufgeregt. Der Gedanke, intensiv in eine magische Handlung eingebunden zu werden, fasziniert sie. Und zugleich fühlt sie mit absoluter Sicherheit, dass diese Aktion von Erfolg gekrönt sein wird.

»Für unser Vorhaben brauche ich schon noch ein paar Dinge«, erläutert Ineh. »Ich gehe die jetzt holen und du kannst in der Zwischenzeit den Boden vorbereiten.«

Sie deutet auf die wenigen Halme. »Zunächst zupfst du alles aus, dann glättest du die Stelle. Nimm dir dazu ein Brett. Es kann auch ein Topf sein, den du hin und her schiebst. Nur muss der Boden am Ende wirklich glatt sein, damit die Stäbe rollen können. Danach ritzt du einen Kreis in die Erde. Erinnerst du dich an den von Ogu am Opferplatz?«

Charlotte nickt. »In Form einer Schlange?«, will sie wissen.

»Genau. Und auch ungefähr in dieser Größe. Ich bin bald wieder da.« Ineh richtet sich auf und eilt davon.

Charlotte holt aus der Küche einen Topf, ein kleines Schneidebrett und ein Messer. Dann beginnt sie die versteckte Stelle hinter den Büschen zu bearbeiten. Sie klopft, ebnet Erdklumpen und streicht so lange über den Boden, bis schließlich eine glatte, glänzend schimmernde Fläche entstanden ist. Mit dem Messer zieht sie einen Kreis in den Sand, zeichnet den Schlangenkopf mit dem Schwanzende im Maul, genau so wie sie es an der Orakelstelle bei Okigbo gesehen hat. Die Schlange sei das Zeichen für Weisheit, hatte Ineh erklärt.

Als die Freundin zurückkehrt, ist der Platz wie angegeben vorbereitet. Ineh stellt einen Korb ab, aus dem sie zunächst mehrere runde Steine nimmt. Jeder Stein ist mit einer Zahl gekennzeichnet.

»Du legst die Steine außen um den Kreis, und zwar in der richtigen Reihenfolge«, weist sie an.

Charlotte tut wie ihr geheißen, und hat am Ende zwölf Steine ausgelegt.

Unter den leise gemurmelten Beschwörungsworten von Ineh wird der Boden mit *Ewe*, den magischen Kräutern bedeckt. Sodann platziert sie in die Mitte des Kreises eine flache Kalebassen-Schale.

»Zunächst stellen wir fest, ob dein Körper für eine Schwangerschaft bereit ist«, sagt sie und drückt Charlotte acht Kaurimuscheln in die Hand. »Du gehst jetzt dreimal außen um den Kreis und sagst das Gebet an Yemoja. Kannst du es noch?«

Charlotte, die vor Aufregung einen trockenen Hals bekommen hat, räuspert sich, nickt und setzt sich in Bewegung. Mit den Muscheln auf den Handflächen umkreist sie dreimal den Ring und, kaum dass sie überlegt, strömt es aus ihr heraus: »Yemoja ase‘sun, ase‘sun Yemoja, Yemoja ase‘sun, ase‘sun Yemoja. Yemoja olodo, olodo Yemoja, Yemoja olodo, olodo Yemoja.«

Es ist eine seltsame Magie, in die sie sich eingebunden fühlt, die sie die Worte sprechen lässt, ohne dass sie bewusst von Kehle und Zunge geformt werden. Alles scheint sich ganz von selbst zu tun. Auch das Vorwärtsschreiten der Füße geschieht ohne direkten Willen. Es ist mehr ein Gleiten, fast ein Schweben. So leicht und schwerelos kommt sie sich vor. Wie von Geistern getragen.

Sie bleibt stehen und hört Ineh sagen: »Jetzt lass die Muscheln fallen! Dabei aber nicht nach unten sehen.«

Charlotte lenkt ihren Blick nach oben in die dunkle Krone des Mahagonibaumes und dann weiter zum Himmel, dessen Blau ganz blass wirkt, weil die Sonnenhitze einen Grauschleier darüber gezogen hat. Sie dreht langsam die Handflächen um, vernimmt beim Auffallen leise, dumpfe Töne, aber auch hellere, was sie vermuten lässt, dass einige Muscheln die Schale getroffen haben.

Ineh bückt sich, hebt die Schale auf, in der sich vier Muscheln befinden.

»Du bekommst einen Sohn«, verkündet sie, ohne auch nur einen Moment zu zögern, und strahlt übers ganze Gesicht. »Es besteht kein Zweifel. Vier Muscheln in der Schale bedeuten einen Sohn. Bei dreien würdest du Mutter von einer Tochter. Jetzt müssen wir noch feststellen, wann das glückliche Ereignis eintreten wird.«

Charlotte schüttelt ihre Benommenheit ab.

Die Vorhersage gibt ihr ein zu großes Glücksgefühl, als dass sie jetzt noch Skepsis zulassen möchte. Sie unterdrückt den leisen Zweifel, der ihr zuflüstert, dass Kaurimuscheln wohl kaum in der Lage seien, eine Schwangerschaft vorherzusagen, und beobachtet gespannt, wie Ineh weiter vorgeht.

Die Freundin nimmt die Kräuter von der Erde wieder auf und sammelt sie sorgfältig in den Korb ein. *Ewe* dürfe man auf keinen Fall wegwerfen, sagt sie, denn sie kämen von geheimen Plätzen und seien ausschließlich der Nutzung bei spirituellen Handlungen vorbehalten.

Charlotte erhält nun einen Bambusstab in die Hand gedrückt.

»Du machst das jetzt wieder so wie eben,«, sagt Ineh. »Das Gebet, mit dem du dieses Mal die Mondgöttin anrufst, spreche ich dir vor. Nachdem du dreimal den Kreis umrundet hast, bleibst du stehen und wirfst den Stab.«

Nach den Worten: *»Bi'mo osun gba ile le, o su o, ase wole wu're"* lässt Charlotte den Stab zur Erde fallen. Innerhalb des Kreises bleibt er liegen. Dicht neben den Steinen mit den Zahlen eins, zwei und drei.

»Deine Schwangerschaft wird im ersten Drittel des kommenden Jahres ihren Anfang nehmen«, erläutert die Afrikanerin, die sich niedergekauert hat. »Damit ist also alles klar. Die Göttinnen haben dir Auskunft gegeben.«

Mit zufriedenem Ausdruck räumt sie die Steine in den Korb und verwischt mit einem Bastfächer die Ritzungen auf der Erde.

Charlotte ist nur zu bereit, die Orakel-Auskunft als Tatsache anzunehmen. Zu sehr entspricht die Vorhersage der Erfüllung ihres innigsten Wunsches. Sie wird daher alle Bedenken von sich schieben und sich ganz auf das wundervolle Ereignis im kommenden Jahr einstellen.

»Was wäre eigentlich gewesen, wenn sich nur zwei Muscheln in der Schale befunden hätten?«, fragt sie.

»Weniger Muscheln als drei bedeuten eine Schwangerschaft, die vorzeitig endet. Sechs Muscheln können zwei Töchter bedeuten, oder auch drei vorzeitig beendete Schwangerschaften. Das kann vorkommen.«

Charlotte starrt Ineh entgeistert an. »Also könnten vier Muscheln auch aussagen, dass ich zwei Fehlgeburten haben werde?«, will sie wissen.

»Möglich wäre das schon. Aber in deinem Fall ist das eher unwahrscheinlich. Die Zeichen waren klar und eindeutig. Ich bin fest davon überzeugt, dass du gegen Ende des nächsten Jahres einen Sohn gebären wirst.«

Weil Charlotte das auch unbedingt glauben will, wischt sie den letzten Rest des Zweifels beiseite. »Ach, Ineh, ich bin ja so froh.« Sie schlingt die Arme um die Freundin.

»Könnte ich denn auf diese Weise auch andere Fragen beantwortet bekommen?«, will sie wissen und erwartet die Antwort mit neugieriger Spannung. Zu oft schon hätte sie gern einen Blick in die Zukunft getan und findet nun den Gedanken, dass dies anhand des Orakels eventuell möglich sein könnte, äußerst reizvoll.

»Im Prinzip schon.« Ineh zögert. »Es ist natürlich wichtig, immer den richtigen Orisha anzurufen, die dazu benötigten Kräuter und Pulver zu verwenden und genau die Beschwörungen zu formulieren, die dem Zweck entsprechen. Sonst klappt es nicht.«

»Kannst du mir das beibringen?«

Dieses Mal zögert die Afrikanerin sehr lange, bis sie schließlich zustimmend den Kopf bewegt. »Ich werde das tun, weil du meine Freundin bist. Du musst mir allerdings versprechen, mit deinem Wissen keinen Unfug zu treiben. Jedes Mal, ehe du die Orishas rufst, musst du dir über die tatsächliche Bedeutung der Angelegenheit im Klaren sein. Im ungünstigen Fall würde der Geist sich nämlich gegen dich wenden und dich ins Unglück stürzen.«

»Ich werde den *Juju* nie für Unsinniges anwenden«, verspricht Charlotte.

»Gut, dann komme ich in zwei Tagen wieder zu dir, um dir *Uli* zu zeigen. Das wird dir helfen, den erfolgreichen Weg zu erkennen. Und allmählich, wenn du ernsthaft bereit bist, dich den Aussagen des Orakels zu stellen, wirst du eines Tages in der Lage sein, in der Zukunft zu lesen.«

Es ist später Abend, als Amos Martin vor dem Haus absetzt. Er fährt davon, ohne sich die Zeit zu nehmen, Charlotte zu begrüßen, was diese verstimmt zur Kenntnis nimmt. Aber dass Amos für Höflichkeiten nicht allzu viel übrig hat, musste sie in der Vergangenheit schon einige Male zur Kenntnis nehmen.

Martin jedoch ist ganz der liebevolle Ehemann, der sich freut, wieder bei seiner Frau zu sein. Er schließt Charlotte in die Arme, küsst sie zärtlich und schiebt sie dann in einen Sessel.

»Ich muss dir unbedingt beschreiben, wie aufschlussreich das war«, beginnt er und lässt sogleich den Bericht folgen. Sie hätten drei der am schlimmsten betroffenen Dörfer besucht, erzählt er emphatisch, anschließend eine kurze Wanderung durch den Regenwald gemacht und wären bei einer Aussätzigen-Hütte im Wald gewesen.

»Hab ich auch gesehen«, murmelt Charlotte, aber er hört gar nicht hin, sondern redet weiter, ohne Unterlass.

Er spricht von dickbäuchigen Kindern, von schaumigen Wasserstellen und von verfallenen Hütten. Amos habe einen Fischer aufgetrieben, den er dazu brachte, sein Boot unter dem Schilf vorzuziehen. Damit seien sie den Creek entlang gepaddelt, quer durch die Mangroven. Sie hätten sich im Boot weit nach unten bücken müssen, weil die Zweige der Uferpflanzen dicht über dem Wasser hingen. Überall hopsten Schlammspringer herum, und eklige fette Kröten hätten ununterbrochen dumpf gequakt. Ihm sei die Angelegenheit nicht geheuer gewesen, denn sie waren eng umschlossen von einem dichten und undurchdringlichen Dschungel. Man konnte kaum etwas erkennen, so düster war es. Auch schien das Boot nicht allzu stabil zu sein. Ständig habe der Fischer mit einer Schale Wasser ausgeschöpft.

Doch dann sei es auf einmal lichter geworden, sie waren am Ende des Waldes und zugleich an der Stelle mit den Bohrungen angekommen.

»Die produzieren da eine Menge Dreck, und den leiten sie direkt in die kleinen Flüsse.« Martins Stirn ist in sorgenvolle Falten gelegt. »Niemand kümmert sich um das, was mit der Umwelt geschieht. Den Firmen scheint es völlig egal zu sein. Jedenfalls habe ich alles dokumentiert«, sagt er zufrieden, »einen ganzen Film vollgeknipst und einen zweiten angefangen.«

»Durftest du das denn? Hat euch jemand gesehen?«

»Gottseidank nicht. Ich glaube, das wäre uns nicht so gut bekommen. Unser Boot blieb hinter den Büschen, war also ganz gut verborgen, und die Männer an der etwas entfernt liegenden Bohrstelle waren zu beschäftigt, um uns zu bemerken. Wir sind auch recht schnell wieder umgekehrt.«

Er beugt sich vor, legt seine Arme um Charlotte und zieht sie an sich. »Und wie bist du den Tag, so ganz allein, zurecht gekommen?«

»Ich war gar nicht allein. Ineh war da.«

»Und was habt ihr gemacht?«

»Wir haben ...«, sie zögert. Soll sie Martin von der *Juju*-Befragung erzählen? Auch davon, was sie herausgefunden hat, und dass hinter den Büschen im Garten ein Orakelplatz eingerichtet wurde?

Aber weil sie meint, dass in einer Ehe Offenheit herrschen soll, verkündet sie schließlich mit fester Stimme: »Wir haben *Juju* gemacht.«

»Ich glaub's nicht!« Martin hat seine Frau wieder losgelassen. »Sag mal, spinnst du?« Jetzt sieht er richtig wütend aus.

»Wir haben doch nur eine Orisha-Befragung durchgeführt. Die schadet niemandem. Was regst du dich so auf? So was wird hier ständig praktiziert und ist durchaus an der Tagesordnung.«

»Bei den Negern vielleicht. Ich dachte eigentlich, du würdest dich für eine halbwegs gläubige Christin halten. Meinst du nicht, dass derartige Praktiken dann tabu sein sollten?«

»Ich finde nicht, dass das eine mit dem anderen etwas zu tun hat. Auch als Christin darf ich durchaus Interesse an religiösen Zeremonien anderer Völker zeigen. Und ich habe das Recht, Einblicke in die Zukunft nehmen zu wollen. Ich bete ja nicht irgendwelche fremden Götter an.«

»So? Tust du das wirklich nicht?«

»Nein! Ich befrage nur das Orakel.«

»Und? Was hast du herausgefunden?«, will er wissen, nun doch ein klein wenig neugierig geworden.

»Dass ich im nächsten Jahr schwanger werde und wir einen Sohn bekommen.« Ganz stolz verkündet sie ihre Neuigkeit und ist tief beleidigt, als Martin in schallendes Gelächter ausbricht.

»Ist ja großartig. Was dieser *Juju* doch alles kann. Habt ihr den kleinen Fetisch neu eingerieben und gesalbt. Vielleicht konnte er dieses Mal sogar reden. War er es, der die gute Nachricht verkündete.« Martin wirft sich im Sessel zurück und prustet vor Lachen. »Übernimmt er auch deine Befruchtung?«, jappst er.

»Du Blödmann!« Charlotte bereut es jetzt sehr, ihn eingeweiht zu haben. Sie hätte seine Reaktion vorhersehen können. Aus seiner Abneigung für magische Rituale hat er schließlich noch nie einen Hehl gemacht.

Einen Augenblick ist sie versucht, ihn mit Verachtung zu strafen und sich ins Bett zu begeben. Sollte er dann nachkommen und Appetit auf Liebe haben, wird sie ihm die kalte Schulter zeigen.

Aber dann gibt sie sich einen Ruck. Das wäre bestimmt unklug, und es ist jedenfalls geschickter, die Sache mit Charme anzugehen. «Warum soll der kleine Fetisch die Befruchtung übernehmen? Hast du vor, dich deinen Pflichten zu entziehen?«, fragt sie kokett, beugt sich vor und reibt ihre Nase an seiner Wange.

»Eigentlich nicht.« Martin schmunzelt. »Doch wenn die Orishas deine Schwangerschaft erst im kommenden Frühjahr sehen, dann erwarten sie möglicherweise bis dahin Enthaltsamkeit?«

Er steht auf und zieht Charlotte aus dem Sessel hoch.

»Das wäre allerdings ein niederträchtiger Rat, was meinst du?« Er umarmt sie, schiebt seine Hände auf ihrem Rücken unter die Bluse und öffnet den BH-Verschluss. »Wenn ich diesen appetitlichen Körper nicht mehr genießen könnte, müsste ich mir glatt eine Freundin suchen«, murmelt er mit dem Mund an ihrem Hals.

»Du gemeiner Kerl.« Sie schiebt ihn lachend von sich. »Die Orishas finden viel Sex sogar ganz wichtig«, behauptet sie. »Jedenfalls glaube ich so etwas Ähnliches vernommen zu haben.«

»Da bin ich aber froh!« Martin langt nach ihrer Hand und zieht sie hinter sich her in Richtung Schlafzimmer.

XI

Eine Hilfsorganisation ist eine Vereinigung mit dem Ziel, Menschen, Tieren oder der Natur in der Not zu helfen. Im engeren Sinn bezeichnet der Begriff eine Einrichtung zur Abwehr von Gefahren für die Gesundheit und das Leben von Menschen.

Kapitel 11

Rautlingen, Oktober 1966

An dem Morgen, als Charlotte sich aufmacht, nach Deutschland zu fliegen, sieht es fast so aus, als habe sich das Schicksal gegen die Reise verschworen, denn auf dem Weg nach Enugu wird der Wagen der Jordans immer wieder aufgehalten. Dabei sind sie schon ziemlich spät weg gekommen. Martin meinte, in Nigeria bräuchte man keine zwei Stunden vor Abflug am Flughafen zu sein. Doch Charlotte fand seine Aussage wenig überzeugend. Sie hat daher kommentarlos den Koffer genommen, ihn ins Auto bugsiert und sich ostentativ auf den Beifahrersitz gesetzt. Ihrem Mann blieb schließlich nichts anderes übrig, als ebenfalls einzusteigen und zu starten.

Doch nun diese Verzögerungen! Einmal ist es ein umgefallener Händlerkarren, der mitten auf dem Weg liegt. Um ihn herum, quer über die ganze Straßenbreite verteilt, rollt die Ladung aus dicken braunen Yamknollen. Mit steigender Nervosität beobachten beide Jordans, mit welcher Seelenruhe man die Sache hier angeht. Zunächst wird unter lebhaftem Palaver die Angelegenheit erörtert, bis die Umstehenden nach mehrmaligen Versuchen den Karren in aufrechte Position bringen und schließlich die erdigen Knollen obenauf packen. Nach einer kleinen Ewigkeit ist die Straße endlich wieder freigeräumt.

Im nächsten Dorf wird Markt abgehalten. Unzählige Menschen aus der näheren und weiteren Umgebung sind herbei geströmt, um zu kaufen, Waren anzubieten, Bekannte zu treffen, zu schwatzen oder einfach um den Trubel mitzuerleben. Martin muss mit höchster Vorsicht den Ford die Straße entlang manövrieren, denn das Hin und Her der Marktbesucher macht das Passieren zu einem riskanten Unterfangen. Meist sind es die Frauen, die mit Körben und Schüsseln auf dem Kopf in Eile ihren Besorgungen nachgehen, ohne dabei dem Verkehr auch nur die geringste Aufmerksamkeit zu schenken.

Es ist geschafft; sie haben das lebhafte Dorf hinter sich gebracht, Charlotte lehnt sich erleichtert zurück und hofft, dass die Fahrt von jetzt an zügig voran geht. Sie versucht sich zu entspannen, betrachtet die vorbeiziehende Landschaft, sieht Felder, auf denen gearbeitet wird, dazwischen immer wieder kleine Waldstücke, und sie bemerkt am Wegesrand auch etliche Termitenbauten aus rotem Lehm, mit bizarren Spitzen und Türmchen, die wie von Künstlerhand erschaffen scheinen.

Lächelnd winkt sie einer Gruppe von Kindern zu, die dem vorbeifahrenden Wagen den Gruß »Onjodja, Onjodja« zurufen.

Da wird sie mit einem Ruck aus ihrer Entspannung gerissen. Eben noch kann sie sich am Armaturenbrett abstützen, weil Martins Reaktion rasch und spontan gewesen ist. Mit voller Kraft musste er auf die Bremse treten, um den Wagen noch rechtzeitig zum Halten zu bringen. Das Hindernis, das sich hinter einer Kurve auftut, ist ein Esel, der mitten auf dem Weg steht, daneben ein aufgeregter Mann, der das Grautier zur Aufgabe seines unpassenden Standorts zu bewegen versucht. Doch zunächst bleibt der Esel stur. Es helfen weder Zurufe noch heftiges Zerren am Strick, nicht einmal Hiebe mit dem Stock auf das bockige Hinterteil.

Die Geduld der Jordans wird erneut einer harten Prüfung unterzogen. Immer wieder starrt Charlotte auf die Uhr und sieht den Zeiger Minute um Minute vorwärts rücken.

Endlich hat das Tier ein Einsehen, setzt sich in Bewegung und stapft gemächlich davon, während sein Besitzer laut schimpfend hinterher eilt.

Der Flughafen ist erreicht. Die zwanzig Minuten bis zum Abflug reichen gerade aus, um die Formalitäten zu erledigen. Hastig verabschiedet sich Charlotte, geht durch die Passkontrolle weiter auf das Flugfeld, um über die Metallstiege in das Innere des Fliegers zu steigen. Die zweimotorige Propellermaschine, eine Fokker Yellowship, startet kurz darauf und schraubt sich mit schnellem Schwung in die Lüfte.

Eigentlich hatte Charlotte sich auf den Flug gefreut. Doch leider sind diese ersten Erfahrungen einer Luftreise weniger erfreulich. Die kleine Maschine kann sich nicht stabil halten und wird von Böen geschüttelt. Beim Überfliegen einer Hügelkette im Norden Nigerias verstärkt sich das Auf- und Abschaukeln erheblich. Charlotte muss ihre ganze Konzentration zusammennehmen, weil ihrem Magen die Turbulenzen gar nicht gut bekommen.

Die Ablenkung durch ihren Sitznachbarn nimmt sie daher gern entgegen. Der freundliche Afrikaner, dem ihr Unbehagen nicht entgangen ist, zieht sie in ein angeregtes Gespräch, was bewirkt, dass sie auf einmal die Bewegungen der Maschine nur noch am Rande wahrnimmt und ihre Unruhe sich verliert.

»Mein Name ist Tomo Awolalu«, stellt er sich in fließendem Englisch vor. Er lässt sie wissen, er arbeite in Onitsha bei einer pharmazeutischen Firma, sei aber im Westen Nigerias, in Abeokuta, zu Hause. »Dort wohnen meine Angehörigen«, erzählt er. »Meine Frau, meine beiden Söhne und meine drei Töchter. Auch meine Eltern, Geschwister und eben meine ganze Familie.«

»Aber Onitsha ist doch sehr weit weg von ihren Lieben. Fällt Ihnen das nicht schwer?«, fragt Charlotte.

»Leicht ist es nicht«, bekennt Mr. Awolalu, »aber das in Onitsha ist ein guter Job. Ich trat diese Stelle vor vier Jahren an und pendle seitdem alle vier Wochen mit dem Flugzeug von Enugu nach Lagos und wieder zurück. Da mein Arbeitsvertrag jederzeit gekündigt werden kann, haben meine Frau und ich den Umzug der gesamten Familie erst gar nicht in Erwägung gezogen. Wir fanden es besser, die Kinder nicht umzuschulen. Also fliege ich regelmäßig nach Hause, um die Entwicklung des Nachwuchses nicht ganz aus den Augen zu verlieren.«

Er spricht von den beiden kleinen Töchtern, die den Kindergarten einer Engländerin besuchten und dort hübsche Lieder lernten. Das größere der Mädchen tanze mit Vorliebe, und die beiden Söhne seien begeisterte Fußballspieler. Sie träumten davon, einmal einer europäischen Mannschaft angehören zu dürfen.

»Ich hoffe allerdings, dass dieser Traum in Vergessenheit gerät und sie doch lieber einen ordentlichen Beruf erlernen«, sagt Mr. Awolalu und lacht. »Haben Sie Kinder?«

»Nein, leider noch nicht. Aber ich wünsche mir welche.«

Charlotte erzählt jetzt von ihrem Leben in Onitsha, von Martin und von seiner Arbeit. Dann holt sie weiter aus und spricht von ihren Bemühungen um die Menschen im Cross River Gebiet.

Tomo Awolalu hört aufmerksam zu, fragt auch nach dem Grund ihrer Reise, und so weiht sie ihn in die Absicht ein, in Deutschland Geldgeber für die Organisation Ibo-Help zu finden. Er lässt sich die bedrohten Stellen im Regenwald beschreiben und will erfahren, wie sie sich die Hilfsmaßnahmen vorstellt. Sie redet also von der Krankenstation, den Werkstätten für Lepra-Kranke und ihrer Hoffnung, im Anschluss daran eine Schule bauen, vielleicht sogar eine Buslinie einrichten zu können.

Ganz glänzende Augen hat sie bekommen, was Awolalu wohl bemerkt. Er wünsche ihr für ihr Vorhaben viel Glück, sagt er aufmunternd und drückt ihr fest die Hand.

Als das Flugzeug in Lagos landet, haben sich die Beiden angefreundet. Sie geben sich das Versprechen, sogleich nach Charlottes Rückkehr in Onitsha ein Treffen zu vereinbaren.

Am Flughafen macht Awolalu die neue deutsche Bekannte noch eben mit seiner Frau und den beiden kleinen Töchtern bekannt, die gekommen sind, um ihn abzuholen.

Da vernimmt Charlotte, wie der Flug aufgerufen wird, der sie nach Frankfurt bringen soll.

Die sieben Flugstunden nutzt sie, um sich noch einmal gründlich in die von Amos vorbereiteten Unterlagen zu vertiefen. Sie hat auf dem kleinen Ausklapptisch einen Block liegen, in den sie die deutsche Übersetzung der Vereins-Statuten von Ibo-Help einträgt. Zum wiederholten Mal liest sie die Aufstellung der Gelder, die benötigt werden, um das Ganze zum Laufen zu bringen. Da ist zunächst das Gebäude für die Kranken, dann die angeschlossene Lepra-Station, ein Haus für den Arzt und ein weiteres, größeres für Schwestern und

Personal. Dazu gehört ein kleiner Küchenbau, eine Hütte als Magazin und eine zweite für den Generator. Der nächste Bauabschnitt werden dann zwei oder drei Gebäude für die Handwerksbetriebe sein. Eine Schreinerei soll es dort einmal geben, eine Weberei und auch eine Töpferei. Während sie das notiert, muss Charlotte daran denken, wie Amos die Anschaffung der mit Füßen betriebenen Webstühlen erklärt hatte. Sehr anschaulich beschrieb er die Verkrüppelung vieler Aussätziger und legte dar, wie sinnvoll solche Geräte für diese Kranken seien. Sie erwähnte doch einmal die Rautlinger Weberei, hat er sich erinnert. Zu der solle sie unbedingt Kontakt aufnehmen.

Doch Amos' besonderes Anliegen gilt nach wie vor den Geldgebern. Noch am Vortag ist sie von ihm eindringlich ins Gebet genommen worden. Sie müsse die Notwendigkeit gut darstellen, solle sich nicht mit kleinen Summen abspeisen lassen und darauf achten, dass der Zahlungsfluss nicht endet, nachdem sie abgereist ist. Den Vereinsmitgliedern Dietrich Michaelis und Heike Plauert solle das ständige Erinnern an Ibo-Help übertragen werden. Und es sei unbedingt wichtig – bei diesen Worten hat Amos ihr seinen Zeigefinger unter die Nase gehalten – die Zeitung einzubinden. Charlotte könne später das Rautlinger Blatt mit Fotos und Berichten über den Fortgang des Projekts füttern.

»Du musst den Leuten etwas in die Hand drücken«, hat er noch betont, »damit sie was zum Anschauen haben. Das kann zum Beispiel eine attraktiv gestaltete Zahlungsüberweisung sein. Vielleicht mit dem Foto eines afrikanischen Kindes. Oder irgendwas in dieser Art.«

Er hat sich vorgeneigt, sie dabei mit diesem einschmeichelndem Blick angesehen, dem sie kaum widerstehen kann, und noch gesagt: »Du bist doch ein cleveres Mädchen. Dir wird schon etwas einfallen.«

»Puh«, stöhnt Charlotte bei der Vorstellung an all die Aufgaben, die vor ihr liegen.

Weil der Ausruf heftiger kommt, als sie beabsichtigt, reißt der junge Mann neben ihr den Blick von seinem ganz offensichtlich spannenden Buch los und sieht erstaunt zu ihr hinüber. Jetzt findet sie es sehr schade, diesen Tomo Awolalu nicht mehr neben sich sitzen zu haben. Vor ihm hätte sie ihre Gedanken in Worte ausdrücken können. Er hätte sie – seinen verständnisvollen Blick hat sie noch deutlich vor sich – zu weiteren Aussagen ermuntert und sicher auch einen guten Rat beigesteuert. Ihr jetziger Sitznachbar würde bestimmt das Eingebundenwerden in ihre Gedanken und jede nähere Unterhaltung ablehnen.

Charlotte versucht sich abzulenken. Sie löst die Augen von den Aufstellungen und Zahlen, schaut durch das kleine Bullaugenfenster nach unten, erkennt die endlos sich ausdehnende Landschaft der Sahara und sieht alle möglichen Schattierungen. Im Licht der untergehenden Sonne dehnt sich die Wüste in sandigen Wellen aus, von ocker über beige bis dunkelbraun. Einmal bemerkt sie tief unten eine kleine Stelle mit einer Ansammlung von Lehmbauten mit grünen Punkten. Offensichtlich eine Oase.

Seufzend konzentriert sie sich wieder auf die Unterlagen. Hoffentlich schaffe ich das alles, denkt sie und spürt auf einmal riesigen Zweifel. Aus dem Mund von Amos hatte sich alles einfach angehört, spielend leicht zu bewerkstelligen. Aber nun, auf sich allein gestellt, erscheint ihr das Projekt wie ein riesiger, kaum überwindbarer Berg. Wie soll ich das geplante Vorhaben nur durchziehen, überlegt sie? Amos könnte das viel besser. Er hätte die entsprechende Kenntnis, auch die sprachliche Überzeugungskraft. Ich bin weder Akademikerin, noch habe ich Berufserfahrung, noch bin ich im Umgang mit schwierigen Kunden geübt.

Das ist der Moment, in dem sie, falls ihr noch eine Wahl geblieben wäre, sich am liebsten vor der Verantwortung gedrückt hätte, und sie wünscht sich, der Idee einer Hilfsorganisation niemals nahe gekommen zu sein.

Am Flughafen stehen die beiden Michaelis bereit und schließen die Tochter in die Arme.

»Deine Haare sind zu lang«, sagt die Mutter, als sie nebeneinander dem Ausgang zustreben, und schaut missbilligend auf die braunen Locken, die sich ein ganzes Stück über Charlottes Schultern ringeln. »Gleich morgen machen wir einen Termin bei Rita, meiner Friseuse.«

»Nein, Mutti, Martin mag das so«, schwindelt Charlotte.

Dabei ist es Martin ziemlich egal, wie sie ihre Haare trägt. Es war Amos, der beim Gespräch am Vortag sich eine ihrer Locken um den Finger wickelte und sagte: »Ich mag dein Haar, Charlot.« In diesem Moment hatte sie die Absicht, in Deutschland einen Friseur aufsuchen zu wollen, wieder verworfen.

»Na, wenn Martin das mag, hab ich natürlich kein Recht, dich von etwas anderem überzeugen zu wollen«, reagiert die Mutter schnippisch und zuckt mit den Schultern.

Dann fällt ihr ein anderes Thema ein, mit dem sie die Tochter sogleich zu konfrontieren vorhatte. Eine Sache, die ihr sehr viel bedeutet. »Was ist eigentlich mit meinen Enkeln?« will sie wissen, lächelt verschwörerisch und drückt den Arm der Tochter.

»Mutti!«

»Das geht dich ja wohl kaum etwas an«, mischt sich der Vater ein. »Die Familienplanung ist ausschließlich dem Jungvolk zu überlassen.«

»Lasse ich ja. Ich frage doch nur. Als künftige Großmutter wäre ich eben gern in Neuigkeiten eingeweiht.«

»Mutti!«, wiederholt Charlotte energisch, die nicht vorhat, den Eltern etwas von den Orakelsprüchen aus dem Schlangenkreis zu erzählen.

»Ist noch nichts im Busch?« Beate Michaelis kichert. »Ich meine damit nicht den afrikanischen Busch.«

Charlotte beendet das heikle Thema, indem sie sich nach ihrer Freundin erkundigt: »Habt ihr in letzter Zeit Heike gesehen? Ich bin nämlich nicht mehr dazu gekommen, ihr meine Ankunft brieflich mitzuteilen. Ich bräuchte sie unbedingt, weil sie wie du, Vati, Mitglied im Verein Ibo-Help werden soll. Die Papiere zum Unterschreiben habe ich dabei.«

»Ich traf sie neulich …«, der Vater überlegt. »Doch, das war im Theater. Weißt du noch?«, fragt er seine Frau. »In der Pause von Lucia di Lammermoor. Da begrüßte sie uns kurz.«

»Stimmt. Sie lobte die asiatische Sopranistin. Die war aber auch wirklich gut«, schwärmt Mutter Michaelis. »Wir haben nach jeder Arie Beifall geklatscht.«

»Heike fragte nach dir«, erinnert sich der Vater. »Doch zu dem Zeitpunkt wussten wir noch nicht, dass du bald hier sein würdest.

Du solltest dich bei ihren Eltern erkundigen. Ich glaube, sie ist übers Wochenende öfters mal in Rautlingen.«

Inzwischen haben die drei die Tiefgarage erreicht. Sie entrichten am Automaten die geforderte Gebühr, verstauen den Koffer und setzen sich in den Wagen. Michaelis chauffiert den Passat zur Autobahn, wo er sich in den trotz der späten Uhrzeit immer noch dichten Verkehr einfädelt.

Auf dem Weg nach Rautlingen gibt Charlotte den Eltern einen Bericht zu Ibo-Help, spricht vom Krankenhaus, der Lepra-Station, den Werkstätten und erzählt ausführlich und sehr engagiert von ihrer Fahrt mit Ineh und Amos in das Dorf am Cross River, wo sie sich mit eigenen Augen von der Hilfsbedürftigkeit der Menschen überzeugen konnte. Immer wieder erwähnt sie Amos, seinen Scharfsinn, die fundierten Kenntnisse über seine Heimat und die Hoffnung, dem Volk der Ibibio bald eine Besserung der Verhältnisse in Aussicht stellen zu können.

Ihre Begeisterung irritiert Frau Michaelis. »Dauernd sprichst du von diesem Amos«, sagt sie mit deutlicher Missbilligung in der Stimme. »Martin hast du noch nicht ein einziges Mal erwähnt. Geht es ihm denn gut?«

»Natürlich. Nur ist er nicht der Grund meines Kommens. Ich bin nicht hergeflogen, um familiäre Angelegenheiten zu bequatschen.« Charlotte reagiert so barsch, weil sie sich ertappt fühlt. »Als erste Vorsitzende einer Hilfsorganisation ist derzeit mein oberstes Anliegen, die damit im Zusammenhang stehenden Dinge zum Laufen zu bringen«, erklärt sie ein wenig von oben herab.

»Aha!?«, meint die Mutter kaum überzeugt.

»Charlotte hat recht«, pflichtet der Vater bei. »Ich finde das Ziel, das sich unsere Tochter gesetzt hat, bewundernswert. Wir sollten überlegen, wie wir in dieser Angelegenheit weiter vorangehen.«

Vom Vater derart unterstützt, braucht Charlotte sich nun keine Zurückhaltung mehr aufzuerlegen. Bis sie schließlich in Rautlingen vor dem am Hang gelegenen Bungalow der Michaelis angekommen sind, schmieden Vater und Tochter Pläne und stimmen völlig überein in dem absoluten Vorrang der Bedeutung von Ibo-Help. Sie reden darüber, welche Personen anzusprechen sind, zu welcher Art Veranstaltung sie einladen werden und meinen, dass bei entsprechender Werbung sicherlich mit zahlreichen Besuchern zu rechnen sei.

Sie gehen auch die Kontakte durch, die vom Vater bereits vage geknüpft worden sind, und die Charlotte nun weiter ausbauen soll. Bei der Franken-Rundschau hat Michaelis vorgefühlt, auch den Besuch der Tochter angekündigt. Klaus Schonauer, ihr früherer Chef, zeigte sich über die Möglichkeit, seine ehemalige Volontärin wiederzusehen, erfreut. Doch sein Interesse an der Hilfsorganisation war eher zurückhaltend. Er müsse sich erst ein Bild machen, ehe er auch nur annähernd etwas Verbindliches äußern könne, hat er verlauten lassen.

»Für die Veranstaltung brauchen wir einen großen Saal«, sagt der Vater, »denn ich bin sicher, dass viele Leute kommen werden. Afrika als solches ist schon ein Thema, das immer zieht. Wenn dann eine Rautlinger Tochter dabei ist, im afrikanischen Busch ein Hilfsprojekt hochzuziehen, dann müsste ich mich doch sehr wundern, wenn unsere Mitbürger es sich nicht zur Ehre gereichen ließen, zumindest zu erscheinen – eventuell dann auch finanziell mitzuwirken.«

»Meinst du, wir sollten nach der Veranstaltung etwas anbieten?«

»Brezeln und Wein. Das hält die Leute vor Ort. Dabei können Gespräche geführt und Verbindungen geknüpft werden. Auf jeden Fall solltest du Spendenformulare bereit halten. Nicht die einfachen von der Sparkasse, sondern hübsch gestaltete, die was her machen. Die kannst du den Leuten bei Bedarf gleich in die Hand drücken.«

Seine Überlegungen ähneln denen von Amos, fällt es Charlotte ein, und sie freut sich über die Übereinstimmung. »Gut, die werde ich anfertigen lassen«, stimmt sie zu. »Wie viele, meinst du, werden wir brauchen?«

»Fünfhundert oder Tausend. Was du am Abend nicht verteilst, kannst du mir hier lassen.« Michaelis überlegt. »Eigentlich sollten wir gleich fünftausend drucken lassen. Dann haben wir Vorrat für eine ganze Weile.«

»Vati! Was das kostet. Noch habe ich nicht einen Pfennig eingenommen.«

»Das Geld für den Druck der Formulare lege ich vor. Auch die Raummiete, die Brezeln und den Wein. Wenn die ersten Spenden eingegangen sind, kannst du es mir ja zurückgeben.«

»Du bist ein Schatz.« Charlotte beugt sich zu ihm hinüber und drückt ihm einen Kuss auf die Wange.

»Dietrich! Konzentriere dich bitte auf den Verkehr«, kommt mit scharfer Stimme der Hinweis von der Rückbank.

Das Wiedersehen mit ihrer besten Freundin kann Charlotte gleich zwei Tage später arrangieren. Heike Plauert wohnt die Woche über in einer Frankfurter Studentenbude, doch am Wochenende ist sie meist in Rautlingen. Sie treffen sich vor dem kleinen Weinlokal ›Toskana‹ am Plätzchen hinter der Martinskirche.

»Du hast dich überhaupt nicht verändert«, meint Heike leicht enttäuscht, nachdem sie sich umarmt haben.

»Du dich auch nicht.«

»Bei mir ist ja auch kaum was Neues passiert. Bis auf das Studium. Aber du lebst jetzt schon über ein Jahr in Afrika. Ich finde, das sollte man dir ansehen.«

Charlotte amüsiert das. »Müsste ich deiner Meinung nach eine tief dunkle Hautfarbe vorzeigen, in afrikanische Tracht gekleidet sein und den Kopf voller kleiner Zöpfchen tragen?«, will sie wissen und kichert.

»So ähnlich habe ich mir das vorgestellt.« Heikes Blick senkt sich auf Charlottes Leibesmitte. »Und den da dachte ich mir dicker.« Sie deutet auf den Bauch. »Nur schade, dass es aufgrund deiner Ehe mit einem Deutschen dann wohl kein Mohrenbaby abgeben würde.«

Charlotte schweigt betreten, denn schon zum zweiten Mal, seit ihrer Ankunft in Deutschland, wird sie auf die nicht existierende Schwangerschaft angesprochen. Doch obwohl sie fest auf den Orakelspruch vertraut, möchte sie auch vor ihrer besten Freundin nichts darüber verlauten lassen.

Heike spürt, dass sie soeben ein peinliches Thema berührt hat. Geschickt schwenkt sie um. »Du warst schon immer sehr von Afrika angetan«, erinnert sie sich. »Weißt du noch, wie du mich überreden wolltest, mit dir später einmal nach Lambarene zu gehen? Wie du alle Bücher über Albert Schweitzer und Afrika, die bei euch im

Schrank standen, gelesen und mich aufgefordert hast, das auch zu tun. Aber meine Vorliebe lag auf einem anderen Gebiet. Ich wollte lieber nach Amerika zu den Indianern.«

»Stimmt! Du wolltest Ntschotschi sein und Old Shatterhand heiraten.« Bei der Erinnerung müssen sie beide lachen.

Sie lassen sich im Lokal an einem Ecktisch nieder und Charlotte langt nach der Karte. »Was trinkt man denn heutzutage in Rautlingen? Immer noch Chianti?«

»Hier bei Carlo kannst du den trinken. Aber ich ziehe einen Montepulciano vor.«

»Du kennst dich wohl aus?«

»Gelegentlich komme ich schon hierher. Aber noch öfters gehe ich zum ›Piano‹. Die Kneipe liegt in der Nähe vom Schlosspark und wird von einem Schwulenpärchen geführt. Dort gibt es Handkäs mit Musik und einen prima Pfälzer Dornfelder.«

»Von einem Schwulenpärchen? Das ist bekannt? Und die Rautlinger gehen trotzdem hin?« Charlotte zieht erstaunt die Augenbrauen nach oben. »Sollte es möglich sein, dass in diese Kleinstadt so allmählich ein toleranteres Denken einzieht? Ich bin beeindruckt.«

»Naja, das mit dem toleranten Denken ist so eine Sache. Zumindest bei den Älteren wird es wohl noch dauern. Jedenfalls gehen ins ›Piano‹ meist nur die Jüngeren. Allerdings habe ich neulich unseren Lehrer Schubert dort gesehen. Erinnerst du dich an ihn?«

»Unseren alten Erdkundelehrer?«

»Genau der. Der saß an der Theke und süffelte einen Rotwein. Oder auch mehrere.«

»Hat man dem nicht auch hinter vorgehaltener Hand unterstellt, er wäre …?«

»Hat man.« Heike schmunzelt. »Aber wirklich genau weiß das niemand. Er hat seine Partner nicht vorgezeigt.«

»Apropos Partner. Bist du eigentlich noch mit Matthias zusammen?«

»Wir treffen uns gelegentlich, aber die Beziehung ist ziemlich abgekühlt. Ich studiere in Frankfurt, Matthias in Würzburg. Da ist die zeitliche Möglichkeit sich zu sehen, schon stark eingegrenzt. Dann vermute ich, dass Matthias alles an Frauen mitnimmt, was er kriegen kann. Er ist nicht so treu wie dein Martin.«

»Woher willst du das über Martins Treue denn wissen?«

»Ich fand immer, dass der nur Augen für dich hatte. Mir gefiel er nämlich auch mal ganz gut«, gibt Heike ehrlich zu. »Aber da konnte ich mich noch so sehr auftakeln, er würdigte mich keines Blickes. Martin sah immer nur dich.«

»Hab ich gar nicht mitgekriegt.«

»Himmel, Charlotte, du hast einen Mann, der sich ausschließlich für dich interessiert. Da könntest du dich eigentlich glücklich schätzen.«

»Ich bin ja auch gar nicht unglücklich.«

»Aber!?«

»Martin guckt nicht nach anderen Frauen, da magst du schon Recht haben. Aber dafür behandelt er mich meist wie ein dummes, kleines Mädchen. Bei uns zu Hause wird nur gemacht, was er sagt.«

»So benehmen sich doch alle Männer, besonders wenn sie die alleinigen Geldverdiener sind. Solltest dir auch mal eine Arbeit zulegen und so zum Lebensunterhalt beitragen, dann wird er dich sicher mehr respektieren.«

»Als was soll ich denn arbeiten? Ich hab meine Ausbildung ja nicht abgeschlossen.«

»Das kannst du doch nachholen. Ich bin sicher, du könntest jederzeit bei der Franken-Rundschau dein Volontariat beenden. Ich traf vor einiger Zeit mal den Klaus Schonauer. Er fragte nach dir, wollte wissen, wie es dir ginge und ob du irgendwann wieder nach Deutschland kämst.«

»Tatsächlich?« Das zu hören erfreut Charlotte, weil es sie hoffen lässt, dass er ihrem Anliegen nicht ganz so negativ gegenüber stehen wird, wie sie nach Vaters Wiedergabe des Gesprächs vermutete. »Ich werde ihn morgen anrufen und versuchen, einen Termin zu vereinbaren. Ich habe nämlich große Pläne, in die ich die Zeitung einbinden möchte.«

»Aha?!«

»Du spielst dabei auch eine Rolle.«

»Jetzt bin ich aber gespannt. Erzähl!« Heike nimmt einen Schluck aus ihrem Rotweinglas, lehnt sich zurück und erwartet neugierig den Bericht.

So beginnt also Charlotte wieder einmal von dem Anlass zu reden, weswegen sie die Reise nach Deutschland unternommen hat. Sie erzählt von der Ibibio-Frau Ineh Tutamosu, vom Dorf Okigbo und von der Großmutter, spannt den Bogen weiter zu den Dörfern, die zwischen den Nigerarmen liegen, wo die Bohrungen nach Erdöl und Erdgas vorgenommen werden, und welche Folgen das für die Bevölkerung hat. Sie spricht auch von Amos, dem Wunsch seinem Volk zu helfen, und schließlich von der Vereinsgründung. Davon, dass sie hofft, Heike wird zur Mitgliedschaft bereit sein, dem Vorhaben zustimmen und unterschreiben. Der Grund ihres Kommens nach Deutschland sei eine Spendenaktion. Denn nur damit kann Amos' Idee ein zukunftsträchtiges Fundament gegeben werden.

»Charly, du bist ja verliebt«, ruft Heike aus, als die Freundin geendet hat.

»Nein!«, kommt sofort die empörte Reaktion. »Bin ich nicht!«

»Das merkt sogar ein Blinder«, Heike lässt sich nicht beirren. »Sieht er gut aus?«, will sie wissen.

»Wer?«

»Jetzt hör auf dich zu verstellen. Wir sind doch Freundinnen, oder? Du willst mich dazu bewegen, im Verein Mitglied zu werden? Da musst du mir schon alles sagen und auch über diesen Amos ehrlich sein.«

»Äh, also«, stottert Charlotte.

Heikes Argument ist stichhaltig. Doch zögert Charlotte noch, denn eigentlich hat sie bisher dieses seltsame Gefühl, das süß und schwammig ihre Gedanken umnebelt, versucht zu ignorieren. Noch nicht einmal vor sich selbst hat sie es als Verliebtheit zugegeben. Sie würde es sogar, wenn jemand ihr derartiges unterstellt hätte, weit von sich gewiesen haben.

Doch nun sieht sie sich gezwungen, ihre Empfindungen zuzugeben.

»Ich denke, ich mag ihn, ja«, sagt sie leise. »Aber Heike, du darfst mit niemandem darüber sprechen. Wenn Mutti etwas ahnte, wäre sie entsetzt.« Charlotte wirft einen schnellen Blick um sich, als vermute sie die Eltern in der Nähe.

»Dummerchen! Warum sollte ich zu deiner Mutter was sagen? Bin ich nun deine Freundin, oder nicht?«

»Amos ist wirklich ein netter Typ. Er hat in England Jura studiert, er ist groß, schlank und sieht blendend aus.« Von jetzt an legt Charlotte sich keine Zurückhaltung mehr auf. Die Worte strömen aus ihr heraus. Sie spricht von seinem Verantwortungsbewusstsein, seiner Nächstenliebe, seinen Vorstellungen im Hinblick auf das Krankenhaus und die Lepra-Station, und dass ihm das Wohl seines Volkes das Wichtigste überhaupt wäre.

»Das klingt ja alles sehr lobenswert«, meint Heike vorsichtig. »Eigentlich kaum glaubhaft. Dieser Amos scheint mir ein fast zu guter Mensch zu sein.«

»Es ist aber so.« Bekräftigend lässt Charlotte die flache Hand auf den Tisch fallen. Jeden Anflug von Kritik wird sie von sich weisen. »Die Vereinsgründung ist eine Bestätigung seiner guten Absichten. Allerdings kann die Sache nur funktionieren, wenn wir die benötigten Geldmittel bekommen. Ich bin hier, um Sponsoren aufzutreiben, und dich brauchen wir ganz besonders dazu.«

»Mich? Wozu?« Heike starrt die Freundin wenig erbaut an. Denn das hört sich fast so an, als sollten ihre Ersparnisse angetastet werden.

»Du studierst doch Medizin«, fährt Charlotte fort. »Weil ich bei der Veranstaltung hier, die ich gerade mit Vati vorbereite, Dias über die Gegend am Cross River vorführen werde, über die Leute dort und deren Krankheiten, brauche ich deinen Sachverstand. Ich werde Bilder von Menschen mit grässlichem Hautausschlag, mit Ekzemen und auch von Aussätzigen zeigen. Es wäre mir lieb, wenn du dazu einige Worte sagen könntest. Wenn du vielleicht zunächst ganz allgemein auf Tropenkrankheiten und dann insbesondere auf Lepra eingehen könntest, dann wäre das unserem Anliegen sehr dienlich.«

Obwohl Heike erleichtert ist, dass sie nicht mit einem Anschlag auf ihr Konto rechnen muss, fühlt sie sich dennoch der angefragten Aufgabe nicht so ganz gewachsen. »Von Tropenkrankheiten habe ich keine Ahnung. So weit bin ich noch nicht«, versucht sie abzuwehren.

»Du könntest dich aber einarbeiten, darüber nachlesen. In der Uni-Bibliothek habt ihr sicher einiges an Material vorliegen.«

»Das schon«, antwortet Heike gedehnt. Die Sache müsste sie sich aber eine Weile durch den Kopf gehen lassen, denn über ein ihr noch kaum bekanntes Thema zu referieren, findet sie anmaßend.

»Komm, Heike, sei kein Frosch. Tu's mir zuliebe. Ich hab vor dir meine Gefühle für Amos ausgebreitet. Jetzt erwarte ich, dass du dich damit revanchierst.«

Heike lacht. »Also gut. Überredet! Wie lange habe ich Zeit zur Vorbereitung?«

»Etwa zwei Wochen.«

»Das sollte genügen. Aber jetzt, meine Liebe, will ich noch ein bisschen mehr über diesen wundervollen schwarzen Mann hören. Was meint eigentlich Martin zu deiner afrikanischen Bekanntschaft?«

»Anfangs war er natürlich wenig begeistert. Er mochte es überhaupt nicht, dass ich versuchte, mit Einheimischen in Kontakt zu kommen, und die anderen Europäer im Club dachten ähnlich. Aber das war mir egal. Als ich Ineh kennen lernte, dann ihren Bruder, auch die Großmutter, und schließlich das Dorf Okigbo besuchte, da war Martin schon verblüfft über meine Beharrlichkeit und die Ergebnisse. Nachdem wir ihn in die Aktion Ibo-Help einbezogen, hat sich seine ablehnende Haltung aber gelockert. Und seit Martin und Amos gemeinsam den Cross River besuchten, um dort zu fotografieren, gibt es gar keine Probleme mehr. Martins Fotos werden den Großteil meiner Dia-Präsentation ausmachen. Er hat es wirklich drauf, mit der Kamera genau das einzufangen, worauf es ankommt.«

Charlotte will ihm schon Gerechtigkeit widerfahren lassen. Als sie an diesem Morgen in der Drogerie am Marktplatz die entwickelten und gerahmten Bilder auf einer Leuchtplatte betrachtete, hat sie zugeben müssen, dass die von ihrem Mann geschossenen Aufnahmen bedeutend aussagekräftiger sind als ihre eigenen.

»Charly, ich bin schon mächtig gespannt.« Heike beugt sich ihr zu und legt kurz den Arm um die Schultern der Freundin.

»Du, ich möchte den Leuten dort wirklich gern helfen. Da passiert nämlich ganz Schreckliches. Die Ölgesellschaften, aber auch die nigerianische Regierung, setzen sich über das Wohlergehen der Ibibios und der anderen Völker in diesem Gebiet einfach hinweg. Die Menschen werden zugrunde gerichtet, wenn man ihnen nicht hilft. Ganz abgesehen vom Regenwald. Den wird es an dieser Stelle bald auch nicht mehr geben.«

»Du wirkst auf mich sehr überzeugend. Ähnlich solltest du bei der Veranstaltung sprechen. Die Rautlinger werden beeindruckt sein. Nur halte dich mit Äußerungen über diesen Amos zurück. Sobald du nämlich seinen Namen in den Mund nimmst, fangen deine Augen an zu leuchten. So von innen her. Es ist kaum zu übersehen. Dann würden die Leute sich fragen, ob du wirklich dem afrikanischen Volk helfen willst, oder ob du nur von diesem Amos eingewickelt bist.«

Himmel, denkt Charlotte und erschrickt, wenn ich einen derartigen Eindruck mache, dann muss ich mich künftig besser beherrschen lernen. Wenn Vati oder Mutti auch nur im Entferntesten annehmen sollten, ich hätte einen Faible für Amos, dann wäre es vorbei mit ihrer Bereitschaft, mich zu unterstützen.

Als sie später im Bus sitzt und sich auf dem Heimweg befindet, da nimmt sie sich fest vor, von jetzt an kaum noch an Amos zu denken. Sie schiebt ihn in ihrem Kopf ganz weit nach hinten, gibt den Ibibios den Vorrang in ihren Gedanken, stellt sich die armseligen Dörfer vor und die vielen Kranken, die sie gesehen hat. In ihrer Erinnerung konzentriert sie sich sodann auf Martin und meint nun selber, dass sie ihren Mann in letzter Zeit sträflich vernachlässigt hat.

Zu Hause angekommen stellt sie fest, dass die Eltern schon zu Bett gegangen sind. Charlotte ist in ihrem ehemaligen Mädchenzimmer untergebracht. In der Einliegerwohnung im Souterrain, die Martin und sie nach der Hochzeit bezogen hatten, wohnt derzeit ein junger Mann zur Untermiete.

Sie betritt den Raum und nimmt den Fetisch zur Hand, der in ihrem Gepäck Platz gefunden hat. Sie fand es besser, sich auch in Deutschland um ihn zu kümmern und ihn nicht im Bücherregal der möglichen Entdeckung durch Martin zu überlassen. Gleich nach ihrer Ankunft zeigte sie ihn dem Vater, ohne die wahre Bedeutung zu nennen. Er sei ein Symbol für Glück und Wohlstand, gab sie als Erklärung. Michaelis war begeistert gewesen. Die kleine Figur sollte während der Ibo-Help-Veranstaltung auf der Bühne platziert werden, hat er gesagt. Allein auf einem Tisch, und von einem Strahler beleuchtet, würde sie gewiss beeindruckend aussehen.

Die nächsten Tage verbringt Charlotte damit, die Personen aufzusuchen, von denen sie sich Unterstützung bei dem Hilfsprojekt verspricht. Überall wird sie freundlich empfangen. Doch im Hinblick auf Ibo-Help reagiert man eher vorsichtig. Man wolle es sich überlegen, wird ihr gesagt, und gern die Veranstaltung abwarten.

Ähnlich argumentiert auch Klaus Schonauer, als sie mit ihm telefoniert. Er verschiebt ihr Treffen auf einige Tage nach der Veranstaltung. Bis dahin könne er sich vielleicht schon ein Bild gemacht haben, sagt er, und zu einem Entschluss gekommen sein, ob sich die Franken-Rundschau für das Projekt engagieren werde. Jedenfalls erklärt er sich bereit, auf den Informationsabend, für den Vater Michaelis den großen Saal im Erzherzog-Heinrich-Bau angemietet hat, mit einer Ankündigung hinzuweisen.

Die Bekanntmachung erscheint drei Tage vor dem Termin auf der ersten Lokalseite. Sie ist positiv und ziemlich ausführlich.

Am Veranstaltungstag selbst überwiegt in Charlottes Gefühlen die Nervosität. Sie weiß, dass alles davon abhängt, wie gut es ihr gelingen wird, die Probleme der Völker im Cross River Gebiet anschaulich darzustellen. Bereits um fünf Uhr nachmittags befindet sie sich im Saal, schlendert durch die Stuhlreihen, probiert zum wiederholten Mal aus, ob der Projektor auch wirklich funktioniert und lässt einige Dias durchlaufen. Sie rückt den Tisch gerade, auf dem der Fetisch steht, und geht im Vorraum die bereit gestellten Sektgläser zählen. Vor lauter Aufregung hat sie feuchte Hände bekommen und alle zehn Minuten rennt sie zur Toilette.

Das Ehepaar Michaelis taucht etwa eine Stunde vor Beginn auf. Und etwa um zwanzig vor sieben beginnen die Besucher einzuströmen. Charlotte steht zusammen mit den Eltern in einer Ecke des Saals und sieht voller Freude, wie sich die Reihen füllen. Als es Zeit ist anzufangen, scheint es, als wäre kaum noch ein Stuhl unbesetzt.

Dietrich Michaelis übernimmt die Begrüßung, um die Charlotte ihn gebeten hat. In der Saalmitte, dort wo der Projektor aufgebaut ist, wartet sie die Einführung des Vaters ab.

In seinen einleitenden Worten bittet Michaelis die Anwesenden, sich gedanklich einmal von Deutschland zu lösen, um sich nach Afrika zu begeben. Auf viele Menschen übe dieser Erdteil eine große

Anziehungskraft aus, sagt er, und so sei das auch bei seiner Tochter gewesen. Schon von früher Kindheit an habe sie alles über Afrika wissen wollen.

»Es könnte sein, dass die Ekpu-Statue, die ich einst von einer Erkundungsreise aus Nigeria mitbrachte, ein Grund war, warum Charlotte sich so sehr für diesen Erdteil interessierte. Bei diesem hier«, er deutet auf den angeleuchteten Fetisch, der auf dem kleinem Tisch neben ihm steht, »handelt es sich allerdings um eine andere Figur. Meine Tochter erhielt die kleine Statue von der Großmutter ihrer nigerianischen Freundin Ineh Tutamosu. Charlotte wird Ihnen Fotos der Familie Tutamosu zeigen und Ihnen von den Zauberkünsten der Großmutter erzählen, die dieser Figur magische Kräfte verlieh.«

Michaelis lächelt. »Kräfte, die dafür sorgen werden, dass Sie«, er macht eine den Saal umfassende Handbewegung, »heute Abend in freigiebige Stimmung geraten.«

Was mit hörbarer Heiterkeit aufgenommen wird.

Abschließend spricht Michaelis noch von dem erstaunlichen Zufall, durch den seinem Schwiegersohn eine Tätigkeit in Nigeria angeboten worden ist. »Kaum hatte Charlotte afrikanischen Boden betreten, machte sie sich an die Erfüllung ihres Kindheitstraums und nahm mit den Einheimischen Kontakt auf. Sie versuchte an deren Leben teilzuhaben, aber ganz behutsam und ohne deren Gefühle zu verletzen.«

Charlotte hat hinter dem Projektor verborgen zugehört. Sie sieht den Vater die Bühne verlassen, das Licht wird abgedunkelt, was für sie das verabredete Zeichen ist, um mit der Vorführung zu beginnen.

Der Ablauf ist von ihr genau geplant. Zunächst will sie die Rautlinger mit erfreulichen Bildern einstimmen, um romantische Gefühle zu wecken. Doch dann soll der exotischen Harmonie ein Schlag versetzt werden. Sie wird mit Aufnahmen von Zerstörung und Elend ein anderes, ein grausames Bild malen, eines, das für den Afrika-Touristen üblicherweise unsichtbar ist, wovon man keine Ahnung erhält, wenn man weder die Zeit noch die Möglichkeit hat, akribische Erkundungen einzuziehen. Ihre Dias werden Hässliches zeigen, Elend, Schmutz und Krankheit. Alles Scheußlichkeiten, die im Verborgenen ihr Unwesen treiben.

Sie wirft das erste Bild auf die Leinwand. Es zeigt den Niger von der Stelle aus, wo Charlotte sich anfangs oftmals einfand, um die Frauen am Fluss zu beobachten. Im dunklen Wasser sind Strudel zu sehen und im Hintergrund ragt die Insel der Krokodile heraus. Während sie rechts den Schalter bedient, spricht sie in das Mikrophon, das sie in der anderen Hand hält. Der Niger ist eine wichtige Lebensader, erzählt sie. Viele Boote befahren den Strom, und außer den Krokodilen, den heimlichen Herrschern, tummle sich in den braunen Fluten noch eine Vielfalt an anderem Getier.

Sie schaltet weiter. »Der Fluss ist auch die Heimat von zahlreichen Krebsen«, sagt sie, während auf der erleuchteten Fläche etliche Scherentierchen zu sehen sind, die im Sand zu krabbeln scheinen. Es folgt ein Bild, auf dem braune Hände eine mit Schnecken gefüllte Schale halten, und Charlotte erklärt: »Dies sind Flussschnecken, die den Speiseplan der Afrikaner bestens anreichern.«

Inzwischen hat sich ihre anfangs noch leicht zittrige Stimme gefestigt. Das Interesse der Menschen um sie herum ist deutlich spürbar, und ihr selbst geben die Bilder auf der Leinwand das Gefühl, nach Nigeria zurückgekehrt zu sein. Sie kennt die Geräusche und Gerüche und ordnet sie gedanklich den Bildern zu. Ganz unbefangen kann sie jetzt die Empfindungen wiedergeben und das Publikum auf diese Weise fesseln.

Charlotte ist bei den Dias angelangt, die sie in Okigbo aufgenommen hatte. Die lange Dorfstraße ist zu sehen, die Lehmhütten mit Dächern aus Palmwedeln, auch der Dorfplatz und das Haus des Chiefs mit den geschnitzten Säulen vor dem Eingang. »Hier sehen Sie ein noch ganz ursprüngliches Dorf mit Feldarbeit und Dorfgemeinschaft. Anpflanzen, jagen, fischen – das alles funktioniert bestens. Denn Okigbo liegt weiter östlich vom Cross River, also ein Stück außerhalb der von den Ölbohrungen betroffenen Gebiete.«

Den Landschaftsbildern folgen Aufnahmen von Personen. Ein Dia zeigt die strahlend lachende Ineh, die einen Korb mit Orangen in Händen hält. Sie trägt nigerianische Tracht und sieht darin bezaubernd aus. Das nächste Bild zeigt die auf der Bank vor ihrer Hütte sitzende Großmutter Tutamosu. Sie, eine weise Frau, eine Egwugwu, sei befähigt, Ahnengeister zu befragen und die Zukunft zu weissagen. Bei dem nun folgenden Foto, auf dem Amos zu sehen ist, gibt Charlotte die Erklärung, dass er der kluge Kopf sei, der Ibo-Help ins Leben gerufen habe und als Jurist für die rechtlich korrekte Handhabung sorgen werde.

»Warum es zwingend notwendig ist, diese Hilfsorganisation zu gründen, werde ich mit den folgenden Ansichten belegen«, sagt sie und schaltet weiter zu den Fotos aus dem Regenwald.

Noch kann sie die Landschaft mit begeisterten Worten beschreiben, zeigt den dichten Wald, exotische Pflanzen und außergewöhnliche Blüten. Doch in unmittelbarem Anschluss bringt sie die Ansichten der verarmten Dörfer im Cross River Gebiet. Der krasse Gegensatz zum bisher Gezeigten ist deutlich erkennbar. Charlotte weist auf verfallene Hütten hin und auf Feldflächen, die nicht mehr bebaut werden können, weil hier Bohrungen vorgenommen werden. Immer wieder schiebt sie Aufnahmen der Menschen ein, denen das Elend anzusehen ist. Als das Bild der abgelegenen Wald-Hütte auf der Leinwand erscheint, berichtet sie von ihrem Gang dorthin, zusammen mit Ineh. Wie sie von dem Mann aus dem Dorf, der sie geführt hatte, zurückgehalten worden ist. Sie dürfe der Hütte nicht zu nahe kommen, hatte er gewarnt, denn auf diesen Menschen läge der Spruch eines bösen Dämon, den schon eine Berührung übertragen könne.

»Dort hausen aber keine Verfluchten, sondern Lepra-Kranke, die dringend der medizinischen Behandlung bedürfen. Weil das Dorf sich davor fürchtet, der Fluch könne überspringen, müssen Aussätzige von der Dorfgemeinschaft abgesondert hausen und werden nur eben mit dem Nötigsten versorgt.«

Auf dem nächsten Bild sind drei lachende und winkende Kinder zu sehen, was auf den ersten Blick überschäumende Fröhlichkeit zu vermitteln scheint. »Sehen Sie sich die Kleinen genau an«, bittet Charlotte die schweigenden Menschen im Saal. »Bemerken Sie, wie dick die Bäuche sind? Das hat nichts damit zu tun, dass die Kinder vielleicht zu gut genährt wären, das Gegenteil ist der Fall. Sie erkennen dies an den dünnen Beinen und Ärmchen. Die aufgeblähte Leibesmitte nennt man Hungerbauch.«

Jetzt wird das Schweigen von erregtem Gemurmel abgelöst, und Charlotte kann hoffen, mit diesen Bildern die beabsichtigte Stimmung zu erreichen. Es sieht ganz so aus, als würde die Idee von Ibo-Help bei den Rautlingern auf fruchtbaren Boden fallen.

Die abschließenden Fotos zeigen, wie aus dicken Rohren, von den Bohrstellen ausgehend, öliges Abwasser in den Creek abgeleitet wird. Die schaumige Wasseroberfläche und zahlreiche Blasen im ehemals klaren Flusswasser zeugen von der verheerenden Verschmutzung.

»Dass sich in dieser Dreckbrühe kaum noch Leben halten kann, ist wohl für jedermann klar ersichtlich«, sagt sie. »was erschreckend ist, weil mit dem Fischsterben den Menschen die wichtigste Nahrungsquelle genommen wird.«

Charlotte schweigt und schaltet den Projektor aus. Das Licht im Saal geht an.

Einen Augenblick herrscht tiefe Stille. Doch dann bricht ein heftiges Klatschen an. Minutenlang hält es an, während Charlotte sich langsam durch die Mitte der Stuhlreihen nach vorn begibt.

»Ich möchte«, sagt sie von der Bühne aus in den Raum hinein, »jetzt meiner Freundin Heike Plauert das Wort erteilen. Sie studiert Medizin und wird Ihnen etwas über Mangelerkrankungen in den Tropen und über den Aussatz berichten. Danach will ich gern Ihre Fragen beantworten.«

Heike hat sich gut vorbereitet. Sie redet darüber, welche Auswirkungen es auf den Menschen hat, wenn der Ernährung das Eiweiß fehlt, was, wie zu hören und zu sehen war, bei diesen Dörfern im Cross River Gebiet der Fall ist. Ein Großteil des Fischbestandes sei bereits vernichtet. Aber auch die Anzahl der anderen Tiere sei stark reduziert, weil den Menschen immer weniger Feldflächen zur Verfügung stehen. Die Erdölfirmen weiten das Gelände für die Bohrungen ständig aus, berichtet sie, weshalb die Anbaufläche für Getreide, Süßkartoffeln und Gemüse nicht mehr ausreicht. Ganz zu schweigen von dem Viehfutter. Heike spricht von Krankheiten, die aufgrund dieser Fehlernährung aus ausschließlich kohlehydratreicher Kost entstehen. Am Ende ihres Vortrags geht sie auf Heilungschancen ein und führt aus, dass es schon Möglichkeiten gebe, um diesen Menschen, die der Profitgier der Industrieländer zum Opfer fallen, zu helfen. Aber ein derartiges Hilfsprojekt koste sehr viel Geld.

Als Heike mit ihren Ausführungen zum Ende gekommen ist, stellt Charlotte sich den Fragen aus dem Publikum. Vater Michaelis übernimmt die Moderation, und sogleich strecken sich mehrere Hände nach oben.

»Warum nimmt sich die nigerianische Landesregierung dieser Menschen nicht an?«, lautet die erste Frage, auf die Charlotte so antwortet, wie sie es von Amos gehört hat.

Eine Frau will wissen, in welcher Entfernung von den Dörfern sich der nächste Arzt, das nächste Krankenhaus befindet, und ein Mann erkundigt sich nach dem Zustand des Regenwaldes in dieser Region. Charlotte denkt bei ihren Erwiderungen immer wieder an Amos und ist froh, von ihm so reiche Information erhalten zu haben. Jedenfalls braucht sie keine Antwort schuldig zu bleiben. Jede Frage behandelt sie mit großem Ernst und bemüht sich, ausführlich und zufriedenstellend darauf einzugehen.

Irgendwann sieht Michaelis keine sich reckende Hand mehr, und so lädt er die Anwesenden ein, sich im Vorraum zum zwanglosen Gespräch zusammen zu finden. Es gebe Brezeln, auch Wasser und Wein. Spendenformulare lägen auf den Stehtischen bereit. »Charlotte Jordan wird für Gespräche zur Verfügung stehen«, fügt er hinzu und begibt sich zusammen mit ihr und Heike nach draußen.

»Das war eine ausgezeichnete Vorstellung«, wird Charlotte von Klaus Schonauer gelobt. Er lächelt sie über den Rand seines Weinglases an. »Hätten Sie morgen Nachmittag Zeit, in mein Büro zu kommen? Vielleicht um fünfzehn Uhr? Wir könnten dann alles weitere besprechen, denn hier«, er macht eine Kinnbewegung zu den Personen, die sich neben dem Stehtisch versammeln und darauf warten, dass die Tochter von Rektor Michaelis von ihm endlich frei gegeben wird, »haben wir nicht die nötige Ruhe.«

»Ich komme gern«, bestätigt Charlotte den Termin und wendet sich Dr. Berghoff zu, von dem sie weiß, dass er im Institut für Materialforschung eine leitende Stellung inne hat.

Am nächsten Tag sitzt sie zur vereinbarten Zeit Klaus Schonauer in der Redaktion der Franken-Rundschau gegenüber.

»Heute Vormittag, bei unserer Redaktionssitzung, sind wir überein gekommen, das Projekt Ibo-Help maßgeblich zu unterstützen, wenn Sie uns dabei haben wollen.« Er wirft ihr einen verschmitzten Blick zu.

»Ich will Sie natürlich sehr gern dabei haben.« Charlotte atmet tief durch, weil sie damit eine der größten Hürden genommen weiß. Mit der Zeitung als Partner kann sie davon ausgehen, dass sich Etliches bedeutend leichter entwickeln werde.

Schonauer legt dar, wie er sich die Zusammenarbeit vorstellt. Er will Fotomaterial haben. Am liebsten bekäme er alle Dias aus dem Vortrag zur Verfügung gestellt, um daraus diejenigen auszusuchen, die jeweils benötigt würden.

Die Franken-Rundschau werde eine regelmäßige Serie starten. Immer solle zum Ende des Artikels das Spendenkonto – im schwarzen Rahmen, damit es gut zu sehen sei – veröffentlicht werden. Doch Charlotte möge ihn bitte auch mit anderem Material aus Nigeria versorgen. Er hätte gern Texte über ganz allgemeine Begebenheiten.

»Das muss nicht alles aus dem Cross River Gebiet sein«, sagt er. »Wir würden gern alltägliche Berichte bringen, zum Beispiel über afrikanisches Marktgeschehen, Schulen, Feldarbeit, oder auch über die Tätigkeiten der Frauen am Niger. Das interessiert unsere Leser.«

»Hoffentlich kann ich das,« reagiert Charlotte zögernd und spricht sich leise Mut zu, denn eigentlich ist sie von ihren journalistischen Fähigkeiten nicht allzu überzeugt.

»Liebe Frau Jordan«, kommt es da aus Schonauers Mund, »Sie haben sich schon damals als Volontärin nicht ungeschickt angestellt. Doch als ich Sie gestern die Probleme der Menschen im Cross River Gebiet schildern hörte, war das für mich die Bestätigung, dass wir keinen Fehler machen, wenn wir uns mit Ihnen zusammentun. Schicken Sie uns einfach zu, was Ihnen so einfällt. Wir bringen es dann schon in Form.«

Als Charlotte zwei Wochen später in Richtung Nigeria im Flugzeug sitzt, kann sie eine positive Bilanz ziehen. Neben der Franken-Rundschau hat sie die Rautlinger Sparkasse als Partner gewonnen. Und wie sie am Tag vor ihrer Abreise feststellte, sind auf dem Konto von Ibo-Help bereits mehr als vierzigtausend Mark eingegangen. Die Sparkasse hat einen namhaften Betrag eingezahlt, das Institut für Materialforschung hat gespendet, die Druckerei Deckert, die Firmen

Meditec, Dittmer Landtechnik, Rinke Metallbau und drei Autohäuser haben beträchtliche Summen überwiesen. Aber auch von einer großen Anzahl an Privatleuten ist einiges an Geld eingegangen.

»Amos wird stolz auf mich sein«, denkt sie und lehnt sich zufrieden im Sitz zurück.

»Ich hätte gern ein Glas Sekt«, bittet sie die Stewardess, die sich eben zu ihr hinüberbeugt und ihren Getränkewunsch erfragt.

Vermutlich werden wir in Kürze über eine Summe von etwa einhunderttausend Mark verfügen können, spinnt sie ihre Überlegungen weiter aus. Sie nimmt sich vor, in einigen Monaten die Deutschland-Reise zu wiederholen, und hofft, dass Amos sie dann begleitet, was nicht nur für sie persönlich von Vorteil wäre. Charlotte ist sich sicher, dass er mit seinem Wissen, seinem Charme und seiner Eloquenz die Rautlinger um den Finger wickeln wird.

XII

Im Januar 1966 hatten in Nigeria junge Offiziere gegen die Korruption und die Stammesgegensätze geputscht. Dann, im Juli 1966, gab es eine Gegenrebellion von Haussa-Offizieren, die Oberstleutnant Gowon, einen Christen aus dem Norden Nigerias, als Regierungschef einsetzten.

Kapitel 12

Ostregion, Dezember 1966

In was für eine peinliche und unangenehme Situation ist er da geraten! Immer hat Tomo vor seinen Kunden betont, dass oberstes Gebot für die europäischen Firmen, deren Medikamente er vertreibt, die aufwendige Forschung und sorgfältige Herstellung ist. Aus diesem Grund seien die Preise ein wenig höher als die von anderen Anbietern.

Er kennt sich nämlich aus mit seinen Konkurrenten, hat sich auch genau umgehört. Etliche von ihnen handeln mit ihren Pharma-Artikeln wie mit schlecht vergorenem Palmwein. Das allerdings entspricht nicht der Art von Tomo Awolalu. Er hat das nicht nötig, denn seine Firmen brächten nur beste Pharmazeutik auf den Markt, behauptete er stets und sehr selbstbewusst. So pries er gleich zu Beginn seiner Tätigkeit hier im Osten, zeitgleich mit dem Magen-Elixier aus der Schweiz und den Durchfallpillen aus Holland, das von einer deutschen Firma hergestellte Schlafmittel Contergan als ausgezeichnet verträglich an. Es könne bedenkenlos an Halbwüchsige und auch an Schwangere verabreicht werden, verkündete er damals. Auf seine Empfehlung hin nahmen alle seine Kunden ihm diese Medikamente ab, lobten gerade Contergan überschwänglich und bestellten eifrig nach.

Sie gäben es den Frischoperierten, hat Sister Doctor ihn einmal wissen lassen, woran Tomo sich heute, während er sein Auto in Richtung Ukehe steuert, mit großer Erleichterung erinnert. Wegen dem Missionskrankenhaus braucht er sich also keine allzu großen Sorgen zu machen. Bei dieser Art von Patienten richtet das Contergan keinen Schaden an.

Er wischt sich mit dem Taschentuch über die Stirn. Ihm ist fast unerträglich heiß. Doch er weiß genau, dass er diesmal der Außentemperatur keine Schuld an seinem Zustand geben kann. Die Zugluft, die durch die offenen Fenster weht, kühlt das Innere des Wagens eigentlich ganz angenehm. Der Grund für den ganz offensichtlich stark erhöhten Blutdruck liegt an seiner inneren Aufgewühltheit.

Dauernd überlegt er, wie Doktor Kleber mit dem von ihm so vorbehaltlos gelobten Medikament umgegangen ist. Ob es dort wohl Missbildungen bei Neugeborenen gegeben hat, wie das jetzt in Europa vermehrt vorgekommen ist? Dort wurden Babys geboren, die keine Arme haben, andere wiederum mit verkrüppelten Füßen, mit Wirbelsäulenverkrümmungen oder mit Veränderungen an den Hüftknochen. Was alles, wie man inzwischen herausgefunden hat, auf die Einnahme dieses Schlafmittels über einen längeren Zeitraum hinweg zurückzuführen ist.

Bloß gut, denkt er, dass Sara während ihrer letzten Schwangerschaft keine Medikamente benötigt hat. Auch das fünfte Kind, ein Mädchen, ist, wie die Geschwister zuvor, kerngesund zur Welt gekommen. Neben seiner Erleichterung fühlt er sich freilich beschämt, in gewissem Maß sogar mitschuldig, denn womöglich sind andere Menschen wegen der Einnahme dieses auch von ihm vertriebenen Medikaments in tiefes Leid gestürzt.

Die Besuche bei den Krankenhäusern sind in den letzten Tagen, seit er die Rückholaktion von Contergan gestartet hat, glimpflich verlaufen. Er teilte mit, es gebe Probleme mit dem Mittel, sammelte die Packungen ein, die noch in den Regalen lagen, und schrieb jeweils einen Gutschein aus, der, wie er sagte, von der nächsten Rechnung abzusetzen sei. Mit Äußerungen über den Grund der Aktion hielt er sich bedeckt. Man habe Nebenwirkungen festgestellt, die außer der Norm waren, erklärte er mehr nebenbei. Die Produzenten in Deutschland wollten noch einmal ein Testprogramm starten.

Für Doktor Kleber wird diese Aussage nicht genügen. Tomo weiß, dass der Arzt regelmäßig mehrere medizinische Fachzeitschriften bezieht. Auch wenn sie bei ihm im Busch mit starken Verzögerungen eintreffen, wird er inzwischen dennoch von den festgestellten Nebenwirkungen gelesen haben. Ganz sicher ist er über die Tatsache informiert, dass eine längere Einnahme dieses Schlafmittels während der Schwangerschaft eine Missbildung beim Fötus bewirkt.

Tomo wischt sich den schweißnassen Hals.

Himmel, denkt er, wie kann so etwas nur passieren? Bisher war er überzeugt gewesen, dass alle Medikamente aus Europa gründlich getestet werden müssen, jedenfalls so lange, bis jede noch so kleine Nebenwirkung klar erkannt ist. Warum das im Fall von Contergan nicht beachtet wurde, ist ihm schleierhaft. Dr. Kleber wird ihn darüber befragen, das ist so gut wie sicher.

Um sich auf das schwierige Gespräch vorzubereiten, hat Tomo sich am Abend zuvor in den *Ojuba,* seinen Gebetsraum zurückgezogen und *Obatala* angerufen. *Obatala* ist der *Orisha*, der die Menschheit aus Ton gestaltet hat und der den Embryonischen Körper des Ungeborenen formt. In diesem Raum, den Tomo eigens in makellosem Weiß eingerichtet hat, versuchte er, sich die göttlichen Eigenschaften von *Obatala* zu verinnerlichen.

Aber gestern Abend wollte es ihm einfach nicht gelingen. Immer wieder sind seine Gedanken abgeschweift. Schließlich hat er sich entschlossen, dem Gott durch *Ebo,* das Opfer, näher zu kommen, weil er unbedingt für den nächsten Tag Stärke brauchte. Und er wollte auch Mut für die zu führenden Gespräche erbitten. Also breitete er auf dem Gebetsschrein ein weißes Tuch aus, durchtrennte die Körper von drei Schnecken und ließ den herausfließenden Saft auf das Tuch träufeln. Im Gesang bat er um Kraft und innere Ausgeglichenheit.

Obwohl er sich den Handlungen lange hingab, fand er später nur wenig Schlaf. Auch jetzt, während der Autofahrt, vermag er die Wirkung der Gebete und des Opferritus immer noch nicht so recht zu spüren. Doch er vertraut fest darauf, dass *Obatala* bei ihm sein und seine Worte lenken wird, wenn er in Kürze dieses unangenehme Gespräch zu führen hat.

Wie erwartet weiß Doktor Kleber bereits Bescheid.

»Das ist eine ganz schlimme Sache, mein lieber Mr. Awolalu«, sagt er, und Tomo weiß nicht so recht, ob er sich besser zerknirscht oder doch erfreut zeigen soll, weil der Arzt ihn so liebenswürdig anspricht.

»Glücklicherweise habe ich das Medikament kaum weitergegeben. Schon gar nicht an Schwangere. Die fragen auch selten nach einem Schlafmittel. Die Frauen hier sind nicht so nervös, wie das in Europa der Fall sein mag. Doch auch wenn wir nicht betroffen sind, finde ich die Angelegenheit überaus bedenklich. Eine pharmazeutische Firma muss unbedingt und zweifelsfrei gewährleisten, dass über mehrere Jahre hinweg alle notwendigen Tests durchgeführt worden sind. Ich bin im Augenblick sehr mit mir im Zwiespalt, weil ich von denen eigentlich nichts mehr ordern möchte.«

Dr. Kleber schaut sinnend nach draußen, durch das von den breitflächigen Blättern einer Bananenstaude beschattete, mit einem Fliegengitter versehene Fenster. »Allerdings«, fährt er nachdenklich fort, »bieten sie ein überaus wirksames Maleria-Mittel an, mit dem ich sehr zufrieden bin. Ich werde mir daher mein weiteres Vorgehen noch einige Zeit durch den Kopf gehen lassen.«

Sie sitzen sich im Behandlungszimmer des Doktors gegenüber. Anfangs ist Tomo noch unruhig auf seinem Stuhl hin und her gerutscht, weil er schlimme Vorwürfe befürchtete. Doch inzwischen hat sich seine Unruhe gelegt. Er lauscht erleichtert den Ausführungen Klebers und zeigt seine Zustimmung, indem er pausenlos nickt. Er ist ja so froh, dass Doktor Kleber ihm diese böse Angelegenheit nicht weiter anlastet, auch wenn der Arzt der deutschen Firma möglicherweise eine Absage erteilen wird.

»Sie können ja nichts dafür«, sagt Kleber soeben. »Ich weiß, wie pflichtbewusst Sie sind. Sie würden niemals etwas empfehlen, von dessen Verträglichkeit Sie nicht absolut überzeugt sind.« Er erhebt sich.

»Kommen Sie«, fordert er Tomo auf. »Meine Frau hat das Essen sicher schon fertig. Sie hat sich, extra für Sie, eine Besonderheit ausgedacht.«

Tomo steht unverzüglich auf und folgt dem Doktor nach draußen.

Auf dem Weg zum Holzhaus, das am Rand der Anlage gelegen ist, bleibt er neben seinem Wagen stehen, öffnet den Kofferraum und nimmt den Karton mit den europäischen Waren heraus. Heute hat er alle Lebensmittel allein für die Klebers reserviert und den Sisters nichts davon abgegeben.

Später auf der Heimfahrt kommt Tomo die Einsicht, dass *Obatala* tatsächlich wieder einmal eine große Hilfe gewesen ist. Der Tag, vor dem er sich so sehr fürchtete, ist am Ende gar nicht negativ verlaufen. Er hat sich kaum rechtfertigen müssen und ist überall anständig behandelt worden. Seine logisch dargelegten Erklärungen sind von seinen Kunden akzeptiert worden. Trotzdem will Tomo den *Orisha* nicht mit einer weiteren Bitte um Schutz übermäßig strapazieren. Daher beabsichtigt er im Resthouse bei Nsukka zu übernachten, wie er es seit dem nächtlichen Überfall stets gehalten hat.

Inzwischen gibt es allerdings einen weiteren Grund, um erhöhte Vorsicht walten zu lassen. Die politische Lage Nigerias zeigt sich seit Kurzem überaus brisant. Nur wenige Monate war es Aguyi Ironsi vergönnt gewesen, der nigerianischen Regierung vorzustehen. Der neue militärische Machthaber hatte geglaubt, er könne die Gegensätze dadurch überbrücken, dass er Offiziere aus den einzelnen Regionen als Militärgouverneure einsetzte. Er hat das sicher sorgfältig bedacht, doch die junge Intelligenz Nigerias betrachtete Ironsis Rücksicht auf Sprachen und Religionen als einen Hinweis, dass alles beim Alten bleiben werde. Sie empfanden das als Verrat an der Revolution und riefen zur Gegenrevolte auf. Dieses Mal handelte es sich bei den Rebellen um Haussa-Offiziere, die mit dem General und einigen seiner Mitstreiter kurzen Prozess machten, sie dem Henker übergaben und Oberstleutnant Gowon als Nachfolger einsetzten.

Nun jedoch ist die Lage gespannter denn je zuvor. Tomo verfolgt akribisch alle Nachrichten in Zeitungen, Rundfunk und Fernsehen, auch wenn die Medien nur eine stark beschönigte Version servieren. Trotzdem konnte er in Erfahrung bringen, dass sich mit der Machtübernahme der Haussa-Offiziere jetzt der islamische Norden den anderen weit überlegen fühlt. Er demonstriert dies mit Gewalttaten gegen die Mitglieder anderer Volksgruppen, die sich in der Nordregion niedergelassen haben und hier ein eigenes Leben führen. Von

Neid und Missgunst getrieben, haben sich die Moslems daran gemacht, Ibos und Yorubas zu vertreiben. Tomo hörte, dass es zu heftigen Unruhen gekommen sein und dass man einige Familien aus ihren Häusern gejagt haben soll. Jedenfalls sieht es so aus, als würde den Mitbewohnern aus anderen Regionen inzwischen im Norden Nigerias das Leben recht schwer gemacht.

Doch auch für Tomo selbst hat sich die Lage verschärft. Es war schon vorher nicht einfach für ihn: ein Yoruba, der im Ibo-Land lebt und hier einem gut bezahlten Job nachgeht, das wird nicht gern gesehen. Doch bis auf gelegentliche gehässige Bemerkungen hatte er bisher nicht unter größeren Anfeindungen zu leiden. Nun allerdings wird er immer häufiger ganz offen angegriffen. Vorerst nur mit Worten, aber Tomo ist sich nicht sicher, ob das auf Dauer so bleiben wird. Zu stark ist die Wut der Ibos auf die anderen großen Volksstämme, natürlich in erster Linie auf die Haussas. Aber auch den Yorubas, obwohl die selbst unter den dominanten Moslems zu leiden haben, steht man wenig freundlich gegenüber. Für Tomo ist es nur noch eine Frage der Zeit, wann er von hier verschwinden wird.

So manches Mal rauben ihm die unruhigen Gedanken den Schlaf. Was hält mich eigentlich im Osten?, denkt er oftmals und ärgert sich, dass ihm der gute Verdienst wichtiger zu sein scheint als die eigene Sicherheit. Er wird auch in Abeokuta zurecht kommen, davon ist er im Grunde überzeugt. Möglicherweise wird man eine Zeitlang recht sparsam sein müssen, aber dann wird sich bestimmt wieder eine Gelegenheit zum Geldverdienen auftun. Sara würde es gut heißen, wenn er zurückkehrte, das weiß er. Bei seinem letzten Besuch in Abeokuta haben sie lange darüber gesprochen. Sie hat sich beunruhigt gezeigt, aber natürlich akzeptiert sie seinen Entschluss, noch eine Weile in Onitsha bleiben zu wollen.

Ich verpasse so viel bei der Entwicklung meiner Kinder, denkt er jetzt. Sein großer Sohn Edward führte ihm beim letzten Besuch stolz den selbstgebauten Schuppen vor, den er aus Brettern zusammengezimmert und mit einem Wellblechdach gedeckt hat. Darin sind nun die Fahrräder der Familie abgestellt. Er wolle später einmal Architekt werden, hat er verlauten lassen. Tomo schmunzelt. Dieser Berufswunsch gefällt ihm um einiges besser als der des Fußballspielers.

Er will sich die Angelegenheit noch ein paar Mal gründlich durch den Kopf gehen lassen. Auch mit den beiden Jordans besprechen. Mit Charlotte, die er vor einigen Wochen im Flugzeug kennen gelernt hat und ihrem Ehemann ist man sich nach ihrer Rückkehr aus Deutschland näher gekommen. Tomo kannte Martin bereits zuvor. Er ist ihm bei der Ford Company begegnet, immer dann, wenn etwas an seinem Auto zu reparieren war. Einmal mussten die Stoßdämpfer erneuert werden und ein anderes Mal machte die Batterie Probleme. Inzwischen ist seine Freundschaft zu Martin Jordan so weit gediehen, dass, wann immer sein Wagen jetzt einen Service benötigt, er sich darauf freut, den Betrieb aufzusuchen. Während die Angestellten sich um seinen Wagen kümmern, sitzt Tomo gemütlich im klimatisierten Büro des Chefs, bekommt ein Bier vorgesetzt und erörtert mit Martin die politische Lage.

Es gibt viel zu bereden, denn täglich muss mit einer neuen Entwicklung gerechnet werden. In allen Teilen Nigerias brodelt es und Tomo kommt sich allmählich vor wie auf einem Pulverfass. Doch Martin hat ihn bisher fast immer beruhigt. Das mit den Unruhen werde sich bestimmt bald wieder geben, behauptete der Deutsche. Er ist der Meinung, die Nigerianer schadeten sich nur selbst, wenn sie nicht endlich zu einer Gemeinsamkeit fänden. Das Beste wäre, sie zögen alle an einem Strang. Das Land sei so reich, habe unendlich viele Bodenschätze und Ressourcen, betonte Martin gerade kürzlich wieder einmal, dass bei einer geschickten Verteilung für alle genug abfiele.

Tomo hat zustimmend genickt, aber insgeheim ist er sich darüber im Klaren, dass diese Meinung auf frommem Wunschdenken beruht. Niemals werden die Yorubas mit den anderen teilen, ebenso wenig die Haussas. Und die Ibos benehmen sich nur deshalb nach außen hin so zahm, weil sie im Augenblick keine Möglichkeit zur Machtübernahme sehen.

Allerdings, dessen ist Tomo sich bewusst, während er den Wagen auf dem Parkplatz vor dem Resthouse abstellt, gibt es auch im Osten rebellische Zirkel. Die scheinen sich sogar mit Abnabelungs-Ideen zu befassen. Davon hat er einiges reden hören. Nur, das hofft er inbrünstig, werden sich deren Ambitionen kaum in die Tat umsetzen lassen. Bei all diesen aufrührerischen Gerüchten, die ihm hinter vorgehaltener Hand zugeraunt wurden, so glaubt er, handelt es sich wohl nur um leeres Gerede.

Er lässt sich den Zimmerschlüssel geben und durchquert den nächtlichen Garten, um zu seinem Schlafbungalow zu gelangen. Im Gras hört er das Zirpen von Grillen, eben huscht eine Maus vor ihm über den Sandweg. Oben im Baum vernimmt er den heiseren Schrei eines Nachtvogels.

Er wird gleich morgen nach seiner Rückkehr bei den Jordans vorbeifahren. Er will sie auch zu sich zum Abendessen einladen, weiß aber noch nicht, ob und wann man einen gemeinsam passenden Termin finden wird. Eigentlich hat er das schon lange vor, sich auch bereits das Gericht überlegt, das sein Boy kochen soll. Wer weiß, wie lange ich noch im Osten lebe, denkt er, während er die Tür aufschließt, da sollte ich mein Versprechen möglichst rasch einlösen.

XIII

Tänze und Gesänge sind bei vielen afrikanischen Stämmen Ausdruck der religiösen Verehrung. Bewegung und Stimme öffnen den Gläubigen für das Ashe, wobei es sich um die schöpferische Fähigkeit der Engelwesen, der Orishas, handelt.

Kapitel 13

Onitsha im Dezember 1966, Okigbo im Februar 1967

Für ihre Deutschland-Reise und den dazu gehörigen, positiven Bericht kann Charlotte von Amos großes Lob einheimsen. »Das muss gefeiert werden«, verkündet er zufrieden und seine Worte ähneln dem, was er sagte, nachdem er von ihres Vaters Unterstützung erfahren hatte. Damals war seine Einladung in den Club erfolgt.

Heute marschiert er mit ihr zur Bank, wo er sich vom ausgezeichneten Ergebnis ihrer Bemühungen überzeugt. Die Summe scheint seine Erwartungen bei weitem zu übertreffen, denn er legt spontan einen Arm um Charlotte und drückt sie fest an sich. Umgerechnet in Naira ergibt es einen für hiesige Verhältnisse erklecklichen Betrag. Wenn man davon ausgeht, dass in Kürze weitere Gelder eintreffen, dann ist absehbar, dass die ersten Baumaßnahmen bald in die Wege geleitet werden können.

Amos möchte den Erfolg in einer anderen Umgebung feiern als einfach nur im Onitsha-Club. »Lass uns einen Ausflug machen«, schlägt er vor. »Zuerst sollten wir uns die Stelle ansehen, an der die Krankenstation errichtet wird. Den Kauf des Grundstücks habe ich bereits in die Wege geleitet. Anschließend könnten wir weiterfahren nach Okigbo, wo in sechs Wochen das jährliche Dankesfest zelebriert wird. Ich meine, das ist genau der richtige Anlass, um mit zu feiern.«

Auf ihre Frage erhält sie einen Tag im Februar als Auskunft. »Wir starten morgens und bleiben im Dorf über Nacht«, beschließt er, ihre Zustimmung voraussetzend.

Da der beabsichtigte Trip nach Okigbo bei Martin vermutlich auf wenig Begeisterung stoßen wird, hat Charlotte die Zeit nach dem Abendessen vorgesehen, um ihren Mann darüber in Kenntnis zu setzen. Anschließend wollen sie in den Club. Martin wird sich nicht mit langen Einwänden aufhalten können, denn die Männer erwarten ihn zum Skatspielen, was sein pünktliches Erscheinen voraussetzt.

Ganz nebenbei, als sie gerade vom Tisch aufstehen und ins Schlafzimmer gehen, um sich für den Clubabend umzuziehen, sagt sie: »Im Februar bin ich mal wieder in Okigbo. Amos will hinfahren und mir die Stelle zeigen, an der das Hospital errichtet wird.«

»Da seid ihr am Abend wieder zurück.« Martin fragt nicht. Er stellt das fest.

»Nein. Wir, also Ineh, Amos und ich, bleiben über Nacht. Die Ibibios veranstalten ein bedeutendes Dankesfest und ich finde es ganz toll, dass ich das miterleben darf.«

Martin hat gerade seine Shorts abgestreift und schlüpft in die lange Hose. Er dreht sich zu seiner Frau um. »Komisch finde ich es schon, wenn du mit deinem Verehrer ins Negerdorf fährst und dort mit ihm übernachtest.«

Charlotte bemerkt die Veränderung seines Ausdrucks von zuvor nebensächlichem Interesse in jetzt verärgerte Kenntnisnahme.

»Ich übernachte nicht mit Amos!«, erklärt sie im Ton ehrlicher Entrüstung. »Ich übernachte wie beim letzten Mal mit Ineh in Großmutters Hütte. Wir nehmen das Fest zum Anlass, um den Erfolg zu feiern, den ich mit meiner Spendenaktion in Deutschland erzielt habe. Das ganze Dorf freut sich mit uns, und Großmutter hat mich extra eingeladen.«

Was rein aus der Luft gegriffen ist. Ogu weiß vermutlich noch nicht einmal, dass sie anwesend sein wird.

»Na gut«, lenkt Martin ein, »dann komme ich mit.« Er knöpft das Hemd zu und stopft es in die Hose.

Weil Charlotte dieses Ansinnen erwartet hat, fällt es ihr nicht schwer, mit einer passenden Antwort zu parieren.

»Das wollte ich dir auch schon vorschlagen. Allerdings kannst du nicht bei Amos mitfahren, weil sein Wagen wahrscheinlich voll besetzt ist. Aber du brauchst ja sowieso dein eigenes Auto, um abends nach Port Harcourt zu kommen. Denn sicherlich wirst du im *air-conditioned Resthouse* in einem ordentlichen Bett schlafen wollen. Okigbo bietet so etwas nicht. Dort wäre die einzige Übernachtungsmöglichkeit eine Matte in einer nichtklimatisierten Hütte. Die haben nicht einmal Moskitonetze.« Sie beobachtet, wie er die Stirn in Runzeln legt und fügt noch hinzu: »Aber sehr wirkungsvolle Kräutertinkturen, die so grässlich stinken, dass schon aufgrund des Geruchs keine Mücke an einen rangeht.«

Sie muss sich ein Grinsen verbeißen, denn sie weiß genau, wie ungeheuer pingelig Martin ist und außerdem wie sehr bedacht auf eine zivilisierte Unterkunft, besonders während der Nacht.

»Würdest du denn mit mir abends nach Port Harcourt fahren?«, will er wissen.

»Ausgeschlossen, das könnte ich nicht tun«, bedauernd hebt Charlotte die Hände, »denn das wäre eine grobe Beleidigung des Tutamosu-Clans. Du weißt, wie empfindlich diese Afrikaner sind. Ogu müsste annehmen, es wäre mir das letzte Mal nicht sauber genug gewesen, vielleicht auch, weil ich mich vor Ungeziefer fürchte oder weil das Essen mir nicht geschmeckt hat. Ich will auf keinen Fall ein Gefühl von Diskriminierung aufkommen lassen.«

Mit sich zufrieden denkt sie, dass ihr Mann an ihrer Aussage nicht rütteln kann und jetzt wohl einiges zu Kauen hat.

Was Martin offensichtlich auch tut.

Zunächst redet er nicht mehr über ihre Reiseabsicht, doch scheint er das Gesagte gründlich zu überdenken. Als sie sich kurz darauf auf der Fahrt zum Club befinden, teilt er in kühlem Ton mit, ohne einen Grund zu nennen, dass er an dem Ausflug nach Okigbo nicht teilnehmen werde.

An dem Morgen einige Wochen später, als Charlotte im Wohnzimmer sitzt und mit ihrer gepackten Tasche auf Amos wartet, da wünscht Martin eine gute Reise. Er sagt: »Ja, dann bis morgen«, setzt sich in den Ford und fährt davon.

Amos, Ineh und Charlotte starten also in Richtung Westen, ohne weitere Mitfahrer. Die hatte Charlotte erfunden, um ihrem Mann die Teilnahme zu erschweren, was sich ja auch in ihrem Sinn entwickelt hat.

Die Fahrt verläuft ohne besondere Vorkommnisse. Sie machen lediglich Pause an einem der Imbissstände und erreichen bereits am späten Vormittag den Punkt, wo an einer langen Biegung ein hoher Baum steht, dessen ausladende Zweige fast bis in die Mitte der Straße reichen. Die Stelle sollten sie sich merken, sagt Amos und lenkt den Peugeot nach rechts in einen sandigen, holprigen Buschweg.

Extrem langsam, um die Stoßdämpfer des Wagens zu schonen, geht es ein ganzes Stück entlang der schmalen Dschungelstraße. Die wenigen Sonnenstrahlen, denen es gelingt, durch das dichte Blattwerk der hohen Baumwipfel zu dringen, malen leuchtende Flecken auf den rötlichen Lehmboden. Immer wieder streifen über den Weg hängende Äste das Fahrzeug, und einmal muss Amos sogar aussteigen, um einen kleineren, entwurzelten Baum beiseite zu rollen.

Schließlich gelangen sie an eine weite, lichte Stelle. Die Sandstraße mündet in eine Rundung, sie sind angekommen.

Möglicherweise war hier einmal ein Orakelplatz, vielleicht auch Felder, die irgendwann nicht mehr bebaut wurden, sodass sich überall niedriges Buschwerk ausbreiten konnte. Charlotte lässt ihre Blicke schweifen, erwartet Affen zu sehen, vielleicht auch Hyänen.

Sie sind auch tatsächlich nicht ganz allein an diesem idyllischen Fleck, weitab von Dörfern und sonstigen Ansiedlungen. Doch sieht sie nicht etwa die erhofften Dschungel-Tiere. Um einiges weiter entfernt, hinten auf dem ausgedehnten Gelände, bemerkt sie eine Gruppe von Männern, die mit dem Roden des Buschwerks beschäftigt sind. Auch ein Kranwagen ist abgestellt, und ein paar einfache Zelte wurden errichtet, die den Arbeitern wohl als Unterkunft dienen.

»Amos, du Heimlichtuer! Du hast mir verschwiegen, dass mit der Arbeit bereits begonnen wurde.« Begeistert klatscht Charlotte in die Hände.

Über einen schmalen Trampelpfad gelangen sie unvermittelt an einen Feuerplatz. Aufgehängt an einer Stangenkonstruktion sehen sie einen eisernen Kessel. Zwei Frauen scheinen mit der Essensvorbereitung beschäftigt zu sein.

Die Arbeiter haben die Ankömmlinge entdeckt und der eine, offensichtlich ein Vorarbeiter, kommt näher, um Amos zu begrüßen. Der macht ihn mit Charlotte und Ineh bekannt. Dann entfernen sich die beiden Männer in Richtung der Stelle, an der gerodet wird. Sie wollten Details besprechen, sagt Amos.

Die Frauen beschließen, sich auf einen kleinen Rundgang zu begeben, soweit das auf dem unwegsamen Gelände überhaupt möglich ist. Sie streifen am angrenzenden dichten Dschungel vorbei, werden hoch oben aus einem Baumwipfel von einigen Affen beschimpft, die mit der eingetretenen Unruhe ganz offensichtlich unzufrieden sind, und sie bemerken auch einen Bach, der nicht weit entfernt munter vor sich hin plätschert.

Ineh bückt sich und fischt ein paar Schnecken vom Rand. »Das Wasser ist sauber«, stellt sie fest.

Eine idealer Platz also, findet Charlotte.

Amos hat sein Gespräch beendet. Er kehrt zurück zum Feuerplatz, wo Ineh und Charlotte ihn erwarten. Die sehen jetzt, dass er etwas in Händen trägt.

»Hier, das schenke ich dir«, sagt er und hält es Charlotte hin. »Die Männer haben das entdeckt, als sie das Gebüsch beseitigten.« Was er präsentiert, ist eine gelb-schwarz gemusterte Schlangenhaut.

Charlotte nimmt sie vorsichtig an sich und streicht mit den Fingerspitzen über die feinen Schuppen. »Also war dies hier einmal ein Schlangenreich«, sagt sie nachdenklich. »Durch die Rodungsarbeiten sind die Reptilien wohl vertrieben worden.«

»Die haben sicher eine andere gute Unterkunft gefunden«, wird sie von Amos beruhigt. »Der Dschungel ist groß, mit vielen lichten Stellen. Kommt, wir wollen fahren.« Er wendet sich in Richtung des geparkten Wagens.

Als sie gerade dabei sind, den Peugeot zu besteigen, hat Charlotte eine Idee. »Wir sollten dem Platz einen Namen geben. Was haltet ihr von ›Schlangennest‹?«

»Ein guter und passender Name«, stimmt Ineh zu. »Vielleicht solltest du es noch genauer ausdrücken und den Ort das ›Nest des Python‹ nennen.«

»Gut. Einverstanden.« Charlotte bückt sich und holt eine Wasserflasche aus ihrem Korb im Wagen. »Wir taufen dich ›Nest des

Python‹«, ruft sie laut, während sie Wasser über das Gesträuch um sie herum sprenkelt.

»Gibt es eigentlich Baupläne?«, will sie wissen, als sie sich auf der Weiterfahrt befinden. Ein bisschen verwundert ist sie schon, wie Amos es geschafft haben kann, in den paar Wochen seit ihrer Rückkehr aus Deutschland das Projekt so schnell in Angriff zu nehmen.

Amos nickt. »Die befinden sich in meinem Büro«, behauptet er.

Etwa eine halbe Stunde später erreichen sie Okigbo. Beim Einrollen ins Dorf ist unschwer zu sehen, dass die Festvorbereitungen bereits in vollem Gang sind. Dieses Mal wird es keine magischen Beschwörungen geben, hat Ineh erklärt. Es sei ein reines Fest der Freude. Man werde feiern, miteinander essen, trinken, tanzen und musizieren.

Das Feuer in der Mitte des Dorfes ist angefacht. Der Platz ist prächtig geschmückt, mit Palmwedeln und bunten Papierfahnen. Überall stehen Körbe mit Früchten, mit Yamknollen, mit Hirse und verschiedenen Gemüsesorten, was vermuten lässt, dass es sich um eine Art Erntedankveranstaltung zu handeln scheint.

Sie begeben sich zu *Ogus* Hütte, wo die Frauen zunächst bleiben. Amos verabschiedet sich. Er werde Bekannte aufsuchen, sagt er, und später die Nacht auch in einer anderen Hütte verbringen.

Es ist schon dunkel – so dicht am Äquator fällt die Nacht recht früh und nach kurzer Dämmerung über das Land – als Ineh und Charlotte sich gemeinsam mit der Großmutter aufmachen, hin zur Dorfmitte, wo Fackeln den zentralen Platz festlich beleuchten. Inzwischen hat sich hier das ganze Dorf versammelt.

Die Luft ist warm und duftet nach frisch Gebratenem. Die beiden, über dem Feuer auf langen Stangen gespießten Ziegen scheinen schon fast gar zu sein. Als Charlotte sieht, wie eine Kostprobe vom knusprig gebratenen Fleisch genommen wird, läuft ihr das Wasser im Mund zusammen. Sie bemerkt einen großen Kessel, der über glühenden Kohlen hängt und in dem sie Gemüsesuppe vermutet. Es gibt auch Schüsseln mit Fufu, Fladenbrote und Bananen.

»Komm, ich zeige dir eine besondere Spezialität, die du unbedingt probieren musst«, wird sie von Ineh aufgefordert, und so folgt sie ihr an den Rand des Platzes.

Inehs Mutter hockt dort auf der Erde vor einem kleinen Feuer. In der einen Hand hält die rundliche Frau eine eiserne Bratpfanne, in der anderen einen breiten Bastfächer, mit dem sie der Tochter und ihrer deutscher Freundin zuwinkt, als sie die beiden näherkommen sieht. Ineh beugt sich nieder und redet mit der Mutter in der Ibibio-Sprache. Die nickt verstehend und bedeutet Charlotte, sich auf dem Boden zu setzen.

»Wir müssen abwarten«, erklärt Ineh.

Was das für eine seltsame Spezialität sein mag? Eine Pflanze, die des nachts auf einmal aus dem Boden wächst, kann es ja wohl kaum sein. Vielleicht wird irgendetwas gebracht, um sodann in der Pfanne aufbereitet zu werden? Aus den Augenwinkeln wirft Charlotte immer mal einen Blick auf Inehs Mutter, damit ihr keine Veränderung in deren Verhalten entgehen soll. Doch die Frau sitzt weiterhin ganz still und rührt sich nicht.

Auf einmal, es mögen vielleicht zehn Minuten vergangen sein, kommt Bewegung in die Afrikanerin. Voller Schwung holt sie mit dem Bastfächer aus und klatscht etwas in die Pfanne. Charlotte vernimmt ein zischendes Brutzeln und kann jetzt eine größere Anzahl an schwarzen Krümeln im heißen Öl schwimmen sehen.

Und schon ist das Gericht fertig zubereitet. Inehs Mutter greift nach dem hölzernen Schaber, löffelt damit von den Krümeln in ein Stück Zeitungspapier und reicht es Charlotte mit den Worten: »Mögen sie deine Weisheit vermehren.«

»Was ist das?« Charlotte schaut mit äußerster Skepsis auf die kleinen schwarzen Röllchen im Papier.

»Erst musst du probieren.« Ineh nimmt einen Krümel und steckt ihn sich in den Mund.

Nun kostet auch Charlotte das eigenartige, wie aus der Luft herbeigeflogene Gericht. Der Geschmack ist würzig, ein wenig salzig und knusprig. »Jetzt sag schon, was das ist!«, besteht sie auf der Erklärung.

»Fliegende Ameisen. Das dauert immer ein bisschen, weil man abwarten muss, bis ein Schwarm vom Feuer angelockt wird.«

»Aha!?« Charlotte verkneift sich ein ›Igitt‹. Andererseits weiß sie, dass bei den Ibibios auch Raupen gebraten und Flussschnecken gekocht werden. Im Vergleich dazu findet sie Ameisen verhältnismäßig appetitlich.

»Komm, wir setzen uns dort drüben hin.« Ineh zeigt auf ein Mäuerchen.

Sie lassen sich nieder, und während sie das Treiben auf dem Platz beobachten, naschen sie weiter von den gebratenen Krümeln, bis irgendwann das letzte Röllchen gegessen ist. Charlotte knüllt das Papier zusammen und wirft es auf die Erde, so, wie sie es auch von anderen gesehen hat. Sie erinnert sich noch sehr gut daran, wie nach dem letzten Fest die Frauen des Dorfes gemeinsam am nächsten Morgen den Platz einer gründlichen Reinigung unterzogen.

Da erscheint Amos und präsentiert jeder einen Becher Palmwein. Charlotte lehnt nicht ab. Das fände sie nun doch zu unhöflich. Sie taucht ihre Nase tief ins Gefäß, atmet den Duft des vergorenen Saftes ein, findet ihn faulig, ein wenig säuerlich, und meint zugleich den Geruch des Dschungels zu spüren. Sie nimmt einen Schluck und stellt überrascht fest, dass dieser Palmwein anders schmeckt als das gleichnamige Getränk damals in der Bar in Onitsha. Dieser scheint durchaus genießbar zu sein.

Weil sie durstig ist, leert sie den Inhalt in wenigen Zügen – und trinkt bald darauf noch einen zweiten Becher.

Man sitzt beieinander, isst, trinkt und schwatzt. Die Kinder toben um das Feuer herum, das inzwischen wieder hoch auflodert. Die Ziegen sind abgenommen. Auf einem großen Brett werden sie in kleine Stücke zerlegt und an die Anwesenden verteilt.

Später stimmen die Frauen ein Lied an. Ineh erklärt, dass es sich um ein Dankeslied handeln würde, für die gute Ernte, weil Fluss, Wald und Felder reichlich Nahrung geben, und auch weil gesunde Kinder zur Welt gekommen sind. An jede Strophe dreier Vorsängerinnen wird ein Refrain angehängt, in den alle Frauen einstimmen.

Charlotte hört genau zu, und schließlich, vom Alkohol enthemmt, meint sie die Wortfolge zu beherrschen. »Tschungo mo, babalu, tschungo mata django«, singt sie mit lauter Stimme.

Die Anderen zeigen mit beifälligem Lachen, wie sehr sie von der Beteiligung der weißen Frau entzückt sind. Ineh allerdings grinst ganz unverschämt, und als das Lied zu Ende ist, lässt sie sich lachend auf den Rücken fallen.

»Was ist? War mein Text denn unsinnig?«, möchte Charlotte wissen.

Ineh wischt sich die Lachtränen aus den Augen. »Nein, es war großartig«, sagt sie und prustet erneut los.

Inzwischen haben sich Musikanten aufgereiht, und als die Töne der rhythmischen Highlife-Musik erklingen, sind sie von berauschender Fröhlichkeit. Charlotte ist wieder einmal zutiefst angetan von der Ausdrucksfähigkeit der einfachen Instrumente.

»Komm, tanzen«, wird sie von Amos aufgefordert, und weil sie bereits den dritten Becher geleert, der Alkohol sie also in einen Zustand der Entspannung versetzt hat, lässt sie sich willig von ihm in den Kreis ziehen.

Und so verbringt die Dorfgemeinschaft die nächsten Stunden: Männer, Frauen und Kinder tanzen, singen, lachen und schwatzen. Die Alten sitzen am Rand und beobachten das Treiben. In den Pausen wird gegessen und viel Palmwein getrunken.

Es ist schon spät in der Nacht. Die meisten Dorfbewohner haben sich in ihre Hütten zurückgezogen, da steht auf einmal Amos vor Charlotte. Er scheint noch gar nicht müde zu sein.

»Komm, die leeren wir noch«, sagt er, und hält ihr eine Kalebasse hin, in der sie Palmwein vermutet.

»Ich kann nicht mehr«, versucht sie abzuwehren und dreht sich nach Ineh um. Doch die ist soeben in der Dunkelheit verschwunden.

»Natürlich kannst du.« Amos grinst. »Eine tüchtige Frau wie du wird doch nicht wegen einiger Tropfen Palmwein schlapp machen.«

»Von wegen einige Tropfen. Ich habe …«, Sie versucht sich die Menge der getrunkenen Becher in Erinnerung zu rufen, aber ein eigenartiges, ungewohntes Summen in ihrem Kopf übertönt jeden klaren Gedanken. »Ach, ich weiß nicht mehr«, gibt sie die Bemühung auf.

»Wir verziehen uns in meine Hütte«, schlägt Amos vor. »Solltest du dort umfallen, kannst du gleich liegen bleiben.«

Charlotte denkt vage, dass sie dieses Ansinnen ablehnen sollte. Der umnebelte Zustand macht es ihr allerdings nicht möglich, eine höfliche Absage zu formulieren. Also lässt sie sich von Amos an der Hand nehmen.

Etwas widerstrebend folgt sie ihm die Dorfstrasse entlang, bis sie schließlich vor einer Hütte anhalten. Sie wird durch den Eingang geschoben. Von innen rückt Amos eine auf einen Rahmen gespannte Matte vor die Öffnung. Charlotte bemerkt etliche Teppiche und Kissen. Auch, dass die Wände mit Tüchern abgehängt sind. Es sieht ähnlich aus wie in Großmutters Hütte, denkt sie, nur dass die magischen Utensilien fehlen.

Sie lässt sich auf den Teppich plumpsen und empfindet die weiche Unterlage als angenehme Wohltat, denn ihre Beine haben sie das kurze Stück vom Dorfplatz bis hierher nicht mehr völlig problemlos getragen. Amos schiebt ihr ein Kissen in den Rücken und drückt ihr einen gefüllten Becher in die Hand.

Es scheint, als wäre dieser Palmwein noch süffiger, noch süßer und noch durststillender. Während Charlotte in vollen Zügen trinkt, entfernt sie sich immer weiter von der Wirklichkeit, sinkt in eine watteweiche Nebelwelt, und kommt sich bald so vor, als schwebe sie. Sie fühlt, wie Amos‘ Hände ihren Körper streicheln und wie er sie Stück für Stück ihrer Kleidung entledigt. Das geschieht fast unmerklich, sehr sanft und zärtlich, sodass sie ihn willig gewähren lässt.

Sie schließt die Augen, spürt den nackten, muskulösen Körper des Mannes neben sich, streicht mit den Händen über seine Oberschenkel und ertastet seinen aufgerichteten Penis, der ihr riesig erscheint. Als er sich über sie rollt und in sie eindringt, empfindet sie einen starken, von unglaublicher Wolllust begleiteten Schmerz. Sie stößt einen Schrei aus, nimmt seine kraftvollen Stöße auf und erwidert sie mit ihren Bewegungen. Der Höhepunkt wird von einem solchen Lustgefühl begleitet, von dem sie meint, etwas Ähnliches nie zuvor empfunden zu haben.

»Du bist der absolute Wahnsinn«, murmelt sie, als er sich von ihr gelöst hat. Sie kuschelt sich an ihn, fühlt sich von seinen Armen umschlungen, und so geborgen sinkt sie in tiefen Schlaf.

Das Aufwachen am nächsten Morgen in einer fremden Hütte verwundert Charlotte. Sie sieht sich auf einem Teppich liegen. Ihr nackter Körper ist mit einem bunt gemusterten Tuch bedeckt. Beim Herumschauen entdeckt sie ihre Kleidung, die ordentlich aufeinander gefaltet auf einem Hocker liegt, und sie bemerkt auch zwei Becher und eine Kalebasse auf dem kleinen Tisch neben der Wand.

Wie Nebelfetzen kommt ihr die Erinnerung an den Abend zuvor, und dass Amos sie aufgefordert hatte, mit ihm noch weiteren Palmwein zu trinken. Doch wie sie in diese Hütte gelangt ist, weiß sie nicht mehr.

Ihr ist ein wenig übel. Langsam erhebt sie sich, kleidet sich an und verlässt das Dorf in Richtung Fluss.

Nachdem sie sich gewaschen hat, kehrt sie zurück und betritt die Hütte von Großmutter. Hier findet sie auch Ineh und Amos vor. Die drei hocken auf dem Boden und frühstücken. Weißbrot sieht sie, geschmortes Gemüse und Reste vom Ziegenfleisch.

»Na, unsere Schlafmütze ist erwacht«, wird sie von Amos gut gelaunt begrüßt. »Den Palmwein einigermaßen verdaut? Oder hast du Kopfschmerzen?«, fragt er fürsorglich.

»Schon ein bisschen.« Charlotte zieht vorsichtig die Augenbrauen nach oben. »Wenn ich den Kopf ganz ruhig halte, dann geht es.«

»Ich könnte dir eine Tablette geben.«

»Danke, aber ich versuche es erst mal ohne.« Sie lässt sich auf dem Boden nieder und greift nach dem Becher mit Tee, den Ineh ihr soeben hinstellt. Essen mag sie nichts.

Also scheint es nur eine Täuschung gewesen zu sein, dieser kurze Moment, als sie meinte, der Schleier, hinter dem die Geschehnisse des Vorabends verborgen liegen, habe sich gehoben. Es wird bestimmt nichts passiert sein, was ich eventuell bereuen müsste, beruhigt sie sich. Denn so locker und ungezwungen, wie Amos sich benimmt, ist diese vage Erinnerung an ein intimes Zusammensein ganz sicher nur eine Einbildung. Vermutlich hatte sie – und das wäre keineswegs das erste Mal – wieder einen dieser phantasievollen Träume, der ihr ein sexuelles Beisammensein mit Amos vorgaukelte. Erleichtert atmet sie auf.

Martin erhält vom Ausflug nach Okigbo einen geschönten Bericht. Im Busch hätten die Arbeiter mit dem Roden begonnen, erzählt sie, und sie habe den Ort ›Nest des Python‹ getauft. Sie spricht vom Dankesfest, wie lecker die Ameisen schmeckten und dass Groß und Klein den ganzen Abend getanzt und gesungen habe. Sie verschweigt ihren enormen Palmwein-Konsum und erzählt auch nicht, wie sie am Morgen in einer fremden Hütte erwachte.

Martin ist besonders daran interessiert zu wissen, wie es nun mit der Station im Busch weitergehen wird.

»Da hat unser Freund ja überraschend schnell reagiert«, meint er erstaunt. »Normalerweise lassen sich die Neger enorm viel Zeit, ehe sie eine größere Aufgabe in Angriff nehmen. Amos scheint wirklich ein erhebliches Interesse daran zu haben, dass die Sache zum Laufen kommt. Hast du Pläne einsehen können?«

»Nein, noch nicht. Aber es sollen welche in seinem Büro liegen.«

»Ich meine, er hätte es zunächst mit dir absprechen müssen. Er kann doch nicht einfach loslegen, ohne dass du dein Okay gibst. Ich finde seine Handlungsweise schon etwas merkwürdig.«

»Du hast zu viele Vorurteile. Amos macht das schon richtig. Mir würden die Pläne ja gar nichts sagen. Er weiß, was gebraucht wird, und auch, was machbar ist.«

Charlotte will sich vor Martin keine Blöße geben. Ihr Mann soll nicht glauben, sie ließe sich von Amos das Heft aus der Hand nehmen. Die Pläne sind ihr auch gar nicht so wichtig. Wichtig ist, dass es mit der Station tatsächlich vorangeht.

Insgeheim träumt sie von ihrer nächsten Deutschland-Reise, die sie gemeinsam mit Amos antreten wird. Ob ich es hinkriegen kann, mit ihm unten in der Einliegerwohnung zu schlafen, überlegt sie? Ich sollte die Eltern überreden, dem Untermieter zu kündigen. Denn oben in meinem Mädchenzimmer werden sie mich auf keinen Fall mit ihm zusammen übernachten lassen.

XIV

»Yoruba ist kein Kult und auch nicht ›okkult‹. Yoruba ist eine göttliche Reise zum inneren Selbst und zu Gottbewusstsein. Yoruba ist eine Religion.«

Aus dem Handbuch der afrikanischen Mystik von Baba Ifa Karade

Kapitel 14

Onitsha, März 1967

Die Firma läuft nicht schlecht. Die Ibos scheinen derzeit gute Geschäfte zu machen, glaubt Martin anhand der Zahlen erkennen zu können, die von der Bilanz der Ford Company ausgewiesen werden. In den letzten Monaten konnte er fast fünfzig Prozent mehr an Umsatz registrieren. Woran diese erhöhte Kauffreudigkeit wohl liegt? Erhoffen die nigerianischen Landsleute etwa eine bessere politische Lage? Wollen sie für diesen Aufschwung gerüstet sein?

Vom veränderten Kaufverhalten der Ibos hat er auch andere Europäer im Club reden hören. Krause sprach davon, er konnte im letzten Monat gleich zwei teure Generatoren bei Kleinbetrieben unterbringen und Willinghoff meinte, man könne im Augenblick gar nicht in Heimaturlaub fliegen, weil es schade wäre, den regen Fluss der Geschäfte zu unterbrechen.

Im Grunde ist Martin die tatsächliche Ursache der gesteigerten Handelstätigkeit aber egal. Hauptsache, seine Chefs in Deutschland sind mit ihm zufrieden, weil er dann nach seiner Rückkehr viel eher mit einer richtig guten Position rechnen kann.

Während Martin vor dem Schrank steht, ganz in Gedanken versunken mit dem Finger an dem Stapel gebügelter Wäsche entlang streift und sich dann ein frisches Hemd heraussucht, sitzt Charlotte auf dem Bettrand und lackiert sich die Fußnägel. Janneke Willinghoff hat sich aus der Heimat roten Nagellack schicken lassen und verkauft diesen an die anderen Europäerinnen im Club, zu Wucherpreisen, fand Martin. Charlotte ließ sich dennoch nicht davon abhalten, zwei der begehrten Fläschchen in ihren Besitz zu bringen. Das eine, das sie damals aus Rautlingen mitbrachte, ist längst aufgebraucht und sie vergaß, sich bei ihrem Aufenthalt dort vor kurzem mit Nachschub zu versorgen. Nun freut sie sich über den Luxus. Außerdem gefallen ihr die Füße mit roten Nägeln einfach besser.

»Weißt du«, bemerkt Martin, der seine Zukunftsüberlegungen weiter ausgesponnen hat, »wir sollten nicht ewig hier bleiben. Ich meine, dass es sich in Deutschland angenehmer und auch sicherer leben lässt.«

In seiner Vorstellung sieht er sich bereits die Ford Niederlassung in Düsseldorf leiten. Einmal war er dort eingeladen gewesen, zu einer Tagung der Niederlassungsleiter. Die extravagante Ausstattung der Gebäude und die schicken Büroräume hatten ihn begeistert.

Sein Vorschlag trifft bei Charlotte allerdings auf wenig Gegenliebe. Sie beugt sich vor und versetzt ihm einen kräftigen Schubs. »Bist du verrückt!«, fährt sie ihn an. Fast hätte sie vor Empörung das Nagellackfläschchen fallen lassen. »Ich bin gerade dabei, in Nigeria eine Hilfsorganisation aufzubauen. Was soll ich denn da in Deutschland?«

»Ich meine ja nicht sofort«, versucht er sie zu beruhigen. »Du kannst an Ibo-Help schon noch eine Weile weiter wirken. Man hat mich ja auch noch gar nicht gefragt, und mir auch nichts in Aussicht gestellt. Aber sollten die Verkaufsergebnisse in Nigerias Osten weiter steigen, man also mit mir zufrieden sein, dann bekomme ich bestimmt irgendwann eine gute Stelle angeboten. Ich will nicht nach Rautlingen zurück. Lieber in eine Großstadt.« Fast hätte er »nach Düsseldorf« hinzugefügt.

»Okay, irgendwann einmal.« Charlotte winkt ab. Mit fernen Zukunftsvisionen will sie sich gar nicht beschäftigen. Zunächst hat ihre Aufgabe hier den Vorrang. Und die wird sie bestimmt noch eine ganze Weile voll in Anspruch nehmen.

»Allerdings«, sinniert Martin, der seine Träume nicht so schnell aufgeben will, laut vor sich hin, »bei den Summen, die jetzt schon zusammen gekommen sind und sicherlich immer weiter auf dem

Ibo-Help Konto eintrudeln werden, da sollte die Realisierung des Hilfsprojekts ja bald Form annehmen.«

Er setzt sich neben Charlotte auf die Bettkante und legt in versöhnlicher Geste einen Arm um sie. »Es wird auch besser sein, in Deutschland unseren Nachwuchs groß zu ziehen. Wie ist das eigentlich? Hat der kleine Zauberlehrling nicht ungefähr jetzt den Beginn deiner Schwangerschaft vorausgesagt? Wir sollten ihm mal wieder ein bisschen bei der Arbeit helfen. Was meinst du?«

Er zieht sie nach hinten und Charlotte, die das Fläschchen eben zugeschraubt hat, lässt sich auf den Rücken fallen. Für das Liebesspiel ist sie sofort bereit, denn seit einiger Zeit übt Martin seine ›eheliche Pflicht‹ endlich wieder mit mehr Engagement aus. Sie nimmt sogar an, dass sein Eifer bereits Früchte trägt, denn ihre Periode ist seit einigen Wochen überfällig. Noch hat sie deswegen nichts zu Martin gesagt; sie will erst ganz sicher sein.

Am nächsten Morgen, nachdem Martin in den Wagen gestiegen und in Richtung Betrieb davon gefahren ist, überlegt Charlotte, wie ernst er das wohl meint, mit seiner Absicht, in absehbarer Zeit nach Deutschland zurückzukehren? Ob es ihrem Mann gar nicht schwer fallen würde, von hier weg zu gehen? Ihr selbst, das weiß sie genau, wird der Abschied, der hoffentlich noch in weiter Ferne liegt, bitter weh tun. Ganz sicher wird sie einen Teil ihres Herzens zurücklassen, obwohl, darüber ist sie sich schon im Klaren, die Zeit in Afrika eines Tages zu Ende gehen muss. Die Firma wird Martin irgendwann eine andere Stelle anbieten, was ja auch in Ordnung ist. Nur jetzt noch nicht, denkt sie, und langt nach dem Korb, in dem der Stoff liegt, aus dem sie eine Tischdecke zugeschnitten hat und nun noch die Ränder umsäumen muss.

Später fährt Charlotte in den Club, wo sie sich mit Tomo auf einen Kaffee verabredet hat. Es ist schon eine ganze Weile her, seit sie sich zum letzten Mal gesehen haben.

Tomo sitzt an der Bar, hat vor sich eine Tasse stehen und erwartet sie bereits. Sein sonst so fröhliches Gesicht wirkt an diesem Tag sehr ernst.

Sie sieht ihn fragend an.

»Hast du was?«, will sie wissen. »Du siehst bedrückt aus?«

Tomo nickt. »Ich habe jahrelang ein Medikament verkauft, das bei längerer Einnahme während der Schwangerschaft krankhafte Veränderungen beim Fötus bewirkt«, bekennt er mit düsterer Stimme. Seit Wochen schlägt er sich mit diesen schrecklichen Gedanken herum.

»Oh Gott!« Charlotte starrt ihn entsetzt an. »Und was machst du jetzt?«

»Ich habe eine Rückholaktion gestartet. Zum Glück sieht es aber so aus, als wären hier keine Behinderungen vorgekommen, weil die schwangeren Frauen das Mittel nicht genommen haben.«

»Dann ist doch alles in Ordnung.« Charlotte winkt dem Boy.

»So ganz in Ordnung ist es natürlich nicht. In Deutschland soll das Mittel ganz Fürchterliches angerichtet haben. Ich sehe mich da schon involviert.«

Auch wenn Charlotte seine Sorgen gut begreifen kann, möchte sie jetzt aber viel lieber über das ›Nest des Python‹ reden. Sie brennt darauf, Tomo von der Stelle im Busch zu erzählen.

»Du, das ist ganz toll«, beginnt sie und spricht dann während der nächsten Minuten, ohne eine Pause zu machen, von den Erlebnissen vor einigen Wochen und von ihren berechtigten Hoffnungen im Hinblick auf eine positive und rasche Entwicklung beim Bau der geplanten Krankenstation.

»Ehrlich, Charlot«, versucht Tomo, der froh ist, von seinen trüben Gedanken abgelenkt zu werden und aufmerksam zugehört hat, ihre Begeisterung zu bremsen »ein bisschen skeptisch bin ich schon. Ich kenne diesen Amos Tutamosu seit längerem. Er ist fachlich ein kluger Kopf, das ist unbestreitbar. Aber er hat auch etwas Fanatisches und ganz sicher ist er ein großer Verfechter des Freiheitsgedankens der Ibos. Mir wurde zugetragen, er gehöre zum engsten Kreis um diesen Odschukwu. Das macht mir schon Sorgen.«

»Ist Odschukwu nicht einer von diesen Militärs? Ineh erwähnte ihn einmal.«

»Richtig. Er ist Oberleutnant und Angehöriger der Armee der Zentralregierung. Doch hier bei den Ibos hat er den Status eines Führers. Ich sehe in ihm einen heimlichen Rebellen, von dem niemand weiß, was er wirklich im Schilde führt.«

»Amos mag ja zu seinem Kreis gehören. Wenn dem so ist, dann tut er das nur, weil er glaubt, damit seinem Volk dienlich zu sein.«

»Ich weiß nicht, ob du das nicht ein bisschen zu blauäugig siehst. Dieser Tutamosu ist Jurist und er ist auch Politiker. Sein soziales Engagement ist in meinen Augen eine geschickte Masche.«

Charlotte wehrt sich gegen die Einsicht, Amos' soziales Gewissen könnte möglicherweise nur vorgeschoben sein. »Ich finde es eine wundervolle politische Idee, sich um sein Volk kümmern zu wollen«, entgegnet sie schnippisch. »Selbst wenn der soziale Aspekt dabei nicht im Vordergrund steht.«

»Ich wünsche dir, dass du nicht enttäuscht wirst. Denn dass du bester Absicht bist, davon bin ich überzeugt«, sagt er und lächelt sie freundlich an.

Charlotte überlegt zum wiederholten Mal, ob Tomo jemals Wut empfinden kann. Immer ist er ruhig und ausgeglichen, stets spricht er mit sanfter Stimme. Einmal machte sie eine entsprechende Anmerkung, woraufhin er ihr eine Geschichte erzählte. Er hatte seinen elfjährigen Sohn Dazo dabei erwischt, als dieser hinten im Garten einen *Lizard* auf dem Feuer röstete und gerade dabei war, seinem kleineren Bruder vorzuführen, wie es sich anhörte, wenn die Haut der Echse aufplatzt. »Da hättest du mich hören sollen. Ich habe getobt.« »Und, hat es was genutzt?«, hat sie gefragt. Woraufhin er erwiderte: »Am Abend kam Dazo zu mir. Er entschuldigte sich und schien es ernsthaft zu bereuen.«

Eben sieht Tomo auf die Uhr. »Ich muss los, ich habe gleich einen Termin. Aber ich wollte dich fragen, ob du und Martin Lust hättet, morgen Abend zu mir nach Hause zu kommen? Mein Boy wird unser Nationalgericht zubereiten und bei dieser Gelegenheit würde ich euch gern meinen Ojuba, den Gebetsraum zeigen. Du hattest mich doch einmal danach gefragt.«

»Oh ja. Danke für die Einladung. Wir kommen gern.«

Charlotte weiß, dass sie Martin nicht erst zu fragen braucht. Außer, in den Club zu fahren, haben sie für morgen noch nichts vor.

Als die Jordans am nächsten Abend Tomos Haus betreten, steigt ihnen ein aromatisch-würziger Geruch in die Nase. Auf dem Esstisch sehen sie zahlreiche Schüsseln mit zerkleinertem Obst und Gemüse und kaum dass sie Platz genommen haben, trägt der Boy den gegarten Reis und eine Riesenschüssel mit dampfender, roter Soße herein, in der dicke Fleischstücke schwimmen. Das seien Teile von Hühnern, erklärt Tomo, und die Soße sei aus allerlei Zutaten gekocht: aus Tomaten, Kokosnüssen, Okras, Zwiebeln und natürlich unter der reichlichen Verwendung von Chilischoten.

Dann führt er vor, auf welche Weise man hierzulande das Gericht verspeist. Zuerst gibt man von dem Reis in den Teller, dann nimmt man eine Auswahl von Obst und Gemüse dazu und schließlich kommen obenauf Fleisch und Soße.

Die Jordans lassen es sich schmecken und es scheint, als habe sogar Martin kein Problem mit der Schärfe der Soße. Jedenfalls ist ihm nichts anzumerken. Vermutlich hat Charlottes geschickte Vorgehensweise inzwischen zum Erfolg geführt. Ganz langsam, mit immer größeren Prisen, die sie von klein gehacktem Chili den Speisen zufügte, hat sie ihn an den Verzehr gewöhnt. Ganz offensichtlich empfindet er jetzt die Würze kaum noch als unangenehm.

Nach dem Essen geleitet Tomo seine Gäste in seinen Gebetsraum, den *Ojuba*, der sich am Ende des Gangs befindet, der vom Wohnzimmer aus in den Schlaftrakt führt. Tomo öffnet eine Tür und lässt Charlotte und Martin den Vortritt.

Der starke Gegensatz zu den sonst üblicherweise bunt-fröhlichen Behausungen der Afrikaner ist überraschend. Die nüchterne Atmosphäre beeindruckt die Jordans, denn der Raum ist vollkommen in Weiß gehalten. Über allem liegt Helligkeit und Klarheit. Weiß sind die Wände und die großen Kissen, die auf dem Boden liegen. Weiß ist der Teppich und auch der kleine Schrein, an der der Tür gegenüberliegenden Wand.

»Bitte setzt euch.« Tomo deutet auf die auf dem Boden liegenden Kissen. »Dieses Zimmer ist Obatala geweiht«, erklärt er, »dem Ältesten aller Orishas. Er steht für Weisheit, Reinheit, moralische Gesinnung und große Intelligenz. Er ist der Friedensstifter und Weiß ist seine Farbe.«

Charlotte geht in die Hocke, schlägt die Beine unter und nimmt die Haltung ein, die, wie Ineh erklärte, den Körper am ehesten bereit macht, um Spannungen abzubauen. Aus dem Augenwinkel beobachtet sie Martin. Ihm ist die Sitzweise mit untergeschlagenen

Beinen ungewohnt und er braucht einige Zeit, bis er eine Haltung gefunden hat, mit der er einigermaßen zurecht kommt.

»Dies ist das Zeichen von Obatala.« Tomo deutet auf das Bild an der Wand.

Zu sehen ist ein Symbol in der Form einer Amphore, doch zugleich scheint es ein Körper zu sein, denn anstelle der Henkel bemerkt Charlotte Ohren. Am unteren Ende der bauchigen Vase befinden sich zwei gebogene Beine, außerdem zwei lange Arme, die weit abgewinkelt sind und in den Händen Zweige mit gefächerten Blättern halten. Worte in einer fremden Schrift stehen darunter.

»Ich werde euch das Gebet übersetzen«, sagt er und fährt fort:

»Vater des weißen Tuches, das sich erhebt und aufbläht, wie eine Wolke.

Der, dem die Peitschen des Gewinns gehören.
Boa-Verehrter, geehrter Häuptling von Ejigbo
Er, dem das Glück untertan ist, er schlägt zu,
schlägt zu, sieh nur Ejigbos Peitschen des Gewinns,
sie schlagen zu, schlagen zu, sieh nur, Du säuberst die Welt.«

Martin runzelt die Stirn. Er weiß nichts mit dem Bild und schon gar nichts mit dem Text anzufangen. Das alles kommt ihm ziemlich konfus vor.

Aber auch Charlotte ist mehr irritiert als beeindruckt. »Warum wird so viel vom Schlagen gesprochen? Sagtest du nicht etwas von einem Friedensstifter?«

»Völlig richtig. Denn in diesem Fall sind es die Peitschen des Gewinns, die reinigen. Es ist eine Handlung der Säuberung, nicht der Strafe.«

»Was oder wer soll gesäubert werden? Diejenigen, die nicht eurer Religion angehören?« Charlotte nutzt die Gelegenheit, um etwas zur Sprache bringen, wovon sie Ineh reden hörte und was sie neugierig machte. »Vielleicht die Ibos? Mit denen seid ihr doch verfeindet. Hängt das mit der Religion zusammen? Mit der unterschiedlichen Ausübung? So weit ich weiß, habt ihr doch wohl den gleichen Ursprung.«

»Wir sind nicht eigentlich verfeindet«, wehrt Tomo ab. »Das verbietet uns schon die Religion, die, ähnlich wie bei euch Christen, die Liebe zum Nächsten verlangt. Nur halten sich natürlich nicht alle daran.« Er lächelt. »Um aber den Unterschied der yorubischen und der sogenannten Alten Religion zu erklären, muss ich weiter ausholen.«

Er wirft Martin einen Blick zu, wohl wissend, dass der Deutsche das Interesse seiner Frau an spirituellen Dingen nicht teilt. Martin macht auch einen ziemlich gelangweilten Eindruck, bemüht sich aber, das nicht offen zu zeigen.

»Der Ursprung ist, wie du schon erwähntest, der selbe«, wendet Tomo sich an Charlotte. »Auch heute noch gibt es in beiden Religionsgruppen den gleichen Namen für Gott, auch etliche der Orishas sind gleich. Doch irgendwann, vor langer Zeit, haben sich die abgelegenen Stämme in der Gegend der Nigermündung in eine andere Richtung entwickelt. Die Yoruba-Religion war ihnen wohl zu wenig sinnlich. Zu wenig mit Zauberlehren behaftet. Sie gründeten Geheimbünde und bauten in ihre Bräuche Mystisches ein. Nur den Eingeweihten war es fortan erlaubt, religiöse Handlungen auszuüben. Deren Riten beinhalten magische Künste, sie beschwören Dämonen und beten Götzenfiguren an. Ausschließlich die Mitglieder der Geheimbünde kommunizieren mit den Orishas, was gänzlich dem widerspricht, wie die Yorubas es lehren. Jeder einzelne soll und darf Zugang zu Gott haben. Für jeden Menschen muss es möglich sein, sein irdisches Bewusstsein so weit zu entwickeln, dass es sich schließlich mit dem himmlischen Bewusstsein vereinigt.«

Tomos Ausdruck wird ernst. »Aber keinesfalls darf das durch Zauberei oder durch Okkultismus geschehen«, sagt er mit Nachdruck.

Charlotte, die dem Vortrag aufmerksam gefolgt ist, rutscht jetzt unruhig auf ihrem Kissen herum, weil sie peinlich berührt an den Fetisch denken muss. Zugleich fällt ihr ein, dass sie die kleine Statue seit längerem nicht eingeölt und mit Kräutern eingerieben hat, allerdings sieht sie dazu auch keine Notwendigkeit mehr.

Jedenfalls ist sie froh, vor Tomo den Fetisch bisher nicht erwähnt zu haben. Und schon gar nicht ihren Versuch, durch Beschwörung eine Schwangerschaft herbeiführen zu wollen.

Sie bemerkt, wie Martin sie von der Seite ansieht, mit einem, wie sie meint, höchst amüsierten Ausdruck. Natürlich ahnt er ihre Gedanken, was ihr unangenehm ist. Warte nur, denkt sie aufmüpfig, wenn ich in der nächsten Woche meine Tage immer noch nicht habe, dann wirst auch du einsehen müssen, dass es mit der Vorhersage der Muscheln im Schlangenkreis seine Richtigkeit hat.

Tomo bekommt offenbar nichts mit von den gemischten Gefühlen seiner Besucher. Er fährt fort, die religiösen Unterschiede zu erklären.

»Die Anhänger der sogenannten Alten Religion versuchen sich mit allerlei Praktiken die Gunst der Orishas zu erkaufen, sie wollen das Schicksal beeinflussen und die Geschicke lenken. Genau das ist aber nicht unsere Aufgabe«, betont er. »Wir haben das anzunehmen, was uns bestimmt ist. Und wir dürfen nicht durch allerlei obskure Praktiken versuchen, Einfluss zu nehmen. Es ist richtig, dass unsere gemeinsamen Ahnen dem Baum, dem Felsen, der Statue Verehrung entgegen gebracht haben. Doch meinten sie nicht dieses Ding vor ihnen, sondern die intensive Energie, die für deren Vorhandensein sorgte. In allem sahen sie einzig Oldumare, den Schöpfer.«

Tomo hält inne und sieht Charlotte aufordernd an.

Weil er offenbar eine Äußerung erwartet, fragt sie nach dem Sinn der *Orishas*, obwohl ihr Ineh deren Aufgaben schon erläutert hatte. »Bei meinem Besuch in Okigbo bekam ich den Eindruck, als wären die Orishas so eine Art Geister, die man durch Beschwörungen herbeiruft. Bei richtiger Behandlung, so wurde mir erklärt, sagen sie Ereignisse der Zukunft voraus und schützen auch vor Unheil.«

Tomo nickt. »Die primitiven Stämme sehen in den Orishas tatsächlich eine Art Lebewesen. Dabei sagt schon das Wort aus, worum es sich handelt. Ori bedeutet ›Der geistliche Funke‹ im menschlichen Bewusstsein. Sha ist die Fähigkeit, in das göttliche Bewusstsein einzutauchen und sich einzufügen. Also sind die Orishas ein Teil von uns selbst. Wir sind fähig, diese himmlischen Kräfte in uns zu wecken. Durch Gebete, Lieder, Tänze, durch Orakelbefragung und auch durch Rituale oder Opfergaben können wir das erreichen.« Er lächelt sie an. »Ich will dich nicht belehren, aber ich spüre dein gro ßes Interesse, und deswegen hole ich so weit aus.«

Auch wenn Charlotte seine Äußerung über die ›primitiven‹ Stämme abwertend findet, so muss sie doch zugeben, dass seine Erklärungen über die Yoruba-Religion besser in ihre persönliche Glaubensvorstellung passen. Die magischen Bräuche der Ibibios kommen ihr auf einmal – auch wenn ihre Gefühle und ihr Verstand sich da nicht einig sind – ziemlich dämonisch und okkult vor.

Nachdenklich sagt sie: »Mir ist beim Zuhören der Gedanke gekommen, dass das Christentum und die Yoruba-Religion gar nicht so weit auseinander liegen.«

»Das kommt mir auch so vor«, pflichtet Martin bei, der sich jetzt ebenfalls angesprochen fühlt. »Bilder und Beispiele mögen unterschiedlich sein, aber der Sinn scheint hier wie da auf das Eine, eben auf das Göttliche, gerichtet zu sein.«

Charlotte wundert sich, als sie ihn so reden hört. Bisher hat er sich in Äußerungen zum Spirituellen eher zurückgehalten.

»Das seht ihr ganz richtig«, stimmt Tomo zu, den Martins Einbindung freut. »Zwischen Christen und Anhängern von Yoruba gibt es tatsächlich viele Gemeinsamkeiten. Zum Beispiel sehen wir in unserem Propheten Orunmila einen Abgesandten von Gott. Er ist zugleich Menschensohn, wie eben auch Jesus. Es gibt auch in der Yoruba-Religion Apostel, die mit ähnlichen Aussagen Verse schrieben. Zum Beispiel heißt es bei uns: ›Rat zu erhalten, ihn anzunehmen, um zu wissen, wie der Lauf der Welt ist.‹ In der Bibel heißt es: ›Hör auf guten Rat und nimm Zucht an, damit du weise wirst für die Zukunft.‹ Dann wieder heißt es bei uns: ›Sprich nicht über die, deren Geist verwirrt oder deren Körper verkrüppelt ist. Geh nicht aus dem Haus und sprich schlecht von denen, die Schwierigkeiten haben.‹ In der Bibel heißt es: ›Wer den Armen verspottet, schmäht dessen Schöpfer, wer sich über ein Unglück freut, bleibt nicht ungestraft.‹

Als die Jordans später nach Hause fahren, bleiben sie schweigsam. Die ganze Fahrt, bis sie schließlich vor dem Haus ankommen, sprechen sie kein Wort.

Erst als sie das Wohnzimmer betreten haben, schlägt Martin vor: »Komm, lass uns noch ein Bier trinken und reden.«

Er geht zum Kühlschrank und nimmt eine Flasche heraus. »Ich finde, Tomo macht ein ziemliches Theater mit seiner Religion.« Er mimt den Unbeeindruckten. »Sich einen eigenen Gebetsraum einzurichten und den mit allerlei Firlefanz auszustatten, halte ich für ganz schön übertrieben.«

Charlotte empört seine respektlose Ansicht. »Nächstenliebe und Verständnis füreinander ist eine der Grundpflichten, die jeder für sich beherzigen sollte.« Hochmütig – also weder dem yorubischen noch dem christlichen Gedanken folgend – reckt sie die Nase in die Luft.

»Oh, entschuldige!« Martin schmunzelt. »Ich wollte keineswegs deine empfindsame Seite angreifen.« Er schiebt ihr ein volles Glas hin. »Mir ist es ehrlich gesagt gleich, welchen Lehren du folgst. Hauptsache, du vergisst mich nicht dabei.«

»Das tue ich ganz gewiss nicht.«

In diesem Moment wird ihr bewusst, wie wichtig ihr Martin ist, wie sehr sie ihn mag, wie sie seine Zuverlässigkeit und Geradlinigkeit schätzt und braucht.

»Meine Blutung ist schon einige Wochen überfällig«, bekennt sie, weil es ihr auf einmal unsinnig vorkommt, mit dieser Nachricht noch länger warten zu wollen.

Martin hockt sich vor ihr nieder und legt die Arme um sie. »Wundervoll«, sagt er und seine Stimme ist voller Zärtlichkeit. »Ich freue mich ganz riesig.«

Beim Treffen mit Amos, wenige Tage später im Club, kann Charlotte es nicht lassen, auch vor ihm über die bei Tomo gewonnenen Erkenntnisse Bemerkungen zu machen, obwohl sie seine ablehnende Einstellung durchaus kennt. Aber irgendwie hat sich in ihr die heimliche Vorstellung eingenistet, sie könne durch die Zusammenführung von Amos und Tomo auch eine Annäherung der verfeindeten Religionen in die Wege leiten.

»Tomo hat mich in seinen Tempelraum geführt«, beginnt sie vorsichtig und stößt damit sogleich auf heftige Ablehnung.

»Charlot!«, ruft Amos empört aus und starrt sie wütend an. »Ich halte nichts von deiner Bekanntschaft zu diesem Awolalu. Ihn dann auch noch zu Hause zu besuchen, finde ich abartig. Ich kann dich wirklich nicht verstehen.« Er führt sich auf, als wäre er ihr Ehemann und könne ihr Anweisungen geben.

»Tomo ist sehr nett und hat richtig viel Ahnung«, verteidigt sie ihn. »Er erzählte von der Yoruba-Religion, und ich entdeckte viele Ähnlichkeiten mit dem Christentum.«

»Zum Beispiel?«

»Die Nächstenliebe.«

»Dass ich nicht lache. Wer hält sich denn an so was? Du bist wirklich naiv. Das sind doch nur Lippenbekenntnisse.«

»Das stimmt nicht.«

»So? Handelt ihr Christen nicht auch alle nur zu eurem eigenen Vorteil? Versucht nicht jeder, sich vom Kuchen das größte Stück abzuschneiden? Schaut ihr nicht auch ausschließlich nach eurem persönlichen Vorankommen? Werden bei euch nicht wie überall, wenn es um Macht und Besitz geht, Freundschaften und moralische Werte hinten angestellt? Wird dann nicht nach allen Seiten getreten?«

»Ich mache das nicht«, versucht sie zu widersprechen.

»Dann warst du eben noch in keiner brisanten Situation, wo es dir schwer fiel, deine Loyalität zu beweisen. Im Endeffekt würdest auch du ganz sicher zuerst an deinen eigenen Vorteil denken.«

»Das stimmt nicht«, wiederholt sie. »Du weißt selbst, dass unsere Bemühungen im Hinblick auf Ibo-Help wirklich nur darauf ausgerichtet sind, anderen zu helfen. Was sollte ich denn dabei für Vorteile haben?«

Mit dieser Aussage scheint sie Amos‘ harsche Meinung nun doch ein wenig ins Wanken zu bringen. Er schaut sie aufmerksam an, so als wolle er die Ernsthaftigkeit ihrer Worte überprüfen. Als er ihren offenen Blick sieht, sagt er beruhigend: »Natürlich. Du hast ja Recht. Ich engagiere mich persönlich, weil es sich eben um mein eigenes Volk handelt. Aber bei dir ist es tatsächlich ein durchaus selbstloser Einsatz.«

»Wie weit sind eigentlich die Arbeiten an der Baustelle gediehen? Ich würde gern ein paar Fotos machen, für die Franken-Rundschau.« Auch wenn sie den sozialen Gedanken in den Vordergrund schiebt, möchte sie schon gern mit den Veröffentlichungen daheim in Rautlingen ein wenig Eigenwerbung betreiben.

»Derzeit ist noch gar nichts zu sehen. Man ist dabei, den Boden vorzubereiten. So zwei, drei Monate wird es dauern, bis die ersten Wände stehen.«

»Könnten wir nicht mal wieder hinfahren?«

»Ich war letzte Woche dort. Die Männer haben die Fundamente gesetzt, fertigen jetzt Lehmziegel und bearbeiten die Bretter. Ich habe übrigens Geld abgehoben, damit wir Material kaufen konnten.«

»Hab ich bemerkt. Doch es ist schon wieder Geld aus Deutschland nachgeflossen. Vater schreibt, dass die eine Druckerei, die zu unseren Sponsoren gehört, ihrem gesamten Schriftverkehr Spendenformulare beilegt, was recht erfolgreich zu sein scheint.«

»Dein Vater macht das wirklich großartig. Sobald ich es einrichten kann, sollten wir eine Deutschland-Reise in Angriff nehmen. Ich würde mich gern persönlich bei ihm bedanken.«

»Das wäre toll.« Bei dem Gedanken, mit Amos nach Deutschland zu reisen, bekommt Charlotte glänzende Augen.

Sie sollte den Eltern jetzt schon bald die Reise in Aussicht stellen, damit dem Untermieter gekündigt werden kann. Sie möchte unbedingt mit Amos gemeinsam in der Einliegerwohnung übernachten. Schwanger werden kann ich dann ja nicht mehr, denkt sie und lächelt leise vor sich hin.

Amos bemerkt ihr Lächeln nicht. Zu sehr ist er damit beschäftigt, ihr zu berichten, wie erfolgreich sein Freund Chinue – den Charlotte inzwischen bei diversen Gelegenheiten kennen gelernt hat und nicht besonders sympathisch findet – dabei sei, mit einer Firma in England, die touristische Läden betreibe, ein Geschäft aufzubauen, mit Kalebassenschalen, geschnitzten Holzlöffeln und Masken. Die Leute dort wären ganz scharf auf afrikanische Sachen.

Charlotte tut, als interessiere sie das. Allerdings ist ihr ziemlich egal, mit welchen Geschäften sich dieser, auf sie unehrlich wirkende Freund, sein Geld verdient.

Ihre Gedanken kreisen, wie oft in den letzten Tagen, um die Schwangerschaft. Regelmäßig erscheint dann auch die Nacht in Okigbo vor ihrem inneren Auge. Sie sieht sich noch vor sich, wie sie morgens in der fremden Hütte aufwachte. Doch will ihr einfach nicht einfallen, wie die Nacht davor ablief, was wirklich geschah. Sie erinnert sich daran, dass sie sich wund fühlte, dass sie zum Fluss gelaufen war und sich in das erfrischende Wasser geworfen hat, so als müsse sie die nächtliche Begebenheit von und aus ihrem Körper waschen. Was, wenn dies nicht gereicht hat? Was, wenn das Kind, das sie unter dem Herzen trägt, von Amos ist?

XV

Das Musical Joseph and the Amazing Technicolor Dreamcoat erzählt die Geschichte von Joseph von Ägypten. Joseph, auch der Träumer genannt, war ein Sohn des Patriarchen Jakob und späterer Berater des ägyptischen Pharaos.

Kapitel 15

Onitsha, April 1967

So beunruhigend und schrecklich sich die Ereignisse in den letzten Monaten auch entwickelten, kann Ineh doch etwas Gutes darin sehen: Die Unruhen im Norden haben ihr Samuel zurückgebracht. Gemeinsam mit einigen Kollegen, die an der Baustelle arbeiteten und im Camp lebten, gelang es ihm zu fliehen. Zur Flucht haben sie sich einen der *lorrys* ›ausgeborgt‹, wie er sagt und sind schleunigst abgerückt. Heil und wohlbehalten ist er in Onitsha eingetroffen.

Doch seine in stockender Stimme vorgetragenen Berichte über das Erlebte klingen grauenvoll und lösen bei ihr schließlich einen Weinkrampf aus.

»Schon seit Wochen mussten wir uns vorsehen, wenn wir abends das Camp verließen«, fängt Samuel an, die Geschehnisse zu schildern. Auf einmal und ohne dass tatsächlich die Ursache für diese Feindseligkeiten auszumachen war, hätten die muslimischen Haussas den überwiegend christlichen Ibos bösartig nachgestellt.

Es ist sein Ankunftsabend und man hat ihm zu Ehren einen Korbsessel nach draußen vor Onkel Ibrahims Häuschen gebracht. Auf dem sitzt er nun, dicht neben sich Ineh, die seine Anwesenheit noch gar nicht so recht fassen kann und von Zeit zu Zeit seinen Arm berührt, um sich von seiner körperlichen Nähe zu überzeugen.

Umringt vom Onkel – der zur Feier von Samuels Eintreffen eine Kalebasse mit Palmwein herbeigetragen hat –, der Tante und den vier Kindern, die begierig und voller Erwartung auf die abenteuerlichen Ereignisse mit offenen Mündern und lauschenden Ohren auf dem Boden hocken, beginnt er seinen Bericht.

Samuel erzählt, wie die Ibos verfolgt und angegriffen wurden, wie es schließlich zu Verletzungen und dann auch zu einigen Tötungen gekommen sei. Doch wie enorm sich der Hass der Bewohner des Nordens gesteigert hatte, sodass es schließlich zu grauenvollen Massakern kam, erfuhren er und seine Leute erst, als sie sich eines Abends nach Beendigung der Arbeit an der Baustelle aufmachten zur Stadt.

Sie waren bei den Häuschen am Stadtrand angekommen, dort wo die befreundete Familie Barabi lebte, bei der Ineh während ihres Besuchs in Kaduna untergeschlüpft war. Zunächst fiel ihnen nur auf, dass das Umfeld irgendwie anders aussah. Bis zu diesem Tag galten die adretten Häuschen mit ihren kleinen gepflegten Gärten nämlich als Musterbeispiel für Sauberkeit und Ordnung. Jetzt allerdings erblickten die Männer eine seltsame Unordnung, ein wildes Durcheinander. Die angebauten Pflanzen waren zertreten, Töpfe und Küchengeräte lagen herum, dazwischen Körbe, Matten und Kleidungsstücke.

Dann entdeckten sie die Toten!

Zunächst sahen sie Fina und die drei kleineren Kinder. Den blutüberströmten Rob, der offensichtlich seine Familie hatte verteidigen wollen, fanden sie ein Stück entfernt. Eine Hand war ihm abgehackt worden, man hatte ihn mit Messerstichen traktiert und ihm schließlich die Kehle durchgeschnitten. Samuel berichtet, und dabei versagt ihm immer wieder die Stimme, wie er in verzweifelter Hoffnung die Gegend absuchte und schließlich bei den Toten auch die ältere Tochter entdeckte.

»Ich hob sie auf und trug sie zu der Stelle, wo ihre Eltern und Geschwistern lagen. Dann wollte ich ein Grab ausheben. Ich hab mich nach einem Werkzeug umgesehen und weil nichts anderes da war, hab ich angefangen mit einem Löffel und einem Topfdeckel ein Loch zu graben.«

Er schweigt und versucht sich zu sammeln. Nur Inehs Schluchzen ist in der nun eingetretenen Stille zu hören.

»Aber meine Kameraden haben mich gehindert«, fährt er fort.

»Ich sei wohl wahnsinnig, haben sie gesagt, die Mörder würden vermutlich in Kürze zurückkehren und nach Überlebenden Ausschau halten. Wir müssten schleunigst verschwinden, für das Beerdigen der Toten fehle die Zeit. Weil mir das egal war und ich einfach weiter gegraben habe, wurde ich von ihnen gepackt und mit Gewalt weggezerrt.«

Samuel lehnt sich zurück. Er schließt einen Moment die Augen und fährt sich mit der Hand über die Stirn, so als wolle er die schlimme Erinnerung wegwischen.

»Wir sind im Eilschritt den ganzen Weg zurück zum Camp gelaufen«, erzählt er weiter, »und haben dort unsere Sachen zusammengerafft.«

Ken, so beendet Samuel den Schreckensbericht, habe die Tür des Lastwagens aufgebrochen und den Starter kurzgeschlossen. Drei von ihnen seien in die Fahrerkabine geklettert, die anderen fünf hätten sich auf der Ladefläche zusammengekauert. Weil sie Glück hatten und von niemandem angehalten wurden, sei ihnen so die Flucht gelungen.

Der Onkel fragt nach, möchte wissen, wie viele Tote es insgesamt gegeben hat, ob einem Großteil der dort lebenden Ibos wohl die Flucht geglückt sei?

Ineh kann nicht fassen, was da geschehen ist und sie bleibt, tränenüberströmt und zutiefst betrübt, eine längere Weile still in sich gekehrt. Das Gehörte hat ihr die Freude über Samuel Rückkehr vergällt. Die ganze Familie ermordet! Den Gedanken kann und will sie einfach nicht akzeptieren.

Ganz deutlich erstehen die Tage bei den Birabis in ihrer Erinnerung auf: Wie sie mit Fina das Essen zubereitete, und an der großen Tochter eine neue Zöpfchenfrisur ausprobierte. Wie sie mit den beiden kleinen Töchtern Bekleidungen für die Puppen bastelte und wie stolz Rob auf den Jüngsten gewesen war. Ineh kann gar nicht aufhören zu weinen und findet den Gedanken unerträglich, dass nicht einmal die Leichen bestattet werden konnten.

»Wieso habt ihr sie da einfach liegen lassen?«, fragt sie immer und immer wieder. »Ihr hättet sie auf jeden Fall begraben müssen.«

»Ineh, ich bitte dich«, versucht Samuel ihr die Realität vor Augen zu führen. »Die Mörder streunten noch in der Gegend herum und suchten nach weiteren Opfern. Hätte ich mich auch abschlachten lassen sollen?«

Das bringt sie zur Vernunft. Natürlich ist es ihr am Wichtigsten, ihren Verlobten wohlbehalten bei sich zu haben.

Von da an spricht Ineh nicht mehr über die Toten, hüllt sich aber öfter als zuvor in Schweigen und denkt nach. Warum nur sind die Menschen so schlecht, überlegt sie? Warum ist ein friedliches Miteinander so schwierig? Warum giert jeder nach Macht und Geld? Wie aufgescheucht schwirren die Gedanken in ihrem Kopf herum und sie kann es nicht verhindern, dass gelegentlich auch Amos vor ihrem inneren Auge erscheint.

Weil Ineh befürchtet, die schlimmen Geschehnisse könnten eines Tages in Vergessenheit geraten, nimmt sie sich vor, etwas Bleibendes zum Gedenken an Rob, Fina und die Kinder zu schaffen. Sie überlegt und zunächst kommt ihr die Idee, im Gärtchen neben dem Haus ein Beet anzulegen. Dahinein will sie für jedes Mitglied der Familie Birabi eine Pflanze setzen. Jeweils eine Blumenstaude für die drei Mädchen, eine Ananas für Fina, eine Yam-Pflanze für Rob und eine Maniok-Pflanze für den kleinen Jungen.

Doch da erhält sie von der Rektorin ihrer Schule einen außergewöhnlichen Auftrag.

»Sie singen und musizieren doch so gern mit den Kindern«, meint Sister Mary Ruth und Ineh ist erstaunt, dass es dieses Mal gar nicht wie ein Vorwurf klingt. »Also sind Sie genau die Richtige, um ein Singspiel einzuüben«, fährt die Rektorin fort und drückt ihr ein Anleitungsheft mit Noten und Texten in die Hand.

Der Einband ist gelb, mit einer daraufgemalten Figur in einem farbigen Gewand. ›*Joseph and the amazing technicolor dreamcoat*‹ liest Ineh, und darunter: Andrew Lloyd Webber and Tim Rice.

Zu Hause, beim Blättern und beim Vertiefen in die Liedtexte, kommt bei Ineh helle Begeisterung auf. Als sie am nächsten Tag die Rektorin aufsucht und nachfragt, in welcher Art man die Aufführung wünsche, wird ihr die Leitung der Proben übertragen. Sie solle den Inhalt studieren, dort fände sie eine genaue Anleitung, könne aber auch ihre Phantasie spielen lassen. Zudem wird sie aufgefordert, die Herstellung der Kostüme zu überwachen und auch die Rolle der Erzählerin zu übernehmen.

Seit diesem Tag spukt das Musical des Tags und des Nachts in Inehs Kopf herum.

Gerade hat sie das Gemüse geputzt, es anschließend für die Suppe in kleine Stücken geschnitten und sich dabei wieder einmal mit der Aufführung beschäftigt. Zunächst hat sie überlegt, wie die Bühne ausgestattet werden soll und ist dann gedanklich dazu übergegangen, sich die Anfertigung der Kostüme zu überlegen.

Weil in ihrem Kopf eine Idee feste Form annimmt, ruft sie nach Samuel, der soeben mit der Hacke das von der Sonne gehärtete Stück Erde hinter dem Haus bearbeitet, um an dieser Stelle Yam-Pflanzen zu setzen.

»Was ist?« Samuel hält einen Moment inne und wischt sich mit dem Handrücken den Schweiß von der Stirn.

Ineh schiebt die neben ihr stehende Schüssel mit den Maisfladen beiseite und beugt sich aus dem Fenster. »Könntest du mit mir zum Markt gehen? Ich brauche Stoffe.«

»Später. Erst muss ich das hier fertig machen. Ibrahim bringt nachher die Pflanzen mit. Die müssen gleich in die Erde.«

»Gut. Aber danach?«

»Danach können wir gehen.«

So lange kann sie warten. Von Samuels Eifer, dem Onkel zur Hand zu gehen, ist sie angetan, denn dies ist seine Gegenleistung für die Mahlzeiten und die Unterkunft. Einen Job hat er in Onitsha bisher noch nicht ergattern können. Nur von Amos erhielt er ein Angebot, er könne sich in der Ibo-Armee zum Soldaten ausbilden lassen, was Ineh, als sie das hörte, entsetzte und auch erstaunte.

»Wozu braucht ihr Soldaten?«, hatte sie wissen wollen und Amos erklärte daraufhin, es wäre schon wünschenswert über ein paar Männer zu verfügen, die mit einem Gewehr umzugehen wüssten. Man könne schließlich nicht voraussagen, wann die Yorubas mal wieder Lust hätten, ihnen auf den Leib zu rücken. Da sollte man doch besser gerüstet sein, um den Eindringlingen eins auf die Nase geben zu können. Immer nur mit der weißen Friedensfahne zu wedeln, hielte er inzwischen für eine falsche und wenig beeindruckende Praxis.

Obwohl Samuel zunächst Amos' Angebot abgelehnt hat – worüber Ineh sehr froh war – so hat er doch gerade am Vorabend gemeint, dass es vielleicht gar nicht so unsinnig sei, sich dieser Ibo-Truppe anzuschließen. »Wenn ich hier in Haus und Garten mit allen Aufgaben fertig bin und immer noch keinen richtigen Job gefunden habe, werde ich ernsthaft darüber nachdenken.«

Seitdem hofft Ineh inständig, dass das Schicksal bald eine gute Arbeit für Samuel bereit hält, denn als Soldat sähe sie ihn ungern, auch wenn Amos die Ibo-Armee hinstellt, als handle es sich dabei nur um ein Häuflein harmloser Friedensstifter.

Später am Nachmittag machen Ineh und Samuel sich auf den Weg zu den Markthallen.

In der Stoffabteilung sieht Ineh sich um. »Ich brauche zehn Yard von dem roten Stoff mit dem schwarz-gelben Muster, zehn Yard von dem blauen mit den aufgedruckten braunen und gelben Füssen und zehn Yard von dem grünen mit den roten Tupfen.«

Sie wendet sich den Ballen auf der anderen Gangseite zu und deutet auf drei weitere bunt gemusterte dicke Stoffrollen. Von jedem möchte sie ebenfalls jeweils zehn Yard abgemessen haben.

Samuel betrachtet sie verblüfft. »Wofür brauchst du so eine Menge Stoff? Und wovon bezahlst du das?«

»Ich brauche es für Kostüme. Wir führen ein Singspiel auf und daraus nähen wir Kittel für die Kinder. Das Geld gibt mir die Rektorin.«

Ineh hat die Aufführung zwar schon einmal erwähnt, doch Samuel scheint nicht so recht hingehört zu haben.

Jetzt verdreht er die Augen. »Was für eine Riesenarbeit«, stohnt er, obwohl er bislang gar nicht um Mithilfe gebeten wurde.

Ineh wird ihn wohl auch nicht danach zu fragen brauchen, denn die Mütter der Schulkinder sind ganz begierig darauf, endlich mit Schere, Nadel und Faden die Fertigung der Kostüme zu übernehmen. Charlotte hat ihre Unterstützung ebenfalls zugesagt.

Als Ineh jetzt darüber eine Bemerkung macht, erhält sie von Samuel einen erstaunten Blick. »Deine deutsche Freundin? Welche Ehre!«, sagt er mit betont ironischem Beiklang.

Bisher traf er die weiße Bekannte erst einmal. Er fand sie nett, doch nachdem er von Ineh erfuhr, dass Amos und Charlotte eine ziemliche Begeisterung füreinander hegten, bewirkte das eine sofortige Abkühlung seiner Gefühle. Für den Flirt der verheirateten, weißen Frau mit seinem zukünftigen Schwager kann er kein Verständnis und schon gar keine Sympathie aufbringen.

Ineh, der nicht verborgen blieb, wie reserviert ihr Verlobter der Deutschen gegenüber steht, übergeht die Ironie in seiner Bemerkung.

»In dem Singspiel bin ich die Erzählerin«, erläutert sie weiter, »und werde einen Umhang aus allen diesen Stoffen tragen. Ich schneide daraus Quadrate, nähe die abwechselnd aneinander, um so schließlich einen wundervoll farbigen Mantel zu haben.«

Noch behält sie für sich, dass sie damit einen Erinnerungsmantel für die ermordeten Birabis plant. Darüber wird sie Samuel erst in Kenntnis setzen, wenn der Mantel fertig ist. Sie wird ihm erklären, warum sie sechs Farben wählte und für wen sie stehen. Nämlich der rote Stoff für Fina, der blaue, grüne und gelbe für die drei Mädchen, der braune für Rob und der orangefarbene für den kleinen Tom. In jeden einzelnen Flicken will sie ein Stück Erinnerung einbringen und wenn sie dann den Umhang trägt, wird es ein Gedenken sein. Auf diese Weise wird sie die Geister der Familie Birabi auf ewig an sich binden.

Die Schüler der St. Georges Missionsschule sind zur Zeit für die Unterrichtsstunden auf nur drei Räume verteilt, denn eines der Klassenzimmer ist zum Vorbereitungsraum für das Singspiel erklärt worden. Hier sitzen an diesem Tag mehr als ein Dutzend Frauen beisammen, schneiden die Stoffe in Bahnen und nähen sie für die Kittel aneinander.

Ineh hat sich mit Charlotte an einen der hinteren Tische verzogen. Während sie an den Flicken für den Erzähler-Umhang sticheln, erzählt Ineh von ihrer Idee, einen Erinnerungsmantel zu fertigen.

»Seit wann lebten die Birabi in Kaduna?«, fragt Charlotte.

»Ich weiß es nicht genau, aber bestimmt schon sehr lange. Alle Kinder sind dort geboren. Sie waren da richtig zu Hause.«

»Ich kann einfach nicht begreifen, wie das geschehen konnte.« Charlotte lässt die Hand mit der Nadel sinken und zieht die Stirn in nachdenkliche Falten. »Wieso hat sich bei den Haussas ein derartiger Hass aufgestaut? Was konnten sie den Ibos denn vorwerfen, dass daraus eine derart grauenvoll Reaktion entstand? Martin sagt, bei dem Aufruhr sollen Tausende von Menschen umgekommen sein.«

»Zehntausende! Das jedenfalls behauptet Amos. Von ihm weiß ich auch, dass die Ursache in der Angst der Moslems vor dem Ehrgeiz und der Klugheit der Ibos zu sehen ist. Die Haussas sind zu stark den alten islamischen Traditionen verpflichtet und daher nicht gewillt, sich in die Gesetze eines modernen Staates einzufügen. Die Alten wollen verhindern, dass die traditionellen Formen ihrer Gesellschaft zerstört werden und die Jungen fürchten, dass ihnen von den schlauen Ibos die guten Ämter weggenommen werden.«

»Das genügte, um Tausende Menschen abzuschlachten?« Charlotte mag das nicht glauben.

»Das genügte! Wenn sie die Gelegenheit bekämen, dann würden sie uns total vernichten. Sie wollen am liebsten alle Ibos tot sehen!« Inehs Stimme hat einen lauten und heftigen Ton bekommen.

Die Frauen an den anderen Tischen drehen sich zu ihnen um.

»Na, na«, versucht Charlotte, die Aufregung der Freundin abzuschwächen. »Vielleicht wollen sie keine anderen Stämme in ihrer Nord-Region dulden. Doch so lange ihr Ibos hier im Osten bleibt, habt ihr ja wohl nichts zu befürchten.«

»Wer weiß?« Ineh wickelt einen langen Faden von der Garnrolle und beisst ihn ab. »Amos behauptet, es wäre den Haussas gleich, wo wir leben. Die wollen nur eines: uns alle umbringen.«

Fast hätte sie ›Punkt‹ angefügt, weil sie darüber jetzt nicht mehr reden will.

Sie fädelt ein und sticht die Nadel in den Stoff.

»Sister Mary Ruth meinte, du könntest vielleicht den Kindern in meiner Klasse etwas über Europa erzählen?«, kommt sie auf ein anderes Thema zu sprechen. »Du wolltest doch gern beim Unterrichten helfen. Auf ihrem Schreibtisch hat sie ein Buch liegen mit den Landkarten der europäischen Länder. Die Kinder sollten etwas über Städte, Flüsse und Gebirge erfahren. Hole es dir und sieh es an. Wenn du willst, stellt sie für dich einen Stundenplan zusammen.«

»Au, fein.« Charlotte strahlt.

Vor ein paar Wochen kam ihr die Idee und sie fragte vorsichtig bei Ineh an. Sie sucht eine Beschäftigung und weil sie Kinder mag, ihre Kenntnisse der englischen Sprache inzwischen auch so gut sind, dass sie es sich zutraut, ein wenig am Unterricht der St. Georges Missionsschule mitzuwirken, fühlte sie bei Ineh vor. Doch zunächst war keine Rückmeldung erfolgt und Charlotte hatte die Angelegenheit schon fast wieder vergessen.

Nun ist sie hocherfreut, doch in das Schulprogramm eingebunden zu werden. Ihr liegt Erdkunde. Der Rechenunterricht wäre ihr möglicherweise schwerer gefallen. Auch in der Biologie mitzuwirken hätte ihr einige Probleme bereitet, denn sie weiß über afrikanische Pflanzen und Tiere nur oberflächlich Bescheid und hätte sich erst lange in die Materie einarbeiten müssen.

Eben stehen zwei der Frauen auf, kommen zum rückwärtigen Tisch und führen Ineh das Ergebnis ihrer Näharbeit vor. Sie haben einen orangefarbenen und einen blauen Kittel fertig zusammengenäht.

»Sehr schön«, meint Ineh, nachdem sie die Kostüme begutachtet hat. »Wir brauchen noch zwei oder drei, die ein bisschen größer sind. Dein Innocent«, sie wirft der rundlicheren von beiden einen Blick zu, »würde in so etwas nämlich nicht hineinpassen.«

Die Frau nickt bestätigend, marschiert zurück zum Zuschneidetisch, nimmt die Schere in die Hand und macht sich daran, aus dem blauen Stoff eine breitere Bahn zu schneiden.

»Warum soll dieser Mantel hier«, Charlotte tippt auf die bunt geflickte Stoffbahn vor sich, »für dich sein? So viel ich weiß, trägt nur Joseph den Traummantel und nicht der Erzähler.«

»Joseph bekommt natürlich einen. Aber mir kam die Idee, dass der Erzähler auch einen Umhang haben sollte. Ich werde nämlich, während die Kinder die Lieder singen, mit meinem bunten Mantel auf und ab gehen und so das Traumgeschehen verdeutlichen. Das wird den Zuschauern bestimmt gefallen.«

»Hmmh.« Charlotte überlegt. »Na schön«, meint sie dann, »vermutlich kann man das Stück auch so aufführen. Du hast Recht. So wird es noch anschaulicher.«

Sie greift nach einem gelben Flicken und steckt ihn mit Nadeln an dem vor ihr liegenden Streifen fest.

»Amos hat zugesagt, zu kommen«, hört sie da Ineh sagen. »Er will im Anschluss eine kleine Rede halten und den Leuten mitteilen, dass auch bei uns jetzt die sieben mageren Jahre vorbei sind.«

»Wie meint er das?«

»Er meint, die sieben mageren Jahre wären jetzt vorbei«, wiederholt Ineh eigensinnig und sieht von ihrer Näharbeit auf.

Sie möchte das so gern selbst glauben, hofft wirklich, dass jetzt alles Schlimme überstanden ist und wieder Ruhe im Land einkehrt. Amos hat ihr die Situation ganz zuversichtlich erklärt. Man befände sich in einem Stadium des Aufbruchs, sagte er, da sei es natürlich, dass zunächst nicht alles reibungslos liefe. Wie bei einem Geburtsvorgang, der auch nicht ohne Schmerzen zu machen sei. Doch das Ergebnis wäre die Opfer und Mühen wert.

So ganz kann Ineh seine Worte nicht nachvollziehen. Was soll hier geboren werden?

Als sie mit Samuel darüber sprach, meinte er, Amos habe damit den Neubeginn ausdrücken wollen. Man würde den Haussas und Yorubas den Rücken kehren und neu anfangen. Für Ineh eine unsinnige Aussage, denn wie sollte so ein Abschied vonstatten gehen? Wir sind **ein** Staat, denkt sie, eng zusammengeschweißt und miteinander verbunden. Da gibt es nichts zu trennen.

Sie müht sich, ihre Gedanken wieder dem Naheliegenden zuzuwenden, nämlich der Vorbereitung des Singspiels. Die Aufführung wird in sechs Wochen sein, und bis dahin ist noch viel zu bewerkstelligen. Als Bühnenunterbau werden zusammengestellte, mit Matten abgedeckte Bänke dienen. In ihrer Phantasie kann sie die Kinder vor sich sehen, in bunten Kostümen im Halbkreis am Rand der Bühne stehend. In der Mitte wird dann ihr Neffe Ben als Joseph seinen Part spielen, mit ihm auch der ägyptische Pharao, Potifars Frau und andere Kinder mit kleineren Rollen. Das Einstudieren der Lieder bereitet, wie sie festgestellt hat, keine Probleme. Die jungen Akteure sind mit wahrem Feuereifer bei der Sache, einen Teil der Texte können sie bereits auswendig.

Ineh weiß, dass es eine wundervolle Aufführung werden wird.

Als Darstellungsort wurde der Innenhof der Schule auserkoren. Man plant die umstehenden Wände mit bemalten Papierfahnen zu verkleiden. Darauf werden die Lebensstationen von Joseph zu sehen sein. Auch daran wird bereits gearbeitet. Ältere Schüler haben die Bemalung übernommen und als Ineh am Vortag die ersten Entwürfe überprüfte, stellte sie mit Zufriedenheit fest, dass die zeichnerische Umsetzung perfekt zu werden scheint.

XVI

Ab dem 1. April 1967 weigerte sich Oberstleutnant Odschukwu, der Militärgouverneur der Ostregion, der Bundesverwaltung in Lagos den ihr zustehenden Teil aus den Öleinnahmen zu entrichten. Einige Wochen später, im Frühsommer 1967, erklärte er seinen Teil Nigerias für selbständig und gab ihm den Namen ›Republik Biafra‹.

Kapitel 16

Juni 1967

Die Ankündigung, die Ibos hätten sich vom übrigen Nigeria getrennt, trifft Charlotte wie ein Keulenschlag. Es ist Ineh, die erscheint und mit leuchtenden Augen die Nachricht verbreitet. »Stell dir vor, wir haben einen eigenen Staat«, ruft sie aus, und der Stolz in ihrer Stimme ist unüberhörbar. »Wir nennen uns seit heute Biafra.«

»Wie bitte?« Im ersten Moment glaubt – und hofft – Charlotte noch, sich verhört zu haben. Weil Ineh aber keine weiteren Aussagen macht und weiterhin sehr zufrieden aussieht, bleibt ihr schließlich nichts anderes übrig, als die Nachricht zur Kenntnis zu nehmen. »Ein eigener Staat?«, fragt sie nach, und die Nigerianerin bestätigt eifrig nickend.

Zunächst meint sie, dies sei womöglich nur wieder eine der zahlreichen Storys von Amos, ein Hirngespinst, das er sich in den Kopf gesetzt und dann mit Familie und Freunden erörtert hat, ohne dass die Angelegenheit weitere Kreise ziehen wird. »Das könnt ihr gar nicht machen«, erklärt sie daher in dem schulmeisterlichem Ton, der normalerweise gern von Martin angewandt wird. »Um einen Staat zu gründen, braucht es schon ein bisschen mehr als einfach nur den Wunsch nach Unabhängigkeit.«

Obwohl sie sich bisher nie besonders um die Regierungsstruktur Nigerias gekümmert hat, ist ihr schon bewusst, dass es einer umfassenden politischen Entwicklung bedarf, um einen ganzen Landesteil für unabhängig zu erklären.

»Samuel findet auch, dass es für die Ibos zwingend notwendig ist, sich endlich von den anderen zu trennen.« Ineh mimt die Überzeugte, denn inzwischen hat sie sich die Ansicht von Amos und ihrem Verlobten zu Eigen gemacht »So wie bisher kann es wirklich nicht mehr weiter gehen.«

»Willst du mir also ernsthaft einreden, dass tatsächlich eine Trennung des Ostens vom Westen stattgefunden hat?«

»Ehrlich. Du kannst es mir schon glauben.« Mit verschränkten Armen steht Ineh da und scheint dabei sehr selbstbewusst.

Es sind zwar auch die Worte, aber viel mehr noch der zur Schau getragene, zufriedene Ausdruck, der Charlotte schließlich überzeugt – und zugleich erschreckt. Denn in diesem Augenblick hat sie eine Vision. Ihr ist, als würde vor der Zukunft der Vorhang weggezogen, und es erscheint ein Nigeria im Zustand des Grauens. Das Bild von Tod und Zerstörung trifft sie mit einer solchen Wucht, dass sie meint, ihr würde schwindelig. Sie reißt sich zusammen, schiebt energisch das Bild beiseite und hat sich jetzt wieder in der Gewalt.

»Das Unmögliche ist also geschehen«, sagt sie leise, mehr zu sich selbst, »der Osten hat tatsächlich seine Unabhängigkeit erklärt.« Indem sie die Worte ausspricht und damit zur Gewissheit werden lässt, überkommt sie eine Unruhe, die ihr die Kehle zudrückt.

Sie denkt an den Abend neulich, als beim gemeinsamen Essen, zu dem die Jordans Tomo Awolalu, ihren Yoruba-Freund, eingeladen hatten, die Unzufriedenheit der Ibos und eine mögliche Spaltung Nigerias zur Sprache kam. Die Männer redeten vom neuen Regierungschef in Lagos, Oberstleutnant Gowon, der sich sehr um einen Ausgleich der verschiedenen nigerianischen Regionen bemühe. Aber ob er damit Erfolg haben werde, sei höchst fraglich.

In diesem Augenblick spürt Charlotte ein Frösteln, obwohl sich äußerlich rein gar nichts verändert hat. Die Sonne scheint noch genau so heiß. Francis ist im Bad, um die Wäsche auszuspülen – wie jeden Tag. Elijah ist gerade dabei, im ganzen Haus die Böden zu kehren – auch wie jeden Tag. Selbst die *Lizards* zeigen keine Unruhe. Sie aalen sich wie immer rund ums Haus im heißen Sand.

Während also Charlotte in beunruhigende Gedanken versunken

an der Hauswand lehnt, schwärmt Ineh voller Enthusiasmus von der Zukunft und zählt die Möglichkeiten auf, die sich den Biafranern nun bieten werden, nachdem sie sich künftig an die zahlreichen entwürdigenden Vorgaben der Yorubas nicht mehr zu halten bräuchten. Sie redet von den regierenden Mitgliedern des neuen Staates und mit besonders achtungsvoller Stimme von Odschukwu, dem Militärgouverneur.

»Übrigens ist Amos einer der Biafra-Führer«, fügt Ineh hinzu. »Ich bin stolz auf ihn.«

So etwas war zu erwarten gewesen. Charlotte erinnert sich daran, wie Martin vor einigen Wochen seiner Vermutung Ausdruck gab, durch Amos werde eine politische Rebellion vorbereitet. In diese Richtung waren auch Andeutungen von Tomo gegangen. Beide waren sich darin einig gewesen, dass Amos wohl nicht zu trauen sei und dass er sein soziales Engagement nur vortäusche. Charlotte hatte die Unterstellung, Amos benutze Ibo-Help, um seine aufrührerischen Ambitionen zu tarnen, damals empört zurückgewiesen. Möglicherweise zu unrecht, wie sie jetzt annimmt.

»Was wird aus Ibo-Help?«, fragt sie besorgt und ballt die Fäuste, weil sie fest entschlossen ist, das von ihr so heiß geliebte Projekt mit Zähnen und Klauen zu verteidigen.

Ineh zuckt die Schultern. »Was soll damit sein? Das eine hat doch mit dem anderen nichts zu tun.«

Charlotte atmet erleichtert aus. Dennoch bohrt sie weiter. »Vielleicht hat Amos jetzt aber andere Dinge im Kopf und kümmert sich nicht mehr richtig darum? Oder er meint, die Baumaßnahmen sollten ruhen, bis sich die Lage wieder normalisiert hat?«

»Warum sollten sie? Amos liegt der Fortgang von Ibo-Help am Herzen, das weiß ich. Am ›Nest des Python‹ wird ganz sicher weiter gearbeitet.«

»Hoffentlich hast du recht. Ein bisschen zweifle ich noch, weil Amos sich in letzter Zeit so wenig engagiert gezeigt und mir auch bis heute keine Pläne vorgelegt hat.«

»Er war natürlich sehr mit den Vorbereitungen für Biafra beschäftigt«, verteidigt Ineh ihren Bruder. »Was aber nicht heißen soll, das Hilfsprojekt würde ihm nun nichts mehr bedeuten.«

Charlotte versucht wieder Gleichmut in ihrem Inneren herzustellen. Warum regt sie sich eigentlich auf? Für sie bleibt jedenfalls alles beim Alten. Ob die Regierung in Lagos das Sagen hat oder eine neue hier in Biafra, kann ihr schließlich gleich sein. Es kommt ihr sogar in den Sinn, dass bei eventuell auftretenden Unruhen eine Hilfsorganisation mehr denn je benötigt würde. Aber natürlich wünscht sie, es bliebe alles friedlich.

Aus ihrem unverzüglich eingerichteten Wolkenkuckucksheim wird sie unsanft herausgerissen, als Martin nach Hause kommt.

»Stell dir vor«, ruft sie ihm entgegen, »wir sind ab heute ein eigener Staat und nennen uns Biafra.«

»Hab ich schon gehört.« Martin betrachtet sie irritiert. »Freust du dich etwa darüber?«

»Ineh ist hell begeistert. Sie hat mir die Nachricht überbracht und meint, es gäbe keinen Anlass zur Sorge.«

»Das dumme Schäfchen!« Martin lässt ein höhnisches Lachen hören. »Vermutlich glaubt sie die von Amos beschworene Freiheit, inklusive allgemeinen Wohlstand, bereits in Händen zu halten.«

»Warum auch nicht? Die Ölfirmen müssen jetzt mit den Ibos ihre Geschäfte abschließen. Immerhin liegt der größte Teil der Bohrstellen in Biafra. Die Yorubas haben da nichts mehr zu bestimmen«

Siedendheiß fällt ihr auf einmal Tomo ein, und sie erschrickt. Er ist ein Yoruba, für ihn könnte es jetzt ungemütlich werden. Schnell schiebt sie den unangenehmen Gedanken beiseite. Er wird das Problem sicher schon erkannt haben und bestimmt vernünftig handeln, wie es eben seine Art ist.

Martin hat das Wohnzimmer durchquert, ist die Treppe nach oben gestiegen und, gefolgt von Charlotte, im Schlafzimmer angelangt.

»Bist du so naiv, oder tust du nur so?« Er knöpft sein schweißfeuchtes Hemd auf und zieht es aus. »Glaubst du ernsthaft, die Yorubas lassen sich das einfach gefallen?«

»Es wird ihnen wohl nichts anderes übrig bleiben.« Charlotte versucht sich Inehs Meinung anzueignen. Allerdings straft ihre Stimme das vorgetäuschte Selbstbewusstsein Lügen. Ein kläglicher Unterton hat sich eingeschlichen.

»Meine Güte, du bist vielleicht begriffsstutzig!«

Martin, inzwischen nur noch in der Unterhose, beugt sich vor. »Die Yorubas werden sich das auf gar keinen Fall bieten lassen. Sie werden ihre lukrativen Geldquellen unbedingt behalten wollen. Gegen den Staat Biafra müssen sie, schon um ihre eigene Existenz zu wahren, entschieden vorgehen, notfalls mit Waffengewalt.«

»Nein! Das glaube ich nicht.« Das kann und darf nicht sein. Denn das würde Krieg bedeuten, was sie, wenn sie ehrlich zu sich ist, bereits ahnte.

Charlotte setzt sich auf den Bettrand, weil ihr die Beine plötzlich schwer werden.

Wie würde ein nigerianischer Krieg denn aussehen, überlegt sie? Ob dann überall Soldaten herumlaufen, um aufeinander zu schießen. Oder würden die nur auf einem Schlachtfeld gegeneinander antreten? Vom Kriegsgeschehen hat sie eine völlig abstrakte Vorstellung. Als der zweite Weltkrieg zu Ende ging, war sie noch ein Kleinkind. Die Mutter hatte gelegentlich von den Auswirkungen auf das tägliche Leben erzählt, davon, wie problematisch es gewesen war, ausreichende Mengen an Nahrungsmitteln zu ergattern. Wie sie zu den Bauern geradelt war, um Schmuck und Silbersachen gegen Kartoffeln, Eier und Speck einzutauschen. Und wie sie heimlich am Bahnhof Kohlen aus dem Zug gemopst hatte. Der Vater war eingezogen worden, in Frankreich stationiert und war dort in Kriegsgefangenschaft geraten. Von den Kampfhandlungen hatte er nie gesprochen.

Vielleicht bauscht Martin das Ganze nur auf, um mich zurechtzuweisen, versucht sie sich einzureden. Er ist verärgert, weil ich die Afrikaner für vernünftig genug halte, eine friedliche Klärung herbeizuführen. Auch weil ich sicher bin, dass Amos die Angelegenheit gut vorbereitet und bestens im Griff hat. Die Ibos werden bestimmt eine diplomatische Lösung parat haben.

Nachdem Charlotte sich selbst Mut zugesprochen hat, ruft sie Martin, der gerade auf dem Weg ins Badezimmer ist, hinterher: »Wir sollten die Sache in Ruhe auf uns zukommen lassen. Vielleicht sehe ich den neuen Staat zu blauäugig, aber du malst das Ganze definitiv zu schwarz.«

»Ich denke eher nicht. Doch du hast deine Meinung, und ich die meine. Lass uns nachher in den Club fahren und hören, was die anderen davon halten. Vielleicht hatte ja schon jemand Kontakt mit der deutschen Botschaft in Lagos und kann uns Näheres sagen.«

Die Nachricht von der Gründung des Staates Biafra scheint bereits die Runde gemacht zu haben, denn lebhaftes Stimmengewirr dringt aus dem Clubgebäude nach draußen. Im großen Raum sind fast alle Stühle besetzt, als die Jordans eintreffen. Martin schiebt sich, mit Charlotte im Schlepptau, durch die dicht gestellten Reihen. Er winkt einem Boy zu, der zwei Stühle an den Tisch bringt, an dem die Deutschen Jürgen Tischler und Karlheinz Krause sitzen.

»Wie läuft das jetzt ab?«, will Martin wissen. »Gibt hier jeder sein Wissen nur an den neben ihm Sitzenden weiter? Oder kommen wir alle in den Genuss der brisanten Neuigkeiten?«

Tischler zuckt mit den Schultern. »Bisher scheint man sich ziemlich unorganisiert ausschließlich mit den Tischnachbarn auszutauschen. Ist ja auch kaum zu überhören«, sagt er.

Weil Martin möglichst viel über die veränderte Situation erfahren möchte, sieht er sich also bemüßigt, das Heft in die Hand zu nehmen. Er steht auf, klopft mit dem Ring an sein Glas, und als das nichts bringt, klatscht er ein paar Mal in die Hände. Es dauert eine Weile, aber dann tritt Ruhe ein.

»Auf diese Weise, liebe Freunde, werden wir kaum Klarheit gewinnen. Ich würde vorschlagen, dass jeder, der zu der eingetretenen Situation etwas zu sagen hat, seinen Finger hebt. Wir wären gern alle informiert.«

Sogleich gehen mehrere Hände in die Höhe. Martin ruft einen nach dem anderen auf.

Es gab einen Militärputsch, den Oberstleutnant Odschukwu angeführt habe, wird berichtet. Sodann sei der Osten für unabhängig erklärt und der Staat Biafra ausgerufen worden. Geschwelt hätte diese Absicht seit längerer Zeit, sie war aufgeflammt, als es vor einigen Monaten in Kano und Kaduna ein Massaker gab, bei dem zahlreiche Ibos von Haussas niedergemetzelt wurden. Doch der entscheidende Anlass, einen unabhängigen Staat auszurufen, sei ganz sicher die Ankündigung der Regierung gewesen, die Region Ost in drei Staaten aufteilen zu wollen. Damit hätte man den Ibos den Zugang zum Meer und zur Erdölregion abgeschnitten. Die heimlichen Rebellen, die sich schon seit längerem mit einer Trennung vom Westen getragen hätten, konnten diese zusätzliche Entmachtung nicht hinnehmen. Ein Mitspracherecht der Ibos bei der Verteilung der Gelder der Ölfirmen wäre als Folge nämlich völlig vom Tisch gewesen.

»Einer der Hauptakteure und engster Vertrauter von Odschukwu ist dieser Amos Tutamosu. Ihr seid mit dem Kerl doch befreundet«, wirft Willinghoff in den Raum und schaut Martin, der stehen geblieben ist, um die Moderation zu gewährleisten, herausfordernd an.

Im Saal legt sich das Murmeln. Neugierige Stille tritt ein. Jetzt könnte man eine Stecknadel zu Boden fallen hören.

»Freundschaft kann man das nicht nennen«, wehrt Martin ab. »Charlotte ist mit seiner Schwester befreundet, das stimmt. Mit Amos Tutamosu verbindet uns lediglich die gemeinsame Arbeit an dem Hilfsprojekt Ibo-Help.«

»Wem dieser Tutamosu damit wohl hilft?« Willinghoff lässt ein abfälliges Lachen hören.

Da steht Charlotte auf. Sie fühlt sich in ihrer Ehre verletzt und ihre Augen blitzen vor Zorn. Ganz gehörig will sie ihre Meinung sagen und jeden Verdacht von Unkorrektheit weit von sich weisen.

»Die von uns gegründete Hilfsorganisation ist von zwingender Notwendigkeit«, ruft sie laut in den Raum hinein. »Ich vermute, dass von den Anwesenden hier sich noch keiner von der unsagbar schlimmen Situation im Cross River Gebiet ein Bild gemacht hat. Ich lehne es jedenfalls ab, über Ibo-Help mit Europäern zu reden, denen es ausgezeichnet geht, die luxuriös leben und sich nicht die geringste Mühe machen, den Umständen dort auch nur einen Funken Aufmerksamkeit zu schenken.« Mit sich zufrieden setzt sie sich wieder hin.

»Wir sind ja niemals angesprochen worden«, tönt da die Stimme von Janneke Willinghoff vom Nebentisch. »Ich wäre an einer Teilnahme schon interessiert gewesen.«

»Ich auch … ich auch … ich auch …«, werden weitere Zurufe laut, und Charlotte erinnert sich daran, wie Amos es damals ablehnte, zusätzliche Mitglieder aufzunehmen. Möglicherweise wäre das doch sinnvoll gewesen.

»Wir waren der Meinung, dass die Aktion durch zu viele Mitglieder nur aufgebläht wird«, meint sie ziemlich lahm und hofft damit das Thema vom Tisch zu haben.

Aber im Saal wünscht man mehr zu erfahren. »Wie wäre es denn mit einer Information über den Stand der Dinge«, wird sie aufgefordert.

Dem hat sie wohl Folge zu leisten. Charlotte schluckt, weil sie nichts in der Hand hat, was sie vorweisen könnte, kein Foto, keine Pläne, gar nichts. Und die Vereinsstatuten sagen nichts weiter aus. Aber weil sie abwartend von allen Seiten angesehen wird, bleibt ihr schließlich nichts anderes übrig, als die Situation zu erklären.

Sie steht wieder auf.

»Ich hatte ohnehin vor, in den nächsten Tagen zur Baustelle im Busch zu fahren, um mich über den aktuellen Stand der Maßnahmen zu informieren.« Mit fester Stimme versucht sie so zu tun, als sei sie Herrin der Lage. »Ich werde alles fotografieren. Das dauert dann natürlich ein bisschen, weil ich die Filme zum Entwickeln nach Deutschland schicke. Aber so eilig ist es ja nicht.«

»Wer weiß«, hört sie da Krause sagen. »Vielleicht sind wir bis dahin ja bereits von hier geflüchtet.«

»Ich möchte mich Ihnen bei der Fahrt zu dieser Stelle, wo das Gebäude der Hilfsorganisation entstehen wird, gern anschließen«, bringt Janneke Willinhoff sich mit ihrer hellen, ein wenig schrillen Stimme wieder in den Vordergrund. »Ich bin ausgebildete Krankenschwester und könnte Sie beraten.«

Beifallheischend sieht die Holländerin um sich. Die Umsitzenden scheinen den Vorschlag gut zu finden und nicken zustimmend.

Genau das wär's, denkt Charlotte erschrocken. Die Nachricht, diese aufgetakelte Person habe das ›Nest des Python‹ aufgesucht und Ratschläge zur Verbesserung gegeben, würde bei Amos mit Sicherheit einen Wutanfall auslösen. Sie bemüht sich um eine möglichst ausdruckslose Miene.

»Danke, das ist sehr freundlich, aber im Augenblick wohl noch verfrüht«, entgegnet sie in angestrengt liebenswürdigem Ton. »Die Bauarbeiten sind erst in der Anfangsphase. Wenn es an die Einrichtung geht, werden wir uns gern an Sie wenden.« Wer weiß, was bis dahin ist, denkt sie und schiebt weitere Überlegungen in den Hintergrund.

»Ich würde mir dennoch gern jetzt schon einen Überblick verschaffen.« Die Willinghoff will sich nicht abweisen lassen. »Ich könnte ja Ihrem Verein beitreten und bin auch bereit, einen Mitgliedsbeitrag zu zahlen.«

Diese Pute führt sich auf, als ob sie irgendwelche Rechte hätte, denkt Charlotte wütend und spürt, wie ihr Blutdruck steigt. Ganz heiß werden ihre Wangen. Hilfesuchend wirft sie einen Blick auf Martin, aber der tut so, als würde ihn die Angelegenheit nichts angehen. Ganz offensichtlich will er seine Frau dabei nicht unterstützen.

Auch die anderen Tischgenossen verhalten sich schweigend, nur etwas entfernter im Raum setzt die Unterhaltung wieder ein.

»Einen Mitgliedsbeitrag gibt es nicht«, erklärt Charlotte.

Am liebsten würde sie die Frau anfahren und ihr sagen, sie solle sich da raus halten. Aber damit würde sie auch die anderen gegen sich aufbringen. »Die Summen der uns unterstützenden Firmen und Institutionen bewegen sich in einer Höhe, die für Sie wohl kaum in Frage käme.« Sie bleibt weiterhin liebenswürdig, versucht so gut sie es vermag, einen souveränen Eindruck zu vermitteln.

»Na, dann sagen Sie doch mal, um welche Beträge es sich handelt. Ibo-Help scheint ja richtig vermögend zu sein.« Jannekes Mann wirft ihr einen lauernden Blick zu.

In dem Moment ist von einem der weiter entfernt stehenden Tische die Stimme von Bob Cunningham zu hören. Er ist aufgestanden und sagt laut: »Wir sollten auf die kürzlich eingetretenen Ereignisse und somit auf das eigentliche Thema zurückkommen. Vielleicht gelingt es uns, einen Plan aufzustellen und zu überlegen, wie wir weiter vorgehen wollen.«

Charlotte lässt sich erleichtert auf ihren Stuhl sinken. Am liebsten würde sie den Engländer umarmen, der sie mit seinen Worten aus einer höchst unangenehmen Situation befreit hat.

»Sollte es zu Kampfhandlungen kommen – und das ist nicht auszuschließen –«, fährt Cunningham fort, »dann müssen schleunigst Maßnahmen getroffen werden. Wir sollten darüber nachdenken, ob wir dann alle zugleich verschwinden, oder ob zunächst Frauen und Kinder hier rausgeschafft werden.«

Auch wenn Charlotte froh über das Zurückkommen auf das

eigentliche Thema war, ist sie dennoch vom Vorschlag, alle Frauen evakuieren zu wollen, mehr als entsetzt. Sie wird auf keinen Fall gehen, dessen ist sie gewiss, auch wenn man das jetzt allgemein beschließen sollte. Ihretwegen können ruhig die Mütter mit Kindern das Land verlassen. Vielleicht auch die Schwangeren. Außer Martin weiß ja niemand hier im Raum, dass sie ein Kind erwartet. Ähnlich ablehnend scheint auch Marion Schneider zu denken. Sie protestiert vehement gegen eine Ausreise ohne ihren Mann. Entweder geht die ganze Familie, sagt sie, oder keiner.

Als der Club sich allmählich zu leeren beginnt und auch die Jordans den Heimweg antreten, hat man sich darauf geeinigt, zunächst die weitere Entwicklung abzuwarten.

Im Auto fragt Martin: »Hast du ernsthaft vor, die Baustelle aufzusuchen?«

»Ja, unbedingt.«

»Ich weiß nicht, ob das so klug ist, in der jetzigen Situation.«

»Welche Situation meinst du?«

»Es könnte bald Krieg geben.«

»Es könnte, mein Lieber.« Charlotte tut überlegen. »Im Augenblick jedenfalls herrscht Ruhe. Die Ibos sind bester Stimmung und erfreuen sich ihrer Unabhängigkeit.«

»Nur, weil sie sich selbst für unabhängig erklärt haben, heißt das nicht, dass sie es auch sind. Da könnte ja jeder kommen und seinen eigenen Staat ausrufen.«

»Ist ja auch egal. Jedenfalls ist hier derzeit alles total friedlich. Daher besteht kein Grund, warum ich nicht zum ›Nest des Python‹ fahren sollte.«

»Zusammen mit Amos?«

»Falls er Zeit hat. Allerdings scheint er gerade nicht hier in Onitsha zu sein. Ich werde Ineh fragen.«

Martin zuckt mit den Schultern. Er wird seine Frau von dieser Idee nicht abbringen können. Er weiß, wie stur sie sein kann, wenn sie sich etwas in den Kopf gesetzt hat.

Charlotte ist eisern entschlossen. Sie wird sich ein Taxi mieten, wird zur Baustelle fahren – wenn es sein muss, auch ohne Begleitung – und sich vor Ort ein Bild machen.

Am nächsten Morgen begibt sie sich in das Büro von Amos und erhält als Auskunft, dass der Chef abwesend sei und man ihn vorerst auch nicht zurück erwarte. Er kümmere sich jetzt vorrangig um die Politik, wird ihr gesagt.

Charlotte hat den Eindruck, als habe sich das Verhalten von Sani verändert. Sie fühlt sich sehr von oben herab behandelt. Auf einmal ist sie ganz deutlich keine besonders achtenswerte Person mehr. Den Biafranern scheint der neue Status mehr Selbstsicherheit – und zugleich mehr Überheblichkeit zu verleihen.

Sie wendet sich schulterzuckend ab.

Während sie die Treppe hinuntersteigt, denkt sie über die Behandlung nach. Ihr scheint es verfrüht, sich so aufzuspielen. Hoffentlich müsst ihr nicht bald von eurem hohen Ross wieder heruntersteigen, überlegt sie boshaft. Denn dieses Biafra ist keineswegs gefestigt. Jedenfalls seid ihr noch lange nicht unabhängig. Aber sollte euch das am Ende wirklich gelingen, weiß ich nicht, ob diese Freiheit euch Ibos dann nicht einiges von eurer bisherigen Herzlichkeit nehmen wird.

Unten auf dem Platz winkt sie einem vorbeifahrenden Taxi und lässt sich zur St. Georges Missionsschule bringen.

Dort angekommen, betritt sie das Gebäude, hört Kinderstimmen, auch Singen, und von weiter hinten den lauten Befehl einer energischen Frauenstimme.

Charlotte überlegt. Noch hat sie mit dem Unterrichten hier nicht begonnen, was schade ist, weil sie sich sonst im Schulgebäude vertrauter fühlen würde. Jedenfalls wird hinter einer dieser Türen Ineh sein, das ist sicher. Weil sie die Freundin unbedingt finden muss, spricht sie sich Mut zu und drückt entschlossen eine Klinke. Als sich die Tür öffnet, sieht sie ein mit Schülern besetztes Klassenzimmer und eine Nonne in ihrer weißen Tracht am Pult, die ihr ob der Störung einen verärgerten Blick zuwirft.

»Sorry«, murmelt Charlotte und macht die Tür schnell wieder zu.

Sie geht zum nächsten Raum, macht eine ähnliche Erfahrung, nur ist es diesmal ein Mann, der unterrichtet, und dann nochmals eine Nonne. Endlich, bei der vierten Tür, hat sie Erfolg. Sie sieht Ineh im Klassenraum stehen und Hefte austeilen.

Ineh dreht sich um, als sie hört, wie geöffnet wird, und erblickt Charlotte, die ihr zuwinkt. Sie kommt nach draußen in den Gang. »Was ist passiert?«, will sie wissen.

»Ich will unbedingt zur Baustelle und nachschauen, wie es dort aussieht. Ich werde von den Leuten im Club angegriffen und muss mich rechtfertigen. Ich möchte auch den Stand der Arbeiten fotografieren. Kommst du mit?«

Im ersten Moment fühlt Ineh sich überrumpelt. Sie würde gern ablehnen, weil sie die Inspektionstour für nicht angebracht hält, auch gern erst mit Amos darüber gesprochen hätte. Doch dann spürt sie die Entschlossenheit der Freundin und ahnt, dass Charlotte sich von ihrem Vorhaben nicht abbringen lassen, nötigenfalls die Fahrt ganz allein unternehmen wird. Das möchte sie dann doch nicht.

»Also gut«, stimmt sie zu. »Übermorgen können wir das machen, okay?«

»Danke.« Charlotte umarmt Ineh, dreht sich um und verlässt mit raschen Schritten das Schulgebäude.

Für den Ausflug in den Busch haben sich die Frauen ein Taxi gemietet. Bezahlt wird das aus dem Vereinskonto. Dies ist eine Erkundungsfahrt, entscheidet Charlotte, die Ausgabe sei daher gerechtfertigt. Sie nimmt es sehr genau mit der Verwendung der Gelder der Hilfsorganisation. Von Amos hat sie über jede Summe, die er vom Konto abheben wollte, einen Beleg verlangt, was von ihm bisher auch beachtet wurde. Ganz penibel hat er ihr eine Aufstellung der Kosten vorgelegt. Es handelte sich um Beträge, die er für das Mieten von Baufahrzeugen benötigte, für Holz, für Zelte und auch für Gehälter.

Der einzige männliche Begleiter ist der Taxifahrer. Martin musste seine zunächst angebotene Teilnahme wieder zurücknehmen, weil sich ein wichtiger Kunde aus Enugu angesagt hat. Der wolle einen Transporter kaufen, erklärte er, und weil dieser nicht mit Mr. Balongwu, sondern ausschließlich mit ihm verhandeln würde, muss Martin in Onitsha bleiben, um nicht etwa das Geschäft zu vermasseln.

»Das ist schon in Ordnung«, beruhigte Charlotte ihn. »Die Entfernung ist schließlich nicht besonders weit. Wir bleiben nicht über Nacht und sind bestimmt am Spätnachmittag schon wieder zurück.«

Schweigend sitzen die beiden Frauen nebeneinander auf der Rückbank und überlassen sich ihren Grübeleien. Nächste Woche wird die Aufführung des Musicals sein und Ineh geht in Gedanken die Aufgaben durch, die noch zu bewerkstelligen sind.

Charlotte, ganz auf das vor ihnen Liegende gerichtet, nimmt die Kamera aus der Tasche und kontrolliert, ob noch ausreichend Bilder auf dem Film sind.

Sie fahren an Ihialla vorbei und passieren Aba. Zweimal sehen sie am Wegesrand Militärposten stehen. Charlotte ist schon irritiert, aber Ineh erklärt die Präsenz der Soldaten damit, dass Biafra natürlich nicht leichtsinnig sein dürfe. Man müsse erhebliche Aufmerksamkeit walten lassen, Feinde gäbe es schließlich jetzt mehr denn je.

Einmal werden sie angehalten und von den Uniformierten einer Betrachtung unterzogen. Aber weil es nur Frauen sind, die zusammen mit dem *Driver* im Inneren des Taxis sitzen, dürfen sie unbehelligt ihre Fahrt fortsetzen. Beim nächsten Posten werden sie von den Militärs mit eher gelangweilten Gesichtern durch gewunken.

An dem Abend im Club war bereits angesprochen worden, dass möglicherweise künftig mit Militärkontrollen zu rechnen sei. Man solle unbedingt immer den Pass dabei haben, sobald man die Stadt verlasse, hieß es. Die Soldaten würden Ausweise sehen wollen und möglicherweise den Inhalt des Kofferraums inspizieren. Charlotte hatte zunächst kaum hingehört, weil sie sich nicht angesprochen fühlte. Doch als Willinghoff zeterte, er denke gar nicht daran, seine im Auto mitgeführten Waren unter heißer Sonnenglut auf dem Straßenasphalt auszubreiten, war Charlotte von seinem Gejammer insgeheim amüsiert. Sie hat sich die Situation bildlich vorgestellt. Sie sah die Soldaten, wie sie vom Holländer verlangten, den Kofferraum leer zuräumen. Ganz deutlich erschien er vor ihr in seinen kurzen Shorts, mit puterrotem Gesicht und riesigen Schweißflekken auf dem Hemd und wie er wutentbrannt Milchtüten, Dosen mit Babynahrung, und Pakete mit Griesbrei wieder in seinen Kofferraum einsammelte. Nur mit Mühe konnte sie ein Kichern unterdrücken. Doch jetzt ist ihr gar nicht mehr spaßig zumute.

Da sieht sie, wie Ineh dem Taxifahrer auf die Schulter klopft. »Dort vorn kommt die Abzweigung. Auf der rechten Seite. Neben dem großen Baum, dessen Äste in die Straße hinein hängen, da ist es.«

Der Fahrer verlangsamt und biegt ein.

Von jetzt an rumpelt der Morris über den sandigen, mit holprigen Schlaglöchern versehenen Weg. Es scheint, als hätten in letzter Zeit schwere Fahrzeuge die Waldstraße über Gebühr strapaziert. Die vor kurzem zu Ende gegangene Regenzeit mag ein übriges dazu beigetragen haben. Jedenfalls sind die Aushöhlungen um einiges tiefer als noch vor etlichen Wochen, als die beiden Frauen diesen Weg mit Amos passierten. Endlich sehen sie, wie der Dschungel lichter wird, und erwarten, gleich nach der vor ihnen liegenden Biegung anzukommen.

In dem Moment hält der Wagen an, der Fahrer dreht sich um.

»*Na Stopp de. No can passam*«, sagt er.

Quer über der Straße liegen Holzstämme. Keine entwurzelten Bäume, sondern eine deutlich von Menschenhand aufgebaute Barriere.

»Komisch. Was soll das?« Charlotte ist höchst verwundert. »Komm, wir räumen das weg.« Sie öffnet die Autotür und steigt aus. Ineh folgt ihr.

Der Fahrer bleibt hinter seinem Steuer sitzen. Ihm ist es ziemlich gleichgültig, ob die Fahrt hier enden wird oder ob sie noch weiter geht. Die Frauen haben ihn für den Tag bezahlt, dafür, dass er sie mit seinem Taxi in der Gegend herumfährt. Aber nicht dafür, dass er Gegenstände schleppt und Barrieren beiseite räumt.

Die Stämme sind mit dicken Seilen aneinander befestigt.

»Meinst du, wir schaffen das?« Charlotte bückt sich.

Wenn sie richtig gerechnet hat, dann ist sie jetzt im fünften Monat. Schwere Bäume zu stemmen ist vielleicht nicht gerade die passende Arbeit für eine Schwangere. Na egal, denkt sie, und versucht das Seil zu lösen.

»Lass mich das machen.« Ineh hat sich niedergekauert und beginnt die Verknotung zu lösen. »Du setzt dich besser einfach hin.«

Einige Tage zuvor ist sie von Charlotte über die Schwangerschaft aufgeklärt worden. Ineh hat mit einem freundlichen Nicken kundgetan, dass sie nicht überrascht sei. Wenn man die Orishas befragt, fügte sie hinzu, dann kann man sich auf das, was man als Antwort erhält, voll und ganz verlassen.

Doch Charlotte lässt sich nicht aufhalten. Verbissen macht sie weiter.

Unter keinen Umständen wird sie das Kind in ihrem Leib als Vorwand zur Nachlässigkeit nehmen und sich überlegen, mit welchen Belastungen es wohl klar kommt. Sie möchte unbedingt herausfinden, wie es an der Baustelle aussieht. Das ist derzeit ihre größte Sorge, denn sie wird beherrscht von diesem eigenartigen Gefühl, das ihr einflüstert, es gehe dort nicht mit rechten Dingen zu.

Die Frauen sind so in ihre Arbeit vertieft, dass ihnen das leise Rascheln und das Knacken im umliegenden Gebüsch entgangen ist. Erst als der Ruf ertönt: »*Stop! Hands up!*«, schauen sie erschreckt auf und erblicken vor sich zwei in Uniformen gekleidete Männer. In den Händen halten sie Maschinengewehre, die drohend auf die Frauen gerichtet sind.

Charlotte erstarrt. Das Herz klopft ihr bis zum Hals, und sie muss gegen ein Schwindelgefühl ankämpfen. Wieso befindet sich Militär mitten im dichten Dschungel?, überlegt sie. Was haben die an dieser Stelle zu suchen? Hier wird von Ibo-Help eine Krankenstation aufgebaut. Dazu braucht man keine Soldaten. Die sind hier fehl am Platz.

Sie dreht sich nach Ineh um und bemerkt, dass die Freundin nicht annähernd so verblüfft zu sein scheint. Mit ihrer ruhigen Art vermittelt sie fast den Eindruck, als habe sie das Auftauchen der Soldaten erwartet.

»*I am the sister of Amos Tutamosu*«, sagt sie, und ihre Stimme klingt selbstsicher.

Die Uniformierten werfen sich fragende Blicke zu, wirken leicht verunsichert, was Charlotte wohl bemerkt. Das ausnutzend herrscht sie die Männer an: »Ich verlange das sofortige Entfernen der Barriere. Ich will zu meiner Baustelle fahren.«

»Du willst was?«, fragt der eine, tritt dabei so dicht vor sie hin, dass sie einen Schritt zurückweichen muss. Fast wäre sie mit dem Gewehr in Berührung gekommen.

Ihre Selbstsicherheit verfliegt. Die Angst und das Schwindelgefühl kehren zurück.

Der Soldat beugt sich vor und funkelt Charlotte böse an. Es scheint ihm Spaß zu machen, dieser weißen Frau Furcht einjagen zu können.

Charlotte fühlt sich elend. Wie soll sie reagieren? Hilfesuchend schaut sie zu Ineh, denn die scheint die Lage offensichtlich besser zu überblicken.

»Ihr sollt das wegräumen«, befiehlt die Freundin in energischem Ton, den Charlotte noch nie zuvor an ihr vernommen hat. »Mein Bruder schickt uns, damit wir hier nach dem Rechten sehen.«

Die Uniformierten gehen ein Stück beiseite und tuscheln miteinander. Endlich scheinen sie überein gekommen, dass es wohl besser sei, die Schwester von Amos Tutamosu nicht allzu sehr zu verärgern. Sie beginnen die Seile zu lösen.

»Nun macht schon«, treibt Ineh sie zur Eile an. »Wir haben nicht den ganzen Tag Zeit.«

»Madam«, sagt da der eine und zeigt ein freches Grinsen. »Ich weiß nicht, was Sie dort wollen. Da sind nur viele Männer.« Er richtet sich auf und kommt näher. Die Art, wie er sich bewegt, ist unverschämt. Auch der Blick, den er Ineh zuwirft, ist herausfordernd und anmaßend.

Charlotte spürt ihre Angst übermächtig werden. Sie möchte jetzt nur noch von hier weg und würde am liebsten Ineh am Arm packen, zum Taxi zerren und mit ihr davon fahren. Aber der Weg ist so schmal, dass der Morris an dieser Stelle nicht wenden könnte. Und vermutlich wäre es zuviel verlangt, die ganze Strecke bis zur Straße rückwärts zu rangieren. Wahrscheinlich würde der *Driver* sich weigern.

Ineh allerdings lässt sich nicht einschüchtern. »Wir haben eine Vereinbarung mit meinem Bruder«, sagt sie und tut von oben herab. »Er erwartet uns, weil wir Wichtiges besprechen müssen. Wir werden ihm erzählen, wer uns aufgehalten hat und weshalb wir so spät dran sind.«

»Mr. Tutamosu ist nicht da«, sagt der Soldat. Immerhin hat Inehs Aussage den Mann dazu gebracht, sich nun wieder den Baumstämmen zuzuwenden.

»Davon möchte ich mich selbst überzeugen.«

Mit dieser Art des Vorgehens erreicht Ineh die beabsichtigte Wirkung. Die Soldaten lösen die Seile und schieben die Barriere an den Wegesrand.

Der Taxifahrer ist während des Disputs im Wagen geblieben. Er hat sich ganz klein gemacht. Hat sich geduckt und so getan, als gebe es ihn gar nicht. Heilfroh war er, dass die Soldaten offensichtlich nicht an ihm interessiert waren, sondern sich ausschließlich auf die Frauen konzentrierten. Erst nachdem Ineh und Charlotte eingestiegen sind, setzt er sich wieder aufrecht hin, startet den Morris und fährt, mit der Grußhand an der Stirn, an den Soldaten vorbei und weiter bis zur Lichtung.

Nach dem Erlebnis an der Barriere hat Charlotte eigentlich bereits erwartet, was sie nun zu sehen bekommt. Sie erblickt keine im Entstehen begriffenen Krankenhausgebäude, sondern Holzbaracken, die in Zweier-Reihen angeordnet sind. Dazwischen sind einige große, dunkelgrüne Zelte errichtet, und auf einem zentralen Platz bemerkt sie eine Feuerstelle. Daneben eine offene, mit Palmwedeln abgedeckte Hütte.

Es gibt eine beträchtliche Anzahl an Männern, jedoch keiner von ihnen sieht auch nur annähernd so aus wie ein Bauarbeiter. Einige junge Männer, kahl rasiert, in Turnhosen und Turnschuhen, befinden sich auf dem zentralen Platz. Angetreten wie zum Appell, erhalten sie von einem Uniformierten Befehle zugerufen. Am Rand der Lichtung stehen drei geparkte Jeeps.

Einer der Uniformierten kommt den Frauen entgegen. »*Yes, Madames wot ya wont?*«

»Ich möchte zu meinem Bruder Amos Tutamosu", erklärt Ineh.

Charlotte äußert sich nicht, schaut nur schweigend um sich – und fühlt sich zutiefst getäuscht. Den Schmerz des Betrugs spürt sie wie einen Messerstich in ihr Innerstes. Sie kann das Ganze kaum fassen und versucht ihre Gedanken zu ordnen, die wie wild im Kopf kreisen. Hat Amos sie tatsächlich nur benutzt? Hat er seine Hilfsbereitschaft für die Ibibios nur vorgetäuscht? War alles Lüge gewesen? Hatte er nie vor, ein Krankenhaus zu bauen? Wollte er immer schon bloß einen militärischen Stützpunkt errichten?

Wie geschickt manipulierend ist er dabei vorgegangen! Er hat sie von der Notwendigkeit einer Hilfsorganisation überzeugt und ihr dann die Gelder unter falschem Vorwand abgeknöpft. Alles was hier zu sehen ist, das muss sie schmerzlich zur Kenntnis nehmen, hat Amos vermutlich aus dem Vereinskonto von Ibo-Help bezahlt.

In dem Moment spürt sie eine heftige Übelkeit in sich aufsteigen. Sie presst die Hand vor den Mund, macht ein paar Schritte seitwärts und übergibt sich neben einer der Baracken.

Ineh ist ihr nachgekommen. Sie legt einen Arm um Charlotte und flüstert: »*Sorry, sorry, sorry.*« Mit einem Tuch fährt sie ihr übers Gesicht.

»Komm, wir gehen«, sagt sie leise, nimmt Charlotte am Ellbogen und führt sie weg von den Baracken, dorthin wo der Taxifahrer neben seinem Wagen auf sie wartet.

Ineh schiebt die schluchzende Freundin auf den Rücksitz und setzt sich neben sie.

»Los, mach schon!«, schnauzt sie den *Driver* an. »Sollen wir hier anwachsen?«

Das Taxi wendet, fährt rumpelnd über den kleinen Vorplatz, bahnt sich einen Weg durch die Gruppe der Biafra-Kämpfer, die jetzt zusammengelaufen sind, um den ungewohnten Besuch anzustarren. Der Morris fährt weiter auf die sandige Straße und passiert die Soldaten, die wartend neben der Barriere stehen.

Es dauert eine geraume Weile, sie haben schon ein gutes Stück des Heimwegs hinter sich gebracht, als Charlotte sich endlich in der Lage fühlt, in ganzen Sätzen zu sprechen.

»Hast du das gewusst?«, fragt sie. »Warst du eingeweiht in diese Aktivitäten? In das Einrichten eines Militärcamps am ›Nest des Python‹? Und dass Amos Geld von Ibo-Help genommen hat, um seinen Freiheitskampf zu führen?«

»Nein, Charlot, ehrlich, das habe ich nicht gewusst.«

»Aber, du hast etwas geahnt?«

Ineh nickt. »Sagen wir mal, ich war ein bisschen misstrauisch. Ich konnte mir einfach nicht vorstellen, dass der Zukunftstraum von Amos nur darin bestehen sollte, ein Krankenhaus zu bauen. Von klein an dachte er daran, sein Volk zu befreien. Schon als Junge hat er das Gehabe eines Führers an den Tag gelegt. Er teilte anderen die Aufgaben zu. Immer kam etwas dabei heraus, was in erster Linie für ihn selbst von Nutzen war. Weil er es geschickt und mit Charme anstellte, haben sich die anderen von ihm willig leiten lassen. Als er mit der Idee von der Hilfsorganisation herausrückte, war ich schon angetan, weil es schien, dass er endlich einmal etwas ausschließlich für andere tun wollte. Und das fand ich großartig, obwohl ich manchmal über diese neue, mir unbekannte Seite von Amos nachdachte – und sie mir nicht so ganz einleuchtete.«

»Warum hast du mich in deine Zweifel nicht eingeweiht?« Charlotte schreit diese Worte laut heraus und krallt ihre Finger in Inehs Arm. »Du hättest mich warnen müssen. Du hättest nicht zulassen dürfen, dass er Ibo-Help für seine Rebellion benutzt.«

Ineh löst die eingekrallten Finger. »Du tust mir weh«, sagt sie und reibt sich die Stelle, auf der jetzt rote Nagelspuren zu sehen sind. »Ich hatte schon meine Befürchtungen. Aber ich redete mir ein, Amos habe sich geändert. Ich hoffte, er würde es ehrlich meinen, weil deutlich zu sehen war, wie sehr er in dich verliebt ist.«

»Dass ich nicht lache.« Charlotte verzieht abfällig den Mund und ein böses Lächeln erscheint auf ihren Lippen. »Der ist doch ausschließlich in sich selbst verliebt. Liebe kann Amos gar nicht einschätzen. Sollte er allerdings tatsächlich etwas für mich empfinden, dann tut er mir leid. Denn ich«, sie hebt ihre Stimme, »verabscheue ihn jetzt.«

»Ist ja schon gut.«

»Nichts ist gut, Ineh! Amos hat einen großen Teil des Vermögens von Ibo-Help veruntreut. Wie, bitte schön, soll ich das den deutschen Geldgebern erklären? Die warten auf Fotos, auf denen zu sehen ist, wie der Bau vorankommt. Was soll ich nach Deutschland schicken? Kannst du mir das sagen? Hätte ich die Militärbaracken aufnehmen sollen?«

»Hör zu, ich rede mit Amos. Ich glaube, ich weiß, wo er sich zur Zeit aufhält. Ich fahre zu ihm. Er wird sein Tun erklären können. Da bin ich mir sicher.«

Gut, denkt Charlotte, das will ich gern abwarten. Aber sollte ich nichts von ihm hören, keine Erklärung für sein Handeln erhalten, dann …, du lieber Himmel, was mache ich dann bloß?

Martin hält sich angenehmerweise zurück mit gehässigen Bemerkungen, nachdem Charlotte ihm Bericht erstattet hat. Er sagt nicht: »Das habe ich doch von Anfang an vermutet«, auch nicht: »Dem Kerl habe ich nie getraut«, und auch nicht: »Du bist vielleicht ein naives Huhn«.

Erstaunlicherweise erhält sie sogar Trost von ihm. »Das muss ein böser Schlag für dich gewesen sein«, sagt er und legt einen Arm um sie. »Wie willst du mit der Sache weiter umgehen? Du wirst deinen Vater einweihen müssen.«

»Noch nicht, Martin. Ich muss das alles erst durchdenken. Dazu brauche ich Zeit.«

»Du darfst nicht zu lange überlegen, denn immerhin erwartest du ein Kind. Da solltest du alle Aufregungen so weit wie möglich vermeiden. Eigentlich wäre es besser, überhaupt nicht länger zu warten, sondern umgehend von hier zu verschwinden.«

»Bitte, dränge mich jetzt nicht. Zunächst möchte ich herausfinden, was tatsächlich passiert ist. Ich möchte hören, wie Amos die Einrichtung des Militärcamps begründet, weil ich mir eigentlich nicht vorstellen kann, dass er so hinterhältig ist. Vielleicht hat er ja eine plausible Erklärung parat.«

»Aber wenn dem nicht so ist und du feststellen musst, dass dieser Amos Tutamosu sich als Schurke herausstellt, dann könnte das im schlimmsten Fall eine Fehlgeburt verursachen.«

»Das Risiko muss ich eingehen«, sagt Charlotte und denkt insgeheim, dass es vielleicht gar nicht so schlimm wäre, dieses Kind zu verlieren.

Immer noch weiß sie nicht, wann und wo die Schwangerschaft begonnen hat. Gelegentlich versucht sie, sich über die Nacht in Okigbo Klarheit zu verschaffen, doch nach wie vor ist ein Schleier über die Geschehnisse gebreitet. Was, wenn Amos der Vater des Kindes ist? Wenn man ihr nach der Geburt einen kleinen Mulatten in den Arm legt? Wie wird Martin in diesem Fall reagieren?

Bei dem Gedanken wird ihr übel. Sie presst die Hand vor den Mund und hastet in Richtung Toilette.

XVII

Als sich Biafra am 30. Mai 1967 zum unabhängigen Staat proklamierte und damit alle Verbindungen zur Föderation Nigeria abbrach, wählte es sich hoffnungsvoll die aufgehende Sonne zum Symbol des neuen Staatswesens. Eine Woche später begann die Bundesmilitärregierung in Lagos, was sie eine ›Polizeiaktion‹ gegen militärische Rebellen und politische Abenteurer im Land des Ibo-Volkes nannte. Daraus entwickelte sich der grausamste Krieg in der neueren Geschichte Afrikas.

Kapitel 17

Juni – Oktober 1967

Drei Tage sind verstrichen, seit die beiden Frauen die Stelle der ehemals geplanten Krankenstation im Busch aufgesucht haben, da steht auf einmal Amos vor der Tür der Jordans.

Martin ist im Betrieb, und weil Charlotte sich nicht gut fühlt und im Schlafzimmer auf dem Bett liegt, hat sie den Wagen nicht kommen hören. Vom Brummen der Klimaanlage wird jedes Geräusch von außen übertönt. »Madam«, vernimmt sie Elijahs Stimme, »vor dem Haus steht jemand, der sie sprechen will.«

»Ich komme.« Charlotte schlüpft in den Rock, zieht einen leichten Pulli über und streicht mit der Hand die verstrubbelten Haare nach hinten.

Sie geht die Treppe hinunter, kommt in den Wohnraum und erspäht Inehs Bruder auf dem Vorplatz, an den Kotflügel seines Wagens gelehnt. Wie angewurzelt bleibt sie stehen.

Amos hat sie hinter den quer gestellten Scheiben bemerkt. Er winkt ihr zu. »Charlot, darf ich rein kommen?«

Sie geht rasch weiter, bis sie in der geöffneten Haustür steht. Wütend funkelt sie ihn an. »Was willst du von mir? Du hast mich hintergangen, Amos Tutamosu! Das Geld von Ibo-Help hast du für deine Kriegsspiele ausgegeben. Das ist ganz schlimmer Betrug, Herr Rechtsanwalt!«

»Ich habe niemanden betrogen. Das Geld ist nur ausgeliehen«, verteidigt er sich.

»Sooo?!«

»Darf ich jetzt reinkommen? Ich würde dir gern den Sachverhalt erklären. Aber hier draußen, und vor dem Publikum …«, er macht eine Handbewegung in Richtung der Fenster, hinter denen die Gesichter der lauschenden Boys auszumachen sind, »habe ich damit meine Probleme.«

»Also, gut.« Charlotte tritt zurück und macht den Eingang frei.

»Bitte.« Sie deutet auf die Sitzgruppe.

Dass er nun gezwungen sein wird, den heiklen Sachverhalt zu erklären, ist für Amos nicht besonders angenehm, und auch nicht eingeplant. Er war eigentlich sicher gewesen, seine militärischen Aktionen noch viel länger verborgen halten zu können. Was da weitab im Busch vor sich ging, so hatte er geglaubt, würde zunächst kaum jemand bemerken. Schon gar nicht seine deutsche Freundin, die von Anfang an bedingungslos und vertrauensvoll seinen Worten gefolgt war. Zu dumm, dass er an den Tagen der Biafra-Gründung nicht in Onitsha weilte. Hätte er nämlich von ihrer Absicht, das ›Nest des Python‹ aufsuchen zu wollen, Wind bekommen, dann wäre es ihm in jedem Fall gelungen, ihr die Fahrt auszureden. Doch leider war gerade zu diesem Zeitpunkt seine Anwesenheit in Owerri dringend gefragt gewesen und so geschah es, dass Charlotte vergeblich in seinem Büro vorsprach. Wie hatte er auch ahnen können, dass sie sich, ohne vorher Rücksprache mit ihm zu halten, auf den Weg in den Busch machen würde?

Inehs Teilnahme brachte ihr eine geharnischte Standpauke von ihm ein, was allerdings im Nachhinein nichts mehr nutzte. Die Frauen hatten die Fahrt bereits hinter sich und waren im ›Nest des Python‹ auf die Soldaten gestoßen. Das hatte er unbedingt verhindern wollen. Eine dumme Sache, denkt er. Er wird viel taktisches Geschick benötigen, um die Wogen zu glätten.

Er baut seine Verteidigung mit einem Angriff auf.

»Es war riskant und ungeschickt von dir, ohne zuvor mit mir zu reden, einfach zur Baustelle zu fahren«, sagt er ärgerlich brummend.

»Dadurch musstest du einen falschen Eindruck bekommen.«

Doch weder sein harscher Ton noch seine rügenden Worte vermögen Charlotte einzuschüchtern. »Ich wüsste nicht, was an dem Eindruck falsch gewesen sein sollte. Wir haben Militärbaracken und Zelte gesehen, Soldaten und Jeeps, und uns wurde gesagt, dass du der Chief wärst. Auf dem Konto fehlt eine größere Summe, die keinesfalls für Ibo-Help verwendet worden ist. Außerdem weist am ›Nest des Python‹ nichts auf den Beginn einer Krankenstation hin.«

Aufrecht, ganz vorn auf der Sesselkante sitzt sie und hält den Rücken gerade. Ihre Haltung demonstriert Festigkeit. Sie will sich nicht mehr einwickeln lassen. Sie wird diesem Mann, von dem sie sich schmählich hintergangen fühlt, deutlich machen, wie klar sie die Sache durchblickt. Nie mehr soll er sie für seine Zwecke benutzen dürfen.

»Das hat alles seine Richtigkeit«, ereifert sich Amos. »Was du Militärbaracken nennst, sind bereits die ersten Gebäude für die Krankenstation.«

»Pah! Dass ich nicht lache!«, wirft Charlotte ein.

»Jawohl! Und die Soldaten campieren nur so lange dort, bis wir an anderer Stelle etwas Passendes gefunden haben. Ich bin von den Ereignissen überrollt worden. So blieb mir in der Schnelle nur übrig, auf diese Lösung zurückzugreifen.«

»Das soll ich dir glauben?« Ihr Misstrauen ist kaum besänftigt und schon gar nicht beseitigt. Sie weiß sehr wohl, wie gut Amos argumentieren kann. Auch dass er die Wahrheit gern nach seinen Vorstellungen hinbiegt.

»Du musst mir glauben, bitte, Charlot.« Er beugt sich vor, ergreift ihre Hände und zeigt dieses gewinnende Lächeln, dem sie ehemals schlecht widerstehen konnte. Doch jetzt sieht sie darin nur einen Versuch, ihr den Blick auf die Wirklichkeit zu verschleiern.

»Du kennst meine eigentlichen Absichten«, fährt er fort. »Mein Volk braucht Hilfe. Das steht für mich an vorderster Stelle. Die Gründung von Biafra war im Gespräch, aber längst noch nicht beabsichtigt. Doch nach dem schrecklichen Massaker im Norden und der Ankündigung der Regierung, das Ibo-Land aufteilen zu wollen, mussten wir handeln. Wir haben uns mit der Entscheidung schwer getan. Ich wollte die Sache gern hinauszögern, aber Odschukwu hat sich nicht mehr aufhalten lassen.«

Charlotte entzieht ihm ihre Hände. Die Politik ist ihr egal. Sie sieht nur, dass er den Verein hintergangen hat. »Willst du mir weis machen, das ganze Geld sei allein in den Bau dieser Baracken geflossen?«, fragt sie.

Ihre Augenbrauen sind ungläubig nach oben gezogen.

»Nicht alles«, gibt Amos zu. »Ich benötigte auch einiges für die Ausrüstung. Aber, wie ich bereits sagte, das Geld ist nur ausgeliehen. Es gibt in meinem Büro eine genaue Aufstellung, die du gern einsehen kannst. Sobald die Biafra-Regierung richtig arbeitet, erste Steuern eingehen und wir die Verhandlungen mit den Ölfirmen abgeschlossen haben, dann zahle ich alles zurück. Ich werde sogar noch einiges drauf legen.«

Auf Charlotte wirken seine Worte großspurig und kaum realisierbar. Sie überlegt, ob die zugesagte Kostenaufstellung wohl an gleicher Stelle aufbewahrt wird wie die versprochenen Baupläne, die sie bis heute nicht zu Gesicht bekommen hat. Sie würde gern eine entsprechende Bemerkung machen, unterlässt es aber, weil sie seine Reaktion im Voraus kennt. Er wird empört auffahren, sich zutiefst gekränkt zeigen und sie des mangelnden Vertrauens bezichtigen.

»Warum wurde ich nicht eingeweiht?«, will sie wissen. »Nie hast du auch nur ein Wort über eure Absichten verlauten lassen.«

»Es war geheim.«

»Quatsch! Von anderen bekam ich sehr wohl zu hören, dass die Ibos vorhätten, sich vom Westen zu trennen. Ineh sprach davon, die Leute im Club, und selbst Tomo Awolalu wusste Bescheid.«

»Von all denen wurden höchstens Vermutungen geäußert. Niemand konnte etwas Genaues wissen. Wir waren uns selbst ja nicht einig.«

»Mir hätte schon eine kleine Information genügt. Wenn du mich nur ein einziges Mal in eure Überlegungen eingebunden hättest, dann wäre ich nicht so vor den Kopf gestoßen gewesen. Möglicherweise hätte ich sogar eine finanzielle Hilfe angeboten, natürlich mit vertraglich abgesicherter Rückzahlung. Aber so bin ich aus allen Wolken gefallen. Ich stand an der Baustelle und fühlte mich unendlich betrogen.«

»Ineh hat mir davon erzählt. Arme kleine Charlot. Dir ging es dort gar nicht gut.« Seine Stimme ist einschmeichelnd und tröstend. Er legt eine Hand auf ihren Bauch.

Sie schiebt ihn beiseite. »Lass das!«, faucht sie.

»Du solltest diese riskanten Ausflüge unterlassen. Die könnten dir schaden, und auch ....« Er redet nicht weiter, zeigt jedoch ein wissendes, verschwörerisches Lächeln.

Seine Worte und die Geste verwirren Charlotte. Wieso weiß er von der Schwangerschaft? Sie hat außer Ineh, Martin und Tomo niemanden eingeweiht. Von diesen Dreien kann es ihm also nur Ineh gesagt haben. Jedenfalls hat Amos Kenntnis von ihrem Zustand. Anders ist sein Verhalten nicht zu deuten, zu vertraulich war die eben gemachte Anspielung, fast so, als fühle er sich dem Kind verbunden.

Charlotte holt tief Luft. Wenn ich bloß Klarheit darüber hätte, was damals in Okigbo wirklich passiert ist. Wenn Amos und ich tatsächlich eine Liebesnacht verbracht haben, warum spricht er dann nicht mit mir darüber? Normalerweise hat man Sex, weil man sich mag. Man tauscht Zärtlichkeiten aus und sagt sich nette Dinge. Doch von Amos erfährt sie nichts dergleichen. Er hat sie noch nicht einmal geküsst.

Unsinn, denkt sie jetzt und strafft die Schultern. Die Gebärde war ganz allgemein. Das Baby ist von Martin, und ich sollte meine Phantasien besser im Griff haben.

»Wie geht es jetzt weiter mit eurem Biafra-Staat?«, fragt sie mit kühler Stimme, tut gleichgültig und zeigt eher distanziertes Interesse.

»Wir installieren soeben eine Verwaltung und verhandeln mit europäischen Staaten. Portugal, Spanien und Frankreich haben bereits ihre Unterstützung zugesagt. Wir kommen gut voran.«

»Du glaubst also ernsthaft, die Zentralregierung wird sich das gefallen lassen?«

Es ist Martins Einfluss, der sie die Entwicklung mit Skepsis sehen lässt. Die negative Einstellung ihres Mannes ist inzwischen auf sie über gegangen. Die Yorubas werden richtig Ärger machen, hat er gesagt. Es ist kaum zu erwarten, dass sie sich den gewinnbringenden Osten so einfach abnehmen lassen.

»Es ist uns ziemlich egal, ob den Yorubas unser Tun gefällt, oder nicht.« Amos spricht überlegen und von oben herab. »Irgendwann werden sie Biafra akzeptieren müssen. Wir haben alle notwendigen Voraussetzungen getroffen. Den Zentraltruppen wird es kaum gelingen, hier im Osten Fuß zu fassen. Die Brücke haben wir verbarrikadiert, und sollten sie auf Booten den Niger überqueren wollen, dann können sie das ruhig versuchen. Wir stehen bereit und knallen sie der Reihe nach ab. Piff, paff, piff, paff.« Jeden Knalllaut begleitet Amos mit einem Schnipsen seiner Finger.

Auf Charlotte wirkt er nicht wie der große Politiker, der die Angelegenheit souverän beherrscht, sondern eher wie ein ungezogener Schuljunge, dem es einfach nur Spaß macht, anderen eins auszuwischen.

»Für einen Krieg seid ihr doch gar nicht ausgerüstet.«

Wie lächerlich, denkt sie. Da meinen ein paar Biafra-Soldaten sich der starken, gut ausgebildeten Zentral-Armee entgegenstellen zu können.

Doch der Afrikaner schmunzelt zufrieden – und ein wenig verschlagen. »Wieso glaubst du, wir wären das nicht?«, fragt er.

Sie erschrickt, weil es ihr deutlich macht, dass er sehr wohl mit einem Bürgerkrieg rechnet, ihn vielleicht sogar wünscht.

»Ach, Amos, zu welch schlimmen Dingen gibst du dich da her?«, sagt sie, und nun ist ihre Stimme nicht mehr abfällig, sondern klein und ängstlich.

»Das sind keine schlimmen Dinge. Alles gehört zum Hilfsprogramm für mein Volk. Mein Handeln ist das eines Freiheitskämpfers.« Protzig wirkt er, und wichtigtuerisch.

»Nun gut.« Charlotte steht auf.

Sie fühlt sich müde, wie ausgelaugt, und möchte, dass er jetzt geht. Sie hat genug von seinen hochtrabenden Phrasen, die sich in ihren Ohren bloß sorgfältig eingeübt und wenig Vertrauen erwekkend anhören.

»Ich will dir glauben, dass du das Geld von Ibo-Help nur ausgeliehen hast, und erwarte baldmöglichst eine Rückzahlung.« Ihr bleibt nur diese Hoffnung, wenn sie das Vermögen der Hilfsorganisation jemals wiedersehen will. »Was denkst du, wann die Soldaten vom ›Nest des Python‹ verschwunden sind? Und wann wird es mit dem Bau weiter vorangehen?«

»Vermutlich in etwa drei bis vier Monaten. Bis dahin sollten wir alles im Griff haben. Für die Soldaten richten wir eine Kaserne ein. Biafra wird eine gut ausgebildete Armee benötigen. Und die muss sich in ständiger Alarmbereitschaft befinden. Unser Land ist wertvoll und weckt Begehrlichkeiten.«

Charlotte zuckt die Achseln. Sollen sich die Afrikaner doch um ihre Bodenschätze streiten, denkt sie. Allerdings hält sie es für abgrundtief schlecht, aus diesem Grund Leid zu verbreiten. Nur wird vermutlich auch in anderen Ländern und Erdteilen ähnlich rücksichtslos agiert.

Sie stimmt also Amos' Vorschlag zu, weil sie es für den einzig möglichen Weg hält, die Hilfsorganisation wieder zum Laufen zu bringen.

»Diese wenigen Monate werde ich mich also gedulden«, sagt sie.

»Inzwischen hast du Zeit, dich auf dein Baby zu konzentrieren.« Amos ist ebenfalls aufgestanden. Er versucht einen Arm um Charlotte zu legen.

Mit einer schnellen Bewegung entwindet sie sich ihm. »Ich bin müde und möchte mich hinlegen. Würdest du jetzt bitte gehen?«

»Okay, mach ich. Du solltest dich schonen.«

Wieder zeigt er dieses verschwörerische Lächeln, das sie noch deutlich vor sich sieht, als sie schließlich auf dem Bett liegt und das eben geführte Gespräch in Gedanken nachvollzieht.

Nachdem Martin vom Betrieb heimgekehrt ist, gibt Charlotte das wieder, was Amos erzählt hat. Sie versucht, möglichst keine Einzelheit auszulassen.

»Ich fürchte, du wirst von Amos massiv hintergangen. Ich glaube, er hat von Anfang an gelogen und dich für seine Guerilla-Spiele missbraucht. Er hatte nie die Absicht, ein Krankenhaus zu bauen.«

»Nein, nein!« Charlotte presst die Hände auf die Ohren. Sie will das nicht hören. Sie will nicht ihr ganzes schönes Traumgebilde einstürzen sehen.

Martin packt sie an den Oberarmen. »Wach endlich auf! Amos suchte einen Weg, um an Geld zu kommen. Nachdem er dich kennen gelernt hatte, bemerkte er schnell, wie begeistert du reagierst, sobald deine soziale Ader angesprochen wird. Er hat das geschickt ausgenutzt. Auf diese Weise warst du wunderbar zu steuern.«

»Das stimmt nicht!«, fährt sie ihn an.

Sie ahnt, dass Martins Darlegung nicht völlig aus der Luft gegriffen ist. Aber weil ihr das Eingeständnis zu schwer fällt, sie sich nicht wie ein naives, verblendetes Huhn vorkommen möchte, schüttelt sie seine Hände ab.

»Amos hat wirklich vor, seinem Volk zu helfen«, ereifert sie sich und hofft, überzeugend zu wirken. »Der Militärputsch ist ihm zuvorgekommen. Sobald der Staat Biafra sich etabliert hat, werden wir den Plan der Kranken- und Lepra-Station verwirklichen.«

»Das ist nicht dein Ernst? Du glaubst tatsächlich immer noch an eine friedliche Lösung?«

»Ich glaube an Amos' gute Absichten und daran, dass die Biafra-Regierung vorbereitet ist und alles bestens im Griff hat.« Sie stemmt die Fäuste in die Seiten und hebt energisch die Stimme an. Zu einem Gutteil will sie sich selbst überzeugen. »Ibo-Help muss unbedingt am Leben bleiben. Gerade jetzt brauchen uns die Menschen mehr denn je.«

»Ich kann es nicht fassen.« Martin lässt sich in einen Sessel fallen. »Du willst es gar nicht wissen, oder?«

»Was sollte ich denn wissen wollen?«

»Charlotte, hier wird es bald Krieg geben! Wir sollten ganz schnell verschwinden. Noch ist die Brücke für die Leute aus dem Osten passierbar. Vermutlich aber nur noch ganz kurze Zeit.«

»Nein!« Sie steht dicht vor ihm, bückt sich und stützt die Hände auf den Couchtisch. So kann sie ihm gerade in die Augen sehen. »Ich gehe hier nicht weg, denn ich bin die Vorsitzende einer Hilfsorganisation. Die Ibibios brauchen mich. Wir haben im Augenblick eine schwierige Situation, und gerade da möchte ich die Menschen nicht im Stich lassen.«

Am nächsten Tag erhält Charlotte wieder den Besuch eines Afrikaners. Dieses Mal ist es Tomo Awolalu, der mit seinem Wagen vor dem Haus der Jordans anhält.

»Ich wollte mich verabschieden«, sagt er.

Obwohl Charlotte ihn nach dem Grund fragt, ahnt sie eigentlich, noch ehe er antwortet, dass es für ihn unmöglich ist, länger zu bleiben. Er ist ein Yoruba und gehört nun ganz offiziell zu den *not wanted people*.

»Ich habe in den letzten Tagen einiges an persönlichen Anfeindungen ertragen müssen«, erläutert er sein Weggehen, »und bin nur geblieben, um geschäftlich alles abzuwickeln. Das ist inzwischen erledigt. Nun ist es höchste Zeit für mich zu gehen, wenn ich mein Leben nicht riskieren will. Mein Wagen ist gepackt, und ich hoffe, man wird mich die Brücke passieren lassen.« Er drückt Charlotte beide Hände. »Ich wünsche dir und deinem Mann alles erdenklich Gute. Passt auf euch auf.«

Charlotte kommt es vor als würde ihr der Boden unter den Füssen weggezogen. »Aber …«, stammelt sie, »was sollen wir machen, wenn du nicht mehr hier bist?« Der Gedanke, dass mit ihm der einzig wahre Freund geht, lässt sie einen tiefen Schmerz fühlen.

»Auch ihr solltet nicht mehr allzu lange bleiben«, mahnt er. »Ich vermute, auf diesen Teil des Landes werden schlimme Dinge zukommen. Glaub mir, die Zentralregierung wird sich einen Staat Biafra unter keinen Umständen gefallen lassen. Sie werden vehement dagegen vorgehen, notfalls mit Waffengewalt.«

Charlotte schüttelt den Kopf. Tomos Worte ähneln denen von Martin, aber sie will das nicht hören. Sie will so weiter leben wie bisher.

»Ich sehe schon, dass ich dich nicht überzeugen kann. Doch ich fürchte, euch wird bald nichts anderes übrig bleiben, wenn euch euer Leben und das eures Kindes lieb ist. Jedenfalls bist du und Martin jederzeit bei mir zu Hause in Abeokuta willkommen.«

Charlotte spürt ein Würgen in der Kehle. Mühsam versucht sie die aufsteigenden Tränen zurück zu halten. »Vielen Dank«, sagt sie und merkt selbst, wie rau ihre Stimme klingt. »Ich hoffe natürlich, dass du dich täuschst und wir uns bald hier in Onitsha wiedersehen werden. Dennoch Danke für die Einladung.«

Sie legt beide Arme um den Afrikaner und küsst ihn auf die Wange.

Jetzt werden auch Tomos Augen feucht. »Pass bloß auf dich auf«, wiederholt er seine warnenden Worte und räuspert sich. »Grüße bitte deinen Mann von mir.«

Er steigt in sein Auto.

»Ich wünsche dir, dass du heil auf die andere Niger-Seite kommst«, ruft sie dem davon brausenden Wagen hinterher.

Als das Fahrzeug ihren Blicken entschwunden ist, bleibt Charlotte noch vor dem Haus stehen. Schlaff hängen ihre Arme herab. Sie fühlt sich kraftlos und unendlich verlassen. Schließlich gibt sie sich einen Ruck und geht zurück ins Haus.

Im Schlafzimmer wirft sie sich auf das Bett, verbirgt ihr Gesicht im Kopfkissen und bricht in wildes Schluchzen aus. Sie glaubt sich in tiefstem Elend, meint, dass sich alles zum Schlechten gewendet hat, was doch einmal so hoffnungsvoll begann. Sie hatte einen netten, gescheiten Mann geheiratet, ging mit ihm nach Afrika, bekam die Gelegenheit, sich für bedürftige Menschen zu engagieren und wurde schließlich sogar schwanger. Alles was geschehen war, entsprach genau dem, wie sie es sich einmal vorgestellt hat.

Es kommt ihr nun so vor, als habe sie ehemals in eine klare Wasserfläche gesehen und darin ihr ungetrübtes Spiegelbild erblickt. Doch plötzlich kam ein wilder Sturm auf, der die glatte Oberfläche durch Wellen und Strudel aufgewühlt und verzerrt hat. Sie kann ihr Bild nicht mehr erkennen. Die Linien sind verwischt. Sie zerlaufen und lösen sich auf.

Einige Wochen vergehen. Charlotte gibt sich den Anschein, als habe sich nichts verändert. Martin hat sich in die Entscheidung seiner Frau gefügt, weil ihm nichts anderes übrig bleibt. Er geht also wie früher jeden Morgen in den Betrieb und kümmert sich wie eh und je um die Belange von Ford Motors.

Bis zu dem Nachmittag, an dem er, kaum dass er in den Betrieb gefahren ist, wieder zurückkehrt.

»Charlotte«, ruft er schon von draußen. »Wir müssen packen. Los mach schnell!«

»Was ist?« Sie denkt gar nicht daran, sich ohne Erklärungen zu fügen. »Was regst du dich so auf?«

»Die Regierungstruppen sind auf unserer Seite gelandet.«

»Unsinn! Du redest dummes Zeug. Das kann gar nicht sein. Ich weiß doch von Amos, dass die Brücke bestens gesichert ist. Da kommt niemand durch.«

»Nicht über die Brücke! Die Yorubas haben letzte Nacht auf Booten den Niger überquert. Offensichtlich waren unbewachte Stellen ausgekundschaftet, vielleicht sogar von Ibos an die Gegenseite verraten worden. Jedenfalls sind die Soldaten da über den Fluss gekommen, wo niemand aufpasste. Das Biafra-Militär hatte gar keine Chance, die Eindringlinge abzuwehren. Die Regierungstruppen sind ganz still gelandet, haben sich in den Dschungel verzogen und sich dort verbarrikadiert.«

Jetzt bleibt Charlotte nichts anderes übrig, als sich der Tatsache zu stellen, was ihr ein grässliches Gefühl gibt. Es ist nicht nur die Angst, die in ihr hochsteigt, es ist auch eine ungeheure Wut auf Amos. Wieder einmal hat er die Unwahrheit gesagt. Er hat sie in Sicherheit gewiegt, ihr glaubhaft beschrieben, wie gut alles geschützt sei, alles bestens organisiert. Was für ein Lügner! Was für ein Phantast!

Sie spürt wie ihr die Kraft aus den Knochen schwindet. Am liebsten würde sie sich in eine dunkle Ecke verkriechen. Nur nichts mehr hören und sehen müssen. Doch gerade jetzt ist es wichtig, dass sie überlegt handelt und nicht die Augen verschließt.

Sie hat Gelder eingenommen von Firmen, von Institutionen und von Privatleuten. Insgesamt handelt es sich inzwischen um eine riesige Summe, für die sie versprach, ein großes soziales Projekt auf die Beine zu stellen. Sie muss irgend etwas vorzeigen, eine Erklärung parat haben – wie sonst kann sie den Rautlingern jemals wieder unter die Augen treten?

Verzweifelt setzt sie sich auf einen Stuhl und vergräbt ihren Kopf in den Händen.

Martin hockt sich vor seiner Frau nieder, zieht ihr die Hände vom Gesicht und bemerkt ihren Ausdruck, in dem sich das ganze Unglück widerspiegelt. Er ahnt, was in ihr vorgeht und legt seine Arme um sie.

»Mach nicht so ein Gesicht«, sagt er. »Du kannst doch nichts für den Krieg. Das werden auch die Rautlinger verstehen. Du hast keine Schuld an dem, was hier passiert. Jetzt ist es nur wichtig, dass wir schleunigst verschwinden.«

Charlotte hebt den Kopf. »Martin, ich muss zur Bank. Auf dem Konto von Ibo-Help befindet sich noch eine ordentliche Summe.

Die will ich abheben und nach Deutschland bringen. Damit kann ich wenigstens zum Teil mein Gesicht wahren.«

»Das sind Naira, Charlotte! Die sind in Deutschland so viel wert wie Klopapier.«

»Egal. Jedenfalls kann ich etwas vorweisen. Das und der Bürgerkriegsbericht werden mein Ansehen retten. Bitte!«

»Also, gut. Dann werde ich auch das Konto meiner Firma leeren, die Scheine im Auto verstecken und auf die andere Seite mitnehmen. Das wird man bei Ford Motors möglicherweise zu schätzen wissen. Wir müssen halt sehen, ob wir noch eine Chance bekommen, die Brücke zu passieren. Jedenfalls ist sie noch in der Hand der Ibos. Vielleicht ist uns bei den Soldaten ja unsere Bekanntschaft mit Amos von Nutzen. Denn sollten wir das nicht hinkriegen, müssten wir mit einem Boot über den Niger, und das wäre bestimmt nicht das reine Vergnügen.«

Charlotte nickt. Wie immer ihr Mann auch die Ausreise organisiert, ist ihr egal. Hauptsache sie kann das Geld in Sicherheit bringen.

Doch am Schalter der Afrika Bank erlebt sie eine böse Überraschung.

»Tut mir leid, Mrs. Jordan«, gibt man ihr Auskunft, »Mr. Tutamosu hat gestern den gesamten Betrag, der sich auf dem Konto befand, abgehoben.«

»Aber das waren mehr als zweihunderttausend Naira.«

Der Bankangestellte zuckt mit den Schultern. »Hier, bitte.« Er schiebt Charlotte die Kopie des Auszahlungsbelegs über die Theke. Sie erkennt die Unterschrift von Amos.

Ihr wird schwindlig. Sie greift nach der Wand, um sich festzuhalten, und spürt im selben Moment wieder diese Übelkeit, die ihr in letzter Zeit verstärkt zu schaffen macht.

Martin fasst sie am Ellbogen und führt sie nach draußen.

Als sie im Wagen sitzen, fragt Charlotte mit leiser Stimme: »Können wir bei Ineh vorbeifahren?«

»Wir sollten uns hier nicht mehr so lange aufhalten«, mahnt Martin.

»Bitte!«

»Also gut.« Er wendet den Wagen und schlägt die Richtung zum Haus ein, in dem Ineh bei ihren Verwandten wohnt.

Ineh ist glücklicherweise zu Hause. Sie kommt nach draußen, als sie den Ford anhalten sieht. Ein wenig atemlos berichtet Charlotte von dem, was sie in der Bank erfahren hat.

»Es waren noch 200318 Naira auf dem Konto!«, sprudelt sie heraus.

»Das kann ich nicht glauben.« Ineh schaut unglücklich drein. Sie liebt Amos, muss sich aber eingestehen, dass er nicht immer geradlinig handelt.

Eben tritt Samuel neben sie. »Was ist?«, will er wissen.

»Amos hat das gesamte Vermögen von Ibo-Help abgehoben«, erklärt Ineh mit versagender Stimme. Es ist ihr anzusehen, wie sehr sie sich für ihren Bruder schämt.

»Stimmt das?«, wendet Samuel sich an Charlotte.

Sie nickt. »Seine Unterschrift war auf dem Auszahlungsbeleg.«

»Wann war das?«

»Gestern.«

»Dann kann das Geld noch nicht ausgegeben sein. Er hat es vermutlich ins Hauptquartier nach Owerri gebracht.«

»Das ist gut möglich«, stimmt Ineh voller Eifer zu. »Ich kenne dort seinen privaten Raum. Da habe ich auch einen Geldschrank gesehen.« Sie ballt die Hände zu Fäusten. »Ich hole es zurück, Charlot!«

»Wie willst du das anstellen? Das ist gefährlich.« Martin hält die Idee für gar nicht gut.

Doch Ineh will sich nicht abbringen lassen. »Kommst du mit mir, Samuel?«

Er nickt. »Natürlich.«

»Wir fahren sofort los. Ich gehe in sein Zimmer, was für mich als seine Schwester kein Problem sein wird. Ich nehme das Geld aus dem Schrank und wir kommen wieder hierher.« Aus Inehs Mund hört sich die Sache machbar an.

»Meinst du, das geht so einfach?« Charlotte ist dennoch skeptisch. Sie hält das Unterfangen für ziemlich riskant.

Auch Martin hat die Brauen gerunzelt. »Das solltet ihr besser lassen«, sagt er.

Aber Ineh beharrt auf ihrem Vorhaben. Die Ehre der Tutamosus steht auf dem Spiel, und die wird sie retten. »Es ist der einzige Weg«, erklärt sie mit fester Stimme. »Samuel, kommst du? Wir sollten keinen Augenblick länger warten. Sonst hat Amos das Geld möglicherweise schon unter die Leute gebracht. Vielleicht will er ja einen Panzer kaufen«, fügt sie hinzu, versucht so, der Angelegenheit eine ironische Note zu geben.

»Na, dafür dürfte es wohl kaum reichen.« Jetzt liegt sogar auf Charlottes Gesicht ein leises Lächeln. Sie umarmt die Freundin. »Danke! Und seid bloß vorsichtig.«

»Bedanke dich erst, wenn wir heute Abend zurück sind. Mit dem Geld!« Ineh lacht und winkt ihr aus dem offenen Fenster des davonfahrenden Morris lebhaft zu.

Sie sollten gegen acht Uhr zurück sein, hat Ineh gemeint und die Fahrtzeit vorgerechnet, zwei Stunden bis Owerri, zwei Stunden zurück, und eine Stunde, um an das Geld zu kommen. Eine weitere Stunde hat sie für unvorhergesehene Stopps eingeplant.

Doch nun ist es bereits kurz nach neun, und Ineh und ihr Verlobter sind noch nicht eingetroffen. Allmählich wird Charlotte unruhig. Die Zeit bis jetzt hat sie genutzt, um zu packen. Zwei Koffer hat sie gefüllt und zwei große Taschen. Martin hat die Innenverkleidung des Wagens gelockert. Dahinter wird er das Geld verstecken. Ganz früh am Morgen wollen sie starten und hoffen, dass es noch möglich sein wird, die Brücke zu überqueren.

»Ich gehe mal in den Garten«, verkündet Charlotte.

»Was machen?« Martin schaut von seinem Buch auf. »Es ist stockdunkel.«

»Ich werde die Orishas befragen.«

»Hast du noch alle Tassen im Schrank?«

»Reg dich ruhig auf. Mir ist das egal.«

Sie greift nach dem Korb, nimmt das obenauf liegende Strickzeug, unter dem sie ihre *Juju*-Utensilien verborgen hält, heraus und greift nach einer Taschenlampe.

Hinten am Gartenende, versteckt hinter den Büschen, hockt sie sich nieder, legt die Taschenlampe auf einen Stein, sodass ihr Schein die Erdfläche beleuchtet und beginnt den Boden zu glätten. Dann zieht sie mit einem Stock den Schlangenkreis und teilt ihn in Viertel. Wie sie es von Ineh gelernt hat, malt sie die vier Symbole hinein, das Dreieck für Messer, den Strich für Stab, den Ring für Schale und die Hufeisenform für Manela.

Dreimal geht sie um den Kreis und spricht fortlaufend die Worte: »*Ase, mojuba Orisha.*«

Sie zählt zehn Muscheln ab, wirft sie zu Boden und bückt sich sogleich, um im schwachen Schein der Lampe das Ergebnis zu betrachten. Fünf Muscheln sind in das Viertel gefallen, in das sie das Dreieck gezeichnet hat, und fünf liegen bei dem Ring.

Sie braucht erst gar nicht das Heft, in das sie Inehs Erklärungen notierte, zu Hilfe zu nehmen, um zu wissen was das heißt. Die fünf Muscheln bei Messer bedeuten eine gefährliche Lage, einen Hinterhalt. Die fünf Muscheln bei Schale zeigen Kummer, Schmerz und Trauer an.

Keine Sekunde wird sie mehr zögern, sondern Martin umgehend auffordern, mit ihr nach Ineh zu suchen.

Zurück im Haus bleibt sie vor ihrem Mann stehen und sieht ihn auffordernd an. »Es ist jetzt fast zehn. Ich werde nicht länger warten«, sagt sie.

»Was willst du tun?«

»Nach Owerri fahren.«

»Jetzt?«

Charlotte nickt. »Ja, jetzt!«, bekräftigt sie ihren Entschluss.

»Bist du verrückt? Mitten in der Nacht! Das ist schon in Friedenszeiten wegen der *Highwayrobber* nicht ungefährlich. Aber inzwischen stehen auch noch überall Soldaten rum, die gern ihre Waffen ausprobieren wollen und auf Weiße möglicherweise gar nicht gut zu sprechen sind.«

»Bitte, Martin! Ich werde von hier nicht verschwinden, ohne zu wissen, was mit Ineh passiert ist. Wenn du also mit mir zusammen morgen früh ausreisen willst, dann wird dir nichts anderes übrig bleiben.«

»Tja, wenn das so ist.« Er zuckt mit den Schultern und steht auf. »Dann lass uns sofort los fahren.«

Es ist tiefdunkle Nacht. Einsam rollt das Auto der Jordans auf der Straße, die von Onitsha nach Süden führt, kleinere Ortschaften streift, sich durch Aba schlängelt und später Owerri erreichen wird. Nur ganz selten sind Scheinwerfer anderer Fahrzeuge zu sehen.

Einmal werden sie angehalten. Sie erkennen hin und her schwingende Lampen, die einen Stopp signalisieren, und bemerken auch die Barriere quer über der Straße. Es sind Militärs, die eine Sperrung errichtet haben.

»*Gettout de car*«, erhalten die Jordans den Befehl zum Aussteigen. Sie müssen ihre Pässe vorweisen, und dann wird der Wagen durchsucht.

Doch die Soldaten können nichts Verdächtiges finden. Sie entdecken keine Waffen, kein Geld, und es befindet sich kein Gepäck im Wagen. Also dürfen die Jordans schließlich ihren Weg fortsetzen.

Voller Anspannung hat Charlotte die Prozedur über sich ergehen lassen. Nun, beim Weiterfahren, verspürt sie heftiges Zittern. Es beginnt in den Händen, breitet sich über die Arme aus und erreicht den Kopf. Sie merkt, wie ihre Zähne aufeinander schlagen. Fest hält sie die Hände verschlungen. Martin darf nicht merken, wie sehr sie sich fürchtet. Sie will stark sein, sicher und selbstbewusst.

Eisern versucht sie, die Schwäche zu unterdrücken. Sie reißt die schwer werdenden Lider krampfhaft nach oben und müht sich, den schmerzenden Rücken gerade zu halten.

Sie passieren Ihialla und fahren noch ein ganzes Stück, ohne etwas Außergewöhnliches zu bemerken. Da, auf einmal, verlangsamt Martin das Tempo und tritt auf die Bremse.

»Schau mal«, sagt er leise. »Siehst du dort drüben auf der anderen Straßenseite? Da steht ein geparktes Auto.«

Jetzt sieht auch Charlotte die schemenhaften Umrisse eines dunklen Fahrzeugs am Straßenrand. Sie rollen ein Stück weiter und sind bald auf gleicher Höhe angelangt. Der Wagen auf der anderen Seite steht ganz still. So, als sei er dort einfach abgestellt. Allerdings ist diese Tatsache, hier in der Einsamkeit und ohne dass sich ein Dorf, eine Stadt oder eine Ansiedlung in der Nähe befindet, mehr als eigenartig.

»Das könnte der Morris von Samuel sein«, mutmaßt Martin. »Auch wenn der Fahrzeugtyp hier keine Seltenheit ist, sollten wir mal nachsehen gehen.«

»Gut.« Charlotte öffnet die Tür und steigt aus.

Nebeneinander hergehend überqueren sie die Straße.

»Hör zu!«, raunt Martin. »Ich stecke die Schlüssel in meine rechte Hosentasche. Wenn etwas passiert, nimmst du die sie heraus und fährst schnell davon.«

»Aber!?«

»Kein ›Aber‹! Hast du gehört? Du kümmerst dich dann nicht um mich.«

Charlotte nickt. Beklommen geht sie weiter. Das Herz klopft ihr bis zum Hals.

Sie stehen vor dem Fahrzeug. Martin streckt die Hand nach dem Griff aus, will die Autotür öffnen, als ein eigenartiges Geräusch zu hören ist. Erst scheint es ein Stöhnen zu sein, dann vernehmen sie ein schwaches Husten, schließlich ein Wimmern.

»Mein Gott, es ist tatsächlich jemand da drinnen.« Martin reißt die Tür auf und beugt sich hinein. Samuels angstgeweitete Augen starren ihn an. Schützend hat er die Arme um die bewusstlose Ineh gelegt.

»Schnell, fahr den Wagen hier rüber. Wir müssen sie rausholen.« Er zieht den Schlüssel aus der Hosentasche und reicht ihn Charlotte.

Sie stolpert davon, wirft sich in den Ford und versucht zu starten, was ihr mit den stark zitternden Fingern kaum gelingen will. Erst nach mehreren Versuchen bringt sie endlich den Motor zum Laufen. Einige Male muss sie hin und her rangieren, bis der Wagen schließlich auf der anderen Straßenseite steht.

Inzwischen hat Martin Ineh aus dem Morris gehoben. Ihr Körper hängt schlaff in seinen Armen. Charlotte sieht riesige dunkle Flekken auf dem Kleid. Es scheint alles voller Blut zu sein.

»O Gott, o Gott, o Gott«, flüstert sie und streicht sanft über das Gesicht der Freundin. »Was haben sie dir bloß angetan?«

»Nun fass schon an«, fährt Martin sie an. »Wir müssen Ineh auf den Rücksitz legen.«

Mit vereinten Kräften gelingt es ihnen.

Samuel, ebenfalls verletzt, hat es offensichtlich nicht ganz so schlimm getroffen. Unter großer Anstrengung kommt er mühsam auf die Beine. Mit wackeligen Schritten, unterstützt von Martin, erreicht er den Ford und sinkt auf dem Beifahrersitz nieder.

Charlotte steigt hinten ein. Sie bettet den Kopf der Freundin auf den Schoß.

»*Money* …«, hört sie in diesem Moment Ineh flüstern. »*Money … Chinue … he shoots.*«

Samuel hat die Worte vernommen. Er schüttelt den Kopf. »Es ist weg. Ihr könnt nachsehen«, sagt er leise. Dann lehnt er sich erschöpft zurück und schließt die Augen.

Martin steigt noch einmal aus, geht zum Morris und beginnt zu suchen. Aber weder im Inneren, noch im Kofferraum, nicht unter den Sitzen, auch nicht hinter der Innenbekleidung kann er nur einen einzigen Schein entdecken.

Sie haben den Rückweg nach Onitsha angetreten. Es ist ganz still im Wagen. Samuel ist vermutlich zu schwach, um zu reden. Mit geschlossenen Augen lehnt er in seinem Sitz. Von Ineh ist hin und wieder ein leises Wimmern zu hören.

»Lieber Gott«, flüstert Charlotte, »ich verspreche dir, nie mehr Juju zu machen, nie mehr Zaubersprüche zu sagen und nie mehr den Fetisch zu beschwören. Aber, bitte, lass Ineh am Leben. Sie ist meine beste Freundin, und sie hat diese Fahrt nur unternommen, um mir zu helfen. Bitte, bitte, bitte.«

Doch Gott scheint dieses Mal kein Einsehen zu haben. Nur wenige Minuten später hört Charlotte, wie Inehs Wimmern in ein Röcheln übergeht. Sie hebt den Kopf der Freundin an, versucht ihr so bei der Atmung Linderung zu verschaffen. Doch alles scheint vergeblich, denn auf einmal verstummt Ineh ganz.

»Martin«, jammert Charlotte, »du musst schneller fahren, ich glaube, Ineh stirbt.« Emsig streichelt sie die fahlen Wangen, hofft damit den Lebensstrom aufrecht erhalten zu können.

»Schneller fahren kann ich nicht«, kommt die Reaktion vom Fahrersitz.

Inehs Körper, der eben noch vor Hitze glühte, beginnt kälter zu werden.

Charlotte bleibt nichts anderes übrig, als sich mit der Tatsache vertraut zu machen, dass das Leben ihrer Freundin soeben zu Ende gegangen ist. Der Schock dringt in ihr Innerstes und erschüttert die Grundfesten ihres gesamten Daseins. Da ist eine Ahnung, als würde in diesem Augenblick auch ihr eigenes, leichtes Leben zu Ende gehen, als würde mit der Freundin auch das Lachen und die Fröhlichkeit dahinschwinden.

Zusammengekrümmt hockt Charlotte da, hält den schlaffen Körper der Afrikanerin in den Armen, und die Tränen rinnen unaufhörlich über ihr Gesicht. Sie macht keine Bewegung, um sie abzuwischen.

Am Militärposten werden sie angehalten.

»Wir müssen zum Krankenhaus. Schnell!«, ruft Martin den Soldaten zu. »Auf dem Rücksitz liegt die schwer verwundete Schwester von Amos Tutamosu.«

Eine Taschenlampe wird hoch gehalten und das Innere des Wagens ausgeleuchtet. Der Anblick, der sich den Uniformierten bietet, bringt sie dazu, die Barriere sofort beiseite zu schieben.

Am Borromeo Hospital in Onitsha angekommen hastet Martin eiligen Schrittes zum Eingang. Er findet eine Nachtschwester vor, die sich den Kopf in die Hände gestützt, soeben ein wenig Schlaf gönnt.

»*Come on, hurry*!«, ruft er. »Wir haben im Auto zwei Schwerverletzte.«

Die Schwester eilt davon und kehrt kurz darauf mit einem Pfleger zurück. Bald erscheint auch eine Ärztin in ihrer weißen Nonnentracht.

Samuel hat es fertig gebracht, selber aus dem Wagen zu steigen. Auf einer Krankenbahre wird er davon gerollt.

Jetzt wird Ineh aus Charlottes Armen gehoben. Mit Bestimmtheit weiß sie, dass sie in diesem Moment die Freundin zum letzten Mal sieht.

Man legt Ineh auf eine Bahre, die Nonne beugt sich über sie, fühlt mit dem Finger am Hals, zieht ein Augenlid nach oben und breitet ein Laken über Inehs Körper und Kopf.

Als Charlotte am nächsten Morgen erwacht, wundert sie sich, wie es ihr gelingen konnte einzuschlafen. Sie meinte, nie wieder ein Auge zu tun zu können. Doch ihr Körper hat sich vermutlich einfach sein Recht genommen und der Erschöpfung nachgegeben. Sie setzt sich auf und sieht, dass Martin ebenfalls erwacht ist. Mit offenen Augen starrt er zur Zimmerdecke.

»Ich möchte gleich ins Krankenhaus und mit Samuel reden«, sagt sie. »Ich will herausfinden, was sich zugetragen hat. Und besonders, wer dafür verantwortlich ist.«

»Jetzt lass uns erst mal frühstücken«, versucht Martin sie zu beruhigen. »So früh am Morgen dürfen wir vermutlich noch gar nicht zu ihm.«

Also bleibt ihr nichts weiter übrig, als sich noch ein wenig zu gedulden. Sie sitzt neben ihrem Mann am Frühstückstisch, trinkt Tee, müht sich, einen gebutterten Toast herunterzuwürgen und tut so, als sei nichts weiter passiert.

Nur einmal versucht sie die Geschehnisse der vergangenen Nacht anzusprechen. Doch da wird sie von Martin angefahren. »Würdest du mich jetzt bitte in Ruhe frühstücken lassen? Ich brauche einen klaren Kopf. Unser weiteres Vorgehen muss genau überlegt werden.«

Im Borromeo Hospital finden sie schließlich Samuel in einem Raum, in dem sechs Betten stehen und reger Betrieb herrscht. Viele Angehörige haben sich eingefunden. Essen wird verteilt, lebhafte, lautstarke Gespräche werden geführt, und Kinder spielen Fangen.

Samuel trägt einen Verband um den Oberkörper. Eine Nadel steckt in seiner Armvene und es tropft eine Flüssigkeit aus der über ihm hängenden Flasche. Er hält die Augen geschlossen und öffnet sie auch nicht, als Charlotte und Martin an seinem Bett stehen.

»Samuel, bitte, ich muss wissen, was letzte Nacht geschehen ist. Wurdet ihr überfallen? Hat Amos euch verfolgen lassen?« Charlotte fasst nach der Hand auf der Decke. Regungslos und schlaff liegt sie da, so, als würde sie nicht zum Körper gehören.

Es erfolgt keine Reaktion.

»Wer war es, der euch das angetan hat?«

Schweigen.

»Ich muss es wissen«, wiederholt sie.

Doch obwohl sie ihn flehentlich bittet, sagt er nichts. Kein einziges Wort. Charlottes noch so dringlich hervorgebrachte Beschwörungen bleiben von Inehs Verlobtem unbeantwortet.

XVIII

Der Niger, der in den Bergen des Staates Guinea entspringt, ist der drittlängste Strom in Afrika. In Nigeria mündet er in einem weit verzweigten Delta in den Ozean. Im oberen Teil ist der Fluss nur mit kleinen Booten beschiffbar. Hier stellen Flusspferde eine gewisse Gefahr dar, aber weiter südlich kann der Niger auch mit größeren Schiffen befahren werden.

Kapitel 18

Oktober – November 1967

Wieder zu Hause trifft Martin die Entscheidung, noch am selben Tag Onitsha zu verlassen. Er holt die Zustimmung von Charlotte erst gar nicht ein, sondern gibt unverzüglich seine Anweisungen. Von den Ärzten des Krankenhauses erfuhren sie, dass inzwischen die Brücke für Privatpersonen endgültig gesperrt ist. Es muss also eine andere Fluchtmöglichkeit gefunden werden. Martin schickt Francis mit einer Nachricht zu Mr. Balongwu, von dem er weiß, dass dessen Bruder ein Fischerboot besitzt.

Charlotte, die stumpf vor sich hinbrütend in einem Sessel hockt, alles um sich herum einfach geschehen lässt, weist er mit barschem Ton an, sich endlich aufzuraffen und die Gepäckstücke noch einmal durchzusehen.

»Mehr als einen Koffer und zwei Taschen können wir auf das Boot nicht mitnehmen. Ich trage den Koffer und eine Tasche. Die andere solltest du transportieren können, möglicherweise über eine längere Strecke. Sie darf also nicht zu schwer sein. Es muss daher alles, was wir ursprünglich mitnehmen wollten, noch einmal überprüft werden.«

Charlotte nickt, stemmt sich aus dem Sessel hoch und begibt sich schweren Schrittes ins Schlafzimmer. Sie wird genau das so tun, wie

Martin ihr geheißen hat. Sie wird umpacken, wird feste Schuhe anziehen und auch etwas zum Essen vorbereiten. Doch mit den Gedanken ist sie kaum bei der Sache. In sich fühlt sie nur eine unendliche Leere. Alles was sie tut, kommt ihr sinnlos vor. Rein mechanisch macht sie sich daran, die Dinge nach Anweisung zu erledigen.

Auf der Treppe zwingen heftige Kindsbewegungen sie, stehen zu bleiben und beruhigend legt sie die Hände auf den Bauch. Der ungeheure Lebenswille des Babys erstaunt sie. Die erschütternden Ereignisse scheinen es nicht weiter zu beeinträchtigen und es wartet den richtigen Zeitpunkt ab. Dabei wird allgemein behauptet, extreme Aufregungen könnten Frühgeburten verursachen.

»Ist was?«, fragt Martin, der ihr nachgesehen hat.

»Das Kind hat sich bewegt. Jetzt geht es schon wieder.«

»Hoffentlich setzen die Wehen nicht gerade dann ein, wenn wir uns mitten auf dem Niger befinden. Ich glaube, ich eigne mich nicht so gut zum Geburtshelfer.«

»Es sind ja noch fast vier Wochen bis dahin. So lange wird sich unser Sohn schon noch gedulden.«

Wortlos dreht Martin sich um und verlässt das Haus.

Er ist ärgerlich, weil er es nicht ausstehen kann, wenn sie vom ›Sohn‹ redet. Noch wütender reagiert er, wenn sie von der Weissagung der *Orishas* spricht. Dabei hat sie ihm gar nicht erläutert, wie das Ritual damals vor sich gegangen ist. Sie hat nichts von den vier Steinen in der Schale gesagt. Auch nicht, dass sich später, als sie die Befragung wiederholte, das gleiche Ergebnis zeigte.

Gleichgültig und lustlos macht Charlotte sich ans Umpacken.

Etwa eine Stunde später ist Martin zurück. Vor dem Haus wird er von George Balongwu erwartet, mit dem er ein längeres Gespräch führt. Was schließlich vereinbart wird, gibt er an Charlotte weiter: Um acht Uhr abends sollen die Jordans unten am Fluss stehen, an der sandigen Stelle, die tagsüber von den Frauen als Waschplatz genutzt wird. Balongwus Bruder wird sie dort mit seinem Boot abholen und auf die westliche Nigerseite bringen.

»Aber dann ist es stockdunkel!«, wirft Charlotte ein, der davor graust, in tiefer Dunkelheit auf einem winzigen Nachen über den breit und mächtig dahinströmenden, von Krokodilen bevölkerten

Fluss dahinzuschaukeln. Dieser unheimlichen Situation würde sie sich, wenn es denn unbedingt sein muss, lieber bei Helligkeit aussetzen.

»Es geht nur bei Dunkelheit. Die Biafra-Soldaten werden niemanden mehr freiwillig aus ihrem Land ausreisen lassen. Es könnte sein, dass die sofort losballern, wenn sie Weiße auf einem Kahn auf dem Niger sehen.«

Charlotte nickt. Na und, denkt sie, dann sollen sie uns doch totschießen. Oder mit ihren Schüssen das Boot zum Kentern bringen. Dann werden wir eben ertrinken oder als Fraß für die Krokodile herhalten. Was soll's.

Da sie überzeugt ist, dass ihr künftig ohnehin ein deprimierendes Durchschnittsdasein beschieden sein wird, kann sie es also genau so gut auch jetzt gleich beenden. Einem Leben als Hausfrau und Mutter in einer deutschen Stadt blickt sie mit Schaudern entgegen. Es erscheint ihr nicht im geringsten erstrebenswert. Nie mehr, so glaubt sie, wird es spannende, aufregende, beeindruckende Momente für sie geben.

Den Gedanken an das Kind schiebt sie beiseite. Obwohl sie sich ursprünglich einmal kaum etwas Schöneres hat vorstellen können, wird sie jetzt von einem höchst beunruhigenden Gefühl beschlichen, sobald sie sich vor Augen hält, dass in einigen Wochen der Zeitpunkt der Geburt gekommen sein wird. Es sind weniger die Schmerzen, die sie fürchtet. Viel mehr ist es die Ungewissheit über den Tag vor etwa acht Monaten, an dem die Schwangerschaft begann. Ist sie hier im ehelichen Bett in die Wege geleitet worden – oder wurde das Kind von Amos in Okigbo gezeugt? Charlotte wischt sich die Schweißtropfen von der Stirn. Obwohl sie sich in einem klimatisierten Raum befindet, fühlt sie in diesem Moment eine unerklärliche Hitze in sich aufsteigen.

Um einiges vor dem verabredeten Zeitpunkt begeben sich die beiden Jordans mit ihrem Gepäck hinunter zum Fluss, entlang des kleinen Trampelpfads, den Charlotte einst so gern nutzte.

Zuvor hat Martin die Boys gerufen und ihnen die Abreise verkündet. Er hat an Francis, Elijah, den Gärtner und den *Driver* je drei Monatsgehälter ausbezahlt und ihnen für die Zukunft alles Gute gewünscht. Die Entwicklung kam für die Boys nicht überraschend. Seit einiger Zeit hat sie sich abgezeichnet; etliche Europäer verließen bereits das Land. Dennoch fällt der Abschied schwer. Die Arbeit war eine gute gewesen: Die Bezahlung war ordentlich, die Madam kümmerte sich wenig und zankte kaum, auch war ihnen reichlich Freizeit geblieben. Was sollte nun aus ihnen werden?

Die Biafra-Armee sucht dringend Freiwillige. Die vier Boys verspüren allerdings keine überschwängliche Begeisterung bei dem Gedanken, sich in Zukunft als Soldaten verdingen zu müssen. Möglicherweise wird dies aber der einzige ihnen offen stehende Weg sein.

Charlotte folgt ihrem Mann den abschüssigen Pfad durch das Dikkicht und versucht nicht an Ineh zu denken. Was ihr schwer fällt. Mit bebenden Lippen wiederholt sie die Worte und den Singsang, den die Afrikanerin bei gemeinsamen Spaziergängen nutzte, um den Schlangen ihr Kommen anzukündigen. Da merkt sie, wie sich ihre Augen mit Tränen füllen.

Unten angekommen, lässt sich das Ehepaar auf denselben Steinen nieder, auf denen Charlotte oftmals saß, dabei den Frauen bei ihrer Arbeit zusah, und sich mit den Kindern neckte. Jetzt, zu dieser späten Stunde, sind sie hier ganz allein.

Es ist still, bis auf die nächtlichen Tiergeräusche im Ufergesträuch und das nie endende Murmeln des breiten Stroms. Ein leises Glukkern ist zu hören, dann ein Platschen, und in regelmäßigen Abständen der Schlag einer größeren Welle an den wuchtig aus der Böschung ragenden Fels.

Charlotte würde am liebsten die Schuhe ausziehen. Noch einmal möchte sie spüren, wie es sich anfühlt, wenn sich die Zehen in den warmen, feuchten Sand bohren. Sie unterdrückt diesen Wunsch, weil sie weiß, dass Martin es nicht verstehen würde. Er wird bestimmt nicht darauf warten wollen, bis sie die Füße gereinigt hat und wieder in Schuhe und Söckchen geschlüpft ist. Jede Minute der Verzögerung würde ihn wütend machen. Für ihn zählt nur der Gedanke, so schnell wie möglich von hier fort zu kommen.

Doch Charlotte möchte nicht weg. Sie meint woanders nicht mehr leben zu können. Sie war glücklich hier in diesem sonnigen, naturverbundenen Ibo-Land. Sie fühlt mit absoluter Sicherheit, dass ein Stück von ihr zurückbleiben wird bei den afrikanischen Menschen, deren Fröhlichkeit, Leichtigkeit und Unbekümmertheit sie stets als überwältigend empfand.

Als das klatschende Eintauchen des Ruders zu vernehmen ist, steht Martin auf. In der Dunkelheit, nur schwach vom Mondschein erhellt, sehen sie die Umrisse eines Wasserfahrzeugs auftauchen, das schließlich am Ufer anlegt.

Der Mann im Boot wirft einen Strick um den Felsbrocken. Mit einer Stange, die er ankernd in den Untergrund stößt, hält er den Kahn in der Waagrechten, während Martin die Gepäckstücke einlädt, danach Charlotte durch das knietiefe Wasser geleitet und ihr beim Einsteigen hilft. Es werden kaum Worte gewechselt.

Der Fährmann drückt Martin ein Paddel in die Hand, und nun machen sich die Männer gemeinsam daran, das Gefährt vom Ufer weg und hinaus auf den Fluss zu manövrieren. Charlotte kann sehen, wie ungewohnt diese Tätigkeit für ihren Mann ist und wie schwer es ihm anfangs fällt, sich den kräftigen Ruderbewegungen des Afrikaners anzupassen.

Rasch haben sie sich vom Ufer entfernt.

Trotz angestrengtem Suchen gelingt es Charlotte nicht mehr, den mit Sträuchern bewachsenen Hügel auszumachen, auf dessen oberer Spitze das Haus steht, das drei Jahre lang ein Heim für sie gewesen ist. Nur einige schwache Lichtpunkte zeigen an, dass sich dort drüben, fast ganz von der Schwärze der Nacht verschluckt, eine größere Stadt befindet.

Sie schlingt die Arme um den Körper. Sie fröstelt und kann nicht unterscheiden, ob die unangenehme Empfindung auf den frischen Luftzug über dem Wasser zurückzuführen ist oder ob es möglicherweise Angst ist?

Das Boot liegt tief im Strom. Das Gewicht der drei Menschen und der Gepäckstücke drückt den Kahn nach unten. Das Wasser reicht bis an den oberen Rand. Manchmal, wenn eines der Paddel kräftig einschlägt, schwappt ein ganzer Schwall nach innen.

Unsere Sachen werden prima aussehen, überlegt Charlotte und wirft einen Blick auf den Koffer und die beiden Taschen. Im Schein des Mondes erkennt sie den seichten Wasserspiegel zu ihren Füßen, spürt auch, wie Feuchtigkeit in ihre Schuhe eindringt. Sie zuckt mit den Schultern. Na wenn schon, denkt sie, und wendet ihren Blick wieder den vor Anstrengung keuchenden Männern zu.

»Dort hinten ist die Brücke!« Martin zeigt mit der Hand, und nun sieht auch Charlotte in einiger Entfernung die im Dunkeln schemenhaft auftauchenden Pfeiler. »Wir sind ganz schön weit abgetrieben«, stellt er fest.

Der Fährmann brummelt etwas und bedeutet Martin, sich mehr ins Zeug zu legen.

»Was hat er gesagt?«

Die Antwort erhält Charlotte erst nach geraumer Zeit, denn die nächsten Minuten muss Martin sich ganz darauf konzentrieren, gemeinsam mit dem Bootsmann das schwimmende Transportmittel nicht noch dichter an die Brücke herandriften zu lassen, was trotz größter Anstrengung nicht ganz verhindert werden kann. Allmählich, und deutlich spürbar, wird der Kahn durch die Strömung immer weiter flussabwärts bewegt.

»Dort oben sind Militärs«, murmelt Martin. Er beugt sich vor und taucht das Paddel wieder ein. »Die sollten uns besser nicht zu Gesicht bekommen.«

Unaufhörlich gleitet das Boot den Pfeilern der Brücke entgegen. Jetzt kann Charlotte im fahlen Schein des Mondes das Bauwerk klar erkennen. Sie sieht die darauf geparkten Fahrzeuge, und sie erkennt Menschen. Es scheinen Soldaten zu sein.

Sie spürt, wie ihr Herz schneller zu schlagen beginnt. Es packt sie mit einer solchen Heftigkeit, dass sie die Hände auf die Brust presst, weil sie hofft, auf diese Weise den Schlag mindern zu können. Auf einmal wünscht sie sich nicht mehr zu sterben. Sie möchte nicht in diesen dunklen Fluten ertrinken. Plötzlich ist in ihr der Hauch einer Ahnung, es könnte für sie eines Tages doch wieder möglich sein, sich ein wenig zu freuen.

Dem Schicksal kann man nicht entgehen. Das wird ihr in diesen Minuten bewusst. Was immer mit ihnen dreien in dem kleinen Nachen mitten auf dem gewaltigen, afrikanischen Strom geschieht, es ist vorbestimmt und kann nicht beeinflusst werden. Die Hilflosigkeit, die sie wie eine krankhafte Schwäche empfindet, würde sie gern überwinden. Doch es gibt nichts, was sie tun kann. Tatenlos und still hockt sie auf dem rauen Holzbrett im schwankenden Fischerkahn und versucht mit ihren Armen den hellen Pulli, den sie trägt, zu bedecken, weil er vermutlich eine gute Zielscheibe abgibt.

In dem Moment hört sie Rufe oben von der Brücke, sieht auch wie sich eine Gruppe am Geländer versammelt. Fast scheint es, als hätten die Uniformierten das kleine Boot auf den Nigerfluten entdeckt. Charlotte kauert sich zusammen. Sie ballt die Hände zu Fäusten, krallt die Nägel ins Fleisch und schickt ein heißes, flehentliches Gebet in den dunklen, sternenübersäten Nachthimmel.

Angstvoll wartet sie darauf, das Peitschen der Schüsse zu hören. Sie zwingt sich, in Gedanken der Situation zu entfliehen und ersinnt sich eine Umgebung ohne Soldaten und ohne Furcht, ein harmonisches Umfeld, eine Wiese mit bunten, duftenden Blumen.

Martins Stimme holt sie in die Gegenwart zurück. »Ich glaube, dort ist das Ufer«, sagt er aufatmend und deutet in Richtung Westen.

Weil sie den Kopf gesenkt und in sich gekrümmt im Boot gehockt hat, ist ihr entgangen, wie gut das Zusammenspiel der Männer inzwischen funktioniert und wie weit sie vorangekommen sind. Tatsächlich hat sich, noch um einiges entfernt, vor ihnen ein dunkler Streifen Land aufgetan, der langsam näher kommt. Das rettende Ufer wird also bald erreicht sein. Schon kann man die steile Böschung aufragen sehen. Charlotte stößt einen tiefen Seufzer aus und entspannt sich.

Doch das Anlegen entwickelt sich zu einer schwierigen Prozedur. Der erste Versuch scheitert. Dichtes, undurchdringliches Gestrüpp, das bis weit in den Fluss hineinwuchert, macht ein Aussteigen unmöglich. Die Männer lassen das Boot ein Stück weiter abwärts gleiten und erreichen bald eine ebene, sandige Uferstelle. Aber als sie näher herantreiben, bemerken sie die Umrisse eines großen Echsenkörpers und verwerfen ihre Absicht, hier an Land zu gehen.

Also stoßen sie das Boot wieder zurück in den Fluss und versuchen nun in gemeinsamer, mühsamer Arbeit, den Kahn flussaufwärts zu steuern.

Dort gebe es bessere Anlegeplätze, meint der Fährmann. Er legt die Paddel beiseite, nimmt zwei lange Stangen, von denen er eine an

Martin weiter gibt. Nahe am Ufer bringen sie langsam stakend das Gefährt voran.

Endlich haben sie eine Stelle erreicht, die dem Bootsmann für eine Landung möglich scheint. Er befestigt das Seil an den Ästen eines Strauchs und deutet an, sie könnten hier aussteigen. Martin setzt sich auf die schmale Reling, schwingt die Beine über den Bootsrand und lässt sich in den Fluss gleiten. Als ihm das Wasser bis weit an die Oberschenkel reicht, kann er den Untergrund fühlen.

»Das muss gehen«, sagt er mehr zu sich selbst, und versucht einige vorsichtig tappende Schritte zum Ufer hin.

Mit dem Koffer auf der Schulter unternimmt er den ersten Gang in Richtung Böschung. Das Gewicht macht ihn unsicher. Einmal rutscht er auf dem schlammigen Untergrund aus. Er schwankt und kann sich nur mit Mühe aufrecht halten. Tief atmend balanciert er sein Gleichgewicht aus und tastet sich Fuß für Fuß voran. Endlich hat er festen Boden erreicht.

Er schiebt den Koffer auf eine etwas höher gelegene Stelle, geht zum Boot zurück und holt nacheinander die beiden Reisetaschen, den Aktenkoffer, in dem sich Dokumente und wichtige Papiere befinden, und den Korb, in dem Lebensmittel verstaut sind.

Wieder am Kahn bleibt ihm als letzte Aufgabe, Charlotte ans sichere Land zu bringen. Zuvor reicht er dem Fährmann den anfangs vereinbarten Betrag, den er in seiner Hemdtasche bereit gehalten hat. Dann hilft er seiner Frau über den Rand des Bootes.

Sie erschrickt, als sie in das kühle Wasser gleitet, und als ihre Füße schließlich den Boden erreichen, hat sie große Mühe, sich aufrecht zu halten. Der Untergrund ist enorm glitschig und die Strömung droht sie umzureißen. Hilfesuchend dreht sie sich nach dem Boot um, würde gern wieder hineinsteigen, doch der Bootsmann hat bereits den Strick gelöst. Soeben verschwindet der Kahn in der Dunkelheit.

Charlotte klammert sich an Martins Arm. Mühsam, Schritt für Schritt, gelingt es den beiden, aus dem Strom zu steigen und die Böschung zu erklimmen. Erschöpft setzt sie sich auf die feuchte Erde.

»Wir sollten uns nicht aufhalten«, wird sie von Martin angetrieben. »Je schneller wir von hier wegkommen und ein Dorf erreichen, um so besser ist es.«

Sie steht wieder auf, weil sie weiß, dass er recht hat, auch wenn sie am liebsten hier bleiben würde. Da stört nicht einmal das zahlreich herumkrabbelnde Getier. Für sie zählt nur das Bewusstsein, die sichere Seite erreicht zu haben. Sie würde jetzt gern ihrer Müdigkeit nachgeben. In ihr ist eine Erschöpfung, die sie stärker beherrscht als das Brennen der entzündeten Insektenstiche an Armen und Beinen und auch stärker als das klamme Gefühl der am Körper klebenden, durchnässten Kleidung.

Martin hat zwei Äste abgebrochen, von denen er einen an Charlotte weiterreicht. »Zum Abklopfen des Bodens und zum Abstützen«, sagt er. »Zunächst müssen wir hier durch. Danach werde ich das Gepäck holen.«

Sie arbeiten sich durch das Gestrüpp nach oben, müssen dichte, dornige Zweige beiseite schieben und abbrechen und versuchen, den Untergrund mit festen Tritten begehbar zu machen. Er kommt Charlotte wie eine Ewigkeit vor, dieser Aufstieg durch das Dickicht aus zäh miteinander verwobenen Sträuchern und Schlingpflanzen. Dicht hinter Martin, der als Vorkämpfer die anstrengendere Arbeit zu bewältigen hat, versucht sie sich auf seine Schritte zu konzentrieren, um nicht abzurutschen. Denn unter ihr geht es steil abwärts zum dunklen Fluss, dessen Fluten bedrohlich nahe sind.

»Autsch«, vernimmt sie da Martins Stimme.

»Was ist passiert?«

»Nicht so schlimm«, ist seine beruhigende Erklärung. »Ein Dorn hat mich am Arm geritzt. Pass auf!«

Er dreht sich nach ihr um. »Der hier war es«, sagt er und drückt den Zweig beiseite.

Endlich sind sie oben angekommen und bemerken einen schmalen Pfad, der oberhalb der Flussböschung entlang führt. Sie solle hier warten, bedeutet Martin, der sich sogleich wieder auf den Weg macht. Noch dreimal begibt er sich den abschüssigen Hang hinunter zu der Stelle, wo das Gepäck deponiert ist. Ihr kommt es so vor, als habe ihr Mann eine ungeheure Kraftreserve in sich gespeichert, die er jetzt ausschöpft.

Sie beladen sich mit den Gepäckstücken und machen sich auf den Weg, stromaufwärts, in die Richtung, in der sie Asaba vermuten.

Fast zwei Stunden sind sie unterwegs. Der Pfad schlängelt sich durch den Wald. Es ist stockdunkel und kein Mensch ist zu sehen. Doch die Nacht ist von Tierlauten erfüllt. Ein Gurren, Fiepen und Kekkern zeugt von vielfältiger, höchst aktiver Fauna. Für etliche Waldbewohner scheint jetzt die Zeit zu sein, sich auf Nahrungssuche zu begeben, wie rege raschelnde Geräusche auf dem erdigen Boden und oben im Geäst nahe legen.

Charlotte fühlt sich zum Umfallen müde, aber mühsam schleppt sie sich immer weiter. Automatisch setzt sie einen Fuß vor den anderen, versucht nicht zu denken, sondern den Körper einfach funktionieren zu lassen. Als sie schließlich aus dem Wald treten, vor sich Feldflächen und in einiger Entfernung schemenhaft Hütten in der Dunkelheit liegen sehen, da kommen ihr vor Erleichterung fast die Tränen.

Sie haben das Dorf erreicht. Es herrscht tiefe Stille. Nur zwei Buschhunde nähern sich den nächtlichen Eindringlingen und bekunden mit leisem Knurren ihr Misstrauen. Martin hebt seinen Stock, bereit zuzuschlagen, was die Hunde dazu bringt, etwas Abstand zu halten. Doch sie bleiben ihnen auf den Fersen. In einiger, wenn auch respektvoller Entfernung, folgen sie den weißen Besuchern die Straße entlang bis zur Dorfmitte.

Das Amtsgebäude ist der einzige etwas größere Bau im Zentrum. Schilder zeigen die Einrichtung einer Polizeistation an. Um diese Uhrzeit jedoch – es ist drei Stunden nach Mitternacht – liegt alles in tiefem Schlaf.

Charlotte lässt sich auf die Stufen niedersinken. Sie fühlt sich wie zerschlagen, physisch und psychisch am Ende. Erschöpft bettet sie ihren Kopf auf die Reisetasche und ist fast im selben Moment eingeschlafen.

Sie wird von lebhaftem Stimmengewirr aus ihrem ohnmachtähnlichen Schlaf geweckt. Martin steht da, von mehreren Männern umringt ist er ganz offensichtlich dabei, von der abenteuerlichen Flucht zu berichten. Sie hört, wie er von der nächtlichen Flussüberquerung spricht, von den Soldaten auf der Brücke und vom strapaziösen Marsch bis hierher. Seine Frau sei hochschwanger, sagt er soeben, sie bräuchten dringend Hilfe.

»*A, a, Master, na big troble de, a, a.*« Der eine, in Polizeiuniform, fasst ihn am Arm. »*Yu de better com inside.*«

Martin hilft Charlotte auf die Beine. Sie betreten die Polizeistation, setzen sich dort auf einer Bank nieder und erhalten kurz darauf den Besuch vom schnell herbeigeholten *Chief*. Die Nachricht vom weißen Paar, das nachts auf einem Boot aus dem Staat Biafra geflohen ist, scheint in rasanter Geschwindigkeit im Dorf die Runde gemacht zu haben.

Als die Jordans gemeinsam mit dem *Chief* das Gebäude verlassen, bemerken sie auf dem Vorplatz eine beachtliche Menschenmenge, die sich angesammelt hat, um die Flüchtlinge zu bestaunen und sie werden beim Vorübergehen achtungsvoll beklatscht. Polizisten haben sich mit dem Gepäck beladen und folgen ihnen.

Das Haus des *Chiefs*, ein breit angelegter, aus mehreren Gebäudeteilen bestehender Lehmbau, ist nach kurzer Wegstrecke erreicht. Der Hausherr bringt mit lauter Befehlsstimme die zahlreichen Familienmitglieder in Schwung. Man lässt sich an einem ausladenden Tisch nieder, und aus der Küche wird ein opulentes Frühstück aufgetragen. Es gibt Hirsebrei, kaltes Fleisch, gebratenen Fisch und Bananen, Tomaten, Weißbrot und Obst.

Martin langt kräftig zu. Ihn scheinen die vollbrachten Leistungen kaum erschöpft zu haben. Fast hat es den Anschein, als habe ihn das Überstandene eher angespornt.

Charlotte versorgt sich mit Weißbrot und Obst, und sie trinkt von dem Tee, den ihr eine der Frauen hinstellt. Die beugt sich vor und betätschelt ihren Bauch. »*When time will com*?«, fragt sie.

«*Four weeks*", antwortet Charlotte.

«*Is son*?"

«*I think so*."

Die Frau lacht fröhlich, und Charlotte stimmt – noch ein wenig vorsichtig – in das Lachen ein. Auf einmal fühlt sie sich etwas besser und in ihr keimt die Hoffnung auf, dass sich ihr Leben doch wieder einrenken könnte.

Martin wird indessen vom *Chief* ausgefragt, und er antwortet ausführlich. Der dicke Mann möchte alles wissen, was sich in der letzten Zeit auf der anderen Seite des Niger zugetragen hat, denn Nachrichten über den neu gegründeten Staat sind nur spärlich über den breiten Strom gelangt. Er fragt, ob die Biafraner tatsächlich an den Erfolg ihrer Aktion glaubten? Ob sie militärisch gerüstet seien? Und ob sie von anderen Staaten unterstützt würden?

Charlotte hört kaum hin. Nur ganz entfernt nimmt sie die Worte wahr und kommt sich so vor, als wäre sie gar nicht wirklich anwesend. Ihr Kopf scheint von einer Schutzhülle umgeben zu sein. Sie fühlt sich wie in einer Art Trance. Die hinter ihr liegenden Erlebnisse haben sie tief verletzt, doch ihr Bewusstsein hat den Schmerz verdrängt. All das, was in den letzten Tagen passiert ist, scheint weit entfernt, fast als sei dies in einem anderen Leben geschehen. Sie wird die vielen Eindrücke wohl erst dann verarbeiten können, wenn die inneren und äußeren Wunden verheilt sind und sich Narben gebildet haben.

Später, nach einigen Stunden des Plauderns und Entspannens, ordert der *Chief* ein Taxi. Dahinein werden die beiden Jordans mitsamt ihrem Gepäck unter vielen guten Wünschen und unter Beteiligung des ganzen Familienbetriebs verfrachtet. Hupend und winkend fahren sie davon.

Den größten Teil des Weges , bis sie in Abeokuta ankommen, verbringen sie im Schlaf. Selbst Martin kann sich endlich so weit gehen lassen, dass auch ihm für einige Stunden die Augen zufallen.

Es ist früher Abend, als sie vor dem Haus von Tomo Awolalu eintreffen. Das große, hell gestrichene Gebäude hat viele Fenster, und in fast allen zeigen sich sogleich neugierige Gesichter, nachdem der Morris vor dem Eingang angehalten hat. Charlotte und Martin entsteigen dem Wagen und beginnen das Gepäck auszuladen.

Der herbeigerufene Tomo kommt raschen Schrittes aus dem Eingang gelaufen und umarmt seine Freunde. »Ich wusste es«, ruft er, und das Gesicht strahlt in übergroßer Herzlichkeit. »Für euch war dort kein Bleiben mehr, obwohl es mich wundert, wie lange ihr noch ausgehalten habt.« Er greift nach dem Koffer und der einen Tasche.

Im Obergeschoss des Hauses würde sogleich ein Zimmer für sie hergerichtet, ordnet Tomo an und zwei Frauen aus der Gruppe hinter ihm leisten sogleich Folge. Doch bis die beiden Jordans sich dorthin begeben können, vergehen noch ein paar Stunden, in denen sie die Wissbegierde ihres Gastgebers zu befriedigen haben.

Zunächst werden die Familienmitglieder vorgestellt: Tomos Frau, die fünf Kinder, Eltern, Großeltern, Geschwister, Tanten und Onkel. Nicht alle wohnen im selben Haus, aber keiner von ihnen lebt weit entfernt. Zu diesem bedeutenden Anlass sind sie herbeigeströmt. Alle wollen Tomos Freunde aus Onitsha sehen. Sie sind neugierig auf die weiße Frau, die sich für die Yoruba-Religion interessiert, und sie sind begierig darauf, die Europäer kennen zu lernen, die trotz der widrigen Umstände im Feindesland die Freundschaft zu Tomo weiter pflegten.

Tomo möchte wissen, wie die vergangenen Wochen verlaufen sind und Martin und Charlotte erzählen abwechselnd. Als sie dabei sind, die schrecklichen Geschehnisse mit dem Geld und dem Überfall auf Ineh und Samuel vorzutragen, sehen sie, wie Tomos Gesicht vor Entsetzen erstarrt.

Später wird ein üppiges Abendessen serviert, und als die Jordans endlich dazu kommen, sich schlafen zu legen, ist es schon gegen Mitternacht. Doch ruhig und traumlos sinken sie in einen entspannten Schlaf.

Die Wochen bei den Awolalus sind für Charlotte eine neue und reizvolle Erfahrung. Jetzt endlich kann sie sich wieder richtig frei fühlen. Es kommt ihr fast so vor, als habe sie ein altes, schon etwas verbrauchtes Leben im Osten Nigerias hinter sich gelassen. Als würde nun, hier in diesem Haus, ein neues, anderes Dasein seinen Anfang nehmen. Nichts erinnert mehr an das, was gewesen ist. Wann immer ihr auch nur der Hauch einer Erinnerung an das einsame, luftige Haus oben auf dem Hügel und an die Menschen, die ihr dort wichtig waren, in den Sinn kommt, drängt sie ihn rasch beiseite.

Sie hat sich in Windeseile akklimatisiert, verbringt nun ihre Tage im Zentrum einer Stadt und inmitten einer quirligen Gemeinschaft. Stets sind zahlreiche Personen um sie, meist Frauen und Kinder, die sich in den verschiedenen Teilen des Hauses zu schaffen machen, wobei der große Küchenraum der beliebte Treffpunkt ist. Hier hockt man beieinander, erledigt gemeinschaftlich die anfallenden Arbeiten, plaudert, singt und lacht dabei.

Wenn Charlotte auftaucht, nimmt man kaum Notiz von ihr. Sobald sie sich einen Hocker herangezogen hat, um sich darauf niederzulassen – auf den Boden zu setzen lässt ihr Umfang inzwischen nicht mehr zu –, bekommt sie etwas hingeschoben, womit sie sich beschäftigen kann, Gemüse, das zu putzen, oder ein Brei, der zu rühren ist. Dann sitzt sie inmitten der in bunte Stoffe gewickelten, fröhlich schwatzenden Schar und fühlt sich wie in einem Nest geborgen.

Allerdings hat sie, auch wenn sie es wollte, kaum die Möglichkeit, sich zurück zu ziehen. Immer wird sie begleitet. Manchmal von einigen der weiblichen Familienmitglieder, regelmäßig jedoch von den Kindern, für die es offensichtlich keine frühere Schlafenszeit gibt als für die Erwachsenen. Man möchte Charlottes Haarbürste sehen, ihr Parfum riechen, die Kleider befühlen und die feine Unterwäsche bestaunen.

Am Wochenende besteht dieses Problem nicht, weil dann Martin anwesend ist, der sich während der Woche in Lagos aufhält, wo er in der dortigen Ford Niederlassung untergekommen ist. Sobald er sich zurückziehen möchte, wird sein Wunsch nach Privatsphäre und Ruhe von den Awolalus akzeptiert. Charlotte allerdings ist inzwischen so sehr eine von ihnen, dass die Familie gar nicht auf die Idee käme, die weiße Frau könne sich gestört fühlen. So bleibt ihr meist nichts anderes übrig, als schließlich, wenn sie meint, nun wäre es genug des Bestaunens und Betastens, die Besucher sanft aus dem Zimmer zu schieben und mit festem Druck die Tür zu schließen.

Martin hat im Bristol Hotel in Lagos ein Zimmer gemietet und ist ganz zufrieden, dort während der Woche zu sein und der Umtriebigkeit von Tomos Familie zu entgehen. An diesem Freitag allerdings erscheint er schon am frühen Nachmittag, was unüblich ist. Er bedeutet Charlotte, mit ihm nach oben zu kommen. Er habe etwas zu bereden.

»Was hältst du davon, in den nächsten Tagen von hier zu verschwinden?«, fragt er und wartet gespannt auf ihre Antwort.

Charlottes Ausdruck bleibt deutlich zurückhaltend. Irritiert betrachtet sie ihn. »Was meinst du damit? Wohin verschwinden? Und wann?«

»Ich wurde heute aus Deutschland angerufen. Meine Firma sucht für Indonesien einen neuen Niederlassungsleiter. Dem anderen mussten sie kündigen. Ich bräuchte nur Ja zu sagen, dann würden sie sich sofort um den Flug kümmern. Ein Haus, fix und fertig möbliert, steht schon bereit.«

»Aber ...«, Charlotte zeigt nicht die geringste Spur von Begeisterung. »Ich stehe kurz vor der Entbindung. Ich will das Baby doch nicht in Indonesien kriegen.«

»Wir könnten zunächst nach Deutschland fliegen. Dort bekommst du das Kind. Wir kaufen noch alles ein, was wir so brauchen. Und machen uns gleich nach der Geburt auf nach Asien. Ist doch eine tolle Idee, oder?!«

»Nein!« Obwohl sie der Gedanke, irgendwann nach Indonesien zu gehen, sogar ein wenig reizt, lehnt sie ab. Zunächst will sie die Geburt hinter sich bringen. Und zwar hier in Afrika. Nicht in Deutschland, oder sonst wo.

»Nein, Martin«, wiederholt sie energisch, legt aber versöhnlich eine Hand auf seinen Arm. »Bitte, versteh mich. Hier ist mir alles vertraut und ich mag den deutschen Arzt. Der hat einen ausgezeichneten Ruf. Im Krankenhaus werde ich inzwischen wie eine gute Bekannte begrüßt. Man wird mich bestens betreuen. In Deutschland wäre ich nur eine Nummer unter vielen.«

»Nun, gut«, Martin zuckt mit den Schultern. »Dann warten wir halt noch ab, bis der Nachwuchs da ist.«

Gedanklich beschäftigt Charlotte sich sehr viel mit dem Kind. Sie hat bereits einiges an Babysachen eingekauft. Einen Tag ist Tomo mit ihr nach Lagos gefahren. Sein Vorschlag war, sich dort im gut sortierten Schweizer Kaufhaus umzusehen. Das Angebot hat Charlotte dann auch hellauf begeistert. Sie erstand Windeln, Strampelhosen und Hemdchen und deckte sich mit deutscher Babynahrung in Gläschen ein. Sie kaufte ›Hühnchen mit Reis‹, ›Kartoffelbrei mit Fisch‹, ›Nudeln mit Schinken‹ und allerlei Obstmischungen, auch wenn Tomo sie darauf hinwies, dass es wohl einige Monate, zumindest mehrere Wochen dauern würde, bis das Baby diese Nahrung zu sich nehmen könne.

»Ich kann es ja aufheben«, hatte sie geantwortet.

Als sie dann auf der Heimfahrt einen Schlenker machten und

bei Ford Motors vorbeifuhren, da hatte sie Martin stolz das Eingekaufte vorgeführt.

Charlotte besorgte auch eine Babytragetasche, einen Fläschchenwarmhalter und ein Nachttöpfchen. Sie will frühzeitig damit anfangen das Kind sauber zu bekommen.

In ihr ist keine Angst mehr. Nicht vor den Schmerzen, und auch keine Furcht davor, dass das Kind von dunklerer Hautfarbe sein könnte. Sie will nur endlich wieder eine schlanke Figur haben, möchte wieder beweglich sein und alles das tun können, was Spaß macht.

Es ist tiefe Nacht, als die Wehen einsetzen. Ganz in Ruhe überlegt sie, wie sie weiter vorgehen soll. Ihr ist bewusst, dass es bei der ersten Geburt viele Stunden dauert, bis das Kind endlich kommt. Sie begibt sich zunächst ins Badezimmer. Dann packt sie die Sachen zusammen, die sie im Krankenhaus benötigen wird.

Später sitzt Charlotte im Wohnzimmer, schaut nach draußen in die Dunkelheit und wartet ab. Noch spürt sie die Wehen im Abstand von mehreren Minuten. Sie wird daher einige Zeit verstreichen lassen und hofft, niemanden wecken zu müssen. Tomos Familie soll in Ruhe ausschlafen. So graut der Morgen und schließlich erwacht das Haus.

Als Sara ins Wohnzimmer kommt und Charlotte dort im Sessel sitzend vorfindet, ahnt sie schon den Grund dafür. Sie stemmt die Fäuste in die Seiten. »Warum hast du uns nicht geweckt?«

In diesem Moment verkrampft sich Charlottes Bauch. Sie krümmt sich zusammen. »Die Wehen kommen doch erst alle sechs Minuten«, meint sie etwas kläglich, als der Schmerz abebbt. »Ich habe sicher noch Zeit.«

»Nein, wie unvorsichtig! Das kann jetzt ganz schnell gehen. Tomo! Tomo!« ruft Sara und läuft den Gang nach hinten zum Schlafzimmer.

Tomo erscheint kurz darauf und es sieht so aus, als sei er die Ruhe selbst. Er nimmt, ohne viele Worte zu verlieren, Charlottes Tasche, die sie neben den Sessel gestellt hat, und fordert sie auf, ihm zum Wagen zu folgen. Zehn Minuten später haben sie das Krankenhaus erreicht.

Am frühen Nachmittag wird Charlotte von einem Jungen entbunden.

»Was für ein hübscher, kleiner Kerl«, sagt der Arzt, als er ihn ihr in den Arm legt.

Sie betrachtet ihren Sohn aufmerksam, sieht die helle Haut, die dennoch eine deutlich vermehrte Anzahl von Pigmenten aufzeigt, sieht seinen dunklen lockigen Haarschopf und das kräftige Näschen. Es ist offensichtlich: in den Adern des Kindes fließt auch Negerblut.

Eine Weile schaut sie auf den kleinen, brüllenden Kerl. Dann drückt sie ihn fest an sich. »Ist ja schon gut«, murmelt sie. »Du brauchst keine Angst zu haben. Ich werde dich ganz sicher behalten.«

Und, als habe er es verstanden, stoppt kurze Zeit später sein Geschrei. Der Kleine ist eingeschlafen.

Am Abend erscheint der von Tomo aus Lagos herbei gerufene Martin. Charlotte liegt in ihrem Bett in dem schmalen Raum mit den weiß gestrichenen Wänden. In einer luftigen Gitterwiege schläft Geoffrey – so hat sie ihren Sohn genannt.

Nur ein Blick genügt, um Martin davon in Kenntnis zu setzen, dass er ganz bestimmt nicht der Erzeuger ist. Er bleibt vor dem Bett seiner Frau stehen. »Und?!«, fragt er.

»Es tut mir leid, Martin. Ich habe inständig gehofft, es wäre nicht passiert. Aber es muss in dieser Nacht in Okigbo gewesen sein. Da hab ich schrecklich viel Palmwein getrunken und kann mich an nichts erinnern. Das musst du mir glauben.«

»Es ist mir ziemlich egal, ob dieses Kind mit oder ohne Erinnerung entstanden ist. Jedenfalls kann ich wohl kaum der Vater sein.«

Der aufgeregte Wortwechsel hat Geoffrey aufgeweckt und er beginnt sofort laut und fordernd zu schreien.

»Ein lebendiges Kind«, konstatiert Martin.

»Kannst du ihn mir bitte rüber reichen?«

Martin wirft einen bestürzten Blick auf den kleinen Schreihals. Dann schüttelt er den Kopf.

»Das möchte ich lieber nicht«, sagt er. »Ich hole die Schwester.« Und fort ist er.

Charlotte hat Martin nicht wiedergesehen. Sie haben noch ein paar Mal telefoniert. Tomo werde ihr bei der Regelung der Abreiseformalitäten behilflich sein, hat Martin gesagt. In Deutschland möge sie bitte die Scheidung in die Wege leiten. Er selbst habe das Angebot seiner Firma, nach Indonesien zu gehen, angenommen.

IXX

Seit Mitte des 19. Jahrhunderts wurde durch die Mechanisierung von Bleisatzherstellung und Druckvorgang der Massenpresse der Weg bereitet. Umfragen ermittelten, dass jeder Deutsche heute durchschnittlich drei Stunden und vierzig Minuten in der Woche für Zeitungslektüre aufwendet.

Kapitel 19

Rautlingen, März – Juli 1968

Eben schwingt sich die Boeing in die Luft. Charlotte sieht unter sich im gleißenden Sonnenlicht das ausgedehnte Häusermeer der Stadt Lagos liegen und davor den hellen Küstenstreifen mit der schmalen Grünfassung. Noch kann sie den weißen Rand der brandenden Wellen erkennen, erblickt auch zwei Fischerboote, die sich weit ins Meer hinaus gewagt haben. Doch allmählich verschwindet vor ihren Augen die letzte sichtbare Spur des afrikanischen Erdteils. Das Flugzeug hat sich weit nach oben geschraubt. Über ihr dehnt sich das leuchtende Blau des Himmels und unter ihr der Atlantik, dessen tiefdunkle Wasser in ihrer Unergründlichkeit fast schwarz erscheinen.

Der Abschied verursacht solche Pein, dass es ihr für einen Moment den Atem nimmt. Sie meint, diesen Kummer keine Sekunde länger ertragen zu können. Am liebsten möchte sie umkehren, was allerdings nur noch durch einen Absprung möglich wäre.

Doch inzwischen gibt es da einen kleinen Menschen, für den sie verantwortlich ist und der ihr hilft, die Verzagtheit abzuschütteln. Sie zwingt ihren Blick vom Bullaugenfenster weg und richtet ihn vor sich auf die Tragetasche mit dem schlafenden Säugling.

Sie entspannt sich. Das beglückende Gefühl, einen Sohn zu haben, lässt sie den Abschiedsschmerz überwinden.

Charlotte bemerkt den Kleinen unruhig werden, seine Lider flakkern, und er verzieht leicht den Mund. Sie greift nach dem bereit liegenden Schnuller und schiebt ihn zwischen die Lippen des Babys, was den gewünschten Effekt hat: Geoffrey macht ein paar Saugbewegungen und schläft friedlich weiter.

An das Mutterdasein hat sie sich rasch gewöhnt. Anfangs erhielt sie praktische Unterstützung durch die erfahrene Sara. Die hatte allerlei Ratschläge parat, gab nützliche Tipps und versorgte Charlotte mit Mittelchen aus der privaten Apotheke. Tomo ergänzte die Ausführungen seiner Frau mit Erklärungen, bei welchem Anlass die Heilmittel Anwendung finden sollten. Da war von Leibschmerzen die Rede gewesen, von Blähungen, von Husten und Schnupfen, nicht zuletzt von Insektenstichen. Tomo wies sie in die Zubereitung eines Kräutersuds ein und überließ ihr eine Salbengrundlage, um darin die Essenzen einzumischen. Die Utensilien wurden von ihr gut verpackt in einem Korb verstaut. Sie hofft, damit in Deutschland eine Weile auszukommen. Im Grunde ist sie fest davon überzeugt, dass die pflanzlichen Mittel des Apothekers Tomo Awolalu mehr Heilkraft besitzen als all dieses ›chemische Zeugs‹, das eine europäische Apotheke vorzuweisen hat.

Noch brauchte sie an Geoffrey kaum etwas auszuprobieren. In den ersten zehn Wochen seines jungen Lebens bekam er nur einmal einen heilsamen Sud in die Milch des Fläschchens gerührt, weil er unter Blähungen litt. Und ein paar Mal musste sie entzündete Mükkenstiche mit Salbe bestreichen. Doch insgesamt ist er ein pflegeleichter kleiner Bursche. Er trinkt brav die Flasche aus, mampft voller Appetit seinen Brei und schläft die meiste Zeit. Sobald er wach ist, vergnügt er sich leise gurrend mit den bunten Bändern, die über seinem Bett hängen.

Charlotte stillt nicht. Nach reiflicher Überlegung hat sie sich dagegen entschieden, um nicht zeitlich an das Kind gebunden zu sein. Sie wird sich in Deutschland sofort daran machen, einen Job zu suchen. Unter keinen Umständen will sie den Eltern auf der Tasche liegen. Sie hat einiges Erspartes, davon möchte sie sich ein Auto kaufen. Vermutlich wird sie auch Geld benötigen, um die erste Zeit, bis sie eine passende Tätigkeit gefunden hat, zu überbrücken. Sie hofft in die Einliegerwohnung der Michaelis einziehen zu können, weiß allerdings nicht, ob das überhaupt möglich sein wird.

Ihre Situation stößt auf wenig Verständnis – das hat Mutters Antwortbrief auf ihre Nachricht von Geoffreys Geburt und die daraus resultierende Trennung von Martin klar zum Ausdruck gebracht. Zunächst war es die Scheidung, die von Beate Michaelis mit Irritation aufgenommen wurde und deren Weitergabe an den Bekanntenkreis sie peinlichst zu vermeiden sucht.

Doch weit unangenehmer berührt zu sein scheinen die Eltern von der Mitteilung, bei dem Neugeborenen handle es sich um ein Mischlingskind. Charlotte hat versucht, die Information behutsam aber dennoch ganz ehrlich weiter zu geben. Sie schrieb von ihren Gefühlen zu Amos Tutamosu, von seiner Intelligenz und seinen außerordentlichen Aktivitäten in der Biafra-Politik, wie sehr ihm sein Volk am Herzen läge – und dass er der Vater ihres Kindes sei.

Als Charlottes Brief eingetroffen war, war Vater Michaelis noch in der Schule. Die Mutter konnte es kaum erwarten, die Nachricht der Tochter aus dem kriegserschütterten Nigeria zu lesen. Schon auf dem Weg vom Briefkasten zum Haus hatte sie den Umschlag aufgerissen, ohne darauf zu achten, dass dabei die malerisch gestaltete Marke entzwei ging. In der Haustür stehend hatte sie den Brief überflogen. Der Inhalt hatte sie erstarren lassen.

Dann las sie die Zeilen noch einmal. Diesmal langsam und Wort für Wort.

Martin und ich haben uns getrennt, schrieb Charlotte. *Die Umstände sind so, dass ich in einigen Wochen allein mit meinem kleinen Sohn Geoffrey nach Deutschland kommen werde. Ich hätte dann natürlich gern Amos an meiner Seite. Doch er wird in Biafra gebraucht und muss helfen, den jungen Staat auf die Beine zu bringen. Ich nehme schon an, dass er mich und seinen Sohn sehr vermisst.*

Das nochmalige Durchlesen dieser Zeilen bestätigte also: Martin hatte Charlotte verlassen, weil diese ein Kind von einem Afrikaner bekam!

Mit seltsam steifen Schritten machte die Mutter sich daran, das Haus zu betreten. Halb in Trance durchquerte sie den Wohnraum und setzte sich in der Küche auf einen Stuhl. Der Brief hing in ihren kraftlosen Fingern. So saß sie noch, als Michaelis nach Hause kam.

Die Zubereitung des Mittagessens hatte sie vergessen. Wortlos, fast anklagend, streckte sie ihrem Mann das Schreiben entgegen.

Vater Michaelis brauchte zur Verarbeitung der unangenehmen Nachricht ebenfalls eine geraume Weile. Um sich abzulenken, marschierte er in den Garten, nahm einen Rechen in die Hand und begann energisch, winzige Unkräuter von der Rabatte zu harken. Schließlich schien er sich eine Meinung über die Sachlage gebildet zu haben.

Er kehrte in die Küche zurück und versuchte die Angelegenheit vernünftig anzugehen. »Gut, dass die Einliegerwohnung frei ist«, meinte er mit seinem Sinn für das Praktische. »Wir sollten den kleineren Raum für Charlottes Kind herrichten.« Noch brachte er das Wort ›Enkel‹ nicht über die Lippen.

Der Mutter fiel es bedeutend schwerer, sich mit dem peinlichen Umstand auseinander zu setzen. Bei dem Gedanken, dass die Tochter in Kürze nach Rautlingen kommen würde, mit einem Säugling, dessen exotisches Aussehen keinen Zweifel daran ließ, dass der blonde Martin nicht der tatsächliche Vater sein konnte, bekam sie ein flaues Gefühl im Magen. Wie sollte man sich mit einem derartigen Kind in der Öffentlichkeit zeigen?

Aber weil die Eltern sich ihrer Pflicht bewusst sind, stehen sie in Frankfurt am Flughafen bereit, wie vor mehr als einem Jahr, als Charlotte schon einmal zurückgekommen war, um für Ibo-Help zu werben.

Sie erwarten die Tochter vor der Schiebetür.

Charlotte ist schwer bepackt aus dem Flugzeug geklettert. Mit der Umhängetasche über der Schulter, der Tragetasche in der einen, dem Korb in der anderen Hand, hat sie den Bus bestiegen und ist dann über Gänge und Rolltreppen den Schildern zur Gepäckausgabe gefolgt. Die langen Wege geht sie mit einem stillen, gefassten Schritt, als sei dieser deutsche Flughafen das Wunschziel ihrer Reise gewesen. Nicht die kleinste Regung in ihrer Miene weist auf ihre starke innere Unruhe hin.

Den Zollbereich verlässt Charlotte mit einem beladenen Kofferkuli. Sie betritt die Empfangshalle und ihre Augen gleiten forschend über die Gruppe der Wartenden. Da entdeckt sie die Eltern dicht hinter dem Absperrgitter. Sie bemerkt das fröhliche Winken des Vaters und auch den eigenartig verkniffenen Gesichtsausdruck der Mutter.

»O je!«, ihr Seufzer ist nur ein Hauch, der im allgemeinen Getümmel verhallt. »Da werde ich mir wohl doch eine andere Bleibe suchen müssen«, murmelt sie leise. Sie strafft die Schultern, geht auf die beiden zu, stellt die Tragetasche neben dem Kofferkuli auf den Boden und umarmt erst die Mutter, dann den Vater.

»Wie war der Flug?«, möchte Dietrich Michaelis wissen.

Charlottes Worte: »Gut, es hat kaum geschaukelt«, vernimmt er, während er sich der Tragetasche zuwendet. »Und das ist also unser Enkel!« Nun hat er das Wort doch schon einmal ausprobiert.

Geoffrey ist wach. Mit seinen dunklen Augen blickt er neugierig und ganz ohne Angst auf die hohe Gestalt über ihm. Charlotte hat ihm ein weißes Wollmützchen übergezogen. Nur einige der dunklen Krauslocken schauen hervor.

Michaelis geht in die Knie, nimmt aufmerksam das Kind in Augenschein – und erhält ein Lächeln. Etwas widerstrebend sieht nun auch seine Frau nach unten. Sie betrachtet das niedliche Babygesicht – und ist im selben Moment entzückt.

»Ist der aber süß«, sagt sie, beugt sich über den Kleinen und streicht sanft mit der Fingerspitze über Geoffreys samtige, zart gebräunte Wange.

Damit sind die Schranken gefallen. Charlotte registriert voller Erstaunen und mit ungeheurer Erleichterung, wie unproblematisch die Situation bereinigt wurde. Ein einziges Babylächeln hat genügt, um das Eis zum Schmelzen zu bringen.

Sie zieht mit ihrem Sohn also in die Einliegerwohnung.
Wenige Tage nach ihrem Einzug packt sie die im Haus der Michaelis noch vorhandenen Sachen von Martin zusammen und bringt sie, wie von ihm gewünscht, zu seinen Eltern. Dem reserviert höflichen Ausdruck, mit dem die Jordans sie hereinbitten, entnimmt Charlotte, dass sie von ihrem Sohn bereits umfassend informiert wurden, was ihr sehr recht ist, weil ihr also eine unangenehme Erklärung erspart bleibt.

Sie lädt den Karton mit Martins Büchern und den Koffer mit seiner Winterkleidung auf dem Teppich im Wohnzimmer ab. Dann bringt sie aus dem Kofferraum des Wagens noch einen weiteren Karton mit Haushaltsutensilien, den sie daneben stellt. Es handelt sich um Hochzeitsgeschenke, die sie nicht gebrauchen kann und die ihr in der winzigen Küche nur Platz wegnehmen.

Bei ihrem Tun wird sie von Martins Eltern schweigend beobachtet.

Als sie sich zum Gehen wendet, fragt Vater Jordan mit unterkühlter Stimme: »Hast du die Scheidung eingereicht?«

»Morgen habe ich den Termin beim Anwalt«, tut sie kund.

Ein kurzer Blick auf das wie erstarrt dastehende Paar macht ihr deutlich, dass man ihr wohl nicht die Hand zum Abschied reichen werde und so nickt sie den Beiden nur zu, sagt »Tschüß« und verlässt mit raschen Schritten das Haus.

Mit einem angenehmen Gefühl von Befreiung setzt sie sich draußen in Vaters Opel, den er ihr zu diesem Zweck überließ, und während sie anfährt, beginnt sie vor sich hin zu summen. Sie fühlt sich gut, denn soeben hat sie eine der besonders unangenehmen Aufgaben erledigt.

Ein paar Wochen lässt Charlotte vergehen, ehe sie sich an eine weitere, ebenfalls nicht so angenehme Aufgabe macht. Nämlich daran, die Geldgeber von Ibo-Help in den aktuellen Zustand des neu gegründeten Staates Biafra einzuweihen, so wie er sich zum Zeitpunkt ihrer Flucht dargestellt hat. Sie beabsichtigt kein politisches Statement abzugeben, will nur erklären, wie sich die brenzlige Situation aus ihrer Sicht präsentierte.

Natürlich wurde von den Medien über den Bürgerkrieg berichtet, im groben Rahmen ist man also informiert. Dennoch brennt man darauf, Charlottes persönlich erlebte Details zu erfahren. Von ihren Gesprächspartnern wird sie mit Fragen geradezu bombardiert. Hatten militärische Kämpfe stattgefunden? Gab es Auswirkungen auf die Bevölkerung? Wurden die Weißen angefeindet? Mangelte es an Nahrungsmitteln?

Charlotte ist erleichtert, dass man ihr ganz ohne Argwohn entgegen kommt. So gelingt es ihr, mit Offenheit zurückzublicken und eine realistische Schilderung abzugeben. Sie spricht über die Stimmung bei den Ibos, über Hoffnungen und Ängste. Sie geht auch auf die von ihr gegründete Hilfsorganisation ein und dass aufgrund der Unruhen die Arbeit an der Baustelle zum Stillstand gekommen war, ein Umstand, den ihre Gesprächspartner verstehen. Sie lassen sie wissen, dass es doch am Wichtigsten sei, sie selbst, ihr Mann und ihr Kind hätten das Land gesund und unbeschadet verlassen können.

Die Franken-Rundschau ist an einer authentischen Berichterstattung interessiert. Man vereinbart mit ihr einen Termin für ein Interview.

Zwei Stunden lang wird sie ausgehorcht und bis in jedes Detail befragt. Bereitwillig gibt sie Auskunft. Am Tag darauf erscheint, über eine ganze Seite, der ausführliche Bericht, unter der Überschrift ›Flucht aus Biafra‹, mit dem Untertitel ›Aus dem Kriegsgebiet von unserer Korrespondentin Charlotte Jordan‹. Illustriert ist der Text mit den Fotos, die Charlotte noch in den letzten Monaten aufgenommen und nach Deutschland geschickt hatte.

Die Sache mit dem verschwundenen Vermögen der Hilfsorganisation muss sie erst gar nicht ansprechen. Man fragt nicht danach, sie braucht sich also keine Erklärung auszudenken. Von vornherein scheint für die Geldgeber klar zu sein, dass in einem solchen brisanten Fall nur die Rettung von Leben wichtig ist und nicht das sichere Verwahren irgendwelcher Gelder.

Da wäre dann noch die schmerzhafte Erinnerung an Ineh. Um ihrer verwundeten Seele Zeit für Heilung zu lassen, erwähnt Charlotte die Freundin zunächst mit keinem Wort, auch nicht vor den Eltern.

Von Amos Tutamosu allerdings redet sie gelegentlich. Sobald das Thema auf ihn kommt, spricht sie in überaus respektvoller Weise. Er sei in die aktuelle Biafra-Politik eingebunden, könne sich daher im Augenblick nicht um Ibo-Help kümmern, doch hatte er das feste Versprechen gegeben, sobald die Situation in ruhige Bahnen gekommen sein wird, die Fortsetzung der Arbeiten am ›Nest des Python‹ in die Wege zu leiten.

»Und? Werden Sie dann wieder nach Nigeria gehen?«, wurde sie von dem Journalisten der Franken-Rundschau gefragt.

Charlotte überlegte einen Moment, weil sie sich selbst diese Frage noch gar nicht gestellt hatte. Sie kam sich fast ein wenig überrumpelt vor, musste sich erst sammeln, um eine Antwort zu finden.

»Ganz sicher werde ich das«, antwortete sie schließlich mit einer Stimme, die fester klang, als sie sich von innen her anfühlte. »Ich werde die Baumaßnahmen überwachen und sobald die Gebäude errichtet sind, die vorgesehene Kranken- und Leprastation ins Leben rufen.«

Sie lächelte selbstbewusst. »Jemand muss dort schon ein Auge darauf haben, damit die Gelder nicht in irgendwelchen unsichtbaren Kanälen versickern.«

Einen winzigen Augenblick lang glaubte sie an das, was sie sagte.

Wann immer sie in den nächsten Wochen an Amos denkt – und das ist ziemlich häufig der Fall – versucht sie das Misstrauen, das sich in ihr eingenistet hat, zu verdrängen. Amos hat die Rückgabe des ausgeliehenen Betrages versprochen. Wenn Biafra etabliert ist, sollte der neue Staat auch über ausreichende Mittel verfügen, um die Außenstände zu begleichen. Für sie wird es dann kein Problem sein, davon den Flug und den Aufenthalt dort zu bezahlen. Sicherlich kann sie, sobald Ruhe in Biafra eingekehrt ist, die Sponsoren auch wieder zu weiteren Überweisungen animieren. Das haben die Reaktionen nur zu deutlich gezeigt.

Das Wohlwollen, das ihr von allen Seiten entgegengebracht wird, lässt sie hoffnungsfroh in die Zukunft schauen. Ganz im Verborgenen hat sie eine Vision: Sie sieht sich zusammen mit Geoffrey nach Nigeria fliegen, sieht wie Amos sie beide am Flughafen erwartet und wie er sie mit seinem besonderen Lächeln in die Arme schließt. Dabei macht ihr Herz einen glücklichen kleinen Hüpfer. In diesem Moment ist sie nur allzu bereit, die schlimmen Dinge zu vergessen und sich ganz auf die Erfüllung dieses Wunschtraumes einzustellen.

Glücklicherweise hat Charlotte aber einen wachen, klaren Verstand, und je mehr an Zeit vergeht, je schrecklicher die Nachrichten sind, die aus dem Kriegsgebiet eintreffen, um so realistischer werden ihre Überlegungen.

Nur noch ganz selten gibt sie sich Tagträumen hin. Ihr ist bewusst, dass Ibo-Help in Wahrheit gestorben ist. Niemals wird Amos die Gelder wieder herausrücken. Der Krieg wird ungeheure Summen verschlingen. Selbst wenn Biafra einen Sieg davon tragen sollte – woran sie eigentlich kaum noch glaubt – und man dort eine dauerhafte Regierung etabliert, wird es Jahre dauern, bis alle Schulden bezahlt sind. Wenn dann eines fernen Tages der neue Staat tatsächlich Gewinne erzielt, dann wird sich, davon ist sie inzwischen überzeugt, zunächst jeder dieser selbsternannten Regierungsoberhäupter kräftig bedienen. Erst ganz zuletzt würde man daran denken, für die Bevölkerung im Cross River Gebiet eine Kranken- und Leprastation erstehen zu lassen. Wann und ob das jemals der Fall sein wird, steht in den Sternen, da macht sie sich nichts mehr vor.

Ihre Gefühle für Amos haben eine starke Abkühlung erfahren, die sie selbst noch vor Wochen nicht für möglich gehalten hätte. Die ehemals so tiefe Empfindung von Liebe und Bewunderung hat sich verflüchtigt und wird immer häufiger von Empörung, ja sogar von Verbitterung überdeckt. Wieder und wieder drängt es sich aufs Neue in ihr Bewusstsein zurück, wie sehr sie von ihm hintergangen und betrogen wurde.

Doch die bittersten ihrer Gefühle beruhen auf der Vermutung, dass Amos am Tod seiner eigenen Schwester mitschuldig ist. Charlotte geht fest davon aus, dass die verbrecherische Tat auf der Straße zwischen Owerri und Onitsha von Amos' engstem Vertrauten Chinue Sambesi ausgeführt wurde. Amos hat den Überfall auf Ineh und ihren Verlobten in Kauf genommen, um das Ibo-Help-Geld weiter für sein Vorhaben nutzen zu können.

Davon ist sie jetzt überzeugt.

Charlotte hat sich beim Sparkassendirektor angemeldet. Sie hält es für wichtig, sich gerade bei diesem bedeutenden Partner persönlich zu entschuldigen. Doch ihre in wohl überlegte Worte eingebettete Rechtfertigung wird liebenswürdig abgewehrt. Auf keinen Fall habe sie sich etwas zuschulden kommen lassen. Für die politisch-militärischen Ereignisse könne sie nun wirklich nichts. Niemand habe auch nur im Entferntesten diese Entwicklung voraussehen können. Nun bliebe nur zu hoffen, dass der Krieg bald zu Ende ginge, damit sie wieder in der Lage wäre, weiter am afrikanischen Hilfsprojekt zu arbeiten. Eine großzügige Unterstützung könne man ihr schon jetzt in Aussicht stellen.

Zufrieden wandert sie im Anschluss an das Gespräch durch das Stadtzentrum, schlendert die Schaufenster entlang und betrachtet die Auslage in den Modegeschäften. Die vergangenen Wochen war sie noch so stark von dem Erlebten gefangen gewesen, dass sie für diesen modischen Schnickschnack kein Interesse aufbringen mochte. Doch nun, nachdem man ihr so positiv entgegengekommen war, ist sie dafür wieder in der Stimmung.

Die Röcke sind unglaublich kurz und knapp geworden, stellt sie fest und überlegt, ob sie sich zutraut, so etwas anzuziehen? Doch warum eigentlich nicht? Mit ihrem Körper und den Beinen kann sie durchaus zufrieden sein. Nach der Schwangerschaft hat sie schnell ihre frühere Figur zurückbekommen. Sie ist wieder genau so rank und schlank wie ehedem.

Wenn Charlotte auswärts zu tun hat, bleibt Geoffrey bei ihrer Mutter. Erfreulicherweise hat sich zwischen Großeltern und Enkel eine wundervolle Übereinstimmung ergeben. Man kommt bestens miteinander klar. Daher kann Charlotte ihre Erledigungen außer Haus allein unternehmen. Sie schätzt es nämlich nicht so sehr, den Kinderwagen vor sich her durch die Stadt zu schieben. Dabei ist es weniger die Behinderung durch das sperrige Gefährt, die sie stört, als mehr die Anziehungskraft, die der Wagen zu haben scheint. Die beiden Male, die sie bisher gemeinsam mit Geoffrey einen Ausflug unternommen hatte, war das jeweils der Fall gewesen. Die Rautlinger Frauen, denen sie begegnete, wollten unbedingt den Inhalt des Kinderwagens in Augenschein nehmen und das Baby betrachten.

»Na, was ist es denn«, wurde sie von einer älteren Dame gefragt, die stehen geblieben war und neugierig den Hals reckte. Doch in dem Moment, als sie in den weißen Kissen das dunkle Köpfchen entdeckte, kam die verblüffte Frage: »Ist das Ihres?«

Worauf Charlotte mit einem deutlichen »Ja!« antwortete.

Sie erhielt einen höchst irritierten Blick. »So, so«, murmelte die Dame noch und wandte sich zum Gehen.

Beim nächsten Mal waren es zwei Frauen, die den Inhalt des Kinderwagens inspizierten und dann fragten, ob sie das Baby adoptiert habe.

»Nein, es ist meines«, erwiderte Charlotte und auch dieses Mal wurde sie einer neugierigen Betrachtung unterzogen.

Es sah so aus, als würden die beiden Damen insgeheim Vermutungen über das offensichtlich exotische Aussehen des Vaters anstellen. Charlotte war überzeugt, dass sie beim Weitergehen diese Überlegung ausführlich erörterten.

Solche Situationen setzen Charlotte in Verlegenheit. Noch hat sie nicht genügend Selbstbewusstsein, um das Baby einfach vorzuzeigen. Vielleicht liegt es daran, dass sie nicht wirklich ein Kind von Amos wollte? Dass sie in den Monaten der Schwangerschaft hoffte, das Baby möge von Martin sein? Nun braucht sie noch etwas Zeit, um sich darauf einstellen zu können.

Seltsamerweise scheint Beate Michaelis trotz anfänglicher Ressentiments mit dem exotischen Aussehen des Enkelkindes kaum mehr Probleme zu haben. Alle ihre Einkäufe und auch die Besuche im Bekanntenkreis erledigt sie nur noch mit dem Kleinen. Sie ist richtig stolz auf ihn, darauf, dass er schon sitzen kann, und dass er ›Mam‹ und ›Aba‹ sagt – was immer er damit auch meint –, und sie genießt es, ihn vorzuführen.

Charlotte hatte erst kürzlich, hinter dem Fenstervorhang verborgen, eine Unterhaltung der Mutter mit der Nachbarin erlauscht.

»Der Vater des Kleinen ist ein großer Politiker in Biafra«, vernahm sie Mutters Stimme. »Für ihn war es wichtig, Charlotte und den Sohn in Sicherheit zu wissen. Er wird die beiden zu sich holen, sobald in Nigeria wieder Frieden eingekehrt ist.«

»Das ist aber sehr vernünftig«, lautete die Reaktion die Nachbarin. »Vom Krieg in Biafra hört man ja ganz Schreckliches.«

»Ja, leider. Meine Tochter macht sich große Sorgen.«

»Was ist mit dem ersten Schwiegersohn? Lebt er noch in Afrika?«

»Martin? Nein. Seine Firma hat ihn nach Indonesien geschickt.«

»Ach ja!«

Charlotte schmunzelte. Sie fand es imponierend, wie mutig Mutter die heikle Angelegenheit anging. So ausgedrückt hörten sich die Umstände gar nicht übel an. Sie nahm sich vor, in ähnlicher Weise zu reden, wann immer sie nach dem Vater von Geoffrey gefragt werden würde.

Wer weiß, was die Zukunft bringt, dachte sie. Im Augenblick kann ich jedenfalls so tun, als wäre Amos meine große Liebe, Geoffrey unser heiß ersehntes Kind und mein einziger Wunsch das baldige Ende des Krieges und gleich im Anschluss eine glückliche Heimkehr nach Biafra, um dort in Harmonie in eine afrikanische Familie aufgenommen zu werden, um mit dem Vater meines Kindes zu leben und die Hilfsorganisation Ibo-Help zum Aufblühen zu bringen.

Blablabla, hatte sie dann seufzend hinzugefügt und sich der Bügelwäsche zugewandt, die hinter ihr auf dem Tisch aufgehäuft lag.

Einige Tage später erhält Charlotte von der Franken-Rundschau das Angebot einer Stelle in der Redaktion. Nicht als Volontärin, sondern als feste Mitarbeiterin. Sie habe in ihren Berichten aus Nigeria bewiesen, dass sie es ›drauf hätte‹, lautet der Kommentar von Schonauer. Sie könne die Geschehnisse, die alltäglichen Begebenheiten, durchaus lebendig schildern. Schon beim ersten flüchtigen Hineinschauen in ihre Berichte werde der Leser animiert, sich weiter mit dem Inhalt zu beschäftigen. Das sei eine besondere Gabe. Erlernen könne man das nicht.

»Frau Jordan, Sie haben ganz ausgezeichnete Arbeit geleistet. Ihre Texte waren in einer Weise verfasst, in der die Dinge direkt auf den Punkt gebracht werden. Wir brauchten kaum etwas zu verändern«, sagt er, und fügt an: »Die Lokalredaktion benötigt dringend jemanden, der es schafft, auch weniger aufregende Ereignisse so rüberzubringen, dass der Leser dennoch gefesselt wird. Wollen Sie?«

Charlotte nickt begeistert. Vor Freude verschlägt es ihr für ein paar Sekunden die Sprache.

»Ich will sehr gern«, erklärt sie dann, und ihre Stimme klingt äußerst zufrieden.

Sie beginnt also am darauffolgenden Montag ihre Arbeit in der Lokalredaktion der Franken-Rundschau. Erst trödelt sie ein wenig herum, räumt die Utensilien auf dem ihr zugewiesenen Schreibtisch von einer Stelle zur anderen und vertreibt sich die Zeit, bis endlich um zehn Uhr die Redaktionssitzung beginnt. Jeden Montag haben dann alle vollzählig um den Tisch im Besprechungszimmer zu sitzen.

Einige von denen, die hier versammelt sind, kennt sie noch von früher, zumindest flüchtig. Da ist zunächst Schonauer, der Chef der Lokalredaktion, außerdem die Redaktionssekretärin Vera Daubert, die Journalistinnen Annette Wagner und Rosi Bäuerlein, und der langjährige Chef des Feuilletons, Magnus Winter. Seinem Hang zu guten Speisen und edlen Getränken verdankt er eine wohlgerundete Leibesmitte, die er hinter weit geschnittenen Jacketts zu verbergen sucht.

Ebenfalls zur Redaktion gehört Klaus-Dieter Hämmerlein, ein ziemlich verknöchert wirkender Mittfünfziger, der sein graublond-meliertes Haar glatt nach hinten gekämmt trägt. Er beobachtet mit strengem Blick durch eine randlose Brille unaufhörlich die anderen am Tisch und räuspert sich immer in dem Moment laut und vernehmlich, wenn er das Gefühl hat, den übrigen Sitzungsteilnehmern mangele es am nötigen Ernst. Ihm obliegen die Seiten über Politik und Wirtschaft und aufgrund dieser bedeutenden Themen möchte er seine Person besonders beachtet sehen. Das demonstriert er, indem er meist unpünktlich zu den Besprechungen erscheint, während der Sitzung häufig auf die Uhr sieht und gelegentlich nervös mit dem Stift auf die Tischplatte klopft, sobald er meint, dass ein für ihn uninteressantes Thema zu ausführlich diskutiert wird. In seiner linken Hand befindet sich stets eine brennende Zigarette.

Ein neuer, Charlotte unbekannter Mitarbeiter ist der für die Sportseite zuständige Stefan Bäumler. Er ist neben Charlotte der einzige, der nicht raucht. Für sie bedeuten an ihrem ersten Arbeitstag die zahlreich glimmenden Zigaretten ein Problem, denn sie ist keine verqualmten Räume mehr gewöhnt. Schon nach kurzer Zeit spürt sie, wie ihre Augen anfangen zu tränen. Aber tapfer hält sie durch, auch wenn inzwischen über dem ausladenden Sitzungstisch eine dichte Nebelglocke aus Zigarettenrauch hängt.

Die ersten Aufträge werden ihr zugeteilt. Die Adam-Riese-Schule zelebriert das fünfzigjährige Jubiläum, Charlotte soll an der Feier teilnehmen. Dann erwartet die Stadtverwaltung Besucher aus der französischen Schwesterstadt Aubagne. Über die Begrüßungsfeierlichkeiten, den anschließenden Stadtrundgang, vom Bürgermeister selbst angeführt, und über die Abendveranstaltung im Konrad-Adenauer-Saal soll ausführlich berichtet werden. Außerdem wird sie gebeten, sich um das Gelände an der Obstwiesenschneise zu kümmern. Dort hielte sich rund um die Grillhütte verstärkt Gesindel auf. Lärm und Schmutz hätten so stark zugenommen, dass sich die Anwohner vom Rosenberg – immerhin handelt es sich um eine elitäre Wohnlage – belästigt fühlten. Da die Stadt bisher zur Einmischung keinen Anlass sieht, ist man an die Zeitung herangetreten. Charlotte möge doch bitte der Sache nachgehen. Vera Daubert lässt sie hinter vorgehaltener Hand wissen, dass dort auch die Villa des Zeitungsherausgebers liege.

An die Redaktionssekretärin hat Charlotte noch beste Erinnerungen. In ihrer Zeit vor Nigeria war es damals sogar fast zu etwas wie einer Freundschaft zwischen ihnen gekommen. Einige Male hatten sie sich außerhalb der Bürozeiten getroffen. Vera Daubert scheint sich daran ebenfalls noch gut zu erinnern, jedenfalls hat sie Charlotte gleich morgens bei ihrem Erscheinen herzlich begrüßt.

Nun sitzen sie nebeneinander am Tisch, und Charlotte erhält die notwendigen Hinweise. Die Redaktionssekretärin kennt sich bestens aus – nicht nur über fachliche, sondern auch über personelle Zusammenhänge –, und sie informiert die neue Kollegin zwischendurch mit leise geraunten Bemerkungen.

»Der hat Eheprobleme«, klatscht sie zum Beispiel nach einem auf die Berichterstattung der Journalistin Bäuerlein gemünzten, bissigen Kommentar von Hämmerlein. Und als Feuilletonchef Winter zu den in Kürze stattfindenden Konzerttagen Ausführungen macht, flüstert sie: »Vom Leiter des Mozart-Vereins kam eine bitterböse Beschwerde, weil der Bericht über die letzte Aufführung so wenig positiv gewesen ist.«

»War das gerechtfertigt?«, flüstert Charlotte zurück.

Vera zuckt mit den Schultern. Musikalische Darbietungen der Klassik stehen nicht gerade im Zentrum ihres Interesses.

»Lass uns zusammen in die Mittagspause gehen«, schlägt sie im Anschluss an die Sitzung vor. »Ich bin gespannt darauf zu hören, wie es dir in Nigeria ergangen ist.«

Also erzählt Charlotte, als sie später in der Kantine sitzen, die Tomatensuppe gelöffelt haben und sich daran machen, den mächtig aufgehäuften Berg Schinkennudeln zu verzehren, zum wiederholten Mal von ihren fast vier Jahren im afrikanischen Land. Vera lauscht andächtig, unterbricht nur hin und wieder mit einem Ausruf des Staunens oder der Begeisterung, und dann, als Charlotte bei den Erlebnissen der letzten Tage in Biafra angekommen ist, mit Entsetzensäußerungen.

»Ich habe einen kleinen Sohn«, beschließt Charlotte den Bericht. »Von Martin werde ich in Kürze geschieden sein.« Sie meint, das sei im Moment ausreichend an Informationen, ihre privaten Verhältnisse betreffend.

Aber Vera, die verständlicherweise von der in ihren Augen widersprüchlichen Mitteilung überrascht ist, würde gern Näheres erfahren. »Wo ist dein Mann jetzt? Auch hier in Rautlingen?«, fragt sie.

»Nein, er hat die Leitung der Ford-Niederlassung in Indonesien übernommen.«

»War das der Grund für die Scheidung? Wolltest du da nicht mit hin?«

Charlotte wirft ihr einen höchst verdutzten Blick zu. Nie wäre sie auf die Idee gekommen, die Jobübernahme des Ehemannes in ein exotisches Land könne der Grund für eine Scheidung sein.

»Aber, nein«, reagiert sie entgeistert. »Das hätte eher der Grund sein können, bei ihm zu bleiben.«

»Weshalb dann? Martin ist ein gut aussehender Mann, so weit ich mich an ihn erinnere.«

»Gutes Aussehen ist nicht unbedingt die Voraussetzung für das Funktionieren einer Ehe, oder?«, meint Charlotte amüsiert.

»Hat er dich etwa betrogen? Mit einer Negerin?« Vera bekommt kugelrunde Augen. Sie rückt ein bisschen näher heran. Das will sie jetzt ganz genau wissen.

»Sag mal, Vera, kannst du mir helfen, die Sache mit dem Ärgernis an der Obstwiesenschneise anzugehen?« Charlotte hält es jetzt für besser, das Thema zu wechseln. Sie fühlt sich noch nicht bereit, die Geschichte mit Geoffreys Vaterschaft vor einer Kollegin offen zu legen. »Ob ich mich zunächst mit den Anwohnern in Verbindung setzen soll? Oder wäre es besser, erst einmal bei der Stadtverwaltung Erkundigungen einzuziehen?«

Vera begreift sofort und hält ihre Neugierde im Zaum. »Ich würde zuerst beim Ordnungsamt nachfragen, was Sache ist«, rät sie.

Doch auch wenn sie es nicht zeigt, ist sie schon ein wenig enttäuscht, nicht mehr über das Scheitern der Ehe in Erfahrung gebracht zu haben. Natürlich akzeptiert sie Charlottes Zurückhaltung. Zugleich hegt sie die Zuversicht, irgendwann, bei günstiger Gelegenheit, hinter das Geheimnis zu kommen. Es wird ihr schon gelingen, herauszukitzeln, was da Schlimmes vorgefallen ist. Warum sonst sollten die Jordans sich, nach gemeinsam durchstandenen Gefahren in dem afrikanischen Land, so plötzlich zu einer Trennung entschließen?

Ein paar Tage später ist Charlotte innerlich mit sich ins Reine gekommen. Sie weiß jetzt, wie sie die Sache angehen wird. An die Wand neben ihrem Schreibtisch heftet sie ein großes Farbfoto von Geoffrey. Der Großvater hat das Bild aufgenommen. Es zeigt ein übers ganze Gesicht strahlendes Kleinkind, denn Charlotte hat im Hintergrund gestanden und mit dem Kasperle lustige Verrenkungen vorgeführt.

»Wer ist das?«, fragt Vera, die als erste von dem Bild Notiz nimmt.

»Mein Sohn. Das ist Geoffrey.«

»Aha!« Es folgt eine eingehende Betrachtung. »Wie alt ist er?«

»Acht Monate.«

»Martin ist wohl nicht sein Vater, oder?«

»Nein.« Charlotte lacht, gibt aber keine weitere Erklärung.

An diesem Tag wagt Vera nicht, nach Einzelheiten zu fragen, das fände sie nun doch zu indiskret. Jedenfalls ist die Angelegenheit geklärt. Auch die anderen Redaktionsmitglieder nehmen so nach und nach den kleinen Kerl auf dem Foto in Augenschein. Ihre Bemerkungen laufen einhellig darauf hin, dass es sich um ein ausgesprochen reizendes und niedliches Baby handle.

Bohrende Erkundigungen nach dem Erzeuger unterbleiben zunächst.

Erst einige Wochen später, inzwischen hat Charlotte schon mehrere gute Reportagen abgeliefert und ihren Stand in der Redaktion gefestigt, meint Vera, als sie gerade mal wieder einen Blick auf das

Foto des kleinen Jungen geworfen hat: »Bring Geoffrey doch mal mit in die Redaktion.«

»Hierher? Warum eigentlich nicht. Aber das mache ich, wenn ich einen freien Tag habe. Denn lange würde mein Sohn es hier nicht aushalten. Er ist nämlich ausgesprochen lebhaft, bleibt nur in der Karre sitzen, solange man ihn herumkutschiert. Sobald man anhält, will er herausgehoben werden. Dann robbt er auf dem Boden herum und untersucht alles, was er nur irgendwie erreichen kann. Man muss ganz doll auf ihn aufpassen.«

»Wer kümmert sich eigentlich tagsüber um ihn?«

»Meine Mutter. Die ist ganz vernarrt in ihren Enkel. Anfangs war ich mir gar nicht sicher, ob meine Eltern ihn mögen würden. Aber meine Sorgen waren unberechtigt. Gott sei Dank.«

»Du meinst, wegen seiner Hautfarbe?«

»Genau deshalb.«

»Sie wussten es nicht?«

»Ich habe es ihnen erst kurz vor meiner Ankunft in Deutschland mitgeteilt.«

Charlotte schaut aus dem Fenster, hinüber zum Gebäude auf der anderen Straßenseite, lässt eine Weile ihren Blick auf dem Werbeschild der Maklerfirma ruhen und dreht sich schließlich zu Vera um. »Ich wusste es ja selbst nicht«, fügt sie hinzu.

Weil sich beide Frauen in diesem Moment gerade allein im Büro aufhalten, findet Charlotte, jetzt wäre der Zeitpunkt gekommen, um mit der Wahrheit herauszurücken. Schließlich will sie nicht, dass irgendwelche Spekulationen über Geoffreys Geburt die Runde machen. Sie steht zu dem, was geschehen ist und kann inzwischen auch darüber sprechen.

»Was wusstest du nicht?«, fragt Vera verblüfft. »Dass dein Baby eine dunkle Hautfarbe haben wird?«

»Es muss bei einem Dorffest passiert sein. Ich hatte schrecklich viel Palmwein getrunken und konnte mich am nächsten Morgen an nichts mehr erinnern.«

»Du weißt nicht, wer der Vater ist?« Mit offenem Mund starrt Vera sie an. Was für eine irre Geschichte!

»Doch, das weiß ich wohl.« Charlotte macht es auf einmal Spaß, mit der sichtbaren Verblüffung der Kollegin zu spielen.

Der ist die Ratlosigkeit deutlich ins Gesicht geschrieben. Soll sie Desinteresse bekunden, sich peinlich berührt oder doch wissbegierig zeigen?

Charlotte hat ein Einsehen. »Es ist Amos Tutamosu«, gibt sie bekannt. »Ein faszinierender Mann, den ich auch mag. Aber ohne total berauscht zu sein, hätte ich mich ganz sicher niemals mit ihm eingelassen. Wir haben im Dorf Okigbo gefeiert. Am nächsten Morgen bin ich in seiner Hütte aufgewacht, doch an das, was in der Nacht passiert ist, konnte ich mich nicht erinnern. Es war wie hinter einem Vorhang verborgen.«

Vera hat den Mund wieder zugeklappt. Sie holt tief Luft. »Das ist doch dieser Rechtsanwalt, mit dem du Ibo-Help gegründet hast?«, fragt sie nach.

»Genau der.«

»Wenn du zu viel getrunken hattest, dann war das ganz schön mies von ihm.« Vera runzelt voller Empörung die Stirn. »Jedenfalls nutzt ein anständiger Mann nicht den willenlosen Zustand einer alkoholisierten Frau aus.«

»Ach, weißt du, so ganz schuldlos bin ich nicht.«

Charlotte setzt sich auf ihren Bürostuhl und zieht den Block auf dem Schreibtisch näher an sich heran. »Ich habe mit ihm geflirtet, ihm möglicherweise sogar Hoffnungen gemacht. Er konnte davon ausgehen, dass ich einer Annäherung nicht abgeneigt sein würde. So hat er eben die Gelegenheit ergriffen. Als ich meinen Zustand bemerkte, dachte ich schon gelegentlich daran, es könnte in dieser Nacht passiert sein. Doch weil ich es nicht wahr haben wollte, schob ich den unangenehmen Gedanken schnell wieder weit weg. Mit eiserner Verbissenheit hoffte ich bis zum Schluss, das Kind wäre von Martin.«

»Dein Mann hat dich also verlassen, als er sah, dass du ein Mischlingskind zur Welt gebracht hast?« Vera macht neugierige, runde Augen. So eine pikante Geschichte hat sie bisher noch nicht einmal im Roman gelesen.

Charlotte nickt. »Genau. Er war regelrecht schockiert und konnte es nicht verkraften. Ich verstehe ihn sogar. Inzwischen bin ich ganz froh, dass alles so gekommen ist. Martin und ich haben eigentlich keine besonders innige Ehe geführt. Ich bin sicher, er findet irgendwo eine Partnerin, die besser zu ihm passt. Und mir geht es sehr gut als alleinstehende Frau. Ich liebe meinen Sohn über alle Maßen, und ich arbeite wahnsinnig gern als Journalistin. Also hat sich alles bestens gefügt.«

In dem Moment öffnet sich die Tür und Rosi Bäuerlein tritt ein. Charlotte kann daher das Gespräch beenden, ohne unhöflich zu wirken. Sie nickt Vera kurz zu, zeigt mit einem verschwörerischen Lächeln an, dass es ihr lieber wäre, das eben geführte Gespräch würde vertraulich behandelt, und greift nach dem Bleistift. Dann beginnt sie die Notizen der Veranstaltung vom Vortag durchzusehen.

XX

Tennis kommt von dem französischen Wort ›tenez – haltet‹ (den Ball) und ist ein um 1875 in Großbritannien entwickeltes Rückschlagspiel, das von 2 männlichen oder weiblichen Spielern (Herren- oder Dameneinzelspiel) oder von 4 Spielern (Herren-, Damen- oder Mixeddoppel) ausgetragen wird.

Kapitel 20

Rautlingen, Mai – November 1969

Die Auflösung der Ehe ist am Ende nur eine Formsache. Charlotte fühlt sich seltsam berührt auf ihrem Heimweg vom Amtsgerichttermin, zu dem Martin nicht erschienen war und bei dem er durch seinen Anwalt vertreten wurde. Sie ist jetzt eine geschiedene Frau, das versucht sie sich in aller Deutlichkeit bewusst zu machen, während sie unterm Regenschirm, mit hüpfenden Schritten den Pfützen ausweichend, die Liebigstraße entlang läuft bis zur Haltestelle neben der Bäckerei, wo sie den Bus eben ankommen sieht. Sie klappt den Schirm zusammen und will einsteigen. Doch sie ist so in ihre Gedanken versunken, dass sie die untere Stufe verfehlt, stolpert und fast gestürzt wäre, wenn nicht der Mann hinter ihr sie festgehalten hätte. Im Bus lässt sie sich auf den nächsten freien Platz fallen und starrt, ohne etwas tatsächlich wahrzunehmen, durch den Film unaufhörlich rinnender Regentropfen auf der beschlagenen Fensterscheibe nach draußen. So vieles hat sie gemeinsam mit Martin erlebt und auch durchgemacht. Ist das auf einmal alles bedeutungslos, alles ehemals Verbindende zur Nichtigkeit geworden? Existiert die Vergangenheit nun nicht mehr? Konnte eine einzige Unterschrift das alles auslöschen?

Sie hat schon erwartet, Martin würde den Termin zum Anlass nehmen, um nach Deutschland zu kommen. Dann hätte sie mit ihm reden, in alten Erinnerungen schwelgen – vielleicht auch vergessene und unterdrückte Gefühle wecken können? Doch er war fern geblieben.

Schade, denkt Charlotte, die sich insgeheim auf das Wiedersehen gefreut hat.

Zu Hause angekommen klingelt sie bei den Eltern.

»Na, alles hinter dich gebracht?«, wird sie von der Mutter gefragt.

Charlotte nickt.

»Magst du einen Tee? Dann kannst du reden.«

»Eigentlich würde ich mich lieber mit Geoffrey in meine Wohnung zurückziehen und ein bisschen meinen Gedanken nachhängen. Ich hoffe, du nimmst mir das nicht übel.«

»Aber nicht weinen!«

»Wenn ich meine, dass mir ein bisschen Heulen gut täte, dann werde ich das auch tun.«

Geoffrey hat die Stimme seiner Mutter vernommen, lugt um die Wohnzimmerecke, ruft »Kuckuck« und zieht den Kopf schnell wieder zurück. Weil dieses Mal nicht wie gewohnt reagiert wird, die Mami sich nicht sogleich auf eine emsige Suche nach dem verlorenen Sohn begibt, kommt er langsam näher, schaut fragend nach oben und umfasst Charlottes Bein.

Sie hebt ihn hoch und drückt ihn fest an sich.

»Solltest du mich brauchen, dann weißt du ja, wo ich bin«, ruft Beate Michaelis Charlotte nach, die mit dem Kind auf der Hüfte die Treppe hinuntersteigt.

Vielleicht war es tatsächlich der Status einer verheirateten Frau gewesen, der Charlotte bisher daran gehindert hatte, sich nach einem neuen Partner umzusehen. Aber vermutlich war es doch eher die leise Hoffnung, mit Martin werde eines Tages alles wieder ins Lot kommen. Der Gedanke, mit ihm zusammen nach Indonesien zu gehen, hatte schon auch einen gewissen Reiz. Aber nachdem diese Überlegung nun endgültig für abgeschlossen angesehen werden muss, steht sie Annäherungsversuchen anderer Männer ein klein wenig aufgeschlossener gegenüber.

Da ist zum Beispiel dieser Stefan Bäumler aus der Redaktion. Sobald er ihr Büro betritt, begrüßt er sie mit einer heiteren Bemerkung. Meist versucht er dabei eine Beziehung zu ihrer afrikanischen Vergangenheit herzustellen. Zum Beispiel, ob die Trommeln der letzten Nacht heute schon zu ihr durchgedrungen seien? Da wäre bestimmt ganz Spannendes passiert. Ob sie den Grünpflanzen auf dem Fensterbrett denn kein Wasser gebe? Die würden ihn an Wüstenkräuter erinnern. Ob sie nachts von ihm geträumt habe? Sie habe nämlich den gewissen magischen Blick. Irgend etwas in dieser Art sagt er immer. Es sind kleine Versuche, mit ihr zu flirten. Das erkennt Charlotte wohl.

Wenn sie es sich genau überlegt, dann ist an Bäumler kaum etwas auszusetzen. Er passt vom Alter her zu ihr, seine lange, schlaksige Gestalt ist sportlich und er scheint eine Menge Humor zu haben, wie sie bei den Redaktionsbesprechungen oftmals bemerkt. Dann, wenn es besonders trocken zugeht, wenn Hämmerlein soeben einen seiner extrem langatmigen Wirtschaftskommentare zum Besten gibt, oder wenn es knistert, weil Schonauer mal wieder einen am Tisch harsch kritisiert, dann platzt Stefan Bäumler mit einem Kommentar dazwischen, über den sie alle lachen müssen, sogar der Hämmerlein. Und im selben Moment hat sich die Atmosphäre entspannt.

Sie benötigt auch jemanden, der sie bei der Erziehung von Geoffrey unterstützt. Ihr Sohn, obwohl noch nicht einmal zwei Jahre alt, verfügt über einen starken Willen, den in die richtigen Bahnen zu lenken ist nicht immer leicht. Da bräuchte es hin und wieder schon eine energische Vaterfigur, die dem kleinen Kerl gelegentlich Respekt einflösst. Von den Großeltern wird er einfach nur liebevoll verwöhnt, ohne jede Spur von Strenge.

Aber ausschließlich wegen der Erziehung des Sohnes eine Bindung einzugehen, hält sie für keine gute Voraussetzung.

Vielleicht sollte ich nicht so abweisend sein, denkt sie an diesem Morgen. Ich bin jetzt siebenundzwanzig Jahre alt, und möchte eigentlich nicht den ganzen Rest meines Lebens allein, nur mit meinem Kind, gehen. Wie könnte ich Stefan wohl klar machen, dass ich nicht abgeneigt bin? Dass ich mich – zumindest versuchsweise – einer Annäherung nicht mehr verschließen werde?

Die Gelegenheit ergibt sich bereits eine Stunde später bei der Redaktionssitzung, als von Bäumler eine kurze Vorschau auf das kommende Wochenende gegeben wird.

»Auf dem Gelände des Tennisclubs Rot-Weiß findet das alljährliche Turnier statt«, sagt er. »Inzwischen weiß ja wohl jeder hier am Tisch«, er wirft einen prüfenden Blick in die Runde, »dass es sich dabei um eine herausragende Veranstaltung handelt. Teilnehmer aus fünf europäischen Ländern werden anwesend sein.«

Weil Charlotte für sportliche Aktivitäten, somit auch für das Tennisspielen, keine Zeit aufbringen kann und mag, hat ihr Interesse daran deutlich nachgelassen. Ganz schwach erinnert sie sich, von dem Turnier schon einmal gehört zu haben, aber dass es herausragend sein soll, ist neu für sie, und auch, dass neben den Spielen für die Zuschauer noch ein buntes Programm geboten wird, wie Bäumler soeben erläutert.

»Ich schlage vor«, sind seine den Bericht abschließenden Worte, »dass unsere Auslandsexpertin Charlotte Jordan die Berichterstattung zum Beiprogramm übernimmt, damit ich mich ganz auf den sportlichen Teil konzentrieren kann.«

Ihr nur wegen einiger Jahre in Nigeria den Titel ›Auslandsexpertin‹ zu verleihen, hält Charlotte zwar für übertrieben, aber geschmeichelt fühlt sie sich dennoch. Sie würde diese Aufgabe durchaus gern übernehmen, obwohl der Auftrag ihr einige Probleme bereitet. Normalerweise gehören der Samstag und Sonntag ihrem Sohn. Sie führt zwar auch am Wochenende gelegentlich Reportagen durch, doch die dauern meist nur ein bis zwei Stunden. Manchmal ist es sogar möglich, Geoffrey dorthin mitzunehmen. Bei dieser umfangreichen Tennis-Veranstaltung werden aber vermutlich beide Tage komplett drauf gehen. Dabei hatte sie vage geplant, mit dem Jungen nach Frankfurt in den Zoo zu fahren. Daraus würde nun nichts werden und das tut ihr schon im Voraus leid. Aber da sie ihren Job gut machen will, stimmt sie zu.

Am Samstag trifft Charlotte um zehn Uhr an der Sportanlage ein. Zuvor hat sie ihren Sprössling bei den Großeltern abgeliefert.

»Wir werden ins Schwimmbad gehen«, hat der Vater verkündet. Das bis vor wenigen Tagen noch ungemütliche Sommerwetter hat sich aufgeklärt und heute, obwohl bereits Anfang September, ist es endlich richtig warm.

»Bloß nicht!« Im ersten Moment ist Charlotte von dem Ansinnen entsetzt gewesen. »Er kann doch nicht schwimmen.«

»Er kommt ins Planschbecken und wir passen gut auf.«

Na, schön. Was soll sie auch dagegen einwenden? Geoffrey liebt jede Art von Wasser. Er wird hellauf begeistert sein, und die Eltern werden bestimmt beide ein Auge auf ihn haben. Dennoch wäre es ihr lieber, sie könnte dabei sein. Aber die Arbeit geht eben vor.

»Ich bin Charlotte Jordan von der Franken-Rundschau«, sagt sie zur Kartenkontrolleurin im Eingangskiosk.

»Guten Morgen. Ihr Kollege ist bereits nach dort drüben gegangen. Zur hinteren Tribüne.« Die Frau zeigt in die betreffende Richtung.

»Aha. Na gut, ich werde ihn schon finden.«

Auf ihrem Weg dorthin trifft sie auf ein Ehepaar, das sie von früher kennt. Ihr Gruß wird nur flüchtig erwidert, gerade noch so, dass es nicht unhöflich wirkt.

Inzwischen ist sie an eine derartige Behandlung schon fast gewöhnt, auch wenn es noch immer weh tut. Sie war früher hier Mitglied, hatte im Club Martin kennen gelernt, und natürlich weiß man von ihren Jahren in Nigeria. Viele erinnern sich noch an ihre Zeitungsberichte und hatten sie wegen ihres Engagements für Ibo-Help bewundert. Doch dann kam ihre Rückkehr aus Afrika und die Sache mit der Trennung von Martin, was ihrem guten Ruf einigen Abbruch tat. Als durchgesickert war, dass der Vater ihres Kindes ein Schwarzafrikaner ist, fanden etliche Club-Mitglieder es doch besser, die Bekanntschaft Charlotte Jordan auf Eis zu legen. Da passierte es öfter, dass Leute, mit denen sie sich gut bekannt glaubte, in der Stadt an ihr vorüber gingen und vorgaben, sie nicht zu bemerken. Nach außen hatte sie bisher immer so getan, als tangiere sie das nicht. Innerlich freilich war sie sehr erbost. Denn gerade diese Personen hatten früher mit Eifer Kontakt zur Tochter von Rektor Michaelis gesucht. Auch damals, als sie gekommen war, um für Ibo-Help zu werben, hatten sie jede Gelegenheit ergriffen, um mit ihr zu reden, gaben vor, an der Gründung der afrikanischen Hilfsorganisation brennend interessiert zu sein. Man habe in der Zeitung ja so tolle Sachen darüber gelesen. Damals wollte man gern den anderen zeigen, wie eng man mit dieser faszinierenden Frau bekannt ist. Und nun diese Ablehnung. Charlotte kann das nicht nachvollziehen. Sie hat sich schließlich nicht verändert, aber die Tatsache, ein farbiges Kind zu haben, scheint auf manche Leute ähnlich abschreckend zu wirken wie eine ansteckende Krankheit.

Ganz oben auf der Tribüne sieht sie Stefan Bäumler sitzen. Er hat soeben seine Kamera ausgepackt und schraubt ein Objektiv auf.

»Hallo! Da ist ja meine Lieblingskollegin«, wird sie von ihm begrüßt.

Unten hat das erste Spiel begonnen. Damit nimmt die Vorrunde ihren eher unbedeutenden Anfang. Nur eine geringe Anzahl an Zuschauern hat sich eingefunden. Für Stefan allerdings, so erklärt er, sei auch die Vorrunde interessant. Er könne sich dabei gut auf die Spieler, oder in diesem Fall die Spielerinnen, einstellen, um später bei der Beurteilung den Ablauf des Matches besser zu überblicken. Während er spricht, lässt er das Geschehen unten auf dem roten Platz keinen Augenblick aus den Augen.

»Mädchen, Mädchen«, murmelt er einmal, »mit dem Tempo wärst du bei der Schneckenparade besser aufgehoben.«

»Na, so was«, ist sein nächster Kommentar. »Da ist der Ball doch glatt abgerutscht.«

Charlotte lauscht ihm mit wachsender Aufmerksamkeit und merkt, wie ihr Vergnügen an dem Turnier von Minute zu Minute wächst. Inzwischen ist sie richtig froh, diesen Auftrag übernommen zu haben. Es wird ihr sicher leicht fallen, im Nachhinein einen guten Bericht zu Papier zu bringen.

Abends, als die Vorrundenspiele abgewickelt sind und Charlotte sich über das Programm, die Stände mit den Souvenirs, die Gastronomie, die Spielmöglichkeiten für Kinder und auch über die Spezialangebote der beiden anwesenden Sportgeschäfte Notizen gemacht hat, fragt Stefan ganz beiläufig: »Gehst du mit mir noch ein Bier trinken?«

»Hier?«, will sie wissen.

»Nö, hier nich. Da sind mir zu viele Leute, die einen dumm anquatschen, nur weil man von der Zeitung ist. Die glauben, ich würde sie namentlich erwähnen, wenn sie ihre total unmaßgebliche Meinung absondern. Das nervt! Ich würde lieber mit dir in den Winzergarten gehen. Dort kriegt man auch Bier.«

»Wenn ich aber Wein vorziehe?«

»Na, schön.« Charlotte erhält einen abschätzenden Blick. »Ich denke, das könnte man durchgehen lassen.«

Kurze Zeit später sitzen sie auf einfachen Gartenstühlen unter einem ausladenden Kastanienbaum. Stefan hat ein Bier vor sich stehen, sie einen Frankenwein. Jetzt hat Charlotte genügend Muße, ihren Begleiter eingehend zu betrachten. Sie sieht den kurzen Haarschnitt, die zahlreichen Sommersprossen und bemerkt auch das Grübchen am Kinn. Er ist ein prima Kumpel und er gefällt ihr richtig gut.

»Würdest du mir von deiner Zeit in Nigeria erzählen, auch wenn es eine Weile her ist?«, fragt er und schaut fast ein wenig ängstlich. »Oder bist du schon zu oft danach gefragt worden und findest es ätzend? Mich interessiert nämlich nicht so sehr das, was du in den Berichten geschrieben hast. Ich hätte gern etwas mehr erfahren. Über deine ganz persönlichen Erlebnisse.«

Ihre erste Reaktion ist ein Zurückweichen. Was soll die Frage, überlegt sie und spürt, wie sie sich innerlich verkrampft. Eigentlich möchte sie nicht von alten Zeiten reden, von Erlebnissen, die sie inzwischen erfolgreich verdrängt hat.

Aber dann besinnt sie sich.

Er scheint das ehrlich zu meinen, wird es ihr klar. Er möchte wirklich hören, was sie durchlebt und was sie dabei gefühlt hatte. Die anderen, die bisher Details aus der afrikanischen Vergangenheit hören wollten, die haben kaum ihre Neugierde und Sensationslust verhohlen. Doch Stefan scheint zu vermuten, dass es sich bei ihrem Aufenthalt dort nicht nur um ein spannendes Abenteuer gehandelt hat.

Vorsichtig macht sie sich daran, ihre Erinnerung wieder aufleben zu lassen. Nach einigen Minuten des Nachdenkens und während ihre Augen in die Ferne schweifen, beginnt sie zu erzählen. Zunächst redet sie von Martin, von seiner Arbeit und vom Haus auf dem Hügel am Rand von Onitsha. Dann tastet sie sich behutsam weiter und auf einmal fließen die Worte aus ihr heraus. Es packt sie wie eine

Lust, als sie sich daran macht, die Mauer des Verschweigens nieder zu reißen, sich hineinzustürzen in das Gestern und zu spüren, wie sich das Erinnern anfühlt. Sie spricht vom breiten Fluss, von den Krokodilen, den Madenhackern und von den Frauen und Kindern, die dort einen großen Teil des Tages verbrachten. Dann erzählt sie von den Dörfern an der Nigermündung, von der wundervollen Flora des Regenwaldes und vom ›Nest des Pythons‹.

Endlich redet sie auch von Ineh.

»Sie hat so gern gesungen und sie war so fröhlich. Ständig haben wir über irgendwas gekichert.« Charlotte stockt. »Also am Anfang«, fährt sie fort. »Später hatten wir kaum noch Grund zum Lachen, weil so viel Schreckliches passiert ist.«

Sie hält für einen Augenblick inne und sieht den ihr gegenüber sitzenden Mann direkt an. Er hat sie bisher nicht unterbrochen, hat nur hin und wieder einen Schluck aus seinem Glas genommen und dabei seine Augen aufmerksam auf ihrem Gesicht ruhen lassen.

Immer weiter taucht Charlotte in die Vergangenheit ein. Sie redet vom Dorf Okigbo, von der Großmutter, dem Opferplatz – und von Amos.

Jetzt mischt Stefan sich zum ersten Mal ein. »Ist er der Vater deines Kindes?«, will er wissen.

»Ja.« Charlotte zögert einen kurzen Moment.

»Amos ist Geoffreys Vater«, fügt sie entschlossen hinzu und stellt erstaunt fest, dass es ihr kaum noch etwas ausmacht, darüber zu reden. Vielleicht ist das deswegen so, weil Stefan Bäumler ein großes Maß an Toleranz vermittelt und besonders viel an Verständnis aufzubringen scheint.

Charlotte erzählt auch von Tomo Awolalu, von seinen Versuchen, sie in die Yoruba Religion einzuweisen und wie stark sie dabei an die christliche Lehre erinnert worden sei.

Erstmals redet sie von dem Vermögen von Ibo-Help. Welch riesige Summe zusammen gekommen war und wie Amos sich bediente, um ein Militärcamp einzurichten und die Biafra-Armee auszustatten.

Dann endlich kommt sie auf die Nacht zu sprechen, in der Ineh und Samuel nach Owerri gefahren sind, um das Geld zurückzuholen. Mühsam formuliert sie die Worte, versucht ihre Gefühle zu beschreiben, als sie die verletzte Ineh in Armen hielt. Wie sie erkennen musste, dass keine Rettung mehr möglich war und das Leben der Freundin unaufhaltsam entwich. Da bemerkt sie auf einmal Stefans Hand, die sich über ihre geschoben hat und sie nun ganz fest hält.

An diesem Abend festigt sich die Freundschaft zwischen Charlotte und Stefan. In den nächsten Wochen treffen sie sich regelmäßig, und sie spürt, wann immer sie mit ihm zusammen ist, wie locker sie bei ihm sein kann.

Ein paar Tage später lädt er sie zu sich nach Hause zum Essen ein. Er kenne ein Rezept, das sei vorführenswert, und Charlotte sagt zu.

Seine kleine Wohnung liegt im ersten Stock eines Appartementhauses, das in den Fünfziger Jahren speziell für Alleinlebende gebaut wurde. Es gibt fast nur Ein-Zimmer-Wohnungen mit Kochnische, Bad und Balkon. Charlotte amüsiert sich über die originelle Einrichtung in Stefans Behausung: eine überdimensionale Bastmatte als Teppich, kein Schrank – seine Kleidung hängt auf Bügeln an einem Ständer – und alles andere ist in Regalen untergebracht, wo sich die Dinge in malerischem Durcheinander stapeln. Vor dem großen Fenster steht ein offensichtlich häufig genutztes Tischfußballspiel und als Esstisch dient der abgeräumte Schreibtisch.

Nachdem sie eine leckere Kartoffelsuppe mit Lachs verzehrt und dazu gekühltes Bier getrunken haben, nimmt Stefan wortlos Charlottes Hand und zieht sie hinüber in die Ecke, wo auf dem Boden unter einem Knäuel von Decken die breite Matratze liegt. Sie spürt die Wärme seines Körpers, seine forschenden Hände, seine Zärtlichkeit und sein Verlangen und sie lässt sich hineinfallen in eine lustvolle, wohlige, lang entbehrte Empfindung, die sie schon für immer verloren geglaubt hatte.

Die nächsten Monate vergehen ohne besondere Vorkommnisse. Tage und Wochen plätschern im friedlichen Gleichmaß dahin und Charlotte ist es zufrieden. Sie meint sogar – zumindest redet sie sich das ein – dass sie sich ein wunderbares Leben eingerichtet hat und sie gar nichts vermisst.

Geoffreys zweiter Geburtstag soll im trauten Familienkreis gefeiert werden. Zu dem gehört jetzt neben Mami, Oma, Opa und Tante

Heike auch Stefan, Mamis Freund. Für den kleinen Jungen sind das die Menschen, mit denen er sich wohl fühlt. Alle sind meistens sehr lieb mit ihm, trotz der zahlreichen Vorfälle, die aufgrund seines Erfindungsreichtums an der Tagesordnung sind. An den entsetzten Aufschrei der Oma: »Ach, Geoffrey!«, hat er sich längst gewöhnt. Der kommt immer dann, wenn er einen seiner außergewöhnlichen Einfälle hatte.

Zum Beispiel ein paar Tage zuvor, als die Oma noch schnell das Badezimmer putzte, kurz ehe sie sich daran machen wollte, den Geburtstagskuchen zu backen. Die benötigten Zutaten hatte sie bereitgestellt. Geoffrey war auf einen Stuhl geklettert und hatte mit der Zubereitung des Teiges schon mal angefangen. Er hat Mehl in die Schüssel gekippt, Zucker dazugegeben und Milch hineingerührt. Als er sich gerade abmühte, das Ei aufzuschlagen, war Oma hereingestürzt und hat ganz doll angefangen zu schimpfen. Was der Junge gar nicht begreifen konnte. Warum war die Oma so sauer. Er wollte doch nur helfen.

Von der Mami wurde ihm bisher einmal auf die Finger geklopft. Da war er gerade dabei gewesen, die Tischdecke mit der Schere zu traktieren. Er wollte ein hübsches Muster einschneiden. Das einfarbige Gelb der Decke war so langweilig. Doch die Mami fand seine Kreativität gar nicht gut.

»Messer, Gabel, Scher und Licht, sind für kleine Kinder nicht«, sagte sie und ihre Stimme war ganz böse. Dann räumte sie alles weg, was an interessanten Gegenständen herum lag. »Ich hoffe, die nehmen dich bald im Kindergarten auf«, fügte sie noch hinzu. Und das klang wie eine Drohung.

Die Mami sprach von Erziehung, davon, sich auf andere einstellen zu müssen, zuzuhören, zu schweigen und auch verzichten zu können. Die Oma und der Opa verwöhnten ihn zu sehr. Im Kindergarten wäre er dann jedenfalls nicht mehr die Hauptperson.

Aber auch wenn die Aussichten, so viel versteht Geoffrey schon, eher unerfreulich klingen, so kann er es dennoch kaum erwarten, bis man ihm erlaubt, diese Einrichtung zu besuchen, weil er dort ganz sicher täglich mit vielen anderen Kindern zusammensein wird.

Weil Heike zur Geburtstagsfeier nicht hatte kommen können, haben die Freundinnen am darauffolgenden Sonntag ein Treffen im italienischen Restaurant am Kirchberg geplant. Charlotte schnallt ihren Sohn auf dem Rücksitz ihres Polos fest, setzt sich hinters Steuer und braust los. Sie ist spät dran, aber die Mutter wollte unbedingt noch erzählen, was sie für die Gäste, die sie am Abend erwartet, kochen wird. Charlotte hat höflich zugehört, ist aber zugleich unruhig von einem Fuß auf den anderen getreten.

»Was bist du denn so nervös?«, wurde sie gefragt.

»Mutti, du weißt doch! Die Heike erwartet uns. Wir müssen los.«

»Dann sag doch was. Ich bin ja schon still.« Eingeschnappt hat Frau Michaelis sich umgedreht und ist ins Haus gegangen.

In der letzten Zeit kommt Charlotte immer häufiger der Gedanke, dass das Zusammenleben in einem Haus mit den Eltern nicht nur das reinste Zuckerschlecken ist. So sehr sie sich auch bemüht, schafft sie es trotzdem nur selten, ihrer Mutter nicht auf die Zehen zu treten.

Sie schiebt die unangenehmen Gedanken beiseite und wendet sich dem vor ihr Liegenden zu. Sie freut sich riesig auf das Treffen mit der Freundin, was leider nicht oft der Fall ist, denn Heike hat nur wenig Zeit. Sie steckt mitten im Vorexamen. Aber dieses Wochenende verbringt sie einmal wieder in Rautlingen, und für die Zusammenkunft mit Charlotte hat sie andere Verabredungen hinten angestellt.

Auf dem Parkplatz sieht Charlotte die Freundin neben ihrem alten Käfer stehen. Der Polo wird abgestellt und Geoffrey aus seinem Sitz befreit.

»Entschuldige«, ruft sie von weitem. »Aber meine Mutter musste mir unbedingt noch den Speiseplan ihres Gästeessens vorbeten.«

»Macht doch nichts.« Heike geht in die Knie und breitet die Arme aus. »Komm zur Tante«, lockt sie den Kleinen.

Der wirft sich in die ausgestreckten Arme, lässt sich drücken und schmatzt etliche Küsschen auf Heikes Wangen.

»Was für ein süßer Fratz.« Heike stellt das Kind ab und richtet sich auf. »Ich beneide dich um ihn.«

»Bastle dir doch selber einen«, meint Charlotte amüsiert. »Geht ganz einfach.«

»Ohne Mann kann ich mir kein Kind basteln.«

»Na, so ganz allein am fehlenden Mann kann es ja wohl nicht liegen. Du scheinst andere Pläne zu haben. Denn so, wie du aussiehst, sollte sich doch problemlos einer finden lassen, der sich von dir ins Bett zerren lässt.«

»Na ja.« Heike lässt einen langen Seufzer hören. »Du hast schon recht. Aber ich könnte mir zur Zeit weder eine Schwangerschaft noch ein Kind leisten.«

»Aus finanziellen oder aus zeitlichen Gründen?«

»Aus beidem. Jetzt während des Studiums und inmitten der Prüfungen wäre das undenkbar, aber auch danach wird es nicht einfach sein. Sobald ich den Abschluss habe, muss ich mich ans Geldverdienen machen und eine Stelle im Krankenhaus suchen. Wie es da abgeht, habe ich schon mitbekommen. Da wird man von mir Rund-um-Dienste verlangen, das Gehalt ist mini und nebenbei muss ich mich fortbilden, weil ich ja irgendwann meinen Facharzt machen will. Das alles ist nicht so gut mit dem Mutterdasein vereinbar.«

Heike drückt die Glastür auf. »Wie kriegst du das eigentlich hin? Dein Job spannt dich doch auch ganz gut ein?«

Die beiden jungen Frauen betreten das Restaurant.

Geoffrey ist vorausgeeilt. Er kennt die Örtlichkeit, weiß genau, wie wohlgesonnen ihm die Kellner sind. Wie erwartet begrüßt man ihn mit großem Hallo. Er erhält seinen Kinderstuhl bereit gestellt und wird sogleich in die Küche entführt. Vermutlich füttert man ihn dort mit allerlei Leckerbissen ab. Da der Magen ihres Sohnes widerstandsfähig zu sein scheint, lässt Charlotte das durchgehen. Bisher jedenfalls haben ihm die Happen, die er so nebenbei zugesteckt bekam, nicht geschadet.

»Wenn ich meine Mutter nicht hätte, müsste ich mich beruflich wohl zurückhalten«, geht Charlotte auf die Frage der Freundin ein, nachdem sie am Tisch Platz genommen haben. »Aber da sie und Geoffrey bestens miteinander auskommen, es dem Kleinen auch genügt, wenn er mich nur abends und am Wochenende um sich hat, kann ich mich recht intensiv meiner journalistischen Arbeit widmen.«

»Was machst du da eigentlich? Schreibst du Berichte über das Rautlinger Kulturleben?«

»Nein, eher nicht. Dafür haben sie dort ihren Spezialisten. Ich fing mit Reportagen über das sogenannte ›Alltägliche‹ an. Doch seit einigen Monaten hat man mir ein neues Gebiet zugeteilt. Ich bin, man könnte fast sagen, freigestellt, damit ich vorrangig Reportagen im sozialen Bereich übernehme.«

»Interessant.«

»Finde ich auch, obwohl ich mehr durch Zufall auf dieses Thema gestoßen bin. Gleich am Anfang meiner Tätigkeit bei der Zeitung hat man mich an den Obstwiesen recherchieren lassen. Die Leute von den feinen Villen am Rosenberg hatten sich aufgeregt, weil an der Grillhütte dort ständig Kinder spielten. Mit ›Gesindel‹ haben sie die bezeichnet. Und weil die Herrschaften sich in ihrer exklusiven Abgeschiedenheit gestört fühlten, haben sie bei der Stadtverwaltung Beschwerde eingelegt. Hier wollte man sich mit dem lästigen Thema aber nicht so recht befassen, weshalb die Rosenberg-Anwohner sich an unsere Redaktion wandten.«

»Hat die Franken-Rundschau nicht wichtigere Themen?«

»Normalerweise schon. Aber du musst wissen, dass der Herausgeber unserer Zeitung am Rosenberg wohnt!«

»Also, das steckt dahinter.«

»Genau! Ich bekam den Auftrag, mich um die Sache zu kümmern. Nur scheint meine Vorgehensweise nicht so ganz im Sinn dieser Anwohner zu sein. Ich habe mich nämlich nicht daran gemacht die Kinder zu vertreiben, sondern habe versucht, Kontakt zu ihnen zu bekommen. Dabei stellte ich fest, dass die ganze, muntere Schar vom Schlickbachgelände, also von den Schlichtwohnungen hinterm Bahnhof stammt. Weil es da für sie kaum Spielmöglichkeit gibt, haben sie es sich halt angewöhnt, den Bahndamm entlang bis zu den Obstwiesen zu laufen. Rund um die Grillhütte ist genug Platz, und das angrenzende Wäldchen eignet sich herrlich fürs Versteckspielen und Klettern.«

»Wir hatten mal ein Mädchen in der Klasse, die kam aus diesen Häuschen hinterm Bahnhof. Erinnerst du dich?«

»Ja, die Anneliese Grebner. Die wohnt immer noch dort.«

»Hast du sie denn mal wiedergesehen?«

»Ich erzähl dir gleich davon. Lass uns nur erst bestellen.«

Sie winken und teilen dem herbeigeeilten Gino ihre Essenswünsche mit.

»Nachdem ich also herausgefunden hatte, dass die Kinder aus dieser sozial schwachen Gegend kommen«, fährt Charlotte jetzt fort, »ging ich dort hin und versuchte, mit den Familien näher bekannt zu werden. Du, ich bin mit Sachen konfrontiert worden …« Sie verdreht die Augen. »Ich war richtig schockiert. Die Frauen müssen sich teilweise unglaublich viel gefallen lassen. Die werden geprügelt, manche sogar auf den Strich geschickt und aus dem Haus gejagt, wenn sie dem Mann nicht gehorchen. Da gibt es etliche, die machen richtig viel durch. Und die Gesellschaft guckt weg. Mit so etwas mag man sich nicht beschäftigen. Das ist unangenehm.«

»Und es ist störend. Die meisten Leute wollen doch in erster Linie ihre Ruhe«, wirft Heike dazwischen.

»Stimmt. Deswegen bin ich ganz auf der Seite der Kinder, auch wenn es Ärger geben sollte, was möglicherweise nicht zu vermeiden ist. Da rief mich doch vor einigen Tagen einer von diesen feinen Pinkeln aus den Villen in der Redaktion an und fragte in hochnäsigem Ton, ob ich denn noch nichts erreicht habe. Das ›Gesindel‹ sei nämlich immer noch da. Du, ich bin vielleicht wütend geworden.« Charlotte greift nach der Gabel und richtet sie wie einen Dolch auf Heike. »Ich hab ihm ziemlich unverblümt erklärt, dass man der Jugend den Platz zum Spielen nicht wegnehmen könne. Außer es käme zu Diebstählen oder Beschädigungen. Erst das wäre ein Grund, sich zu beschweren. Dass ich wagte ihm so etwas zu sagen, hat ihn so empört, dass ihm die Worte fehlten und er einfach den Hörer aufknallte. Jetzt kann ich nur hoffen, dass die Kinder sich einigermaßen benehmen. Geredet hab ich schon mit ihnen, aber inwieweit sie kapieren, dass sie es mit dem Herumtoben nicht übertreiben dürfen, weiß ich nicht.«

»Und was war mit dieser Anneliese Grebner?«

»Also, das ist jetzt vielleicht drei Wochen her. Ich war am Schlickbachgelände und hab versucht jemanden zu finden, der mit mir reden mag. Das ist nicht so einfach. Die machen entweder erst gar nicht auf, oder sie klappen die Tür gleich wieder zu wenn ich sage, dass ich von der Zeitung bin. Ich hatte an einer Tür mit dem Namensschild ›Krause‹ geklingelt. Die Tür ging auf und vor mir stand ein kleiner Junge in einer ziemlich schmutzigen Unterhose. Eine Rotznase hatte er auch.«

»Lecker!«

»Ich hab gefragt, ob seine Mama da wäre und er ist nach hinten gelaufen. Ja und da stand auf einmal die Anneliese vor mir. Ich hab ihr erzählt, dass ich von der Zeitung käme und eine Recherche machen würde. Ich wolle mich darum kümmern, dass die Familien hier bessere Bedingungen bekämen. Die Anneliese war schrecklich misstrauisch, ich glaube, die hat mich zuerst nicht mal erkannt. Jedenfalls durfte ich nicht in die Wohnung. Sie ließ mich vor der Tür stehen und hat nur stockend geantwortet. Ich bekam aus ihr heraus, dass sie drei Kinder habe und der Name auf dem Türschild von ihrem Freund sei. Doch als ich wissen wollte, ob der sie denn versorgen würde, oder ob sie arbeiten ginge und wie sie finanziell klar käme, da hat sie gemeint, sie müsse jetzt das Essen kochen.«

»Die war doch damals schon so komisch. Sie hatte Läuse. Einmal, beim Umkleiden nach dem Sport hab ich ihre Beine gesehen, die waren voller blauer Flecken. Ich glaube, die ist verdroschen worden.«

»Ich fürchte, es geht ihr heute auch nicht viel besser, denn als ich ein paar Tage später wieder hin bin, hat sie die Tür nur einen winzigen Spalt aufgemacht und durchgelinst. Trotzdem konnte ich erkennen, wie schlimm sie aussah. Das Gesicht war verschwollen und sie hatte eine Verletzung unterm Auge. Sie habe jetzt keine Zeit, hat sie gesagt, und die Tür sofort wieder zugemacht. Doch so schnell gebe ich nicht auf. Die wird mich auf jeden Fall noch mal sehen. Ich finde auch heraus, was bei ihr zu Hause abgeht.«

»Sei bloß vorsichtig. Wenn die einen rabiaten Freund hat, macht der möglicherweise auch vor einer Journalistin nicht halt. Du musst gut aufpassen, sonst bekommst du vielleicht auch noch Prügel!«

Charlotte winkt ab. »Na, so weit wird es schon nicht kommen.«

»Da wäre ich mir aber nicht so sicher.« Heike zeigt sich ernsthaft besorgt. »Du glaubst gar nicht, was wir in der Notaufnahme so alles rein bekommen. Und was dann, gerade die Frauen, uns für unglaubliche und haarsträubende Geschichten erzählen. Da kann einem manchmal himmelangst werden vor der Gewaltbereitschaft der Männer.«

In diesem Moment kommt Geoffrey aus der Küche gelaufen. »Mami, guck'n!« Voller Stolz präsentiert er einen überdimensionalen rosaroten Lutscher.

»Nein!« In Sekundenschnelle hat Charlotte der Kinderhand das süße Ding entwunden. Sie wickelt das zuckrige Teil in ein Papiertaschentuch und steckt es in ihre Handtasche. »Jetzt nicht. Erst wird gegessen.«

»Gino!«, fährt sie den Kellner an, der die Szene grinsend aus der Entfernung beobachtet. »Kein süßes Zeug vor dem Essen.«

Gino kommt näher. »Scusi, Signora, der Lutscher war auch für nachher gedacht.« Er hebt den Jungen in den Kinderstuhl.

Die Frauen setzen ihre Unterhaltung fort. Sie werden von Geoffrey nicht gehindert, denn der ist damit beschäftigt, den Mini-Bagger, das Geburtstagsgeschenk von Tante Heike in Bewegung zu halten. Auf seiner Tischplatte schiebt er ihn hin und her, klappt die Schaufel hoch und runter, macht dabei Brummgeräusche und scheint vollauf zufrieden.

Für Charlotte ist es angenehm, den Jungen fast überall hin mitnehmen zu können. Mit seinem gleichbleibend harmonischen Naturell bewältigt er in kürzester Zeit auch problematische Situationen. Auch dass er seinen Lutscher hergeben musste, nahm er ohne Widerspruch hin. Allerdings wird er die Leckerei nicht vergessen haben und gleich, nachdem sein Teller geleert ist, mit dem Befehl: »Lutscher hab'n«, die Süßigkeit wieder einfordern.

Gino hat die Vorspeise serviert. Für Heike und Charlotte einen italienischen Salat und für Geoffrey Spaghetti in Tomatensoße.

»Wohnt Stefan inzwischen eigentlich bei dir?«, will Heike wissen und nimmt einen Schluck von ihrem Rotwein.

»Nein! Warum sollte er?«

»Ich dachte, ihr seid fest zusammen?«

»Das eine schließt doch das andere nicht aus. Ich mag den Stefan. Er ist ein prima Kumpel, und ich mag auch seine Zärtlichkeiten. Aber ich habe dazugelernt. Nettigkeit, ein bisschen Geschmuse und gute Gespräche genügen mir nicht mehr, um eine feste Bindung einzugehen. Stefan und ich treffen uns regelmäßig. Wir gehen miteinander aus, schlafen gelegentlich miteinander. Mit ihm zusammenziehen oder ihn gar heiraten werde ich aber auf gar keinen Fall.«

»Was müsste der Wundermann denn anzubieten haben, damit er es schafft, dir einen Ring an den Finger zu stecken?«

Charlotte lacht und schiebt sich eine Olive in den Mund. Sie kaut und legt den Kern an den Tellerrand. »Das weiß ich eigentlich selber nicht so genau. Es ist vermutlich weniger das, was er mir bietet, sondern das, was ich dabei fühle.«

Sie beugt sich zu Geoffrey und nimmt ihm den Löffel weg. »Ich glaube, du bist satt«, sagt sie, weil ihr Sohn mit den klein geschnittenen Spaghettis in der Tomatensoße herumrührt und die Tischplatte seines Hochstuhls mit roten Klecksen verziert.

»Lutscher hab'n!«, ertönt sogleich die Kinderstimme.

»Er müsste ein guter Partner sein«, erläutert Charlotte ihre Vorstellungen, nachdem sie dem Befehl ihres Sohnes Folge geleistet hat und sich jetzt der Pizza, die vor ihr auf dem Teller liegt, zuwendet. »Wenn er mich berührt, möchte ich ein dolles Prickeln verspüren. Er soll mit mir ins Theater gehen, über Literatur reden und über Philosophie debattieren. Er soll reif sein. Nicht unbedingt altersmäßig, aber in seiner Art.«

Heike wiegt bedächtig den Kopf hin und her. »O je, welche Ansprüche! Ich glaube jetzt selbst, dass Stefan dieser Partner nicht sein kann.«

»Na siehst du.«

»Aber ob es überhaupt irgendwo ein männliches Wesen gibt, das all diesen Wünschen gerecht wird?«

Heike beobachtet aufmerksam zwei Kohlmeisen, die vor dem Fenster auf einem Strauch von Ast zu Ast hüpfen und emsig aus der Rinde des Stammes kleine Insekten herauspicken, bis das Angebot erschöpft zu sein scheint. Eben wechseln sie gemeinsam zum nächsten Busch über.

»Ein einziger Mann kann das wohl kaum erfüllen«, meint sie nachdenklich. »Vielleicht bräuchtest du ja ein paar?« Sie wirft der Freundin einen verschmitzten Blick zu.

»Ach, weißt du, darüber mache ich mir nicht allzu viele Gedanken. Mir ist mein Job wichtig – und natürlich mein Sohn.« Liebevoll neigt Charlotte sich Geoffrey zu und streicht über sein dunkles Kraushaar.

»Mami?!« Der Kleine lächelt mit rotverschmiertem Mund und hält ihr den Bagger hin. »Kann tu hab'n«, meint er großzügig.

»Danke, mein Krümel. Das ist ganz lieb von dir. Aber behalte ihn nur.«

Sie wendet sich wieder Heike zu. »Ich bin mir auch nicht so sicher, ob es viele Männer gibt, die eine Frau mit einem Kind zur Partnerin haben möchten, besonders wenn es sich um ein Mischlingskind handelt.

»Stefan würde das jedenfalls nichts ausmachen.«

»Du hast schon Recht.« Charlotte wiegt bedächtig den Kopf hin und her. »Aber wie ich schon sagte: ich mag ihn. Doch Liebe ist es nicht.«

»Na, da bin ich gespannt, wie es mit uns aussehen wird, wenn wir uns in zehn Jahren treffen. Ob wir dann immer noch unverheiratet durchs Leben gehen? Oder ob wir uns bis dahin zu einer Ehe durchringen konnten?«

»Ist doch schön, dass man die Zukunft nicht voraussagen kann.«

Charlotte schaut jetzt auch sinnend nach draußen. Aber ihre Augen gleiten über die Sträucher vor dem Fenster hinweg. Sie blickt zur weiter weg liegenden Straße, auf der reger Verkehr fließt. Eben sieht sie einen Transporter vorbei fahren. Zirkus Brancusi steht in leuchtend farbigen Buchstaben darauf. »Ich finde es aufregend, nicht zu wissen, was da noch alles auf mich zukommt«, sagt sie mit Überzeugung in der Stimme.

»Na, hoffentlich nur Angenehmes.«

»Davon gehe ich doch aus.« Charlotte hebt ihr Rotweinglas und prostet der Freundin zu.

XXI

Am 12. Januar 1970 kapitulierte Biafra. Der Krieg forderte unter der Zivilbevölkerung mehr als eine Million Tote, 50.000 Soldaten kamen ums Leben und die Wirtschaft des Landes war zusammengebrochen.

Kapitel 21

Rautlingen, Januar – Juni 1970

Die Kinderkrippe hat eine Benachrichtigung geschickt, es werde vermutlich bald ein Platz frei und Geoffrey könne aufgenommen werden. Von der Nachricht erfreut macht Charlotte sich daran, ihrem Sohn in begeisterten Worten zu schildern, was ihn dort erwartet, denn längst bereut sie, ihm die Einrichtung als strenge Erziehungsmaßnahme hingestellt zu haben. Doch sie braucht sich bei ihrer Schilderung nicht allzu große Mühe zu geben. Geoffrey brennt ohnehin darauf, die neuen Spielkameraden kennen zu lernen.

Von der Großmutter kommt allerdings, wie erwartet, empörter Widerspruch. »Er ist viel zu klein«, behauptet sie. »Wie soll er sich denn wehren, wenn ihn die anderen Kinder hänseln?«

»Was meinst du damit?« Charlotte zieht fragend die Augenbrauen nach oben.

»Na ja …«, Frau Michaelis streicht sich ein wenig verlegen eine Haarsträhne zurück. »Also …, er sieht ja schon ein bisschen anders aus, weil er …« druckst sie herum.

»So ein Quatsch«, fällt Charlotte jetzt der Mutter ins Wort. »In dem Alter wird der Unterschied in der Hautfarbe doch kaum bemerkt. Und schon gar nicht negativ, Kinder sind noch nicht rassistisch. Das kann Geoffrey möglicherweise später in der Schule passieren. Und da ist es schon mal gut, wenn er bereits an den Umgang mit anderen gewöhnt ist. Es ist jedenfalls dringend notwendig, ihn frühzeitig zu sozialisieren.«

»Also, du redest einen Stuss!« Frau Michaelis funkelt die Tochter wütend an. »Deine Worte klingen wie den Zeitungsberichten entnommen. So-zi-ali-sieren!« Verächtlich zieht sie die Silben auseinander. »Aber ich kenne den wahren Grund. Du willst mir den Jungen entfremden. Du bist eifersüchtig auf unser enges Verhältnis.«

»Mutti! Jetzt mach mal einen Punkt. Ich bin ganz bestimmt nicht eifersüchtig. Im Gegenteil. Ich bin froh und dankbar, dass es mit euch so gut klappt. Was sollte ich denn sonst machen?« Mit einer versöhnlichen Geste versucht sie der Mutter den Arm um die Schulter zu legen, aber die dreht sich weg.

»Er wird dort nicht den ganzen Tag sein«, versucht Charlotte die aufgebrachte Stimmung zu dämpfen. »Du kannst ihn morgens hinbringen und mittags wieder abholen. Da ist er immer noch ganz viel mit dir zusammen.«

»Du hast auch nie einen Kindergarten besucht, und schon gar keine Kinderkrippe«, kommt die trotzige Erwiderung.

»Das waren andere Zeiten.« Genervt schüttelt Charlotte den Kopf. Sie ist die Diskussion herzlich leid. »Vermutlich hätte es mir aber nicht geschadet, wenn ich gegangen wäre«, fügt sie aufmüpfig hinzu.

»So!? Du findest also, dass ich bei deiner Erziehung Fehler gemacht habe, ja?« Mit in die Seiten gestemmten Fäusten steht die Mutter vor ihr und betrachtet sie herausfordernd.

Um der angespannten Situation zu entkommen, sieht Charlotte jetzt nur noch den Rückzug als einzigen Ausweg. Sie schnappt sich Geoffrey, der während des Disputs auf dem Boden gehockt hat und gerade versucht, von seinem Spielzeugauto die Räder abzumontieren. Bei zweien ist ihm dies bereits gelungen. Nun hofft er, mittels Ziehen, Drehen und Drücken auch bei den anderen beiden zum Ziel zu kommen.

In dem Moment wird er ziemlich unsanft von der Mutter am Arm gezogen. »Komm, wir gehen«, fordert sie ihn auf.

»Nein!« Wütendes Gebrüll untermauert die Absicht des Jungen, sich keinesfalls bei seiner wichtigen Tätigkeit unterbrechen zu lassen.

Doch Charlotte möchte nur noch eines: hier raus! Fest entschlossen zerrt sie ihren Sohn hinter sich her in Richtung Tür.

»Siehst du!«, ruft die Mutter ihr nach. »Er will hier nicht weg. Er will bei mir bleiben.«

Laut krachend fällt die Tür ins Schloss.

»Uff«, stöhnt Charlotte und schiebt den sich wehrenden Jungen eine Treppe tiefer durch den Eingang ihrer Wohnung. Sie zieht den Schlüssel ab und legt ihn oben auf den Garderobenschrank. Vor kurzem hat sie gerade noch mitbekommen, wie Geoffrey sich am Schloss zu schaffen machte. Es war ihm tatsächlich gelungen, den Schlüssel herumzudrehen und aufzuschließen. Erhöhte Wachsamkeit ist also angesagt. Der kleine Kerl scheint, wie die Erfahrung zeigt, in technischen Dingen seinem Alter weit voraus zu sein.

Sie geht zum Sekretär und nimmt nochmals das Schreiben der Leiterin der Kinderkrippe in die Hand, überfliegt die Zeilen und richtet dann ihren forschenden Blick auf Geoffrey, der sich wieder beruhigt hat und gerade den Metallbaukasten hinter dem Sofa hervorzieht.

Charlotte beobachtet ihn eine kleine Weile, sieht wie er emsig werkelt und sich ganz auf seine Tätigkeit konzentriert. Er ist ausgesprochen verträglich und – davon ist sie überzeugt – er wird sich auch in der Kinderkrippe wohl fühlen. Ihn dorthin zu schicken und somit den Kontakt zu anderen Kindern zu fördern, ist einfach an der Zeit.

Sie hat der Mutter nicht gesagt, dass sie annimmt, Geoffrey würde zu sehr von ihr verwöhnt und wie in einem Glaskäfig gehalten. Mit dieser Meinung hielt sie wohlweislich hinter dem Berg. Sie wollte auf keinen Fall, dass der Streit eskalierte. Aber dass die Oma in der Erziehung des Enkels eine ihrer vordringlichsten Lebensaufgaben sieht, ist deutlich. Sie widmet seiner Betreuung viel Energie, möchte den Jungen am liebsten von anderen Menschen fernhalten und versucht jede Beeinflussung von fremder Seite zu unterbinden.

Glücklicherweise macht wenigstens der Opa in dieser Hinsicht keine Probleme. Er ist einfach zu beschäftigt, um Geoffrey ein übergroßes Maß an Aufmerksamkeit zu widmen. Neben der Arbeit an der Schule engagiert er sich zusätzlich in kulturellen Vereinen, organisiert dort Ausstellungen und hält Vorträge. Sein Zusammensein mit dem Enkel beschränkt sich meist auf ein bis zwei Stunden am Nachmittag. Dann, wenn er seine Arbeit beiseite legen konnte und ehe das Kind von seiner Mutter abgeholt wird.

Für Charlotte ist es schon wichtig, zu demonstrieren, dass ihre Art der Erziehung oberste Priorität hat, was Beate Michaelis allerdings überhaupt nicht einsieht, denn sie glaubt, dem Kind sei das Leben mehr aus Versehen geschenkt worden. Insgeheim ist sie überzeugt, dass Charlotte den Kleinen eigentlich gar nicht haben wollte, weshalb die Tochter in ihren Augen das Recht verwirkt hat, die alleinige Verantwortung tragen zu dürfen. Schließlich war es doch sie, die Großmutter, die von Anfang an mit größter Sorgfalt die Betreuung des Säuglings übernommen hat. Sie hat seine ersten Schritte überwacht, hat ihn bei seinen kleinen Krankheiten gepflegt und sich unablässig gemüht, es ihm an nichts fehlen zu lassen. Das soll auch in Zukunft so sein. Die Tochter wird dazu kaum gebraucht. Sie darf sich ruhig weiterhin vorrangig um ihre Arbeit kümmern und ein wenig ihrer Freizeit mit dem Jungen verbringen. Mit dieser Lösung könnten dann alle durchaus zufrieden sein.

»Sag mal, das ist doch diese Kinderkrippe am Richard-Wagner-Platz, wohin du den Kleinen schicken willst?« fragt Beate Michaelis, als Charlotte am darauffolgenden Abend Geoffrey wieder bei den Eltern abholt.

»Ja, genau in die.«

»Dahin geht die Enkelin von Frau Riebler«, womit Frau Michaelis die Nachbarin drei Häuser weiter meint, »und die hat mir erzählt, dort gäbe es Läuse!« Sie wirft Charlotte einen triumphierenden Blick zu. Die Tochter wird es bestimmt nicht wagen, den Jungen bei einer solch unhygienischen Einrichtung anzumelden.

Charlotte hat die Mitteilung tatsächlich einen Moment sprachlos gemacht.

»Ich werde mich erkundigen«, sagt sie dann und versucht so zu tun, als habe die Nachricht sie nicht erschreckt. »Aber ich meine, dass Läuse heutzutage kein echtes Problem mehr sind. Da gibt es inzwischen Mittel, die wirken in Nullkommanix.«

»Das kannst du doch nicht ernsthaft wollen, dass der arme Junge sich pausenlos irgendwelchen grässlichen Entlausungsprozeduren unterziehen muss?«

Charlotte nimmt Geoffrey an der Hand, der dabei steht, aufmerksam von der einen zu der anderen sieht und mit leicht geöffnetem Mund der energisch geführten Unterhaltung lauscht. Sie nickt der Mutter kurz zu und verschwindet mit einem »Dann bis morgen früh« durch die Haustür.

Charlotte ist nicht gewillt, das in ihren Augen an den Haaren herbeigezogene Problem weiter zu erörtern und es ärgert sie, dass die Mutter so tut, als würde es sich dabei um extrem gefährliche Parasiten handeln. Sie jedenfalls wird sich wegen ein paar Läusen nicht von ihrer Absicht abbringen lassen und Geoffrey in Kürze in dieser Einrichtung unterbringen, auch wenn das Mutter überhaupt nicht recht ist.

Wieder einmal denkt sie darüber nach, wie es wohl wäre, wenn sie aus Rautlingen wegginge. Ein Wegzug hätte den Vorteil, dass sie anderenorts alles genau so regeln könnte, wie es ihr zusagt, ohne sich ständigen Diskussionen auszusetzen. Geoffrey müsste dann halt einen Tageskindergarten besuchen, was sicherlich arrangiert werden könnte. Andererseits verlangt ihr Job gelegentlich auch abends oder am Wochenende ihren Einsatz. Das kommt bei einer journalistischen Tätigkeit schon hin und wieder vor. Ob das ohne die unmittelbare Nähe der Mutter zu schaffen wäre? Den Beruf gut auszufüllen und zugleich das Kind zu betreuen? Hier sind sofort die Eltern zur Stelle. Da braucht sie sich in einem solchen Fall keine Gedanken zu machen.

Seufzend wendet sie sich dem Küchenschrank zu und zieht einen Topf heraus. Sie wird eine Suppe aus dem Beutel kochen. Geoffrey mag so etwas und es ist im Nu zubereitet. Charlotte misst das Wasser ab und stellt die Kochplatte an.

»Bloß gut«, murmelt sie, »dass meine Mutter mich jetzt nicht sehen kann. Über das schnell zusammen gerührte Abendessen würde sie sich schrecklich aufregen. Vermutlich würde es sie in ihrer Meinung bestärken, dass ich mich nicht annähernd so gut um den Jungen kümmere, wie sie das eben tut.«

Sie zuckt mit den Schultern, nimmt den Schneebesen und rührt trotzig den Beutelinhalt in das kochende Wasser.

Wenige Tage später erhält die Redaktion der Franken-Rundschau die Nachricht, der Krieg in Nigeria sei offiziell beendet. Den Sieg habe der Westen, also die Zentralregierung, davongetragen. Biafra habe kapituliert. Es wird geschätzt, dass in dem dreijährigen Bürgerkrieg etwa eine Million Menschen ums Leben gekommen sind, lautet die Information der Presseagentur.

Die Nachricht trifft Charlotte im tiefsten Grund ihrer Seele.

Über einen längeren Zeitraum hinweg hatte sie kaum noch an Nigeria gedacht, hatte so getan, als sei das alles in einem anderen Dasein gewesen und das Jetzt habe mit dem Früher rein gar nichts zu tun. Doch mit der Nachricht lebt auch die Erinnerung wieder auf und es überfällt sie eine tiefe Niedergeschlagenheit. Ganz versteckt in Ihrem Inneren hatte sie eigentlich doch erwartet, die Ibos könnten endlich starke, einflussreiche Verbündete auftun, die ihnen zu einem Sieg verhelfen.

Stattdessen hat der so hoffnungsvoll gegründete Staat also ein unrühmliches Ende gefunden. Er wurde ausgelöscht. Ein Biafra gibt es nicht mehr. Alle damit verbundenen, hochfliegenden Träume haben sich im Pulverrauch des Krieges aufgelöst.

Charlotte sitzt auf ihrem Bürostuhl mit kraftlos herab hängenden Armen und sinnt nach. Sie bekommt eine vage Ahnung davon, wie es den Menschen im Osten Nigerias nun gehen mag. Die Yorubas werden sich als Sieger feiern lassen. Sie werden die schon früher ungeliebten Mitbürger noch heftiger unterdrücken. Mit unerbittlicher Härte werden sie ihre Macht demonstrieren. Die armen Ibos, denkt sie, und spürt unendliches Mitleid. Sie sieht sie förmlich vor sich, die Schlangen von Menschen, die stundenlang anstehen müssen, um bei den Essensausgabestellen, eingerichtet von Helfern aus Europa oder Amerika, wenigstens ein paar Happen abzubekommen. Sie kann sich auch die seit Jahren nicht mehr bebauten, brachliegenden Felder vorstellen, die zerstörten Ortschaften und die hoffnungslos überfüllten Krankenhäuser.

Wie mag es wohl in Okigbo aussehen?, überlegt sie. Ob dem Dorf seine abgelegene Lage geholfen hat, von den Kriegswirren unbeeinträchtigt zu bleiben? Ob Großmutter noch lebt? Und was ist mit Amos geschehen? Ob er rechtzeitig fliehen konnte? Wohin mag er dann aber gegangen sein? Wo kann er sich verstecken? Wer würde ihn denn noch aufnehmen? Ganz sicher kann er nicht in Nigeria bleiben. Aber wo gibt es für ihn einen Unterschlupf? Vielleicht in England? Dort hat er Bekannte, das weiß sie von Ineh, und es gibt dort auch eine Frau, die sogar einmal bereit gewesen war, ihn zu heiraten.

In der Redaktion wird das Ende des nigerianischen Bürgerkrieges zum besonderen Schwerpunkt erklärt. Die Überlegung, ob man sich mit dem Text der Presseagentur zufrieden geben sollte, oder besser – angereichert mit Aussagen von Charlotte Jordan – einen eigenen Bericht verfasst, wird ausführlich debattiert.

»Ich schlage vor, zunächst einmal nach Nigeria zu fliegen. Ich höre mich um, fotografiere alles und kann nach meiner Rückkehr einen authentischen Bericht vorlegen.« Die Idee ist Charlotte eben erst gekommen.

Sie merkt, wie ihr Herz ein paar Schläge zulegt und sie vor Aufregung einen trockenen Hals bekommt. Der Gedanke, wieder in Onitsha sein zu können, das Haus auf dem Hügel aufzusuchen, nach Okigbo zu fahren – und sich mit Amos zu treffen –, hat etwas so Berauschendes an sich, dass ihr ganz schwindlig wird. Dabei weiß sie genau, dass Amos, sollte ihm die rechtzeitige Flucht nicht gelungen sein, jetzt ganz gewiss im Gefängnis sitzt, wenn ihm nicht Schlimmeres geschehen ist!

Sie wird von Schonauer auf den Boden der Tatsachen zurück geholt. »Moment, Moment«, beschwichtigt er sie. »Ihr Engagement in allen Ehren. Aber zunächst sollten wir in Ruhe abwarten und herausfinden, wie sich die Umstände dort weiter entwickeln. Es bleibt Ihnen natürlich unbenommen, in Nigeria Ihnen bekannte Leute anzuschreiben. Lassen Sie sich erzählen, wie es im Osten jetzt aussieht, ob der Krieg schlimm gewütet hat, ob es überhaupt schon möglich ist, durch das Land zu reisen. Sollte man Ihnen mitteilen – was ich ehrlich gesagt nicht so recht glaube –, dass alles friedlich ist, dass man ungehindert das ehemalige Kriegsgebiet aufsuchen kann, also dann bin ich gern bereit über einen Flug dorthin zu reden.«

Wieder zurück aus dem Besprechungszimmer sitzt Charlotte enttäuscht an ihrem Schreibtisch und malt Strichmännchen an den

Rand des Notizblocks. In ihrer Vorstellung ist sie bereits in einem von der Franken-Rundschau bezahlten Taxi durch das Land gereist und hat in Nigeria alte Bekannte aufgesucht. Zuerst natürlich die Awolalus in Abeokuta. Sie ließ der Fantasie breiten Raum, sich zu entfalten, fuhr die gut asphaltierte Straße entlang, an Benue vorbei bis zum Niger, und schipperte schließlich mit der Fähre über den Fluss, denn wie berichtet wurde, ist die Brücke im Krieg zerstört worden. Sodann hat ihre Geschichte einen romantischen Höhepunkt erreicht. In Onitsha angekommen eilte sie zum Central Place, wo sie Amos in seinem Büro sitzend vorfand. Er war überglücklich sie zu sehen, sie verzieh ihm großmütig und gemeinsam brachten sie die Hilfsorganisation Ibo-Help wieder zum Laufen. Und so lebten sie nun glücklich bis an ihr Ende, lautete der Schlusssatz in dem rasch erträumten Märchen.

Sie seufzt, weil ihr die Geschichte eigentlich prickelnd schön vorkam. Doch nach Schonauers Worten bleibt ihr nichts anderes übrig, als der nigerianischen Realität ehrlich gegenüber zu treten. Und die wird vermutlich im Augenblick ziemlich chaotisch aussehen. Die Ibos werden hungern, unter elenden Bedingungen hausen und wer weiß, welchen Repressalien sie noch durch ihre Mitbürger aus dem nigerianischen Westen und Norden ausgesetzt sind?

Sie wird also den Vorschlag ihres Chefs beherzigen und an Sara und Tomo einen Brief schreiben. Einmal, bald nach ihrer Abreise aus Nigeria, hatte sie den Awolalus eine Nachricht zukommen lassen, aber keine Antwort erhalten.

Um der Fülle der Gedanken, die in ihrem Kopf kreisen, besser Herr zu werden, bräuchte Charlotte jemanden, der ihr aufmerksam zuhört und der ihr hilft der Vergangenheit, die jetzt erneut im Geist aufersteht, den in ihrem Inneren verdeckten und verborgenen Platz wieder zuweisen zu können. Eigentlich sollte Stefan derjenige sein, doch der hat seit Wochen kaum noch Zeit für sie. Ganz selten nur noch sehen sie sich. Meist schiebt er andere, wichtigere Verpflichtungen vor. Letzte Woche sagte er, er müsse zu einer Sportveranstaltung und als sie ein paar Tage zuvor wegen eines Treffens anfragte, da meinte er, er sei mit seinen Eltern verabredet. Sein Vater habe Wichtiges mit ihm zu besprechen.

Komisch ist das, überlegt Charlotte an diesem Abend und grübelt über Stefans verändertes Verhalten nach. Sie sitzt auf dem kleinen Sofa, hat eben die Programme durchprobiert, aber dann den Fernseher doch wieder ausgeschaltet. Geoffrey schläft längst, sie hat vor sich ein Glas Wein stehen und würde gern mit jemandem reden. Also greift sie nach dem Telefon und wählt die Nummer ihres Freundes.

»Ich bin's«, sagt sie, als Stefan sich meldet. »Magst du herkommen? Ich hab im Kühlschrank ein schön kaltes Bier liegen.«

»Das passt jetzt überhaupt nicht. Ich hab nämlich Besuch.«

»Du hast was?«

»Eine neue Bekannte. Wir fachsimpeln über Sport und so«, erklärt Stefan vage.

Es sind weniger die Worte, es ist mehr der Ton, der sie aufhorchen lässt. Stefan macht deutlich, wie störend er ihren Anruf empfindet.

Charlotte weiß im selben Moment, dass es aus ist. »Aha?!«, sagt sie und merkt, wie in ihrer Stimme ein leichtes Zittern mitschwingt. Doch will sie sich ihre Erregung nicht anmerken lassen und holt tief Luft.

»Das wär's dann wohl mit uns Beiden«, sagt sie mit ruhigem, aber fest entschlossenem Ton und setzt einen Schlussstrich unter die Beziehung. »Tschüß.« Sie legt auf.

Der Gedanke, von Rautlingen wegzugehen, bekommt wieder einmal Auftrieb in ihren Überlegungen. Es ist nicht etwa so, als wäre soeben ihre große Liebe zu Ende gegangen. Aber mit Stefan hatte sie eine gute Partnerschaft. Jedenfalls konnte sie wundervoll mit ihm reden. Charlotte versucht sich über ihre Gefühle klar zu werden, spürt Enttäuschung, auch Wut – und erkennt doch plötzlich, dass ihr die Trennung nicht allzu viel ausmacht. Ist das mangelnde Sensibilität, überlegt sie, oder freue ich mich über meine wiedererlangte Unabhängigkeit?

Von Tomo Awolalu erhält Charlotte drei Monate später einen Brief. Er habe sich sehr gefreut von ihr zu hören, schreibt er. In Nigeria sei das Leben derzeit recht schwierig. Unruhen seien an der Tagesordnung. Viele der nach dem Krieg entlassenen Soldaten hätten sich aus dem Staub gemacht, ohne ihre Waffen vorher abzugeben. Die nutzten sie nun, um mit Überfällen ihren Lebensunterhalt zu verdienen. Daher sei die Atmosphäre angespannt. Man versuche, sich zu schützen, aber da man nicht einmal dem Nachtwächter trauen dürfe, müsse man immer auf der Hut sein. Ansonsten ginge es ihm und seiner Familie gut. Der älteste Sohn besuche inzwischen die Universität in Ibadan und Sara habe zusammen mit einer anderen Frau eine Imbissbude aufgemacht. Sie verdienten ganz gut, Sara konnte sich sogar ein eigenes Auto zulegen. In Onitsha sei er nicht wieder gewesen. Doch die Nachrichten, die von dort kämen, hörten sich gar nicht gut an.

Dann folgt noch ein Absatz, den Charlotte mit besonderer Aufmerksamkeit liest.

Die Biafra-Politiker haben sich abgesetzt, schreibt er. Man sagt, Odschukwu und seine engsten Vertrauten hielten sich in Kamerun auf. Wenn das zutrifft, könne man sicher bald mit einer Auslieferung rechnen. Denn die Nachbarstaaten werden es sich wohl kaum leisten, wegen ein paar Verbrechern den guten Kontakt zur nigerianischen Regierung zu belasten. Jedenfalls wird voller Intensität nach Odschukwu und seinen Schergen gefahndet. Tomo teilt keine weiteren Details mit, doch für Charlotte ist zwischen den Zeilen klar zu lesen, dass er ihr einen Hinweis geben möchte, dabei aber sehr vorsichtig sein muss. Ob wohl Privatpost, die ins Ausland geht, einer Zensur unterliegt?

Sie lässt das Blatt sinken, fühlt sich in höchstem Maß unbehaglich. Eigentlich könnte es ihr ja egal sein. Wenn man Amos aufspürt, ihm den Prozess macht, ihn möglicherweise erschießt, dann wäre das nur recht und billig. So sind eben die Kriegsregeln, von ihm im Fall der Niederlage vermutlich auch einkalkuliert. Sie schimpft mit sich selbst, weil ihr in diesem Moment vor Angst und Kummer ganz elend wird.

Jedenfalls kann sie das mit einer Reise nach Nigeria auf lange Zeit hin vergessen. Die wäre im Augenblick selbst für einen Mann riskant. Für eine weiße Frau jedoch, die sich aufmacht, das kriegszerstörte Land zu durchreisen, zu fotografieren und sich ein Bild der Sachlage zu verschaffen, wäre es ein Unternehmen, dessen Waghalsigkeit schon fast an Selbstmord grenzt. Sie wird also weiter hier in Rautlingen bleiben, ihre Arbeit tun und sich um die Betreuung ihres Sohnes kümmern.

Von der nächsten Aufgabe, die sie übertragen erhält, werden ihre Gedanken allerdings noch einmal ganz stark in die Vergangenheit zurückgeführt. Magnus Winter, den sie nur durch die gemeinsamen Sitzungen kennt und der noch nie ein direktes Wort an sie gerichtet hat, kreuzt überraschenderweise vor ihrem Schreibtisch auf und fragt, ob sie daran interessiert wäre, eine Ausstellung über afrikanische Kunst zu besuchen.

»Ja, wahnsinnig gern«, ist ihre erste Reaktion, die sie sogleich abschwächt mit: »Aber ich bin kein Kunstexperte.«

»Das brauchen Sie auch nicht zu sein«, sagt Winter, und fügt hinzu: »Könnten Sie in mein Büro kommen?«

Charlotte nickt, steht auf und folgt dem Mann, der mit raschen Schritten den Gang entlang voraus eilt.

Es ist das erste Mal, dass Charlotte das Büro des Feuilletonchefs betritt. Sie sieht das vollgepackte Regal, in dem sich Bücher, Bildbände, Kataloge und Magazine den kaum ausreichenden Platz streitig machen. Sie bemerkt auch die bunt bedruckten Plakate an den Wänden, die auf Ausstellungen vergangener Jahre hinweisen. Und sie sieht die Bronzestatuette auf seinem Schreibtisch, die einen athletischen Mann mit nach oben gereckten Armen darstellt. Das könnte eine Arbeit von Franz von Stuck sein, überlegt sie, hält aber wohlweislich den Mund, denn eigentlich behauptet sie ja, keine Ahnung zu haben – und blamieren möchte sie sich auf gar keinen Fall.

»Die Ausstellung ist in Ingelheim, im Alten Rathaus. Es handelt sich um eine private Sammlung, die erstmals einer breiteren Öffentlichkeit präsentiert wird.«

Charlotte nickt. Ganz vorn an der Stuhlkante hat sie Platz genommen und hält den Rücken gerade. Sie ist tief beeindruckt, dass Winter sie für kompetent genug hält, nach Ingelheim zu fahren, um eine Ausstellung aufzusuchen.

»Mir geht es darum, was Sie empfinden, wenn Sie die Stücke sehen. Möglicherweise erinnern Sie sich an einige in dieser Art, haben sie vielleicht sogar im Gebrauch gesehen. Das zu erfahren wäre für mich von besonderem Interesse. Ich bitte Sie, den Katalog mitzubringen und mir dann Ihre persönlichen Eindrücke zu schildern.«

Am nächsten Morgen startet Charlotte in ihrem Polo. Der fast wolkenlose Himmel scheint den Wetterbericht vom Vortag, es werde einen sommerlich warmen Maitag geben, zu bestätigen. Sie schaltet das Radio ein, lässt sich während der gut einstündigen Fahrt von Schlagermusik berieseln und genießt das entspannte Reisen auf einer mittelmäßig befahrenen Autobahn.

In Ingelheim findet sie den Weg zum Alten Rathaus gut ausgeschildert. Sie stellt den Polo auf dem Platz neben dem Gebäude ab, betritt den Haupteingang und legt an der Kasse ihren Presseausweis vor. Sie erhält einen Katalog in die Hand gedrückt, und so ausgerüstet macht sie sich auf den Rundgang. Bei einem Großteil der Objekte der Sammlung handele es sich um Ahnen- und Zauberfiguren, liest sie auf einer der Hinweistafeln. Sehr viele seien in menschlicher Gestalt dargestellt und alle verkörperten ein hohes Maß an künstlerischer Ausdruckskraft.

Charlotte befindet sich im ersten Raum. Es ist dunkel, nur von den beleuchteten Glasvitrinen geht ein diffuses Licht aus, wodurch der Eindruck des Mystischen, des Fremden und Geheimnisvollen verstärkt wird. Sie versucht sich einen groben Überblick zu verschaffen und erkennt, dass die Stücke nach ethnologischen Richtlinien präsentiert werden, also dass man sie einzelnen Stämmen zugeordnet hat. Es handelt sich ausschließlich um Skulpturen aus West- und Zentralafrika und alle Objekte dienten ursprünglich einer rituellen Nutzung. Mit den Figuren werde eine über alles Physische hinaus gehende, spirituelle Kraft zum Ausdruck gebracht, heißt es.

Sie wendet sich der ersten Vitrine zu. Hier sind Schnitzarbeiten der Fang, einer Volksgruppe aus dem Kamerun, aufgestellt. Es handelt sich um Wächterfiguren, denen als Aufgabe bestimmt ist, Reliquienbehälter der verehrten Verstorbenen zu hüten.

Charlotte erinnert sich nun sehr deutlich an Okigbo und welche tiefe Verehrung die Ibibios ihren Toten darbrachten. Wie man deren Anwesenheit bei magischen Zeremonien herbeirief, Rat erfragte und um Unterstützung bat. Sie notiert das in ihr kleines Heft.

Es sind an diesem Tag nur wenige Besucher in der Ausstellung. Jetzt, im zweiten Raum, bemerkt Charlotte einen Mann, der genau wie sie einen Block in der Hand hält und sich eifrig Notizen macht, vermutlich auch ein Medienvertreter, also ein Kollege. Man grüßt sich mit einem Nicken.

Einen Raum weiter kommt man ins Gespräch. Sie stehen vor einer Vitrine, in der ein Tanzstab der Yoruba präsentiert wird.

»Sehen Sie«, sagt der Mann neben ihr, »da auf dem Holz befinden sich noch Reste von Indigo-Einfärbungen.« Er zeigt auf den Kopf der weiblichen Figur am oberen Teil des Tanzstabes, die einen bläulichen Schimmer aufweist. »Und am Körper kann man verkrustete Rotholzpuderreste erkennen.«

»Das ist dort ein wichtiger Bestandteil jeder rituellen Handlung«, erklärt Charlotte ein wenig von oben herab, da sie sich von einem hergelaufenen deutschen Journalisten nicht erklären lassen möchte, auf welche Art in Afrika derartig geschnitzte Objekte Verwendung finden. »Nur ganz bestimmte Blätter, Gräser und Kräuter werden getrocknet und zerrieben auf der eingeölten Figur aufgebracht. Zu jedem Orisha gehören bestimmte Pflanzen. Dies hier ist für den Orisha Shango, den Engel des Donners und des Blitzes, bestimmt. Welche Pflanzen ihm geweiht sind, weiß ich nicht. Aber es muss alles richtig gemacht werden, sonst kann der Zauber nicht wirken.«

»Oh, eine Kennerin!« Der Mann scheint mehr belustigt als beeindruckt. »Bereits den Katalog studiert, was?«

»Nein! Riten und Bräuche direkt vor Ort miterlebt.« Doofkopp, fügt sie in Gedanken hinzu.

»Und wo ›vor Ort‹?« Jetzt zeigt er doch Neugierde.

»In Nigeria«, sagt sie leichthin, so als wäre es das Normalste der Welt, dort gewesen zu sein.

»Interessant.«

»Ja, das war es auch.« Charlotte schiebt sich an dem Mann vorbei und wendet sich den Exponaten der nächsten Vitrine zu. Schließlich ist sie hierher gekommen, um für einen Bericht der Franken-Rundschau zu recherchieren und nicht, um die Zeit mit Geschwätz zu vertrödeln.

Später allerdings kommen die beiden doch noch einmal ins Gespräch. Sie sind im Hauptraum angelangt, dort wo Figuren der im Kongo lebenden Luba ausgestellt sind. Vor dem Amtsstab eines Häuptlings mit der krönenden Doppelfigur und dem ausgeprägten Narbenrelief bleiben sie in staunender Bewunderung stehen. Da bemerkt Charlotte eingeritzte Zeichen. Ganz deutlich erkennt sie die selben vier Symbole, die auch von den Ibibios bei ihren magischen Zeremonien verwendet werden: der Kreis für Schale, der Strich für Stab, das Dreieck für Messer und das hufeisenförmige Zeichen für Manela. Sie macht den Kollegen darauf aufmerksam.

Er betrachtet die Einritzungen eine Zeitlang, scheint tief versunken. Dann sieht er hoch und schaut Charlotte direkt an. »Wissen Sie, dass es sich um genau die gleichen Symbole handelt, die auch im Tarot Anwendung finden?«

»Aha?!« Charlotte weiß nur, dass man mit Tarot ein Kartenspiel aus vergangener Zeit bezeichnet. Näher hat sie sich damit nicht befasst.

»Da heißen die Zeichen Stab, Messer, Münze und Kelch. Es sind etwas andere Namen, aber gemeint ist das Gleiche. Faszinierend, höchst faszinierend«, murmelt er, während er sich der folgenden Vitrine zuwendet.

Später, Charlotte befindet sich wieder auf der Rückfahrt, muss sie immer wieder an diesen Journalisten denken. Er komme aus Hamburg, hatte er gesagt, arbeite dort für eine Tageszeitung und sei auf seinen Reisen auch nach Afrika gekommen. Aber nur bis Liberia. Die anderen Länder der Westküste wolle er in den nächsten Jahren erkunden. Nur könne man gerade nach Nigeria vermutlich auf längere Zeit noch nicht wieder reisen, was er sehr schade finde. Daraufhin erzählte Charlotte, dass sie die Anfänge des Biafra-Krieges miterlebt hat, worauf der Mann durchblicken ließ, er würde gern mehr darüber erfahren.

Sie waren getrennt weiter gegangen und am Ende des Rundgangs hatten sie sich aus den Augen verloren. Charlotte hatte auf einmal das unbestimmte Gefühl, die Heimfahrt besser ohne weitere Verzögerung anzutreten, obwohl gleich nebenan ein kleines Café lockte. Sie ist zum Polo marschiert, hat sich hinters Steuer gesetzt und ist losgefahren.

Jetzt kommt es ihr fast so vor, als sei sie vor irgendetwas davongelaufen. Das war vermutlich dumm von mir, denkt sie, der Mann war wirklich nett. Und ich weiß nicht einmal seinen Namen.

Sie versucht sich wieder auf das zu konzentrieren, was sie in der

Ausstellung gesehen hat. Während des Rundgangs, aber ganz besonders beim Blick auf den Amtsstab der Luba, war ihr die Erinnerung an den Schlangenkreis gekommen, an *Juju*-Zeremonien und wie immer alles genau so eintraf, wie es Muscheln und Stäbe anzeigten.

»Ich werde es wieder tun«, sagt sie zu sich selbst. »Natürlich kann ich den Ritus nicht im Garten ausführen. Da gäbe es keine Stelle, die versteckt genug liegt. Außerdem würden die Eltern mich für übergeschnappt erklären. Ich werde mir ein weißes Tuch besorgen, es mit der Schlange bemalen, die Rundung in Viertel teilen und die Symbole einzeichnen. Das lege ich einfach auf den Wohnzimmerboden aus und werfe darauf die Muscheln.«

Sie überlegt, wo sie wohl Kaurimuscheln herbekommen könnte und meint dann, dass es im Dritte-Welt-Laden möglich sein müsste.

Einmal hatte sie den Eltern von den magischen Riten der Menschen im Cross River Gebiet erzählt. Sie beschrieb den Orakelplatz und malte zum besseren Verständnis den magischen Kreis auf ein Papier.

»Ein Archetypus«, sagte der Vater, der sich die Zeichnung höchst interessiert betrachtet hatte, »ein Symbol, mit dem man in bestimmten Kulturkreisen unbewusste, in Visionen erfahrbare Bilder wirksam macht. Völker, die durch die Zivilisation noch nicht ganz ihrer alten Überlebensstrukturen beraubt wurden, benutzen auch heute noch solche psychischen Elemente.«

»Und der Schlangenkreis? Was hat der für eine Bewandtnis?«, wollte Charlotte wissen und der Vater führte weiter aus: »Der Kreis wird als Symbol der Geschlossenheit, der Ganzheit, der Vollständigkeit angesehen und die Schlange gilt bei vielen Völkern als weises Tier. Die Ibibios scheinen den Schlangenkreis zu nutzen, um unbewusste, psychische Vorgänge sichtbar werden zu lassen. Es ist natürlich nur eine rein mechanische Spielerei, aber primitive Völker machen eine mystische Handlung daraus.«

»Wenn du das nur als Spielerei ansiehst, wie kommt es dann, dass immer genau das eintraf, was Ogu aufgrund des Falls der Muscheln und der Stäbe im Schlangenkreis gesehen hat?« fragte Charlotte, die sich über die Aussage der ›primitiven Völker‹ ärgerte und auch Vaters Verharmlosung der Orakelaussagen nicht akzeptieren wollte.

Darauf zuckte der Vater nur die Schultern. »Reiner Zufall«, sagte er.

An mystischen Deutungen hatte er nicht allzu viel Interesse, das war ihr deutlich geworden, und ganz sicher würde er auch für einen von seiner Tochter im Garten angelegten Schlangenkreis kein Verständnis aufbringen.

Weshalb Charlotte jetzt, während sie das Steuer fest in der Hand haltend sich auf den inzwischen lebhaften Feierabendverkehr konzentriert, ihre Absicht festigt, ein Tuch zu besorgen und darauf den Schlangenkreis zu zeichnen. Sie findet es jedenfalls sinnvoller, den Ritus innerhalb ihrer eigenen Wohnung auszuführen. Sie wird sich gedanklich in den afrikanischen Regenwald versetzen, wird versuchen, in ihrem Inneren die Stimmung des Orakelplatzes zu erzeugen und wird sich von den Kaurimuscheln die Antwort auf ihre Fragen geben lassen. Der Gedanke gibt ihr ein gutes Gefühl und fröhlich vor sich hinsummend rollt sie Rautlingen entgegen.

XXII

Der Pädagoge Friedrich Fröbel gründete im 19. Jahrhundert die Pflege-, Spiel- und Beschäftigungsanstalt für Kleinkinder, die ab 1840 Kindergarten genannt wurde. Die Einrichtung hat eine familienergänzende Funktion und soll Kindern vor allem durch Selbsttätigkeit Hilfen zur Lebensbewältigung und zum Erkennen von Lebenszusammenhängen geben.

Kapitel 22

Rautlingen, März 1973

Die Absicht, Geoffrey in den Kindergarten zu schicken, war von Charlotte durchgesetzt worden, trotz der Anstrengung der Mutter, dies zu verhindern. Charlotte kann sich noch gut an den ersten Tag erinnern. Wie schüchtern der Kleine seinen Gang dorthin tat, wie ihn vor Ort der Lärm der vielen Kinderstimmen erschreckte, der ihm beim Eintreten entgegen schlug, und wie er Charlottes Hand fest umklammert hielt. Doch dann war eine Erzieherin erschienen, hatte Geoffrey in ihre Obhut genommen und ihn in einen Bereich entführt, in dem er, mitten im Raum aufgebaut, eine große Holzeisenbahn stehen sah. Damit war die Welt wieder in Ordnung. Als am nächsten Morgen die Großmutter ihn im Hort ablieferte, nahm er sich nicht einmal mehr Zeit zu einer ordentlich verschmusten Verabschiedung. Kaum angekommen machte er sich von der Hand los und lief rasch hinein. Ganz bestürzt sah die Oma ihm nach. »Geoffrey, so warte doch«, hatte sie gerufen, was jedoch mit einem munteren Winken abgewehrt wurde.

Von da an machte er sich tagtäglich mit großer Begeisterung auf den Weg und war bald durch seine fröhliche Lebhaftigkeit bei Erzieherinnen wie bei Kindern gleichermaßen beliebt. Inzwischen sind es schon mehr als zwei Jahre, in denen er die Einrichtung besucht.

Mutter Michaelis bringt ihn morgens hin und holt ihn mittags wieder ab. Bereits nach ein paar Wochen hat sie zugegeben, dass der Enkel dort nicht nur bestens aufgehoben ist, sondern zugleich seine Talente gefördert werden. Man erkannte sein sportliches Geschick und ließ ihn schon beim ersten Sommerfest mitwirken. Er durfte kleine akrobatische Kunststückchen vorführen. Mutter und Großeltern waren begeistert gewesen. Und noch nicht ein einziges Mal bisher wurde er von Läusen befallen!

Bei der Franken-Rundschau hat Charlotte sich inzwischen bestens etabliert. Sie ist zur Ressortchefin für soziale Angelegenheiten aufgestiegen. Ihren Bemühungen ist es zu verdanken, dass in Rautlingen ein Frauenhaus eingerichtet wurde. Gerade Bewohnerinnen der von ihr so intensiv betreuten Häuschen hinter dem Bahnhof, am Schlickbach-Gelände, bitten dort in schöner Regelmäßigkeit um Aufnahme, was beweist, dass eine derartige Einrichtung längst dringend vonnöten gewesen ist. Für ihr herausragendes Engagement auf sozialem Gebiet wurde Charlotte ein Journalisten-Preis verliehen und die Zeitung honorierte dies mit einer beträchtlichen Gehaltserhöhung.

Jetzt könnte sie sich eigentlich eine größere Wohnung leisten, vielleicht sogar in eine Eigentumswohnung ziehen, die nach und nach abzubezahlen wäre. Kurz hat sie das erwogen, aber dann entschieden, sich im Augenblick nicht mit zusätzlichen Aufgaben zu belasten. Denn auch wenn sie es nur ungern zugibt, so wird ihr von Mutter so manche lästige Pflicht abgenommen. Allerdings bringt das vertraute Miteinander Frau Michaelis gelegentlich dazu, sich in ganz private Angelegenheiten der Tochter zu mischen. So wird zum Beispiel jeder Herrenbesuch registriert – und kommentiert.

»Das geht euch nichts an«, versuchte Charlotte einmal, sich die Einmischung zu verbitten.

»Aber der junge Mann, der dich vorgestern besuchte, war doch kaum zwanzig.«

»Na und?!«

»Charlotte!« Ein strafender Blick traf sie durch die Brillengläser. »Geoffrey ist nicht mehr so klein, als dass ihm deine nächtlichen Besucher verborgen blieben. Ich bekam sogar den Eindruck, ihr hättet morgens gemeinsam mit dem Jungen gefrühstückt.«

»Haben wir.«

»Also, das geht entschieden zu weit!«

»Warum? Das Schlafzimmer war abgeschlossen.« Charlotte hat sich nur mit Mühe ein Grinsen verbissen. Sie fand das Thema überaus vergnüglich.

Die Reaktion ihrer Mutter jedoch war ein entrüsteter Schnaufer.

Da Charlotte unbedingt klar stellen wollte, dass sie auch in Zukunft nicht vorhat, mit den Eltern ihr Liebesleben zu diskutieren, fügte sie noch an: »Sollte Geoffrey irgendwelche Geräusche vernommen haben, dann konnte er annehmen, wir würden intensiven Sport treiben. Was ja auch der Fall war.«

Frau Michaelis hat sich ohne ein weiteres Wort umgedreht, die Einliegerwohnung verlassen und beim Hinausgehen die Tür laut hinter sich zugeknallt. Einen kurzen Moment war sie versucht, die Tochter ihres unmoralischen Lebenswandels wegen des Hauses zu verweisen. Doch sie hielt den Mund. Falls Charlotte auszöge, würde sie natürlich nicht ohne ihren Sohn gehen.

Gelegentlich sieht Charlotte sich nach anderen Wohnungen um, erhält auch immer wieder mal von Maklern mehr oder weniger attraktive Angebote vorgelegt. Das bleibt den Eltern nicht verborgen. Also tut Beate Michaelis inzwischen so, als bemerke sie die Herrenbesuche nicht, und hüllt sich, was dieses Thema betrifft, in tiefstes Schweigen. Täglich schickt sie Gebete zum Himmel, Charlotte möge endlich einen ordentlichen und sympathischen Mann, aber bloß keine passende Wohnung finden.

Heike Plauert hat ihren Abschluss gemacht und anschließend promoviert. Eine Anstellung fand sie in einem Hamburger Krankenhaus. Der Grund, warum es sie so weit in den Norden zog, ist ein Kommilitone, den sie während eines Semesters in Wien kennen lernte, in den sie sich verliebte und sich dann entschloss, ihn nicht mehr aus den Augen zu verlieren. Sie bewarb sich also in Hamburg, und nachdem das Eppendorfer Krankenhaus auf ihre Bewerbung positiv reagierte, verlegte sie ihr Domizil in die Hansestadt. Als Assistenzärztin zog sie im Stadtteil Wellingsbüttel in eine Einhundertzwanzig-Quadratmeter-Wohnung, deren Kosten weit über dem liegen, was Heike sich eigentlich leisten kann. Drei

Zimmer, eine große Küche mit Essvorplatz, Bad, Toilette, riesiger Balkon und ruhig gelegen, schrieb sie an Charlotte, und recht luxuriös ausgestattet. Ursprünglich habe sie geplant, da gemeinsam mit ihrem Freund Axel einzuziehen. Doch sei dessen Vater vor kurzem verstorben, und nun wolle er die Mutter in der großen Villa an der Elb-Chaussee nicht allein lassen. Er lebt also weiterhin im Elternhaus und verbringt nur hin und wieder die Wochenenden bei Heike, wenn sie beide dienstfrei haben. Allerdings zahlt er seinen Anteil an der Miete, weshalb sie in dem exklusiven Domizil bleiben kann.

Der Kontakt der Freundinnen beschränkt sich auf gelegentliche Telefonate und, ganz selten, einen Brief. Gesehen haben sie sich, seit Heike in Hamburg lebt, nur einmal. Da war in Rautlingen Heikes Großmutter gestorben. Der traurige Anlass verhalf ihnen im Anschluss an die Beerdigung zu einem Plauderstündchen im nahe gelegenen Café.

Vielleicht sollte ich den nächsten Urlaub bei Heike verbringen, überlegt Charlotte an diesem Samstagmorgen, während sie Kleidungsstücke aufeinander häuft, das Bügelbrett aus der Ecke holt und sich nur mäßig engagiert an die Erledigung der Plättwäsche macht. Sie prüft mit der feuchten Fingerspitze die Temperatur und zieht dann das Eisen über den Ärmel einer dunkelblauen Baumwollbluse.

Inzwischen lebt die Freundin schon seit über einem Jahr in Hamburg. Die Zeit vergeht einfach zu rasant, sinnt Charlotte vor sich hin, ich sollte sie besser nutzen, mehr Vergnügliches tun und die Pflichten versuchen zu reduzieren, aber nicht der Mutter übergeben. Das nämlich will sie auf gar keinen Fall.

»Das Bügeln könnte ich doch für dich übernehmen«, kam neulich deren Vorschlag, als sie den Enkel zum Kindergarten abholen wollte. Geoffrey war noch nicht fertig angezogen und so konnte die Großmutter beobachten, wie Charlotte entnervt nach ein paar sauberen Hosen suchte, sie schließlich völlig zerknautscht unter einem Stapel ungebügelter Wäsche hervorholte und dem Jungen gleich anzog.

»Nein, Mutti, danke, aber das möchte ich nicht«, hat sie bemüht höflich abgelehnt.

»Aber du schaffst die Hausarbeit doch kaum bei deinem aufwendigen Job.« Was wie ein Vorwurf klang.

»Ich kriege es schon hin.« Mit zusammengepressten Lippen hat Charlotte ihrem Sohn den Anorak übergestreift und dann Oma und Enkel rasch aus der Tür geschoben.

Fast wären ihr noch einige beleidigende Sätze entfahren. Sie hätte zu gern hinzugefügt, wie belästigend sie die handlich in Mikrowellen-Behälter verpackten Essensportionen fände, die allabendlich auf ihrer Küchenzeile bereit lägen. Sie habe nämlich nicht die Absicht, zu später Stunde Rouladen mit Rotkohl, Hühnerfrikassee mit Reis oder Rindfleisch mit Kohlrabigemüse zu vertilgen. Falls sie um diese Zeit noch hungrig sei, genüge ihr durchaus eine Scheibe Brot, denn meist habe sie mittags in der Kantine gegessen. Außerdem entdeckte Charlotte kürzlich, dass sich ihre bis dahin sehr schlanke Figur leicht zu runden beginnt. Eisern versucht sie seitdem, die in ihren Augen überflüssigen Pfunde wieder loszuwerden.

Weil Frau Michaelis ihre Tochter aber immer noch zu dünn findet, möchte sie dem mit den kommentarlos hingestellten Essensgaben entgegen wirken. Doch handelt es sich um vergebliche Liebesmüh. Denn die Portionen werden von Charlotte in den Kühlschrank geräumt und fast regelmäßig ein paar Tage später in den Müll gekippt. Nur ganz selten hat sie das Gericht aufgewärmt und gegessen und sich anschließend geärgert, weil sie sich zu satt fühlte. Am liebsten wäre sie aufs Fahrrad gestiegen und hätte die Kalorien bei einer ausgedehnten Radtour wieder abgearbeitet. Aber weil es spät abends war, sie sich müde fühlte und dringend ihren Schlaf brauchte, hatte sie sich ins Bett verzogen und sich fest vorgenommen, das Essen der Mutter nicht wieder anzurühren.

Einmal versuchte sie vorsichtig, die Angelegenheit zur Sprache zu bringen.

Die Bemerkung war bei Mutter Michaelis auf taube Ohren gestoßen. »Du bist so dünn«, wurde entgegnet. »Es wäre gut, wenn deine Rippen ein kleines Polster bekämen. Außerdem bleibt bei uns immer was übrig, und das stelle ich dir dann eben hin.«

Nur hat Charlotte den Verdacht, dass von vornherein für sie mitgekocht wird.

Um der Mutter kein weiteres Betätigungsfeld in ihrem Haushalt zu ermöglichen, nimmt Charlotte also jetzt, nicht sonderlich fröhlich, die Bügelwäsche in Angriff. Dabei müsste sie unbedingt im Büro nachsehen, ob die Berichte für die Montags-Ausgabe bereit liegen. Sie hat inzwischen eine Mitarbeiterin, der sie einiges überträgt. Aber die Schlussredaktion macht sie weiterhin selbst. Zu oft schon waren Korrekturen nötig gewesen, weil der vorliegende Text ihren hohen Ansprüchen nicht genügte. Jeder Bericht, der das Büro verlässt, hat ihrer Meinung nach einwandfrei zu sein.

Lustlos fährt sie mit dem Eisen über den Stoff. Die Jeans ihres Sohnes bräuchten dringend eine Ausbesserung. Geoffrey ist in seinem Bewegungstrieb oftmals kaum zu bremsen, was seiner Kleidung anzusehen ist. Ständig müssen Reparaturen vorgenommen werden. Eigentlich, so überlegt Charlotte, wäre es wieder mal an der Zeit, ihm neue Hosen zu kaufen. Doch dazu ist es nötig, mit ihm zum Anprobieren in die Stadt zu fahren, er scheint nämlich erneut ein ganzes Stück gewachsen zu sein. Mit seinen fünf Jahren ist der Junge überdurchschnittlich groß.

Sie wirft ihm einen Blick zu. Geoffrey hockt auf dem kleinen Teppich vor der Terrassentür und baut an seiner Ritterburg aus Legosteinen. Gerade ist er dabei, die Zugbrücke einzurichten. Das aus dem Badezimmer entführte Nagelbürstchen dient ihm als Brücke, und eine von der Großmutter geschenkte leere Garnrolle braucht er für die Zugvorrichtung. Noch funktioniert die Sache nicht wunschgemäß, weshalb er mit zwischen den Zähnen eingeklemmter Zungenspitze die Kordel erneut aufwickelt und das Abrollen probiert. Er will einmal Ritter werden, hat er kürzlich verkündet. Gemeinsam mit dem Opa wurde ein Schwert aus steifer Pappe gebastelt. Das führt er nun ständig mit sich. Mit einem schwarzen Band hat er es an seiner Gürtelschlaufe befestigt.

Davon wird er sich wohl trennen müssen, wenn er diesen Herbst in die Schule kommt, überlegt Charlotte. Sie möchte nicht, dass seine Klassenkameraden sich deswegen über ihn lustig machen.

»Ich werde am Montag schon früher heimkommen«, sagt sie. »Dann fahren wir in die Stadt und kaufen dir was zum Anziehen.«

Keine Reaktion.

»Hast du mich gehört? Du brauchst dringend neue Hosen.«

»Musst du nicht«, kommt jetzt die Antwort des jungen Ritters. »Die Oma hat schon gesagt, dass sie nächste Woche mit mir gehen will.«

»Nein!«

Charlottes heftiger Ausruf bringt Geoffrey dazu, erstaunt von seiner Bautätigkeit aufzusehen.

»Ich will nicht, dass die Oma mit dir einkauft. Wir beide machen das. Hörst du!«

»Okay.«

Ihm ist es ziemlich egal, mit wem er diese lästige Tour durchzuführen hat. Warum die Mami und die Oma sich darum reißen, kann er nicht begreifen. Noch weniger allerdings, warum das Einkaufen der Grund zu einem Streit sein könnte.

Für Charlotte jedoch ist die Angelegenheit der Anlass, energisch einzuschreiten. Sie wird der Mutter deutlich zu verstehen geben, dass die Kleidung des Sohnes eine Sache ist, um die sie sich selbst kümmert. Es ist nicht nur die Einmischung, über die sie sich ärgert. Es ist auch der unterschiedliche Geschmack. Weshalb sie auf gar keinen Fall will, dass die Oma mit dem Jungen geht. Bestenfalls kämen dabei nämlich Hosen aus blauem Tuch heraus. Möglicherweise aber helle mit hübschem Muster, dazu Strumpfhosen zum darunter tragen, weil, auch wenn das Frühjahr naht, es doch noch immer Winter sei. Und der Junge solle es warm haben. Oh, nein! Charlotte wird der Mutter diesen Einkaufsgang versalzen. Denn für Jeans würde die Oma keinen Pfennig ausgeben.

Sie wirft einen Blick durch das Fenster in die neblig trübe Landschaft. Es ist nasskaltes Spätwinterwetter. An einigen Stellen im Garten sind noch schmutzig-braune Schneereste zu sehen.

Ich sollte dennoch mit Geoffrey nachher nach draußen gehen, überlegt sie. Sie weiß allerdings schon jetzt, was der Junge antworten wird, wenn sie einen Spaziergang vorschlägt. Er möchte lieber zum Eislaufen, wird er sagen. Neulich hatten sie aus einem Impuls heraus die Eissporthalle aufgesucht. Kaum waren die Schlittschuhe umgeschnallt, hoppelte der Junge unverzüglich hinauf auf die schimmernd glatte Fläche. Obwohl anfangs bedeutend häufiger Geoffreys Po und Knie mit dem Eis in Berührung kamen als die Kufen der Gleitschuhe, gelang ihm dann doch nach relativ kurzer Zeit des

Eingewöhnens eine einigermaßen aufrechte Art der Fortbewegung.

Vielleicht sollten wir das wirklich wiederholen, meint sie jetzt, klappt das Bügelbrett zusammen und bringt es zurück ins Schlafzimmer.

Aus dem Küchenschrank holt sie ein Paket Spaghetti und eine Dose mit Tomatensoße. Während sie den Topf mit Wasser füllt, hört sie, wie über ihr auf dem schmalen Zufahrtsweg ein Auto vorfährt. Sie reckt sich und versucht durch das kleine Oberlichtfenster ihrer Küche einen Hinweis auf den Besuch zu erhaschen, kann aber nur ein Stück vom Kotflügel und einen Reifen sehen und meint, dass es der Farbe nach ein Taxi sein könnte. Kurz darauf ist das leise Summen der Türglocke bei den Eltern, im Geschoss über ihr, zu hören. Es wird geöffnet und sie vernimmt Stimmen.

Der Besuch scheint aber wohl für sie bestimmt zu sein, denn es kommen Schritte die kleine Treppe zur Einliegerwohnung herunter. Gleich darauf wird bei ihr geschellt. Sie geht zur Tür und sieht den Vater vor sich stehen.

»Da ist ein Gast für dich«, sagt er. Seinen Ausdruck kann sie nicht so recht einschätzen. Ein eigentümliches Lächeln liegt um seinen Mund.

Jemand ist dem Vater die Stufen herunter gefolgt und tritt nun nach vorn. Vor Charlotte steht Amos Tutamosu.

Später denkt sie immer wieder an ihre Gefühle in den ersten Sekunden. An diese eigenartige Zusammenballung aus Erschrecken, Freude und Wut. Einen kurzen Augenblick ist sie versucht gewesen, die dunkle Gestalt vor ihr einfach zu ignorieren, die Tür schnell zuzuwerfen und den Mann, der sehr viel an Unruhe und Leid – aber auch an verliebten Gefühlen – in ihr Leben gebracht hatte, wieder auszusperren. Einen Moment ist sie eisern entschlossen, es nicht zuzulassen, dass er ihr gut geordnetes Dasein noch einmal durcheinander bringt.

Ein anderer Impuls, dem sie aber auch nicht nachgibt, ist, sich an seine Brust zu werfen. Seine Umarmung zu spüren, seinen Geruch einzuatmen und zu hören, wie er ihr zärtliche Worte ins Ohr raunt.

Statt dessen sagt sie in bemüht gleichgültigem Ton: »O, it's you? Come in.« Sie macht einen Schritt rückwärts und lässt ihn eintreten.

Der Vater hat sich bereits umgedreht und ist wieder nach oben gegangen.

Im Flur deutet Charlotte auf die Garderobenhaken. Amos stellt seinen Koffer auf den Boden, legt den Mantel ab und hängt ihn auf. Dann betritt er den Wohnraum, wo Geoffrey neben seinem Bauwerk hockt und dem Besucher neugierig entgegen starrt.

»Hi, son«, sagt Amos und grinst über das ganze Gesicht.

»Das ist dein Vater«, erklärt Charlotte mit ruhiger Stimme.

Bisher hat sie die Fragen des Jungen dahingehend beantwortet, dass sein Vater in Nigeria lebe. Dort sei Krieg und er müsse kämpfen. Was Geoffrey aufregend und spannend fand. Die Aussage hatte zu seinem eigenen Berufswunsch beigetragen. Als Ritter würde er eines Tages nach Afrika gehen können, um seinem Vater im Kampf zur Seite zu stehen.

Langsam richtet Geoffrey sich auf. Mit vorsichtigen Schritten nähert er sich dem hochgewachsenen, dunkelhäutigen Mann, der in völliger Ungezwungenheit vor ihm steht. Der so tut, als sei es das Natürlichste von der Welt, ganz plötzlich hier in der Rautlinger Wohnung aufzutauchen und seinem Sohn endlich gegenüberzutreten.

»Bist du echt mein Vater?« Ein bisschen skeptisch ist Geoffrey schon. Schließlich ist er kein kleines Kind mehr, dem man irgendwelche Märchen auftischen kann.

»Sure.« Amos hat die Frage verstanden. Er hat ein Ohr für Sprachen und einige deutsche Worte kennt er bereits.

Da geht über das Gesicht des Jungen ein beglücktes Strahlen. Fast so, als wäre im Hintergrund eine Lampe angeknipst worden, die jetzt ihren Schein auf ihn wirft.

Charlotte war sich des geheimen Kummers ihres Sohnes wohl bewusst gewesen. Sie ahnte, wie stark er darunter litt, den anderen Kindern keinen Vater vorweisen zu können. Der Großvater war nur ein dürftiger Ersatz. Er war ein prima Opa – aber eben kein Vater. Mit Clowns-Gehabe hat Geoffrey sein Problem zu überspielen gesucht.

Nur, was hätte Charlotte tun sollen? Ein Ersatzvater war nicht so einfach zu beschaffen. Intensiv hat sie gehofft, der Junge würde sich eines Tages mit der Situation abfinden. Und seit einiger Zeit machte es tatsächlich den Anschein, als sei sein Verhalten weniger auffällig und die Vaterlosigkeit für ihn kein besonderes Thema mehr.

Durch den plötzlich und unerwartet in Erscheinung getretenen afrikanischen Mann, der sich ihm als Vater zu erkennen gibt, hat sich von einem Moment zum anderen der sonst eher in sich versunkene Ausdruck des Jungen verwandelt. Womit bewiesen ist, dass sein geheimer Kummer zwar verdrängt, jedoch keineswegs bewältigt gewesen war.

Von jetzt an ist alles ganz einfach. Geoffrey bedeutet Amos, sich bitteschön das halb vollendete Werk aus Legosteinen anzusehen. Vater und Sohn lassen sich auf dem Teppich nieder und nehmen die Ritterburg in Augenschein. Geoffrey erklärt den Aufbau und die schwierige Einrichtung der Zugbrücke. Amos begutachtet das Werk mit Kennerblick und gibt sachdienliche Hinweise in englischer Sprache. Verständigungsschwierigkeiten sind dabei ganz offensichtlich nicht vorhanden.

Charlotte geht hinüber zum Herd und wirft die Spaghetti in das inzwischen sprudelnd kochende Wasser. Sie öffnet die Dose, erhitzt die Tomatensoße. Dann nimmt sie eine Gurke aus dem Kühlschrank und bereitet den Salat.

Beim Mittagessen sitzen sie vertraut beieinander wie eine ganz normale Familie. Geoffrey erzählt vom Kindergarten. Davon, mit welchen Bastelarbeiten er gerade beschäftigt ist, welche Freunde er hat und von der netten Frau Breuer, der Kindergärtnerin. Charlotte fungiert als Dolmetscherin. Immer wieder gleiten die Blicke des Jungen von der Mutter zu Amos, wobei sich in dem Kindergesicht der seelische Zustand aus Verwunderung, Stolz und Zufriedenheit widerspiegelt.

Nachdem Charlotte das Geschirr abgeräumt hat, überlegt sie die weitere Vorgehensweise. Es scheint alles so unwirklich. Eben noch hat sie sich gedanklich der Planung des Samstagnachmittags hingegeben, hat sich auf die Bedürfnisse des Kindes eingestellt, vollauf damit zufrieden. Doch auf einmal sitzt hier auf dem Stuhl dieser Mann, der ihr fremd und zugleich vertraut ist, und dessen Augen sie unaufhörlich verfolgen. Er umkreist sie mit seinem Blick, sie fühlt sich wie von einem Netz bezwingender Gedanken umsponnen.

Abrupt wendet sie sich ab und dem Jungen zu, der wieder auf dem Teppich kniet und sich mit seiner Ritterburg beschäftigt.

Was soll ich nur mit Amos anfangen, grübelt sie? Ich kann ihn doch jetzt nicht über die vergangenen Jahre ausfragen. Wie er entkommen konnte und wo er sich versteckt hielt? Ich werde das auf den Abend verschieben, wenn Geoffrey zu Bett gegangen ist.

Also kündigt Charlotte einen Nachmittagsspaziergang an. Sie will nicht in der Wohnung bleiben, denn ihr würde keine harmlose Unterhaltung einfallen. Sie sollten einen Abstecher in die Stadt machen, schlägt sie vor. Die Auslagen der Geschäfte seien für Amos sicher interessant.

Mit dem Polo fahren sie bis zum Parkplatz an der Nicolaikirche. Geoffrey war sofort, ohne ein Wort der Widerrede, einverstanden gewesen. Zum ersten Mal hat er nichts gegen einen Spaziergang einzuwenden. Sehr stolz wandert er zwischen seinen Eltern an der Hand von Amos die Friedrichstraße entlang. Sie passieren zahlreiche Läden. Amos bleibt immer wieder stehen, um die Auslagen zu betrachten. Besonders die Schaufenster mit den Elektronik-Artikeln haben es ihm angetan. Er nimmt voller Neugierde die Geräte in Augenschein und lässt sich von Charlotte die Preise in die englische Währung umrechnen.

Dann überqueren sie die Mainbrücke, passieren die imposante Nepomuk-Figur und schlagen die Richtung zum Stadtschloss ein.

Die vereinzelten Bürger, die sich am Samstagnachmittag noch im Rautlinger Zentrum aufhalten, nehmen sehr wohl Notiz von dem auffälligen Paar mit dem Kind. Sie bemerken die hübsche Frau mit den braunen, schulterlangen Locken, die in eine schwarze Pelzjacke, einen kurzen Rock und in kniehohe Stiefel gekleidet ist. Daneben der hochgewachsene Afrikaner, der sich mit elegant federnden Schritten vorwärts bewegt. Und dazwischen der Junge, der dem Mann an seiner Seite immer wieder stolze Blicke zu wirft.

Gerade haben sie den Goetheplatz überquert, sind an der aus Stein gehauenen überlebensgroßen Statue des Dichterfürsten vorbei gegangen, zu der Charlotte ein paar Sätze der Erklärung gibt, da ertönt hinter ihnen eine Stimme: »Hallo, Charlotte!«

Sie dreht sich um, sieht Vera Daubert im Eingang des Bistros ›Adele‹ stehen und ihr lebhaft zuwinken.

Einen kurzen Moment überlegt Charlotte, ob sie jetzt da hinüber gehen und Vera mit Amos bekannt machen soll. Selbst auf die Entfernung hin ist das neugierige Funkeln im Blick der Kollegin zu sehen. Doch sie entscheidet sich dagegen, denn noch ist sie selbst nicht wieder vertraut mit Amos. Noch möchte sie ihn nicht mit fremden Menschen teilen. Sie winkt kurz zurück und geht mit ihren beiden Begleitern weiter. In die entgegengesetzte Richtung.

Jedenfalls, so denkt sie amüsiert, wird diese Begegnung gleich am Montag in aller Frühe in der Redaktion die Runde machen.

Am Abend in der Wohnung, nach dem gemeinsam verbrachten Essen, grübelt Charlotte darüber nach, wie Amos sich wohl das Übernachten vorstellt. Dass er nicht vorhat, ein Hotel aufzusuchen, scheint klar zu sein. Über seine finanzielle Situation hat er kein Wort verlauten lassen, und der Koffer, der immer noch unberührt in der Garderobe steht, ist vermutlich sein gesamtes Gepäck.

Schließlich fasst sie einen Entschluss. Sie holt von oben bei den Eltern die Gartenliege mit der dicken Polsterauflage, stellt sie in ihrem Zimmer auf und richtet sie für das Kind her. Das Bett in Geoffreys Zimmer bezieht sie mit frischer Wäsche – und hat somit Grenzen gezogen.

Geoffrey, der Amos nicht aus den Augen lässt, zögert das Zu-Bett-Gehen ganz lange hinaus.

»Bist du morgen bestimmt noch da?«, fragt er schließlich und wirft seiner Mutter, die ihn mit strenger Stimme zum wiederholten Mal aufgefordert hat, endlich ins Bad zu gehen, einen ärgerlichen Blick zu.

»Sure«, antwortet Amos.

Charlotte verbeißt sich eine Bemerkung darüber, dass es von Amos zunächst eigentlich angebracht gewesen wäre, sie zu fragen. Und sie weist ihren Sohn auch nicht darauf hin, dass man einem ›sure‹ von Amos nicht unbedingt Glauben schenken dürfe. Der Junge sieht so stolz aus in dem Bewusstsein, endlich einen Vater zu haben. Diesem zufriedenen Gefühl möchte sie nicht gleich am ersten Abend einen Dämpfer versetzen. Aber sie ist schon überzeugt, dass die Ernüchterung nicht allzu lange auf sich warten lassen wird.

Von seines Daddys Aussage beruhigt, verzieht Geoffrey sich ins Bad. Amos räumt im winzigen Kinderzimmer seinen Koffer aus und hängt die wenigen Kleidungsstücke in den Schrank im Flur.

Später sitzen sie dann im Wohnzimmer, Charlotte hat eine Flasche Rotwein entkorkt, und endlich möchte sie die den ganzen Tag zurückgehaltenen Fragen stellen, die ihr jetzt mächtig auf der Seele brennen.

»Wie ist dir die Flucht gelungen? Wo hast du dich die ganze Zeit versteckt gehalten?«, beginnt sie und beugt sich vor. »Seit wann bist du in Deutschland?«

Amos hebt Einhalt gebietend die Hand. »Vielleicht lässt du mich einfach von Anfang an das so berichten, wie sich im Staat Biafra alles zugetragen hat«, schlägt er vor. »Solltest du dann noch mehr wissen wollen, gehe ich anschließend gern ins Detail.«

Charlotte nickt. Mit dieser Vorgehensweise kann sie sich einverstanden erklären.

»Der Krieg war schlimm«, beginnt er. »Dabei sind wir uns am Anfang unserer Sache so sicher gewesen. Wir bekamen reichlich Unterstützung vom Ausland und hofften, in nur wenigen Wochen Biafra etabliert zu haben. Aber dann lief alles falsch. Vermutlich hat die Zentralregierung mit ausländischen Regierungen geheime Abkommen getroffen. Von Bündnissen mit den Sowjets war die Rede. Ich nehme an, dass die Yorubas Erdöllieferungen zu stark vergünstigten Bedingungen versprachen, anders ist es nicht zu erklären, weshalb sie plötzlich mit mehreren starken Partnern aufkreuzten. Sie waren auf einmal mit Waffen ausgestattet, die sie ganz sicher zuvor nicht besessen haben. Also, da ist ein böses Spiel gespielt worden. Wir merkten das erst, als die Angriffe von allen Seiten kamen, man Flugzeuge einsetzte und uns auch aus der Luft attackierte. Dagegen waren wir ziemlich machtlos. Es blieb uns nichts anderes übrig, als uns immer weiter in den Busch zurückzuziehen. Die Ibo-Bevölkerung wurde eingekesselt und war abgeschnitten. Yoruba-Soldaten trieben sich überall herum. Die Menschen hatten Angst, sie wagten sich kaum nach draußen, weshalb nicht einmal mehr die Felder bestellt werden konnten. Die Furcht der Leute war nicht unbegründet, denn den Feinden war es egal, wer ihnen da vors Gewehr lief. Das konnten auch Frauen und Kinder sein. Die haben einfach drauflosgeballert.«

Amos nimmt sein Weinglas auf, schwenkt den Inhalt leicht hin und her und schaut versonnen auf die roten Schlieren, die den Innenrand herunter laufen. »Ich habe so viel Blut gesehen in diesem letzten Kriegsjahr«, sagt er leise. »Und sehr, sehr viele Menschen sterben sehen. Auch viele, die mir nahe standen.«

Jetzt würde Charlotte am liebsten sagen: ›Aber deine Schwester hast du nicht in ihrem Blut gesehen. Ich war es, die sie beim Sterben in den Armen hielt.‹ Doch sie schweigt. Zu kummervoll sind seine Züge, als dass sie ihm im Augenblick noch weiteren Schmerz zufügen möchte.

Amos fährt fort zu sprechen, redet von den zahllosen Schwierigkeiten, die sich bald auftaten. Davon, dass sie für die Soldaten nicht mehr ausreichend Kost beschaffen konnten und ihnen nichts anderes übrig blieb, als der Bevölkerung das Wenige wegzunehmen, das sie besaß. Ihm war bewusst gewesen, wie schlimm sie dabei handelten, aber Biafra musste unbedingt verteidigt werden. Stets hielt er sich das Ziel vor Augen. Seine Hoffnung, einmal der Regierung eines freien, unabhängigen Landes angehören zu können, wollte er lange nicht aufgeben. Er wusste, dass die Ibos trotz der Hungersnot hinter Generalmajor Odschukwu und seinen Leuten standen. Im Falle eines Sieges wäre alles Leid vergessen gewesen. Doch so weit kam es nicht.

»Anfangs haben mir die Rückschläge kaum etwas ausgemacht. Ich glaubte fest an den Erfolg und meinte, dass eine gute Sache auch Negatives verkraften muss. Aber je weiter die Zeit fortschritt, umso schlimmer entwickelten sich die Dinge. Irgendwann hatten wir zu akzeptieren, dass die Lage unseres Volkes unerträglich geworden war. Das Militär der Zentralregierung war weit vorgerückt. Unsere Soldaten mussten sich im Dschungel verstecken, mussten versuchen, von dort die feindlichen Stellungen anzugreifen. Aber die waren viel besser ausgerüstet als wir. Die Bevölkerung verbarg sich so gut es ging, ertrug auch den Hunger, so gut es ging. Doch von Tag zu Tag verschlimmerte sich der Zustand in Biafra. Wir konnten die Wasser- und Stromversorgung nicht mehr aufrecht erhalten. Irgendwann klappte gar nichts mehr – es war das absolute Chaos.«

Amos streicht sich mit einer fahrigen Bewegung über die Stirn. So, als wolle er die bösen Erinnerungen wegwischen, ganz auslöschen.

»Es gab Verräter«, fährt er fort, »in unseren eigenen Reihen. Einige entdeckten wir. Aber da mag manch einer gewesen sein, der so tat, als wäre er für unsere gute Sache. Und doch hat er heimlich mit dem Feind paktiert.« Er starrt hinaus, durch das Fenster, in die nächtliche Dunkelheit. Sein Gesicht ist jetzt böse, hasserfüllt. »Irgendwann werde ich die zu fassen kriegen. Dann, wenn ich eines Tages wieder dort bin.«

»Wieso sagst du so etwas? Was soll das? Du willst doch nicht etwa noch einmal zurück nach Nigeria?« Entsetzt betrachtet sie ihn und schüttelt den Kopf, weil sie seine Worte nicht begreift.

»Nicht im Augenblick, natürlich. Da würden sie mir sofort den Prozess machen, mich einsperren, wahrscheinlich gleich erschießen. Aber ich habe dort noch viele Freunde. Wir hoffen, irgendwann einen Weg und auch Unterstützung zu finden.«

In diesem Moment begreift sie, dass er sich nicht geändert hat. Dass er immer noch der selbe Traumtänzer ist, voller unausgegorener Phantasien. Kaum merklich zuckt sie mit den Schultern. Was geht es sie an? In seine Spinnereien wird sie sich auf keinen Fall noch einmal einbinden lassen.

»Wie habt ihr Biafra verlassen?«, will sie wissen.

»Als die Truppen der Zentralregierung schon fast bis Owerri vorgedrungen waren, mussten wir einsehen, dass alles verloren war. Wir sind also nach Port Harcourt, zum Flugplatz. Dort hatte das Rote Kreuz ein Lager eingerichtet. Und dort landeten Kleinflugzeuge mit Nahrungsmitteln und Medikamenten. Wir, also der engste Stab um Odschukwu, haben eines der Flugzeuge beschlagnahmt und der Pilot, ein Deutscher, musste uns ausfliegen. Wir sind nach Kamerun, wo wir eine Weile untertauchten.«

»Und dann?«

»Ja, dann …«, Amos lehnt sich zurück. »Ach, das ist schon so lange her.«

»Genau! Mehr als drei Jahre. In dieser Zeit musst du dich doch irgendwo aufgehalten haben?«

»Ich war in Ghana.«

Weil sein Ausdruck so eigenartig ist, die Augen leicht flackern, und weil es scheint, als wolle er darüber keine weiteren Angaben machen, fragt Charlotte nach. »Bei wem? Wovon hast du gelebt?«

»Ich kenne da eine Frau«, beginnt er zögernd. »Die hat mit mir in Nottingham studiert, und jetzt arbeitet sie am Supreme Court in Ghana.«

»So!? Die hat dich also aufgenommen und versteckt? Eine Juristin, die in England mit dir studiert hatte. Du willst mir doch nicht weis machen, dass du dort einfach aufkreuzen konntest? Dass du bis dahin keinen Kontakt mit ihr hattest?«

»Hin und wieder haben wir uns schon gesehen.«

Sein Blick hat etwas Lauerndes bekommen. Er will nur so viel preisgeben, wie eben unbedingt sein muss, um Charlotte zufrieden zu stellen. Die wahre Geschichte wird er ihr auf keinen Fall auftischen. Nämlich, dass er sich auch früher schon mit Mona regelmäßig getroffen hat. Dass sie seine Geliebte gewesen ist und die Beziehung mit ihm auch nicht abbrach, nachdem sie verheiratet war. Er konnte also die Verbindung zu ihr immer aufrecht erhalten, ahnte auch, dass er sie vielleicht eines Tages brauchen würde. Was sich am Ende als sehr klug von ihm herausgestellt hatte.

Doch Charlotte ist nicht mehr so leichtgläubig wie ehemals. Sie bemerkt sein selbstbewusstes Lächeln und auch den Versuch, ihr auf verschmitzte, charmante Weise die Tatsachen zu verschleiern. »Die hat dich also aufgenommen und du bist dann drei Jahre bei ihr untergetaucht?« Ihre Stimme bleibt kühl. Sie will ihm deutlich machen, wie gleichgültig ihr seine Amouren sind. Soll er doch überall seine Liebchen haben.

»Nein, nur etwa ein Jahr. Dann bin ich nach Algerien.« Er stockt, ist merkwürdig erregt. Die Erinnerung scheint etwas in ihm getroffen zu haben, das ihn unangenehm berührt. »Das war dort keine gute Zeit«, fährt er fort. »Ich hatte einigen Ärger, musste mich mühen, wieder weg zu kommen, was mir schließlich geglückt ist. Und jetzt bin ich hier.« Wieder dieses Lächeln, allerdings viel bemühter und weniger selbstbewusst.

Amos hofft, dass Charlotte jetzt Ruhe gibt. Er würde gern das unangenehme Thema beenden, möchte keine weiteren Erklärungen abgeben müssen. Die ganze Sache war einfach zu peinlich gewesen. Denn diese Frau, eine Engländerin, die er auf dem Basar angesprochen und beim Stoffkauf beraten hatte, die schien ein bisschen verrückt zu sein. Er hatte sie lediglich zum Kaffee eingeladen. Sie allerdings wollte mehr. Sie begleitete ihn in sein Zimmer und begann eine intime Beziehung. Im Nachhinein glaubt er, dass er selbst kaum etwas dazu beigetragen hat. Die Frau war ganz wild, wollte ihn oft sehen und steckte ihm immer wieder Geld zu. Aber dann lauerte ihnen eines Tages der Ehemann auf. Amos hatte es gerade noch fertiggebracht, zu verschwinden. Er musste sich verstecken, konnte nicht einmal mehr in seine Unterkunft zurück und verließ die Stadt nur mit dem, was er auf dem Leib trug.

Die verborgenen Gedanken beleben sein Gesicht auf eigenartige Weise. Ein unmutiges, wirres Schattenspiel geht über seine Züge, was Charlotte wohl bemerkt. Vermutlich war es also wieder eine Frauengeschichte, weshalb er so überstürzt aus Algerien abreiste. Sie redet sich ein, es sei ihr egal. Sie will das gar nicht so genau wissen. Und doch empfindet sie eine gewisse Verbitterung, weil sie ganz offensichtlich seine dritte Wahl gewesen ist. Erst nach zwei Enttäuschungen kam dann wohl die Erinnerung an diese blöde Deutsche auf, die möglicherweise sogar ein Kind von ihm hat.

Eine kleine Weile betrachtet sie den Mann, der ihr am Tisch gegenüber sitzt. Sie könnte ihm jetzt ihre Empörung ins Gesicht schleudern. Könnte ihm sagen, dass er ein Lügner ist, ein Fantast und dass seine hehren Freiheitsgedanken kriminellen Ursprungs sind. Aber davon wird sie nichts aussprechen. Sie hat sich gut im Griff.

»Du kamst also nach Deutschland?«, fragt sie und ihre Stimme klingt kühl, fast desinteressiert.

»Na ja, das war gar nicht so einfach. Ich hatte zum Glück jemanden, der mir den Flug bezahlte. In Frankfurt wollten sie mich nicht aus dem Flughafen lassen. Man fragte mich stundenlang aus und ich musste drei Nächte lang nur auf aneinandergestellten Stühlen schlafen. Schließlich glaubte man mir und brachte mich in ein Lager in der Nähe von Nürnberg. Dort war es ganz schrecklich.«

Amos sieht Charlotte an. Soll er ihr den Zustand dieser schlimmen Einrichtung schildern? Den Dreck, die Kakerlaken, den in seinen Augen ungenießbaren Fraß, die ständigen Streitereien untereinander, die wenigen Waschräume, die verstopften Toiletten, eben die ganze unwürdige Unterbringung? Er überlegt und entscheidet sich dagegen. Er möchte in ihren Augen gern wieder der starke, selbstsichere Mann von früher sein, dem es leicht fällt, Menschen zu begeistern und politisch zu motivieren. Doch um wieder dahin zu kommen, wird es bestimmt eine Weile dauern, denn diese Wochen im Zirndorfer Lager haben stark an seinem Selbstbewusstsein gezehrt. Er hofft, hier bei Charlotte das Böse vergessen zu können und so will er lieber keine Erinnerung daran wecken. Innerlich hat er damit abgeschlossen. Auch wenn ein Schatten auf seinen Zügen liegt, der die Schmach der vergangenen Erlebnisse widerspiegelt.

Eher unbewusst wischt seine Hand über den Tisch. »Nun ist es vorbei und jetzt bin ich hier«, sagt er und zaubert ein charmantes Lächeln in sein Gesicht.

»Möchtest du wissen, wie es mir ergangen ist?«, fragt Charlotte jetzt, und als er nickt, beginnt sie zu berichten. Sie spricht von ihrer Arbeit als Journalistin bei der Franken-Rundschau und sie erzählt von Geoffrey. Eigentlich erwartet sie, dass Amos nach Martin fragt und wie ihr Mann es wohl aufgenommen hat, als Charlotte von einem Säugling mit dunkler Hautfarbe entbunden wurde.

Doch Amos scheint ihren Ehemann ganz vergessen zu haben. Seine Gedanken kreisen ausschließlich um die Dinge, die ihm wichtig sind. »Ich würde die Hilfsorganisation gern wieder zum Leben erwecken«, sagt er auf einmal, als sie eine Pause macht.

Die Idee ist ihm gerade gekommen. Während sie redete, ist ihm klar geworden, auf welch hervorragende Verbindungen sie durch ihre Arbeit zurückgreifen kann.

»Wie bitte?« Charlotte glaubt sich verhört zu haben.

»Das war damals eine großartige Idee. Nur gibt es heute im Ibo-Land noch viel mehr Menschen, denen es schlecht geht. Die Ibos haben überhaupt nichts mehr zu melden. Sie werden ausgebeutet. Eine Hilfsorganisation wäre dringend vonnöten.« Er tut ganz ehrlich. So als sei das Helfen schon immer seine eigentliche Absicht gewesen.

»Sag mal, bist du noch bei Trost?« Charlotte beugt sich vor und funkelt ihn wütend an. »Weißt du eigentlich, was ich für Probleme hatte, den Leuten hier das mit dem verschwundenen Geld zu erklären? Zum Glück wurde mir meine Version der Angelegenheit abgenommen. Man glaubt, dass die Gelder in den Kriegswirren verschwunden sind. Davon, dass du deine Wahnvorstellungen damit finanziert hast, hat niemand eine Ahnung.«

»Dann ist doch alles in Ordnung.«

Sein selbstbewusster Ausdruck ist zurückgekehrt. Ihre Beleidigungen können ihn nicht treffen. Er kennt sein Organisationstalent. Er weiß, dass er schlau ist und fähig, geniale Pläne zu entwickeln. Charlotte wird das eines Tages auch begreifen.

»Nichts ist in Ordnung! Ich würde mich nie mehr für deine Intrigen hergeben.«

»Ich habe nicht intrigiert. Ich wollte mein Volk befreien.«

»Oh, Gott!« Sie legt die Hand vor die Stirn und lehnt sich zurück. Es hat keinen Sinn, denkt sie. Er ist immer noch der gleiche Spinner. Weder die vielen Toten, noch der Untergang Biafras, noch die Jahre im Exil haben ihn auch nur ein bisschen verändert.

»Es gibt Gesinnungsgenossen.« Bei diesen Worten behält Amos die Frau ihm gegenüber fest im Blick und versucht einzuschätzen, wie lange es dauern wird, bis sie sich von seinen Plänen anstecken lässt. Eines Tages wird ihm das gelingen. Denn er braucht sie. Das weiß er genau. Ohne Geld kann er das nicht ausführen, was er sich vorgenommen hat.

»Aha?!«, sagt sie so nebenhin. Näheres will sie gar nicht in Erfahrung bringen. Sie möchte nicht eingebunden werden. Und auf gar keinen Fall wird sie Geld sammeln gehen für seine obskuren und gefährlichen Gedankenspiele.

Abrupt steht sie auf. »Ich bin müde«, sagt sie und täuscht ein Gähnen vor, »lass uns schlafen gehen.«

Sofort erhebt sich auch Amos. Er lächelt leise und wirft ihr einen abschätzenden Blick zu.

Da vernimmt er ein abweisendes »Gute Nacht« und sieht Charlotte in ihrem Schlafzimmer verschwinden.

XXIII

Vaterrecht ist der ethnologische Begriff zur Bezeichnung einer Gesellschaftsstruktur, die durch die Vormachtstellung des Mannes in der Familie und im öffentlichen Leben gekennzeichnet ist.

Kapitel 23

Rautlingen, März 1973 – April 1974

Am darauffolgenden Tag, dem Sonntag, bittet Charlotte die Eltern zum Nachmittagskaffee nach unten. Eine Einladung, die von Beate Michaelis mit Spannung erwartet wurde. Bereits am Vortag, als Charlotte die Liege abholte, war sie von der Mutter bestürmt worden.

»Ist das Amos?«, lautete die neugierige Frage, und nachdem sie Charlottes Nicken registrierte, wollte sie unbedingt noch wissen, wie Geoffrey denn reagiert habe.

»Lass mir Zeit bis morgen«, bat die Tochter.

Nun sitzen sie alle gemeinsam um den kleinen Esstisch in der Souterrain-Wohnung und Vater Michaelis beginnt sogleich eine eifrige Unterhaltung mit Amos. Er ist sehr angetan von der Möglichkeit, seine englischen Sprachkenntnisse anwenden zu können, denn allzu oft hat er dazu nicht die Möglichkeit. Erst im Erwachsenenalter begann er mit dem Englischlernen. Das Behalten der Vokabeln fiel ihm um einiges schwerer als früher in der Schule bei den humanistischen Sprachen. Doch er hat nicht aufgegeben, hat emsig geübt und kann nun, sehr zufrieden, mit diesem beeindruckend gebildeten Afrikaner parlieren.

Mutter Michaelis, die gern den Mittelpunkt abgibt und es schätzt, der Unterhaltung ihre Themen aufzudrücken, fühlt sich ausgeschlossen. Ihre Kenntnisse des Englischen beschränken sich auf ein wenig Umgangssprache. Angestrengt versucht sie, wenigstens ein paar

Worte aus der Unterhaltung aufzuschnappen, die flott zwischen ihrem Mann und Amos hin und her geht.

Da wendet Amos sich ihr zu. »Charlot hat eine attraktive und jugendliche Mum«, sagt er in deutsch und schenkt ihr sein charmantes Lächeln.

Mit diesem Satz erobert der Afrikaner das Herz von Beate Michaelis. Sie strahlt. Sofort ist ihre kleine Missstimmung verflogen.

Amos, was bist du nur für ein gerissener Kerl, denkt Charlotte. Meinen Vater beeindruckst du mit intelligenter Redeweise und meine Mutter wickelst du mit Charme um den Finger. Aber natürlich ist ihr das wichtig und auch lieber, als wenn die Eltern in ihm einen wenig sympathischen Mann oder gar einen Widerling sehen würden. Denn sollte er eine Weile in Rautlingen bleiben, in dieser Zeit bei ihr und Geoffrey leben wollen, dann wird das nach diesem Einstand vermutlich keine Probleme mehr geben.

Geoffrey sitzt stillvergnügt am Tisch und mampft zufrieden den von Charlotte am Vormittag gebackenen Quarkkuchen in sich hinein. Immer wieder lässt er seine Augen in die Runde wandern. Zur Oma, zum Opa, dann zur Mami und endlich zum Daddy. Dort lässt er sie ganz lange verweilen und genießt das Gefühl, einen wunderbarerweise aus dem Nichts aufgetauchten Papa zu haben. Sein Jungenherz ist angefüllt mit Glück. Für ihn bräuchte sich von nun an gar nichts mehr zu verändern.

Als Charlotte am nächsten Morgen die Wohnung verlässt, um ins Büro zu gehen, weiß sie Amos und Geoffrey bei der Mutter in guten Händen. Sie wolle mit den Beiden in den Supermarkt gehen, hat Frau Michaelis gesagt. Von Geoffrey wurde der Kindergartenbesuch strikt verweigert. Überhaupt bräuchte er da jetzt nicht mehr hin. Es sei ja gar nicht mehr so lange hin bis zum Ferienbeginn, hat er gemeint, und danach käme er ohnehin in die Schule. Die Kleinkinderbeschäftigung sei inzwischen wirklich unter seinem Niveau.

Ein paar Wochen tut Charlotte so, als ob ihr Gefühlsleben eingefroren sei. Sie redet sich ein, die Anwesenheit von Amos bedeute nichts weiter, ja ließe sie emotional kalt. Sie ignoriert den schnelleren Herzschlag, der, wenn sie am späten Nachmittag nach Hause kommt, in ihrem Inneren wilde Trommelsalven vollführt, und versucht so zu tun, als verliefe das häusliche Leben im seither geübten Rhythmus. Doch wenn sie ehrlich zu sich selbst wäre, dann würde sie erkennen, wie ihre Schritte sich beschleunigen, sobald sie sich dem Haus nähert. Wie sie nach dem Öffnen der Haustür und nach Betreten des Flurs verharrt und lauscht, ob die Stimmen von Vater und Sohn zu hören sind. Wie sie, ehe sie den Wohnraum betritt, in den Spiegel schaut, den Sitz der Haare kontrolliert und sich in die Wangen kneift, um dem Gesicht die Blässe zu nehmen.

Wenn sie dann, meist auf dem Fußboden, den erwachsenen Mann und den in Statur und Aussehen ihm deutlich nachgeratenen Jungen sehr zufrieden und dicht beieinander sitzen sieht, wird ihr vor Rührung und innerer Erregung der Hals trocken.

Von Amos erhält sie ein Lächeln und Winken. Geoffrey schaut kurz hoch von der Malerei, Bastelei, oder mit was immer die Beiden gerade beschäftigt sind, sagt: »Hallo, Mami«, und fährt sogleich fort, mit Amos über die weitere Vorgehensweise zu debattieren, bei der er sich auf keinen Fall stören oder gar unterbrechen lassen möchte. Endlich ist da jemand, mit dem er richtige Männergespräche führen kann. Der Opa hat sich für so etwas nicht geeignet. Der wollte am liebsten nur die langweiligen Geschichten vorlesen von Pu, dem Bären, und von Pippi Langstrumpf. Für solche albernen Erzählungen fühlt Geoffrey sich aber wirklich schon zu alt. Mit Daddy ist das etwas ganz anderes. Mit dem redet er vom Kampf, von Waffen und vom Krieg. Sein Dad hat das alles wirklich miterlebt. Immer wieder erzählt er davon und beschreibt Geoffrey in einer englisch-deutschen Sätze-Mixtur die Aufgaben der Biafra-Armee. Er spricht von der Ausbildung der Soldaten. Wie sie lernten, sich leise im Dschungel an den Feind heran zu schleichen. Wie sie mit kleinen Booten auf den Flüssen durch den Creek glitten und wie sie sich in tiefen Erdlöchern verbargen. Geoffrey versteht sehr viel von dem Gesagten. Selbst Worten, die ihm gänzlich fremd sind, kann er meist den Sinn entnehmen, und er lauscht mit fast angehaltenem Atem. Dabei wächst von Tag zu Tag in ihm der Wunsch, das alles eines Tages auch miterleben zu können.

Charlotte ahnt von diesen Gesprächen nichts. Sie würde wohl auch kaum hinhören, denn noch ist sie zu sehr mit der Verarbeitung ihrer eigenen Gefühle beschäftigt. Allabendlich verabschiedet sie sich von Amos mit einem kurzen Gutenachtgruß. Wenn sie dann in ihrem Bett liegt, neben sich den schlafenden Geoffrey, findet sie es höchst irritierend, dass sich, nur durch eine Wand und wenige Meter getrennt, ein Mann befindet, dessen Körper und Ausstrahlung auf sie immer noch diese stark erotische Wirkung haben. Doch eisern mahnt sie sich zur Zurückhaltung. Sie möchte nicht wieder in seinen Bann geraten. Amos soll nicht noch einmal eine derartige Macht über sie bekommen.

So lange hat sie nun schon ohne Mann gelebt, dass sie sich an das Alleinsein einigermaßen gewöhnt und auch etliche Vorteile darin entdeckt hat. Die Unabhängigkeit möchte sie sich gern bewahren.

An diesem Abend, Amos wohnt bereits seit einigen Wochen bei Charlotte, kommt das Gespräch zum ersten Mal auf Ineh.

Er hat von alten Zeiten gesprochen, vom Niger und von Onitsha. Ob sie sich noch erinnern würde, hat er gefragt. Sie überlegt, wie sie ihm antworten soll. Ehemals hat es sie viel Mühe gekostet, die Erinnerungen der afrikanischen Vergangenheit zu einem weit entfernten Bild werden zu lassen. Es war ihr schon fast gelungen. In der letzten Zeit hatte sie nur noch ganz gelegentlich an das Haus auf dem Hügel gedacht, und im Zusammenhang damit an die Empfindungen von Leichtigkeit und Frohsinn. Die Bitterkeit und Gewalt der kriegerischen Zeit war verdrängt gewesen. Doch wie soll sie das Amos erklären?

Sie schweigt also, erwidert nichts, und er spricht weiter. Weil er annimmt, ihr jetziges Leben halte sie gefangen, habe die Jahre in Nigeria nur ein wenig beiseite geschoben, macht er sich daran, die Erinnerung aufzufrischen. Er redet vom Dschungel, von der Vielfalt der Pflanzen im Regenwald und schließlich von den stimmungsvollen, feuchtfröhlichen Festen in Okigbo. Dabei erhält Charlotte einen vielsagenden Blick.

Warum tut er das, überlegt sie? Warum reißt er die Wunden auf, die endlich verheilt schienen? Warum lässt er die Vergangenheit wieder auferstehen?

Doch sie weist ihn nicht in die Schranken. Vorsichtig tappend macht sie sich daran, ihm bei seinem Exkurs ins Damals zu folgen.

Sie fragt nach Ogu, der Großmutter. »Sie lebt doch noch?«, will sie wissen.

»Seit meinem Weggang erhielt ich von dort keine Nachricht mehr«, erwidert er in leichtem Ton. Er scheint sich nicht die Mühe gemacht zu haben, Nachforschungen anzustellen, was auf Charlotte gefühllos wirkt. Sein sorgloser Umgang mit dem Befinden der Tutamosu-Familie erstaunt sie. Sie will ihn aufrütteln, möchte ihn an seine Pflichten den Angehörigen gegenüber erinnern, und so hält sie nun endlich den Augenblick für gekommen, das zur Sprache zu bringen, was ihr seit Jahren auf der Seele lastet.

Sie holt tief Luft, fixiert ihn und sagt mit leiser, aber fester Stimme: »Deine Schwester ist in meinen Armen gestorben!«

»Wieso?« Amos starrt sie verblüfft an. »Sie starb im Borromeo Hospital.«

»Sie starb auf dem Weg dorthin, nachdem sie mit Samuel das Geld von Ibo-Help aus Owerri geholt hatte. Chinue war ihnen nachgefahren, hat sie gestoppt und das Geld wieder an sich gebracht. Dabei muss er um sich geschossen haben. Jedenfalls überlebte Ineh seinen Überfall nicht.«

»Was redest du da? Das stimmt doch nicht«, reagiert Amos voller Heftigkeit. »Niemand hat Ineh des Geldes wegen mit Waffen bedroht.«

»So? Wie ist sie denn dann ums Leben gekommen? Was hat man dir erzählt?« Sie betrachtet ihn mit gerunzelter Stirn. Sollte er tatsächlich von den schrecklichen Geschehnissen keine Ahnung haben?

»Chinue hat Ineh erwischt, wie sie sich am Tresor des Hauptquartiers zu schaffen machte. Ja, das ist wahr. Er hat gesehen, wie sie alle Beutel, die sich darin befanden, herausnahm und in einer großen Tasche verstaute. Er stellte sie zur Rede – und dann hat er ihr das Geld wieder abgenommen. Sie war sehr wütend, musste aber unverrichteter Dinge den Heimweg antreten. Unterwegs sind sie offenbar in eine Militärkontrolle gekommen. Ich weiß nicht, was genau dort passiert ist. Möglicherweise hat Samuel auf Haltebefehle nicht reagiert. Jedenfalls eröffneten die Soldaten das Feuer. Ein Querschläger traf Ineh so unglücklich, dass sie später starb.«

»So ist das nicht passiert!«, schreit Charlotte. Sie ist aufgestanden.

Der ausgestreckte Zeigefinger ihrer rechten Hand ist anklagend auf ihn gerichtet. »Das ist erlogen!«

»Aber Samuel hat es bestätigt.«

»Wieso Samuel?« Sie begreift jetzt gar nichts mehr und lässt den Arm sinken. »Hast du ihn denn gesehen?«

»Er kam zu mir nach Owerri. Du wirst ihn fragen können. Er wird irgendwann in Deutschland auftauchen, weil er meiner Sache helfen möchte.«

»Welcher Sache?«

»Der Befreiung Biafras.«

Charlotte setzt sich wieder hin. Auf einmal sind ihre Beine ganz kraftlos geworden.

In ihrem Kopf wirbeln die Gedanken. Was faselt er da?, überlegt sie. Amos kann doch nicht ernsthaft an ein Wiederaufleben des Biafra-Staates glauben? Diese Idee ist einfach zu grotesk. Aber was ist hier überhaupt noch realistisch, fragt sie sich. Warum hat Samuel Chinues Bericht nicht widersprochen? Er war doch direkter Augenzeuge und wurde ebenfalls verletzt. Warum also akzeptiert er Chinues Lügen? Was führt er im Schilde? Oder sollten Inehs Worte von ihr falsch interpretiert worden sein? Waren es doch Soldaten gewesen, die den Wagen beschossen haben? Allerdings gab es dort weit und breit keinen Kontrollpunkt. Außerdem hatte Samuel ausgesagt, dass jetzt kein Geld mehr im Wagen sei. Es musste sich also zuvor dort befunden haben. Dennoch ist Charlotte sich auf einmal gar nicht mehr sicher, ob ihre Erinnerungen sie trügen.

»Ich befand mich an diesem Tag in unserem Camp in Aba«, hört sie Amos sprechen. Wie aus weiter Ferne dringen die Worte an ihr Ohr. »Es waren neue Soldaten eingetroffen. Die mussten wir schnellstens einweisen. Truppen der Zentralregierung waren auf unserer Seite gelandet. Daher brauchten wir ganz dringend weitere Sicherheitsposten entlang des Niger.«

Er macht eine Pause und langt nach dem Bierglas. Er mag Bier lieber als Wein, und so hat Charlotte sich angewöhnt, immer einen Kasten im Haus zu haben.

»Nach Owerri kehrte ich erst am Tag darauf zurück. Da erzählte mir Chinue, was passiert war. Ich bin sofort nach Onitsha gefahren, doch man hatte Ineh schon begraben. Auch Samuel war verschwunden, aber er tauchte ein paar Monate später wieder auf.«

»Und dann hat er dir die Geschichte vom Soldatenüberfall erzählt?«

»Nein, das nicht. Er wollte zunächst wissen, was ich erfahren hatte, und ich gab Chinues Bericht an ihn weiter.« Amos macht eine kurze Pause. Er scheint nachzudenken. »Er äußerte sich nicht weiter dazu«, fährt er fort. »Aber es kam auch nichts Gegenteiliges von ihm.«

»Wie genau lautete Chinues Bericht?«

»Nun, also …«, Amos überlegt. Die Sache ist ihm nach dieser langen Zeit nicht mehr so geläufig. »So weit ich mich erinnere, soll Ineh ins Hauptquartier gekommen sein und zu Daza gesagt haben, sie habe von mir den Auftrag erhalten, das Geld aus dem Tresor zu nehmen und nach Aba zu bringen, für eine Waffenlieferung, die eingetroffen sei. Sie ist sehr energisch aufgetreten. Andernfalls hätte sie Daza auch nicht dazu bringen können, den Tresor zu öffnen. Was er aber tat. Ineh leerte ihn vollständig. Sie nahm das **ganze** Geld, das sich darin befand!« Seiner Stimme ist die Empörung über die Unverfrorenheit anzuhören.

»Das Geld gehörte dir nicht, Amos. Es gehörte Ibo-Help!«

»Nur ein Teil davon. Im Tresor befand sich an diesem Tag aber fast unser gesamtes Vermögen, denn wir hatten etliche Zahlungen zu leisten. Wenn Chinue nicht noch rechtzeitig eingegriffen hätte und Ineh mit dem Geld verschwunden wäre, dann wären wir in eine böse Lage geraten.«

»Chinue ist also, um euch finanziell nicht in Misskredit zu bringen, nicht einmal vor Mord zurückgeschreckt.«

»Quatsch. Er hat nichts weiter getan. Er hat Ineh einfach das Geld abgenommen und es wieder in den Tresor getan.« Von dieser Darstellung scheint Amos absolut überzeugt zu sein.

Charlotte ist hin und her gerissen. Soll sie ihm Glauben schenken? Oder ist da in einem ganz ungeheuren Maß gelogen worden? Hat man auf geschickte Weise ein Verbrechen zugedeckt? Doch warum hat Samuel dann die Wahrheit nicht ans Licht gebracht? Warum duldet er diese Geschichte?

Und wieder zweifelt sie an ihrer Erinnerung. Allerdings kann sie Inehs Worte nicht so falsch verstanden haben. »Chinue … Geld …

bewaffnet … er schießt …«, hat sie geflüstert. Daran erinnert Charlotte sich genau. Und diese Worte sind klar zu deuten. Aber was bleibt ihr anderes übrig als die von Chinue gelieferte Schilderung des Geschehens zu akzeptieren? Wenn selbst Samuel nicht widersprochen hat.

Charlotte holt tief Luft, sieht wieder die Straße vor sich, die tiefe Dunkelheit und den am Straßenrand geparkten Wagen. »Martin und ich haben den Morris entdeckt. Wir sind ausgestiegen und bemerkten Ineh und Samuel im Wagen. Sie waren beide verwundet. Samuel konnte noch gehen, aber Ineh lag blutend auf dem Sitz.«

Sie spürt, wie ihr die Kehle eng wird. Trost suchend fasst sie nach Amos' Arm. »Wir haben sie in unserem Wagen auf die Rückbank gelegt. Da ist sie gestorben«, würgt sie unter Schluchzern hervor.

Er beugt sich ihr zu, legt seine Hand auf die ihre, sieht sie liebevoll und ehrlich betrübt an. »Was hast du nur mitgemacht. Es muss grauenvoll gewesen sein.«

Charlotte schließt einen Moment die Augen, kann so das Geschehen von damals noch klarer erkennen. Sie sieht Ineh in ihrem Blut und hört das heisere Flüstern. »Ich hielt ihren Kopf in meinem Schoß. Anfangs hat sie noch gesprochen. Sehr leise und schwach verständlich. Dann kam ein Röcheln und … auf einmal … da ist sie ruhig geworden … ganz still.«

Jetzt endlich kann sie ihren Tränen freien Lauf lassen. »Es war furchtbar«, schluchzt sie. »Ich wollte ihren Tod verhindern – aber ich konnte einfach nichts tun. Die Minuten verrannen und ich saß hinten im Wagen, hielt Ineh in meinen Armen und spürte, wie sie davon ging.«

Amos greift nach einem Papiertaschentuch und beginnt ihr die Tränen abzutupfen. Er legt den Arm um sie. »Mein Liebes«, sagt er leise. »Was hast du nur erleiden müssen. Ich wäre so gern an deiner Seite gewesen. Aber ich war ahnungslos.« Er zieht sie enger an sich. »Chinue jedenfalls hat damit nichts zu tun. Meine Schwester und Samuel sind in eine Militärkontrolle geraten. Ich hätte niemals zugelassen, dass ihr etwas passiert. Ich habe sie sehr lieb gehabt.«

Charlotte lehnt den Kopf an seine Schulter.

Es tut gut, in seinen Armen zu sein. Und es ist eine große Erleichterung, ihm glauben zu dürfen. Ihn nicht mehr für diesen miesen, gemeinen Kerl halten zu müssen, der billigend den Tod der Schwester in Kauf nahm, weil ihm das Geld wichtiger war. Ganz weit in den Hintergrund verdrängt sie das leise Misstrauen. Sie gibt sich der Überzeugung hin, dass Amos nicht eingeweiht war. Dass er nur die von Chinue erzählte Geschichte kennt.

Dieses Mal ist es nicht der Wein, der sie gefügig macht, denn sie hat kaum ein Glas getrunken. Es ist seine Zärtlichkeit, seine Umarmung und es ist seine leise, beruhigende Stimme. Willig lässt sie sich von ihm in das kleine Zimmer führen und unterstützt ihn bei seinen Versuchen, sie von ihrer Kleidung zu befreien. Erregung läuft prikkelnd durch ihren Körper. Sie spürt es mit einem Schauer im Rükken, kalt im Nacken, heiß im Gesicht, schwer in den Knien und ist endlich voller Bereitschaft, sich ihm hinzugeben. Sie fühlt, wie er in sie eindringt und empfindet die Lust so überwältigend, dass sie laut aufstöhnt. Sie bäumt sich ihm entgegen, erwidert seine kraftvollen Stöße und spürt den Schrei in der Kehle, als sie den Höhepunkt erreicht.

»Damals«, flüstert sie, als sie eng an ihn geschmiegt liegt und das Schluchzen abebbt, »da hab ich mich nicht mehr erinnern können, ob wir wirklich miteinander geschlafen haben. Damals, in der Hütte in Okigbo.«

»So?!« Seiner Stimme ist anzuhören, wie ihn das amüsiert. »Das ist aber schade. Du warst nämlich eine richtige Wildkatze. Was die blutigen Kratzer auf meinem Körper bewiesen haben.«

»Lügner!«

»Ehrlich. Eben hast du auch gekratzt. Schau!«

Er wälzt sich zur Seite und Charlotte bemerkt auf seinem Rücken feine, rote Linien.

»Tatsächlich.«

Bis zu diesem Augenblick hätte sie geschworen, zu einer Ekstase, die sie so etwas tun lässt, niemals fähig zu sein. Sie ist sich allerdings auch sicher, dass es ausschließlich einer Leidenschaft wie der von Amos bedürfe, um derart selbstvergessen sein zu können.

Nach dieser Nacht ist alles ganz anders. Die Arbeit in der Redaktion verliert bei Charlotte an Wichtigkeit. Möglichst pünktlich versucht sie am Nachmittag Schluss zu machen, um den Rest des Tages mit ihrer kleinen Familie zu verbringen. Niemals zuvor hat sie geglaubt, Freude am Kochen empfinden zu können. Doch nun zaubert sie leckere Gerichte auf den Tisch, die von Amos mit anerkennenden Worten verzehrt werden. Bedeutend mehr Zeit widmet sie jetzt – wenn auch immer noch mit leidlichem Engagement – dem kleinen Haushalt.

Charlotte erwartet erst gar nicht, dass Amos tagsüber den Staubsauger in die Hand nehmen, Geschirr spülen oder gar bügeln würde. Derartige Arbeiten können, das weiß sie genau, von einem afrikanischen Mann nicht verlangt werden, denn das würde seiner Auffassung von Rollenverteilung zutiefst widersprechen.

Allerdings hat sie ein Problem damit, weil Geoffrey sich dem Vater anpasst. Nur mit Mühe gelingt es ihr, den Sohn zu überzeugen, dass die bisher übertragenen kleinen Pflichten auch weiterhin zu erledigen sind, zum Beispiel den Mülleimer nach draußen bringen, nach den Mahlzeiten den Tisch abdecken und am Abend die im Wohnzimmer verteilten Spielsachen zusammenräumen. Er habe Wichtigeres zu tun, kommt einmal sogar nach dem Abendessen die aufsässige Antwort. Amos hat gerade den Fernseher eingeschaltet, um sich die Nachrichten anzusehen. Geoffrey mag es, dabei auf der Sessellehne zu sitzen, es dem Vater gleich zu tun und mit aufmerksamer Miene den Worten des Sprechers zu folgen.

»Auf der Stelle räumst du jetzt den Tisch ab.« Nur mühsam kann Charlotte sich zurückhalten, ihrem Sohn eine Ohrfeige zu verpassen.

Geoffrey, der sehr wohl erkennt, dass er soeben den Bogen überspannt hat, steht auf und beginnt lustlos und mit muffigem Gesicht die Teller aufeinander zu stapeln.

Charlotte atmet tief durch und macht sich daran, den Geschirrspüler einzuräumen. Ich darf da nicht so großzügig sein, nimmt sie sich in diesem Moment vor, und auf keinen Fall Geoffreys Benehmen aus dem Auge verlieren. Die Art, wie sein Vater ihn formt, mag seinen Ansprüchen genügen, aber es stimmt vermutlich nur minimal mit meiner Auffassung von Kindererziehung überein.

Die Monate vergehen und langsam pendelt sich das Familienleben ein. Charlotte geht ihrer Arbeit nach, Amos verbringt seine Zeit lesend und spazieren gehend und ab Mittag hält er sich meist gemeinsam mit Geoffrey oben bei Frau Michaelis auf. Die freut sich, nun einen weiteren Gast zu haben und verwöhnt ihn mit leckeren Speisen.

Nachmittags kümmert Amos sich um seinen Sohn, der inzwischen die erste Klasse besucht. Amos überwacht ihn bei den Hausaufgaben und sobald die erledigt sind, suchen sie häufig den nahegelegenen Sportplatz auf. In der ersten Zeit um Fußball zu spielen, doch dann tritt Geoffrey in die Jugendmannschaft der Hockey-Abteilung ein. Von jetzt an wird er aufmerksam von Amos beobachtet, der seinem Sohn bald ein guter Trainer ist.

Eines späten Abends – Geoffrey ist längst im Bett – und Charlotte, die sich müde fühlt, hat eben auf die Uhr gesehen, klingelt das Telefon. Der Anruf kommt aus der Redaktion. Man bittet sie, möglichst rasch zu erscheinen. Es sei etwas geschehen, das in ihren Bereich fallen würde.

»Ich muss noch mal weg«, sagt sie, zieht ihre Jacke über und greift nach den Autoschlüsseln.

»Jetzt noch? Wohin?«, will Amos wissen.

»In die Redaktion. Es scheint etwas passiert zu sein. Man hat mir nicht gesagt worum es sich handelt.« Charlotte eilt nach draußen, setzt sich in ihren am Straßenrand geparkten Wagen und fährt eilends davon. Wenn man um diese späte Zeit ihr Kommen erbittet, dann muss es sich wirklich um etwas Außergewöhnliches handeln.

Im Büro erzählt man ihr, eine gewisse Anneliese Grebner aus den Häuschen hinter dem Bahnhof sei spurlos verschwunden. Deren Freund, stadtbekannt als ›der schöne Richi‹, läge mit schweren Verletzungen auf der Intensivstation der Städtischen Kliniken. Die Polizei suche diese Anneliese, denn vermutlich sei sie es gewesen, die den Richi beim Streit mit einem Küchenmesser traktiert habe. Man hoffe, Frau Jordan, die doch einen guten Kontakt zu den Leuten am Schlickbach-Gelände habe, könne bei der Ermittlung behilflich sein.

Charlotte überlegt. Sie möchte Anneliese auf keinen Fall schaden, aber sie will auch ihrer Bürgerpflicht nachkommen und so meint sie, es sei zunächst das Beste, sich ein Bild von den Verletzungen des

›schönen Richi‹ zu machen. Noch in der selben Nacht fährt sie ins Krankenhaus. Er sei außer Lebensgefahr, wird ihr mitgeteilt, aber ob er bleibende Schäden behalten würde, könne man jetzt noch nicht sagen.

Am nächsten Vormittag trifft sie sich im 1. Polizeirevier mit Franz Schüttler, dem Kommissar, der die Ermittlungen leitet. In seiner untersetzten Behäbigkeit könnte man ihn eher mit einem gemütlichen Kater als mit einem scharfen Wachhund vergleichen. Doch während des Gesprächs wird deutlich, dass Kommissar Schüttler einen überaus scharfen Verstand hat und diesen auch zu nutzen weiß.

Weil der Kommissar sympathisch ist und Charlotte sich auf ihn einlassen mag, kramt sie in ihren Erinnerungen. Sie berichtet von den zahlreichen Besuchen am Schlickbach-Gelände und gibt Details aus den Gesprächen mit der ehemaligen Schulkameradin wieder. Erzählt auch, wie sie Anneliese vor einigen Wochen angeboten hatte, ihr bei der Übersiedlung ins Frauenhaus behilflich zu sein, was diese jedoch abgelehnt hatte, obwohl man erkennen konnte, dass die Frau misshandelt worden war. Charlotte hat blaue Flecken bemerkt, und Anneliese gab auch zu, von Richi geschlagen worden zu sein. Aber ins Frauenhaus wollte sie dennoch nicht.

»Etwas Ähnliches hat auch die Nachbarin erzählt.« Kommissar Schüttler wiegt bedächtig den Kopf. »Der Richi scheint seine Lebensgefährtin oft misshandelt zu haben. Die Grebner flüchtete dann wohl regelmäßig zu dieser Nachbarin, der Kneipenwirtin des ›Bierbrünnchens‹. Übrigens zu derselben, die uns jetzt auch den Vorfall schilderte.«

Wieder zurück in der Redaktion geht Charlotte in Gedanken die möglichen Plätze durch, an denen Anneliese sich versteckt halten könnte. Sie überlegt, ob es die Waldhütte am Oberfeld sein könnte? Oder vielleicht die Eisenbahnwaggons am alten Güterbahnhof? Doch plötzlich fällt ihr ein, wie Anneliese vor einigen Wochen von der Großmutter sprach. Sie lebe in Hannichen, im Spessart, hatte sie erzählt. Das Dorf sei klein und läge versteckt in einem Tal. Nur dort könne sie wirklich glücklich sein. Da wäre sie weit weg von Rautlingen. Dort gelinge es den Problemen nicht, sie einzuholen.

Charlotte ist nun fest davon überzeugt, dass nur Hannichen die Stelle sein kann, wohin Anneliese sich geflüchtet hat. Sie sieht auf der Karte nach, kann den Ort auch bald entdecken und macht sich ohne zu zögern in ihrem Polo auf den Weg.

Die Fahrt dauert etwas mehr als eine Stunde. Nach einer Straßenbiegung am Waldrand bemerkt sie schließlich, unterhalb liegend, das zwischen bewaldete Hügel eingebettete Dorf. Die Größe ist absolut überschaubar. Ein weiter Kranz heckenumgrenzter Wiesen und Felder umgibt die hingeduckten und eng beieinander stehenden Dächer, aus denen nur der spitze Kirchturm herausragt. Auf den abgemähten Wiesen sieht sie fleißige Bauern bei der Arbeit. Es wird zusammengerecht und aufgeladen. An diesem Spätsommertag scheint die Landbevölkerung damit beschäftigt zu sein, das Heu einzufahren.

Als Charlotte den Wagen abstellt und aussteigt, erschnuppert sie eine seit ihren Kindertagen nicht mehr erlebte ländliche Geruchsmischung. Es riecht nach gemähtem Gras, nach Äpfeln, nach Kühen, nach Schweinen und nach frisch gebackenem Brot.

Sie wendet sich zur Bäckerei, aus der es so verführerisch duftet, fragt die Frau hinter der Theke nach Großmutter Grebner und bekommt den Weg beschrieben. Sie müsse die Hauptstraße bis zum Ende durchfahren, dann in den schmalen Weg rechts einbiegen. Kurz vor dem Wald läge das Gehöft der alten Frau.

Charlotte tut wie ihr geheißen und parkt den Wagen am Straßenrand. Sie geht den Weg entlang, bis sie vor dem Hoftor steht, klinkt die Tür auf – und im selben Moment sieht sie vor sich die Gesuchte. Inmitten des Vorplatzes ist Anneliese gerade dabei, den Hühnern Futter zu geben.

»Put, put, put«, vernimmt Charlotte ihr leises Rufen. Die Frau steht nach vorn gebeugt, mit dem Rücken zum Tor und streut Körner auf den Boden.

»Hallo, Anneliese!«

Vom Gruß aufgeschreckt dreht die Frau sich um. Beim Anblick der Besucherin erstarrt sie. Furcht, gepaart mit einem Ausdruck von ungläubigem Erstaunen, erscheint in ihrem Gesicht. »Was willst du«, fährt sie auf und macht einige Schritte rückwärts.

»Mit dir reden.«

»Ich will nicht reden.«

Langsam, Fuß hinter Fuß setzend, zieht Anneliese sich in Richtung Scheune zurück. Die Schultern hält sie krampfhaft nach oben gezogen. So, als wolle sie sich darin verbergen.

»Sei doch vernünftig«, versucht Charlotte zu beruhigen. »Ich bin allein her gekommen. Hab auch niemandem gesagt, dass ich dich hier vermute. Ich will dir helfen.«

»Mir kann keiner helfen.«

»Doch, das kann ich. Und das weißt du auch.«

»Wie denn?«

»Dem Richi geht es übrigens schon wieder ganz gut.«

»Der ist nicht tot?« Erstaunt ist Anneliese stehen geblieben. Fast schon hat sie die offen stehende Scheunentür erreicht.

»Nein. Die Polizei sucht dich auch nicht wegen seiner Verletzungen.« So ganz stimmt das nicht, aber Charlotte möchte die Angelegenheit schönreden, um Vertrauen zu gewinnen. »Sie wollen nur wissen, was vorgefallen ist. Denn ganz sicher hattest du einen Grund für deine Tat.«

Anneliese schaut um sich, fühlt sich hin und her gerissen zwischen dem Angstgefühl, das ihr sagt, sie müsse sich verstecken, aber zugleich dem Verlangen, sich jemandem anvertrauen zu dürfen. Da meinte sie, mit ihrer Flucht hierher die schlimme Angelegenheit hinter sich gebracht zu haben. Nie mehr wollte sie darüber reden. Sie wünschte sich nur noch, zu vergessen, und hoffte, neu beginnen zu können, obwohl, immer wenn sie ernsthaft darüber nachdachte, da eine Ahnung war, dass dies wohl naive und wirklichkeitsfremde Vorstellungen seien. Aber schnell hat sie diese Gedanken verdrängt.

Jetzt wirft sie Charlotte einen vorsichtigen, abschätzenden Blick zu. Kann sie ihr trauen? Allerdings war bisher alles, was die ehemalige Schulkameradin im Hinblick auf sie unternommen hatte, von guter Absicht getragen.

»Einen Grund hatte ich«, antwortet sie schließlich mit fester Stimme, und trumpft noch ein wenig auf: »Einen ganz richtigen nämlich.«

»Was ist passiert?«

»Er wollte die Susi wegbringen.«

Charlotte weiß, dass sie damit die Tochter meint, ein munteres, achtjähriges Mädchen. Ein paar Mal hat sie das Kind vor dem Haus am Schlickbach-Gelände bemerkt und sich amüsiert, weil die Kleine der Anneliese von damals so gleicht wie ein Ei dem anderen.

»Wohin?«, will Charlotte wissen.

»Da machen sie so Filme mit Mädchen.«

»Was für Filme?«

Charlotte wird komisch zumute. Das kann nicht wahr sein, denkt sie. Nicht in Rautlingen. Da passieren doch nur Prügeleien, vielleicht auch versteckte Pornographie unter Erwachsenen. Aber bestimmt nicht mit Kindern!

Anneliese antwortet nicht, langt in den Eimer, den sie immer noch in der Hand hält und wirft den um sie gescharten Hühnern eine Handvoll Körner zu. Gackernd fallen die darüber her.

»Würdest du mit mir nach Rautlingen kommen?«

Charlotte hat sich Anneliese genähert. Sie steht jetzt dicht vor ihr und fasst sie am Arm. Versucht ihr Sicherheit zu geben. »Der Kommissar ist sehr freundlich, und er möchte das alles hören, was du zu sagen hast. Dir wird nichts passieren. Das verspreche ich. Außerdem ist es für deine Kinder besser, wenn du wieder zu Hause bist.«

»Meine Mutter kümmert sich.«

»Bestimmt nicht so, wie du das tust.«

Eine kleine Weile redet Charlotte noch auf die Frau ein, bis sie schließlich das erreicht, weshalb sie die Fahrt in den Spessart unternommen hat. Anneliese geht ins Haus, holt ihre Tasche und dann sitzen die Beiden im Polo und befinden sich auf dem Rückweg nach Rautlingen.

Ein paar Tage später steht Kommissar Schüttler in Charlottes Büro.

»Welch hoher Besuch«, begrüßt sie ihn schmunzelnd und schiebt einen Stuhl zurecht. »Was halten Sie von einer Tasse Kaffee?«

»Sehr gern.«

Während Charlotte sich an der Kaffeemaschine zu schaffen macht, berichtet Schüttler vom Ergebnis seiner Ermittlungen. Bereits seit Jahren würde der ›schöne Richi‹ einen erklecklichen Nebenerwerb betreiben, indem er junge Frauen einem Friedberger Pornofilm-Produzenten zuführe. Die entsprechend aufgeschlossenen Damen habe er sich aus den Bars im Umfeld des Frankfurter Hauptbahnhofs geholt. Von der Grebner war der Ablauf dieses Vorgehens authentisch beschrieben worden, denn einmal hatte Richi auch sie aufgefordert. Sie waren also nach Friedberg gefahren, doch sie wurde abgelehnt. Die Frau sei zu alt, soll der Produzent gesagt haben, und auch ihre Figur lasse zu wünschen übrig. Richis Erfolg beim Aufspüren der Darstellerinnen schien nachzulassen, vielleicht waren ihm auch die Fahrten nach Frankfurt nur zu mühsam gewesen. Jedenfalls war er eines Tages auf die Idee gekommen, Annelieses Tochter im Studio vorzuführen. Er gaukelte dem Kind vor, sie habe das Zeug, ein Filmstar zu werden und er könne sie zu Probeaufnahmen bringen. Die Kleine war begeistert gewesen. Sie hat sich aus ihrer Mutter Kleiderschrank bedient, sich schick angezogen und fein gemacht. Als sie gerade die Wohnung verlassen wollten, kam Anneliese heim. Sie durchschaute die Situation und machte dem Freund die Hölle heiß. Doch da war sie auf die helle Empörung der Achtjährigen gestoßen. Die wollte sich auf gar keinen Fall die günstige Gelegenheit verderben lassen. Von den verlockenden Vorstellungen aufgestachelt, war sie ganz versessen darauf, die einmalige Gelegenheit zu ergreifen. Richi nahm also das willige Kind an der Hand und wollte mit ihr aus der Tür. In dem Moment waren bei Anneliese die Sicherungen durchgebrannt. Und weil sie sich nicht anders zu helfen wusste, hatte sie nach einem Messer gegriffen.

»Dann braucht sie also keinen Prozess zu fürchten?«

»Nein. Es gibt keine Anklage. Diesen Fall können wir als Notwehr behandeln. Aber für den Friedberger Produzenten wird das ein Nachspiel haben. Da sind wir gerade dabei, die Fakten zusammen zu tragen. Er scheint schon einige Filme mit Kindern produziert zu haben. Ich hoffe doch sehr, dass es uns gelingen wird, den ins Gefängnis zu bringen. Jedenfalls bin ich Ihnen für Ihre Unterstützung dankbar.«

Sie sitzen noch eine Weile zusammen und reden. Später erzählt Charlotte von ihrer Zeit in Nigeria. Schüttler erinnert sich noch recht gut, wie sie damals für Ibo-Help sammelte. Von ihm sei ebenfalls eine Spende dahinein geflossen, sagt er. Was Charlotte eher peinlich berührt. Im Hinblick auf die verschwundenen Ibo-Help-Gelder hat sie noch immer ein schlechtes Gewissen. Doch dann spricht sie von Amos. Dass er der damalige Initiator gewesen sei, der sich nach dem Untergang Biafras habe verstecken müssen, sich aber seit einigen Monaten in Deutschland aufhält und bei ihr lebt. Auf einmal kommt es Charlotte gar nicht mehr so unwahrscheinlich vor, eines Tages die Hilfsorganisation doch wieder zum Laufen zu bringen. Kommissar Schüttler bekräftigt sie darin, ja er begrüßt sogar diesen Gedanken.

Der Fall Anneliese Grebner ist also abgeschlossen und Charlotte kann sich wieder in vollem Maß ihrer Familie widmen. Amos schätzt das, aber Geoffrey ist es egal. Morgens hat er zur Schule zu gehen, und an den Nachmittagen muss er grässliche Hausaufgaben machen. Die sind noch einigermaßen erträglich, wenn Daddy ihn dabei unterstützt. Aber manchmal hat Amos keine Lust und dann erledigt das die Oma. Geduldig sitzt sie neben ihm und beobachtet, wie der Enkel, verkrampft den Stift in der Hand haltend, mühsam Buchstaben aufs Papier malt. Eigentlich hat Geoffrey sich das Leben als Schüler spannender und auch abwechslungsreicher vorgestellt.

Amos gefällt das Leben in Rautlingen. Er würde seinem Dasein gern mehr Sicherheit verleihen und so fragt er Charlotte, ob sie ihn heiraten wolle. Er finde es an der Zeit. Außerdem würden sie damit eine Situation schaffen, die auch Geoffrey gut täte. Der Junge brauche die intakte Familie.

Eine Weile lässt Charlotte sich den Vorschlag durch den Kopf gehen. Sie ist hin und her gerissen. Sie mag Amos, genießt die Liebesstunden mit ihm, obwohl sie die anfangs vollzogene Raumeinteilung beibehalten hat. Auf Geoffrey wirkt sich die Anwesenheit von Amos vorteilhaft aus. Das kann man deutlich sehen. Der Junge ist ausgeglichener, selbstbewusster und gehorcht seinem Vater aufs Wort.

Doch Charlotte gesteht sich ein, dass Amos nur bedingt ihren Vorstellungen eines Lebenspartners entspricht. Er besitzt kaum eine der von ihr gewünschten Eigenschaften. Zugegeben, er ist charmant, intelligent – eigentlich wohl eher gerissen, auch ein einfühlsamer Liebhaber. Nur, reicht das aus, um ihn zu heiraten?

Außerdem kann sie sich seiner Treue keineswegs sicher sein. Sie nimmt nicht nur an, dass er sich in den Jahren zwischen dem Untergang Biafras und seinem Auftauchen in Rautlingen bei diversen Frauen aufgehalten hat, mit denen er Liebesverhältnisse unterhielt; es sieht auch sonst so aus, als ob er keine Gelegenheit auslassen würde, um die Weiblichkeit zu beeindrucken. Wenige Tage zuvor war Charlotte mit ihm in der Stadt gewesen. Im Drogeriemarkt, wo Amos, am Regal mit den Herrenartikel stehend, sich ausgiebig mit den verschiedenen After Shave-Duftnoten beschäftigte, trafen sie auf Rosi Bäuerlein, die Kollegin aus der Redaktion. Das hübsche Ding mit dem blonden Wuschelkopf und den großen, leuchtend blauen Augen wurde von Amos mit deutlich erkennbarer Begeisterung betrachtet, während Charlotte die Beiden miteinander bekannt machte. Amos hatte sein bezauberndstes Lächeln aufgesetzt und Rosis Hand ewig lange fest gehalten.

Charlotte kamen in diesem Moment deutliche Erinnerungen an ihre ersten Begegnungen mit Amos in Onitsha. Wie er damals auch ihr diese an sich ziehenden, diese umhüllenden und zugleich entkleidenden Blicke gegeben hat. Blicke, deren er sich möglicherweise gar nicht bewusst ist. Die ihm von innen aufgezwungen zu werden scheinen, sobald er eine Frau nur ansieht. Nein, denkt sie jetzt, eine Heirat mit Amos tue ich mir nicht an. Vermutlich will er die dokumentierte Verbindung auch nur haben, um dauerhaft in Deutschland bleiben zu können.

Als das Thema von Amos bald darauf wieder angesprochen wird, entgegnet sie, sie brauche noch Bedenkzeit.

Es vergeht über ein Jahr. Doch dann geschehen plötzlich Dinge, die die Möglichkeit einer engeren Verbindung mit Amos in noch weitere Ferne rücken lassen. Ganz nebenbei wird sie von ihm informiert, dass inzwischen einige seiner Freunde in Deutschland eingetroffen seien. Ihr sei ja bekannt, dass es da einen Kreis gebe. Der habe sich nun in Rautlingen zusammengefunden.

Charlotte bleibt vor Überraschung der Mund offen stehen. Amos hat schon irgendwann einmal diesen Freundeskreis erwähnt, aber niemals auch nur mit einem Sterbenswörtchen kundgetan, dass man eine Zusammenkunft in Rautlingen beabsichtige. Das erste Treffen des Biafra-Kreises – so lautet der Name – sei bereits morgen. Hier in der Wohnung.

»Wie bitte? In meiner Wohnung?« Charlotte glaubt, sich verhört zu haben.

»Aber sicher, Darling. Das bietet sich doch an. Wo sollen wir denn sonst hin?«

»In eine Kneipe. Irgendwohin. Lokale gibt es genug. Meine Wohnung ist winzig. Wenn alle deine Freunde kommen, bleibt für Geoffrey und mich kaum noch Platz.«

»Wir treffen uns nachmittags. Dann bist du im Büro und Geoffrey befindet sich oben bei der Grandma. Also stören wir niemanden.«

Charlotte zuckt mit den Schultern. Wenn das so ist, wird sie wohl schlecht ablehnen können. Da sie Amos Wohnrecht gewährt, muss sie also auch seine Freunde dulden. Sie rechnet fest damit, dass das Treffen geendet hat, wenn sie nach Hause kommt.

Was aber nicht der Fall ist, wie sie merkt, als sie den Flur betritt. Die Garderobe ist dicht behängt mit Mänteln und Jacken, es riecht nach Zigarettenrauch und sie vernimmt lebhaftes Stimmengewirr.

Charlotte betritt den Wohnraum und sieht Amos im Kreis von vier Männern um den Esstisch sitzen. Zunächst meint sie, ihr wären alle unbekannt – doch dann sieht sie Chinue und erstarrt.

Die Männer drehen sich nach ihr um, grüßen kaum, scheinen vielmehr über die Störung irritiert. Chinue tut so, als ob sie gar nicht vorhanden wäre. Er setzt das Gespräch, das durch ihr Eintreten kurz unterbrochen wurde, mit seinem Tischnachbarn fort.

Amos steht auf und kommt ihr entgegen. »Du entschuldigst doch hoffentlich. Wir haben noch einiges zu besprechen. Das wird noch etwas dauern.«

»Wie lange noch?«

»Ein bis zwei Stunden.«

»Amos!« Charlotte spürt, wie in ihr sich Wut zusammenballt, die wie ein schwerer Stein ihren Magen ausfüllt. Er kann doch nicht einfach, ohne auf sie Rücksicht zu nehmen, ihr Zuhause für langatmige Besprechungen mit Beschlag belegen. Er tut so, als ob das seine Wohnung sei. Als ob er hier tun und lassen könne, was er wolle.

»Was schlägst du vor? Soll ich euch vielleicht ein Essen kochen«, giftet sie.

»Das wäre nicht schlecht.« Amos grinst.

»Das könnte dir so passen.« Charlotte wendet sich in Richtung

Tür. »Ich bin oben bei Mutti. Sag mir Bescheid, wenn ihr hier fertig seid.«

Mehr als zwei Stunden später erscheint Amos. Seine Freunde seien gegangen, sagt er. Inzwischen haben Charlotte und Geoffrey bei den Eltern zu Abend gegessen.

In der Wohnung reißt Charlotte Fenster und Terrassentür weit auf, um den Bierdunst, den Geruch nach Zigarettenrauch und Männerschweiß zu vertreiben. Dann macht sie sich daran, den Sohn ins Bett zu verfrachten, obwohl der viel lieber jetzt noch mit seinem Vater plaudern und Näheres über die Freunde erfahren würde. Aber weil die Mami sehr verärgert wirkt, hütet er sich, sie noch weiter zu reizen.

Amos steht am Küchenschrank und schmiert sich ein Brot. Sein Gespür sagt ihm, dass Charlotte zornig ist und vermutlich nicht vorhat, ihn mit einem Abendessen zu versorgen.

»Bist du böse?«, fragt er vorsichtig, als sie aus dem Schlafzimmer kommt.

»Ja!«

»Warum hast du kein Verständnis dafür, wenn ich meine Freunde sehen will?«

»Du kannst deine Freunde sehen, wann immer du willst. Aber nicht hier, in meiner Wohnung!«

»Und wenn ich in Zukunft dafür sorge, dass sie bestimmt weg sind, wenn du heimkommst?«

»Warum geht ihr nicht woanders hin?«

»Weil wir uns das nicht leisten können.« Er sieht verlegen aus. Seine finanzielle Situation ist ihm peinlich. Auf Kosten einer Frau leben zu müssen, ist ihm mehr als unangenehm. Er findet das extrem unmännlich.

Charlotte weiß sehr wohl, um welch geringe Summe es sich handelt, die ihm monatlich von der Asylbehörde ausgezahlt wird, was sie auch verständlich findet, denn immerhin reisen Jahr für Jahr Tausende an Asylbewerbern nach Deutschland, die alle vom Staat Unterstützung heischen. Sie seufzt und ist sich in diesem Moment darüber im Klaren, dass sie wohl ein Auge zudrücken wird.

»Na, gut«, willigt sie ein. »Aber du hast mir Bescheid zu sagen, wann immer du diese Treffen anberaumst. Und spätestens um fünf müssen alle weg sein.«

Amos nickt. »Einverstanden«, sagt er. »Ich hätte sie dir gern vorgestellt. Aber du bist so schnell verschwunden.«

»Nein, danke.« Charlotte winkt ab. »Chinue kenne ich zur Genüge, und die anderen sind mir eigentlich egal.«

Sie gießt sich ein Glas Wein ein und schaltet den Fernseher an. Wahrscheinlich hat sie ihn verletzt mit der Bemerkung, seine Freunde betreffend. Aber seine Gefühle sind ihr im Augenblick nicht so wichtig. Schließlich geht er mit ihren Empfindungen nicht gerade sorgsam um und handelt rein nach egoistischen Überlegungen. Da darf sie jetzt auch ehrlich zeigen, wie verärgert sie ist.

Von jetzt an finden die Zusammenkünfte des ›Verschwörerklüngels‹, wie sie ihn insgeheim nennt, in einer Regelmäßigkeit statt, die Charlotte gar nicht gut findet. Zwar sind die Freunde schon gegangen, wenn sie heim kommt, doch das stundenlange Zusammensitzen und Debattieren der Männer hinterlässt einen Geruch, der noch eine ganze Weile über dem Raum hängt, was regelmäßig Übelkeit bei ihr hervorruft. Sie würde der Sache zu gern einen Riegel vorschieben, aber dann möchte sie Amos doch nicht weh tun. Und dass er tief verletzt wäre, wenn sie ihm künftig diese Treffen verweigern würde, ist ihr bewusst. Also beißt sie die Zähne zusammen und versucht Verständnis zu zeigen.

Bis zu dem Abend, an dem die Männer doch noch da sind, als sie nach Hause kommt. Sie fragt nach Geoffrey und erhält zur Antwort, dass er oben bei Grandma sei.

»Wir haben ein wichtiges Thema noch nicht fertig diskutiert«, gibt Amos als Erklärung. »Aber es wird nicht mehr lange dauern.«

Charlotte geht ins Bad, räumt die Waschmaschine ein und drückt den Startknopf. Dann holt sie das Bügelbrett aus der Ecke, stellt es im Schlafzimmer auf und beginnt zu bügeln. Später legt sie sich aufs Bett und liest. Aus dem Wohnzimmer vernimmt sie die Unterhaltung der Männer. Verstehen kann sie nichts, weil im Ibo-Dialekt gesprochen wird. Aber das Thema scheint brisant zu sein, denn die Stimmen sind laut und heftig.

Charlotte würde schon ganz gern wissen, warum die Männer so in Rage geraten, warum sie sich derart aufregen. Doch sie kennt bereits die Antwort von Amos. Die wird er ganz allgemein halten und sagen, es wäre um die Überlegung gegangen, wie Biafra wieder erstehen kann. Genauere Angaben wird er nicht machen, denn die Maßnahmen und Pläne des Biafra-Kreises seien streng geheim.

Schließlich reicht es Charlotte. Sie möchte Geoffrey oben abholen, da inzwischen seine Schlafenszeit gekommen ist. Also betritt sie den Wohnraum und postiert sich neben dem Esstisch. Mit in die Seiten gestemmten Fäusten.

»Wie lange soll das hier noch dauern?«

»Bitte, Charlot, wir sind mitten in der Entscheidungsfindung. Du störst erheblich. Wir müssen das heute zu Ende bringen.« Amos wirkt verärgert.

»Was müsst ihr zu Ende bringen?«

»Das erkläre ich dir später.«

»Ich möchte aber nicht mehr warten, bis ihr endlich fertig seid. Ich will Geoffrey von oben holen. Er muss ins Bett. Morgen früh hat er Unterricht. Auch ich brauche jetzt unbedingt meine Ruhe.« Sie funkelt ihn wütend an. Sie will sich das hier nicht länger gefallen lassen.

»Ich habe nämlich einen anstrengenden Job. Mit dem verdiene ich das Geld, zum Beispiel damit ihr dieses Bier trinken könnt«, anklagend zeigt sie auf die zahlreichen Flaschen, die in malerischem Durcheinander neben Papierstapeln, überfüllten Aschenbechern und einer Nigeria-Landkarte auf dem Tisch stehen, »damit du etwas zu essen bekommst und es hier drinnen schön warm ist.«

»Bitte, Charlot, lass das doch.«

»Nein, ich lasse jetzt gar nichts mehr!«

Vier Augenpaare betrachten sie mit empörten Erstaunen. Wenn sie es jetzt nicht miterleben würden, dann hätten sie es nicht für möglich gehalten, dass eine Frau es wagen könnte, den großen Amos Tutamosu derart anzuschreien. Da sind sie gerade kurz davor, eine Entscheidung zu treffen, haben soeben eine Strategie zur Übernahme Biafras entworfen und haben die Stelle markiert, an der sie von Kamerum aus die Grenze überschreiten werden. Selbst der Fahrer des Wagens, der sie dort erwarten wird, ist bestimmt. Das alles ist bereits vereinbart. Auch die Festlegung des Hauptquartiers in Owerri, von wo aus alle weiteren Maßnahmen in die Wege geleitet werden sollen.

Aber jetzt hat diese Frau sich eingemischt, hat sie unterbrochen und aus dem Konzept gebracht. Es ist unglaublich!

Chinue steht auf. »Wir haben hier etwas Wichtiges zu besprechen«, sagt er. »Könntest du bitte wieder gehen. Wir möchten nicht gestört sein.«

Charlotte meint einen Moment sich verhört zu haben. Sie blinzelt ungläubig.

»Wie bitte?«, fragt sie mit betont ruhiger Stimme. »Habe ich recht vernommen? Versuchst du mich aus meiner eigenen Wohnung zu werfen?« Sie richtet sich kerzengerade auf, und ihr Ausdruck spiegelt die innere Empörung wider.

Da mischt Amos sich ein. »Nur noch einen Moment, bitte Charlot. Ich bringe das hier umgehend zu Ende«, sagt er in deutsch, »und gebe dir gleich Bescheid.«

Er erhebt sich, breitet einen Arm aus, wie um sie vor den anderen abzuschirmen und geleitet sie zur Tür. »Bitte!«, fügt er noch einmal an.

Charlotte nickt. Dass es jetzt keinen Sinn hat, noch weiter auf der sofortigen Beendigung der Sitzung zu bestehen, ist ihr klar. Also wird sie gute Miene zum bösen Spiel machen und oben bei den Eltern ausharren, bis sie grünes Licht von Amos bekommt. Aber sie ist zutiefst erbost und weiß mit absoluter Sicherheit, dass künftig Etliches verändert werden muss. Möglicherweise muss Amos seinen Auszug ins Auge fassen. Auf alle Fälle wird sie ihm das nahe legen, falls etwas Derartiges noch einmal vorkommen sollte. Sie wird Vater bitten, ihr zur Seite zu stehen. Schließlich ist er der Hausherr und sie nur die Untermieterin. Sein Manneswort wird bei Amos auch mehr Gewicht haben.

XXIV

Das Asylrecht gewährt Schutz vor Verfolgung. Asylberechtigt sind Personen, die wegen ihrer politischen Straftaten oder wegen ihrer politischen oder religiösen Gesinnung verfolgt werden, sofern ihnen das Asylrecht nicht wegen Missbrauchs aberkannt worden ist.

Kapitel 24

Rautlingen, April 1975 – Mai 1978

Das beabsichtigte Gespräch mit Amos führt Charlotte bereits am nächsten Tag, nachdem sie nach Hause gekommen ist. »Ich möchte dich bitten, deine Leute nicht mehr hier in die Wohnung einzuladen«, beginnt sie energisch.

»Du, das war gestern wirklich nur eine Ausnahme. Eine derart lange Sitzung werden wir in nächster Zeit nicht mehr benötigen.« Amos sagt das leichthin, ganz nebenbei, und er erwartet, dass damit die Angelegenheit erledigt ist.

Charlotte allerdings hat, während sie die halbe Nacht wach lag, sich genau überlegt, wie sie weiter vorgehen wird, um ihr Anliegen durchzusetzen. Mit Bestimmtheit betont sie also: »Ich wiederhole meine Worte von eben: Ich möchte dich bitten, deine Leute nicht mehr hier in die Wohnung einzuladen.«

»Komm, Darling, mach keinen Stress. Unser Gespräch gestern konnten wir wirklich nicht abbrechen. Es war zu wichtig. Wir hatten eine Entscheidung zu treffen.«

»Es ist mir egal, was und wie ihr zu entscheiden habt und wo immer in Zukunft eure Zusammenkünfte sein werden. Ich weiß nur das eine: nicht mehr in dieser Wohnung!« Ihre Stimme ist laut geworden und sehr ärgerlich.

Amos sieht verblüfft zu ihr hin. So eisern und resolut kennt er sie nicht, bisher konnte er sie noch immer manipulieren. Jedes Mal hat sie sich am Ende seinen Wünschen gefügt. Wieso ist sie auf einmal so eigensinnig?

»Aber wenn du uns gar nicht merkst …«, versucht er es erneut.

»Ich merke euch immer. Meine Wohnung riecht. Eure Treffen hinterlassen Gestank!«

Mit Absicht schleudert sie ihm die Beleidigung entgegen. Sie will sich seine Überheblichkeit nicht mehr gefallen lassen. Mit der naiven Frau von damals in Onitsha hat sie kaum noch etwas gemeinsam. Sie hat sich emanzipiert.

»Und den Anblick deines speziellen Freundes Chinue kann ich überhaupt nicht ertragen. Er ist mir suspekt. Ich bin fest davon überzeugt, dass er bei der Sache mit Ineh gelogen hat.«

Das musste sie noch hinterschieben. Gleich fühlt sie sich um einiges besser.

Auch wenn Amos jetzt vor ihr steht wie die Empörung in Person. Er schnappt nach Luft.

»Ich meine nicht, dass ich mir dein Verhalten gefallen lassen muss«, sagt er, dreht sich um, geht in den Flur, zieht seine Jacke vom Haken und verlässt die Wohnung.

Ein bisschen unbehaglich ist es Charlotte jetzt schon. Sie wollte ihn in seine Schranken verweisen, sich seine Unverschämtheiten verbitten. Weh tun wollte sie ihm nicht. Doch seine ausdrucksvollen Augen haben deutlich signalisiert, wie verletzt er sich fühlt – und wie wenig verstanden.

Sie zuckt mit den Schultern, versucht sich von der Richtigkeit ihres Handelns zu überzeugen. »Er benimmt sich einfach zu selbstherrlich«, sagt sie laut. »Das kann und will ich nicht mehr akzeptieren.«

Irgendwann in der Nacht wird sie wach, weil sie Amos heimkommen hört. Er scheint nicht mehr so ganz nüchtern zu sein, denn ein paar Mal stößt er laut rumpelnd an Möbelstücke. Als sie später das Bad aufsucht, sieht sie die Tür zu seinem Zimmer offen stehen und ihn angezogen und laut schnarchend auf dem Bett liegen.

Von jetzt an ist Amos häufig nicht da, wenn sie nach Hause kommt. Sie tut so, als wäre ihr das ganz recht. Geoffrey aber, der noch nicht gelernt hat, schmerzhafte Erfahrungen widerspruchslos hinzunehmen, zeigt deutlich, wie sehr er darunter leidet. »Wo ist Daddy?« fragt er jedes Mal, wenn Charlotte ihn oben bei der Mutter abholt und mit nach unten nimmt.

»Ich weiß nicht.«

»Aber er wollte …«, beginnt er und dann folgt regelmäßig eine Auflistung von Dingen, die Amos versprochen hatte, mit ihm zu erarbeiten oder zu unternehmen.

»Das wird er bestimmt bald machen«, versichert Charlotte, ohne selbst von dieser Antwort überzeugt zu sein.

Anfangs sieht es so aus, als gäbe der Junge sich damit zufrieden.

Doch eines Abends, nachdem er wieder diese stereotype Antwort erhalten hat, fährt er seine Mutter an: »Du bist schuld. Daddy hat mir gesagt, dass du ihn und seine Freunde nicht mehr in der Wohnung haben willst. Dass sie sich jetzt woanders treffen müssen. Erst sind sie ins Café am Rosengarten, aber da sollen sie auch nicht mehr hinkommen.«

»Siehst du«, wirft Charlotte ein.

»Mami! Du bist gemein. Irgendwo müssen sie sich doch treffen dürfen!«

»Warum? Die sollen sich Jobs suchen und ihre Zeit mit Arbeiten verbringen. Nicht damit, unsinniges Zeug zu schwätzen.«

Geoffrey steht jetzt dicht vor seiner Mutter. Mit geballten Fäusten. Die ganze aufgeschossene Jungenfigur drückt Entrüstung aus. »Das ist kein unsinniges Zeug!«

»Nein?«

»Sie reden über Politik. Nämlich über die Neugründung des Staates Biafra.« Stolz gibt er dieses Wissen weiter, in das er eingeweiht wurde. Er sei jetzt alt genug, um entsprechend informiert zu sein, hatte sein Vater betont.

»Und das ist nicht unsinnig?«

Charlotte müht sich, ein Schmunzeln zu unterdrücken. Geoffrey ist so voller Ernst und Überzeugung. Da will sie ihn nicht mit ihrer Belustigung kränken.

»Daddy und seine Freunde werden wieder in den Krieg ziehen, um endlich das durchzusetzen, was sie sich einmal vorgenommen haben.« Geoffrey reckt sich gerade auf. Er würde die Zeit gern schneller drehen und hofft, den Kinderschuhen bald entwachsen zu sein. Er möchte stark sein und groß – genau so wie Amos. »In ein paar Jahren folge ich ihnen und helfe, den Krieg zu gewinnen.«

Charlotte starrt ihren Sohn an. Die Belustigung ist gänzlich verflogen. »Du willst was?«

»Kämpfen!«

»Du wirst dich jetzt sofort dort an den Tisch setzen und mir zeigen, wie deine Hausaufgaben aussehen.«

Ohne ein weiteres Wort geht Charlotte hinüber zur Küche und packt laut polternd die auf dem Heimweg besorgten Lebensmittel aus der Tüte. Diesen Blödsinn wird sie sich nicht eine Sekunde länger anhören.

Maulend begibt Geoffrey sich zum Esstisch und räumt die Hefte aus der Schultasche. Da war er gerade so richtig schön in Fahrt und hat die Mami über bedeutende Dinge aufgeklärt. Doch gleich macht sie wieder alles kaputt, behandelt ihn wie ein kleines Kind und konfrontiert ihn mit den Widrigkeiten des Schülerdaseins.

Bei der Versammlung im Prinz-Ferdinand-Saal ist es spät geworden. Die Bürger-Stiftung hatte eingeladen, um den Bau eines Alten- und Pflegeheims an der Frankfurter Straße zu bereden. Es ging um Finanzierung, um Trägerschaft, in welcher Höhe künftige Bewohner Einlagen zu zahlen hätten und so weiter. Charlotte, die beauftragt worden war, der Veranstaltung beizuwohnen, um anschließend einen Bericht zu schreiben, musste für die Verarbeitung der Fakten ihre ganze Konzentration aufbringen. Jetzt spürt sie einen unangenehmen Kopfschmerz, als sie den Polo auf dem kleinen Parkplatz neben der Straße abstellt. Sie hängt die Tasche über die Schulter, presst die Fingerspitzen an die Schläfen und schlägt den schmalen Weg ein, der zum Elternhaus führt.

In der Dunkelheit, die nur schwach durch die Wegbeleuchtung erhellt wird, hat sie Mühe, den Pfützen auf dem Weg auszuweichen. Jetzt regnet es nicht mehr, nur hin und wieder fallen vereinzelte Tropfen von den Bäumen am Wegesrand. Eilenden Schrittes geht sie an den schlafenden Häusern vorüber. Sie fühlt sich müde und sehnt ihr Bett herbei. Es ist ganz still, nur ein Rascheln im Gras und auch der heisere Schrei eines Nachtvogels ist zu hören.

Amos hatte sich bereit erklärt, an diesem Abend zu Hause zu bleiben, mit Geoffrey zu essen und ihn zur richtigen Zeit ins Bett zu schicken. Hoffentlich hat das alles geklappt, überlegt sie, denn sie weiß, wie großzügig ihr Lebensgefährte die Kindererziehung betreibt. Da kann es leicht passieren, dass eine gemeinsame Beschäftigung sich bis gegen Mitternacht ausdehnt, auch dann, wenn Geoffrey am nächsten Tag zur Schule zu gehen hat. Amos liebt den sorglosen Umgang mit der Zeit.

Sie ist so in Gedanken versunken, dass sie die dunkle Gestalt, die in diesem Moment hinter einem Baumstamm hervortritt, erst bemerkt, als sie sich ihr in den Weg stellt. Charlotte erschrickt. Sie bleibt abrupt stehen und greift nach dem Regenschirm, der ihrer Umhängetasche obenauf liegt.

»Good evening«, sagt der Mann, den sie jetzt im rötlichen Schein der Straßenlampe erkennen kann. Es ist Chinue.

»Good evening«, erwidert sie seinen Gruß.

Viel lieber wäre sie stumm vorübergegangen, aber für eine solche Unhöflichkeit ist sie zu gut erzogen. Außerdem ist Chinue genau vor sie hingetreten. Sie kann gar nicht anders als anzuhalten.

»Why you say lies?«, will er wissen.

Charlotte ist unheimlich zumute, und so ist sie im ersten Moment versucht, eine beschönigende Antwort zu geben. Doch dann beschließt sie, Tapferkeit zu beweisen und nicht zu heucheln. »Weil es keine Lügen sind. Weil Ineh gestorben ist, nachdem du sie angeschossen hast«, sagt sie und ballt ihre Hände zu Fäusten, so fest, bis sie jeden harten, angespannten Knöchel fühlt.

»Aber das ist eine Lüge«, fährt er sie an, rollt wild mit den Augen und wirft ihr einen langen Blick zu, in dem unmissverständlich Hass zu lesen ist. »Ich lasse mir deine Anschuldigungen nicht gefallen. Ich werde mich dagegen wehren.«

Er kommt noch einen Schritt näher.

Charlotte würde jetzt gern kehrt machen, möchte davon laufen und sich verstecken. Doch sie rührt sich nicht von der Stelle, obwohl ihr Herz wild schlägt und vor Aufregung der Mund trocken ist.

Dennoch versucht sie einen ruhigen Anschein zu erwecken. »Ich werde mit dir jedenfalls nicht hier, mitten in der Nacht, über das Geschehen von damals reden«, sagt sie. »Das können wir tagsüber tun.« Mit hochmütig erhobenem Kopf versucht sie sich an ihm vorbei zu schieben.

Doch Chinue lässt sie nicht weiter gehen. Er greift nach ihrem Arm.

»Fass mich nicht an«, faucht sie und schüttelt seine Hand ab.

Jetzt ist sie mehr wütend als ängstlich. Was erlaubt sich der Kerl eigentlich, denkt sie. Dieser Verbrecher kommt hierher nach Deutschland, bittet um Asyl, lebt auf unsere Kosten und plant umstürzlerische Aktionen. Das haben wir zu dulden. Aber ich denke nicht daran, mir auch noch seine Drohungen gefallen zu lassen.

»Geh mir aus dem Weg! Sofort! Sonst schreie ich! Ganz laut!« Sie öffnet den Mund und lässt schon mal probeweise ein schrilles »Hiiil …!« anklingen.

»Lass das.« Chinue schaut schnell um sich. Noch scheint der kurze Ruf niemanden geweckt zu haben.

Es wäre auch zu fatal, wenn jemand die Polizei riefe. Frauenbelästigung kann ein Grund sein, um das Asylrecht zu verlieren. Chinue ist zutiefst verunsichert. Mit einer ängstlichen Frau fällt es ihm leicht umzugehen. Da fühlt er sich stark. Doch eine energische, selbstbewusste und entschlossene Charlotte macht ihn wankend.

»Okay«, sagt er und geht zögernd beiseite. »Aber du wirst von mir hören.«

Während sie schnell an ihm vorbei und dann den Weg weiter eilt, bis sie vor dem Haus der Eltern angekommen ist, kann sie seinen Blick im Rücken fühlen. Wie zwei kleine Flammen scheinen sich seine Augen in ihren Körper einzubrennen.

»Chinue hat mir aufgelauert«, erzählt sie Amos, der vor dem Fernseher sitzt und sich einen Film ansieht. Er schaut erstaunt hoch. »Wo?«, fragt er.

»Hier draußen.«

»Was wollte er?«

»Mir drohen!«

»Unsinn.«

»Nein, das ist kein Unsinn. Er möchte, dass ich aufhöre, Lügen zu erzählen, wegen dieser Geschichte mit Ineh.«

»Und warum hörst du nicht auf?«

»Weil meine Darstellung wahr ist. Und weil er lügt!«

»Ich will darüber nichts hören«, winkt Amos ab. »Was geschehen ist, ist geschehen. Daran kann man nichts mehr ändern. Die Zukunft ist wichtig. Und dazu brauche ich Chinue. Daher wäre ich dir dankbar, wenn du aufhören würdest, dich mit ihm zu streiten.«

»Also, das ist ja wohl die Höhe!« Charlotte betrachtet ihn empört. »Ich streite mich doch nicht mit ihm. Dieser unangenehme Kerl«, den Worten gibt sie eine gehässige Betonung, »hat mir aufgelauert und mich bedroht.«

»Würdest du dir bitte den Text von Geoffrey ansehen«, sagt Amos und zeigt in Richtung Esstisch. »Ich glaube, er ist voller Fehler.«

Was soll's, denkt sie und greift nach dem Heft. Amos wird zu Chinue halten, was immer sie auch gegen ihn vorbringt.

In dieser Nacht bleibt Charlotte wieder viele Stunden ohne Schlaf und überdenkt ihre Beziehung. Sie mag Amos, fühlt sich von ihm angezogen und genießt seine Zärtlichkeit von ganzem Herzen. Aber sonst haben sie nicht viel gemeinsam. Seine unrealistischen Gedankengänge, seine hochfliegenden Ideen und seine lockere Lebensauffassung widerstreben ihr. Zwar hat Amos vor kurzem eine Arbeit gefunden. In einer Software-Firma kümmert er sich um die Kunden-Verträge. Er war anderen Bewerbern vorgezogen worden, weil er ein juristisches Studium in England vorweisen kann und weil ein großer Teil des Geschäftsjargons in englischer Sprache abläuft. Charlotte war sehr angetan gewesen und hatte ihn in der ersten Zeit allabendlich über seine Tätigkeit ausgefragt, was ihm jedoch mehr als lästig zu sein schien. Er wolle abends nicht mehr vom Job reden, hatte er Kund getan, möchte sich mit ihr lieber über andere Dinge austauschen.

Was dann regelmäßig zum Ausspinnen seiner Vorstellungen über die Neugründung Biafras führt. Darüber mag er ohne Unterlass reden und darlegen, wie weit sein Kreis mit den Verhandlungen vorangekommen ist, dass es erhebliches Interesse europäischer Staaten am Biafra-Erdöl und Erdgas gäbe und dass viel Geld dabei im Spiel wäre. Er liebt es auch, sich darüber auszulassen, wie er sich die künftige Regierung vorstellt und wie intensiv die Getreuen daheim im Ibo-Land damit beschäftigt sind, die umstürzlerische Operation vorzubereiten. Streng vertraulich natürlich und unter den allergrößten Geheimhaltungsmaßnahmen.

Charlotte mag schon gar nicht mehr hinhören. Für sie sind das alles nur Luftschlösser, die sich niemals umsetzen lassen werden.

Bis zu dem Tag, an dem Amos ihr mitteilt, er habe einen Raum im Bürgerkeller gebucht. Dorthin wolle er einladen, damit Ibo-Help wieder auflebt.

»Das ist nicht wahr? Ich hab mich soeben doch sicher verhört?«, fragt Charlotte, legt den Kopf schräg und sieht ihn mit hoch gezogenen Augenbrauen an.

»Komm, tu nicht so. Ich will das seit langem, wie du weißt. Jetzt ist es an der Zeit, tätig zu werden. Meine Leute stehen bereit.«

»Waaas?! Ich soll wieder Geld sammeln, damit ihr Krieg führen könnt? Ich glaub, ich spinne!«

»Das Geld brauchen wir zunächst für die Befreiung Biafras. Sobald das geschehen ist, können wir daran gehen, den Menschen dort zu helfen. Wir werden Krankenhäuser bauen, werden Schulen einrichten und dafür sorgen, dass es den Ibos wieder besser geht.«

»Oh, mein Gott!« Charlotte lässt sich auf einen Stuhl fallen. »Was für ein Geschwafel«, sagt sie auf deutsch.

»Was ist ›Geschwafel‹?« Das Wort kennt Amos nicht, aber dass es sich vermutlich um eine Beleidigung handelt, ist ihm schon klar.

»Lass mal gut sein.« Sie steht wieder auf. »Du kannst Räume mieten, Leute einladen, Ibo-Help gründen, was immer du willst, mach es. Nur lass mich aus dem Spiel!«

Sie dreht sich um, verlässt die Wohnung und begibt sich nach oben zu den Eltern.

Samuel Bandela scheint bereits einige Monate in Deutschland zu sein, ehe Charlotte ihn das erste Mal zu Gesicht bekommt. Amos bringt ihn eines Tages mit in die Wohnung.

»Du hast doch nichts dagegen?«, sagt er, als er mit Samuel im Schlepptau hereinkommt. »Wir sind auch nur zu zweit.«

»Nein, nein.« Charlotte ist ganz gerührt, breitet die Arme aus und möchte Inehs Verlobten gern an sich drücken.

Doch der weicht zurück. »Hallo«, begrüßt er sie mit kühlem Ton.

Erstaunt sieht sie ihn an. Was soll das? Erinnert er sich nicht mehr? Damals als sie gemeinsam mit Martin, mitten in der Nacht ihn und Ineh am Wegesrand entdeckten und ins Krankenhaus gebracht hatten. Oder nimmt er ihr übel, weil es das Geld ihrer Hilfsorganisation gewesen ist, weswegen diese unglückselige Fahrt unternommen wurde?

Sie zuckt mit den Schultern. Er scheint sie nicht mehr zu mögen, was sie bedauert. Doch sie wird sich nicht aufdrängen.

Sie stellt den Männern Bier hin, bringt Brot und kalten Braten und geht, während die beiden am Tisch sitzen und reden, ihrer Hausarbeit nach.

Etwa eine Stunde später verabschieden sie sich. Sie müssten zum Treffen mit den Freunden, wird ihr gesagt. Während seines Hierseins hat sie kein einziges direktes Wort zu Samuel gesprochen und es sieht so aus, als wolle er das auch gar nicht. Erstaunlich ist für sie allerdings, weshalb er mit Chinue gemeinsame Sache macht. Sollte er die schlimmen Dinge vergessen haben und jetzt mit Leuten paktieren, die eigentlich seine Feinde sind?

Einige Wochen darauf, es ist später Nachmittag und sie kehrt gerade von der Redaktion heim, vernimmt sie im Flur die Stimmen von Amos und Geoffrey. Sie freut sich, weil Vater und Sohn mal wieder etwas Zeit miteinander verbringen. Seit sie Amos und seine Freunde aus der Wohnung vertrieben hat – und das ist schon eine Ewigkeit her – ist das nicht mehr so häufig vorgekommen. Geoffrey hat die Tatsache, dass sein Vater so viel mit seinen Freunden zusammen und daher für ihn nur noch selten greifbar ist, tief betrübt. Doch heute scheinen sie sich endlich einmal wieder zu unterhalten.

Charlotte nähert sich der geschlossenen Tür und lauscht.

»Du musst sie ganz fest halten«, hört sie Amos sagen, »dann genau zielen – und los.«

Charlotte öffnet die Tür. In der Mitte des Wohnraums sieht sie Geoffrey stehen. Er hält eine Pistole in der Hand, die er jetzt auf die Mutter richtet.

»Peng, peng«, ruft er. »Peng, peng, peng.«

»Bist du wahnsinnig!" Mit einem Satz ist sie bei dem Jungen und reißt ihm die Waffe aus der Hand.

»Was regst du dich so auf«, wendet Amos ein. »Die ist doch gar nicht geladen.«

»Sag mal, hast du sie noch alle? Dem Jungen eine Pistole zu geben und ihm zu zeigen, wie man schießt. Was soll das? Willst du ihn zu einem Soldaten erziehen?«

»Zum Beispiel.« Amos findet an dieser Möglichkeit nichts Schlimmes. In Afrika ist es an der Tagesordnung, Kinder mit Waffen vertraut zu machen.

»Du bist total verrückt.« Sie schüttelt fassungslos den Kopf. »Mein Sohn jedenfalls wird nicht zum Kampf ausgebildet.«

»Er ist auch mein Sohn!«

Charlotte kneift die Augen zusammen und wirft Amos einen scharfen Blick zu. »Hier in Deutschland«, sagt sie mit leiser, ruhiger Stimme, »ist Geoffrey ausschließlich mein Kind. Mit unbekanntem Vater. Du hast überhaupt keine Rechte. Und dass es so bleibt, dafür werde ich sorgen. Außerdem kannst du noch froh sein, wenn ich dich nicht anzeige, denn bei uns braucht man einen Waffenschein für so ein Ding da.«

Mit angeekelter Miene deutet sie auf die Pistole in Amos' Hand. »Das ist nicht wie in Nigeria, wo es wohl für jedermann ziemlich unproblematisch ist, sich mit Pistolen oder Gewehren zu versorgen und herumzuballern.«

Sie schiebt die Tatsache beiseite, dass Geoffrey daneben steht und den Disput mit anhört. Das Wissen über die nicht eingetragene Vaterschaft wird ihn schmerzen, darüber ist sie sich im Klaren. Aber es bleibt ihr keine andere Möglichkeit, als die Dinge direkt anzusprechen, wenn sie ihr Kind behalten will. Denn Amos lässt offensichtlich kaum eine Gelegenheit aus – das ist soeben deutlich geworden –, um ihr den Jungen zu entfremden.

Geoffrey steht da, mit hängenden Armen, und fühlt sich zutiefst unglücklich. »Mami«, versucht er einzulenken, »Daddy hat mir die Pistole nur gezeigt. Ich hätte nicht in echt auf dich geschossen. Bestimmt nicht.«

»Ich weiß doch, mein Krümel.« Charlotte möchte ihren Sohn an sich ziehen, doch er entwindet sich. »Du hast keine Schuld«, fügt sie hinzu.

»Daddy auch nicht«, kommt es trotzig.

In den nächsten Wochen versucht Charlotte, diese Entwicklung zu ignorieren. Sie will nicht sehen, dass Amos sich nur noch sporadisch in der Wohnung aufhält, dass er inzwischen auch für Geoffrey kaum noch Interesse zeigt und dass er meist betrunken ist, wenn er nachts spät heimkommt.

Aber weil sie durch eine harte Schule gegangen ist, weil sie gelernt hat, dem Leben mit wachen Augen und auch mit Ehrlichkeit sich selbst gegenüber zu begegnen, trifft sie schließlich eine harte Entscheidung. Denn dass es auf diese Weise nicht weitergehen kann, hat sie erkannt. Wieder einmal begibt sie sich nach oben zu den Eltern.

Vater Michaelis ist seit einem Jahr im Ruhestand, was ihm die Gelegenheit gibt, sich mehr mit dem Enkel zu beschäftigen. Anfangs ging das noch mit beiderseitiger Zurückhaltung vor sich. Aber weil er seinen Dad nur noch selten zu Gesicht bekommt, hat Geoffrey schließlich die Annäherungsversuche des Opas angenommen. Inzwischen verbringt er wieder einen Großteil der Nachmittage bei den Großeltern.

»Ich muss mit euch reden.« Charlotte lässt sich neben dem Vater in einen Sessel fallen. Für das beabsichtigte Gespräch will sie sich ausgiebig Zeit lassen. Geoffrey ist beim Hockey-Training und wird erst in etwa zwei Stunden zurück erwartet.

»Was gibt es denn so Wichtiges?«, möchte Mutter Michaelis wissen und fügt an: »Magst du einen Kaffee? Oder etwas zu essen? Ich könnte dir von dem Gulasch warm machen. Es sieht fast so aus, als hättest du in den letzten Wochen schon wieder abgenommen.«

»Ich möchte einfach nur, dass du dich her setzt«, sagt Charlotte, versucht die Gereiztheit in ihrer Stimme zu unterdrücken und deutet auf die Couch.

»Na, schön.« Beate Michaelis lässt sich ganz vorn an der Kante nieder und schaut die Tochter neugierig an. »Du scheinst ja tolle Neuigkeiten zu haben. Wollt ihr etwa heiraten?«

»Du lieber Himmel, nein! Ganz im Gegenteil. Ich will weg aus Rautlingen.«

»Das ist nicht dein Ernst?«

»Doch, das ist es. Ich kann hier nicht länger bleiben.«

»Charlotte, das darfst du nicht«, kreischt die Mutter. »Du hast in Rautlingen deine Arbeit, auch Amos kann endlich seinem Beruf nachgehen, und Geoffrey braucht uns. Der arme Junge wäre schrecklich allein, wenn wir uns nicht täglich um ihn kümmerten.«

Charlotte ist hin und her gerissen. Zum einen meint sie, die Mutter zurechtweisen zu müssen, ihr deutlich zu sagen, dass sie ein eigenes Leben habe, das sie nicht von den Empfindungen der Eltern abhängig machen kann. Und zugleich versteht sie die Aufregung, ja fast Angst in den heftig hervor gestoßenen Worten. Aber sie kann und will auch nicht mehr zurück. Ihr Entschluss ist gefasst.

»Ja, Mutti, das stimmt, doch es hilft nichts.« In einer um Verzeihung bittenden Geste hebt sie die Hände. »Ich werde übrigens nicht mit Amos gehen. Er ist nämlich der Anlass, weshalb ich unbedingt fort muss.«

»Behandelt er dich nicht gut?« Beate Michaelis wirft der Tochter einen forschenden Blick zu. Das wäre ein Grund, den sie verstehen würde.

»Darum geht es nicht. Er hat ganz schlimme Ansichten und versucht, mich für seine Zwecke zu benutzen. Außerdem beeinflusst er Geoffrey auf eine Weise, die mir überhaupt nicht recht sein kann.«

Vater Michaelis ist dem Dialog zwischen Mutter und Tochter aufmerksam gefolgt, ohne sich bisher geäußert zu haben. Jetzt beugt er sich vor und tätschelt Charlottes Hand.

»Du bist auf dem richtigen Weg«, sagt er. »Ich wunderte mich schon über deine Toleranz, staunte, woher du die Kraft nimmst, Amos‘ Benehmen auszuhalten. Ich habe angenommen, deine Gefühle für ihn wären stark genug, um seine Schwächen zu übersehen. Daher habe ich meine Bedenken für mich behalten. Aber nachdem ich sehe, dass du die Situation klar erkennst, kann ich dir auch sagen, dass ich es in Ordnung finde, wenn du für die Zukunft Veränderungen vorsiehst.«

»Wie bitte?« Die Mutter richtet sich kerzengerade auf. Ihre Augen blitzen vor Zorn. »Dietrich, du fällst mir in den Rücken!«

Michaelis hebt die Hand und deutet seiner Frau an, sie möge ihre Einmischung zunächst für sich behalten. »Lass unsere Tochter sagen, welche Vorstellungen sie hat.«

Den Vater sicher auf ihrer Seite wissend, kann Charlotte nun auf die zahlreichen unerfreulichen Episoden eingehen, die in den letzten Monaten abgelaufen sind. Sie spricht davon, wie Amos sie mit seinem Benehmen kränkt, wie häufig sie sich über ihn ärgert und wie sehr sie sich von ihm ausgenutzt fühlt. Sie redet vom späten Heimkommen, vom meist betrunkenen Zustand und von seiner Unart, Lebensmittel aus ihrem Vorrat zu entwenden, die er, wie sie annimmt, wohl den Freunden mitbringt. Schon lange habe sie kein Bier mehr im Haus, weil er die Flaschen ebenfalls außer Haus getragen hatte. Die wenigen Male, die er zu Hause sei, würde er nutzen, um Geoffrey Soldatenlieder beizubringen, um ausführlich über Biafra zu phantasieren – und um Charlotte zu überreden, mit ihm zu schlafen. Letzteres sei ihm aber, trotz des Einsatzes seines gesamten Repertoires an Charme, schon seit längerem nicht mehr geglückt.

Nachdem sie geendet hat, ist es einige Minuten ganz still im Raum. Nur das Ticken der großen Standuhr ist zu hören. Und draußen, aus der Krone des efeuumwachsenen Haselnussbaums, klingt das empörte Gezeter einer Amsel, weil sie die umherschleichende schwarze Nachbarskatze entdeckt hat.

Der Vater holt tief Luft, um dem Bericht seine eigenen Erfahrungen hinzu zu fügen.

»Amos erzählte mir vor einigen Wochen von seinen Ideen«, beginnt er. »Er sprach davon, mit welchen Regierungen seine Gruppe Kontakt aufgenommen habe. So weit ich mich erinnere, sollen sie bereits Verhandlungen mit den Ländern Portugal, Frankreich und Malta führen. Er meinte, dass mit den Erdölvorkommen im Hintergrund er und seine Leute beste Argumente hätten, um zu verhandeln und um europäische Partner auf ihre Seite zu ziehen. Ich warnte ihn, denn ein erneuter Versuch zur Spaltung Nigerias würde vermutlich ein noch größeres Blutbad anrichten, was allerdings keinen Eindruck auf ihn machte. Er gab sich im Gegenteil recht gelassen. Seine Vertrauten daheim im Ibo-Land wären auf einen Bürgerkrieg eingerichtet, hat er behauptet.«

»Siehst du! Er ist von dieser Idee wie besessen und will keine Einwände gelten lassen«, wirft Charlotte ein.

»Er sprach vom Geld, das er benötigen würde, und dass er vorhabe, Ibo-Help wieder ins Leben zu rufen. Er hatte bereits einen Saal gebucht und wollte zu einem Vorstellungsabend einladen.

Du scheinst ihm da wohl eine Absage erteilt zu haben, jedenfalls versuchte er, mich für sein Vorhaben zu gewinnen.«

»Und? Hast du ihm etwa Hoffnungen gemacht?«

»Nein, natürlich nicht. Ich antwortete nur ganz vage, wollte ihn auch nicht verärgern, denn ich wusste ja nicht, wie ihr beide verblieben seid. Er würde wieder auf mich zukommen, allerdings wollte er die Saalbuchung zunächst rückgängig machen. Er müsse noch recherchieren, und er wolle bei der Franken-Rundschau vorstellig werden. Die würden sich doch bestimmt an deine Berichte von damals erinnern. Eine Hilfsorganisation würde im nigerianischen Osten, jetzt nach Beendigung des Bürgerkrieges, noch dringender benötigt. Er wäre in der Lage, Beispiele von drastischer Art zu schildern, und er habe berechtigte Hoffnung, dass man sein Anliegen unterstützen werde.«

»Das ich nicht lache! Die werden ihn vermutlich für übergeschnappt erklären.« Charlotte schüttelt den Kopf, weil sie Amos ein derart unverfrorenes Durchsetzungsvermögen nicht zugetraut hat. Ganz offensichtlich empfindet er kein bisschen Scham wegen der veruntreuten Gelder.

»Nun, zu all dem wird es hoffentlich nicht mehr kommen«, sagt sie und setzt sich aufrecht hin. »Deine Worte bestärken mich in meiner Absicht. Ich werde doch noch ein wenig schneller die Dinge in die Wege leiten müssen. Allerdings will ich, um Geoffrey nicht zu sehr in Mitleidenschaft zu ziehen, bis zu den Sommerferien warten.«

»Also machst du wirklich Ernst?« Mutter Michaelis schaut betrübt drein, aber auch bereits einsichtig. Sie weiß jetzt, dass sie nicht länger die Augen verschließen darf. Die Situation mit Amos ist unerträglich geworden, das hat auch sie inzwischen erkannt.

»Ich glaube, du hast Recht, Charlotte«, sagt sie auf einmal und räuspert sich. »Es ist wohl an der Zeit, dass ich euch von einer Sache erzähle, die sich vor ein paar Tagen zutrug.«

Michaelis und seine Tochter werfen sich erstaunte Blicke zu. Bisher hatte es nicht so ausgesehen, als würde von Mutters Seite Verständnis aufgebracht. Charlotte hatte sich bereits auf einen heftigen und tränenreichen Widerspruch eingestellt.

»Geoffrey war hier bei mir. Er hatte die Hausaufgaben erledigt und spielte im Wohnzimmer«, beginnt Beate Michaelis. »Ich war im Garten und nahm Wäsche ab. Als ich hereinkam, sah ich, dass der Junge ummöbliert, also Sessel und Stühle im Raum verteilt hatte. Erst konnte ich ihn nicht sehen. Er hielt sich versteckt, doch dann entdeckte ich ihn am Boden liegend. Er bedeutete mir, leise zu sein und robbte langsam von einer Sitzgelegenheit zur anderen. Flüsternd wollte ich wissen, was er denn da machen würde. Er sei ein Gorilla, raunte er. Ich wies ihn darauf hin, dass Affen an Bäumen hängen und nicht auf dem Boden robben würden. Da hat er mich voller Empörung angesehen, ist aufgestanden und hat verkündet: Ein Gorilla ist kein Affe, das ist ein Soldat.«

»Oh!«, ist alles, was Charlotte im ersten Moment dazu einfällt.

Dem Vater ist der Schrecken anzusehen, den die Beschreibung dieser anscheinend harmlosen kleinen Episode in ihm auslöst. Er schüttelt wie abwehrend den Kopf. »Man könnte schmunzeln«, sagt er, »wenn es sich dabei einfach um eine lustige Geschichte und nicht um eine wirklich ernst zu nehmende Aussage handeln würde. Unser Enkel bereitet sich im Spiel auf seine künftige Aufgabe vor.«

»Also mache ich mir nicht zu Unrecht diese Gedanken.« Charlottes Stimme ist leise und nachdenklich. »Amos beabsichtigt tatsächlich, seinen Sohn zu einem Guerillakämpfer zu erziehen.«

Die Mutter hält die Hände im Schoß gefaltet. Fest presst sie die Ballen aneinander, so, als könne es ihr auf diese Weise gelingen, etwas zu halten, was ihr unwiederbringlich zu entrinnen scheint.

»Aber wo wollt ihr denn dann hin?«, fragt sie sorgenvoll. »Hier hast du eine gute Arbeit, der Junge wird von uns betreut, und die Wohnung kostet dich nichts.«

»Ja, Mutti, das weiß ich alles auch. Nur nutzt es nichts. Ich kann nicht bleiben, denn Amos würde niemals freiwillig gehen. Und mit ihm zusammen ist es inzwischen untragbar. Sollte ich ihn mit Gewalt aus der Wohnung werfen, dann wäre er dennoch in der Nähe. Er würde versuchen, sich an Geoffrey heranzumachen und ihn auf seine Seite zu ziehen. Der Junge ist total fasziniert von ihm. Vielleicht ist er heute nicht mehr ganz so hörig, aber es gab eine Zeit, da wäre er seinem Vater blindlings überall hin gefolgt.«

Die Mutter nickt ergeben. Das ist ihr inzwischen auch klar geworden. So bitter der Weggang von Tochter und Enkel für sie sein wird, ist er vermutlich dennoch die bessere Lösung.

»Ich habe mit Heike telefoniert«, teilt Charlotte den Eltern jetzt mit. »Wir können in ihrer Hamburger Wohnung unterkommen. Da scheint ausreichend Platz zu sein, jedenfalls fürs erste. Ich werde versuchen, unseren Lebensunterhalt als freie Journalistin zu verdienen. Mein Chef hat mit einem Kollegen vom Hamburger Abendblatt telefoniert. Ich habe mich noch an weitere Redaktionen gewandt und meine Mitarbeit angeboten. Zum Glück kann sich mein Ruf in Zeitungskreisen sehen lassen. Mir wurde angedeutet, dass ich mit Aufträgen rechnen kann. Also denke ich, dass es gehen wird. Es muss einfach gehen!«

Sie versucht ein kleines tapferes Lächeln. »Für Geoffrey ist der Schulwechsel unproblematisch, weil er ja zum Ende des Schuljahres die Grundschule verlässt. Heike nannte mir das nächstgelegene Gymnasium. Es ist die Karl-Friedrich-Schule. Und das Gelände eines bekannten Hamburger Hockey-Clubs ist gleich um die Ecke.« Ihr Lächeln wirkt jetzt befreiter. »Das wird Geoffreys Einstieg dort erleichtern.«

»Falls du Geld brauchen solltest«, hört sie den Vater mit ruhiger fester Stimme sagen. »Wir können dich gern unterstützen.«

Die Mutter bestätigt das wortlos nickend.

»Danke, das ist ganz lieb von euch. Aber all die Jahre, seit ich aus Nigeria zurück bin, habt ihr von mir keine Miete angenommen, wofür ich euch natürlich sehr dankbar bin, und was es mir ermöglicht hat, eine schöne Summe anzusparen. Die wird mir in Hamburg helfen. Ich will ja nicht ewig bei Heike wohnen bleiben, und irgendwann habe ich vielleicht die Möglichkeit, mir eine eigene Wohnung zu suchen.«

XXV

Die Freie und Hansestadt Hamburg liegt beiderseits der Elbe und ist mit 1,8 Millionen Einwohnern die größte Stadt Deutschlands. Der 1919 gegründeten Universität ist das Universitätskrankenhaus Eppendorf angegliedert.

Kapitel 25

Juli 1978

Am Abend vor der geplanten Abreise – eigentlich könnte man die Aktion eher als Flucht bezeichnen – sitzt Charlotte mit Amos im Wohnraum. Er ist ausnahmsweise zu Hause und hat soeben den Fernseher eingeschaltet. Bei einem Sender entdeckt er einen Actionfilm, in dem sich Gangster und Polizisten gerade eine wilde Verfolgungsjagd liefern. Zufrieden lehnt er sich zurück.

Charlotte hält ein Buch in Händen und tut, als würde sie lesen. In Wahrheit jedoch kreisen ihre Gedanken unaufhörlich um den nächsten Morgen.

Am Vortag hat sie noch einmal den Schlangenkreis befragt. Sechs Muscheln waren auf das Zeichen Stab gefallen, drei lagen im Viertel mit dem Manela-Zeichen und acht Muscheln bei der Schale. Ihr war also bedeutet worden, sie solle sich bereit machen, Lebewohl zu sagen, sie solle lernen, auf eigenen Füßen zu stehen und, auch wenn ihre Absicht sie in eine Prüfungssituation bringe, so dürfe sie auf ihre bisherigen Erfahrungen vertrauen. Jedenfalls könne sie mit Freude an ihr Vorhaben gehen.

Doch obwohl ihr die Kaurimuscheln ein gutes Gelingen signalisierten, ist es ihr nicht möglich, die nervöse Spannung zu überwinden. Akribisch durchforstet sie immer wieder aufs Neue den geplanten Ablauf, um eventuelle Schwachstellen in der Vorbereitung zu entdecken. Sie hofft, an alles gedacht und es so arrangiert zu haben, dass ein reibungsloser und zugleich unbemerkter Ablauf garantiert ist. Es ist von eminenter Wichtigkeit, dass Amos von dem für den morgigen Tag vorgesehenen Plan nichts mitbekommt.

Wenn er dann am Abend von seiner Arbeit zurückkehrt, wird es ihm natürlich nicht verborgen bleiben, dass sie und Geoffrey aus seinem Leben verschwunden sind. Aber wohin, kann er wohl kaum herausfinden. Heike Plauert hat er nie getroffen. Er weiß von einer Freundin in Hamburg, kennt aber weder deren Namen noch die Adresse. Und die Eltern werden keinen Ton verraten, da ist Charlotte sich ganz sicher.

Sie legt das Buch auf den Tisch, lehnt sich zurück und schließt einen Moment die Augen.

»Ich glaube, ich bleibe morgen zu Hause«, sagt sie und lässt in ihrer Stimme einen leidenden Ton mitklingen. »Diese ständigen Kopfschmerzen machen mich noch ganz irre. Ich muss unbedingt einmal zur Ruhe kommen.«

Er konzentriert sich voll auf den Bildschirm. Eben schleicht einer der Bösewichte in gebückter Haltung durch den Garten zur weit geöffneten Terrassentür.

»Hmmh.« Er hat gar nicht hingehört.

»Denk also daran, dir selbst den Wecker zu stellen.«

»Wieso? Was ist?« Amos schaut irritiert hoch.

Gereizt wiederholt Charlotte das Gesagte.

Dann steht sie auf und macht sich schlafensfertig.

Am nächsten Morgen wartet sie nach einer weitgehend durchwachten Nacht darauf, dass sie Amos endlich aufstehen und dann weggehen hört. Was aber nicht der Fall ist. Schließlich erhebt sie sich und geht nach nebenan. Sie sieht ihn im Bett liegen, noch tief im Schlaf versunken. Den Wecker hat er vermutlich gar nicht erst angestellt.

»Das hätte ich mir eigentlich denken können,« murmelt sie und zieht gereizt seine Zudecke weg. »Amos, aufstehen. Es ist bereits nach sieben.« Ihr Ton ist laut und scharf.

Er blinzelt ins helle Licht, das durch die geöffnete Tür hereinfällt und greift ärgerlich nach der Decke. »Lass das. Ich gehe heute auch nicht zur Arbeit.«

Er rollt sich zur Seite und legt einen Arm über das Gesicht.

»Natürlich gehst du!« Charlotte tritt noch näher heran, fasst nach seiner Schulter und rüttelt ihn heftig. »Du kannst nicht einfach krank machen. Dir fehlt doch gar nichts.«

»Ich bin noch müde.«

»Amos!« In ihr steigt eine riesige Wut hoch.

Wenn sie ihn nicht dazu bringen kann, ins Büro zu gehen, dann klappt ihr ganzer Plan nicht, was wirklich schlimm wäre. Alles wurde genau auf diesen Tag gelegt. Jede Verschiebung würde enorme Probleme bereiten. Außerdem ist fraglich, ob er beim nächsten Versuch nicht ähnlich reagiert. Ob er etwas ahnt? Nein, denkt sie, das kann nicht sein. Sie hat eiserne Geheimhaltung bewahrt. Nicht einmal Geoffrey wurde eingeweiht.

Amos, der fest vorhat, sich ebenfalls einen freien Tag zu gönnen, versucht es jetzt mit Charme. Er hebt den Arm leicht an und schaut spitzbübisch darunter hervor. »Was hältst du davon, wenn ich hier bleibe und dir die Stirn kühle?«

»Davon halte ich gar nichts.«

Voller Zorn dreht sie sich weg und begibt sich hinüber ins Wohnzimmer.

Was mache ich bloß, wenn er nicht ins Büro geht, überlegt sie? Ich kann doch nicht einfach so tun, als wäre es mir angenehm, einen gemütlichen, faulen Tag in der Wohnung zu verbringen. Meine Nerven würden das nicht durchhalten, ich muss mich ja jetzt schon mühen, ihn nicht anzuschreien.

Energisch lenkt sie ihre Gedanken in Richtung des Naheliegenden und überlegt, welche Dinge noch mitzunehmen sind. Zwei gepackte Koffer hat sie am Vortag oben bei den Eltern deponiert. Doch in der Wohnung befinden sich noch eine ganze Menge an Sachen, die auf keinen Fall hier bleiben können, weil sie im neuen Domizil benötigt werden. Um nicht das Misstrauen von Amos zu wecken, sind sie noch am angestammten Platz belassen worden, zum Beispiel alle Spiel- und Bastelsachen von Geoffrey.

Missmutig und lautstark räumt Charlotte in der Wohnung herum. Sie rückt den Esstisch an eine andere Stelle, schiebt die kleine Couch näher zum Fenster, hebt sodann Bücher aus einem der Regalfächer und knallt sie auf den Tisch. Mit dem Staubtuch beginnt sie die Bretter abzureiben.

Da bemerkt sie, wie Amos aus seinem Zimmer kommt. »Ich dachte, du hast Kopfschmerzen? Warum bleibst du dann nicht liegen?«, will er wissen.

»Weil sie davon nicht besser werden. Ich möchte einfach in Ruhe vor mich hin wursteln. Du störst mich dabei.«

»Na, wenn das so ist.« Eingeschnappt dreht er sich um und geht ins Bad.

Eine halbe Stunde später ist er gegangen.

Er hat nicht einmal mehr gefrühstückt, so beleidigt ist er. Da wollte er ganz lieb sein, hatte angenommen, sie könnten gemeinsam einen schönen Tag verbringen, vielleicht irgendwohin einen Ausflug machen? Weil das Wetter herrlich warm ist, wäre heute die ideale Gelegenheit gewesen, mit Geoffrey zum Main zu fahren. Sie hätten ein Boot mieten und es sich aus einem von Charlotte vorbereiteten Picknickkorb gut gehen lassen können. Mit diesem Vorschlag wäre er bei seinem Sohn ganz sicher auf große Begeisterung gestoßen, gerade deswegen, weil es ihm in letzter Zeit nur selten möglich gewesen ist, sich um den Jungen zu kümmern. Fast täglich war er vom Biafra-Kreis mit Beschlag belegt worden. Doch heute hätte er das nachholen und zugleich sein schlechtes Gewissen Geoffrey gegenüber beruhigen können. Aber Charlotte mit ihrer miesen Laune hatte alles kaputt gemacht. Überhaupt ist sie schon seit Monaten nicht sehr freundlich zu ihm. Dabei, daran müsste sie sich doch auch erinnern, hatten sie einmal viel Spaß miteinander gehabt.

Charlotte stand am Fenster, hielt den Atem an und gab vor, die Blumen zu gießen, als Amos nach seiner Tasche griff und in Richtung Tür marschierte.

Mit den Worten »Also, ich geh jetzt. Bye«, hat er sich verabschiedet.

»Bye.« Sie hat ihm kurz zugewinkt und ist dann stocksteif stehen geblieben, in der Befürchtung, er könne wieder zurückkehren.

Jetzt beobachtet sie die Uhr und den Sekundenzeiger. Voller Nervosität wartet sie die Minuten ab, die er braucht, um zur Haltestelle zu gelangen und den nächsten Bus zu nehmen. Seine Schritte kehren nicht zurück. Erleichtert atmet sie auf.

»Jetzt aber los«, befiehlt sie sich und beginnt voller Hast die Dinge einzuräumen, die unbedingt noch mitgenommen werden müssen. Sie packt die Kosmetikartikel im Bad ein, füllt eine Kühltasche mit Essen und nimmt die restliche Wäsche aus dem Schrank in ihrem Zimmer.

Das weckt schließlich Geoffrey, der sich an diesen ersten Ferientagen voller Genuss gönnt, morgens lange ausschlafen zu können. »Mami, was kramst du denn hier so rum?«

»Wir machen Urlaub und ich packe ein.«

»Was? Wieso machen wir Urlaub?« Erstaunt setzt er sich auf.

»Das sag ich dir, wenn wir im Auto sind.«

»Und Daddy?«

»Der kann noch nicht weg.«

Fast hätte sie hinzugefügt, er würde nachkommen. Aber dann hält sie diese Lüge zurück. Geoffrey würde ihr ein Anschwindeln im Zusammenhang mit seinem Vater sehr übel nehmen. Der Wegzug von Rautlingen an sich wird für ihn schon schwer zu verkraften sein. Aber dass sie ohne Amos gehen, einfach verschwinden, das wird er nicht begreifen können. Da muss ich durch, denkt sie.

Etwa eine Stunde später befinden sie sich im Polo auf der Autobahn in Richtung Norden. Der Abschied von den Eltern war schmerzlich gewesen. Der Vater hatte sich noch ganz gut in der Gewalt. Er hat Charlotte fest gedrückt und leise gesagt: »Du machst es schon richtig. Ich bin immer für euch da, das sollst du wissen. Du brauchst nur nach mir zu rufen. Ich setze mich umgehend ins Auto und bin wenige Stunden später bei euch.«

Charlotte hat darauf nur ein »Danke« murmeln können.

Sie musste sich ungeheuer mühen, nicht loszuheulen. Geoffrey hätte wohl nicht begriffen, warum der Start in eine Urlaubsreise so traurig sein sollte. Es war schon schwer verständlich, warum die Oma plötzlich Tränen in den Augen hatte und sich dauernd die Nase putzte.

»Aber, Omi«, hat er sie getröstet. »Wir sind doch bald wieder zurück. Inzwischen kannst du dich ein bisschen von mir erholen.«

Das brachte die Großmutter dazu, unter Tränen zu lächeln. Doch verkrampft wirkte sie auch weiterhin.

Nun sitzt er auf der Rückbank im Auto und lauscht der Kassette ›Die Schatzinsel‹, die von Mami in den Rekorder eingelegt wurde.

Es fällt ihm schwer, sich auf die Geschichte zu konzentrieren, weil diese ganze, überstürzt anberaumte Urlaubsreise ihn eigenartig anmutet. Bis jetzt ist ihm kein Ziel genannt worden. Er wurde auf später vertröstet, denn es solle eine Überraschung sein. Unbegreiflich ist ihm auch, warum die Mami das Auto derart voll gepackt hat. Er findet hinten kaum Platz. Überall sind irgendwelche randvoll gefüllten Behältnisse. Selbst der Beifahrersitz ist mit einer Sporttasche belegt und auf dem Boden davor steht ein Korb mit Lebensmitteln. Hinten wurde so hoch aufgetürmt, dass nur ein kleiner Teil des Rückfensters noch frei ist. Komisch, denkt er, und wundert sich. Die ganze Sache riecht schwer nach Geheimnis. Was wiederum seine Neugierde weckt.

Charlotte versucht ihre Aufmerksamkeit ganz dem Straßenverkehr zu widmen, glücklicherweise ist nicht allzu viel los und sie kommt zügig voran. Sie redet sich gut zu, bestärkt sich noch einmal in ihrer Absicht, künftig in Hamburg leben zu wollen, und wendet ihre Gedanken weg von der Vergangenheit. Sie konzentriert sich ganz auf das Jetzt, sieht die schnell vorüber ziehende Landschaft, die in sommerliche Farben gehüllt ist, und betrachtet mit verstärkter Aufmerksamkeit die Straßenschilder. Eben haben sie die Ausfahrt Göttingen passiert.

Eigentlich sollten wir irgendwann einmal ein paar Tage hierher fahren, meint sie und lässt ihre Blicke über die dicht bewaldeten Hügel gleiten, die das in der Sonne metallisch glänzende Straßenband umsäumen. Wie rücksichtsvoll ist es doch von der Natur, denkt sie, mit so schönen Plätzen aufzuwarten, damit kummervollen Seelen etwas zur Ablenkung geboten wird. In den Harz wollte sie schon immer mal, in Braunlage ein paar Tage bleiben und von dort aus der alten Kaiserstadt Goslar einen Besuch abstatten. Vielleicht kriegen wir das in den Ferien noch hin? Doch im selben Moment wird ihr klar, dass sie kaum ein paar aneinanderhängende Tage wird freischaufeln können, denn zunächst ist es wichtig, sich um eine Arbeit zu kümmern. Sie hat vor, sich umgehend bei etlichen Redaktionen vorzustellen, und hofft, möglichst rasch auch Aufträge zu erhalten. Also wird ein Urlaub mit Geoffrey erst im Winter möglich sein, was im Harz bestimmt auch sehr schön ist. Charlotte stellt sich die in Schnee gehüllte Landschaft vor und wie sie dann gemeinsam mit dem Sohn das Skifahren probiert. Einige Male in ihrer Jugendzeit hatte sie Skikurse absolviert und war auch fähig gewesen, in ›gekonnten Bögerln‹, wie der Skilehrer sagte, den Berg hinunter zu rutschen.

Sie sind schon ein paar Stunden unterwegs. Weil Charlotte eine leichte Verspannung im Nacken verspürt, legt sie den Kopf zurück und bewegt lockernd die Schultern. Eigentlich ist es an der Zeit, eine Pause zu machen, überlegt sie und erblickt im selben Moment das Hinweisschild der Autobahnraststätte Seesen.

»Da kommt eine Raststätte. Sollen wir da mal anhalten?«, fragt sie in Richtung Rückbank.

»Krieg ich Pommes? Und Schnitzel?«, ertönt die Gegenfrage von hinten.

»Ich bin sicher, dass die so etwas da haben.«

Sie setzt den Blinker, ordnet sich rechts ein und lenkt den Wagen auf den Parkplatz.

In der Raststätte wählen sie einen kleinen Ecktisch, nachdem sie sich an der Selbstbedienungstheke mit Pommes, Schnitzel, Kaffee und Fanta versorgt haben.

»Ich möchte dir etwas sagen«, beginnt Charlotte. Sie hat das Tablett abgestellt, die Teller verteilt und die Limonade eingeschenkt.

Jetzt sitzen sie sich gegenüber und Charlotte sieht erwartungsvolle Jungenaugen auf sich gerichtet. Sie schluckt, weil ihr die Mitteilung, die sie zu machen hat und die sie nicht länger aufschieben kann, den Hals einengt.

»Wir werden vorerst nicht nach Rautlingen zurückkehren«, bekennt sie.

Geoffrey betrachtet seine Mutter aufmerksam. Dass sie etwas Außergewöhnliches im Schilde führt, es sich nicht nur um einen durchschnittlichen Urlaub handelt, das konnte er vermuten, zu eigenartig war ihr Benehmen, auch das der Großeltern. Und besonders unbegreiflich erscheint ihm das randvoll gepackte Auto.

»Warum nicht?«, will er wissen.

»Weil ich mit deinem Vater nicht länger leben kann.«

Die nächsten Minuten vergehen schweigend.

Geoffrey hat sich zur Seite gedreht und schaut aus dem breiten Fenster hinaus in die Grünanlage. Tut desinteressiert und hat das Essen auf seinem Teller ganz vergessen. So groß ist sein Appetit jetzt gar nicht mehr.

»Wo gehen wir hin?«, fragt er, ohne sie anzusehen.

»Zu Heike nach Hamburg.«

Abrupt wendet er ihr den Kopf zu. Seine dunklen Augen blitzen zornig. »Was soll ich denn in Hamburg? Da will ich nicht hin.«

»Schau, Krümel«, sagt sie und versucht nach seiner Hand zu greifen. »Mir bleibt einfach nichts anderes übrig. Dir ist doch auch nicht entgangen, wie dein Dad sich in den Jahren verändert hat. Wir interessieren ihn nicht mehr. Er will nur noch mit seinen Freunden zusammen sein und diesem Hirngespinst Biafra nachjagen.«

»Das ist kein Hirngespinst!«, entrüstet sich der Junge.

»Ach, Geoffrey! Du musst von all dem, was Amos erzählt, immer Dreiviertel abstreichen. Dann kannst du in etwa davon ausgehen, was Sache ist. Er hat tolle Ideen, das gebe ich zu. Aber die meisten davon sind nicht umsetzbar. Er träumt und hätte die Welt gern genau so, wie sie in seinen Träumen erscheint. Doch mit der Wirklichkeit hat das nur wenig zu tun. Dein Vater wäre ein prima Anwalt und Jurist, wenn er sich darauf konzentrieren würde. Aber leider genügt ihm das nicht.«

Darauf mag Geoffrey nichts erwidern. Eigentlich findet er es nicht schlimm, Träume zu haben. Abends im Bett mag er sich auch gern eine schöne Zukunft vorgaukeln, weil er dann besser einschlafen kann. Da sieht er sich wie ein Ritter aus längst vergangenen Zeiten hoch zu Pferd sitzen und mit dem Schwert in der Hand das Böse bekämpfen.

Er tut einen tiefen Atemzug, nimmt das Besteck auf und wendet sich nun endlich dem Essen zu. Die Mami beurteilt Daddy gar nicht so falsch. In der Tiefe seines Herzens weiß er das natürlich. Sein Verstand hat ihm schon seit geraumer Zeit eingegeben, dass ein Gutteil von Amos beschworenen Absichten aus nebulösen Phantasien besteht. Anfangs wehrte er sich gegen diese Einsicht. In seiner Unsicherheit wandte er sich an den Großvater, musste allerdings erkennen, dass auch von dieser Seite wenig Zustimmung für Amos‘ Ideen vorhanden war. Das machte ihn nachdenklich. Und nachdem die

Enttäuschung über die Vernachlässigung hinzu kam, begann er die Dinge nüchterner zu sehen, sich sogar ganz allmählich von seinem Dad zu lösen. Die starke Vater-Sohn-Bindung wurde weniger eng.

Der Schmerz über die Trennung ist also nicht allzu unerträglich, auch wenn Geoffrey das vor Charlotte nicht zugeben mag. Sie soll schon noch ein wenig zerknirscht sein. Denn eigentlich hätte sie diese bedeutende Vorgehensweise mit ihm absprechen müssen. Er ist schließlich schon zehn Jahre alt und kommt in Kürze aufs Gymnasium.

»Auf welche Schule soll ich denn da gehen?« Er hat die Stirn gerunzelt, tut ärgerlich und zeigt offen, wie übergangen er sich fühlt. »Ich habe Freunde in Rautlingen und ich will weiterhin Hockey spielen.«

»Freunde wirst du auch in Hamburg ganz schnell finden, und alles andere ist geregelt.« Charlotte bemüht sich, ihr Gesicht in ernsten, sorgenvollen Falten zu belassen. Doch innerlich ist sie erleichtert, weil die Fragen des Jungen sich bereits an dem orientieren, was vor ihnen liegt. Wie ein ganz normales Kind empfindet er jede Art von Veränderung als spannend, fühlt lebhafte Neugierde auf das Kommende und wird sicherlich in nicht allzu ferner Zukunft der Vergangenheit den Rücken gekehrt haben.

»Du wirst das Karl-Friedrich-Gymnasium besuchen«, erläutert sie. »Da bist du angemeldet, und ein Hockey-Club befindet sich etwa fünf Minuten zu Fuß von Heikes Wohnung entfernt. Bis dahin brauchst du nicht einmal den Bus zu nehmen.«

»Ich will mit dem Fahrrad fahren. Das hast du gar nicht eingepackt.«

»Wir kaufen dir ein neues. Für das andere warst du eh schon ein bisschen zu groß.«

Charlotte sieht, wie sich Zufriedenheit in Geoffreys Zügen ausbreitet. Eigentlich findet er es jetzt gar nicht mehr so übel, von Rautlingen weg zu gehen. Wenn er es sich genau überlegt, dann war das doch ein ziemliches Kaff. Das brachte auch Dad manchmal zum Ausdruck. Hamburg jedenfalls ist eine große Stadt. Das hat er die Leute reden hören, als sein Club im letzten Jahr ein Hockey-Turnier ausrichtete, an dem auch eine Hamburger Mannschaft teilnahm. Mit diesen Jungen hatte er sich prima verstanden.

Der Verkehr verdichtet sich deutlich, je mehr sie sich der Hansestadt nähern. Als sie schließlich die große Elbbrücke überquert haben und die Autobahn endet, bedeutet es für Charlotte große Mühe, sich inmitten der vielen Autos, der zahlreichen Abzweigungen und der in alle Richtungen weisenden Hinweisschilder zurecht zu finden. Von Heike war sie mit einem Routenplan versorgt worden. Den hat sie sich ans Armaturenbrett geklebt und nun wandert ihr Blick hastig hin und her zwischen der Straße, dem Zettel, den Schildern und den anderen Fahrzeugen. Die bemerken ihre Unsicherheit, versuchen sie recht rücksichtslos zu überholen und auch dicht vor ihr zu kreuzen.

»Das finde ich nie«, murmelt sie und lässt ein Stöhnen hören.

»Soll ich dir die Anweisung vorlesen?«, bietet Geoffrey an.

»Du, das ist gar keine schlechte Idee. Hier«, sie zieht den Zettel ab und reicht ihn nach hinten.

»Also, … wir sind wo?«, will er wissen.

Charlotte reckt den Hals und hält nach einem Straßenschild Ausschau. Endlich kann sie, etwas versteckt von den Ästen einer Kastanie, eines entdecken. »Wir durchfahren soeben die Mundsberger Straße«, teilt sie ihrem Navigator mit.

»Mundsberger Straße?« Geoffrey fährt mit dem Finger den von Heike aufgelisteten Straßennamen entlang. »Ach ja. Okay. Jetzt geht es noch etwa einen Kilometer gerade aus. Dann musst du nach links abbiegen.«

Mit seiner Unterstützung fällt es Charlotte nun bedeutend leichter, sich zurechtzufinden und tatsächlich kann sie kurze Zeit später den Polo am Straßenrand vor Heikes Wohnung parken.

XXVI

Hamburg ist der bedeutendste Presseplatz Deutschlands mit mehreren Nachrichtenagenturen, zahlreichen Zeitungs-, Zeitschriften- und Buchverlagen, mit Film und Fernsehstudios, Messegelände und Kongresszentrum.

Kapitel 26

November 1978 – März 1979

Obwohl Heike nahezu jeden Tag glaubwürdig versichert, wie froh sie über Charlottes und Geoffreys Anwesenheit sei, weil ihr die beiden das Heimkommen erstrebenswerter machen würden, meint Charlotte doch, dass es an der Zeit wäre, sich nach etwas Eigenem umzusehen. Nicht nur die Enge empfindet sie als bedrückend – sie teilt sich mit Geoffrey ein kleines Zimmer. Es ist auch, weil sie in Heikes Küche kocht, den Kühlschrank mitbenutzt, ebenso die Waschmaschine und die Mikrowelle. Immer öfter kommt sie sich wie ein Schmarotzer vor. Also hat sie angefangen, den Wohnungs- und zugleich den Immobilienmarkt zu durchforsten und nach etwas Passendem Ausschau zu halten.

Als freie Journalistin ist sie bei den hiesigen Redaktionen bereits einigermaßen gefragt. Inzwischen trudeln regelmäßig Aufträge ein und sie hat ganz tüchtig zu tun. Noch sind es allerdings die meist weniger anspruchsvollen Reportagen, die man ihr überlässt. Zum Beispiel war sie zum achtzigsten Geburtstag einer Dame aus alter Hamburger Kaufmannsfamilie geordert worden, sie hatte über die Eröffnung eines städtischen Bürgerzentrums zu berichten und wurde auch damit betraut, den Jubiläumsfeierlichkeiten eines traditionsreichen Handelshauses beizuwohnen. Derartige Anlässe sind nicht wirklich etwas, worüber sie leidenschaftlich gern schreibt, aber sie ist gut beschäftigt, verdient recht ordentlich und kann auf diese Weise den Unterhalt für sich und ihren Sohn bestreiten.

Geoffrey besucht seit Kurzem das Karl-Friedrich-Gymnasium. Zur Einschulung hatte Heike sich extra frei genommen und die beiden Frauen waren gemeinsam mit dem Jungen hingegangen, was möglicherweise einen eigenartigen Eindruck hinterließ, denn sie wurden mit seltsamen Blicken bedacht. Zwei Frauen, die wie ein Ehepaar auftraten und zu ihnen gehörig ein Mischlingskind – also, da hatten die Leute richtig was zu tuscheln.

»Meinst du, die glauben, wir wären ein Paar?«, hat Heike geraunt, sich umgesehen und, nachdem sie die neugierigen Blicke registriert hatte, grinsend hinzugefügt: »Soll ich meinen Arm um dich legen?«

»Untersteh dich!« Charlotte fand das weniger witzig.

Immerhin soll ihr Sohn hier die nächsten Jahre den Unterricht besuchen. Er wird schon seiner Hautfarbe wegen angegafft, und sie meinte, es wäre besser, seinen Einstand nicht zusätzlich mit pikanten Vermutungen zu belasten.

Geoffrey hat jedenfalls, wie von seiner Mutter erhofft und eigentlich auch erwartet, keine Probleme beim Umgang mit den neuen Kameraden. Bereits nach einer Woche beginnt er sich nachmittags mit Jungs aus der Schule zu treffen. Vorzugsweise sucht er den nahe gelegenen Hockey-Club auf, für den auch die anderen eine Vorliebe zu haben scheinen.

Charlotte kann bald feststellen, dass ihr Sohn sich verhältnismäßig rasch in das Hamburger Umfeld eingewöhnt. Nach Amos fragt er so gut wie nie, nur gelegentlich nach Oma und Opa, was sicher nicht heißt, dass er seinen Vater vergessen hat. Aber da, zumindest im Augenblick, die Anwesenheit von Amos eben nicht möglich ist, konzentriert er sich auf das Naheliegende und arrangiert sich praktischerweise mit den Gegebenheiten, die ihm ganz offensichtlich auch zusagen.

Wie Amos mit ihrer Flucht umgegangen ist, erfährt Charlotte von den Eltern. Am Abend ihres Abreisetages sei er nach oben gekommen, habe nach ihrem Verbleib und dem von Geoffrey gefragt.

»Es sieht unten alles so leergeräumt aus«, war seine Äußerung, wobei er sein Misstrauen deutlich zum Ausdruck brachte.

»Die Beiden sind verreist«, erhielt er als Antwort.

»Wohin?«

»In einen längeren Urlaub.«

»Wann kommen sie wieder?«

»Das wissen wir nicht.«

Zunächst gab er sich mit dieser Auskunft zufrieden. Ein paar Tage später fragte er wieder nach dem Verbleib, und dann noch ein paar Mal in immer größer werdenden Abständen. Regelmäßig erhielt er nur ein vages Schulterzucken als Antwort.

Also machte er sich Charlottes Abwesenheit zunutze und begann wieder seinen Kreis einzuladen. Der Lärm der feuchtfröhlichen Feste dehnte sich jetzt öfters bis weit in die Abendstunden hinein aus. Besonders der lautstark sich vollziehende Weggang, irgendwann mitten in der Nacht, brachte die beiden Michaelis nicht nur um den Schlaf, sondern auch um die beschauliche Ruhe ihres Domizils – und somit Ärger mit den Nachbarn ein.

Das war Vater Michaelis dann nicht mehr gewillt hinzunehmen. Er knöpfte sich Amos vor. Mit »Ich möchte, dass du dir woanders eine Bleibe suchst«, brachte er die mit seiner Frau abgesprochene Forderung zum Ausdruck.

Amos fühlte sich überrumpelt, noch dazu auf ganz ungerechtfertigte Weise. Schließlich war Charlot ohne ein erklärendes Wort verschwunden, hatte ihn einfach – natürlich völlig grundlos – verlassen. Da war es doch nur recht und billig, wenn er während ihrer Abwesenheit die Wohnung wieder zum Treffpunkt werden ließ. Wenn er sich dann zugleich ein wenig mit den Freunden amüsierte, konnte man ihm das ja wohl nicht übel nehmen. Jedenfalls empfand er es total überzogen, ihm deswegen gleich mit einem Rausschmiss zu drohen.

»Okay, okay«, versuchte er die Angelegenheit zu bereinigen, »Ich werde meinen Kreis nicht mehr einladen. Ich kann euch ja verstehen. Die sind einfach zu laut, die Kerle. Wir werden uns wieder woanders treffen.«

»Das ist es nicht allein. Wir möchten auch sonst, dass du ausziehst. Charlotte wird nicht wieder kommen. Wir wollen die Wohnung vermieten.«

»Wieso kommt Charlot nicht wieder?«, wollte Amos wissen und

bot sogleich an: »Ich könnte euch eine Miete zahlen.« Womit er deutlich machte, dass er mit einer baldigen Rückkehr von Sohn und Freundin ohnehin nicht rechnete.

Vater Michaelis allerdings lehnte das Anerbieten ab. »Nein, Amos, such dir woanders eine Unterkunft. Es ist besser so.«

Doch so schnell gab Amos nicht auf. »Was ist mit meinem Sohn?«, hat er gefragt und sein Ton war laut geworden.

Vater Michaelis beschrieb Charlotte am Telefon, wie der Afrikaner vor ihm gestanden und ihn bedrohlich fixiert hatte. Seinen Körper hielt er weit nach vorn gebeugt, und zwischen den angespannten Lippen hatten die Zähne wie das Gebiss eines Raubtieres hervorgeblitzt.

»Der ist bei Charlotte«, erhielt Amos als Antwort.

»Wo befinden sich die Beiden? Ich möchte ihre Adresse haben.«

»Die können wir dir leider nicht geben.«

Michaelis vermochte den Atem zu spüren, so dicht war Amos vor ihn hin getreten. In seiner maßlosen Wut hat er furchterregend ausgesehen und »Ich will sofort die Adresse wissen!«, geschrieen.

Darauf wich Michaelis einen Schritt zurück, und mit ruhiger, aber strenger Stimme befahl er: »Ich verlange, dass du jetzt gehst und innerhalb der nächsten acht Wochen hier ausgezogen bist.«

Er hat ein paar Schritte rückwärts getan, bis zur Haustür, und sie weit aufgemacht.

Amos ist hinaus gestürmt, voller Empörung über das verletzende und diskriminierende Verhalten der Familie, die ihn doch einmal so freundlich aufgenommen und in die er sich eingebettet geglaubt hatte.

Die Wohnung, für die Charlotte schließlich einen Kaufvertrag unterzeichnet, liegt hinter dem Kupferdamm, nicht weit entfernt vom Kupfersee, im zweiten Stock einer alten Villa, drei Zimmer, Küche, Bad, Abstellraum und Balkon. Um sich dieses Domizil leisten zu können, musste sie einen Bankkredit aufnehmen, den sie nun vierteljährlich abbezahlt.

Ihre nächste Aufgabe besteht darin, Möbel anzuschaffen. In ihrem und Geoffreys Zimmer liegen zunächst nur Matratzen. Es wurde ein Kleiderständer aufgestellt und bei Ikea hat sie einen Tisch, vier Stühle und einen kleinen Teppich erstanden. Ganz allmählich will sie die weitere Einrichtung gestalten. Sie möchte nichts übereilen, denn am Ende soll alles ihrem Geschmack entsprechend sein. Glücklicherweise ist in der Wohnung bereits eine Küche eingebaut, sodass ihr diese Anschaffung erspart bleibt.

Von hier aus kann Geoffrey mit dem Fahrrad zur Schule fahren, was ihm gut gefällt. Überhaupt findet er inzwischen das Leben in Hamburg bedeutend interessanter als in Rautlingen, wobei er selbst ein Gutteil dazu beiträgt. Er stellte nämlich fest, dass sein fremdländisches Aussehen seine Schulkameraden neugierig macht und diese Erkenntnis nutzte er. So begann er immer wieder einmal, wenn der Freundeskreis zusammensaß, aus der Vergangenheit zu berichten. Er erzählte von seinem Vater, der in Nigeria voller Tapferkeit in den Krieg gezogen war, um gegen den bösen Feind zu kämpfen. Er sprach, so als habe er es selbst erlebt, auch von den Soldaten. Wie sie mit Feuerwaffen hantierten, in Erdlöchern im Dschungel hausten und mit kleinen Booten die Flüsse im Creek befuhren.

Nachdem er diese Geschichten mehrmals wiederholt hatte und das Gefühl bekam, man würde nicht mehr so genau zuhören, dachte er sich etwas Neues aus. Im Augenblick drehen sich seine Erzählungen um die afrikanische Tierwelt. Vor seinen andächtig lauschenden Freunden spricht er von den Krokodilen, die mit ihrer Gefräßigkeit den Niger beherrschen und von den gefleckten Hyänen, die des Nachts mit schaurigem Heulen die menschlichen Behausungen umschleichen. Sehr anschaulich beschreibt er giftige Schlangen und Skorpione und vertieft sich dabei so sehr in seine eigenen Phantasien, dass er vor Aufregung sogar ein wenig zittert. Wann immer Geoffrey eine dieser Vorstellungen gibt, hängen die Zuhörer gebannt an seinen Lippen und würden niemals auf die Idee kommen, dies alles sei eine reine Ausgeburt seines Einfallsreichtums.

Den ersten Winter in Hamburg findet Charlotte gewöhnungsbedürftig. Dreimal fällt Schnee, und der bleibt jedes Mal nur wenige Tage liegen. Dafür wird es morgens nicht richtig hell, weil stundenlang eine dicke graue Suppe über der Stadt liegt. Zum Ende der kalten Jahreszeit hat sie sich schließlich mit dem Morgennebel abgefunden. Inzwischen nimmt sie es als selbstverständlich hin, dass man vor Mittag die Sonne kaum zu sehen bekommt. Manchmal genießt sie sogar die grauen Vormittage, weil dann die Umrisse leicht verschwimmen und die Geräusche irgendwie gedämpfter erscheinen.

Doch jetzt scheint der Frühling eingekehrt zu sein.

Es ist ein heiterer Morgen, als sie sich zum Redaktionsgebäude der Hamburger Nachrichten aufmacht. Nach einem vor Wochen durchgeführten Vorstellungsgespräch war von dort zunächst weder ein Anruf noch ein Schreiben erfolgt, was sie irritierte und auch beunruhigte. Sie möchte gerade mit dieser Redaktion gern zusammen arbeiten und dort festen Fuß fassen. Die Zeitung hat einen guten Ruf und eine weit über die Stadtgrenze hinausgehende Verbreitung.

Als schließlich der sehnlichst erwartete Anruf eintrifft, ist sie zutiefst erleichtert.

Und nun ist sie begierig darauf, die erste Aufgabe, die man ihr zugedacht hat, zu übernehmen, auch wenn es sich, wie man ihr fernmündlich ankündigte, bei dem Auftrag um keine besondere Herausforderung handelt. Ob sie interessiert wäre, einen Bericht über das Einkaufszentrum an der Elmshorner Chaussee, das vor einigen Tagen eröffnet wurde, zu schreiben, ist sie gefragt worden. Natürlich will sie das machen, denn einmal möchte sie ihre Flexibilität beweisen – und dann ist sie auf jede Verdienstmöglichkeit angewiesen.

Sie nimmt die S-Bahn und hat anschließend noch einen etwa zehnminütigen Fußweg vor sich, was ihr gut gefällt, denn der seit Wochen andauernde Regen hat endlich aufgehört und einem klaren, blauen Himmel Platz gemacht, über den einige duftig weiße Wolken segeln. Die Bäume am Wegesrand sind von zartem Grün überworfen, auf den Rabatten zeigen sich erste Krokusse. Die Luft riecht nach Frische, nach Erde und nach hoffnungsvollem Neubeginn.

Charlotte erreicht das Redaktionsgebäude, einen imponierenden Klinkerbau aus der Gründerzeit, den ein aufwendiges Eingangsportal ziert. Sie geht hinauf in den ersten Stock und meldet sich im Vorzimmer des Redaktionschefs.

»Herr Wolters ist noch im Gespräch«, wird ihr beschieden, »aber ich frag mal nach.«

Die Sekretärin verschwindet hinter einer Tür, aus der sie Sekunden später wieder auftaucht.

»Sie dürfen reinkommen«, sagt sie und hält die Tür weit geöffnet.

Charlotte betritt den Büroraum. Der Lokalchef, der ihr vom Vorstellungsgespräch her bekannt ist, steht auf, um sie zu begrüßen.

Vor dem Schreibtisch sitzend befindet sich noch ein Mann, der jetzt den Kopf wendet und Charlotte entgegen schaut.

Die starrt ihn voller Verblüffung an. Bei seinem Anblick spürt sie, wie sich in ihrem Kopf ein nahezu vergessenes Erlebnis in den Vordergrund drängt. Krampfhaft versucht sie, einen Zusammenhang herzustellen, denn irgendwann, irgendwo hat sie dieses Gesicht schon einmal gesehen.

Der Mann erhebt sich. Lächelnd und nickend kommt er näher. Ihm scheint eingefallen zu sein, woher man sich kennt.

»Ich möchte Ihnen Herrn Dr. Meierling vorstellen«, hört Charlotte Wolters sagen und fortfahren, dass Meierling hier in der Redaktion für Reiseberichte, für Kultur und für Sehenswürdigkeiten zuständig sei.

»Ingelheim«, meint Dr. Meierling in diesem Moment. »Die Ausstellung über afrikanische Kunst.«

Na, klar. Charlotte erwidert sein Lächeln und reicht ihm die Hand. »Das ist aber schon sehr lange her.«

»Nicht so lange, als dass ich Sie nicht wiedererkennen würde. Sie waren damals so schnell verschwunden?«

»Sie kennen sich bereits?«, mischt Wolters sich ein.

»Ja«, Meierling schmunzelt. »Wir werden das nachher noch vertiefen. Erst sollten wir das Geschäftliche besprechen, um Ihre Zeit nicht über Gebühr zu beanspruchen.«

Man nimmt also Platz und während Wolters schildert, wie er sich die Reportage vorstellt, betrachtet Charlotte, ein bisschen vorsichtig aus dem Augenwinkel heraus, den Mann, der ihr in Ingelheim gut gefallen hatte, daran erinnert sie sich jetzt genau. Sie schätzt ihn auf Mitte bis Ende Vierzig und registriert, dass sein kurz geschnittenes, mittelblondes Haar über den Schläfen stark ausgedünnt ist. Das war ihr damals nicht aufgefallen. Sie bemerkt einen schmalen Schnurrbart und die randlose Brille – Attribute, die seinem Aussehen das Besondere geben.

»Herr Dr. Meierling wird sie begleiten«, erklärt Wolters. »Er ist unser Kultur-Experte und er weiß schon etwas Bescheid, zum Beispiel über die Keramik-Werkstatt, die im Zentrum eingerichtet wurde, und in der die hier in der Gegend recht bekannte Künstlerin Inge Ahrendt arbeitet. Außerdem gibt es eine Galerie und eine Kunstschmiede-Werkstatt. Mein Kollege hat sich schon einmal umgesehen, kennt auch den größten Teil der Betreiber im Zentrum. Nachdem Sie sich also bereits kennen, ist es wohl keine Frage, dass Sie beide ein gutes Team abgeben werden.«

Charlotte macht diese Erklärung schon ein wenig nachdenklich. Könnte es sein, dass Dr. Meierling so eine Art Überwachung für sie sein soll? Will man herausfinden, auf welche Weise sie ihre Recherche angeht? Denn warum sonst sollte ein derart erfahrener Mann jemanden zur Zusammenarbeit benötigen? Er ist fest etabliert, kennt das Einkaufszentrum und vor Ort auch etliche Leute. Er hätte die Reportage ganz bestimmt locker allein übernehmen können. Sie gemeinsam loszuschicken kann also nur dem Zweck dienen, dass man sie testen will.

Und wenn schon, denkt sie und strafft ihre Schultern, dann sehe ich die Aufgabe eben wie eine Aufnahmeprüfung an und werde versuchen, mein Bestes zu geben.

Dr. Meierling geleitet Charlotte zu seinem dunkelblauen Passat, den er auf dem asphaltierten Platz hinter dem Gebäude geparkt hat. Den nutzen sie, um nach Volksdorf zu gelangen.

»Ich war in Ingelheim ziemlich enttäuscht«, knüpft Meierling an das Gespräch im Büro an. »Im Anschluss an den Rundgang hoffte ich, Sie im Café vorzufinden. Nachdem ich Sie dort nicht entdecken konnte, bin ich noch einmal zurück ins Museum und habe mich in allen Räumen umgesehen. Aber, nirgendwo eine Spur von dieser attraktiven Kollegin.«

»In mir war auf einmal so eine eigenartige Unruhe aufgekommen. Ich konnte nicht mehr auf Sie warten, sondern wollte unverzüglich heim«, bekennt Charlotte. »Später habe ich es bereut, Sie nicht wenigstens nach dem Namen gefragt zu haben. Aber zu diesem Zeitpunkt war ich noch zu sehr mit dem Verarbeiten meiner Vergangenheit beschäftigt, als dass ich mich mit etwas Neuem befassen mochte.«

»Ist Ihnen die Verarbeitung inzwischen gelungen?«, fragt er lächelnd.

»Ich denke schon«, antwortet Charlotte ernsthaft. »Seitdem sind immerhin etliche Jahre vergangen.«

»Und jetzt hat es Sie nach Hamburg verschlagen? Das ist doch ein fast unglaublicher Zufall.«

»Ja, das ist es.«

Charlotte überlegt einen Moment. Sie könnte sich schon vorstellen, diesem Mann irgendwann die Umstände zu schildern, weshalb sie hier im Norden gelandet ist. Aber nicht im Augenblick.

»Sind sie fest angestellt bei den Hamburger Nachrichten?«, will sie wissen.

Meierling begreift sofort. Er nutzt die Minuten, bis sie zu ihrem Ziel gelangt sind, um von seiner Arbeit zu sprechen, erzählt von den zahlreichen Reisen, die er beruflich durchführt, und dass er gerade erst aus Italien zurückgekehrt ist. Er war in Florenz, hat sich dort intensiv mit dem Maler Giotto befasst und sei von dessen Klarheit und Ausdrucksstärke begeistert. Er berichtet auch, wie er in der Kirche Santa Maria Novella vor einem von Giotto gemalten Kruzifix gestanden hat und wie tief beeindruckt er von der Schwere und Menschlichkeit des Bildes gewesen sei. Dann spricht er von den Fresken in Santa Croce, deren Entstehung man in die letzte Schaffensphase Giottos schätzt. Die Gestalten seien weicher modelliert, sie wirkten belebter und bewegten sich freier im Raum. Ihm seien sie wie vom Licht berührt vorgekommen.

Charlotte ist noch nie in Florenz gewesen, doch beim entspannten Lauschen kommt in ihr der starke Wunsch auf, möglichst bald in die Toskana und ganz besonders in diese Stadt zu reisen.

»Werden sie über die Florenz-Reise einen Bericht schreiben?«, fragt sie.

»Ja. Vermutlich wird es sogar eine ganze Folge geben, weil einfach zu viel zusammengekommen ist und ich nichts weglassen möchte.«

Während er redet und von all diesen wundervollen Dingen erzählt, bemerkt Charlotte, wie Meierling ihr in seiner ruhigen, ausgeglichenen Art von Minute zu Minute sympathischer wird.

Die gemeinsame Arbeit im Einkaufszentrum entwickelt sich zu einem interessant-vergnüglichen Vormittag. Charlotte wird den Ladenbetreibern, der Galeristin und der Keramikerin vorgestellt, und es wird ihr sodann überlassen, die Fragen zu stellen. Meierling greift nur ein, wenn er meint, dass etwas Wissenswertes zu erwähnen vergessen wurde.

Zum Abschluss lädt er sie auf einen Kaffee ein.

»Seit wann leben Sie denn nun in Hamburg?«, fragt er, als sie am kleinen Bistro-Tisch sitzen und Charlotte Zucker in ihren Kaffee rührt.

»Seit einem dreiviertel Jahr.«

»Und woher kommen Sie? Denn ich gehe nicht davon aus, dass Sie in Ingelheim zu Hause waren.«

»Nein, ich komme aus Rautlingen. Vermutlich werden Sie das nicht kennen?«

»Ich kenne die Stadt nicht, aber so weit ich weiß, liegt sie in der Nähe von Frankfurt.«

»Richtig. Rautlingen liegt am Main, hat sechzigtausend Einwohner, einen mittelalterlichen Fachwerkkern und ein kleines Stadtschloss, in dem ein Museum untergebracht ist. Unsere besten Stükke dort sind einige Riemenschneider-Arbeiten.« Charlotte kann selbst hören, wie stolz bei diesen Worten auf einmal ihre Stimme klingt. Dabei hatte sie früher eher abfällig über ihre Heimatstadt gesprochen. Doch nun, den Blick aus der Ferne nach Süden und dorthin gerichtet, ist ihre Sicht eine bedeutend liebevollere geworden.

»Jetzt fällt es mir wieder ein«, bestätigt Meierling und nickt. »Die Sammlung will ich mir seit Jahren ansehen, denn Riemenschneider interessiert mich sehr. Ich habe vor, speziell über ihn einen Kunstreiseführer herauszubringen, nicht den üblichen, mit ein paar Bildern und einem erklärenden Text zu seinen Werken, sondern ein ausführliches Buch über sein Leben, sein Umfeld und die Menschen, die ihm wichtig waren, im privaten wie im künstlerischen Bereich. Ich habe mich schon an den meisten seiner Wirkungsstätten umgesehen, war in Würzburg, in Bamberg, in Rothenburg, auch in Creglingen. Jetzt fehlen mir nur noch wenige Orte. Einer davon ist Rautlingen. Seit Ewigkeiten liegt das Manuskript halb fertig da. Doch jedes Mal, wenn ich mir vornehme, das Buch zum Abschluss zu bringen, kommt ein anderer Auftrag dazwischen. Ich müsste mir unbedingt ein paar Wochen Urlaub nehmen.«

»Die würden Sie dann damit verbringen, über Riemenschneider zu forschen?«

»Das würde ich, ja.« Er lacht, weil er ihr verdutztes Gesicht sieht.

»Was sagt Ihre Frau dazu?«

»Ich bin geschieden. Vermutlich hat meine Frau es irgendwann nicht mehr ertragen, dass ich in erster Linie für meinen Beruf lebe. Sie hat sich einen neuen Partner gesucht, der mehr Zeit für sie aufbringen mag.«

Er sieht gar nicht traurig aus, als er das bekennt, weshalb Charlotte annimmt, der Weggang seiner Frau habe nicht allzu großes Leid bei ihm ausgelöst.

»Haben Sie Kinder?«

»Ja, einen Sohn und eine Tochter. Mein Sohn hat gerade Abitur gemacht und mit dem Jura-Studium begonnen. Die Tochter geht noch zur Schule, in die letzte Klasse. Ich sehe beide leider selten. Gelegentlich telefonieren wir. Und wie ist das bei Ihnen?«

Charlotte hat seinen Worten aufmerksam und zutiefst zufrieden gelauscht. Hier neben ihr sitzt also ein Mann, der bei ihr große Sympathien weckt, der im Alter zu ihr passt, der geschieden ist und den gleichen Beruf ausübt. Was für ein Glücksfall, denkt sie.

Sie kommt seiner Aufforderung nach, und während sie erzählt, sieht sie seine graublauen Augen aufmerksam auf sich gerichtet, Augen, die Verständnis ausstrahlen und die ihr Mut machen, auch über Dinge zu sprechen, von denen sie noch vor wenigen Stunden geglaubt hatte, sie nicht so schnell offenbaren zu wollen. Sie spricht daher nicht nur über die Jahre in Rautlingen, sondern auch über ihre Zeit in Nigeria, ihre Ehe mit Martin, die Gründung von Ibo Help und den Biafra Krieg. Dann spricht sie von Amos, über die ungewisse Schwangerschaft und erzählt schließlich von Geoffrey.

»Wohnt dieser Amos denn jetzt immer noch bei Ihren Eltern?«, fragt Meierling, als sie schweigt und ein wenig verlegen mit dem Löffel in der Tasse rührt.

Jetzt ist es ihr doch peinlich, so viel von sich preisgegeben zu haben. Aber von ihrem Gegenüber spürt sie ein derart starkes, sehr menschliches Interesse, dass sie es einfach nicht fertig brachte, mit ihrer Schilderung auf halbem Weg anzuhalten.

»Nein, glücklicherweise packte er seine Sachen und verschwand eines Tages, ohne sich zu verabschieden oder zu bedanken. Mutter erzählte es mir vergangenen Sonntag am Telefon. Die Eltern hatten sich schon gewundert, weil keine Geräusche mehr zu hören waren. Die Wände sind nicht so dick, als dass man nicht hin und wieder etwas mitkriegt. Zumindest wenn man in der Einliegerwohnung das Wasser im Bad andreht, dann gluckern im ganzen Haus die Rohre. Auch das Rattern der Rollläden beim Hoch- und Runterziehen ist recht geräuschvoll. Also, auf einmal war es ganz still, und so ist nach ein paar Tagen Vater mit dem Zweitschlüssel nach unten. Er bemerkte, dass Amos' Sachen weg waren. Auch die Küchenschränke waren leer geräumt. Die Eltern haben die Schlösser ausgetauscht und sind gerade dabei zu renovieren.«

»Haben Sie denn Angst davor, dass er eines Tages hier auftauchen könnte?«

»Eigentlich nicht, obwohl ich vor kurzem bei meiner Freundin ausgezogen bin und jetzt eine eigene Wohnung habe, unter der ich mit meinem Namen angemeldet bin. Ich stehe also im Telefonbuch. Aber ich kann mir nicht vorstellen, dass Amos mir nachforscht, schon gar nicht hier in Hamburg. Möglicherweise wäre er schon daran interessiert, seinen Sohn zu finden. Aber im Grunde hat er für ihn gar keine Zeit, weil er ja Biafra wieder auferstehen lassen muss.« Charlotte kraust die Nase. »Kann es denn tatsächlich sein, dass ein erwachsener Mann so wenig Realitätssinn besitzt?«

»Wir Männer sind manchmal so.« Meierling schmunzelt. »Vielleicht macht das sogar einen gewissen Charme aus. Männer, die nur knochentrocken ihre Arbeit bewältigen, immer korrekt, genau und verbissen pflichtbewusst agieren, die haben bei den Frauen bedeutend weniger Chancen.«

»Und zu welcher Kategorie würden Sie sich zählen?« Charlotte hat amüsiert die Augenbrauen nach oben gezogen. Auf die Antwort ist sie mächtig gespannt.

Meierling zögert keine Sekunde. »Ich denke, ich liege irgendwo zwischen diesen beiden Charakteren. Es gibt ja nicht nur die harte und die weiche Seite, sondern eine ganze Palette an Nuancen. Wie bei den Frauen eben auch.«

Das hat er gut ausgedrückt, denkt sie und sie weiß in dem Moment auch schon, dass sie seine verschiedenen Seiten gern näher kennen lernen würde.

Als Charlotte am Abend im Bett liegt und den Tag mit seinen Geschehnissen noch einmal an sich vorbeiziehen lässt, da lächelt sie leise in der Erinnerung daran, wie Ulrich Meierling beim Verabschieden eine Weile ihre Hand ganz fest hielt und sie dabei fast feierlich ansah.

»Ich sehe das heute als den Beginn einer Freundschaft«, hat er gesagt und angefügt: »Hätten Sie wohl am Wochenende ein wenig Zeit für mich?«.

Auf ihr Nicken erläuterte er, dass er zwar am Samstag einen beruflichen Auftrag zu erledigen habe, weil im Kunstgewerbemuseum eine Ausstellung eröffnet werde, jedoch sei der Sonntag noch terminfrei.

Das Angebot erfreute sie, doch weil ihr im selben Moment die Mutterpflichten einfielen, brachte sie etwas kläglich »Ich habe einen Sohn« hervor.

»Dann unternehmen wir eben etwas, was dem Jungen zusagt«, hat Meierling erwidert.

XXVII

Alle Personen, die nicht die inländische Staatsangehörigkeit besitzen, sind in Deutschland Ausländer. Für sie gelten die Menschenrechte, aber nicht die Bürgerrechte (Versammlungsfreiheit, Vereinigungsfreiheit, Berufsfreiheit, Verbot der Auslieferung an das Ausland), die den Deutschen vorbehalten sind.

Kapitel 27

April 1979 – September 1979

Fast scheint es, als würde dem Zusammenfinden von Charlotte und Ulrich Meierling ein Riegel vorgeschoben, denn am Freitag kehrt Geoffrey um einiges früher von der Schule zurück. Er sieht blass aus, was seiner sonst dunkel getönten Haut eine eigenartig graue Farbe verleiht. Es gehe ihm gar nicht gut, meint er nur, und verzieht sich ohne weitere Erklärung in sein Zimmer.

Als Charlotte ihn kurze Zeit später aufsucht, sieht sie den Jungen noch angezogen, aber mit geschlossenen Augen auf dem Bett liegen. Sie stellt eine erhöhte Körpertemperatur fest und erkennt an seiner näselnden Stimme, dass sich eine Erkältung anzubahnen scheint.

»Ich koche dir eine Haferflockensuppe«, sagt sie und geht hinüber in die Küche.

Für Geoffrey bedeutet diese Suppe seit jeher das Allheilmittel. Er liebt den weiß-grauen Pamps seit Kindertagen und genießt ihn bevorzugt mit Milch und Zucker. Sobald er sich krank fühlt, wird sein ehemals so stabiler, aber seit er die Schule besucht, leicht nervöser Magen in Mitleidenschaft gezogen.

Sie setzt das Wasser auf, und als es zu kochen beginnt, nimmt sie einen Schneebesen und rührt die Haferflocken ein. In dem Moment klingelt das Telefon.

Für die Redaktionen möchte Charlotte jederzeit telefonisch erreichbar sein, da sie auf diese Weise fast alle ihre Aufträge entgegennimmt. Also legt sie rasch den Schneebesen beiseite, eilt zu dem kleinen Ecktischchen im Wohnraum und hebt ab.

Es ist aber nichts Dienstliches. Charlotte vernimmt die Stimme ihrer Mutter.

»Wie geht es dir, Kind? Wir haben schon seit Tagen nichts gehört!«

»Mutti, du entschuldigst, aber Geoffrey fühlt sich nicht wohl, und auf dem Herd habe ich eine Haferflockensuppe stehen, die vermutlich jetzt gleich anbrennt. Ich rufe dich später zurück, okay?«

»In Ordnung. Aber melde dich bestimmt. Was hat Geoffrey denn? Ist es etwas mit dem Magen? Du weißt, dass er da recht empfindlich ist. Oder bekommt er möglicherweise einen Schnupfen? Sicher hat er nach dem Hockey vergessen, sich ordentlich trocken zu reiben. Vielleicht hat er auch zu schnell etwas Kaltes getrunken?«

»Mutti!« Charlotte trippelt nervös von einem Fuß auf den anderen.

»Gut, gut. Aber gib dem Jungen einen dicken Kuss von mir.«

Endlich wird aufgelegt.

Charlotte rennt zurück in die Küche und bemerkt am Geruch, dass die dicke Suppe bereits angebrannt zu sein scheint. Sie hastet zum Herd, greift nach dem Topf mit der wild blubbernden Masse, rutscht auf den übergekochten Spritzern aus, landet unsanft auf den Fliesen und reißt beim Fallen den Topf mit sich.

Der heiße Brei ergießt sich über ihren Arm.

»Aua!« Im ersten Moment ist sie wie benommen.

Dann spürt sie den brennenden Schmerz.

»Mami?«

Geoffrey ist vom Lärm aus seinem Zimmer gelockt worden. Jetzt steht er vor ihr und betrachtet mit unglücklichem Gesicht seine inmitten des Haferflockenbreis auf dem Boden liegende Mutter.

»Bitte, Krümel«, flüstert Charlotte zwischen vor Schmerz zusammengebissenen Zähnen, »geh zum Telefon, wähle die eins, eins, zwei und rufe den Notarzt.«

Später, als die Sanitäter Charlotte zum Rettungswagen führen, klingelt sie noch schnell bei der Nachbarin im Erdgeschoss. Die ältere

Dame verlässt nur selten das Haus und ist glücklicherweise auch jetzt anwesend.

»Frau Wulff, bitte, könnten Sie mal nach Geoffrey sehen. Es geht ihm nicht gut und ich weiß nicht, wann ich aus dem Krankenhaus wieder zurück sein werde.«

»Frau Jordan, ach du liebes Bisschen! Was ist denn passiert?«

»Ich habe meinen Arm verbrüht.«

»Gehen Sie nur, gehen Sie nur! Ich bin gleich oben bei dem Jungen.«

Am Abend ist Charlotte wieder zurück. Man wollte sie unbedingt eine Nacht zur Beobachtung da behalten, aber sie hat sich geweigert. Sie könne ihren Sohn nicht so lange allein lassen. Wie alt denn der Kleine wäre, wurde sie liebenswürdig und verständnisvoll gefragt, weshalb ihr nichts anderes übrig blieb, als zu schwindeln.

»Gerade in die Schule gekommen.«

Was gar nicht einmal eine so große Lüge gewesen ist, denn sie hat das Gymnasium gemeint. »Mein Hausarzt wird mich weiter behandeln«, fügte sie noch hinzu.

»Name des Hausarztes?«

Charlotte musste kurz nachdenken, weil sie bisher einen solchen nicht zu konsultieren brauchte. Wenn bei ihr oder Geoffrey gesundheitliche Probleme aufgetreten waren, dann wurde Heike gefragt, und das will sie auch im Fall der Weiterbehandlung ihres Armes so halten. Weil sie jedoch Heikes Namen nicht angeben kann, ist ihr glücklicherweise das Praxis-Schild eingefallen, das am großen weißen Haus an der Straßenecke angebracht ist. »Dr. Rötelmann«, sagte sie also.

»Der ist doch ein HNO-Arzt?«

Die eben noch verständnisvolle Krankenschwester hat einen betont skeptischen Blick auf die Frau mit dem dicken Armverband geworfen. Verkohlen lassen wollte sie sich nicht.

Charlotte gab vor, die Skepsis nicht zu bemerken.

Sie hat eifrig genickt und im Ton ehrlichster Überzeugung erklärt. »Das ist schon richtig. Da bei meinem Sohn und mir die häufigsten Beschwerden Husten und Heiserkeit sind, habe ich Dr. Rötelmann zu unserem Hausarzt erkoren. Er wird sich auch ganz sicher um meinen Arm kümmern.«

Und mit reinster Wahrheit im Blick hat sie die Schwester treuherzig angeschaut.

Die zuckte nur mit den Schultern. Ihr kann es schließlich egal sein, wie unvernünftige Patientinnen mit ihren Verletzungen umgehen.

Zu Hause findet Charlotte Geoffrey im Bett liegend vor. Neben ihn gerückt steht der kleine Tisch und darauf ein Teller mit in handliche Stücke geschnittenen Äpfeln, Birnen und Kiwis. Daneben ein weiterer Teller, dicht belegt von mit Butter und Marmelade bestrichenen Zwiebäcken, dahinter ein Schälchen mit gezuckerten Erdbeeren und auch eine Kanne Früchtetee.

»Hat das alles Frau Wulff hergestellt?«

Geoffrey trägt inzwischen seinen Schlafanzug. Er hat die Decke bis unters Kinn gezogen und wirkt schläfrig.

Er nickt. »Sie meint es ja ganz lieb. Aber ehrlich, ich kann das gar nicht runter kriegen.«

»Das sollst du auch besser nicht.« Charlotte beginnt die Teller abzuräumen. »Deinen Magen lässt du zunächst schön ruhen. Dann geht es dir bald wieder gut.«

Nachdem sie sich um Geoffrey gekümmert und schließlich bei ihm das Licht ausgeschaltet hat, geht sie zum Telefon und wählt die Nummer von Ulrich Meierling.

Es meldet sich der Anrufbeantworter. Sie wartet die Ansage und den Pfeifton ab.

»Hier ist Charlotte Jordan. Es tut mir leid, aber ich muss für übermorgen absagen. Mein Sohn ist heute früher von der Schule heimgekehrt, weil es ihm nicht gut ging. Beim Kochen seiner Haferflokkensuppe habe ich mir den Arm verbrüht und bin eben aus dem Krankenhaus zurück gekommen. Die nächsten Tage werde ich mich wohl schonen müssen. Den Ausflug müssen wir leider verschieben. Schade … also, bis dann«, sagt sie und legt auf.

Am nächsten Tag, es ist Samstag, klingelt es nachmittags an der Tür. Charlotte öffnet und vor ihr steht, mit verschmitztem Lächeln, Meierling.

»Ich dachte mir, dass Sie mich möglicherweise gebrauchen können, um ihre Reportage in die Schreibmaschine zu hämmern. Dazu benötigt man schließlich zwei heile Hände.«

»Aber heute mussten Sie schon arbeiten und jetzt hätten Sie endlich frei. Die Freizeit wollen Sie damit verbringen, meine Berichte zu tippen?« Obwohl sie sich riesig freut, ihn zu sehen, möchte sie zumindest so tun, als würde sein Erscheinen sie überraschen und als wäre es ihr peinlich, seine Hilfsbereitschaft auszunutzen.

»Will ich, jawohl«, erklärt er mit ruhiger Selbstverständlichkeit.

Also tritt Charlotte beiseite und lässt ihn ein.

Der Verlauf der nächsten Stunden entwickelt sich von da an auf höchst angenehme Weise. Zunächst sitzt Ulrich – man hat sich gegenseitig das Du angeboten – an der Schreibmaschine. Er tippt nicht nur den Bericht über das Einkaufszentrum, sondern bringt auch noch zwei weitere Aufträge, die Charlotte unbearbeitet liegen hat, in die endgültige Form.

Sie trinken gemeinsam Tee, dann bietet er Geoffrey an – dem es schon wieder besser geht und der sein Krankenlager auf das Wohnzimmersofa verlegt hat –, er könne jetzt die Zeit für ein Mensch-ärgere-dich-nicht-Spiel aufbringen, was von dem Jungen gern angenommen, und wozu auch Charlotte verdonnert wird.

Danach meint Ulrich Meierling, er müsse kurz weg, etwas besorgen.

Eine halbe Stunde später ist er wieder da und räumt etliche Kunststoffbehälter, aus denen es aromatisch duftet, auf den Küchentisch. Nach der Entfernung der Deckel werden Spezialitäten sichtbar, die ganz offensichtlich aus einer chinesischen Restaurantküche stammen. Um den runden Esstisch sitzend vertilgen sie miteinander das süß-saure Schweinefleisch, den gebratenen Fisch, die knusprigen Entenstücke und den körnig-weißen Reis. Selbst Geoffrey hat auf einmal gar keine Magenprobleme mehr.

Später wird der Junge ins Bett geschickt, und nun sitzen die beiden beieinander und fachsimpeln. Ulrich kennt sich in Hamburg bestens aus und er zeigt deutlich, wie gern er aus seinem reichen Wissen schöpft. Er hat Ahnung von der Stadtpolitik, weiß einiges zu berichten über die Gepflogenheiten der Hamburger Bürgerschaft und ist auch im sportlichen Bereich auf dem Laufenden.

Im Gegenzug spricht Charlotte davon, wie sie bei der Franken-Rundschau zur Resort-Chefin für soziale Angelegenheiten aufgestiegen ist und dass auf ihre Initiative der Bau eines Frauenhauses in Rautlingen zurückzuführen war.

Meierling hört aufmerksam zu.

»Dann hätte ich hier möglicherweise einen Bereich für dich, um den sich dringend jemand von den Medien kümmern sollte«, sagt er. »Bisher hat man eher vorsichtig berichtet, denn bei den Hamburgern kommt das Thema gar nicht gut an. Es gibt in der Innenstadt ein Ausländerwohnheim. Da ist es vor kurzem zweimal innerhalb einer Woche zu Anschlägen gekommen, und zwei Vietnamesen wurden getötet. Die Hamburger Zeitungen haben zwar informiert, die Angelegenheit dann aber rasch – wie ich meine, viel zu schnell – zu den Akten gelegt.«

»Davon habe ich gehört.« Charlotte nickt. Auch in anderen Zeitungen ist sie auf ähnliche Berichte gestoßen. »Das Problem ist aber nicht nur ein hiesiges. Ich las auch, dass es in etlichen bundesdeutschen Städten in jüngster Vergangenheit zu Gewalttätigkeiten gegen Ausländer gekommen ist.«

Sie verschweigt ihr Entsetzen und auch ihre Furcht, die sie empfand, nachdem sie dem Bericht entnommen hatte, die Angriffe würden sich speziell gegen Menschen anderer Hautfarbe richten. Da ist sie fast in Panik geraten. Doch noch ist ihr Vertrauen zu dem ihr gegenüber sitzenden Mann nicht stark genug, um die angstvollen Gedanken, die sie um ihren Sohn hat, offen auszusprechen.

»Man redet – derzeit noch hinter vorgehaltener Hand – von einer zunehmenden Ausländerfeindlichkeit«, stimmt Meierling zu. Nachdenklich rückt er sich die Brille gerade. »Das kommt bei unseren Nachbarstaaten bestimmt nicht gut an. Nach all dem, was im zweiten Weltkrieg passiert ist, können wir uns einen solchen Ruf überhaupt nicht leisten.«

»Aber wir haben doch gar nicht genügend Facharbeiter. Ich dachte, wir Deutschen müssten eigentlich froh über die ausländische Unterstützung sein.«

»Da hat sich in der Einstellung schon etwas geändert. Unsere wirtschaftliche und soziale Situation ist jetzt wesentlich schlechter als vielleicht noch vor drei Jahren. Es gibt wieder mehr deutsche Arbeitslose und die würden den bei uns angestellten Ausländern wohl gern ihre Jobs wegnehmen.«

»Ich glaube, so neu ist das Problem gar nicht«, sagt Charlotte. Ihr ist eben eingefallen, wie sie damals, nachdem Amos in Rautlingen aufgetaucht war, ständig auf ihn eingeredet und insistiert hatte, er solle sich nach einer Tätigkeit umsehen. »Bei Amos hat es auch eine Ewigkeit gedauert, bis er endlich eine Anstellung bekam.«

»Ich bin nicht so ganz auf dem Laufenden, wann sich das Asylrecht geändert hat. Dieser Amos kam Mitte der siebziger Jahre nach Deutschland, richtig?«

Charlotte nickt. »1973.«

»Heute erlaubt man Asylbewerbern nämlich erst zu arbeiten, nachdem der Antrag positiv beschieden worden ist.«

Möglicherweise war da also noch das alte Asylrecht in Kraft, überlegt Charlotte. Die Mitglieder des Biafra-Kreises schienen ganz emsig auf Arbeitssuche gegangen zu sein, hatten aber, so weit sie sich erinnert, nichts erreichen können, was, wie sie jetzt glaubt, vielleicht damit zusammenhing, dass sie nicht als Asylanten anerkannt waren. Doch weil sie damals annahm, die Männer wären eben wenig engagiert, war sie ziemlich unfreundlich über deren faules Leben hergezogen. Amos hatte höchst verärgert reagiert. »Dann besorg ihnen einen Job«, hat er sie angefahren. »Die werden doch überall abgewiesen. Niemand will sie einstellen, nicht die Firmen, nicht die Bahn, nicht die Post. Die werden bereits aufgrund ihrer Hautfarbe abgelehnt. Keiner fragt nach Fähigkeiten oder Kenntnissen.«

»Es ist schon spät«, erkennt jetzt Meierling nach einem Blick auf die Uhr. »Ich meine, du solltest dich jetzt aufs Ohr legen. Dein Gesundheitszustand ist noch nicht wieder ganz hergestellt. Aber vielleicht können wir nächste Woche mal einen kurzen Trip machen, in die Kneipe, in der ich mich öfter mal aufhalte? Da kannst du ausländische Mitbürger hautnah erleben.«

Am vereinbarten Abend steht Meierling bei Charlotte in der Tür. Es ist kurz nach neun Uhr und eigentlich ist sie schon ein bisschen müde. Außerdem mag sie Geoffrey nicht gern allein lassen. Aber als sie zu Ulrich eine entsprechende Bemerkung macht, sieht er sie verblüfft an. »Der Junge ist elf, Charlotte!«

»Ja, schon«, sagt sie gedehnt und überlegt. Geoffrey wacht eigentlich nie mehr auf, wenn er erst mal eingeschlafen ist. Sie sollte wirklich nicht so ängstlich sein. »Gut, gehen wir«, stimmt sie also zu.

Sie fahren bis zum Danziger Platz, wo Meierling den Wagen abstellt. Es ist ein angenehm milder Abend und im Licht der Straßenlaternen erscheinen die Bäume am Wegesrand mit ihrem sprossenden Blattgrün wie eine bizarre Theaterkulisse. Charlotte bleibt stehen und saugt die laue Luft mit ein paar tiefen Atemzügen ein.

Meierling hat die Straße überquert und eine Eckkneipe angesteuert. ›Die Theke‹ steht über dem Eingang.

Er dreht sich nach ihr um und winkt. »Kommst du?«, ruft er.

Sie betreten das Lokal. Über dem Raum liegt dichter Zigarettenqualm und es fällt Charlotte anfangs schwer, sich zu orientieren. Erst nachdem sich ihre Augen an das Umfeld gewöhnt haben, sieht sie sich um und es kommt ihr so vor, als wären die wenigen Tische alle besetzt. Nur Männer kann sie erkennen und die blicken den Neuankömmlingen voller Aufmerksamkeit entgegen.

Das Stimmengewirr, das anfangs noch den Raum beherrschte, hat sich für einen Moment gelegt. »Hallo, Chef«, hört sie jetzt einige Rufe und stellt fest, dass ihr Begleiter, dass Ulrich Meierling damit gemeint ist. Er scheint hier wohl bekannt zu sein.

Der Wirt kommt hinter dem Tresen hervor und Meierling macht ihn mit Charlotte bekannt. »Das ist Juri«, sagt er. »Er kommt aus Jugoslawien. Seine Frau ist Deutsche. Hallo Anna.« Er winkt in Richtung der Tür hinter der Theke, wo soeben eine Frau aufgetaucht ist, eine untersetzte, etwas rundliche Person, die den Anschein macht, als wäre sie nicht so schnell aus der Fassung zu bringen.

Der Wirt hat sich einem kleinen Tisch neben dem Fenster zu gewendet und nun bemerkt Charlotte, dass die beiden Männer, die dort gesessen haben, aufstehen und zur Theke hinüberwechseln. Nachdem er den Tisch abgewischt hat, fordert der Wirt sie beide auf, hier Platz zu nehmen.

Während sie auf das bestellte Bier warten, beginnt Ulrich mit leiser Stimme zu schildern, was er über die hier Anwesenden weiß. Er erzählt von dem jungen Polen und seinem Bruder, beide am Nebentisch, die vor Monaten nach Hamburg kamen und jetzt endlich am Fischmarkt eine Arbeit gefunden haben. Von dem Tschechen

– er deutet in Richtung der Theke auf einen blonden Hünen mit Schnauzbart, der in das Gespräch mit einem älteren Mann verwikkelt ist –, der gelernter Elektroingenieur sei und sich sein Auskommen mit Schwarzarbeit als Gärtner verdiene. Er habe Glück, denn die Leute in den feinen Villen am Alsterweg würden ihn schätzen, sodass er von Frühjahr bis Herbst finanziell abgesichert sei. Seine Probleme entstünden erst wieder in der kalten Jahreszeit, dann, wenn in den ausgedehnten, parkähnlichen Gärten die Winterruhe einkehrt.

Während Meierling redet, beobachtet Charlotte ihn. Er gefällt ihr richtig gut und sie mag seine ruhige, verständnisvolle Art. Soeben erzählt er von dem Russlanddeutschen am Tisch ganz hinten, einem ehemaligen Lehrer, der sehr froh darüber ist, seit kurzem bei der Müllabfuhr arbeiten zu können, auch von dem jugoslawischen Chemiker, dem der Asylantrag abgelehnt wurde und der untertauchen musste, weil ihm die Ausweisung droht. Nach Hause könne er auf keinen Fall zurück, hat er glaubhaft versichert, doch die Ausländerbehörde erkenne seine Gründe nicht an. Hier in der Kneipe wissen jedenfalls alle Bescheid, aber niemand würde ihn verraten.

Als Charlotte sehr viel später – es geht schon auf Mitternacht zu – von Ulrich vor ihrer Haustür abgesetzt wird, da hat sie sich bewusst gemacht, wie hervorragend es ihr im Vergleich zu diesen Menschen geht, denen sie eben in der Kneipe begegnet ist. Sie hat eine zufriedenstellende Arbeit, ein gutes finanzielles Auskommen, einen wundervollen Sohn und jetzt auch noch einen lieben Freund. Ein klein wenig schämt sie sich dieser egoistischen Gefühle, doch stärker empfindet sie die Dankbarkeit, die sie jetzt ausdrückt, indem sie sich zu Ulrich hinüber beugt, um ihm ein Küsschen auf die Wange zu geben.

Er hält sie fest. »Das wollen wir dann schon richtig machen,« murmelt er und küsst sie auf den Mund, nicht wild und leidenschaftlich, sondern sanft und zärtlich. Charlotte hält ganz still. Sie bedauert es sogar ein wenig, als er sie wieder frei gibt und sich zurück setzt. Doch zugleich weiß sie tief in ihrem Innersten, dass dies der Beginn ist von etwas Bleibendem. Von einer Beziehung, die Sicherheit gibt, Vertrauen und Zuverlässigkeit. Und sie ahnt, dass sehr viel an echtem Gefühl dabei sein wird.

Innerhalb weniger Wochen entwickelt sich ihre Bekanntschaft zu einer festen Bindung. Sie zögern beide nicht, sich ganz auf den anderen einzulassen. In den nächsten Monaten festigt sich bei Charlotte immer mehr die Meinung, in Ulrich den absolut passenden Partner gefunden zu haben.

»Ich glaub's nicht«, lautet allerdings zunächst die Reaktion von Heike.

Die Freundinnen haben sich zum Kaffee in Heikes Wohnung getroffen. Es ist Sonntag und Geoffrey befindet sich auf dem nahe gelegenen Hockeyplatz. Der ist nach wie vor sein Lieblingsaufenthaltsort, auch wenn es, wie heute, leicht nieselt. Doch der Junge war nicht aufzuhalten. Die Saison für draußen wird bald vorbei sein, hat er behauptet, und so müsse er die wenigen Gelegenheiten ausnutzen.

»Du bleibst aber nicht so lange und kommst dann gleich zu Heike«, hat Charlotte ihn angewiesen, was von einem eher halbherzigen Nicken ihres Sohnes bestätigt wurde.

»Du, Ulrich ist wirklich genau der Mann, den ich haben möchte«, bekennt sie jetzt.

»Also, äußerlich gleicht er ja nicht gerade dem Typ, den du bisher bevorzugtest. So weit ich mich erinnere, waren die alle groß, schlank, sportlich-jugendlich und entsprachen den allgemeinen Vorstellungen von gutaussehend.«

Einmal hatte Heike bei Charlotte zu Abend gegessen. Da war Ulrich kurz aufgetaucht. Er brachte Unterlagen vorbei für die von Charlotte benötigte Recherche zum Kinderheim an der Hafenstraße. Und bei diesem Anlass konnte die Freundin den neuen Mann kurz in Augenschein nehmen.

»Na und? Ich finde ihn sympathisch aussehend. Äußerlich mag er vielleicht keine herausragende Größe haben, aber innerlich hat er die ganz bestimmt. Sein kleines Bäuchlein zeigt an, dass er gern isst. Das tue ich ebenfalls mit Vorliebe. Und überhaupt passt er in seinen Interessen und auch altersmäßig prima zu mir.«

Heike lächelt verschmitzt. »Das wollte ich nur hören. Wenn du ihn so verteidigst, sagt mir das, wie sehr du ihn magst. Also ist es in Ordnung.« Sie tätschelt Charlottes Arm. »Nach allem was du durchgemacht hast, wünsche ich dir wirklich von ganzem Herzen, dass er der Richtige ist. Auch wenn es nicht die ganz große Liebe sein mag.«

»Vielleicht ist sie es aber doch?« Charlotte legt ihre Hände nebeneinander auf den Tisch und faltet sie langsam, Finger für Finger, ineinander. »Ich kann das Gefühl für ihn nicht so genau definieren. Es ist nicht diese blinde, körperliche Bedingungslosigkeit, die einen mitreißt, ohne dass man etwas dagegen machen kann. Es ist zarter und komplexer. Ich mag es, wie er mich bei der Begrüßung in den Arm nimmt. So, als habe er schon ganz lange auf diesen Moment gewartet. Ich mag es, wie er im Gespräch seine Brille ab – und wieder aufsetzt. Und ich mag es, wenn wir uns beim Essen gegenübersitzen und über alles quatschen, was uns so in den Sinn kommt.«

»Hört sich gut an.«

Charlotte nimmt einen Schluck Kaffee.

»Ganz besonders mag ich, wie er aktiv und kompetent meine Arbeit begleitet, obwohl er auf ganz anderen Gebieten tätig ist. Er zeigt richtig großes Interesse an meinem sozialen Engagement, er meint es ehrlich und er hilft mir enorm. Inzwischen bekomme ich nämlich auch hier wieder Aufträge, die sich in erster Linie um soziale Angelegenheiten drehen. Das liegt mir wirklich und da kenne ich mich aus.«

»Wie kann er dir denn dabei helfen?«

»Ulrich kennt die entsprechenden Örtlichkeiten, weiß welche Einrichtungen es gibt und findet für mich heraus, welche Behörden und Institutionen ich zu kontaktieren habe. Zum Beispiel neulich, als du bei mir warst, da brachte er mir Unterlagen des Jugendamtes über das Heim an der Hafenstraße, das geschlossen werden soll. Ich weiß nicht, ob du darüber gelesen hast?«

»Jetzt, wo du es erwähnst, erinnere ich mich, in der Zeitung einen Bericht überflogen zu haben.«

»Wahrscheinlich verursacht das Haus hohe Kosten und ist der Stadt einfach zu teuer. Ich meine aber, dass an anderer Stelle gespart werden soll, denn die Kinder und Jugendlichen scheinen sich dort ausgesprochen wohl zu fühlen. Außerdem pflegt das Heimleiter-Paar einen vernünftigen und zugleich liebevollen Umgang. Ulrich besorgte mir also Unterlagen. Da stellte ich fest, dass alle Pfleglinge, die, nachdem sie das Erwachsenenalter erreicht haben und von dort weg gegangen sind, ein ganz normales Leben führen. Keiner ist bisher auf die schiefe Bahn geraten.« Charlotte beugt sich vor und richtet den Zeigefinger auf Heike. Ihrer Stimme ist die Empörung deutlich anzuhören. »Doch nun will man diese sinnvolle Einrichtung auflösen und die Kinder in Pflegefamilien unterbringen!«

»Wenn der Beschluss bereits gefasst ist, kannst du wohl kaum noch dagegen vorgehen«, meint Heike lakonisch.

»Das hoffe ich aber schon.« Charlotte klopft energisch mit dem Knöchel auf die Tischplatte. »Jedenfalls sammle ich Fakten, um die öffentliche Meinung in meinem Sinn zu beeinflussen. Ulrich hat mir Papiere beschafft, an die ich selbst niemals herankäme, was natürlich streng geheim bleiben muss. Er kennt da nämlich jemanden im Sozialamt. Aus diesen Materialien erarbeite ich Aufstellungen, die besagen, welche Vorteile es für die Kinder hat, wenn sie an der Hafenstraße bleiben können, zum Beispiel die Nähe zum Ausbildungsplatz, die Unterstützung der Heimleitung bei den Hausaufgaben, der gute Zusammenhalt der Kinder untereinander. Das alles will ich in mehreren Berichten bringen. Die Hamburger Nachrichten haben sich schon zur Veröffentlichung bereit erklärt.«

Sie entspannt sich wieder und fügt hinzu: »Wollen doch mal sehen, ob ich die Bürgerschaft nicht so weit motivieren kann, dass sie sich gegen die Schließung des Heims auflehnt.«

»Ich finde dein Engagement wirklich bewundernswert. Also, arbeitsmäßig scheint zwischen Ulrich und dir alles in Butter zu sein.« Heike langt nach den Streichhölzern, zündet die vor ihr stehende Kerze an und sagt, ohne Charlotte dabei anzusehen: »Jetzt würde mich die intime Seite eurer Beziehung interessieren. Wie ist er denn im Bett? Auch so perfekt wie auf den anderen Gebieten?«

»Ich wüsste nicht, was dich das angeht, du neugieriges Biest.« Charlotte grinst.

»Weißt du noch, wie wir vor Jahren in der Rautlinger Weinkneipe Überlegungen anstellten über unsere ferne Zukunft? Also, beziehungsmäßig.«

»Genau! Ich war auf der Suche nach dem idealen Mann und du meintest, dass die Arbeit erst mal vorgeht.«

»Ist dein Ulrich denn ideal?«

»Ich finde schon.«

»Also? Wie ist er im Bett?«

Charlotte betrachtet geflissentlich ihre Fingernägel. Sie zögert. Dann schaut sie hoch. »Ich mag es, wie er Sex macht. Es geht mir gut dabei.«

»Hört sich ziemlich langweilig an. Da scheint mir Amos ein um einiges feurigerer Liebhaber gewesen zu sein.«

Charlotte knüllt die Papierserviette zusammen und wirft sie nach Heike. »Versuche nicht, mich zu verwirren.«

»Geht das denn so leicht?« Heike zieht skeptisch die Augenbrauen nach oben. »Vielleicht solltest du dir dann deine Beziehung noch mal durch den Kopf gehen lassen?«

»Quatsch! Du meinst das nicht im Ernst, oder?«

»Doch, meine ich. Sex ist da nämlich ungeheuer wichtig. Wenn das nicht stimmt, wirst du dir irgendwann einen anderen suchen. Und das wäre doof, falls ihr dann schon fest zusammen seid, möglicherweise sogar verheiratet.«

»Also, so weit mag ich nicht denken. Ich bin wirklich zufrieden und ich will mir die Beziehung mit Ulrich nicht durch den Kopf gehen lassen – jedenfalls im Augenblick nicht. Und ich will jetzt nicht weiter darüber reden. Punkt!«

»Okay«, akzeptiert Heike mehr zum Schein, denn sogleich löchert sie weiter: »Mich interessiert aber schon, wie dein Sohn mit dem neuen Mann klar kommt?«

»Himmel! Hast du kein anderes Thema drauf.«

Charlotte sieht auf die Uhr. Draußen hat die Dämmerung eingesetzt und sie überlegt, dass es eigentlich langsam an der Zeit wäre, dass Geoffrey endlich auftaucht.

»Magst du nicht darüber reden?«, forscht Heike ungerührt weiter.

»Hab ich doch gesagt!« Aber dann lenkt sie ein. »Also gut. Ich gebe zu, dass wir eine ziemliche Berg- und Talfahrt erlebt haben. Erst war es ganz locker, dann hatten wir eine Zeit, in der Geoffrey meinen Freund total ablehnte und endlich kam es zu einer vorsichtigen Annäherung. Zeitweise scheint meine Beziehung für meinen Sohn schon ein ziemliches Problem gewesen zu sein.«

»Kein Wunder«, wirft Heike dazwischen.

»Ehrlich, ich konnte das nicht begreifen. Geoffrey sollte doch Verständnis dafür haben, dass ich wieder einen Partner haben möchte.«

»Was erwartest du von ihm? Er ist ja noch ein Kind. Dieser Mann bedeutet für ihn ausschließlich eine Konkurrenz in der Liebe zu seiner Mama.«

»Vermutlich hast du Recht«, stimmt Charlotte etwas zögernd zu. »Außerdem hofft Geoffrey wohl immer noch, die Beziehung zwischen Amos und mir könnte wieder in Ordnung kommen. Denn auch wenn er enttäuscht wurde, bleibt sein Vater weiterhin das große Vorbild.«

Heike greift nach der Kanne und gießt die Tassen erneut voll.

»Was verständlich ist«, sagt sie.

»Ich habe schon auch Verständnis. Für Geoffrey war es einmal eminent wichtig, diesen afrikanischen Vater vorweisen zu können. Weißt du«, Charlotte nimmt ein Stück Zucker und rührt es in den Kaffee, »bis zum plötzlichen Auftauchen von Amos hat sich der Junge irgendwie wurzellos gefühlt. Das konnten auch meine Liebe und die meiner Eltern nicht ausfüllen. Ich merkte es daran, wie er mit Vorliebe vor anderen den Kasperl abgab. Wie er sich in den Vordergrund spielte, witzig sein wollte und dumme Streiche machte. Eine Kinderpsychologin hat mir mal gesagt, Geoffrey mache das, um Anerkennung zu bekommen und um die Leere durch den nicht vorhandenen Vater auszufüllen.«

»Während meiner Ausbildung hab ich auch einige Monate in der Psychiatrie gearbeitet«, erinnert sich Heike. »Da war ein ähnlicher Fall. Da ging es um ein fünfjähriges Mädchen aus Peru, die von einem Ehepaar adoptiert worden war. Als zwei Jahre später der Mann die Familie verließ, kam die Mutter mit der Situation nicht zurecht. Sie wandte sich dem Alkohol zu und wurde streitsüchtig. Die Adoptivtochter versuchte nun, die Aufmerksamkeit der Erwachsenen in ihrem Umfeld auf sich zu lenken, indem sie dauernd was anstellte. Sie nahm anderen Kindern Dinge weg, prügelte sich und riss ständig aus. Man musste ungeheuer auf sie aufpassen.«

»Glücklicherweise war es bei Geoffrey nicht so schlimm. Er spielte sich halt einfach nur als Clown auf. Aber nur, bis Amos bei uns eingezogen war. Danach fand bei dem Jungen eine enorme Veränderung statt. Er wurde selbstbewusster. Heute kann er zwar immer noch mit einer gehörigen Portion Witz aufwarten und liebt es, phantasievolle Geschichten zu erzählen. Auch seine Vitalität ist manchmal kaum zu bremsen, aber das läuft in vernünftigen Bahnen. Selbst die Umsiedlung hierher hat ihm erstaunlicherweise gar nicht so viel zu schaffen gemacht. Ich meine fast, er ist reifer geworden. Er findet sich ganz gut inzwischen ohne Vater zurecht. Jedenfalls geben wir ein prima Zweier-Team ab.«

Heike wirft ihr einen langen und intensiven Blick zu. »Charly, ich glaube, du bist nicht ganz ehrlich, wenn du so tust, als wäre es die reine Harmonie. Gib doch zu, dass dieser Ulrich sich zwischen euch drängt. Ich erinnere mich an ein Telefonat vor ein paar Wochen. Da sprachst du von einem ziemlichen Knacks.«

»Also …«, Charlotte zögert. »Gut, ich gebe zu,« sie rührt eine Weile in der Tasse herum, obwohl sich der Zucker längst aufgelöst hat, »dass die Beziehung zwischen meinem Sohn und mir eine Weile hart an der Kippe stand.«

»Was war passiert?«

»Na ja, anfangs war dieser Dr. Meierling eben nur ein Kollege, der sich um meine Arbeit kümmerte – du weißt schon, ich hatte doch diese Brandverletzung – und der mir behilflich war. Das fand Geoffrey ganz okay. Doch dann bekam er eines Morgens mit, dass Ulrich bei uns übernachtet hatte, vermutlich sogar in meinem Bett! – also, da war zunächst einmal ganz dicke Luft.«

»Ihr hättet ruhig etwas mehr Einfühlungsvermögen zeigen können. Dein Freund hätte halt nachts wieder verschwinden müssen.«

Charlotte runzelt die Stirn. »Du zeigst immer nur Verständnis für Geoffrey. Denk doch mal an mich! An meine Gefühle und an mein Glück.«

»Oh, wie theatralisch!« Heike verdreht die Augen.

»Du bist doof! Aber zurück zu diesem Abend. Wir haben Ulrichs Geburtstag gefeiert und sind extra wegen Geoffrey zu Hause geblieben. Ulrich hat Essen besorgt. Er weiß inzwischen, dass ich keine tolle Köchin bin, aber er kennt gute Restaurants, die leckere Speisen liefern. Anschließend spielten wir Monopoly, und zu später Stunde war mein Sohn endlich bereit, das Bett aufzusuchen, zwar heftig maulend, aber er hat sich verzogen. Na ja … und dann …«, – sie macht eine Pause und fährt etwas verlegen mit dem Finger die Maserung auf der hölzernen Tischplatte nach –, »dann haben wir es uns halt richtig gemütlich gemacht. Ulrich brachte einen hervorragenden Rotwein zum Vorschein, den wir vertilgten, und anschließend gönnten wir uns noch einige Gläschen Calvados. Danach konnte mein Herzblatt unmöglich noch ein Auto besteigen.«

»Es gibt Taxen!«

»Ich wollte aber gar nicht, dass er noch heim fährt. Ich wollte ihn die ganze Nacht in meinem Bettchen haben.« Charlotte lehnt sich zurück und sieht sehr zufrieden aus.

»Es geht mir nicht nur um die Empfindungen deines Sohnes«, meint Heike in scheinheiliger Ernsthaftigkeit und unterdrückt ein Schmunzeln. »Denn eigentlich solltest du wissen, was so alles nach durchzechten Festen passieren kann. Schließlich hat das bei dir einmal zu einer ungewollten Schwangerschaft geführt.«

»Na und? Ist das Ergebnis nicht ausgezeichnet?«

Heike lacht laut auf. »Okay, ich geb's auf.«

»Dann lass mich weiter erzählen: Morgens ist Geoffrey aus seinem Zimmer gekommen. Er hatte wohl unsere Stimmen gehört und erschien in der Küche, wo wir gerade das Frühstück zubereiteten. Im Schlafanzug stand er vor uns und hat uns fassungslos angestarrt. ›Was ist?‹ hab ich gefragt und dann ›Guten Morgen‹ angefügt. Geoffrey hat sich wortlos auf der Ferse rumgedreht und ist zurück in sein Zimmer.«

»Na, prima.«

»Ich musste ordentlich Druck auf ihn ausüben, bis er endlich am Frühstückstisch auftauchte. Da hockte er dann, tat muffig und antwortete kaum. Es war richtig nett. Ich hätte ihn am liebsten geohrfeigt.«

»Das wäre genau das richtige gewesen«, meint Heike sarkastisch.

»Ich hab mich ja zurückgehalten, auch die nächsten Tage, obwohl sich mein reizender Herr Sohn weiterhin äußerst eklig betrug. Er redete nur das Nötigste und insgesamt war eisige Stimmung.«

»Genau! Da haben wir mal miteinander telefoniert.«

»Auf diese Weise ging das ein paar Tage. Doch dann rief Ulrich an und wollte Geoffrey sprechen. Er fragte meinen Sohn, ob er Lust habe, ihn auf ein Kreuzschiff zu begleiten, er würde dort für eine

Reportage recherchieren. Während die beiden miteinander telefonierten, hab ich im Sessel gesessen und so getan, als würde ich lesen. Aber über den Zeitungsrand hinweg hab ich das Mienenspiel des Jungen beobachtet. Du, es war richtig interessant zu sehen, wie sein Gesicht sich veränderte. Von totaler Ablehnung über vorsichtiges Interesse bis zu heller Begeisterung.«

»Wie schlau von diesem Ulrich«, meint Heike anerkennend.

»Der Ausflug scheint ungeheuer erfolgreich gewesen zu sein. Um so einen Journalisten bemüht man sich eben sehr. Sie wurden vom Kapitän persönlich auf allen Decks herumgeführt, und Geoffrey berichtete mir anschließend voller Begeisterung, dass es riesige Speisesäle gebe, zwei Schwimmbäder, einen Spielsalon und was nicht noch alles. Sie waren auch im Herzen des Dampfers, dem Ruderdeck. Geoffrey bekam die elektronische Steuerung gezeigt, die Computeranlage und den Bildschirm. Er hat mir auch was von Radar erzählt.«

»Hat er denn davon eine Ahnung?«

»Ich denke schon ein bisschen. Jedenfalls gab er neulich einen ziemlich abfälligen Kommentar über meine tolle textverarbeitende Schreibmaschine ab. Die Amis hätten inzwischen Privat-Computer, auf denen man schreibt und gleichzeitig alles abspeichert. Außerdem könnten die Texte von so einem Gerät zum anderen gesendet werden. Über weite Distanzen.«

»Echt?«

»Das scheint es wirklich zu geben. Ulrich hat das auch bestätigt und gesagt, er wolle sich so ein modernes Teil zulegen.«

In dem Moment klingelt es.

Heike drückt den Türöffner und kurz darauf steht Geoffrey in der Wohnung. Er wirft die Tasche in die Ecke zwischen Eingang und Kommode, zieht die feuchte Jacke aus, hängt sie an die Türklinke und lässt sich kommentarlos in einen Sessel fallen.

»Krieg ich eine Cola?«, fragt er, während er mit dem einen Fuß den Schuh vom anderen abstreift.

»Zunächst sagt man Guten Tag. Die Jacke hängt man ordentlich auf einen Garderobenhaken, und die Schuhe zieht man im Flur aus. Man wäscht sich erst einmal die Hände, und wenn du höflich bittest, kannst du vielleicht ein Wasser haben.«

Charlotte kann es überhaupt nicht leiden, wenn ihr Sohn so tut, als sei höfliches Benehmen ein Fremdwort für ihn.

Doch Geoffrey lässt sich nicht einschüchtern. »Erstens hab ich Heike bereits Guten Tag gesagt«, mault er, »dann hab ich in der Anlage geduscht, brauche mir also keine Hände zu waschen, und ich weiß, dass Heike immer eine Cola für mich kalt stehen hat.«

Seine Mutter kann die Erziehungsversuche gern bei anderen ausprobieren. Bei ihm kommt sie damit nicht an. Über solchen Kinderkram fühlt er sich längst erhaben.

Heike kommt lachend aus der Küche, mit einer Flasche Cola in der einen und einem Glas in der anderen Hand. »Komm, Charly, die eine Cola schadet nicht«, sagt sie und reicht dem Jungen das Glas.

»Die trinke ich so.« Er nimmt die Flasche und setzt sie an den Mund.

Resignierend zuckt Charlotte mit den Schultern. Es bleibt ihr gar nichts anderes übrig, als klein bei zu geben, aber insgeheim überlegt sie, ob es nicht doch besser wäre, auf Ulrichs Angebot einzugehen und mit ihm zusammenzuziehen. Vor ihm hat Geoffrey inzwischen enormen Respekt. Er würde es nicht wagen, über seine Anweisungen einfach hinwegzugehen. Manchmal, so denkt sie, wäre bei ihrem heranwachsenden Sohn eine strengere, männliche Hand schon ganz angebracht.

Sie wird darüber nachdenken, ob sie Ulrich bei seiner Suche nach einer großen Wohnung grünes Licht geben soll. Fünf Zimmer müsse sie haben, hatte er vorgeschlagen, denn sie bräuchten getrennte Arbeitsbereiche und ausreichend Platz für jeden von ihnen, um sich zurückzuziehen.

XXVIII

Silvester ist die Bezeichnung für den letzten Tag im Jahr, benannt nach Papst Silvester I., der am 31. Dezember 335 in Rom verstarb und im 5. Jahrhundert heilig gesprochen wurde.

Kapitel 28

Hamburg, Rautlingen, Dezember 1980 – Januar 1981

Das vergangene Jahr ist ohne besondere Vorkommnisse abgelaufen. Ulrich hat noch keine passende Wohnung gefunden, worüber Charlotte eigentlich ganz froh ist. Denn insgeheim meint sie, dass zu viel Nähe schon auch hinderlich sein könnte in Bezug auf eigene Unternehmungen. Derzeit verfügt sie tagsüber ziemlich frei über ihre Zeit, weil Geoffrey sich ganz gut von ihr abgenabelt hat. Seine Freizeit verbringt er nämlich zum größten Teil mit seinem Freund Björn, der in seine Klasse geht und mit dem er den selben Hockey-Club besucht. Eine Tatsache, die Charlotte anfangs verwunderte, denn der sympathische Junge hat verkrüppelte Füße. Die Zehen seien nicht voll entwickelt, hatte ihr Björns Mutter erklärt und hinzugefügt, dass sie in der Schwangerschaft das Schlafmittel Contergan geschluckt habe. Bei diesen Worten war Charlotte ihr nigerianischer Freund Tomo Awolalu eingefallen und wie er ihr damals von den Folgen, die dieses Medikament verursachen würde, berichtet hatte. Glücklicherweise seien die Schäden bei Björn nicht so gravierend, sagte Frau Ludenbrinck, mit dem richtigen Schuhwerk bewege er sich ohne allzu große Probleme und könne sogar Hockey spielen. Von Geoffrey hörte sie, dass sein Freund ein prima Torwart sei.

Als Geoffrey mit einer Einladung zu der Silvester-Party bei der Familie von Björn erscheint, reagiert Charlotte dennoch zunächst zurückhaltend. Sie findet ihren Sohn für solche Anlässe eigentlich zu jung. Aber dann handelt es sich bei den Ludenbrincks um wirklich respektable Leute. Es sei Familientradition, mit Freunden und

Bekannten zu feiern, heißt es, und als Charlotte mit Björns Mutter telefoniert, bietet die an, Geoffrey könne bei ihnen übernachten, im Zimmer ihres Sohnes. Sie würde da eine Liege aufstellen. Denn die Gästezimmer seien von anderen Besuchern ihrer vier Kinder belegt.

Also sagt Charlotte zu.

»Das ist ja großartig«, reagiert Ulrich voller Begeisterung, als sie ihm am Telefon davon erzählt. »Dann hast du frei, und wir beide können zum Schloss Luisenhöhe fahren. Dort veranstalten sie regelmäßig an Silvester ein schönes Fest mit Musik, Tanz und wundervollem Essen.«

»So, so«, meint Charlotte nur. Eigentlich hat sie sich den Abend gemütlich zu Hause vorgestellt.

Doch Ulrich überhört ihre Anmerkung. »Ich rufe gleich an«, sagt er mit Eifer in der Stimme, »und versuche ein Doppelzimmer zu buchen. Wir sollten auf keinen Fall nachts noch zurückfahren.«

Ohne Charlottes eventuellen Einwand abzuwarten, sagt er: »Tschüß« und legt auf.

Am nächsten Tag ruft er zurück und teilt ihr mit, dass es mit der Reservierung tatsächlich geklappt hat. Man sei auf Luisenhöhe eigentlich längst ausgebucht gewesen. Aber gerade am Vortag habe jemand abgesagt und die Rezeption konnte sich aus Zeitgründen noch nicht darum kümmern, den nächsten auf der Warteliste zu kontaktieren, was Ulrich als eine Fügung des Schicksals und einen richtigen Glücksfall betrachtet.

Charlotte teilt seine Euphorie in sehr viel geringerem Maß. »Aber, wenn es an Silvester schneit und die Straßen glatt sind«, wirft sie ein. »ich weiß nicht, ob es klug ist, dann unterwegs zu sein?«

»Also, Liebes, hör bitte auf zu unken. Zunächst gehen wir davon aus, dass die Straßen frei sind und wir dort viel Spaß haben werden.«

»Wann sind wir dann am nächsten Tag zurück? Geoffrey kommt vielleicht schon am Morgen heim.«

»Charlotte!« Ulrichs Stimme klingt jetzt gereizt. »Geoffrey ist dreizehn. Behandle ihn doch nicht immer, als wäre er noch ein Baby.«

Sie enthält sich eines Kommentars, fühlt sich aber schon übergangen und ihre Interessen wenig respektiert. Nicht nur, dass sie den

Jahreswechsel gern in vertrauter Umgebung verbracht hätte, meint sie auch, dass die lange Anreise zum Schloss Luisenhöhe, nur für ein Silvester-Fest, eigentlich zu aufwendig sei. Besonders weil sie vorhat, über die Weihnachtstage nach Rautlingen zu fahren. Die Eltern waren das vergangene Weihnachtsfest nach Hamburg gekommen. Dieses Jahr, so meinten sie, sei es an der Zeit, dass Charlotte und Geoffrey endlich wieder einmal Rautlingen besuchten.

Sie reisen mit dem Zug. Charlotte wagt es nicht, den Polo zu nehmen, denn es ist Schnee angesagt. Sie möchte es auf keinen Fall riskieren, möglicherweise Stunden in witterungsbedingten Staus auf der Autobahn verbringen zu müssen. Und Geoffrey findet die Anreise mit der Bahn ohnehin spannender.

Sie werden von den Eltern am Bahnhof erwartet.

Beim Anblick der Beiden, wie sie dort mit suchendem Blick dicht nebeneinander stehen, erwacht in Charlotte die Erinnerung an den weit zurückliegenden Tag, an dem sie, mit dem Baby in der Tragetasche, am Flughafen in Frankfurt aus Nigeria eintreffend angekommen war. Meine Güte, ist das lange her, überlegt sie und kann sich noch gut an ihre Gefühle von damals erinnern. Voller Angst und Unsicherheit hatte sie der Zukunft in Deutschland entgegen gesehen, aber trotzig ihre Empfindungen zu verbergen gesucht. Tat nach außen so, als sei sie eine selbstsichere, überlegene Frau, die kompetent die ihr gestellten Aufgaben in Angriff nehmen würde. Dass sie, um diesen Anschein zu erwecken, ihren ganzen Mut zusammennehmen musste, weiß sie noch immer sehr genau. Und ihr ist auch klar, dass sie die erste Zeit in Deutschland nur deshalb so gut bewältigte, weil ihr die Eltern fest zur Seite standen.

In Erinnerung daran legt sie jetzt liebevoll den Arm um die Schultern der Mutter, während der Vater bereits, mit dem Koffer in der Hand und den lebhaft erzählenden Geoffrey neben sich, voraus geht.

Im Haus ist alles festlich geschmückt. Auch der Weihnachtsbaum.

»Das ist zwar nicht richtig so, aber auf diese Weise haben wir mehr Zeit für uns,« erklärt Mutter Michaelis. »Wir wollen nachher gleich zur Kirche gehen. Zum Nachmittagsgottesdienst. Das Krippenspiel wird Geoffrey bestimmt gefallen.«

In dem Moment wird Charlotte klar, dass die Mutter, genau wie sie selbst auch, immer noch den kleinen Jungen sehen möchte. Ihr ist nämlich bewusst, dass Geoffrey sich über das Vorführen von Krippenspielen erhaben fühlen wird, aber sie nickt. Im Grunde ist ihr alles recht. Wie immer die Eltern das Weihnachtsfest geplant haben mögen, sie wird es auf jeden Fall genießen.

Sie wird es sich gemütlich machen, wird sich das Essen schmekken lassen, wird zwischendurch immer mal mit Ulrich telefonieren und freut sich auf entspannte Tage. Die Mutter darf ruhig ein bisschen wirbeln, denkt sie. Die hat ja sonst nur noch wenig zu tun.

Kirchgang, Bescherung und Abendessen hat die Familie hinter sich gebracht. Jetzt sitzt man noch gemütlich beieinander. Der Vater blättert im Handbuch der Religionen, das er von Charlotte geschenkt bekam und Geoffrey probiert die neue Kamera aus.

»Mami, setz dich mal neben die Oma auf das Sofa«, befiehlt er.

Charlotte murmelt »Gleich«, denn sie ist gerade damit beschäftigt, die rote Schleife von dem kleinen Päckchen abzuwickeln, das Ulrich ihr vor der Abreise in die Hand gedrückt hat. Sie öffnet den Deckel und sieht im Polster eingebettet einen Ring aus Weißgold, mit einem schwarzen, von winzigen Perlen umrandeten Stein. Sie findet ihn wunderschön und steckt ihn an den Finger.

Doch schnell zieht sie das Schmuckstück wieder ab. Im selben Moment kommt es ihr nämlich so vor, als habe der Ring eine besondere Bedeutung, für die sie sich eigentlich noch nicht bereit fühlt.

»Zeig mal«, sagt Beate Michaelis, die die Tochter neugierig beobachtet und dabei vergessen hat, dass Geoffrey mit seiner Kamera wartet.

Charlotte reicht etwas zögernd den Ring an die Mutter weiter. Sie ahnt, welcher Kommentar nun folgen wird.

»Ist der von deinem Hamburger Bekannten?« Obwohl die Eltern Ulrich ein Jahr zuvor kurz kennen gelernt haben, zögert die Mutter ihn beim Namen zu nennen.

»Ja«, sagt Charlotte.

»Sieht ja fast aus wie ein Verlobungsring?«, fragt sie lauernd.

Charlotte schweigt.

»Guck mal, Dietrich, findest du nicht auch?« Beate Michaelis gibt den Ring an den Vater weiter.

Der wirft einen schnellen Blick darauf und reicht ihn mit den Worten: »Sehr schöne Arbeit« an Charlotte zurück.

»Ist das was Ernstes zwischen euch?«, will die Mutter wissen.

Charlotte zögert. Sie wird ihre Empfindungen nicht offen legen, weil sie nicht möchte, dass die Eltern das zum Anlass nehmen, zu versuchen, ihre Zukunft in einen ›ordentlichen‹ – wie sie es nennen würden – Rahmen zu pressen. Sie hängt einfach zu sehr an ihrer Freiheit, als dass sie sich momentan mit Worten festlegen möchte.

»Ulrich ist ein hilfreicher Kollege und auch ein guter Freund«, sagt sie mehr nebenbei.

»Sonst nichts?«, insistiert die Mutter.

»Also, ab und an gehen wir miteinander ins Bett!« Das hat Charlotte jetzt sagen müssen, um die Mutter zum Schweigen zu bringen.

Was auch funktioniert. »Wolltest du nicht fotografieren, Geoffrey?«, fragt die ein wenig hastig und klopft auf den Platz neben sich. »Setz dich hier rüber, Charlotte.«

Am ersten Werktag, der den Feiertagen folgt, erklärt Geoffrey nach dem Mittagessen, er würde in die Stadt fahren. Er möchte sich ein bisschen umsehen.

»Du bist aber pünktlich um sechs wieder zurück. Wir wollen dann zu Abend essen«, bestimmt die Großmutter.

Und Charlotte fügt hinzu. »Hast du deine Sachen zusammengeräumt? Unser Zug geht morgen schon um acht. Da müssen wir zeitig aufstehen, und dir bleibt dann keine Zeit mehr, um noch zu packen.«

Geoffrey wehrt mit lässigem Winken ab. »Die paar Sachen sind in Windeseile verstaut.«

Er greift nach seinem Parka und ist im Nu aus der Tür.

»Was will er denn in der Stadt?«, fragt Beate Michaelis.

»Keine Ahnung. Vielleicht möchte er sich in den Läden umsehen. Er hat einiges von seinem Taschengeld gespart und will eventuell etwas davon ausgeben. Oder er besucht Armin, seinen alten Freund aus der Grundschule.«

Charlotte ist das egal. Sie ist in sich gegangen und inzwischen zu der Überzeugung gelangt, dass ihr Sohn alt genug ist, um nicht ständige Beaufsichtigung zu benötigen.

Um sechs ist Geoffrey noch nicht wieder zurück. Es ist fast halb sieben, als er endlich in der Tür steht.

»Wo warst du denn so lange?«, wird er unisono von Mutter und Großeltern gefragt.

»Bei Dad.«

»Du warst bei Amos?« Drei Gesichter starren ihn entsetzt an.

»Ja.« Er tut ganz kühl. Gibt sich den Anschein, als sei es das Normalste von der Welt, sich mit diesem Vater zu treffen, den seine Mutter und er vor geraumer Zeit in aller Heimlichkeit verlassen haben.

»Wo hast du ihn denn ausfindig gemacht?«

»Im Bierbrünnchen.«

Früher sprach Amos gelegentlich von dieser Kneipe am Schlickbach-Gelände. Gemeinsam mit den Freunden hatte er sie zum Treffpunkt erkoren. Man gäbe ihnen dort am wenigsten das Gefühl, unerwünscht zu sein, hat er damals zu Charlotte gesagt.

Also gibt es ihren ehemaligen Geliebten noch.

»Warum bist du dorthin gegangen?« Charlotte verleiht ihrer Stimme einen kühlen und strengen Ton. Sie ist ärgerlich, findet die Aktion hinterhältig und unehrlich von ihrem Sohn. Was möglicherweise ungerecht ist.

Charlotte hatte Amos verdrängt. Sie war mit der Erinnerung an ihn ein bisschen so umgegangen wie der Vogel Strauß. Sie hat den Kopf in den Sand gesteckt und angenommen, es gäbe diesen Mann nicht mehr. Jedenfalls nicht in Rautlingen. Und zugleich hat sie erwartet – fast war sie davon überzeugt –, auch Geoffrey habe seinen Vater vergessen. Sie dachte, das Problem Amos sei aus der Welt. Bei intensivem Nachdenken muss sie jetzt einsehen, das dies ein unrealistischer Wunschtraum gewesen ist.

»Weil er mein Vater ist und ich ihn sehen wollte«, erwidert der Junge trotzig, worauf ihr nichts mehr einfällt.

Die Großeltern stehen schweigend dabei, enthalten sich jeden Kommentars.

Charlotte fühlt eine große Unsicherheit. Wie soll sie mit der Sache umgehen? Wie energisch darf sie reagieren? Sie kann Geoffrey doch nicht verbieten, seinen Dad sehen zu wollen. Vielleicht war es insgesamt ein Fehler, herzukommen, ohne sich vergewissert zu haben, ob Amos sich noch in der Stadt befindet. Dass der Junge die Chance nutzen würde, ihn zu treffen, hätte sie sich eigentlich denken können.

Doch dann macht sie sich klar, dass sie ja schon am nächsten Morgen wieder abreisen und somit eine weitere Möglichkeit zu einem nochmaligen Treffen nicht gegeben ist. Sie braucht sich also gar keine großen Gedanken zu machen.

»Hast du ihm gesagt, dass wir jetzt in Hamburg leben?«

»Ja. Aber die Adresse hab ich ihm nicht gegeben.«

In diesem Moment wird ihr deutlich, dass der Junge die Kindlichkeit abgelegt und in seiner Entwicklung einen großen Sprung getan hat. Er ist eifrig dabei, seinen eigenen Willen zu erproben.

Sie zuckt mit den Schultern. Warum regt sie sich auf? Es ist doch gar nichts passiert.

»Dann komm jetzt zu Tisch«, sagt sie. »Die Oma hat ganz lecker gekocht und war schon traurig, weil sie alles so lange warm halten musste.«

Wieder zu Hause in Hamburg fühlt Charlotte sich richtig erleichtert. Sie freut sich, dass Geoffrey, kaum angekommen, gleich mit Björn telefoniert und sich mit ihm wegen Silvester abspricht. Und sie ist auch froh, die betrübten Gesichter der Eltern nicht mehr sehen zu müssen. Denn während des Aufenthalts dort hat sie ständig und ziemlich krampfhaft versucht, gegen ein schlechtes Gewissen anzukämpfen. Besonders die Mutter hat ihr, eigentlich fast von Anfang an, vorgejammert, wie einsam es doch sei, seit Tochter und Enkel nach Hamburg ausgerückt seien. Rautlingen sei doch eine schöne Stadt, hier ließe es sich bestens leben, und Amos sei ganz bestimmt längst wieder in Afrika.

Das konnte sie dann allerdings nach dem Wiedersehen von Vater und Sohn nicht mehr sagen, aber die Blicke, die Beate Michaelis der Tochter weiterhin zuwarf – bis zur letzten Minute am Bahnsteig –, signalisierten einen dauerhaften Vorwurf. Manchmal kam es Charlotte fast so vor, als meinten ihre Eltern sogar, man solle Geoffrey nicht so ganz von seinem Vater fern halten.

»So weit kommt es noch«, murmelt Charlotte und bückt sich, um die helle Cordhose aus dem auf dem Boden liegenden Koffer zu nehmen und in den Schrank zu hängen, »dass ich mir von Mutter vorschreiben lasse, wo ich mein Leben zu verbringen habe. Ich bin hier glücklich. Und ich freue mich auf Ulrich!«

Nachdem Charlotte die Beziehung zu ihrem Freund eher wie eine nette Bekanntschaft hingestellt hatte, wurden die häufigen Telefonate mit ihm von den Eltern mit deutlichem Misstrauen beobachtet. Im Nachhinein war Charlotte richtig froh, nicht auf Ulrichs Begleitung bestanden zu haben. »Deine Eltern sollen sich erst an den Gedanken gewöhnen, dass es mich in deinem Leben gibt«, hat er ganz vernünftig argumentiert. »Nach der langen Trennungszeit und bei dem, was ihr alles zu bereden habt, würde ich nur stören.« Das sah Charlotte ein.

Doch überhaupt nicht akzeptieren konnte sie Mutters Argumentation am Morgen vor der Abreise, beim letzten gemeinsamen Frühstück. »Du hast eine gescheiterte Ehe und zwei gescheiterte Beziehungen hinter dir«, hat sie gesagt. »Meinst du nicht, dass dies ein Zeichen von Bindungsunfähigkeit ist?«

Charlotte war empört aufgefahren. Ihr das vorzuwerfen, nur weil sie nicht gleich wieder bereit war, eine Ehe einzugehen! Sie hat die Stirn gerunzelt, die Augenbrauen nach oben gezogen und pikiert rückgefragt: »Ich? Bindungsunfähig?«

»Das finde ich schon«, wurde die Aussage bestätigt, und der Vater saß daneben, schweigend, aber im Ausdruck die Meinung seiner Frau unterstützend.

In diesem Moment sehnte Charlotte den Augenblick herbei, wenn sie wieder im Zug in Richtung Hamburg sitzen würde. In absehbarer Zeit wollte sie jedenfalls keine Wiederholung des Rautlingen-Besuchs in Erwägung ziehen.

Am Silvestertag starten Ulrich und Charlotte um vier Uhr nachmittags. Sie wollen auf Schloss Luisenhöhe zunächst ihr Zimmer beziehen und sich dort umziehen.

»Ich könnte dich jetzt bei den Ludenbrincks vorbeibringen«, schlägt Charlotte ihrem Sohn vor.

»Nein!«, lehnt der ab. »Ich soll um sieben da sein. Da gehe ich doch nicht jetzt schon hin. Ich will mich auch nicht abliefern lassen. Schließlich bin ich kein Baby mehr!«

»Also gut. Hast du deine Tasche gepackt?«

»Ja!«

Weil sie sich fest vorgenommen hat, keine Glucke mehr sein zu wollen, probiert sie aus, wie weit sie sich auf ihn verlassen kann. »Ist der Schlafanzug drin?«

»Ja!«

»Dein Kulturbeutel auch?«

»Ja!«

Hast du eine Zahnpasta reingelegt?«

»Ja!« Empörtes Schnaufen, und dann mit erhöhter Stimme: »Mami, ich habe alles, was ich brauche!«

Weil sie ein bisschen Behütung jedoch weiterhin für angebracht hält, sagt sie: »Na, gut. Aber du fährst dorthin nicht mit dem Rad. Hörst du! Du nimmst die S-Bahn.«

»Okay.«

Als Charlotte dann neben Ulrich im Wagen sitzt, knetet sie voller Unruhe die Hände und kann sich gar nicht so recht auf die vor ihnen liegende Veranstaltung freuen.

»Was hast du denn?«

»Eigentlich nichts. Aber es ist halt das erste Mal, dass Geoffrey über Nacht bei fremden Leuten und ganz allein auf sich gestellt sein wird. Da mache ich mir schon Gedanken, obwohl es wahrscheinlich unsinnig ist.«

»Das ist ganz bestimmt unsinnig. Der Junge ist dreizehn!«, erinnert Ulrich sie zum wiederholten Mal und fasst nach ihrer Hand. »Du sollst es jetzt genießen, nur allein mit mir zusammen zu sein. Heute Nacht beginnen wir 1981, ein sicherlich wunderschönes Jahr für uns beide.«

»Du hast ja recht.« Sie lehnt sich an seine Schulter und versucht, sich zu entspannen.

Sie wird nicht mehr an Geoffrey denken, auch nicht mehr daran, ob es eventuell sein kann, dass er die Wohnungstür abzuschließen vergisst, und ob er die richtige S-Bahn nimmt, um pünktlich bei den Ludenbrincks anzukommen. Sie wird sich auf einen schönen Abend freuen, an der Seite des Mannes, den sie liebt, und auf eine Nacht voller Zärtlichkeiten in einem luxuriösen Hotel.

Am nächsten Tag auf der Fahrt zurück – es ist schon Nachmittag, denn sie haben es sich gegönnt auszuschlafen und anschließend noch ein ausgiebiges Frühstück genossen – ist Charlotte glücklich und zufrieden. Der Abend ist wundervoll abgelaufen. Man hatte für sie einen kleinen Tisch reserviert, der nicht weit von der Tanzfläche entfernt war. Während die Musik spielte, konnte man sich zwar kaum unterhalten, aber das war auch nicht nötig gewesen, weil beide es vorzogen zu tanzen.

In den Musikpausen wurden die einzelnen Gänge serviert. Zunächst gab es ein Krabbensoufflé, dann eine Teigrolle mit Gemüse, danach Fischsuppe, Rehmedaillons, Lammlendchen und zum Abschluss eine wundervolle Creme mit eingelegten Früchten. Alles in kleinen Portionen, so dass die Tanzfreudigkeit nicht unter dem reichlichen Essen litt.

Die Nacht verbrachten sie in einem elegant eingerichteten Zimmer, dessen Fenster zum Park hinaus gingen und zu dem ein kleines, aber luxuriös ausgestattetes Badezimmer gehörte.

»Wir sollten in diesem Jahr zusammenziehen«, hat Ulrich um Mitternacht vorgeschlagen, und Charlotte stimmte zu.

An diesem Abend hat sie den Ring getragen. Sie war froh, dass Ulrich das nicht kommentierte und auch nicht über eine Legalisierung ihrer Beziehung sprach. Das Beziehen einer gemeinsamen Wohnung verpflichtet zu nichts, fand sie, das kann man wie eine Wohngemeinschaft sehen. Auf diese Weise beruhigt, hat sie, an ihren Liebsten gekuschelt, wundervoll geschlafen.

Und nun findet sie die ganze Welt in bester Ordnung.

Als sie vor dem Haus anhalten, fragt Ulrich: »Soll ich noch mit rauf kommen?«

»Nein, besser nicht. Geoffrey wird mir sicher von gestern erzählen wollen. Deine Anwesenheit würde er dabei möglicherweise als störend empfinden.«

Nach dem Wiedersehen mit Amos weiß sie ihren Sohn in eher gespaltener Verfassung. Sie möchte seine Gefühle nicht strapazieren, indem sie ihn gleich wieder mit der Anwesenheit von Ulrich konfrontiert.

»Okay. Wir telefonieren später.« Ulrich, der wie immer großes Verständnis signalisiert, beugt sich ihr zu und küsst sie. »Es war wunderschön, mein Liebes.«

»Das fand ich auch.« Charlotte streicht ihm mit einer schnellen, zärtlichen Bewegung über die Wange, greift nach der Reisetasche, die sich auf dem Rücksitz befindet, und steigt aus.

Oben angekommen und gleich nachdem sie den Flur betreten hat, ruft sie nach Geoffrey. Aber es kommt keine Antwort. Sie betritt sein Zimmer und stellt erstaunt fest, dass ihr Sohn nicht da ist. Nanu, denkt sie, ob er wohl bei Björn aufgehalten wurde? Oder ob er möchte, dass ich ihn abhole?

Sie geht zum Telefon und wählt die Nummer der Ludenbrincks.

»Hier ist Jordan«, sagt sie, als Frau Ludenbrinck sich meldet. »Alles Gute zum Neuen Jahr.«

»Das wünsche ich Ihnen auch, liebe Frau Jordan. Warum ist Geoffrey denn nicht erschienen? Ging es ihm nicht gut?«

»Was …? Wieso …?«, stottert Charlotte. »Ist er nicht bei Ihnen?«

»Nein, Björn hat es mehrmals bei Ihnen zu Hause versucht. Er wollte fragen, wo sein Freund denn bliebe. Doch es hat niemand abgehoben.«

»Aber …?« Charlotte versucht die Gedanken zu sammeln, die wie wild in ihrem Kopf herumpurzeln. Das kann doch gar nicht sein. Wenn er nicht bei den Ludenbrincks ist und auch nicht zu Hause? Wo, um Himmels Willen, ist er dann bloß?

»Frau Jordan?«, hört sie die Stimme am anderen Ende der Leitung. »Was ist los? Ist etwas passiert?«

»Das weiß ich noch nicht.« Charlottes müht sich, ihre Gedanken zu ordnen und nachzudenken. »Ich bin eben erst heim gekommen. Jedenfalls befindet sich Geoffrey nicht hier in der Wohnung. Ich werde jetzt im Bekanntenkreis herumtelefonieren. Irgendwo muss er ja sein.«

»Höre ich wieder von Ihnen?«

»Selbstverständlich. Ich gebe Ihnen Bescheid.«

Er hat sich auf den Weg gemacht und hatte unterwegs einen Unfall, ist Charlottes erste angstvolle Überlegung und sie wählt die Nummer der nächst gelegenen Polizeistation.

Man versucht sie zu beruhigen. Es habe zwar einige Verkehrsunfälle gegeben, aber keinen, an dem ein halbwüchsiger Junge beteiligt war. Man würde noch einmal nachhören, auch in den Krankenhäusern nachfragen und sich wieder bei ihr melden.

Danach nimmt sie sich das Telefonverzeichnis vor und wählt etliche Nummern von Geoffreys Schulkameraden. Doch ihre Nachfrage bleibt erfolglos. Schließlich versucht sie sich im Hockey Club zu erkundigen. Doch dort hebt niemand ab.

Endlich ruft sie Ulrich an. »Geoffrey ist verschwunden«, stößt sie hervor und spürt ein grässliches Würgen in der Kehle. »Er ist weg«, sagt sie und beginnt zu weinen.

»Was heißt, er ist weg? Ist er nicht bei seinem Freund?«

»Nein«, schluchzt sie. »Dort ist er erst gar nicht hingegangen.«

»Vielleicht hatte er einen Unfall?«

»Ich hab die Polizei angerufen, aber da liegen keine Informationen über einen Unfall mit einem Jungen vor. Wo soll ich denn noch fragen?«

»Hast du bei dir im Haus nachgeforscht?«

»Nein, du hast Recht. Das mache ich sofort.« Gleich spurt sie einen kleinen Hoffnungsschimmer. Sie fährt sich mit dem Taschentuch über die Augen. »Bestimmt ging es ihm nicht gut und Frau Wulff hat ihn bei sich aufgenommen, um ihn gesund zu pflegen.«

»Probier das.« Ulrich steht dieser Vermutung allerdings eher skeptisch gegenüber. Wenn die Dame vom Erdgeschoss den kranken Jungen beherbergen würde, dann hätte sie ganz sicher eine Nachricht hinterlassen.

»Gibt es vielleicht irgendwo einen Zettel?«, fragt er. »Hat Geoffrey seine Tasche mitgenommen? Hat er seinen Mantel an?«

»Warte, ich gehe nachsehen.«

Kurz darauf ist Charlotte wieder am Telefon. »Die Tasche steht noch da. Aber sein Parka ist weg. Und sein Hausschlüssel auch.«

»Also hat er gezielt die Wohnung verlassen. Aber offensichtlich nur, um schnell etwas zu erledigen, und auf keinen Fall, um zu seinem Freund zu gehen.«

»Wohin aber dann? Sag es mir!«

»Jetzt probierst du es im Haus, und wenn er da nicht ist, dann rufst du mich wieder an. Ich komme zu dir und wir besprechen die weitere Vorgehensweise.«

Die Nachforschungen im Haus fördern Geoffrey nicht zutage. Allerdings erinnert sich Frau Wulff gesehen zu haben, wie der Junge spät am Nachmittag aus dem Haus ging. Sie habe am Wohnzimmerfenster gestanden. Von da aus kann sie zwar nur ein schmales Stück des Eingangsbereiches sehen, aber es ist eindeutig Geoffrey gewesen.

»War er allein?«, fragt Charlotte und atmet tief durch. Sie ist erleichtert, endlich eine Spur entdeckt zu haben.

»Also, das kann ich nicht sagen.«

»Er ist einfach weg, Frau Wulff.« Die vage Angabe will Charlotte nicht akzeptieren. Hier ist der Schlüssel zu Geoffreys Verschwinden. Das spürt sie ganz deutlich. »Ich muss herausfinden was mit ihm passiert sein könnte. Der Junge ist doch sonst so zuverlässig. Er würde niemals einfach nur abhauen.«

»Warten Sie mal!« Die alte Dame legt einen Finger an die Nase und überlegt einen Moment. »Ich glaube, draußen an der Straße stand ein Auto. Ja, jetzt erinnere ich mich. Der Junge ging da hin. Ich konnte das Blau des parkenden Wagens durch die Hecke schimmern sehen. Da sind ja derzeit keine Blätter dran. Man kann daher ganz gut die Dinge beobachten, die auf dem Weg vor sich gehen.« Sie schmunzelt. »Dabei habe ich schon immer mal meine Abwechslung. Mich bemerkt hier drinnen nämlich keiner.«

»Ach, ja.« Charlotte versucht ein liebenswürdiges Lächeln, was eher missglückt. Ganz sicher hat es keinen Sinn, Frau Wulff zu drängen. Sie wird sie einfach reden lassen und hofft, dabei noch weitere Einzelheiten zu erfahren.

»Jetzt fällt es mir wieder ein. Geoffrey stand an diesem Wagen. Er hatte sich herunter gebeugt, sprach wohl mit dem Fahrer.«

»Und dann?«

»Dann klingelte bei mir das Telefon. Marianne, meine Freundin, wollte wissen, ob sie schon gleich kommen soll, um mir das

Horoskop zu legen. Wir machen das jedes Jahr an Silvester. Nur halten wir es nicht mehr aus bis Mitternacht. Sie geht meist gegen acht Uhr wieder nach Hause. Und ich verziehe mich gegen zehn ins Bett. Wenn mitten in der Nacht die Knallerei los geht, dann werde ich kurz wach. Manchmal schaue ich aus dem Fenster. Aber dieses Jahr konnte ich gleich wieder einschlafen.«

»Danke, Frau Wulff, Sie haben mir weitergeholfen.« Charlotte verabschiedet sich und hastet die Treppe hinauf in ihre Wohnung.

Von dort ruft sie Ulrich an. »Du brauchst nicht zu kommen«, stößt sie fast atemlos hervor. »Ich muss nämlich befürchten, dass Geoffrey von Amos abgeholt worden ist.«

»Wie kommst du denn auf die Idee?«

Sie gibt das wieder, was sie von Frau Wulff erfahren hat.

»Und wieso glaubst du, es handle sich bei dem Autofahrer um Amos?«

Charlotte kann das nicht begründen. Es ist mehr ein Gefühl, von dem sie aber überzeugt ist, dass es sie nicht trügt.

»Wer sollte es sonst gewesen sein? Geoffrey ist weder naiv noch leichtsinnig. Amos ist wohl der einzige Mensch, neben meinen Eltern und mir, dem er bedingungslos ergeben ist. Da die Beiden sich erst vor wenigen Tagen in Rautlingen begegnet sind, Amos von dem Jungen unseren Wohnort erfuhr, muss ich davon ausgehen, dass der Kerl sich umgehend daran machte, seinen Sohn aufzuspüren. Das würde genau zu ihm passen.«

»Was willst du jetzt weiter unternehmen? Kannst du ihn ausfindig machen?«

»Ich weiß es noch nicht, ich muss nachdenken. Geoffrey wird sich nicht so ohne weiteres verschleppen lassen. Dazu hängt er zu stark an mir. Sie müssten sich also noch in Hamburg aufhalten. Vielleicht sollte ich noch abwarten?«

»Und wenn es doch nicht Amos war?«

»Ulrich, bitte, lass mich nachdenken. Ich will einfach zunächst etwas Zeit verstreichen lassen, und hoffe, mir fällt dabei ein, was ich tun kann.«

»Ich würde trotzdem die Polizei informieren.«

»Gut, das mache ich.« Das wird auf keinen Fall schaden, denkt sie.

Sie zieht also wieder ihren Mantel über und begibt sich zum nächst gelegenen Polizeirevier. Dort berichtet sie den Vorfall und gibt auch ihre Vermutung weiter. Der Beamte hat vor sich das Formular liegen, das er nach Charlottes Anfrage ausgestellt hatte. In den Krankenhäusern habe sich nichts weiter ergeben, sagt er. Er nimmt ihr Anliegen auf, informiert sie aber über die Kosten, die entstünden, falls es sich bei Geoffreys Abwesenheit tatsächlich nur um einen ausgedehnten Ausflug mit seinem Vater handeln würde.

»Wenn wir jetzt eine große Suchaktion starten, Beamte einsetzen und rundum aktiv werden, dann ist das eine kostenaufwendige Sache. Wenn anschließend der Junge, was natürlich zu wünschen wäre, munter und vergnügt wieder eintrifft, weil er in der Zwischenzeit mit seinem Papa unterwegs war, dann müssen wir Ihnen das in Rechnung stellen.«

»Ich will ja noch gar nicht, dass Sie tätig werden. Ich wollte Sie nur informieren. Ich meine, wir sollten zumindest einen Tag abwarten.«

Der Polizeibeamte nickt. Das findet er eine praktikable Lösung.

Wieder in der Wohnung, setzt Charlotte sich auf einen Stuhl, stützt die Ellbogen auf den Esstisch und starrt durch das Fenster hinaus in die Dämmerung. Die Feuchtigkeit hat sich zu einem Nebel verdichtet, der grau und schwer nach unten drückt und genau das wiedergibt, was sie empfindet. Was mache ich bloß, wenn er sich in den nächsten Stunden nicht meldet, grübelt sie. Ich kann doch nicht einfach so tun, als wäre nichts passiert. Als wäre alles im normalen Bereich. Ich kann mir nicht einfach ein Essen kochen, kann nicht an der Schreibmaschine sitzen und brauche auch erst gar nicht ins Bett zu gehen, weil ich ja so und so nicht schlafen könnte. Was soll ich bloß tun, um Gottes Willen?!

Ob es wirklich Amos war, der in diesem blauen Auto auf Geoffrey gewartet hat? Soll sie darüber erleichtert sein, weil in diesem Fall dem Jungen jedenfalls nichts passieren wird? Aber eigentlich kann sie den Gedanken nicht als Erleichterung empfinden.

In sich zusammengesunken hockt sie da, ohne sich mit irgend etwas zu beschäftigen. Sie starrt die Möbel an, die Bilder an den Wänden und wartet darauf, dass endlich etwas geschieht. Wie kann

Amos mir das nur antun?, denkt sie. Wie kann er so gemein sein, mich dieser Qual auszusetzen?

»Afrikaner haben eine andere Auffassung von gesellschaftlichem Umgang«, hat Ulrich einmal gesagt, als das Gespräch auf Geoffreys Vater gekommen war. »Wenn ich dich so reden höre, meine ich fast, du wolltest aus Amos einen braven, deutschen Bürger machen, wolltest ihn umkrempeln und in eine kleinbürgerliche Schublade stecken.«

»Stimmt nicht«, hat sie sich gewehrt. »Nur, wenn er hier lebt, dann hat er sich in die hiesigen Umstände einzufügen.«

Ulrich hat ihr zugezwinkert. »In welche Umstände?«, wollte er wissen. »In so etwas Ähnliches wie pflegliche Bearbeitung von Reihenhausvorgärten, die allwöchentliche Waschung des Familienwagens oder die traditionelle Einkaufsfahrt am Samstagvormittag?«

Charlotte war ärgerlich gewesen, weil jetzt er sie mit seiner Belustigung in eine kleinbürgerliche Schublade stopfte. »Egal, was auch immer«, hat sie ihn angefahren. »Wenn Amos und seine Freunde in Deutschland leben wollen, dann müssen sie sich anpassen.«

Doch jetzt, während sie voller Angst in Gedanken alle Möglichkeiten durchspielt, da meint sie, dass Amos im Augenblick vermutlich genau wie ein Vater von überallher agiert. Er möchte Nähe zu seinem Sohn herstellen, und dazu ist ihm jedes Mittel recht.

In dem Augenblick vernimmt Charlotte das ersehnte Klingeln des Telefons. Sie springt auf, rennt zum Tischchen auf dem der Apparat steht, und reißt den Hörer hoch.

Es ist Ulrich, der wissen will, ob sich etwas Neues ergeben hat.

»Nein!«, fährt sie ihn ziemlich unwirsch an. »Bitte, lass uns gleich wieder auflegen. Die Leitung muss frei bleiben.«

Kaum ausgesprochen tut es ihr leid, ihn so behandelt zu haben. Denn eigentlich weiß sie, wie groß seine Sorgen sind, wie sehr er mit ihr fühlt und wie gern er helfen würde. Jedenfalls wird er sich nicht aufdrängen, sondern ihr die Entscheidung überlassen darüber, inwieweit sie seine Unterstützung benötigt und einfordert.

»Entschuldige, ich bin so entsetzlich nervös«, erklärt sie ihr Verhalten.

»Ich weiß doch«, reagiert er verständnisvoll.

Charlotte setzt sich wieder auf den Stuhl und überlegt, womit sie sich beschäftigen, womit die Zeit totschlagen könnte. Ob sie den Schlangenkreis befragen soll? Aber welche Auskunft könnte er ihr wohl geben? In diesem speziellen Fall kann er nur den Hintergrund erhellen. Er kann Gefahr anzeigen, auch Kummer, oder eine beglükkende Begegnung. Aber das ist es nicht, was sie wissen will. Einen Namen kann der Schlangenkreis nicht nennen.

Inzwischen ist es draußen dunkel. Charlotte stellt sich ans Fenster und starrt auf die Laterne vorn an der Straße, die wie ein schwammig gelber Ball im Nichts zu schweben scheint. Dabei denkt sie über ein Telefonat mit den Eltern nach, denn die erwarten ganz sicher ihren Anruf. Sie hatte versprochen, sich nach der Rückkehr von der Silvesterfeier zu melden, damit sie sich gegenseitig Neujahrswünsche zukommen lassen. Nur, was soll sie ihnen sagen? Sie befindet sich in einer fast unerträglichen Situation. Die hätte sie zu verschweigen. Sie darf die Wahrheit nicht aussprechen, das würde die Beiden zu sehr aufregen. Aber kann sie einfach so tun, als wäre alles in bester Ordnung? Vielleicht noch davon erzählen, wie sehr Geoffrey sich bei seinem Freund amüsiert habe? Nein, das ist unmöglich. Also wird sie gar nichts unternehmen. Sie wird nicht telefonieren, nicht lesen, nicht schreiben. Sie wird einfach nur weiter warten.

Als das Telefon erneut klingelt, ist es schon später Abend. Charlotte, die vor dem Apparat gesessen, ihn angestarrt und versucht hat, zu hypnotisieren, hebt mit zitternden Fingern ab und meldet sich. »Jordan«, sagt sie und räuspert sich, um die aufgeregte Heiserkeit zu beseitigen.

Ganz entfernt vernimmt sie Geoffreys Stimme: »Mami, kannst du mich holen?«, fragt er ängstlich.

»Wo bist du?« Ihr kommt es so vor, als sei soeben strahlend die Sonne aufgegangen.

»An der Autobahnraststätte Kassel.«

»In welcher Richtung? Nach Süden?«

»In Richtung Rautlingen.«

»Wo finde ich dich da?«

»Ich bin in der Tankstelle. Der Mann hier hat mich telefonieren lassen. Kannst du das nachher bitte bezahlen?«

»Klar, mein Krümel.«

Sie ruft Ulrich an und teilt ihm mit, dass sie sich jetzt ins Auto setzen wird, um ihren Sohn von der Raststätte bei Kassel abzuholen.

Wie der Junge denn dorthin gekommen sei, möchte er noch wissen.

Aber sie hat nicht gefragt, und im Moment ist ihr das auch ziemlich gleichgültig. Sie will ihren Sohn nur möglichst rasch wieder bei sich haben. Sie zieht die dicke Jacke über, greift nach der Handtasche und den Schlüsseln und stürzt zum Wagen.

Es ist schon nach Mitternacht, als Charlotte ihr Ziel erreicht, den Polo abstellt und den Kassenbereich der Tankstelle betritt.

»Ich suche meinen Sohn«, sagt sie zu dem Mann hinter der Theke.

Sie wird erstaunt betrachtet. »Sie meinen Geoffrey?« Die Frage zeigt deutlich, dass er vermutlich eine dunkelhäutige Frau erwartet hat.

»Ja, den meine ich.«

Der Mann bedeutet ihr, ihm zu folgen. Im Hinterzimmer findet sie den Jungen am Tisch sitzend, den Kopf auf die Arme gebettet und fest schlafend vor.

Sie rüttelt ihn leicht an der Schulter. »Aufwachen, Krümel.«

Verschlafen hebt er den Kopf, blinzelt und richtet sich langsam auf.

»Was bin ich Ihnen schuldig?«, fragt Charlotte.

Doch der Mann winkt ab. »Ist schon gut«, sagt er. »Wir sind doch froh, wenn wir helfen konnten.«

Charlotte geleitet ihren Sohn zum Polo, wo er sich sofort auf der Rückbank zusammenrollt. Sie deckt ihn mit ihrer Jacke zu und startet den Wagen.

XXVIIII

In der Entwicklung der Familie hat sich die Rolle des Vaters in Bezug auf Erziehung und Sozialisation der Kinder stark gewandelt. Während er früher, insbesondere in der bäuerlichen und handwerklichen Familie, permanent gegenwärtig war, galt er als unmittelbar wirkendes Vorbild und als derjenige, der für die materielle Versorgung zuständig war. Weil in der heutigen Zeit die Mutter zunehmend am Arbeitsleben teilnimmt, werden die Aufgaben und Rollen in der Familie individuell neu verteilt.

Kapitel 29

Hamburg, Januar 1981

Am nächsten Morgen, nachdem er ausgeschlafen hat und am Frühstückstisch sitzt, ist Geoffrey in der Lage alles genau so zu schildern, wie es sich zwei Tage zuvor zugetragen hat. Charlotte hat Brötchen aufgebacken, Eier gekocht und Honig hingestellt. Das Heimgekommensein möchte sie ihrem Sohn so schön wie möglich gestalten.

Nachdem Mami an Silvester weggefahren sei, erzählt er, habe er es sich in seinem Zimmer noch einmal gemütlich gemacht. Er hat sich die Thermoskanne mit dem Tee geholt, sich auf sein Bett gelümmelt und in das zu Weihnachten geschenkte Buch ›Der Herr der Ringe‹ vertieft.

Da habe es auf einmal geklingelt. Erst wollte er das ignorieren, denn das Buch fesselte ihn sehr, und er dachte, es könne eigentlich nur ein Versehen sein. Wer sollte an diesem Tag und zu dieser Uhrzeit bei ihnen vorbeikommen wollen? Als die Klingel erneut ertönte, ist er dann doch an die Sprechanlage gegangen. Nachdem er sich gemeldet hatte, vernahm er die Stimme seines Dad. Er stünde vor dem Haus, hat Amos gesagt und gefragt, ob Geoffrey mal raus kommen könne?

»Was sollte ich denn machen?« Geoffrey hat bisher, während des Erzählens, seinen Blick konstant auf den Teller gerichtet gehalten. Nun sieht er die Mutter direkt an, mit einem Blick, der um Verständnis bittet. »Ich habe meinen Parka angezogen, den Wohnungsschlüssel genommen und bin nach unten gegangen. Erst sah ich ihn nicht, aber dann bemerkte ich vorn an der Straße das Auto. Ich bin da hin gegangen, hab hinein geschaut und Dad am Steuer sitzen sehen. Er hat das Fenster runtergekurbelt und gefragt: Ist deine Mum da?«

»Da hast du ihm ehrlich geantwortet?«

Geoffrey nickt. »Ich mochte ihn nicht anlügen.«

»Nein, natürlich nicht. Das war schon richtig so.«

Geoffrey versucht seine Gefühle aus dem Moment heraus zu beschreiben. Er habe sich schon auch gefreut und sogar einen Augenblick überlegt, ob er Dad den Hockeyplatz zeigen solle. Aber dann ist ihm klar geworden, dass der ganz sicher geschlossen sei und sich niemand an einem solchen Tag dort aufhalten würde. So fragte er, ob Dad mit ihm hoch in die Wohnung kommen wolle.

Doch Amos schlug etwas anderes vor. »Lass uns irgendwohin fahren, wo wir reden können. Deiner Mum ist es vermutlich nicht recht, wenn ich mit dir in eurer Wohnung bin, während sie nicht da ist.«

Weil Geoffrey das auch vermutete, ist er eingestiegen. Es war ja auch noch genügend Zeit bis zu seinem Termin bei den Ludenbrincks.

Sie sind ein ganzes Stück gefahren, bis Amos endlich am Straßenrand ein Café erspähte. Er hat den Wagen geparkt, sie sind ausgestiegen und da rein gegangen.

»Anfangs war es ganz locker. Dad hat mir viel erzählt und von seinem Kreis geredet, und wie weit sie schon vorangekommen wären. Dann wollte er einiges von mir wissen. Wie es mir in der Schule gefallen würde, ob ich noch fleißig Hockey spielte und ob ich Freunde hätte? Da ist mir auf einmal Björn wieder eingefallen, und so hab ich gesagt, dass ich heute Abend noch zu einer Party eingeladen wäre und jetzt nach Hause müsste.«

Geoffrey knetet verlegen die Hände ineinander. »Dad meinte, dass er die lange Reise nur gemacht habe, um mich zu treffen, und jetzt würde ich doch nicht etwa gleich davonlaufen wollen? Nur um einen Freund zu sehen, mit dem ich vermutlich jeden Tag zusammen wäre? Weil ich mich schämte, ihn nicht enttäuschen wollte, mochte ich nichts weiter sagen.«

»Das war nicht recht von Amos«, wirft Charlotte ein.

Geoffrey fährt fort, den weiteren Ablauf zu schildern: »Wir saßen noch im Café, als Dad plötzlich sagte, er wolle gern mit mir gemeinsam das neue Jahr beginnen. Und er hoffe, auch in Zukunft wieder öfters mit mir zusammensein zu können. Mir war schon komisch zumute. Aber was hätte ich tun sollen?«

»Du hättest zumindest bei den Ludenbrincks absagen müssen. Auch für mich wäre es wichtig gewesen, eine Nachricht, irgendeinen Zettel vorzufinden. Ich habe mir nämlich schreckliche Sorgen gemacht.«

Geoffrey sieht ganz unglücklich drein. »Das wollte ich ja. Ich hab auch gesagt, ich müsse noch mal zurück in die Wohnung. Dad hörte mir zu und nickte auch. Doch dann fing er wieder an zu erzählen: von den Freunden, den Treffen, wie weit sie mit ihren Planungen für Biafra vorangekommen seien und welche ausländischen Verbindungen sie hätten. Es gelang mir einfach nicht, ihn zu unterbrechen. Gelegentlich hab ich das versucht. Jedes Mal sagte er: Später, son, lass deinen Dad erst fertig ausreden.«

»Typisch Amos!« Charlotte nickt.

Genau so kennt sie ihn. Nur seine Angelegenheiten sind wichtig. Darauf haben sich alle anderen einzustellen. Deren Verpflichtungen oder Vorhaben sind in seinen Augen bedeutungslos. Da hat selbst der eigene Sohn keine Chance.

»Irgendwann war es einfach zu spät. Es wäre mir auch peinlich gewesen, mich jetzt noch bei den Ludenbrincks zu melden. Ich hab mich dann nicht mehr darum gekümmert.«

Betreten schaut Geoffrey vor sich hin und zerkrümelt mit den Fingern den Rest des Brötchens auf seinem Teller.

»Dass wir uns alle überlegen würden, was denn mit dir passiert sein könnte, darauf bist du wohl nicht gekommen?«

Charlotte wird die grässlichen Gefühle und die riesige Angst nicht so schnell vergessen können, das weiß sie genau. Wie sie sich stundenlang quälte, ohne Unterlass grübelte und nach einer Erklärung suchte. Trotz größter Bemühung wollte ihr nicht einfallen, welchen Grund ihr Sohn haben könnte, ohne eine Nachricht zu hinterlassen, zu verschwinden. Was sie in diesen langen, zäh dahinschleichenden Stunden durchgemacht hat, wird ihr bestimmt lange in Erinnerung bleiben.

Jetzt ist sie sogar ein bisschen böse. Vater und Sohn scheinen sich nicht auch nur einen Augenblick Gedanken um ihre Empfindungen gemacht zu haben.

»Doch, doch«, ereifert sich Geoffrey, »mir war das schon bewusst. Ich hab schon gar nichts anderes mehr denken können und Dad darauf hingewiesen. Aber er ließ ja nicht mit sich reden. Ihn interessierte es nicht, ob ich eingeladen war. Und du warst ja weggefahren. Also konntest du dir gar keine Sorgen machen. Dad fand das übrigens nicht richtig. Er meinte, du hättest mich an einem solchen Festabend nicht allein lassen und zu fremden Leuten schikken sollen.«

»Also, das ist ja wohl die Höhe!« Charlotte schlägt voller Empörung mit der Faust auf den Tisch. »Das sagt gerade der Richtige. Er, der sich drei Jahre lang bei irgendwelchen Weibern rumgetrieben hat, ehe ihm einfiel, dass irgendwo diese Deutsche existiert, die ein Kind von ihm hat.«

»Mami, reg dich nicht auf. Ich weiß das ja. Ich versuche dir nur klarzumachen, warum ich nichts tun konnte.«

»Ist schon in Ordnung.«

Natürlich ist es nicht richtig ist, den Jungen mit ihrem Ärger zu belasten. Statt dessen sollte sie einfach nur froh über seine schnelle Rückkehr sein. Mit einem entschuldigenden Lächeln streicht sie ihm liebevoll über die schwarzen Locken.

»Erzähl weiter«, fordert sie ihn auf.

»Irgendwann meinte Dad, wir sollten was essen. Wir sind also wieder ins Auto und haben ein Restaurant gesucht. Das war ganz schwierig, weil bei denen, die geöffnet hatten, alle Tische schon besetzt oder reserviert waren. Niemand hat uns reingelassen. Da sind wir halt auf die Autobahn.«

»Hattest du nicht Angst, er würde jetzt einfach mit dir ganz weit weg, möglicherweise sogar zurück nach Rautlingen fahren?«

»Da noch nicht. Dad hat die Richtung nach Lübeck eingeschlagen. Irgendwann kam eine Raststätte und dort haben wir gegessen. Wir sind dann bis Mitternacht geblieben. Die haben im Lokal Musik gespielt und um zwölf Uhr so kleine Tischknaller ausgeteilt. Dad hat Sekt bestellt und wir haben eine ganze Flasche geleert.«

»Du hast mit Amos eine ganze Flasche Sekt geleert?« Charlotte glaubt ihren Ohren nicht zu trauen.

»Ich hab nicht so viel getrunken wie Dad. Aber mir war trotzdem ganz komisch. Wir sind dann zum Auto. Dad hat die Sitze umgelegt und ich bin wohl gleich eingeschlafen. Jedenfalls erinnere ich mich erst wieder daran, wie ich wach wurde. Da war es schon Vormittag. Mir war schlecht und ich bin in die Raststätte aufs Klo. Als ich zurück kam, hat Dad immer noch geschlafen.«

Charlotte sieht ihn gespannt an. Sie ahnt, dass es sich jetzt bei der Fortsetzung der Geschichte um den entscheidenden Teil handelt.

»Ich hab ihn geschüttelt, und es dauerte ziemlich lange, bis ich ihn endlich wach hatte. Dann sind wir wieder rein zum Frühstücken. Als wir fertig waren, meinte er auf einmal: ›Ich gehe jetzt zum Auto und du kannst deine Mum anrufen. Du kannst ihr mitteilen, dass du mit mir nach Rautlingen kommst.«

Charlotte schnappt nach Luft. Doch sie sagt keinen Ton, wartet einfach ab.

»Ich hab einen dollen Schrecken gekriegt, dann meinen Mut zusammengenommen und ihm erklärt, dass ich da nicht mit hin wolle. Ich ginge doch jetzt in Hamburg zur Schule. Er hat aber nur mit den Schultern gezuckt und gesagt, ich solle dich trotzdem anrufen, und er gab mir Geld. Ich bin vorher an die Kasse, fragte nach dem Namen der Raststätte, weil ich mir nämlich vorgenommen hatte, nicht mehr zum Auto zurückzugehen. Ich wollte dir sagen, wo ich bin, und dass du mich dort abholen sollst.« Er macht eine kurze Pause. »Aber du warst nicht da!« Ganz vorwurfsvoll sind seine Augen auf sie gerichtet.

Charlotte fühlt sich auf einmal erbärmlich. Da war sie von ihrem Sohn dringend gebraucht worden. Doch er hat sie nicht erreichen können, weil sie sich zu diesem Zeitpunkt noch mit ihrem Liebsten vergnügte. Weil sie die leckeren Angebote des Frühstücks-Büffets in allen Varianten ausprobieren wollte und die Zeit im Schlösschen endlos ausdehnte.

»Na klar«, sagt sie und versucht Lockerheit vorzutäuschen, »wir sind erst am Nachmittag zurückgekommen.«

»Ich musste also doch wieder zum Auto und sagte Dad, dass ich dich nicht erreicht habe. Woraufhin er meinte, du würdest dich wirklich nicht gut um mich kümmern. Und da du nicht zu Hause wärst, sollten wir jetzt erst mal losfahren.«

»Das ist ja wohl das Allerletzte!« Charlotte schwankt hin und her zwischen Empörung und schlechtem Gewissen.

Tatsächlich hatte sie den Sohn ziemlich lange allein gelassen. Allerdings durfte sie schon annehmen, der Junge wäre bei den Ludenbrincks gut untergebracht. Dort würde er auch bleiben, bis sie sich nach ihrer Rückkehr meldete. Sie gibt sich selbst diese beruhigende Erklärung, denn Geoffrey ist schließlich schon dreizehn Jahre alt, also wirklich kein kleines Kind mehr, das nicht unbeaufsichtigt bleiben darf.

»Ich wusste nicht, was ich machen sollte«, fährt der Junge fort. »Ich konnte doch nicht einfach ohne Dad an der Raststätte bleiben. Das war ja ganz weit weg und ich hatte kein Geld bei mir. Wir sind also wieder los gefahren. Erst in Richtung Norden, dann von der Autobahn runter. Dad hat gedreht, ist wieder auf die Autobahn, aber jetzt nach Süden. Ich hab die Schilder gelesen, und als Hamburg kam, hab ich gesagt: wir müssen da jetzt raus.«

Geoffreys Hände sind zu Fäusten geballt. Deutlich ist ihm die Anspannung anzusehen. Der Zwiespalt, sich zwischen Vater und Mutter entscheiden zu müssen, hat seine Gefühle strapaziert. Sein Ausdruck ist unglücklich und Charlotte ahnt, dass es vermutlich eine ganze Weile dauern wird, bis er diese Erfahrung überwinden kann.

»Dad hat überhaupt nicht reagiert. Er hielt das Steuer geradeaus gerichtet, setzte keinen Blinker, machte überhaupt keine Anstalten zu bremsen oder rauszufahren. Und ich hab von da an meinen Mund gehalten. Was sollte ich auch sagen? Dann hat Dad angefangen zu singen, das Soldatenlied, das er mir mal beigebracht hat. Aber ich mochte nicht mitsingen.«

Wieder schweigt Geoffrey. Er überlegt eine längere Weile.

Da, auf einmal, scheinen sich seine Züge zu glätten. Er wirkt weniger unglücklich. »Dann am späten Nachmittag, es kann auch schon Abend gewesen sein, weil es dunkel war, da haben wir angehalten, um zu essen«, fährt er fort. »Ich mochte nichts. Mir war immer noch schlecht. Ich war auch traurig.« Er schluckt und schaut seine Mutter direkt an. Mit runden Augen, die Zärtlichkeit signalisieren. »Weil ich zu dir wollte.«

Charlotte legt ihre Arme um ihn. »Mein armer Krümel. Mir tut das alles ja so leid.«

»Mami, du kannst doch nichts dafür.«

»Doch, ein bisschen Schuld an der ganzen Sache hab ich schon auch.«

Sie denkt dabei weniger an ihren Silvester-Ausflug mit Ulrich zum Schloss Luisenhöhe als vielmehr an die Nacht in Okigbo vor vierzehn Jahren, als sie sich palmweinumnebelt diesem Amos Tutamosu hingab. Wenn Geoffrey Martin zum Vater hätte, so denkt sie, dann könnte er heute vermutlich ein unbeschwerter Junge sein, der in einer ganz normalen Familie lebt.

»In dem Lokal haben wir lange gesessen und wieder endlos geredet. Dad hat mir erzählt, was er mit mir vorhat. Ich bräuchte nicht mehr zur Schule, hat er gesagt. Wir würden zusammen nach Afrika gehen. Nach Somalia. Dort gäbe es eine Gruppe, die mit ihm und seinen Freunden zusammenarbeitet. Von dort aus solle die Operation zur Wiederauferstehung Biafras eingeleitet werden. Er bräuchte mich als seinen …«, Geoffrey sucht nach dem richtigen Wort, »Adjo, nein, Adjuter …?«

»Adjutant vielleicht?«

»Ja, genau, als seinen Adjutanten.« Dabei sieht er ziemlich stolz aus. Das Angebot scheint ihm doch sehr imponiert zu haben.

Charlotte erkennt mit Entsetzen, dass Amos mit seinem Gespür, Menschen manipulieren zu können, seinem Sohn genau den richtigen Vorschlag machte. Der Junge musste sich einfach geehrt fühlen.

Doch am Ende scheint die Vernunft gesiegt zu haben. Oder war es Liebe?

»Wolltest du das denn?«, fragt sie.

»Ich weiß nicht.« Geoffrey zögert. »Schon ein bisschen …. Aber ich möchte auch weiter zur Schule gehen. Und ich wollte zu dir.« Wieder dieser Blick.

Charlotte fasst nach seiner Hand und hält sie ganz fest. »Und dann?«

»Dann sind wir zurück zum Auto und losgefahren. Es war inzwischen offensichtlich: Dad wollte mich mitnehmen, und er würde nicht mehr die Richtung nach Hamburg einschlagen. Ich saß neben ihm und wusste einfach nicht, was ich jetzt machen sollte. Dauernd hab ich überlegt, mir wollte nichts einfallen. Ich war schrecklich unglücklich und … dann …, na ja, dann hab ich angefangen zu heulen.«

Das scheint ihm immer noch peinlich zu sein, sich benommen zu haben wie ein kleiner Junge. Geoffrey starrt voller Verlegenheit auf seine Finger.

»Wie hat Amos reagiert?«

»Er ist auf den nächsten Parkplatz rausgefahren. Da haben wir wieder lange geredet. Dauernd hat er mir bis in alle Einzelheiten vorgeschwärmt, wie toll es weitergehen würde. Was für eine wundervolle Zukunft wir zusammen haben würden. Aber ich hockte nur da, hab nichts gesagt und hätte mir am liebsten die Ohren zugehalten. Schließlich musste er einsehen, dass ich auf keinen Fall mit ihm gehen werde. Ich glaube, das hat ihn ziemlich zornig gemacht. Er ist wieder auf die Autobahn und, ohne noch ein Wort mit mir zu reden, weiter gefahren bis zur Kasseler Raststätte. Da hat er mich abgesetzt.«

»Was?! Hat er dich nicht bei den Leuten in der Tankstelle abgeliefert?«

»Nein. Er hat einfach die Tür aufgemacht und gesagt, ich solle aussteigen.«

»Was für ein Dreckskerl!« Das sagt sie laut. In dem Moment ist es Charlotte sehr recht, dass ihr Sohn mitbekommt, wie sie über seinen Vater denkt.

Innerlich ist sie gar nicht so unzufrieden. Mit dieser miesen Handlungsweise hat Amos jedenfalls einen großen Teil der Sympathie seines Sohnes verloren. Da kann sie in Zukunft ganz beruhigt sein. Wahrscheinlich kann sie jetzt sogar, ohne sich Sorgen machen zu müssen, in Rautlingen Besuche abstatten. Geoffrey wird vermutlich nicht noch einmal versuchen, seinen Dad zu sehen.

Am Nachmittag ruft sie die Eltern an und gibt einen kurzen Bericht über das Geschehen. Das heißt, sie möchte den Bericht kurz abfassen, aber das gelingt ihr dann doch nicht, weil die Mutter in ein großes Gezeter ausbricht und sofort jedes Detail der Geschichte erfahren möchte. Anschließend wird ihr vom Vater der Hörer abgenommen, und Charlotte hat die Geschehnisse noch einmal, in aller Ausführlichkeit, zu schildern.

Immerhin, das weiß sie, als sie den Hörer auflegt, werden die Eltern in Zukunft ein Zusammenkommen mit Amos nicht mehr ins Auge fassen. Vermutlich werden sie ihn nicht einmal mehr grüßen, falls sie ihm auf der Straße begegnen sollten.

XXX

Die Herkunft der Tarot-Karten liegt im Dunkeln. Erstmals benannt werden sie unter ihrem alten Namen ›Naibi‹ 1299 im ›Trattato del governo della familia di Pipozzo di Sandro‹. (Aus dem Arbeitsbuch zum Tarot von Hajo Banzhaf)

Kapitel 30

Hamburg und Rautlingen, Januar 1981

Eigentlich hat Charlotte sich eingebildet, mit dieser letzten aufregenden Aktion wäre das Thema Amos Tutamosu für alle Zeiten ausgestanden. Sie hoffte inständig, von ihm nie wieder zu hören.

Aber nur wenige Tage später, das Neue Jahr hat gerade erst begonnen, erhält sie einen Anruf aus Rautlingen, von dem sie aus ihrer mit Bedacht eingerichteten Ruhe schonungslos heraus gerissen wird.

»Amos ist ins Gefängnis gesperrt worden«, platzt der Vater mit der Nachricht heraus, kaum dass er sich gemeldet hat.

»Wie bitte?«

»Du hast schon richtig gehört. Er soll einen seiner Kumpane erstochen haben.«

»Das glaube ich nicht! Wen denn?«

Charlotte kann in diesem Moment nicht mehr klar überlegen. Ihr ist es ganz wirr im Kopf. Die spinnen doch da unten in meinem Heimatstädtchen, denkt sie. Amos mag ein Phantast sein, ein raffinierter und intriganter Politiker, und auch wenig seriös in Bezug auf finanzielle Dinge. Aber ein Mörder ist er ganz sicher nicht.

»Ich weiß den Namen nicht«, hört sie den Vater sagen. »Die heißen ja alle so seltsam.«

»Und wie kommst du auf diesen obskuren Verdacht?«

»Gestern las ich darüber in der Zeitung. Aber da war nur von Afrikanern die Rede, und dass man einen von ihnen tot, also erstochen, aufgefunden habe. Er lag im Flur des Hauses, in dem Amos wohnt.«

»Im Flüchtlingsheim?«

»Nein, nicht dort, da hausen die anderen. Amos bewohnt ein kleines Appartement in dem großen Haus am Goethering. Man hat dem Gebäude einmal den Spitznamen Bullenburg verliehen, du erinnerst dich doch?«

»Ja, natürlich. Wir brachten damals in der Zeitung eine Glosse, weil die Appartements dort sich ideal für alleinlebende Männer eignen. Ich wusste gar nicht, dass Amos dort wohnt?«

»Uns hatte er früher mal die Adresse mitgeteilt. Wir sollten ihm dahin die Post nachsenden und auch Leute, die nach ihm fragten, dorthin schicken. Aber wir dachten längst, da wäre er wieder ausgezogen.«

»Also, was ist jetzt mit Amos? Du sagtest etwas von, man habe ihn eingesperrt?«

»Richtig. Ein Kommissar Schüttler rief vorhin bei uns an. Eigentlich wollte er dich sprechen. Nachdem ich ihm sagte, dass du schon über zwei Jahre in Hamburg lebst, gab er die näheren Informationen an mich weiter. Es scheint wohl in erster Linie die Tatwaffe gewesen zu sein, weshalb sie auf ihn gekommen sind.«

»Was für eine Tatwaffe?«

»Ein afrikanisches Messer.«

Bei diesen Worten erscheint fast plastisch vor Charlottes Augen Amos' Messer. Sie sieht deutlich die außergewöhnlichen Schnitzereien auf dem dunklen Holz des Griffes. Erkennt die gewundene Schlange und die maskenähnlichen Einritzungen. Die Zeichen trügen dazu bei, dem Messer absolute Treffsicherheit zu verleihen, hat Amos damals erläutert. Sie weiß noch genau, wie wütend sie gewesen ist, weil Amos das Messer Geoffrey schenken wollte. Der Junge könne es behalten, meinte er, was sie schlimm fand und entschieden ablehnte. Die Schneide sei viel zu scharf, und überhaupt sei dies kein Spielzeug für ein Kind. Amos nahm das Messer also schulterzuckend wieder an sich und räumte es weg. Aber Geoffrey maulte ärgerlich herum.

»Könntest du den Kommissar anrufen?«, hört sie eben den Vater fragen. »Ich gebe dir seine Nummer.«

Charlotte notiert die Zahlenreihe auf einen Zettel, den sie neben dem Telefon liegen hat.

Doch ehe sie den Anruf bei Schüttler tätigt, setzt sie sich in einen Sessel und überlegt. Könnte es tatsächlich sein, dass Amos einen seiner Freunde aus dem Kreis getötet hat? Vielleicht Samuel Bandela? Weil der endlich damit herausrückte, was damals in der Nacht zwischen Owerri und Onitsha wirklich geschehen war? Weil Amos die Wahrheit nicht ertragen konnte, auch nicht hören wollte, und dann total ausgerastet ist. Aber eigentlich kann sie sich nicht vorstellen, wieso er deswegen in Wut geraten sollte. Denn wann immer sie ihn mit dem tatsächlichen Ablauf der Geschichte konfrontierte, hat er nur abgewinkt und es als Märchen abgetan.

Charlotte greift zum Hörer und wählt die Nummer des Kommissariats in der Rautlinger Polizeistelle.

»Hier ist Charlotte Jordan«, meldet sie sich. »Mein Vater sagte mir, Sie hätten versucht, mich zu erreichen?«

»Sehr gut, dass Sie zurückrufen.« Der Kommissar wirkt angetan. »Ihren Wegzug aus Rautlingen habe ich gar nicht mitbekommen.«

»Das Zusammenleben mit dem afrikanischen Vater meines Sohnes und mir lief nicht mehr gut. Da zog ich es vor, weiter entfernt eine Bleibe zu suchen.«

»Hat Ihnen Ihr Vater gesagt, weshalb ich Sie sprechen möchte?«

»Er machte ein paar Angaben, ja, die mich aber irritierten. Amos sei ins Gefängnis gesteckt worden, weil er einen aus seinem Freundeskreis getötet haben soll. Doch das kann ich mir beim besten Willen nicht vorstellen.«

»Es deutet allerdings alles darauf hin. Der Tote lag im Flur des Hauses, in dem Tutamosu wohnt. Und die Tatwaffe gehört ihm, was erwiesen ist.«

»Wer ist der Tote?«

»Ein gewisser Chinue.«

»Was?! Nicht Samuel, sondern Chinue?«, platzt sie heraus. »Aber Chinue ist Amos‘ bester Freund. Den würde er niemals umbringen!«

»Was halten Sie davon, hierher nach Rautlingen zu kommen, um ausführlich über alles zu sprechen. Ich glaube, Sie können mir eine ganze Menge an Hintergrundinformationen geben.«

»Das mache ich. Ich muss hier nur einige Regelungen treffen.«

Etliche Dinge hat Charlotte in den nächsten Stunden zu erledigen: Sie telefoniert ihre Redaktionen an und nimmt sich eine Auszeit. Wie lange sie fort bliebe, könne sie noch nicht sagen, aber vermutlich ein paar Tage.

Dann spricht sie mit Ulrich, kündigt ihre Abreise an und erzählt ihm, was passiert ist.

»Ich begleite dich«, bietet er an.

Charlotte überlegt.

Eigentlich keine schlechte Idee, denkt sie, aber dann findet sie es doch besser, wenn Ulrich während ihrer Abwesenheit in die Wohnung ziehen und Geoffrey versorgen würde. Da bräuchte sie keine andere Unterkunft für den Jungen zu suchen.

Als Geoffrey am Nachmittag von der Schule heimkommt und nachdem er gegessen hat, setzt sie sich ihm gegenüber an den Tisch.

»Ich fahre ein paar Tage nach Rautlingen«, beginnt sie.

»Warum?«

»Weil ich etwas klären muss.«

»Was musst du klären?« Geoffrey findet das Herumgedruckse seiner Mutter höchst merkwürdig.

»Man hat Amos ins Gefängnis gesteckt«, bekennt sie jetzt offen. »Er soll Chinue erstochen haben.«

Der Junge starrt sie mit aufgerissenen Augen an. »Mami«, ruft er und seine Stimme ist voller Angst und Aufregung, »das hat er bestimmt nicht gemacht!«

»Nein, das glaube ich auch nicht. Deswegen fahre ich dort hin, weil ich denke, dass ich dazu beitragen kann, ihn wieder frei zu bekommen. Du weißt, ich bin schon sehr böse auf deinen Vater gewesen, aber für einen Mörder halte ich ihn nicht.«

Die letzte Aufgabe, die zu erledigen sie sich vorgenommen hat, macht sie spät am Abend, nachdem ihr Sohn längst schläft. Zunächst setzt sie sich auf den Stuhl vor das Fenster und schaut eine Weile hinaus in die Nacht. Sie sieht einen helleren Streifen über den dunklen Himmel ziehen, bemerkt ein paar Sterne und erkennt das Bild des Großen Wagens. Sie beobachtet die blinkenden Lichter eines vor kurzem gestarteten und noch im Aufflug befindlichen Flugzeugs, dem sie eine kleine Weile in Gedanken in weite Ferne folgt. Dann bittet sie Gott, ihr klare Erkenntnisse zu geben, auch wenn das, was sie zu tun vorhat, keineswegs der christlichen Lehre entspricht.

Sie steht auf, zieht aus der Kommodenschublade das Tuch mit dem aufgemalten Schlangenkreis, das sie schon ewig lange nicht mehr benutzt hat, breitet es auf dem Teppichboden aus und glättet die Falten. Auf einen Zettel schreibt sie Amos' Namen und formuliert die Frage, auf die sie von höherer Stelle eine Antwort erbittet.

Langsam lässt sie die Muscheln aus den geöffneten Händen fallen. Dann bückt sie sich und sinnt über die Anordnung nach, die sie nun vor sich liegen sieht.

Nachdem sich Geoffrey am nächsten Morgen zur Schule verabschiedet hat und bei einem Telefonat mit Ulrich geklärt ist, wann er in der Wohnung sein wird, setzt Charlotte sich in den Polo und fährt Richtung Süden. Es ist ein trüber Tag. Sprühregen benetzt die Straße und weicht den Schmutz auf dem Asphalt auf. Die Scheibenwischer verteilen gleichmäßig die von den Fahrzeugreifen nach oben gewirbelte ölige Masse. Ein schmieriger Film breitet sich über der Windschutzscheibe aus. Damit zurechtzukommen bedeutet schon ein ziemliches Problem, denn von klarer Sicht kann keine Rede mehr sein.

Charlotte bemerkt ein Schild, auf dem ein Parkplatz angekündigt wird. Sie biegt aus und legt eine Ruhepause ein. In Gedanken vollzieht sie noch einmal die Anordnung im Schlangenkreis. Die fünf Muscheln bei Messer bedeuten einen Hinterhalt, eine Verleumdung, der Amos aufgesessen ist. Fünf Muscheln lagen im Viertel der Schale und sagen aus, dass er großen Kummer erlebt. Und die zwei Muscheln im Kreisviertel mit dem Manela-Zeichen zeigen an, dass er zu naiv, zu leichtsinnig gewesen ist. Damit ist für sie klar geworden, dass Amos nicht gemordet hat, aber böse hintergangen wurde.

Inzwischen ist der Regen stärker geworden. Er strömt in dichtem Fall aus dunklen, tiefhängenden Wolken und in einem gleichmäßigen Rauschen. Fast hört es sich an, als klatschten Hunderte Hände dem Naturschauspiel Beifall. Charlotte startet den Wagen und lenkt ihn zurück auf die Autobahn. Sie wird ihre Aufmerksamkeit erhöhen, um nicht in Gefahr zu geraten, auf der glatten Fahrbahn ins Rutschen zu kommen. Immerhin ist die Scheibe jetzt sauber gespült und der Durchblick wieder gewährleistet.

Sie verlangsamt die Geschwindigkeit und lässt die Gedanken schweifen. In ihrer Erinnerung geht sie zurück zu den Jahren in Nigeria. Die zahlreichen naiven Träume von damals kommen ihr in den Sinn. Sie denkt dabei auch an Martin, an die wirklich gute Zeit mit ihm, und ihr fällt ein, wie Mutter neulich erzählte, er sei inzwischen mit einer Engländerin verheiratet und lebe in Indonesien. Kinder habe das Paar aber keine.

Vor ihrem inneren Auge erscheint der Ort Okigbo und auch die Menschen, die sie im Cross River Gebiet kennen gelernt hatte. Sie sieht den tief im Dschungel verborgenen Orakelplatz, und erinnert sich auch an einige der magischen Riten, die Ineh ihr beigebracht hatte und die ihr seither gänzlich entfallen waren. Jetzt erkennt sie auch in absoluter Deutlichkeit die mit Schnitzereien versehen Stelen und den geheimnisvollen Opferschrein.

Es ist doch höchst merkwürdig, meint sie jetzt, wie es geschehen kann, dass sich die Zeichen eines weitab im afrikanischen Regenwald hausenden kleinen Stammes und die Symbole der Tarot-Karten gleichen. Ulrich hat sie in das aussagekräftige Kartenspiel eingewiesen, und seitdem nutzt sie das Tuch mit dem aufgemalten Schlangenkreis nur noch ganz selten, lässt sich aber vor jeder Entscheidung und auch vor jeder wichtigen Situation von den Karten beraten. Stäbe, Messer oder Schwert, Kelch oder Schale und Münze oder Manela. Von der Übereinstimmung ist sie in höchstem Maß fasziniert.

Ich sollte mit Vater darüber reden, überlegt sie. Aber wird er es mögen, sich über derartige Gedanken auszutauschen? Wird er das Ganze nicht vielleicht als Okkultismus abtun? Oder ist er möglicherweise doch bereit, sich meine Überlegungen anzuhören? Vielleicht sogar noch tiefer einzusteigen und Nachforschungen anzustellen?

Ob irgendwann einmal ein Austausch des Wissens zwischen der nördlichen und der südlichen Halbkugel stattgefunden hatte? Vielleicht von Kreuzrittern, die mit ihren Schiffen an der Westküste

Afrikas gestrandet waren und bei diesem Anlass von den Einheimischen mit ihren magischen Symbolen vertraut gemacht wurden? Oder könnte es sein, dass an verschiedenen Orten der Erde parallel in ähnlicher Weise religiöse Zeichen verwendet werden? So wie das wohl auch bei der Entstehung der menschlichen Sprache geschehen ist, wie Vater behauptet. Da gäbe es in ganz unterschiedlichen Gegenden die gleichen Wortstämme. Anhand von Beispielen vermochte er das zu belegen. Nur hat sie damals, als er davon sprach, gar nicht so genau hingehört, weil es sie zu diesem Zeitpunkt nicht wirklich interessierte.

Die Eltern schließen sie herzlich in die Arme.

»Das konnten wir ja nun wirklich nicht ahnen, dass wir uns so schnell wiedersehen«, meint Mutter Michaelis.

»Ein anderer Grund wäre mir ehrlich gesagt lieber gewesen«, fügt der Vater hinzu.

Charlotte verzichtet auf das Angebot der Mutter, zunächst ein Stück von dem Kuchen zu essen, den sie extra für die Tochter gebacken habe.

»Vielleicht später, oder besser morgen«, wehrt Charlotte ab. »Ich will möglichst heute noch Kommissar Schüttler sehen.«

Ihr Anruf ist erfolgreich. Sie solle gleich in seine Dienststelle kommen, bittet er.

Dort eingetroffen findet sie ihn noch im gleichen Büro vor wie damals vor etwa sechs Jahren, als sie ihn wegen Anneliese Daubert aufsuchte.

»Wie schön, Sie wieder zu sehen. Nehmen Sie doch Platz.« Schüttler ist aufgestanden und ihr entgegengekommen.

Charlotte lässt sich auf dem Stuhl vor seinem Schreibtisch nieder und nimmt dankend das Angebot einer Tasse Kaffee an. Während Schüttler sich an der Kaffeemaschine zu schaffen macht, beginnt er über den Vorfall zu berichten.

»Vor einer Woche, also genau am letzten Dienstag, sind wir früh morgens informiert worden, am Goethering, im Flur des Hauses Nummer achtzehn, liege der Körper eines Mannes. Der Notarzt konnte nur noch den Tod feststellen. Wie sich später bei der Obduktion herausstellte, ist die Tat wahrscheinlich kurz nach Mitternacht geschehen. Der Mann hat einen Stich in die Herzgegend bekommen und war vermutlich sofort tot. Die Tatwaffe, das Messer, das ich Ihnen gleich zeigen werde, lag neben der Leiche.«

»Und der Name des Toten lautet tatsächlich Chinue?«

Schüttler stellt die Tasse vor Charlotte auf den Schreibtisch, schiebt das Kännchen Milch und die Schale Zucker näher heran. Dann geht er auf die andere Schreibtischseite und wirft einen Blick auf die aufgeschlagene Akte vor ihm. »Chinue Sambesi«, bestätigt er.

Charlotte schüttelt den Kopf. »Das war sein bester Freund. Dann kann es nicht Amos gewesen sein.«

»Das eine schließt das andere nicht aus. Freundschaften können sich in Feindschaften verwandeln. Es kann um eine Frau gegangen sein, um Geld, um Einfluss. Was weiß ich.«

Er greift nach einem in einer Plastiktüte eingepackten Gegenstand und hält ihn Charlotte hin.

»Haben Sie dieses Messer schon einmal gesehen?«

Sie nickt. Keinen Augenblick kommt es ihr in den Sinn, die Wahrheit zu leugnen.

»Das Messer gehört Amos«, bestätigt sie. »Nur hat er es stets offen herumliegen lassen. Es war also für jedermann greifbar. Was mich wütend machte, weil die Schneide unglaublich scharf ist und Geoffrey gern damit herumhantierte.«

»Nun gut. Für uns ist es natürlich ein Beweisstück. Aber wir brauchen auch ein Tatmotiv. Aus diesem Grund habe ich Sie hergebeten. Eigenartig war übrigens noch, dass der Tote mit einem bunten Tuch zugedeckt war. Also, um es genauer auszudrücken: einem aus vielen bunten Flicken zusammengesetzten Tuch.«

Charlotte stockt für einen Moment der Atem.

»... aus vielen bunten Flicken zusammengesetzt ...«, wiederholt sie und holt tief Luft. »Kann ich es sehen?«

»Ich habe ein Foto, Augenblick.«

Schüttler kramt auf seinem Schreibtisch herum und zieht einen Umschlag hervor. Er holt ein Foto heraus und reicht es Charlotte.

Sie starrt darauf, sieht einen gekrümmt auf dem Boden liegenden Körper, der von einem Tuch bedeckt ist, das aus einzelnen farbigen, bedruckten Flicken besteht.

Leise flüstert Charlotte vor sich hin: »Rot für Fina, blau, grün und gelb für die drei Mädchen, braun für Rob und orangerot für den kleinen Tom.« Es ist kein Zweifel möglich: bei der Zudecke des Toten handelt es sich um den Mantel des Erzählers aus ›Joseph and the amazing technicolor dreamcoat‹.

Sie schluckt mehrmals und bemüht sich, die aufsteigenden Tränen zurückzuhalten. Es dauert eine Weile, bis sich ihre Emotionen so weit beruhigt haben, dass sie eine Erklärung geben kann.

»Ich glaube, jetzt ist mir alles klar,« sagt sie mit fester Stimme. »Ich kenne auch das Motiv. Ganz gewiss ist der Täter ein anderer, jedenfalls nicht Amos.«

»Aha?« Schüttler zieht die Augenbrauen nach oben. Er lehnt sich zurück. »Nun, ich bin gespannt.«

»Dazu muss ich Ihnen eine weit zurückliegende Geschichte erzählen, von der ich sicher annehme, dass sie das Motiv für diesen Mord enthält, auch, oder gerade weil so viel Zeit seitdem verstrichen ist. Denn ich weiß, dass bei den Afrikanern Angelegenheiten, die mit Vergeltung zu tun haben, intensiv durchdacht werden und sehr lange in Erinnerung bleiben. Wenn man zu der Überzeugung gekommen ist, die Zeit sei noch nicht reif zum Handeln, dann wartet man eben ab, bis sie sich als günstig erweist.«

Charlotte beginnt zu berichten.

Sie geht zurück zu der Zeit vor mehr als sechzehn Jahren, als sie mit ihrem Mann nach Nigeria gereist war, um dort zu leben. Während sie redet, tut sich vor ihr die Landschaft auf, als wäre es erst vor Kurzem gewesen. Sie spricht davon, wie sie voller Begeisterung versuchte, sich in das afrikanische Leben einzuspüren, und wie sie Ineh Tutamosu und deren Bruder Amos kennen lernte. Sie beschreibt das Elend der Menschen in den Dörfern an der Nigermündung und die Gründung der Hilfsorganisation Ibo-Help. Das zu erklären genügen wenige Worte, weil es sich dabei um eine Sache handelt, über die der Kommissar Bescheid weiß.

Dann spricht sie über die damalige politische Entwicklung in Nigeria, über die eskalierenden Feindseligkeiten, die schließlich zu Putsch und Massaker führten. Wie die Auflehnung der Ibos in der Gründung Biafras resultierte, einem eigenen Staat, der sich vom übrigen Nigeria unabhängig erklärte, und dass Oberleutnant

Odschukwu sich zum Führer ernannte und in Owerri sein Hauptquartier einrichtete.

Schüttler nickt. „Ich erinnere mich, damals darüber einiges in der Zeitung gelesen zu haben. War dieser Amos Tutamosu denn in dieses Geschehen eingebunden?“

„Ja, ganz intensiv. Er hatte sogar eine leitende Funktion inne.“ Charlotte führt aus, wie Amos großspurig und ohne Unterlass die leuchtende Zukunft des neuen Staates ausmalte. Doch wie stattdessen ein Bürgerkrieg ausbrach, weil sich der nigerianische Westen die Abnabelung nicht gefallen lassen wollte. Eine höchst turbulente, schlimme Zeit begann, und Charlotte berichtet, wie schließlich eines Nachts die Truppen der Zentralregierung in Booten den Niger überquert hatten und auf der östlichen Seite des Stroms gelandet waren.

Sie macht eine Pause und nimmt einen Schluck aus der Kaffeetasse. »Ich war so naiv«, bekennt sie. »Trotz dieser Vorkommnisse wollte ich weiterhin nur an das glauben, was Amos prophezeit hatte. Geflissentlich überhörte ich die Unkenrufe meines Mannes. Bis mir irgendwann nichts anderes mehr übrig blieb, als meine Augen zu öffnen und die Situation in aller Schärfe zu sehen. Da endlich erwachte mein Misstrauen.«

Sie fährt fort und erzählt vom dramatischen Entschluss, gemeinsam mit Ineh im gemieteten Taxi das ›Nest des Python‹ aufzusuchen. »Die Ankunft dort entwickelte sich zu einer Offenbarung. Aber eine der unangenehmen Art. Denn was wir vor uns, mitten im Busch, erblickten, war ein gut ausgestattetes Militärcamp. Da gab es nichts, was auch nur im Entferntesten an ein Krankenhaus erinnerte. In den Baracken hausten Soldaten, es standen Jeeps herum und es wurde exerziert.«

Schüttler beobachtet sie inzwischen mit gespannter Aufmerksamkeit, enthält sich aber eines Kommentars.

Charlotte redet weiter, geht auf die Gelder der Hilfsorganisation ein und spricht schließlich davon, wie Amos sich reichlich bediente. Wie er ihren heftigen Vorwürfen, er finanziere mit den Spendengeldern kriegerische Aktionen des neuen Staates, mit unbekümmerter Oberflächlichkeit und mit vagen Erklärungen begegnete.

»Ich war anfangs schon verärgert. Doch dann klammerte ich

mich verzweifelt daran, dass es keine Lügen seien, die er mir da auftischte. Ich wollte ihm unbedingt glauben, wollte so tun, als sei es wirklich nur eine Ausleihe auf kurze Frist. Denn, so betonte er, die gute Sache brauche eben eine gewisse Dauer, um reifen zu können. In absehbarer Zeit, da sei er ganz sicher, würde der Traum vom gesunden, reichen und intakten Biafra in Erfüllung gehen. Dann könne er die Gelder zurückzahlen und wir endlich die Hilfsorganisation erfolgreich weiter betreiben.«

Sie versucht ein leises, verschämtes Lächeln. »Vielleicht habe ich nur deswegen seine Aussage für bare Münze genommen, weil ich mich selbst im besten Licht sehen wollte. Als eine verehrte und geschätzte Persönlichkeit, die doch so viel für die Afrikaner getan hat.«

Charlotte verzieht ihr Gesicht. Heute kommt ihr die ganze Geschichte unwirklich vor. Sie kann ihr eigenes Handeln nicht mehr nachvollziehen. Und doch ist sie das gewesen, diese gutgläubige, ja schon einfältige Person, die düstere Vorhersagen wie die von Martin einfach beiseite schob.

Schüttler sitzt ihr gegenüber und lauscht. Außer gespannter Aufmerksamkeit ist seinem Ausdruck keine Beeindruckung durch ihren Bericht zu entnehmen. Er scheint eher unbeteiligt. Diese spezielle Art war Charlotte schon damals aufgefallen, als sie wegen Annelieses Sache mit der Polizei in Kontakt kam, und sie erinnert sich, wie beruhigend sein Wesen auf sie gewirkt hatte.

Sie fährt mit ihrer Erzählung fort. »Mein Mann weigerte sich schließlich, noch weiter in Onitsha zu bleiben. Es war einfach zu gefährlich geworden. Auch sollte die Brücke über den Niger geschlossen werden, wie wir vernommen hatten, und so packte ich nun endlich unsere Sachen. Dann bin ich zur Bank, um das Geld vom Ibo-Help Konto abzuheben.«

Über den jetzt folgenden Part zu sprechen, fällt ihr immer noch schwer. Sie nimmt ein Papiertaschentuch aus der Tasche, reibt sich die Handflächen trocken und beginnt den Ablauf des entscheidenden Tages zu schildern. Sie erzählt, wie sie feststellte, dass am Tag zuvor das ganze restliche Vermögen der Hilfsorganisation von Amos abgehoben worden war. Und wie Ineh sich zusammen mit ihrem Verlobten Samuel Bandela bereiterklärte, nach Owerri zu fahren, um das Geld zurückzuholen. Wie sie spät abends noch nicht wieder in Onitsha eingetroffen waren und Charlotte schließlich Martin überreden konnte, die Strecke abzusuchen.

Dann spricht sie vom Auffinden des Morris mit den beiden Schwerverwundeten. Sie gibt Inehs letzten Worte wieder. »Chinue ... money ... he shoots, das genau hat sie gesagt, und Samuel bestätigte es mit: Das Geld ist weg. Am nächsten Morgen jedoch, im Krankenhaus, wollte er nicht mehr darüber reden.«

»Und diese Ineh?«

»Sie ist im Auto, auf der Rückfahrt nach Onitsha, in meinen Armen gestorben.«

Charlotte spürt wieder dieses grässliche Würgen, wie jedes Mal wenn sie an den Tod der Freundin denkt. In gewisser Weise fühlt sie sich schuldig. Wäre ihr das eigene Ansehen und dieses verdammte Geld nicht so unendlich wichtig gewesen, dann könnte Ineh heute noch leben.

Sie überspringt die ersten Jahre in Rautlingen und setzt mit ihrer Geschichte zu dem Zeitpunkt wieder ein, als Amos sechs Jahre später plötzlich vor der Tür stand. Und sie bringt auch seine Erklärungen, die er für diese schreckliche Nacht bereit hielt. Wie erstaunt, ja voller Unglauben er von ihrer Version der Geschichte schien, und wie fest er an der Überzeugung von Chinues Unschuld festhielt. Sie spricht auch von ihren Gefühlen, als sie später Chinue im Kreis der Gleichgesinnten entdeckte, der sich in ihrer Wohnung um Amos geschart hatte.

»Als dann auch noch Samuel, Inehs Verlobter, auftauchte und sich ebenfalls zu der Gruppe um Amos bekannte, da konnte ich das nicht fassen. Einmal versuchte ich Samuel auf die Vergangenheit anzusprechen, aber er wich meinen Worten aus. Er tat so, als sei die Sache nie passiert und als würde ich von irgendwelchen ausgedachten Geschichten phantasieren. Damals kam mir zum ersten Mal der Gedanke, er führe etwas im Schilde, plane möglicherweise sogar einen Racheakt. Denn dass er die schlimme Tat vergessen haben könnte, schien mir ausgeschlossen.«

»Und wie hat sich dieser Chinue Ihnen gegenüber verhalten?«

»Frech! Eines Nachts lauerte er mir auf und bedrohte mich. Ich solle aufhören Lügen über ihn zu verbreiten.«

»Sie meinen also, nur dieser Samuel hätte einen echten Grund gehabt, Chinue Sambesi umzubringen?«

»Genau das meine ich.«

Charlotte kann jetzt schlecht von der Bestätigung durch die Muscheln im Schlangenkreis sprechen. Damit würde sie ihre Glaubwürdigkeit ernsthaft in Frage stellen.

»Ich bin fest überzeugt, dass er den Mord seit langem plante und dann genau auf diese Weise einfädelte«, erläutert sie. »So musste der Verdacht eindeutig auf Amos fallen. Ohne den Hintergrund zu kennen, kann es für die Polizei auch nur diese Schlussfolgerung geben. Samuel hat somit zwei Fliegen mit einer Klappe geschlagen: indem er Chinue tötet, rächt er sich an dem Mörder seiner Verlobten. Und zugleich bestraft er Amos, Inehs Bruder, weil dieser sich weigerte, der Wahrheit auf den Grund zu gehen und jede Verantwortung an der Sache von sich schob. Ist doch clever, oder?«

»Und was hat es mit diesem Stück buntem Stoff auf sich.«

»Den hat Ineh für ein Musical geschneidert, das sie mit ihren Schülern einstudierte, und ich habe ihr damals beim Zusammennähen geholfen. Es sollte zugleich ein Erinnerungsmantel sein für eine befreundete Familie in Kaduna, die bei den Unruhen getötet worden war. Nur Samuel wusste, wie viel der Mantel Ineh bedeutete. Er scheint ihn all die Jahre aufgehoben zu haben bis zu dem Tag, an dem er sich gerächt haben würde.«

»Ihre Erklärung klingt jedenfalls nicht unglaubhaft. Ich werde sofort Leute ins Flüchtlingsheim schicken und diesen Samuel Bandela zum Verhör hierher holen lassen.«

Am Abend erhält Charlotte einen Anruf von Schüttler. Die Festnahme sei leider nicht gelungen, da Bandela sich abgesetzt habe. Er sei wohl bereits vor Tagen verschwunden. Spurlos, denn trotz intensiver Nachfrage bei den Mitbewohnern konnte – oder wollte – keiner irgendwelche Angaben machen.

Eine Aussage, die Charlotte erleichtert zur Kenntnis nimmt. Eigentlich war ihr ziemlich unwohl gewesen bei dem Gedanken, dazu beizutragen, dass Samuel ins Gefängnis wandert. Schließlich hatte er doch nur beabsichtigt, den Tod seiner Verlobten zu rächen. Wenn er gleichzeitig versuchte, dazu beizutragen, dass auch der

Komplize nicht ohne Strafe ausgeht, dann ist das wohl zu begreifen.

In welcher Religion gibt es Verständnis für so ein Verhalten, überlegt sie. Sicherlich nicht im Christentum, denn da heißt es: ›Mein ist die Rache, redet Gott‹. In der Yoruba-Religion wird ebenfalls jede Tötung abgelehnt. Aber die Alte Religion des Stammes der Ibibios – Charlotte kann sich genau an eine heftige Diskussion mit Ineh erinnern – sieht in der Rache einen starken menschlichen Ausdruck der Wiedergutmachung. Die Ausübung darf ähnlich der ursprünglichen Tat vonstatten gehen, und unter Zuhilfenahme des Beistands der Dämonen. Samuel hat also ganz nach den Vergeltungs-Regeln des Ahnenkults gehandelt.

»Es ist möglich, dass dieser Bandela Deutschland bereits per Flugzeug verlassen hat. Wir überprüfen das gerade«, sagt der Kommissar. »Er wurde zur Fahndung ausgeschrieben. Aber ich fürchte, wir werden damit nicht viel Erfolg haben.«

Was ich doch sehr hoffe, sind Charlottes Gedanken, die sie wohlweislich für sich behält.

Da hört sie Schüttler eben sagen: »Amos Tutamosu setzen wir jedenfalls auf freien Fuß. Wenn Sie mögen, können Sie ihn abholen. Er befindet sich hier in meinem Büro.«

»Okay, ich komme«, gibt sie zur Antwort.

Es ist ein seltsames Gefühl, das Charlotte beschleicht, als sie sich auf den Weg macht. Sie versucht ihre Empfindungen zu sortieren, überlegt, ob dieses starke Herzklopfen etwa darauf zurückzuführen ist, weil das Wiedersehen sie freut? Doch dann gibt sie sich selbst die Beruhigung, dass Amos bestimmt nicht mehr der Mann ist, den sie an ihrer Seite haben möchte. Vielleicht ist er es auch nie gewesen. Dazu haben sie einfach zu wenig gemeinsam. Niemals wird er auf seine hochfliegenden Träume verzichten. Niemals würde er sich mit einem Durchschnittsleben, wie sie es inzwischen führt, zufrieden geben. Er wäre ein guter Anwalt, doch sein juristischer Beruf wird ihm immer nur als Mittel zum Zweck dienen, wobei es sich dabei vorrangig um die hohen politischen Ziele handelt, die er sich steckt. Trotz aller Misserfolge sieht er sich weiterhin als Funktionär der Biafra-Volkspartei, die eines Tages Großes vollbringen wird. Die tatsächlichen Gegebenheiten, die Realität, wird er immer beiseite schieben und seinen Wunschvorstellungen nachhängen. Da ist Charlotte sich ganz sicher.

Nachdem sie sich diese Erkenntnis noch einmal verinnerlicht hat, bleiben in ihr kaum noch heftige Gefühle, als sie schließlich im Kommissariat Amos gegenübersteht. Sie nickt ihm freundlich zu, bedankt sich bei Schüttler und geleitet ihren ehemaligen Geliebten zum Wagen, den sie vor dem Gebäude auf dem Parkplatz abgestellt hat.

»Ich bringe dich zu deiner Wohnung, okay?«

»Könnten wir vielleicht vorher noch irgendwo zusammen einen Kaffee trinken?«

Bis jetzt hat Amos noch keinen Ton von sich gegeben. Schweigend und willig wie ein Lamm ist er ihr gefolgt.

»Können wir.«

Sie biegt in die Reuterallee ein, weil sie von dort aus die Richtung zum Hasenberg einschlagen möchte. Da weiß sie ein kleines Café mit gemütlichen Sitzecken.

Dort angekommen nehmen sie an einem Ecktisch Platz und bestellen Kaffee.

»Ich möchte mich bei dir entschuldigen«, beginnt Amos, was Charlotte erstaunt zur Kenntnis nimmt. Ob er wegen Ineh inzwischen doch endlich Gewissensbisse bekommen hat?

»Weswegen?«, fragt sie.

»Wegen meiner Aktion an Silvester.«

»Ah, ja.«

Na klar, denkt sie, auf Chinues Vorgehen von damals wird er niemals auch nur den Schatten eines Verdachts fallen lassen. Denn da ging es um das Vermögen von Biafra, und das war ihm ganz sicher mehr wert als ein Menschenleben.

»Das war wirklich nicht so gut«, sagt sie. »Du hast mir einige angstvolle Stunden bereitet.«

Amos schüttelt leicht und sorgenvoll den Kopf. »Wie konntest du den Jungen aber auch einfach allein lassen!«, mahnt er.

»Also, das ist ja wohl die Höhe!« Charlotte funkelt ihn wütend an. »Ich glaube kaum, dass du auch nur im Geringsten ein Recht beanspruchen kannst, meine Handlungsweise zu beurteilen. Geoffrey ist dreizehn Jahre alt. Immerhin hältst du ihn für alt genug, um Waffen zu tragen und deine politischen Hirngespinste zu unterstützen. Außerdem war er an Silvester bei einem Freund eingeladen. Du warst es, der ihm das kaputt gemacht hat!«

Ihr empörter Ausbruch verunsichert ihn. Jetzt schaut er doch ein wenig zerknirscht und versucht es mit einer vorsichtigen Entschuldigung. »Ich wollte dich nicht ängstlich und auch nicht wütend machen. Es ist nur, weil ich so sehr an dem Jungen hänge – und auch an dir«, fügt er an und zaubert sein charmantes Lächeln hervor.

Doch Charlotte ist inzwischen immun gegen seine Verführungskünste. »Beenden wir doch dieses Geplänkel«, sagt sie und winkt der Kellnerin. »Ich fahre dich jetzt zu deiner Wohnung und möchte, dass du künftig jeden weiteren Kontakt zu mir und meinem Sohn unterlässt.«

»Aber Geoffrey ist auch mein Sohn.«

»Bitte, Amos, lass das Getue. Ich kann dich natürlich nicht hindern, dem Jungen zu schreiben. Mach das, wenn du unbedingt willst. Aber glaube nicht, dass Geoffrey nach dem, was er an Silvester erlebt hat, noch sehr stark an dir interessiert ist. Was ich auch von mir sagen darf«, fügt sie entschlossen hinzu.

Als sie sich am nächsten Tag auf der Rückfahrt nach Hamburg befindet, gehen ihre Gedanken wieder zurück in die Vergangenheit. Wieder sinnt sie über die Entwicklung Nigerias nach. Der Traum von Biafra ist also endgültig ausgeträumt, davon ist sie überzeugt. Obwohl sie erleichtert darüber ist, kommt in ihr doch zugleich ein Kummer auf. Denn nun wird es vermutlich niemanden mehr geben, der den Ibibios zu einem besseren Leben verhilft. Amos mag eigensüchtig und machthungrig gehandelt haben, aber immer hatte er auch sein Volk im Auge. Den Menschen dort unten im Gebiet der Cross River wird wohl nichts anderes übrig bleiben, als sich anderenorts anzusiedeln, überlegt sie, denn die Erdölbohrungen werden sich vermutlich immer weiter ausdehnen. Vielleicht bietet die nigerianische Regierung den Ibibios ja irgendwo einen guten Platz, an dem sie leben können, wo es sauberes Wasser mit reichlichem Fischvorkommen gibt? Wo sie genügend Feldflächen haben, um alles das anzubauen, was sie für sich und ihre Haustiere brauchen?

Obwohl Charlotte sich, wenn sie ganz ehrlich ist, eigentlich kaum vorstellen kann, dass die Yorubas den wenig geliebten Ibo-Mitbürgern Hilfe zukommen lassen sollten, versucht sie dennoch vor sich selbst das Elend aus der Erinnerung zu verdrängen und an die gleiche Stelle ein erfreulicheres Bild zu setzen. Sie gaukelt sich vor, dass den Menschen dort künftig kein Leid mehr widerfahren wird, und wendet sich ihrer Ankunft in Hamburg zu.

Sie freut sich auf den Sohn, auf den Liebsten und auf ihre Wohnung. Sie ist gespannt darauf, was möglicherweise an Aufträgen der Redaktionen vorliegen wird und beschäftigt sich in Gedanken bereits mit dem Projekt der Installation einer Babyklappe im Eppendorfer Krankenhaus. Für eine derartige Einrichtung wird sie sich stark machen. Ihrer Meinung nach sollte man es den jungen Frauen erleichtern, neugeborene, ungewollte Kinder anonym in eine gute Versorgung zu übergeben.

Sie erinnert sich an das Telefonat mit Ulrich am gestrigen Abend, als er ihr sagte, wie sehr er ihre Rückkehr erwarte, dass mit Geoffrey alles bestens laufe und dass er das Angebot einer idealen Wohnung vorliegen habe. Er brenne darauf, es ihr zu zeigen.